Van dezelfde auteur:

Het Franciscus komplot
Motel van de angst*
Weerlicht*
Het kwade licht*
De stem van de nacht
Het koude vuur*
Fantomen*
Dienaren van de schemering*
Onderaards*
Het masker*
Monsterklok
Ogen der duisternis
Mr. Murder
Wintermaan
Duistere stromen
In de val
IJskerker

* In POEMA-POCKET verschenen

DEAN KOONTZ

MIDDERNACHT

POEMA POCKET

POEMA-POCKET is een onderdeel van Luitingh ~ Sijthoff

Vierde druk

Published by agreement with Lennart Sane Agency AB
Oorspronkelijke titel: *Midnight*
Vertaling: Rein van Essen & Thomas Mass
Omslagontwerp: Edd, Amsterdam
Omslagfotografie: Gerhard Jaeger

CIP/ISBN 90 245 2482 2

Voor Ed en Pat Thomas
van het Boekenbal,
die ik zo aardig vind
dat ik soms denk dat ze
niet helemaal menselijk zijn,
maar buitenaardse wezens van
een andere, betere wereld.

Deel een

Langs de kust

Waar spookachtige figuren dansen
op middernachtelijke muziek die
alleen zij kunnen horen.

THE BOOK OF COUNTED SORROWS

1

Janice Capshaw hield ervan in het donker hard te lopen. Bijna elke avond tussen tien en elf uur trok ze haar grijze trainingspak met de blauwe reflecterende banden op borst en rug aan, strikte de veters van haar loopschoenen, deed een haarband om en ging tien kilometer joggen. Ze was vijfendertig en zag er tien jaar jonger uit, wat ze toeschreef aan haar gewoonte zich in conditie te houden.

Op zondag 21 september ging ze om tien uur het huis uit, rende naar Ocean Avenue, de hoofdstraat van Moonlight Cove, en volgde die in de richting van het openbare strand. De winkels waren dicht en donker. Afgezien van de dofkoperen glans van de straatlantarens brandde er alleen licht in een paar flats boven de winkels, in de Knight's Bridge Tavern en in de Onze-Lieve-Vrouwekerk, die vierentwintig uur per dag toegankelijk was. Er was geen verkeer op straat en er waren ook geen voetgangers te zien. Moonlight Cove was altijd een heel rustig plaatsje geweest en deed niet mee aan de toeristenindustrie die in andere kuststadjes zo naarstig werd bevorderd. Janice voelde zich thuis in de gemoedelijke, landelijke sfeer, hoewel Moonlight Cove de laatste tijd een wel erg slaperige, om niet te zeggen doodse indruk maakte.

Terwijl ze door de hellende hoofdstraat rende, door plassen amberkleurig licht, door schaduw op schaduw van kromgewaaide cipressen en pijnbomen, zag ze geen andere beweging dan de trage, slangachtige opmars van de dunne mist door de windstille avond. De enige geluiden waren het zachte flappen van haar rubberzolen op het trottoir en haar hijgende ademhaling. Voor zover ze kon zien en horen was ze de laatste mens op aarde, bezig aan een eenzame marathon na Armageddon.

Ze hield er niet van vroeg op te staan om te gaan lopen voor ze naar haar werk ging, en 's zomers was het prettiger te wachten tot de ergste hitte was verdwenen. Toch was haar afkeer van vroege uren en van warmte niet de reden waarom ze 's avonds liep, want dat deed ze ook in de winter. Ze had altijd al van het donker gehouden.

Als kind al was ze na het eten vaak in de tuin gaan zitten om naar de met sterren bezaaide hemel te kijken en naar de kikkers en krekels te luisteren. Het donker gaf haar een veilig gevoel. Het verzachtte de scherpe kantjes en de te felle kleuren van het leven. In de schemering leek de hemel boven haar hoofd zich uit te breiden. De nacht was groter dan de dag en het leven scheen rijker aan mogelijkheden.

Aan het eind van Ocean Avenue trok ze een sprintje over de parkeerplaats en kwam op het strand. Er hingen wat dunne mistslierten laag boven de grond, maar de hemel was nauwelijks bewolkt en in het zilvergele licht van de volle maan had ze geen moeite haar weg te vinden. Soms was de mist te dicht en de bewolking te zwaar om op het strand te kunnen lopen, maar nu staken de witte toppen van de branding glanzend af tegen de zwarte zee, als een rij aanstormende spoken, het strand strekte zich als een halve maansikkel uit tussen de omslaande golven en de heuvels aan de kust, en de mist zelf gloeide zacht in het herfstige maanlicht.
Janice begon over het stevige vochtige zand langs de waterkant te lopen, naar de zuidelijke punt van de inham waaraan Moonlight Cove zijn naam had te danken. Ze voelde zich bruisen van levenslust.
Ze moest denken aan Richard, haar man, die drie jaar geleden aan kanker was gestorven. Hij had altijd de draak met haar gestoken en gezegd dat ze een avondmens was omdat ze in een vorig leven een vampier was geweest. Daarop zei ze dan dat ze hem graag eens zou bijten. Ze had heel veel van hem gehouden. In het begin was ze weleens bang geweest dat het leven aan de zijde van een luthers predikant saai zou zijn, maar dat bleek niet het geval, geen seconde. Nu, drie jaar na zijn dood, miste ze hem nog elke dag... en elke nacht. Hij was...
Plotseling, bij de twee hoge, kromme cipressen die midden op het strand stonden, halverwege de heuvelachtige kust en de zee, kreeg Janice het sterke gevoel dat ze niet alleen was in de avond en de mist. Ze zag niemand en ook waren er geen andere geluiden te horen dan haar eigen voetstappen, hortende ademhaling en bonzend hart. Alleen instinctief voelde ze dat ze gezelschap had.
Ze maakte zich niet meteen zorgen, want misschien was het een van de joggers die ze weleens vaker op het strand tegenkwam. Er waren nog een paar fanatieke lopers die 's avonds naar het strand gingen, uit noodzaak en niet zoals zij uit vrije wil. Twee of drie keer in de maand kwam ze hen tegen. Ze bleef staan en keek om, maar in het maanlicht was niets anders te zien dan het verlaten strand, het zilveren lint van de schuimende branding en de vage, maar vertrouwde omtrekken van rotsformaties en bomen die her en der langs de kust stonden. Het enige geluid was het zachte rollen van de branding.
Na een tijdje nam ze aan dat ze zich had vergist en zette haar weg voort naar het zuiden, snel weer in haar loopritme. Maar ze had nauwelijks vijftig meter afgelegd toen ze uit een ooghoek een be-

weging waarnam. Nog geen tien meter links van haar schoot een in mist en duisternis gehulde gedaante achter een cipres vandaan en verdween achter een paar verweerde rotsblokken.
Janice bleef staan en tuurde naar de plek. Ze wist niet wat ze precies had gezien, alleen dat het groter dan een hond was, misschien wel zo groot als een mens. De rotsen waren door wind en regen uitgesleten en leken op een berg half gesmolten was, grillig gevormd en groot genoeg om je achter te verbergen.
'Is daar iemand?' riep ze.
Ze verwachtte geen antwoord en dat kreeg ze ook niet.
Bang was ze niet, alleen wat ongerust. Het was vermoedelijk gezichtsbedrog of anders een beest, maar geen hond, want die zou meteen naar haar toe zijn gekomen en zich niet hebben verborgen. Er leefden in deze streek geen wilde dieren waarvoor een mens bang hoefde te zijn en daarom was ze eerder nieuwsgierig dan bang.
Ze begon de nachtelijke kou op haar bezwete voorhoofd te voelen. Om niet af te koelen, bleef ze op de plaats lopen zonder de rotsen uit het oog te verliezen. Elk moment verwachtte ze het dier uit zijn schuilplaats te zien komen om weg te rennen over het strand.
Sommige mensen in de buurt hielden paarden, zoals de Fosters, die een paar kilometer in het binnenland aan de noordkant van de baai een renstal hadden. Misschien was een van hun dieren losgebroken, hoewel het ding dat ze uit haar ooghoek gezien had niet groter dan een pony kon zijn. Ze had ook geen geluid van trappelende hoeven in het zachte zand gehoord, maar toch, àls het een paard van de Fosters of van iemand anders was, zou ze moeten proberen het te vangen en terug te brengen.
Er was geen beweging meer te bespeuren en na een tijdje ging ze naar de rotsen toe en liep eromheen. De onderkant en de kloven en spleten waren in diepe schaduwen gehuld, maar verder lag alles in de glanzende melkwitte gloed van de maan en geen dier hield zich daar verborgen.
Janice hield geen moment serieus rekening met de mogelijkheid dat ze iets anders dan een jogger of een dier had gezien; dat ze in gevaar kon verkeren. Afgezien van verkeersovertredingen, een enkele inbraak of vandalisme (altijd het werk van baldadige tieners) had de plaatselijke politie weinig te doen. Gewelddaden, zoals verkrachtingen, roofovervallen en moorden waren vrijwel onbekende verschijnselen in de kleine en hechte gemeenschap van Moonlight Cove, alsof het stadje, weggestopt in deze uithoek aan de kust, tot

een andere en vriendelijker wereld behoorde dan de rest van Californië.

Janice kwam weer op het vastere zand dicht bij de waterlijn en besloot dat mist en maanlicht, die verraderlijke elementen, haar parten hadden gespeeld. De beweging was zinsbegoocheling geweest; ze was alleen op het strand.

Ze zag dat de mist snel dichter werd, maar ze rende door naar de zuidelijke punt van de inham, ervan overtuigd dat ze op tijd terug zou zijn bij de parkeerplaats voordat ze kon verdwalen.

Er stak een zeewind op die de doorzichtige mistslierten samenbalde tot een witte sluier, als melk die tot boter wordt gekarnd. De aanwakkerende wind zweepte de golven op en de branding sloeg schuimend tegen de stenen pier die zich vanaf de punt van de baai in zee uitstrekte.

Iemand stond vanaf die zes meter hoge golfbreker naar haar te kijken. Janice zag alleen een silhouet in het maanlicht toen de mist even optrok.

Nu werd ze wel bang.

Hoewel de onbekende recht voor haar stond, kon ze diens gezicht in het halfdonker niet onderscheiden. Het was een lange gestalte, bijna twee meter, maar misschien vergiste ze zich daarin omdat ze naar boven moest kijken.

Behalve dat silhouet waren alleen zijn ogen te zien en juist die boezemden haar angst in. Ze glansden met een gele gloed als de ogen van een dier, gevangen in een sterke lichtstraal.

Even stond ze daar als aan de grond genageld naar de gestalte te kijken. Zoals hij daar stond, hoog en roerloos op de ruwe steenblokken, belicht door de maan en omgeven door het opspattende schuim van de branding, had hij een stenen afgodsbeeld met als ogen blinkende edelstenen kunnen zijn, lang geleden opgericht als afgod van primitieve aanbidders. Janice wilde zich omdraaien en wegrennen, maar ze kon zich niet losmaken van het zand, bevangen door een verlammende angst die ze alleen uit nachtmerries kende.

Misschien was het werkelijk alleen maar een boze droom en kon ze elk ogenblik ontwaken, veilig onder de warme dekens.

Maar plotseling maakte de man een vreemd geluid, een zacht grommen en sissen van woede, een gesnauw van intense begeerte en tegelijk van een kou die tot in het merg van haar botten doordrong.

En hij bewoog.

Hij liet zich op handen en voeten zakken en begon van de pier te klimmen, niet zoals een gewoon mens zou doen maar even snel en behendig als een kat over de brokkelige stenen klauterend. Binnen enkele tellen zou hij bij haar zijn.

Janice schudde haar verlamming van zich af, draaide zich om en rende op haar schreden terug in de richting van Ocean Avenue, bijna twee kilometer verder. Op de steile klippen boven het strand stonden huizen en hier en daar brandde wel licht, maar ze was bang dat ze in het donker de trappen niet zou vinden die naar boven leidden. Ze begon ook niet om hulp te roepen, want ze wilde haar adem sparen en waarschijnlijk zou toch niemand haar horen. Bovendien durfde ze geen ogenblik haar pas te vertragen, bang dat de onbekende haar zou inhalen en tot zwijgen brengen voordat ze iemand kon waarschuwen.

Nog nooit was haar conditietraining zo belangrijk geweest als op dit moment, nu het niet alleen om haar gezondheid maar om haar naakte bestaan ging. Met gebogen hoofd en haar armen dicht tegen zich aangedrukt rende ze zo snel ze kon in de richting van de parkeerplaats, want eenmaal in het licht van Ocean Avenue zou de geheimzinnige gestalte haar niet durven volgen.

Hoge sluierwolken dreven voor de maan langs. Het licht werd zwakker en sterker, zwakker en sterker in een onregelmatig ritme dat in de samengepakte mistbanken verraderlijk echte fantomen vormde die haar aan alle kanten schenen te omringen. Het vreemde trillende schijnsel deed haar opnieuw aan een droom denken en ze was er half van overtuigd dat ze werkelijk in bed lag, diep in slaap. Maar ze durfde toch niet om te kijken, want de man met de ambergele ogen was nog steeds achter haar, gedroomd of niet.

Ze was een eind op de terugweg gevorderd en begon te hopen dat ze Ocean Avenue ongedeerd zou bereiken toen ze plotseling besefte dat de verschijningen in de mist niet allemaal denkbeeldig waren. Ze kon twee figuren onderscheiden: een ervan liep een meter of zes rechts van haar mee, rechtop als een mens, de andere rende aan haar linkerkant op handen en voeten door het water, spetterend in het schuim van de waterlijn, even groot als een mens maar net zo soepel en snel als een hond. Afgezien van de silhouetten kon ze ook nu geen gezicht of ander detail opmerken, alleen die eigenaardige gloeiende ogen kon ze goed zien.

Intuïtief voelde ze dat geen van beide figuren de man was die ze op de pier had gezien. Die moest nog ergens achter haar zijn, rechtop lopend of op handen en voeten. Ze was bijna ingesloten.

Janice verdiepte zich niet in de herkomst van de vreemde wezens, dat kon wachten tot later. Voor het moment aanvaardde ze een-

voudig het bestaan van het onmogelijke, want als weduwe van een predikant en als spiritueel ingestelde vrouw was ze flexibel genoeg om zich niet door een confrontatie met het onbekende en onaardse te laten overrompelen.
Voortgejaagd door de angst die haar eerst had verlamd vergrootte ze haar snelheid nog, maar de achtervolgers deden hetzelfde.
Ze hoorde een vreemd jammerend geluid en het drong slechts langzaam tot haar door dat het haar eigen gekwelde stem was.
De fantomen om haar heen werden kennelijk in een staat van grote opwinding gebracht toen ze haar angst bespeurden. Ze begonnen op hun beurt een geluid te maken dat het midden hield tussen een schril, langgerekt blaten en een diep gegrom. Maar het ergst waren de woorden die Janice tussen die dierlijke klanken opving, uitgestoten op een gedreven, krassende toon: *Grijp haar, grijpen, grijpen...*
Wat waren dit in godsnaam voor wezens? Het konden geen mensen zijn, maar ze konden toch lopen en praten als mensen en wat zouden ze anders moeten zijn?
Janice voelde haar hart opzwellen en pijnlijk tegen haar ribben bonken.
Grijpen, grijpen...
De raadselachtige gestalten links en rechts van haar begonnen dichterbij te komen. Janice probeerde nog sneller te rennen om een voorsprong te krijgen, maar de gedaanten lieten zich niet afschudden. Ze durfde niet recht naar hen te kijken uit angst dat ze opnieuw van schrik zou blijven staan en ingehaald zou worden.
Maar ingehaald werd ze toch. Een groot gewicht viel onverhoeds van achteren op haar en ze werd voorover in het zand gedrukt.
Daarna waren ze er alledrie, graaiend naar haar gezicht, plukkend aan haar kleren.
Een wolkenbank bedekte het grootste deel van de maan en schaduwen vielen op het strand als donkere plukken watten.
Ze had haar hoofd opzij gedraaid en probeerde te schreeuwen, maar ze was buiten adem en kon nauwelijks een geluid voortbrengen. Ze sloeg om zich heen en trapte uit alle macht zonder iets anders te raken dan lucht en zand.
De maan ging nu helemaal schuil achter de wolken en ze zag niets meer.
Er werd ruw aan haar trainingsbroek getrokken en ze voelde de hete aanraking van een hand, grof en toch menselijk. Het gewicht verdween van haar rug en ze kroop naar voren, maar onmiddellijk werd ze weer neergedrukt. Ze lag met haar gezicht in het water.

De aanvallers jankten en sisten als dolle honden en opnieuw hoorde ze die primitieve, koortsachtig uitgestoten woorden:
Grijpen, grijp haar, grijpen...
Willen, wil, wil...
Nu, nu, vlug, vlug, vlug...
De hevige begeerte waardoor ze werden gedreven was even tastbaar als de mist en het donker, alsof ze haar met huid en haar wilden verslinden. Haar gezicht werd in het natte zand gedrukt en ze voelde het water in haar neus dringen. Ze kon geen adem meer halen. Janice was machteloos en ze wist dat ze ging sterven, alleen omdat ze ervan hield in het donker hard te lopen.

2

Op maandag 13 oktober, tweeëntwintig dagen na de dood van Janice Capshaw, reed Sam Booker met zijn huurauto van het vliegveld van San Francisco naar Moonlight Cove. Onderweg deed hij een spelletje vol galgehumor met zichzelf, namelijk verzinnen waarom hij nog verder zou moeten leven. Hoewel de reis meer dan anderhalf uur duurde, kon hij maar vier redenen bedenken: donker bier van Guinness, echt goed Mexicaans eten, Goldie Hawn en angst om dood te gaan.
Het volle, donkere Ierse brouwsel deed hem altijd weer genieten en stelde hem in staat tijdelijk aan dit tranendal te ontsnappen. Moeilijker te vinden dan Guinness waren restaurants waar ze onveranderlijk uitstekend Mexicaans eten serveerden. Op Goldie Hawn was hij lang geleden verliefd geworden omdat ze, althans in de film, behalve knap ook nog aardig, recht door zee en intelligent was en zoveel lol in het leven leek te hebben. Maar de kans dat hij Goldie Hawn in levenden lijve ontmoette, was nog een miljoen maal kleiner dan de kans een goed Mexicaans restaurant te vinden in een Californisch kustplaatsje als Moonlight Cove, zodat hij blij was dat zij niet zijn énige reden was om te blijven leven.
De snelweg werd bij het naderen van de stad steeds dichter omzoomd door hoge pijnbomen en cipressen, die een grijsgroene tunnel vormden en in de namiddag lange schaduwen wierpen. De zon straalde, maar niet op een prettige manier. De hemel was onbewolkt, maar desondanks vaal en bleek, niet het tropische strakblauw waaraan hij in Los Angeles gewend was. Hoewel het ongeveer vijftien graden was, leken de kleuren van het landschap kil en roerloos in het schelle licht van de zon, overtrokken door een laagje rijm.

Angst om dood te gaan, dat was nog de beste reden die hij kon bedenken. Hij had zijn tweeënveertigste verjaardag en zijn huidige goede gezondheid niet zonder moeite bereikt. Zes keer had hij oog in oog gestaan met de dood, had hij in het duister getuurd, en wat hij had gezien was hem niet bevallen.
Zijn blik viel op een bord naast de weg: OCEAN AVENUE, MOONLIGHT COVE, 4 KM.
Sam was niet bang voor de pijn van een gewelddadige dood, want die zou snel voorbij kunnen zijn. Hij vond evenmin dat hij nog allerlei dingen moest afmaken. De laatste jaren had hij zijn dromen, hoop en verwachtingen opgegeven en er was niets meer om af te maken of naar te streven. Maar hij was wel bang voor wat er ná het leven kwam.
Vijf jaar geleden had hij een bijna-doodervaring gehad toen hij op een operatietafel lag en de artsen voor zijn leven vochten. Hij was buiten zijn lichaam getreden en had zwevend bij het plafond neergekeken op zijn eigen lichaam en de chirurgen eromheen. Daarna werd hij plotseling door een tunnel gezogen in de richting van een oogverblindend licht, naar de Andere Zijde, precies zoals het was verteld door mensen die een soortgelijke ervaring hadden beleefd. Op het allerlaatste ogenblik hadden de kundige artsen hem teruggehaald naar het land der levenden, maar niet nadat hij een glimp had opgevangen van de wereld die aan het andere eind van de tunnel lag. Die glimp had hem de stuipen op het lijf gejaagd. Het leven mocht dan vaak hardvochtig zijn, hij gaf er de voorkeur aan boven wat het hiernamaals in petto scheen te hebben.
Sam nam de afslag en kwam op Ocean Avenue. Aan de voet van de afrit onder het viaduct stond een ander bord: MOONLIGHT COVE, 1 KM.
Langs de tweebaansweg stonden enkele huizen, half verscholen in de paarse schaduw tussen de bomen. Het schemerde nog niet, maar er brandde al licht achter de ramen. Sommige huizen stamden uit de jaren veertig en vijftig en waren deels van hout met ver overhangende dakranden in de Beierse stijl die men destijds abusievelijk vond harmoniëren met de Californische noordkust. Andere waren bungalows in Mexicaanse traditie met veel wit hout en ornamentele details in een verzonnen rococo-stijl. De laatste tien jaar was er veel bijgebouwd in Moonlight Cove, strakke, moderne huizen met veel ramen, waardoor ze iets weg hadden van schepen die door een onvoorstelbaar hoge vloedgolf op de heuvels boven de zee waren gespoeld.
Toen Sam de zes straten tellende winkelwijk bereikte, werd hij on-

middellijk overvallen door het eigenaardige idee dat er iets niet klopte. Aan de hoofdstraat, die omlaag liep in de richting van de zee, lagen de gebruikelijke restaurants, cafés, twee kerken, de bibliotheek en een bioscoop. Er was niets opmerkelijks aan, maar Sam werd onwillekeurig bevangen door een kil en sterk gevoel van bevreemding.

Hij kon geen redenen bedenken voor zijn spontane negatieve reactie op de omgeving, behalve dat het misschien iets te maken had met de sombere wisselwerking tussen licht en schaduw. In het stervende, vreugdeloze licht van de herfstdag zag de uit grijze steen opgetrokken katholieke kerk eruit als een geheimzinnige stalen constructie, niet voor mensen opgericht. De wit gepleisterde gevel van een slijterij scheen uit verbleekte beenderen te bestaan en de zon wierp een gordijn van ijzig-witte lichtpuntjes op etalageruiten, alsof die beschilderd waren om het doen en laten van de mensen daarachter te verbergen. De gebouwen, de pijnbomen en cipressen wierpen inktzwarte schaduwen met vlijmscherpe kartels.

Sam stopte halverwege de wijk voor een rood licht. Er waren geen auto's achter hem en hij keek naar de mensen op de stoep. Het waren er niet veel, negen of tien, en ook zij maakten om de een of andere onduidelijke reden een vreemde indruk op hem. Ze liepen snel en met het hoofd omhoog, met een eigenaardige doelgerichtheid die niet leek te passen bij een stil kustplaatsje van maar drieduizend zielen.

Met een zucht vervolgde hij zijn weg en hield zichzelf voor dat zijn verbeelding met hem op hol was geslagen. Moonlight Cove en zijn bewoners zouden waarschijnlijk helemaal niet vreemd hebben geleken als hij op doorreis alleen maar een restaurant gezocht had. Nu wist hij al dat er hier iets aan de hand was; daarom zag hij in een volmaakt onschuldig tafereel een dreigend voorteken.

Maar het hielp niet dat hij dit tegen zichzelf zei.

Hij was naar Moonlight Cove gekomen omdat er mensen waren gestorven en de officieel opgegeven doodsoorzaak twijfelachtig was. Hij voelde instinctief dat de waarheid, eenmaal aan het licht gebracht, voor sommige mensen gevaarlijk kon zijn en in de loop der jaren had hij geleerd op zijn instinct te vertrouwen. Het had hem in leven gehouden.

Hij parkeerde de gehuurde Ford bij een kadoshop.

Achter de leigrijze zee in het westen daalde de bleke zon, terwijl de lucht langzaam troebel rood werd. Nevelslierten begonnen als tentakels op te rijzen uit het woelige water.

3

Chrissie Foster zat op de vloer in de bijkeuken met haar rug tegen een plank vol conservenblikken, en keek op haar horloge. In het scherpe licht van het enkele kale peertje aan het plafond zag ze dat ze al bijna negen uur opgesloten was in de kleine raamloze ruimte. Ze had het horloge meer dan vier maanden geleden voor haar elfde verjaardag gekregen en ze was er dolblij mee, want het was niet zo'n kinderachtig Mickey Mouse-horloge maar een vergulde Timex met een echte wijzerplaat, net zo elegant en volwassen als het horloge van haar moeder. Het zien van het horloge maakte haar triest. Het symboliseerde de gelukkige jeugd die voorgoed achter haar lag.

Ze was niet alleen verdrietig, eenzaam en tamelijk rusteloos na zoveel uren opgesloten te zijn geweest, ze was ook nog steeds bang, al was het natuurlijk niet meer zo erg als die morgen, toen haar vader haar door het huis had gesleept en in de bijkeuken had gegooid. Ze had geschopt en geschreeuwd, doodsbang voor wat ze had gezien, doodsbang voor wat haar vader en moeder waren geworden. Inmiddels was die gloeiende angst weggeëbd en ze voelde zich alleen nog slap en rillerig, alsof ze koorts ging krijgen.

Chrissie vroeg zich af wat er met haar zou gebeuren als ze eindelijk uit de bijkeuken werd gehaald. Of eigenlijk wist ze dat nu ook al: ze zou veranderd worden, net als haar ouders. Maar ze had geen idee op welke manier dat zou gebeuren en wat er precies van haar zou worden. Ze wist dat haar vader en moeder geen gewone mensen meer waren, maar ze kon geen woorden vinden om te beschrijven wat ze dan wél waren.

Normaal zat ze zelden om woorden verlegen, want ze hield van taal en geloofde in de macht ervan. Ze las altijd alles wat er te lezen viel, gedichten, korte verhalen, romans, de krant, tijdschriften, desnoods de opschriften op verpakkingen. Op school zat ze in de zesde groep, maar de onderwijzeres zei dat ze met lezen gemakkelijk in de tiende mee zou kunnen komen. En als ze niet las, zat ze vaak zelf verhalen te schrijven. Het afgelopen jaar had ze zich voorgenomen dat ze later kinderboeken zou gaan schrijven. Maar nu schoten woorden te kort. Haar leven zou heel anders worden dan ze zich ooit had voorgesteld, het zou niets met boeken te maken hebben. De onzekerheid van het leven drong zich abrupt op aan de onvoorbereide Chrissie, acht maanden voor haar twaalfde verjaardag.

Toch liet ze haar hoofd nog niet hangen. Ze was vast van plan te

vechten en zich niet zonder verzet te laten veranderen. Uren geleden al, toen ze haar eerste tranen had bedwongen, had ze om zich heen gekeken om iets te vinden waarmee ze zich zou kunnen verdedigen. Op de planken lagen behalve levensmiddelen in blik en glas ook een verbanddoos en allerlei gereedschap. Tussen die spullen vond ze een heel geschikt wapen, een spuitbus WD-40, een vloeibare smeerolie. Hij was maar klein, gemakkelijk te verbergen, en met de inhoud kon ze haar belagers misschien lang genoeg verblinden om het op een lopen te zetten.
Hardop zei ze, alsof ze een kop in de krant las: 'Vernuftig meisje ontsnapt met behulp van smeerolie.'
Ze klemde de spuitbus stevig tussen haar handen. Het was een geruststellend gevoel.
Af en toe zag ze, scherp en angstaanjagend, weer het gezicht van haar vader voor zich toen hij haar in de bijkeuken had gegooid. Zijn gezicht was rood en gezwollen van woede geweest, zijn ogen zwart omwald, zijn tanden ontbloot in een woeste grijns, alle trekken verwrongen in razernij. 'Ik kom je weer halen,' had hij spuwend gezegd. 'Ik kom je halen.'
Hij had de deur dichtgesmeten en een rechte keukenstoel schuin onder de knop geklemd. Toen het een tijd stil was gebleven in huis en Chrissie dacht dat haar ouders weg waren, had ze geprobeerd hem open te krijgen, maar ook toen ze uit alle macht duwde, kwam er geen beweging in de stoel.
Ik kom je weer halen. Ik kom je halen.
Zijn vertrokken gezicht en bloeddoorlopen ogen deden haar denken aan het verhaal van dr. Jekyll en de moorddadige mr. Hyde, dat ze een paar maanden geleden had gelezen. Haar vader moest waanzinnig zijn geworden; hij was zichzelf niet meer.
Nog afschuwelijker was de herinnering aan wat ze had gezien toen ze na het missen van de schoolbus op een onverwacht tijdstip was thuisgekomen en haar ouders boven in de gang had betrapt. Of nee, eigenlijk waren dat haar ouders niet meer. Het waren... heel andere wezens.
Ze rilde.
Ze klemde de spuitbus nog steviger vast.
Plotseling, voor het eerst sinds enkele uren, hoorde ze een geluid in de keuken. De achterdeur ging open en er klonken voetstappen. Minstens twee mensen waren binnengekomen, misschien wel drie of vier.
'Daar zit ze,' hoorde ze haar vader zeggen.
Chrissies hart sloeg over en begon in een sneller ritme te bonken.

'Het zal niet snel gaan,' zei een zware, enigszins schorre stem die Chrissie niet herkende. 'Bij een kind is het namelijk niet zo eenvoudig. Shaddack weet niet eens zeker of we al aan kinderen toe zijn. Er zitten risico's aan.'
'Ze moet getransformeerd worden, Tucker.' Chris herkende de stem van haar moeder, Sharon, hoewel die anders klonk dan normaal. Verdwenen was de zachte, melodieuze klank waarmee ze zo prachtig sprookjes kon voorlezen.
'Ja, dat weet ik ook wel,' antwoordde de man die als Tucker was aangesproken. 'En Shaddack ook, daarom heeft hij me hierheen gestuurd. Ik zeg alleen maar dat het langer kan gaan duren dan anders. We moeten een geschikte plek vinden waar we haar kunnen vastbinden en in de gaten houden tot de transformatie voltooid is.'
'Het kan boven in haar slaapkamer.'
Transformatie?
Chrissie stond bevend op en draaide zich om naar de deur.
Aan de andere kant werd de stoel met een schrapend geluid weggehaald.
Ze hield de spuitbus schuin achter zich in haar rechterhand, haar wijsvinger op de knop.
De deur ging open en haar vader keek naar binnen.
Alex Foster, dacht Chrissie, dit was niet haar vader maar gewoon iemand die Alex Foster heette, maar ondanks alles kon ze moeilijk ontkennen dat hij werkelijk haar vader was. En Alex Foster was geen goed alternatief, want de man die zo heette was heel iemand anders geworden.
Hij was niet razend meer en hij leek meer zichzelf met zijn dikke blonde haar en zijn brede, wat mollige gezicht met sproeten op zijn neus en wangen. Alleen in zijn ogen lag een angstaanjagende blik, alsof hij tot het uiterste gespannen was, verteerd door een vreemde honger. Ja, dat was het. Ze begreep niet waarom, maar ze zag aan hem dat hij werd gedreven door een fanatieke begeerte, een behoefte die in hem borrelde en kookte.
'Kom eruit, Christine,' zei hij.
Chrissie liet haar schouders hangen, knipperde met haar ogen, deed alsof ze rilde en probeerde zo klein en bang mogelijk te lijken. Aarzelend deed ze een stapje naar voren.
'Schiet eens op,' zei hij, ongeduldig wenkend.
Chrissie stapte de keuken in en zag haar moeder, die schuin naast haar vader stond. Sharon was een knappe vrouw met haar kastanjebruine haar en groene ogen, maar ze had nu niets zachts en moe-

derlijks meer over zich. Ze was net zo veranderd als Alex, hard en vol van dezelfde nerveuze energie die ze nauwelijks scheen te kunnen bedwingen.
Bij de keukentafel stond een man met een spijkerbroek en een bont geruite jagersjas aan. Dat moest Tucker zijn, de man tegen wie haar moeder had gepraat. Hij was lang en hoekig, zijn zwarte haar was heel kort geknipt en het gezicht onder het hoge voorhoofd bestond uit alleen maar rechte lijnen en scherpe hoeken. Zijn kaken waren even vervaarlijk als die van een roofdier dat een kleine prooi met één beet in tweeën kan scheuren. In zijn hand hield hij een zwarte leren dokterstas.
Haar vader stak een hand naar haar uit toen ze over de drempel stapte en op hetzelfde moment bracht ze de spuitbus omhoog en spoot van dichtbij een straal smeerolie in zijn ogen. Terwijl hij een kreet van pijn en verrassing slaakte, draaide Chrissie zich half om en spoot ook haar moeder recht in haar gezicht. Half verblind probeerden ze haar te pakken, maar ze rende langs haar ouders heen naar de deur.
Tucker was de eerste verrassing echter al te boven en greep haar bij een arm.
Ze draaide zich razendsnel om en schopte hem tussen zijn benen. Hij liet haar niet los, maar ze voelde de kracht wegvloeien uit zijn grote handen. Met een ruk trok ze zich los en rende de gang in.

4

De schemering daalde vanuit het oosten langzaam neer over Moonlight Cove, als een opkomende mist van bleekpaars licht. De lucht voelde fris aan toen Sam Booker uit de auto stapte en hij was blij dat hij een sweater onder zijn sportjasje had aangetrokken. Terwijl de straatverlichting aanging, begon hij langs Ocean Avenue te lopen en etalages te bekijken om de sfeer in het stadje te proeven.
Hij wist dat Moonlight Cove een welvarende plaats was en dat er nauwelijks werkloosheid bestond dank zij het New Wave Microtechnologie, dat zich hier tien jaar geleden had gevestigd. Toch zag hij tekenen van economische teruggang. Een kadoshop en een juwelier hadden hun deuren voorgoed gesloten. Door de stoffige ruiten zag hij slechts kale planken, lege vitrines en zware roerloze schaduwen. Een moderne kledingzaak hield opheffingsuitverkoop, maar zelfs kortingen van vijftig tot zeventig procent kon-

den zo te zien niet veel klanten trekken.
Het werd snel donker terwijl hij de boulevard afliep tot aan de zeekant, waar hij overstak en terug begon te lopen. Over het glanzende water kwam een zware mist opzetten die alles in een paarsgetint waas hulde, behalve waar de straatlantaarns hun gele lichtkringen wierpen. Daarboven heerste duisternis.
Sam was de enige voetganger en alleen een eind verderop zag hij een enkele auto rijden. De combinatie van eenzaamheid en het vreemde licht van de kwijnende dag gaf hem het gevoel dat hij in een spookstad rondliep, slechts omringd door doden. De allengs dichter wordende mist van zee droeg bij tot de illusie dat àlle winkels schenen leeg te staan, dat de etalages niets anders te bieden hadden dan spinnewebben, stof en stilte.
Je bent een zwartkijker, zei hij tegen zichzelf. Een onverbeterlijke pessimist.
Met zijn achtergrond kon dat ook eigenlijk moeilijk anders. Zijn traumatische ervaringen hadden hem niet geleerd als een flierefluiter door het leven te gaan.
Slierten mist kronkelden rond zijn voeten boven het trottoir. De bleke zon was aan de donkere horizon half uitgedoofd. Sam rilde en ging de eerste bar binnen die hij zag, de Knight's Bridge Tavern.
Er waren drie klanten in de zaak, geen van allen in een bijzonder opgewekte stemming. Een man en een vrouw zaten aan een tafeltje op gedempte toon te praten, hun hoofden naar elkaar toe gebogen. Aan de bar zat een man met een grauw gezicht te staren in zijn bierglas, dat hij tussen zijn handen geklemd hield, alsof hij er een insekt in zag zwemmen.
Zoals uit de naam viel af te leiden, pretendeerde de zaak een Engelse atmosfeer te scheppen. In alle barkrukken was met de hand een ander wapenschild uitgesneden, ongetwijfeld overgenomen uit een of ander heraldisch handboek. In een hoek stond een harnas en aan de muur hingen reprodukties van vossejachttaferelen.
Sam ging zo ver mogelijk van de man met het grauwe gezicht vandaan zitten. De barkeeper kwam haastig aanlopen en haalde een doek over de toch al smetteloos glimmende eikehouten tapkast.
'Wat mag het zijn, meneer?' De barkeeper was in elk opzicht een rondborstige figuur: een flinke bierbuik, vlezige en sterk behaarde onderarmen, een blozend gelaat met een dikke neus en een opmerkelijke kleine mond, en ronde ogen die zijn gezicht een permanent verbaasde uitdrukking gaven.
'Heeft u Guinness?' vroeg Sam.

'Wat is een pub zonder Guinness? Als ik dat niet schonk, kon ik net zo goed een theesalon beginnen.' De man had een honingzoete stem en elk woord klonk even rond en glad als hij zelf was. Hij leek het zijn nieuwe klant aan niets te willen laten ontbreken. 'Wilt u het ijskoud of gewoon gekoeld? Ik heb het allebei.'
'Gewoon gekoeld.'
'Een kenner!' Een ogenblik later zette hij een fles en een glas voor Sam neer. 'Ik ben Burt Peckham, de eigenaar.'
Sam hield het glas schuin terwijl hij inschonk, zodat er een miniеme schuimkraag ontstond. 'Sam Booker. Je hebt het leuk ingericht, Burt.'
'Bedankt. Ik kan wel wat reclame gebruiken. Ik probeer het gezellig te houden en veel op voorraad te hebben en tot voor kort had ik niet over aanloop te klagen, maar ik weet niet wat er de laatste tijd aan de hand is. Ik geloof dat de meeste mensen hier lid van de blauwe knoop zijn geworden of anders thuis zijn gaan stoken, een van de twee.'
'Nou ja, het is maandag.'
'De laatste maanden is het zelfs op zaterdagavond nog niet half vol, dat overkwam me vroeger nooit.' Burt Peckhams ronde gezicht kreeg een zorgelijke uitdrukking terwijl hij langzaam over de tapkast wreef. 'Ik weet niet wat het is. Misschien is het die gezondheidsrage waar je tegenwoordig zoveel over hoort. Half Californië zit thuis op de hometrainer voor de video, eet zemelen en eiwit of zoiets en drinkt alleen maar bronwater, vruchtesap en geitemelk. Elke dag een glaasje is goed voor een mens, zeg ik altijd maar.'
Sam nam een slok van zijn bier en zuchtte voldaan. 'Ik proef er tenminste niks verkeerds aan,' zei hij.
'Het is goed voor de bloedsomloop en de stoelgang. Ze zouden het in de kerk moeten aanbevelen, niet bestrijden. Alles met mate, dat geldt dus ook voor de drank.' Hij legde de doek weg, alsof hij besefte dat de tapkast al genoeg glom, en sloeg zijn armen over elkaar. 'Ben je op doorreis, Sam?'
'Eerlijk gezegd,' loog Sam, 'ben ik in de kuststreek op zoek naar een aantrekkelijk plaatsje waar ik van mijn pensioen kan genieten.'
'Van je pensioen? Dat meen je niet. Je bent toch niet veel ouder dan veertig?'
'Tweeënveertig.'
'Wat ben je van je vak? Bankovervaller?'
'Beursmakelaar. Ik heb een paar leuke investeringen kunnen doen en zo langzamerhand kan ik aardig rondkomen van de rente. Ik

zoek een rustige plek zonder luchtvervuiling en zonder criminaliteit. In Los Angeles heb ik het wel gezien.'
'Kun je dan nog rijk worden met aandelen?' vroeg Peckham. 'Ik dacht dat je net zo goed in Las Vegas kon gaan gokken. Is niet iedereen bij de laatste crisis op de beurs zowat failliet gegaan?'
'Voor de kleine man kan het hard aankomen, maar als makelaar is het de kunst je niet gek te laten maken als de beurs goed draait. De koersen gaan nooit altijd maar omhoog of omlaag; je moet zorgen dat je op het goede moment de omslag ziet aankomen.'
'Op je tweeënveertigste met pensioen,' zei Peckham peinzend. 'En ik dacht nog wel dat ik gebeiteld zat in de horeca. Toen ik net begon, zei ik tegen mijn vrouw dat de mensen altijd een aanleiding hebben om te drinken: als het goed gaat hebben ze iets te vieren, als het niet goed gaat hebben ze iets te vergeten. Wat kun je dan beter hebben dan een kroeg? En moet je nou eens kijken.' Hij maakte een weids gebaar met zijn rechterhand naar de bijna lege zaak. 'Ik zou meer verdienen als ik condooms verkocht in een klooster.'
'Geef me nog zo'n flesje,' zei Sam.
'Ik geloof dat er betere tijden zijn aangebroken!'
Peckham zette het tweede flesje Guinness voor hem neer.
'Moonlight Cove lijkt me zo gek nog niet,' zei Sam. 'Ik denk dat ik hier een paar dagen blijf om eens rond te kijken. Kun je me een motel aanbevelen?'
'Er is er nog maar één open. Veel toeristen hebben we hier nooit gehad, daar zaten we ook niet echt op te wachten, maar tot van de zomer hadden we nog vier motels. Drie ervan zijn nu gesloten. Ik weet het niet... Moonlight Cove is een leuk plaatsje, maar ik geloof dat het op z'n laatste benen loopt. Niet dat de mensen wegtrekken, maar blijkbaar raken we iets kwijt.' Peckham pakte zijn doek weer op en begon het eikehout op te wrijven. 'In ieder geval moet je in Cypress Lane zijn, de laatste zijstraat van Ocean Avenue. De Cove Lodge is op de klippen gebouwd, dus je kunt wel een kamer met uitzicht op zee krijgen, denk ik. Het is een schoon en rustig motel.'

5

Chrissie Foster trok de voordeur aan het eind van de gang open. Ze holde de brede veranda over, struikelde bijna over het trapje, hervond haar evenwicht en rende door de tuin naar de stal naast het huis. In de oprit stond een blauwe Honda geparkeerd, de wagen waarmee Tucker blijkbaar gekomen was. De zolen van haar tennisschoenen maakten in de snel vallende avond een geluid als van kanonschoten. Ze wou dat ze geruisloos kon rennen, en sneller. Nu konden haar ouders en Tucker horen welke kant ze opging... als ze niet al op de veranda stonden en haar in de schaduwen zagen verdwijnen.

De lucht was bijna helemaal dofzwart, alleen aan de westelijke horizon was een dieprode gloed zichtbaar, alsof al het licht van deze oktoberdag aan de onderkant van het hemelgewelf was samengebundeld. Vanuit de nabije zee kwamen kronkelige nevels opzetten en Chrissie hoopte dat de mist dicht zou worden, even dik als pudding, want ze kon alle extra bescherming gebruiken.

Ze duwde de schuifdeur van de langwerpige stal open en rook de bekende en niet onaangename geur van stro, hooi, haver, paardevlees, olie, zadelleer en droge mest.

Ze deed het licht aan, drie zwakke lampen die het interieur beschenen zonder de paarden te hinderen. Aan elke kant van het gangpad lagen tien ruime boxen. De paarden staken nieuwsgierig hun hoofden boven de halve deuren uit. Slechts een paar waren van Chrissies ouders; de meeste paarden waren hier ondergebracht door andere inwoners van Moonlight Cove. De dieren snoven en een van de paarden hinnikte zacht toen Chrissie naar de laatste box aan de linkerkant holde, waar haar eigen grijze schimmel Godiva stond.

Alle boxen waren ook van buitenaf te bereiken, hoewel de deuren aan die kant in dit koele jaargetijde boven en onder vergrendeld waren om geen warmte uit de stal te laten ontsnappen. Godiva was een goedaardige merrie en Chrissie kon goed met haar overweg, maar in het donker was het dier wat schichtig en het zou kunnen schrikken als ineens de buitendeur werd geopend. Chrissie kon het zich niet veroorloven het paard eerst tot bedaren te moeten brengen en daarom was ze door het gangpad gekomen.

Godiva schudde de prachtige dikke witte manen waaraan ze haar naam had te danken en snoof luidruchtig toen ze het meisje zag.

Chrissie keek over haar schouder naar de ingang, waar elk ogenblik Tucker en haar ouders konden verschijnen, en maakte de deur van de box open. Godiva stapte gewillig naar voren.

'Doe je best voor me, Godiva. Ik heb je nodig.'

Er was geen tijd om het dier te zadelen of een bit aan te leggen. Met een hand op Godiva's flank leidde ze het dier langs de zadelkamer naar de achterdeur. Een muis schoot geschrokken weg in

een donkere hoek. Chrissie schoof de deur open en een vlaag koele avondlucht stroomde naar binnen.
Ze was te klein om zonder stijgbeugel op het paard te klimmen. In een hoek stond een krukje. Chrissie trok het met een voet naar zich toe zonder Godiva los te laten.
Achter zich, aan het andere eind van de stal, hoorde ze Tucker schreeuwen. 'Hier is ze! In de stal!' Hij rende naar haar toe.
Het was maar een laag krukje, lang niet zo handig als een stijgbeugel.
Zijn bonkende voetstappen kwamen dichterbij, steeds sneller, maar ze keek niet naar hem.
'Ik heb haar!' schreeuwde hij.
Chrissie greep Godiva bij de prachtige witte manen, tilde haar been hoog op en trok zichzelf op de rug van het paard. Godiva moest het gevoeld hebben, maar ze gaf geen krimp. Ze steigerde of hinnikte niet, alsof haar instinct haar zei dat het leven van dit meisje van haar afhankelijk was. Chrissie klemde haar knieën tegen de flanken van het dier om haar wankele evenwicht te bewaren en met haar vrije hand spoorde ze Godiva aan.
'Hort!'
Op hetzelfde moment was Tucker bij haar en strekte zijn handen naar haar uit. Zijn diepliggende ogen gloeiden van woede, zijn neusvleugels trilden en zijn tanden waren ontbloot in een woeste grijns. Ze schopte hem tegen zijn kin en zijn greep verslapte.
Godiva sprong tegelijkertijd naar voren en verdween door de open deur in het donker.
'Ze heeft een paard!' schreeuwde Tucker. 'Ze is weg!'
De schimmel galoppeerde recht naar de grazige helling die afliep naar de zee, een paar honderd meter verderop, waar het laatste licht van de ondergaande zon troebele rode vlekken op het zwarte water wierp. Maar Chrissie wist niet of het vloed was en wilde niet naar de kust. Op sommige plaatsen was het strand zelfs bij eb al smal en bij hoog water maakten rotsen en klippen de kust helemaal onbegaanbaar. Ze durfde niet het risico te nemen ergens vast te lopen terwijl haar ouders en Tucker haar achtervolgden.
Ondanks het gemis van een zadel wist Chrissie zich op de rug van Godiva overeind te houden, zich vastklemmend als een stuntrijdster. Ze gebruikte de dikke witte manen van het paard als teugels en liet het dier een grote bocht maken, weg van de kust en het huis en in de richting van de secundaire weg, waar ze het snelst hulp zou kunnen vinden.
Godiva verzette zich niet tegen de ruwe behandelingswijze en rea-

geerde even vlot op de aanwijzingen alsof ze een bit tussen haar tanden had. De hoefslagen weerkaatsten tegen de wand van de schuur terwijl ze over het terrein galoppeerden.
'Goed zo, meisje!' riep Chrissie tegen het paard. 'Je bent geweldig!'
Tucker kwam de stal uit en keek verrast op toen hij zag dat Chrissie die kant opging en niet naar de zee. Hij begon verbijsterend snel in haar richting te rennen, maar voor Godiva was hij geen partij.
Chrissie liet het paard over het zachte gras naast de oprit lopen en drukte zich zo dicht mogelijk tegen de rug van Godiva aan, doodsbang dat ze eraf zou vallen. Ze voelde het dreunen van de hoefslagen in haar botten. Ze hield haar hoofd opzij en zag de verlichte ramen van het huis, maar het was geen uitnodigend gezicht zoals vroeger. Het huis was een hel tussen vier muren geworden en het licht scheen haar toe als de vuren in de kamers van de onderwereld.
Plotseling zag ze iets door de tuin naar de oprit rennen, haar kant op. Het was een mansgrote figuur, die echter op handen en voeten grote sprongen leek te maken. Daarachter kwam een iets kleinere gestalte, even bizar als de eerste. In het halfduister kon ze weinig meer dan hun omtrekken onderscheiden, maar ze wist wie het waren, ook al waren ze nog zo veranderd sinds ze hen die ochtend in huis had gezien.
'Sneller, Godiva, sneller!'
De merrie had geen aansporing met een leidsel nodig en schoot naar voren alsof ze precies hetzelfde voelde als Chrissie.
Ze lieten het huis achter zich en Godiva galoppeerde over het grasveld naast de verharde oprit naar de weg, die een paar honderd meter verder naar het oosten lag. De snelvoetige merrie rende met machtige passen voort, in een gelijkmatig en opwindend ritme dat Chrissie de pijn in haar botten deed vergeten. Het was of ze over de aarde scheerden, bijna vliegend.
Ze keek over haar schouder. De twee springende gestalten waren niet meer te zien, maar volgden haar ongetwijfeld nog in de wisselende schaduwen. De troebele rode gloed aan de westelijke einder begon diep paars te worden en de lichten van het huis lagen achter haar, alleen de heuvelrij in het oosten werd beschenen door een zilveren punt van de maansikkel.
Maar zonder moeite herkende ze de koplampen van Tuckers blauwe Honda, die tweehonderd meter achter haar in de oprit was verschenen en eveneens de achtervolging inzette.

Godiva hoefde voor geen mens of dier onder te doen, maar de merrie zou haar voorsprong op de auto niet kunnen bewaren. Tucker zou hen binnen een minuut hebben ingehaald. Chrissie herinnerde zich het gezicht van de man maar al te goed met zijn hoge voorhoofd, scherpe neus en diepliggende ogen als een paar gitzwarte knikkers. Hij leek dezelfde onnatuurlijke energie te bezitten die ze soms bij haar ouders had opgemerkt, een overvloed aan rusteloze vitaliteit die op een vreemde manier uit zijn ogen straalde. Ze twijfelde er niet aan dat hij alles zou doen om haar tegen te houden, al moest hij er het paard voor aanrijden.
Haar enige kans lag in het bos, waar Tucker haar met de auto niet zou kunnen volgen. Met tegenzin stuurde ze Godiva naar het zuiden, want midden in het bos kon ze niet verwachten hulp te vinden. De schimmel reageerde zonder aarzelen en zette koers naar het bos aan de andere kant van het grasveld, vijfhonderd meter naar het zuiden.
Chrissie zag niet meer dan een donkere, beweeglijke massa bomen, vaag afgetekend tegen de nauwelijks minder donkere hemel. Van het weiland dat zich voor haar uitstrekte was geen enkel detail te zien en ze kon alleen maar hopen dat Godiva in het duister haar weg zou kunnen vinden.
'Goed zo, meisje, rennen maar!' riep ze aansporend tegen de merrie.
De frisse avondlucht ruiste langs hen heen en Chrissie voelde Godiva's hete adem, die in fijne pluimen langs haar gezicht streek. Ze zag haar eigen adem in wolkjes uit haar open mond komen. Haar hart bonkte in het koortsige ritme van de hoefslagen en het was bijna alsof zij en het dier één enkel wezen waren met hetzelfde hart, dezelfde bloedsomloop en dezelfde longen.
Ook al vluchtte ze voor haar leven, ze besefte met een schok dat ze het tegelijkertijd een spannend avontuur vond. De confrontatie met de dood – of met iets dat misschien nog erger was – had een merkwaardig opwindende uitwerking, een duistere aantrekkingskracht die ze zich nooit had kunnen voorstellen. Die onverwachte opwinding maakte haar bijna net zo bang als haar achtervolgers. Hoewel ze zich aan de schimmel vastklampte, dreigde ze bij elke oneffenheid in het terrein van de rug van het dier af te vliegen. Maar ze hield zich vast en het donkere geboomte kwam snel dichterbij. Met elke hoefslag groeide haar vertrouwen dat haar dappere merrie haar in veiligheid zou brengen. Op enkele tientallen meters van de bosrand stuurde ze Godiva weer iets naar het oosten om niet te ver van de landweg verwijderd te raken.

Plotseling struikelde Godiva.
Haar ene voorbeen zakte half weg in een kuil, het hol van een of ander dier of misschien een greppel voor de afwatering. Het paard raakte haar evenwicht kwijt en viel, verschrikt hinnikend.
Chrissie was bang dat ze onder het paard terecht zou komen en verpletterd worden of althans een been zou breken, maar zonder stijgbeugels en zadelknop verloor ze onmiddellijk de greep op de manen van het dier en werd over Godiva's hoofd geslingerd. De zachte bodem was begroeid met dik gras, maar ze kwam drie meter verder neer met een klap die haar de adem benam en haar tanden hard tegen elkaar sloeg. Nog een geluk dat ze haar tong er niet tussen had.
Godiva krabbelde vrijwel onmiddellijk weer overeind en draafde met wijdopen ogen van schrik langs Chrissie heen. Ze trok enigszins met haar rechter voorbeen, maar blijkbaar had ze niets gebroken, anders was ze niet meer overeind gekomen.
Chrissie was bang dat het paard weg zou lopen en ze probeerde te roepen, maar ze was nog buiten adem van de klap en ze kon niet meer dan een gefluister uitbrengen.
Godiva draafde verder in de richting van de stal.
Chrissie ging moeizaam rechtop zitten. Het drong tot haar door dat ze aan de kreupele merrie weinig meer zou hebben en daarom deed ze geen moeite het paard terug te halen. Ze haalde diep adem en schudde met haar hoofd om de duizeligheid kwijt te raken. Een paar honderd meter verder zag ze de koplampen van de Honda, die in de oprit was blijven staan. Het grasveld lag helemaal in het donker nu de laatste bloedrode gloed van de zon was verdwenen en ze kon onmogelijk zien waar de twee rennende achtervolgers waren, maar ze wist dat ze niet veel voorsprong meer kon hebben. Ze stond op en begon naar de bosrand te lopen, eerst nog wankelend van de val, daarna steeds sneller tot ze weer kon rennen.

6

Sam Booker was vaak genoeg aan de kust geweest om te weten dat er de prachtigste motels waren, opgetrokken uit de beste soorten steen en hout, met gewelfde plafonds, geslepen ruiten en weelderige binnenhoven met betegelde paadjes. Maar ondanks de unieke ligging van de Cove Lodge, was het motel zelf niet bepaald een parel langs de Californische kust. Het gepleisterde rechthoekige gebouw had een bovenverdieping en telde veertig kamers. Er was geen zwembad bij en de koffieshop stelde niets voor. De enige voorziening waren de ijs- en frisdrankautomaten die op elke verdieping waren neergezet. De neonreclame op het dak van het kantoor was niet opzichtig en evenmin artistiek, maar klein, onopvallend en voornamelijk goedkoop.

De dienstdoende receptionist gaf Sam een kamer op de bovenverdieping met uitzicht op zee, hoewel dat laatste hem niet interesseerde. Aan de geringe bezetting van de parkeerplaats te zien waren er nog meer dan genoeg kamers met een riant uitzicht. Elke verdieping telde twintig kamers aan weerszijden van een gang, die bekleed was met een laagpolig tapijt in een oogverblindende oranje tint. De kamers aan de oostkant zagen uit op Cypress Lane, die aan de westkant op de oceaan. Sams hoekkamer bevatte een redelijk groot bed met een doorgezakte matras en een vale blauwgroene sprei, twee nachtkastjes vol schroeiplekken van sigaretten, een vastgeschroefde televisie, een tafel met twee rechte stoelen, een bureau (eveneens onder de schroeiplekken) en een telefoontoestel. Door een groot raam kon hij de nachtzwarte zee zien.

Sam kon zich voorstellen dat ontmoedigde handelsreizigers op de rand van een bankroet juist dit soort kamers uitzochten om een eind aan hun leven te maken.

Hij pakte zijn twee koffers uit en verdeelde de inhoud over de kast en de bureauladen. Daarna ging hij op de rand van het bed zitten en staarde naar de telefoon op het nachtkastje.

Eigenlijk moest hij Scott bellen, zijn zoon die thuis in Los Angeles was, maar hij durfde dit toestel niet te gebruiken. Als de aandacht van de plaatselijke politie eenmaal op hem gevestigd was, zouden ze nagaan welke gesprekken hij vanuit zijn motelkamer had gevoerd en proberen met behulp van zijn contactpersonen zijn ware identiteit te achterhalen. Om zijn dekmantel in stand te houden mocht hij alleen bellen met het Bureau in Los Angeles, een beveiligd nummer dat op naam stond van het beursmakelaarskantoor Birchfield waar hij zogenaamd voor werkte en dat op geen enkele wijze met de FBI in verband gebracht kon worden. Hij had nog niets te melden en daarom liet hij het toestel met rust. Scott kon hij wel bellen als hij ging eten.

Eigenlijk had hij geen zin om met de jongen te praten, hij zou het alleen uit plichtsgevoel doen. Sam zag er erg tegenop. Drie jaar geleden had hij voor het laatst normaal met zijn zoon kunnen praten, toen Scott dertien was en al bijna een jaar zonder moeder door het leven ging. Hij vroeg zich af of Scott minder snel op het slechte pad zou zijn geraakt als Karen nog had geleefd. Onvermijdelijk bracht die gedachte hem op zijn eigen rol in de ontwikkeling van de jongen. Was Scott door zijn karakter voorbestemd geweest af te glijden, onvermijdelijk omdat het in de sterren stond geschreven, of was Sam er gewoon niet in geslaagd hem een goed en stralend voorbeeld te geven?

Hij was geen handelsreiziger, maar als hij zo bleef tobben werd hij hier in de Cove Lodge nog een tweede Willy Loman.

Donker bier.

Mexicaans eten.

Goldie Hawn.

Angst om dood te gaan.

Het was een armzalig lijstje, verdraaid kort en meelijwekkend, maar misschien net lang genoeg om door te gaan met leven.

In de badkamer sprenkelde hij koud water over zijn gezicht en handen. Hij voelde zich nog steeds moe en helemaal niet opgefrist. Hij laadde de Smith & Wesson Chief's Special die hij had meegenomen, stak hem in een leren schouderholster en deed die om. Daarna trok hij zijn colbert weer aan. Zijn kleren waren speciaal gemaakt om een wapen te verbergen, en zelfs als hij zijn jasje open had, was de .38 langs zijn zij nauwelijks te zien.

Sam leek zelf op maat gesneden voor ondergrondse activiteiten. Hij had een normaal postuur en onopvallende gelaatstrekken. Hij had een vrij slank lichaam en verkeerde in een goede conditie, maar hij zag er niet uit als een sportfanaat. Zijn uiterlijk was niet bijzonder lelijk of aantrekkelijk, zijn gezicht niet te breed of te smal, zonder vlekken of littekens. Zijn lichtbruine haar was halflang geknipt in een tijdloos kapsel dat in geen enkel milieu de aandacht zou trekken.

Alleen zijn ogen waren opmerkelijk. Grijsblauw met hier en daar een donkerder streep. Vrouwen hadden hem vaak gezegd dat hij de mooiste ogen had die ze ooit hadden gezien. Dat was toen het hem nog iets kon schelen wat vrouwen van hem zeiden.

Hij trok zijn schouders op tot de holster gemakkelijk zat.

Hij dacht niet dat hij die avond een wapen nodig zou hebben. Hij had nog niets gedaan waarmee hij de aandacht kon trekken, zodat niemand een reden had om hem te bedreigen. Maar het was te riskant om het in zijn motelkamer of huurauto te laten liggen, want de .38 met de stompe loop paste niet bij een beursmakelaar die vroeg van zijn pensioen wilde gaan genieten. Het was een echt dienstwapen.

Sam sloot zijn motelkamer af, stopte de sleutel in zijn zak en ging op zoek naar een restaurant.

7

Tessa Jane Lockland ging naar haar kamer in de Cove Lodge en bleef lange tijd in het donker voor het grote raam staan. Ze staarde naar het strand en naar de uitgestrekte donkere massa van de Grote Oceaan die haar zuster Janice welbewust zou hebben gezocht om zich van het leven te beroven.

Volgens de officiële lezing was Janice in overspannen toestand 's avonds in haar eentje naar het strand gegaan. Daar had ze een overdosis valium ingenomen, haar kleren uitgetrokken en zich in de branding gestort. Onder invloed van het verdovende middel was ze in de koude omhelzing van het water snel buiten westen geraakt en verdronken.

'Gelul,' zei Tessa zacht tegen haar vage spiegelbeeld in het koude glas van de ruit.

Janice Lockland Capshaw was iemand vol hoop geweest, een onverbeterlijke optimiste, een eigenschap die in de familie Lockland nagenoeg erfelijk was. Nog nooit was ze betrapt terwijl ze in een hoekje zichzelf zat te beklagen: alleen al het idee zou haar aan het lachen hebben gemaakt. Als er iets tegenzat, ging ze naar de film of een eind hardlopen om het uit haar hoofd te zetten. Zelfs de dood van Richard had haar niet depressief gemaakt, hoewel ze heel veel van hem had gehouden.

Waardoor zou ze nu dan ineens zo in de put zijn geraakt? Tessa kon alleen maar schamper lachen als ze aan het verhaal van de politie dacht. Ze hadden net zo goed kunnen zeggen dat Janice te zwaar had getafeld of dat haar televisietoestel het had begeven waardoor ze haar favoriete programma moest missen. Dat was even geloofwaardig als de kletskoek die de politie en de lijkschouwer van Moonlight Cove in hun rapporten hadden opgedist.

Zelfmoord?

'Gelul,' herhaalde Tessa.

Door het raam van haar motelkamer zag ze niet meer dan een smalle strook strand, dat door de woelige branding werd overspoeld. Het zand glinsterde als een lint rond de inham in het winterse licht van de opkomende kleine maan.

Tessa móest naar dat strand waarop het gezwollen en verminkte lichaam van haar zuster was aangespoeld. Ze deed het licht aan, pakte een bruin leren jasje en haar schoudertas uit de kast en ging de kamer uit. Hoe ongerijmd het ook was, alleen door naar het strand te gaan waar Janice de dood zou hebben gezocht, zou ze als in een visioen de sleutel tot de waarheid kunnen vinden.

8

Terwijl de gedreven zilveren maanschijf uitrees boven de heuvels in het oosten, rende Chrissie langs de rand van het bos en zocht een opening tussen de bomen. Na korte tijd kwam ze bij de Piramide, een meer dan manshoge driehoekige rotsformatie die in een verweerde piek eindigde. Vroeger had ze gefantaseerd dat het een door verdwaalde Egyptische lilliputters gebouwde tempel was. Ze had hier vaak gespeeld en kende het terrein als haar broekzak, beter in ieder geval dan haar ouders of Tucker, wat haar een voorsprong gaf. Ze schoot langs de rots naar een hertespoor dat in zuidelijke richting door het donkere bos leidde.

Ze hoorde niemand achter haar aankomen en ze verloor geen tijd met om te kijken, maar ze vermoedde dat haar ouders en Tucker in hun vreemde gedaanten even geruisloos konden rennen als roofdieren op de jacht.

Het bos in de kuststreek bestond voornamelijk uit allerlei soorten pijnbomen met hier en daar een gomboom, waarvan de dieprode herfstbladeren nu net zo zwart waren als een rouwkleed. Chrissie volgde het kronkelende pad, dat langzaam afdaalde naar een ravijn. De bomen stonden meestal ver genoeg uit elkaar om het koude licht van de maansikkel tot de bodem toe te laten, het spoor bedekkend met een zilverig waas. De opkomende mist was nog niet dik genoeg om die flauwe gloed te verhullen, maar op veel plekken was het angstwekkend donker door overhangende takken die zich met elkaar verstrengelden.

Zelfs in het maanlicht durfde Chrissie niet te rennen, want over het hertespoor strekten zich verraderlijke wortels uit en op sommige plaatsen hingen takken dicht boven de grond.

Ze haastte zich zo snel ze durfde vooruit. Telkens moest ze denken aan de avonturenboeken die ze zo graag las: *De kleine Chris was even lichtvoetig als vindingrijk en ze liet zich door het donker evenmin afschrikken als door haar monsterlijke achtervolgers. Wat was ze dapper!*

Op de bodem van het ravijn zou ze uit twee richtingen moeten kiezen, westwaarts naar de zee of oostwaarts naar de weg. Voorbij de brug over het ravijn was het nog meer dan vijf kilometer naar de rand van Moonlight Cove. Er woonden niet veel mensen in de streek en de weg werd weinig gebruikt, terwijl Tucker daar met de Honda naar toe kon zijn gegaan om haar op te wachten voor het geval ze wilde liften. Aan de andere kant woonden nog minder mensen langs de kust, die voor een deel tot natuurgebied was ver-

klaard en waar niet gebouwd mocht worden. Welke kant moest ze nu op?
In het ravijn maakten de pijnbomen langs het pad plaats voor ondoordringbaar stekelig struikgewas. Er groeiden varens tussen, hoog opgeschoten in dit vochtige klimaat, die Chrissie rillend opzij duwde, want het leek telkens alsof tientallen handjes haar probeerden te grijpen.
Door de kloof liep een brede, maar ondiepe stroom en ze bleef aan de oever ervan staan om op adem te komen. In dit jaargetijde stond in het midden van de geul slechts tien centimeter water, dat traag voortkabbelde, donker glanzend in het maanlicht.
Er stond geen zuchtje wind.
Er klonk geen enkel geluid.
Ze had het koud en ze was buiten adem en bang, onzeker wat ze nu moest doen, maar vooral kwaad op zichzelf omdat ze zo slap was. De heldinnen uit haar geliefde avonturenboeken konden veel langere achtervolgingen en grotere ontberingen doorstaan zonder de moed te verliezen of niet meer te weten wat ze moesten doen. Met dat voorbeeld in gedachten liep Chrissie over de nog drassige leembedding naar de rand van het water en probeerde over de smalle stroom te springen. Ze kwam een eindje te kort en landde spetterend in het water. Met klompen leem aan haar sportschoenen ploeterde ze verder naar de andere oever. Daar besloot ze naar het oosten noch naar het westen te gaan maar rechtdoor te blijven lopen, tegen de wand van de kloof omhoog tot ze aan de andere kant weer in het bos kwam.
Ze was niet bang om te verdwalen, ook al bereikte ze de rand van het gebied waar ze als kind gespeeld had. Aan de hand van de maan en van de uit zee opkomende mist kon ze voortdurend controleren of ze nog naar het zuiden ging, waar ze na ongeveer een kilometer de eerste huizen zou bereiken. Daar lag ook het gebouw van New Wave Microtechnologie, niet ver van Moonlight Cove. Daar zou ze hulp kunnen vinden.
En daar zouden haar moeilijkheden pas echt beginnen, zoals ze maar al te goed wist. Wie zou geloven dat haar vader en moeder niet haar echte ouders meer waren, dat ze veranderd waren, bezeten door een boze geest of een vreemde macht, en dat ze ook Chrissie wilden veranderen?
Geen mens.
Voor haar leeftijd was ze intelligent, welbespraakt en had verantwoordelijkheidsgevoel, maar ze bleef een kind van elf jaar. Niemand zou haar willen geloven. Ze twijfelde er niet aan dat volwas-

senen, na beleefd geluisterd te hebben, meteen haar ouders zouden bellen, en die hadden natuurlijk hun eigen, veel geloofwaardiger verhaal klaar...

Maar ze had geen andere keus dan proberen iemand te overtuigen, anders kon ze de vlucht beter meteen opgeven.

Een schelle kreet klonk vanaf de rand van het ravijn waarlangs ze net was afgedaald, een paar honderd meter achter haar. Het was een vreemd geluid, niet menselijk maar ook niet helemaal dierlijk. Het werd beantwoord door een tweede en een derde kreet, duidelijk van andere wezens afkomstig.

Chrissie bleef staan op het steil oplopende pad en zocht steun bij de gebarsten stam van een sterk geurende pijnboom. Ze keek om en luisterde naar het klaaglijke schreeuwen dat de drie wezens nu gezamenlijk aanhieven, een ijl geluid dat haar deed denken aan het janken van coyotes... maar dat vreemder, angstwekkender was. Het drong haar door merg en been.

Hadden haar achtervolgers zoveel vertrouwen gekregen dat ze niet langer stil hoefden te zijn om hun aanwezigheid te verbergen?

'Wie zijn jullie?' fluisterde Chrissie.

Ze voelde bijna de blikken van haar achtervolgers, die in het donker vermoedelijk even scherp konden zien als katten.

Of zouden ze haar kunnen ruiken, net als honden?

Haar hart begon bijna pijnlijk tegen haar ribben te bonzen.

Eenzaam en kwetsbaar keerde ze zich af van de jankende jagers en klom verder omhoog naar de zuidelijke rand van de kloof.

9

Tessa Lockland liep over de lege parkeerplaats aan het eind van Ocean Avenue en kwam op het publieke strand. De opstekende bries maakte het koud en ze was blij dat ze een wollen trui en haar leren jasje had aangetrokken.

Ze passeerde een hoge cipres die in het zachte zand groeide, buiten de lichtkring die de laatste straatlantaren wierp, door de overheersende zeewind vervormd tot een beeldhouwwerk van Erté vol gebogen lijnen en in elkaar overvloeiende vlakken. Tessa bleef staan op het vochtige zand aan de waterkant, waar de aanspoelende golven net niet tot haar schoenen reikten, en staarde naar het westen. De uitgestrekte deinende zee was in het zwakke maanlicht maar voor een deel te zien, zodat het leek alsof de schuimende branding uit het niets opdook.

Ze probeerde zich voor te stellen dat haar zuster hier op het verlaten strand stond, veertig capsules valium innam, haar kleren uittrok en zich in de koude zee stortte. Nee. Het was ondenkbaar. Tessa begon langzaam de kromming van de vloedlijn in zuidelijke richting te volgen, gesterkt in haar overtuiging dat de autoriteiten van Moonlight Cove knoeiers of leugenaars waren. In het parelende licht van de onvolwassen maan keek ze om zich heen naar het zand, naar de hier en daar opgeschoten cipressen, naar de in de loop der tijd verweerde rotsformaties. Ze verwachtte niet een aanwijzing te vinden voor wat Janice drie weken geleden had gedaan of wat er met haar was gebeurd; daarvoor was er al te veel tijd verstreken. Wel had ze de vage hoop dat de omgeving en de omstandigheden – het donker, de frisse wind, de langzaam dikker wordende nevelslierten – haar op een idee zouden brengen over wat er met Janice gebeurd zou kùnnen zijn.
Zo ging ze vaak ook te werk als ze aan een documentaire begon en niet zeker was van de beste manier om het onderwerp aan te pakken. Een verblijf ter plaatse, had ze gemerkt, gaf haar meestal de inspiratie die nodig was om het werk te beginnen. Voor een reisverslag ging ze bijvoorbeeld het liefst zelf een paar dagen naar Singapore, Hongkong of Rio de Janeiro om de sfeer te proeven, wat vruchtbaarder was dan vele uren lezen of overleggen met haar medewerkers, zaken die overigens ook een deel van de voorbereiding moesten uitmaken.
Ze had nog geen honderd meter over het strand afgelegd toen ze plotseling een naargeestige, schrille kreet hoorde. Ze bleef abrupt staan en luisterde naar het geluid, dat heel uit de verte kwam en enige tijd aanhield, aanzwellend en wegstervend.
Ze rilde en vroeg zich af wat het geweest kon zijn. Het kon onmogelijk het geluid van een hond of kat zijn geweest en voor zover ze wist waren er geen poema's zo dicht bij bewoond gebied.
Net toen ze verder wilde lopen klonk weer dezelfde kreet in de avond. Het geluid leek van de klippen verder naar het zuiden te komen, waar niet veel verlichte huizen stonden. Het eindigde met een diepe en langgerekte jammerklacht die eerder klonk als het gejank van een hond, hoewel het haar nog steeds heel onwezenlijk voorkwam. Misschien hield een van de bewoners er een exotisch huisdier op na, een wolf of een wilde kat die niet van nature in de noordelijke kuststreek voorkwam. Maar er zat een vreemde klank in, een klank die haar bekend voorkwam en die ze toch niet kon thuisbrengen. Ze bleef een tijdje staan luisteren, maar er was niets meer te horen.

De mist begon dichter te worden en de tweetandige maan werd half bedekt door een dikke wolk. Het werd nu erg donker. Tessa besloot dat ze beter de volgende ochtend kon terugkomen, als het zicht beter was. Ze draaide zich om en begon terug te lopen in de richting van de omfloerste straatlantarens aan het eind van Ocean Avenue. Pas toen ze de parkeerplaats achter zich had gelaten en weer op de oplopende boulevard was, merkte ze plotseling aan haar hijgende adem hoe snel ze liep, bijna op een draf.

10

Thomas Shaddack zweefde in absolute duisternis. Hij voelde geen warmte of kou, geen gewicht, geen beroering van zijn huid, alsof hij geen huid of spieren of beenderen meer had, helemaal geen lichaam meer. Alleen met een klein deel van zijn bewustzijn wist hij nog dat hij een mens was met een tastbare gedaante, lang en hoekig gebouwd, met een te smal gezicht, een hoog voorhoofd en lichte geelbruine ogen.

Hij was zich er eveneens vaag van bewust dat hij naakt in de gesloten watertank dreef, een soort ijzeren long maar dan vier keer zo groot. Het zwakke lampje in de tank brandde op het ogenblik niet en er drong geen licht door de dikke mantel. Aan het water waarin Shaddack lag was tien procent magnesiumsulfaat toegevoegd om de drijfkracht te vergroten. De temperatuur ervan werd door een computer geregeld en voortdurend aangepast aan de temperatuur van zijn lichaam.

Hij had geen last van claustrofobie. Binnen enkele minuten nadat hij in de tank was gestapt en het luik had gesloten, was het gevoel van opgesloten-zijn volkomen verdwenen.

De afwezigheid van enige zintuiglijke sensatie – oogprikkels, geluiden, geuren, zwaartekracht, besef van tijd en plaats – stelde Shaddack in staat zijn geest te bevrijden van de belemmeringen die zijn stoffelijk omhulsel opwierp, waardoor hij zijn inzicht telkens verdiepte en in gedachten wegen kon volgen die voorheen onbereikbaar waren.

Ook zonder moderne hulpmiddelen was Shaddack een genie. Dat had *Time* over hem geschreven, dus het moest wel waar zijn. Hij had New Wave opgebouwd van niets tot een leidende onderneming op het gebied van de microtechnologie met een omzet van driehonderd miljoen dollar per jaar.

Shaddack had op dit moment echter geen belangstelling voor het

onderzoek dat in zijn bedrijf werd gedaan. Hij gebruikte de tank uitsluitend voor zijn eigen ontspanning, voor het oproepen van een bepaald visioen dat hem altijd weer fascineerde.
Zijn visioen:
Afgezien van het vage besef dat hem nog met de werkelijkheid verbond, bevond hij zich in een grote, kloppende machine, zo reusachtig dat de grenzen ervan even onduidelijk waren als die van het heelal. Het was het landschap van een droom, maar veel gedetailleerder en intenser dan een droom. Als een nietig stofje zweefde hij door de brede gangen van dat kolossale denkbeeldige mechanisme, tussen reusachtige muren, langs dreunende turbines, stampende zuigers en draaiende vliegwielen van alle denkbare afmetingen. Motoren zoemden, cilinders pompten, vonken sloegen uit de ontelbare kabels die de elektrische stroom naar de verste uithoeken van het stelsel voerden.
Maar voor Shaddack was het fascinerendste aan deze droomwereld de manier waarop stalen machinerieën en levend weefsel waren verbonden tot een revolutionair organisch geheel. Mensenharten stuwden in een onvermoeibaar tijdloos ritme bloed door dikke slagaderen, zij aan zij met mechanische pompen die olie naar alle delen van het immense apparaat stuurden. Ontelbare longzakjes fungeerden als blaasbalgen en filters. Stalen buizen en rubberslangen waren door pezen en levende huid met elkaar verbonden, even flexibel als echte gewrichten.
Het was een volmaakte combinatie van techniek en biologie. Thomas Shaddack liet zich geobsedeerd meevoeren door de eindeloze gangen van zijn droomwereld, al had hij geen besef van waar al die activiteit uiteindelijk toe diende. Dat interesseerde hem ook niet. Het mechanisme wond hem op omdat het zo efficiënt leek te zijn, omdat de organische en anorganische bestanddelen zo briljant waren samengevoegd.
Shaddack was eenenveertig jaar oud en hij had zijn hele werkzame leven gevochten tegen de beperkingen van het menselijk lichaam, tegen de natuurlijke bestemming van zijn soort. Hij wilde meer zijn dan alleen maar een mens. Hij wilde de macht van een god hebben en niet slechts zijn eigen toekomst, maar die van het hele ras bepalen. Hier, in een omgeving waarin hij zich volledig aan zijn visioen van een cybernetisch organisme kon overgeven, kwam hij dichter bij de verwezenlijking van zijn droom dan in de echte wereld.
Het was niet alleen een intellectuele of emotionele oefening, het was ook een intense erotische belevenis voor hem. Zwevend door

die denkbeeldige half-organische machine, merkte hij niets van zijn kloppende erectie of van de ejaculatie die zijn lichaam deed schokken, want het hoogtepunt van zijn visioen vervulde zijn hele wezen met een onbegrijpelijk genot. Zijn zaad verspreidde zich in dunne draadjes door de donkere magnesiumoplossing waarin hij lag.

Een paar minuten later zorgde de automatische klok ervoor dat het licht ging branden en er een zachte zoemer klonk. Shaddack werd uit zijn droom teruggeroepen in de werkelijkheid van Moonlight Cove.

11

Chrissies ogen pasten zich aan het donker aan, zodat ze ook op onbekend terrein snel haar weg kon vinden.

Boven aan de rand van het ravijn vond ze een ander hertespoor dat in zuidelijke richting in het bos verdween. Aan het begin van het pad stonden twee cipressen, uit de wind gehouden door de omringende bomen, hoog en recht. Even overwoog ze in een van de bomen te klimmen en zich tussen het volle gebladerte te verstoppen, maar het gevaar was te groot dat de achtervolgers haar zouden ruiken of op een andere manier opmerken en dan zou ze nergens meer heen kunnen.

Ze liep haastig verder en bereikte weldra een opening tussen de bomen, die uitkwam op een glooiende weide. Het droge gras wuifde in de opstekende wind, die ook haar blonde haar beroerde. De mist was dichter dan toen ze op de rug van Godiva van huis was weggereden, maar het kniehoge gras was nog goed zichtbaar in het zilveren licht van de maan.

Ze begon het veld over te steken in de richting van de bomen aan de andere kant. Op de snelweg, meer dan een kilometer naar het oosten, passeerde een grote vrachtwagen, verlicht als een kerstboom. Ze waagde het niet die kant op te gaan, want als ze daar al een lift kreeg, dan zou het van iemand zijn die niet uit de buurt kwam en een vreemde zou helemaal niet geneigd zijn haar te geloven. Bovendien had ze vaak genoeg gelezen en gehoord over maniakken die op de autowegen lifters vermoordden en in gedachten zag ze al de krantekoppen die haar tragische einde uitschreeuwden: JONG MEISJE DOOR KRANKZINNIGE VERMOORD EN OPGEGETEN MET GARNERING VAN BROCCOLI EN PETERSELIE; GEBEENTE IN SOEP VERWERKT.

Dichterbij lag de secundaire weg, die over de voorste heuvelrij liep, maar daar was geen verkeer op te zien. Het feit dat ze drie verschillende stemmen had gehoord, moest betekenen dat Tucker zijn Honda had achtergelaten en zich bij haar ouders had gevoegd. In dat geval zou ze misschien toch beter naar de weg kunnen gaan om een auto aan te houden.
Ze dacht erover na terwijl ze over het veld rende, maar voordat ze een besluit kon nemen hoorde ze die angstaanjagende kreten weer, nog steeds in het bos maar dichterbij dan eerst. Het klonk als een meute jankende honden die een spoor gevonden had, maar het geluid was vreemder en wilder.
Plotseling stapte ze in het niets en viel voorover. Even dacht ze dat ze in een ravijn stortte, maar het bleek slechts een brede afwateringsgeul die dwars door het weiland liep en ze gleed ongedeerd langs de wand naar de bodem.
Het woedende geschreeuw van haar achtervolgers werd luider en klonk dichterbij, vervuld van een razende honger.
Snel krabbelde ze overeind om uit de ruim anderhalve meter diepe greppel te klimmen, toen ze zag dat de geul een eindje verder versmalde en uitliep in een betonnen buis die in de aarden wand verdween. Ze bleef staan en dacht na.
Het oppervlak van de betonnen buis was nog net zichtbaar in het glanzende licht van de maan. Door deze pijp werd het regenwater van de wegen door de heuvels afgevoerd. Chris had geen idee of de pijp aan de andere kant wel een uitgang had of breed genoeg was om doorheen te kruipen, maar aan het gejank te horen was het duidelijk dat ze haar voorsprong op de achtervolgers kwijtraakte en ze was bang dat ze ingehaald zou worden voordat ze het veld kon oversteken.
Ze liet zich weer naar de bodem glijden en holde naar de pijp. De mond was meer dan een meter in doorsnee en ze kon er gebukt in lopen. Ze had echter nog maar een paar passen gedaan toen ze een vieze stank in haar neusgaten kreeg en kokhalzend bleef staan. In de donkere tunnel lag iets te verrotten. Ze kon niet zien wat het was, wat ze wel zo prettig vond: het gezicht zou misschien nog afschuwelijker zijn dan de stank. Een of ander ziek wild dier moest hier een beschutte plek hebben gezocht om te sterven.
Ze ging snel terug naar de monding en snoof de zuivere avondlucht op.
In de duisternis klonk een koor van jammerende kreten die haar nekharen letterlijk overeind deden staan.
De jagers hadden haar bijna ingehaald.

Haar enige kans was de buis, waar ze zich zo diep mogelijk in moest terugtrekken in de hoop niet ontdekt te worden. Ze besefte ineens dat de geur van bederf haar van pas kon komen, omdat die de anderen op een dwaalspoor kon brengen.

Ze draaide zich om en volgde de stikdonkere tunnel, die onder het weiland iets omhoog liep. Na nog geen tien meter trapte ze met haar schoen in iets weeks en glibberigs. De afschuwelijke stank van verrotting werd nog sterker en ze wist dat ze in het dode ding was gestapt.

'Gedverderrie.'

Ze kreeg een vieze smaak in haar mond, maar ze beet op haar tanden en dwong zichzelf niet over te geven. Met een sprongetje liet ze de troep achter zich, waarna ze haar schoen afveegde aan de betonnen vloer van de buis.

Daarna haastte ze zich verder door de afvoerbuis. Met haar ingetrokken hoofd en schouders zag ze eruit als een dwerg die zijn geheime schuilplaats opzocht.

Vijftien of twintig meter voorbij het onbekende dode ding bleef ze staan, hurkte neer en draaide zich om. Ze zag de ronde opening van de tunnel en een stuk van de greppel in het maanlicht, verrassend helder nu ze zelf helemaal in het donker zat.

Er was geen geluid meer te horen.

Ze voelde tocht, afkomstig van de luchtroosters naast de weg, langs zich heen trekken naar de monding, waardoor ze van het dode dier niets meer rook. Er hing alleen een klamme geur van schimmel in de buis.

Stilte heerste in het donker.

Ze hield haar adem in en luisterde gespannen.

Niets.

Zonder op te staan bracht ze haar gewicht van de ene naar de andere voet.

Stilte.

Ze vroeg zich af of ze zich nog dieper in de tunnel moest wagen. Misschien zaten er wel slangen. Was het geen ideale schuilplaats waar slangen beschutting tegen de opkomende kou zouden zoeken?

Stilte.

Waar waren haar ouders en Tucker? Een minuut geleden had ze ze nog gehoord, vlak in de buurt.

Stilte.

Er zaten veel ratelslangen in de heuvels, hoewel ze zich in deze tijd van het jaar meestal schuilhielden. Als ze per ongeluk op een nest...

De aanhoudende, onnatuurlijke stilte werkte op haar zenuwen en ze voelde een sterke aandrang om te gaan schreeuwen, alleen om die vreemde betovering te verbreken.
De stilte werd abrupt verbroken door een schrille kreet. Het geluid weerkaatste tussen de betonnen wanden en vulde de hele buis, tot het leek alsof Chrissie van alle kanten was omsingeld.
Bij de opening zag ze donkere gestalten in de greppel springen.

12

Sam vond een Mexicaans restaurant in Serra Street, twee straten van zijn motel verwijderd. Eén keer de lucht opsnuiven was genoeg om te weten dat je hier goed kon eten. Het was het aromatische equivalent van de muziek van José Feliciano: chilipoeder, gloeiendhete chorizo, de zoete geur van tortilla's vol masa harina, cilantro, Spaanse peper en uien.
Toch was het interieur even onopvallend als de naam, Perez. Een grote rechthoekige ruimte met tafeltjes langs de wanden en in het midden en de keuken achterin. In tegenstelling tot Burt Peckham van de Knight's Bridge Tavern had de eigenaar van het restaurant over aanloop niet te klagen. Een piepjonge serveerster bracht Sam naar het enige nog vrije tafeltje achterin.
Het personeel droeg vrijetijdskleding, spijkerbroeken en truien, met alleen een wit schortje dat hen herkenbaar maakte. Sam nam niet de moeite naar Guinness te vragen, een merk dat hij nog nooit in een Mexicaans restaurant had aangetroffen, maar Corona zou hem ook wel smaken als het eten goed was.
Het eten wàs goed, veel beter dan je zou verwachten in zo'n kustplaatsje met drieduizend inwoners. Hij kwam bijna tot de conclusie dat hij werkelijk in Moonlight Cove van zijn vervroegde pensioen moest gaan genieten, ook al zou hij dan eerst een bank moeten beroven.
Na een tijdje begon hij wat meer belangstelling te tonen voor de andere bezoekers van het restaurant. Het duurde niet lang voordat hij een paar eigenaardigheden opmerkte.
Hoewel er zeker tachtig mensen zaten te eten, was het vreemd stil in het restaurant. In de meeste Mexicaanse eethuizen ging het er vrolijk aan toe onder invloed van het smakelijke eten, het bier en de krachtige margarita's. Maar hier was er van drukte nauwelijks iets te merken en de meeste bezoekers zaten zwijgend te eten.
Sam bestelde een tweede fles Corona en keek op zijn gemak rond.

Rechts van hem zaten drie mannen van middelbare leeftijd schrokkerig te eten. Ze staarden voor zich uit of naar hun bord en af en toe keken ze elkaar aan, maar ze spraken geen woord. Aan een andere tafel zaten twee jonge stellen. Ook zij deden zich met smaak te goed aan het eten, maar ze lachten niet en deden evenmin aan de uitbundige conversatie die je zou verwachten van mensen van hun leeftijd. Hoe langer Sam naar hen keek, des te vreemder vond hij hun intense concentratie op het eten.

Bijna alle aanwezigen leken uitsluitend belangstelling voor het voedsel te hebben, jong en oud, of ze nu alleen waren of in gezelschap. Ze aten bovendien in hoog tempo, nauwelijks de tijd nemend te kauwen, en het personeel liep af en aan met nieuwe bestellingen. Sommigen propten hun mond vol en namen amper de moeite om te slikken, anderen sloten tussen twee happen door niet eens hun mond en Sam kon ze zelfs horen schrokken. Hun rode bezwete gezichten waren natuurlijk toe te schrijven aan de gepeperde gerechten, maar niemand zei iets als 'Jongens, wat is dit scherp', of soortgelijke opmerkingen die aan tafel gebruikelijk zijn.

Sam keek naar de klanten die wel gewoon zaten te praten en te eten. Die hadden blijkbaar geen oog voor de kwalijke tafelmanieren van de andere bezoekers. Natuurlijk kwam je in ieder restaurant mensen tegen die zich volpropten en aan alles en iedereen maling hadden, maar Sam verbaasde zich toch over de opmerkelijke vraatzucht die hij hier te zien kreeg.

Misschien waren ze in Moonlight Cove niet anders gewend. Het kon de zeelucht zijn die een gezonde eetlust opwekt, of anders had een eigenaardige culturele ontwikkeling de acceptatie van algemeen aanvaarde tafelmanieren verhinderd. Het was in elk geval een raadsel waar een socioloog een fraai proefschrift over zou kunnen schrijven. Jammer alleen dat de vreetpartij na een tijdje zijn eigen eetlust begon te bederven.

Nadat hij had afgerekend, keek hij nog eens in de zaak rond. Het viel hem op dat geen van de schrokkers bier, margarita's of andere alcoholhoudende dranken gebruikte. Ze dronken ijswater, cola of melk, het ene glas na het andere, alsof de lekkerbekken stuk voor stuk geheelonthouder waren. Het zou hem waarschijnlijk zijn ontgaan als hij in zijn werk niet had geleerd op alle details acht te slaan.

Hij herinnerde zich het gebrek aan klandizie in de Knight's Bridge Tavern.

Welke culturele of godsdienstige beweging combineerde geheel-

onthouding met gulzigheid en slechte tafelmanieren?
Hij kon er geen enkele bedenken.
Bij het weggaan hield hij zichzelf voor dat hij overdreef, dat er toevallig een paar gasten waren die zich niet wisten te gedragen. Per slot van rekening had hij niet iedereen in het oog kunnen houden. Maar dicht bij de uitgang passeerde hij een tafeltje waaraan drie knappe en goedgeklede jonge vrouwen zaten te eten. Ze deden het gulzig, zonder iets te zeggen of naar elkaar te kijken. Etensresten plakten aan hun kin en hun kleren zaten onder de kruimels, als waren ze zichzelf aan het paneren.
Sam was blij toen hij weer buiten in de frisse lucht stond.
Hij transpireerde van het scherpe eten en van de warmte in het restaurant, maar vanwege de schouderholster kon hij zijn jasje niet uittrekken. Hij koelde snel af in de mist die door de kalme zeebries naar het land werd geblazen.

13

Chrissie zag ze in de greppel springen en even dacht ze dat haar achtervolgers langs de andere wand omhoog zouden klimmen om hun speurtocht door de weide voort te zetten. Maar een van hen draaide zich om en sloop op handen en voeten naar de monding van de buis. Ze kon weinig anders zien dan een donkere vorm en ze geloofde nauwelijks dat dit een van haar ouders of Tucker was. Maar wie zou het anders moeten zijn?
Het ding kroop een eindje de tunnel in en tuurde in het donker. De ogen gloeiden met een geelgroene glans, matter dan buiten in het maanlicht.
Chrissie vroeg zich af hoe goed het ding in deze totale duisternis kon zien. Ze zat zeker dertig meter van de ingang, maar ze was toch bang dat de anderen over een bovennatuurlijk gezichtsvermogen beschikten en haar konden zien.
Het ding leek haar recht aan te staren.
Wie weet hadden ze wel bovennatuurlijke eigenschappen. Misschien waren haar ouders weerwolven geworden.
Chrissie was nat van het zure zweet. Ze hoopte dat de stank van het dode dier haar eigen lichaamsgeur zou verdrijven.
Haar belager begon langzaam naar voren te kruipen, waardoor de lichte mond van de tunnel bijna helemaal geblokkeerd werd.
Chrissie hoorde de zware ademhaling van het ding naderen, versterkt in de holle buis. Zelf haalde ze zo oppervlakkig mogelijk

adem door haar mond om haar aanwezigheid niet te verraden. Plotseling begon het wezen te praten, schor fluisterend en zo gedreven dat de woorden achter elkaar door liepen. *Jij daar, Chrissie, jij? Kom Chrissie, kom mij, kom, wil jou, wil, wil, mijn Chrissie, mijn Chrissie.*

De bizarre koortsige stem deed haar weer aan een weerwolf denken, aan een gruwelijk misvormd gedrocht uit een nachtmerrie.

Helpen, wil je helpen, nu, kom mij, kom, kom. Jij daar, jij daar?

Het ergst van alles was dat ze de stem herkende, hoe schor en vreemd die ook klonk. Het was de stem van haar moeder. Veranderd, zeker, maar niettemin de stem van haar moeder.

Haar maag draaide om en ze voelde een steek van pijn en verdriet. Ze besefte dat ze naar haar moeder verlangde, naar haar èchte moeder. Als ze een zilveren crucifix bij zich had gehad, zoals je in griezelfilms altijd zag, was ze waarschijnlijk naar voren gegaan om haar moeder van deze afschuwelijke demon te bevrijden. Alleen zou een crucifix wel niet helpen, want in het leven ging nooit iets zo gemakkelijk als in de film... en wat er met haar ouders was gebeurd, was nog heel wat vreemder dan alle vampiers, weerwolven en demonen bij elkaar.

Dood, dood, stinkt, dood.

Het moederding kroop snel nog een eindje naar voren en kwam bij de rottende troep waar Chrissie in was gestapt. De gloed van de ogen werd zwakker nu het ding niet meer in het maanlicht zat. Achter de gebogen kop verscheen een tweede gedaante bij de ingang van de buis. Chrissie hoorde een andere stem, even afschrikwekkend als die van haar moeder.

Zij daar, daar, zij? Wat gevonden, wat?

Wasbeer.

Wat, wat is het?

Dode wasbeer, rot, maden, maden.

Chris hoopte dat haar schoenzool geen afdruk in de vergane resten van de dode wasbeer had achtergelaten.

Chrissie? vroeg het tweede wezen, dat ze aan zijn stem als Tucker herkende. Haar vader was blijkbaar in de weide of tussen de bomen naar haar op zoek.

Er klonken schrapende geluiden, alsof ze met hun nagels over de betonnen vloer van de buis krabbelden. Ze leken zenuwachtig te zijn, opgejaagd door een onbeheersbare energie.

Chrissie daar, zij daar, zij? vroeg Tucker.

Het moederding tilde haar hoofd op en tuurde door de donkere tunnel, recht naar Chrissie.

Ze kan me niet zien, bad Chrissie vurig. Ik ben onzichtbaar.
De ogen waren twee puntjes dof glanzend zilver.
Chrissie hield haar adem in.
Moet eten, eten, wil eten, zei Tucker.
Meisje, eerst meisje vinden, dan eten, dan.
Ze klonken als wilde dieren die als een magisch geschenk ruw hadden leren praten.
Nu, nu, branden, nu eten, nu, branden. Ruik kleine dieren, jagen, eten, eten, nu.
Chrissie was bang dat de anderen het klapperen van haar tanden konden horen, zo erg zat ze te rillen.
Buiten kleine dieren, zei Tucker weer, *hoor ze, ruik ze. Jagen en eten, moet eten, nu.*
Chrissie hield haar adem in.
Hier niets, alleen maden, stinken. Ga eten, dan meisje vinden, eten, dan vinden. Ga.
De twee wezens kropen naar de uitgang en verdwenen uit het gezicht.
Chrissie durfde weer adem te halen.
Ze wachtte een minuut tot ze er zeker van was dat de anderen verdwenen waren, daarna draaide ze zich om en kroop als een kleine trol verder de tunnel in. Op de tast zocht ze de wanden af om een schuilplaats te vinden. Tweehonderd meter verder vond ze wat ze zocht, een smalle zijtunnel, half zo groot als de hoofdleiding. Ze kroop er achterwaarts een eindje in en bleef liggen. Hier kon ze betrekkelijk veilig de nacht doorbrengen. Zelfs als de achtervolgers terugkwamen en zich voorbij de dode wasbeer waagden, zouden ze haar in deze aftakking niet kunnen ruiken.
Chrissie was opgelucht. Dat ze ongedeerd was gebleven, bewees dat de anderen niet over bovennatuurlijke vermogens beschikten, niet almachtig waren. Ze waren geweldig snel en afschrikwekkend, maar niet onfeilbaar. Als het licht werd, had ze misschien nog een goede kans om uit het bos te komen en hulp te vinden voordat ze haar te pakken kregen.

14

Sam Booker bleef voor het restaurant in het licht van een lantaarnpaal staan en keek op zijn horloge. Pas tien over zeven. Doelloos begon hij Ocean Avenue te volgen, moed verzamelend voor het gesprek met Scott in Los Angeles. Het vooruitzicht nam

hem weldra geheel in beslag, zodat hij niet meer aan de merkwaardige bezoekers van het restaurant dacht.
Om half acht stapte hij de telefooncel binnen van een tankstation op de hoek van Juniper Lane en Ocean Avenue. Scott vond zichzelf met zijn zestien jaar oud genoeg om alleen thuis te blijven als zijn vader een paar dagen op reis moest. Sam was het daar niet helemaal mee eens en had hem weleens bij tante Edna laten logeren, maar de jongen had haar het bloed onder de nagels vandaan gehaald en Sam wilde haar een nieuwe beproeving besparen.
Hij had Scott in elk geval geleerd alle voorzorgsmaatregelen te nemen: deuren en ramen op slot tegen inbrekers, brandblussers bij de hand, niet binnen blijven als er een aardbeving aan de gang is of zich een andere calamiteit voordoet. Hij had hem zelfs geleerd met een vuurwapen om te gaan. Sam vond de jongen nog niet volwassen genoeg om enkele dagen alleen thuis te zijn, maar Scott was althans op alles voorbereid.
De telefoon ging negen keer over. Sam wilde al ophangen met een schuldig gevoel van opluchting dat hij geen verbinding had gekregen toen Scott toch opnam.
'Hallo?'
'Ik ben het, Scott. Je vader.'
'Ja?'
Op de achtergrond klonk oorverdovende heavy metal. Scott zat zeker in zijn kamer. De ruiten moesten rinkelen, zo ver had hij de volumeknop omgedraaid.
'Kun je de muziek wat zachter zetten?'
'Ik kan je goed verstaan,' bromde Scott.
'Jawel, maar ik jou niet.'
'Ik heb toch niet veel te vertellen.'
'Wil je hem alsjeblieft zachter zetten?' vroeg Sam, met de nadruk op alsjeblieft.
Scott legde de hoorn met een dreun op het nachtkastje. Het deed Sam pijn aan zijn oren. De muziek klonk een fractie zachter. 'Ja?'
'Hoe is het met je?'
'Best.'
'Gaat alles goed thuis?'
'Ja, waarom niet?'
'Het was maar een vraag.'
'Als je me wilt controleren, maak je maar geen zorgen,' zei Scott gemelijk. 'Ik geef hier geen feest.'
Sam telde tot drie om zichzelf te beheersen. Slierten mist kronkelden langs de ruiten van de telefooncel. 'Hoe was het vandaag op school?'

'Dacht je dat ik niet gegaan was?'
'Helemaal niet.'
'Je vertrouwt me niet.'
'Wel waar,' loog Sam.
'Je denkt dat ik niet geweest ben.'
'Ben je geweest?'
'Ja.'
'En?'
'Belachelijk. Hetzelfde gezeik als altijd.'
'Scott, je weet dat ik niet van zulke taal hou als we met elkaar praten.' Sam besefte dat het ongewild op een confrontatie dreigde uit te draaien.
'Sorry hoor. Dezelfde blabla,' zei Scott, in het midden latend of hij de school of Sam bedoelde.
'Het is hier een mooie streek,' zei Sam.
De jongen gaf geen antwoord.
'Heuvels en bossen tot vlak bij het strand.'
'En?'
Sam beet op zijn tanden en telde weer tot drie, zoals hem was aangeraden door de therapeut die Scott en hij zowel gezamenlijk als apart bezochten. Hij gooide het over een andere boeg. 'Heb je al gegeten?'
'Ja.'
'Heb je nog huiswerk?'
'Nee.'
Sam aarzelde, maar besloot er niet op door te gaan. De therapeut, dr. Adamski, kon trots zijn op zijn inschikkelijkheid en koele zelfbeheersing.
Buiten vormden zich dubbele halo's rond de lichten van het tankstation en Moonlight Cove verdween langzaam in de dichter wordende mist.
'Wat doe je vanavond?' vroeg Sam na een stilte.
'Ik wàs muziek aan het draaien.'
Sam dacht weleens dat die muziek voor een deel verantwoordelijk was voor alle problemen. De stampende, eentonige en onmelodieuze heavy metal was zo zielloos en verdovend dat het de muziek van een robotbeschaving kon zijn, ontstaan lang nadat de mensheid van de aardbodem was verdwenen. De jongen had een tijdlang liever naar U2 geluisterd, maar het simplistische sociale bewustzijn van die groep kon niet op tegen nihilisme. Daarna had Scott een voorkeur ontwikkeld voor black metal, groepen die het satanisme aanhingen of althans de dramatische symbolen daarvan

gebruikten. Sam had hem steeds asocialer en zwartgalliger zien worden, steeds meer op zichzelf betrokken. Meer dan eens had hij op het punt gestaan de hele platenverzameling van zijn zoon aan stukken te slaan en de restanten weg te gooien, maar dat leek hem toch een al te overspannen reactie. Was hij niet zelf zestien geweest toen The Beatles en The Stones in opkomst waren en hadden zijn eigen ouders niet voorspeld dat hij en zijn hele generatie in het verderf gestort zouden worden? Ondanks John, Paul, George, Ringo en The Stones had hij het er zo slecht nog niet afgebracht. Hij was het produkt van een tijd van ongekende tolerantie en hij wilde niet net zo bekrompen worden als zijn ouders.
'Ik moet weer eens ophangen,' zei Sam.
De jongen zweeg.
'Als er iets is, kun je tante Edna bellen.'
'Alsof ik daar wat aan heb.'
'Ze houdt van je, Scott.'
'Zal best.'
'Ze is de zuster van je moeder en ze geeft om je alsof je haar eigen kind was. Je moet haar niet afstoten.' Na een nieuwe stilte haalde Sam diep adem en zei: 'Ik hou ook van je, Scott.'
'Moet ik nou gaan grienen?'
'Nee.'
'Daar heb ik ook geen zin in.'
'Ik wil alleen dat je het weet.'
Scott citeerde het refrein van een of ander liedje:

'Nothing lasts forever;
even love's a lie,
a tool for manipulation;
there's no God beyond the sky.'

Klik.
Sam bleef een ogenblik naar de zoemtoon staan luisteren. 'Geweldig.' Hij hing op.
Hij werd heen en weer geslingerd tussen ergernis en woede. Hij had zin om iets in elkaar te trappen, iets dat hij de schuld kon geven van het verlies van zijn zoon.
Het feit dat hij echt om de jongen gaf maakte het alleen nog maar erger. Het was frustrerend dat hij totaal geen contact met Scott kon krijgen.
Het had geen zin om al terug te gaan naar het motel. Hij zou toch niet kunnen slapen en het idee een paar uur voor de treurbuis te

moeten hangen trok hem al helemaal niet aan.
Toen hij de deur van de telefooncel opende, leken slierten mist hun tentakels ter begroeting uit te steken. Hij begon door Moonlight Cove te lopen, door de onverlichte straten van de woonwijken waar huizen en bomen in de mist leken te zweven, als waren ze slechts door een dunne draad met de aarde verbonden.
Na ongeveer een uur, terwijl hij stevig doorstapte om zijn woede kwijt te raken, hoorde hij in Iceberry Way, een paar straten voorbij Ocean Avenue, ineens snelle voetstappen achter zich. Hij kon zich niet in het geluid vergissen. Drie of vier mensen moesten het zijn, haastig lopend, hoewel steels en niet met de regelmatige tred van joggers.
Hij draaide zich om en keek de in donker gehulde straat langs. De voetstappen hielden op.
De maansikkel ging schuil achter de wolken en het enige licht was afkomstig van de huizen die aan weerskanten van de straat stonden. Het waren oude huizen, opgetrokken in Beierse, Mexicaanse, Engelse of Spaanse stijl, diep weggedoken tussen pijnbomen en jeneverbesstruiken. De mist dempte de gloed van de tuinverlichting en van de ouderwetse koetslantarens die hier en daar hingen. Er was niemand in Iceberry Way te zien.
Hij liep door, maar een eindje verder hoorde hij het geluid van de snelle voetstappen opnieuw. Met een ruk draaide hij zich om. Hij zag geen mens, maar het klonk alsof iemand van het trottoir stapte en over zachtere grond liep, misschien in een van de tuinen. Ze konden in een andere straat zijn; het was moeilijk te zeggen in de mist en de stilte.
Even waakzaam als nieuwsgierig verliet hij de gebarsten en met onkruid begroeide stoep en trok zich terug in de schaduw van een reusachtige cipres. Nog geen halve minuut later zag hij een steelse beweging aan de westkant van de straat. Vier donkere gestalten kwamen om de hoek van een huis, gebukt rennend. In het licht van twee stormlantarens wierpen ze grillig vervormde schaduwen op de gevel van het witgepleisterde huis. Ze verdwenen achter een paar struiken uit het gezicht voordat Sam hen goed kon opnemen. Opgeschoten jongens, dacht Sam, die weinig goeds in de zin hebben.
Hij had ze niet goed kunnen zien, maar de snelheid waarmee ze zich verplaatsten paste alleen bij jongeren. Ze waren van plan ergens in te breken of een kwalijke grap uit te halen – of anders zaten ze achter Sam aan. Zijn instinct zei hem dat het dat laatste moest zijn.

Bestond er in een kleine gemeenschap als Moonlight Cove zoiets als jeugdcriminaliteit?

Overal had je wel uit het lood geslagen jongeren, maar in zo'n landelijk plaatsje verwachtte je geen straatbenden die voorbijgangers beroofden of vermoordden. Joyriding, drankmisbruik, meisjes lastig vallen, kruimeldiefstallen, daar zou je hier eerder aan denken dan aan groepsgewijze activiteiten zoals in de grote stad.

Sam keek scherp naar de varens en azalea's drie huizen verderop waarachter het viertal onzichtbaar schuilde. Per slot van rekening was er in Moonlight Cove iets aan de hand en misschien had het wel met jeugdcriminaliteit te maken. De politie verzweeg de waarheid omtrent een aantal sterfgevallen die zich de laatste maanden hadden voorgedaan en het was niet uitgesloten dat ze de daders in bescherming wilden nemen omdat die uit vooraanstaande families kwamen, ook al leek dat nog zo onwaarschijnlijk.

Sam was niet bang voor zijn eigen hachje. Zelfs zonder wapen zou hij tegen vier opgeschoten knapen opgewassen zijn en een flinke knokpartij zou hem in zijn gefrustreerde stemming nog welkom zijn ook. Maar met het oog op zijn onderzoek was het niet verstandig nu al met de politie in aanraking te komen.

Hij vond het eigenaardig dat het viertal hem juist in een woonwijk belaagde, waar één noodkreet van hem voldoende zou zijn om de omwonenden te alarmeren en naar buiten te lokken. En ze konden natuurlijk niet weten dat hij van plan was zich stil te houden om niet met de autoriteiten geconfronteerd te worden.

Voorzichtigheid was weer eens de moeder van de porseleinkast en daarom sloop hij in de schaduw bij de boom vandaan, met de bedoeling achter het huis te verdwijnen en de jongens kwijt te raken. Hij haastte zich langs de zijkant van het huis naar de achtertuin. Vaag zag hij een schommel, roerloos hangend als een enorme spin in zijn web. Hij klom over het lage hek en kwam op een paadje dat naar de garages leidde. Sam was van plan geweest terug te gaan naar Ocean Avenue, naar het centrum, maar op een waarschuwende ingeving liep hij langs een paar vuilnisbakken en klom over het hek van de tegenoverliggende tuin om naar de straat te gaan die parallel liep aan Iceberry Way.

Vrijwel onmiddellijk hoorde hij de snelle gedempte voetstappen weer, afkomstig van het pad. Het viertal was nog even snel, maar blijkbaar niet meer zo voorzichtig.

Ze kwamen van de ingang van het pad op hem af, alsof ze met een zesde zintuig wisten in welke tuin hij was verdwenen en nu probeerden ze hem in te halen voordat hij de volgende straat kon

bereiken. Zijn instinct zei hem dat hij een schuilplaats moest zoeken. Bang was hij nog steeds niet, maar hij was tweeënveertig en hij wist dat hij zijn achtervolgers nooit te snel af kon zijn.
Sam liep snel naar de zijdeur van de vrijstaande garage. De deur was niet afgesloten. Hij stapte het inktzwarte interieur binnen en deed de deur achter zich dicht. Op hetzelfde ogenblik klonken voetstappen bij de grote schuifdeur aan de voorkant van de garage, waar zijn belagers bleven staan, kennelijk om te overleggen waar hun prooi was gebleven.
Sam tastte in het aardedonker naar een grendel of hangslot op de zijdeur, maar hij vond niets.
Er klonk een zacht en onverstaanbaar gefluister. Vreemde stemmen waren het, schor en intens.
Sam pakte de deurklink met twee handen vast en zette zich schrap, gespannen luisterend.
Het werd stil.
Hij luisterde met gespitste oren.
Niets.
De garage rook naar olie en stof. Sam kon niet zien of er een auto achter hem stond.
Al was hij dan niet bang, hij begon zich toch dwaas te voelen. Hoe had hij zich zo in het nauw kunnen laten drijven? Hij was een volwassen vent, een ervaren FBI-agent nog wel, gewapend en bedreven in allerlei zelfverdedigingstechnieken. En toch had hij zichzelf door vier knapen in een garage laten opsluiten, alleen afgaand op de intuïtie die hem zelden in de steek had gelaten...
Steelse voetstappen klonken langs de muur, op weg naar de deur waarachter hij stond. Sam verstrakte. Zo te horen kwam er maar één van de vier dichterbij.
Hij leunde naar achteren en trok de deur zo stijf mogelijk dicht.
De voetstappen bleven recht tegenover hem staan.
Hij hield zijn adem in.
Een seconde verstreek, twee, drie seconden.
Voel aan de deur en ga weg, dacht Sam geërgerd.
Hij begon zich steeds stommer te voelen en was er na aan toe de deur open te doen, al was het alleen maar om het joch als een duiveltje uit een doosje aan het schrikken te maken en op de vlucht te jagen.
Plotseling hoorde hij een stem door de deur, niet meer dan tien centimeter bij hem vandaan. Hij begreep ogenblikkelijk dat hij er goed aan had gedaan zich schuil te houden, ook al kon hij de woorden nauwelijks verstaan. Het was een zachte, hese stem, de

stem van een psychopaat of van een verslaafde die dringend een shot nodig had.

Het brandt, het brandt...

De ander leek in zichzelf te praten, als een zieke die ligt te ijlen. Sam hoorde nu ook een schrapend geluid tegen de deur dat hij niet kon thuisbrengen.

Vuur, vuur, heb nodig, nodig, vuur. Het was een ijle jammerklacht, maar tegelijk een gevaarlijk en dreigend gesnauw. Sam kon zich totaal niet voorstellen wie er tegenover hem stond: hij had nog nooit zo'n stem gehoord.

Ondanks de kou was zijn voorhoofd bedekt met een dun laagje zweet.

Opnieuw klonk het geschraap over de deur.

Sam vroeg zich af wat het was. De loop van een pistool, het lemmet van een mes of een dikke stok?

Het brandt, brandt...

Een klauw?

Het was een krankzinnig idee, maar het liet hem niet los. Onwillekeurig vormde zich het beeld van een gehoornde klauw die met scherpe nagels in het hout van de deur kraste.

Sam klemde de klink nog steviger vast. Hij voelde het zweet langs zijn slapen lopen.

Er kwam beweging in de klink. Sam voelde de druk tegen zijn handen en verzette zich ertegen.

Het brandt, pijn, pijn...

Eindelijk begon Sam bang te worden. Het was een junk op een bad trip, erger dan hij ooit had meegemaakt, vreemder en veel gevaarlijker, angstaanjagender omdat hij geen idee had wie hij tegenover zich had.

De jongen probeerde de deur open te trekken.

Sam week geen duimbreed.

Pijn, pijn...

Hij zal me hier toch niet kunnen ruiken? dacht Sam, een gedachte die onder de omstandigheden niet vreemder was dan het idee van een klauw.

Hij voelde zijn hart tegen zijn ribben bonken en het zweet prikte in zijn ooghoeken. Hij begon last te krijgen van de spieren in zijn nek, schouders en armen, zó gespannen was hij bezig de deur dicht te houden.

Opeens viel de druk weg. De ander had blijkbaar de moed verloren en liep terug langs de garage naar het pad. Hij stootte een klaaglijk geluid uit, een zwakke kreet van pijn en verlangen, van dierlijke opwinding, een kreet die hem onwillekeurig ontsnapte. Sam hoorde hoe het groepje zich katachtig sluipend op het pad achter de garage verzamelde. Weer klonken hun koortsige opgewonden stemmen, even onverstaanbaar als eerst. Plotseling zwegen ze en een ogenblik later renden ze als één man weg over het pad, als een troep wolven die instinctief reageert op naderend gevaar. Hun steelse voetstappen verdwenen en de nacht werd zo stil als een graf.

Een paar minuten bleef Sam nog in de donkere garage staan, zonder de deurklink los te laten.

15

De dode jongen lag op zijn rug in de droge greppel, niet ver van de secundaire weg even buiten Moonlight Cove. Op zijn ijswitte gezicht zaten bloedvlekken. In de felle gloed van de schijnwerpers staarde hij met opengesperde ogen naar een verre kust, veel verder dan de nabije Stille Oceaan.

Loman Watkins stond naast een van de schijnwerpers naar het kleine lichaam te kijken. Hij was met tegenzin, maar vrijwillig gekomen omdat het slachtoffer, de acht jaar oude Eddie Valdoski, zijn peetzoon was geweest. Loman had op school gezeten met Eddies vader George en hij koesterde al twintig jaar een stille en zuiver platonische liefde voor diens vrouw Nella. Eddie was een leuk joch geweest, intelligent en nieuwsgierig en goed opgevoed. Geweest... Nu was hij gruwelijk verminkt, gebeten en opengehaald, zijn nek gebroken, weinig meer dan een hoopje rottend afval, zijn veelbelovende toekomst afgesneden, van het leven beroofd... en het leven van hem.

Dit was misschien wel het ergste dat Loman in zijn eenentwintig dienstjaren als politieman gezien had, niet in de laatste plaats omdat het om een persoonlijke kennis ging. Maar het zien van het kleine gehavende lichaam schokte hem niet, het deed hem integendeel weinig. Hij werd slechts vaag en vluchtig beroerd door spijt en woede, emoties die als ongeziene vissen in een donkere zee langs een zwemmer streken, en verdriet voelde hij helemaal niet. Barry Sholnick, een van de agenten met wie het politiekorps van Moonlight Cove onlangs was uitgebreid, stond in spreidstand op de randen van de greppel en nam een foto van Eddie Valdoski. In de flits lichtten de verstarde ogen van de jongen op met een zilveren gloed.

Vreemd genoeg was zijn gebrek aan emoties het enige dat een sterke reactie bij hem opriep: hij werd er doodsbang van. Hij was de laatste tijd vaker overvallen door het idee dat hij nergens meer bij betrokken was, dat hij ongewild maar onvermijdelijk harder en afstandelijker werd, even ongevoelig als een blok beton.
Natuurlijk behoorde hij tot de Nieuwe Mensen en was hij in veel opzichten anders dan vroeger. Hij zag er nog hetzelfde uit, lang en stevig gebouwd, met een breed en verrassend onschuldig gezicht voor een ervaren politieman, maar dat uiterlijk was grotendeels schijn. Misschien was ongevoeligheid, of het vermogen rationeel en analytisch te reageren, wel een onverwacht bijverschijnsel van de transformatie. Maar was het wel een gunstig bijverschijnsel, zelfs geen verdriet te kunnen voelen?
Ondanks de kou brak het zure zweet hem uit.
Victor Callan, de assistent van de lijkschouwer, en agent Jules Timmerman speurden de bodem af tussen de greppel en de bosrand, op zoek naar sporen die de dader achtergelaten kon hebben. Dat deden ze uitsluitend ten behoeve van de buurtbewoners die zich op de plaats van het misdrijf hadden verzameld. Zelfs als er een spoor werd gevonden zou er geen arrestatie worden verricht. De moordenaar hoefde geen vervolging te vrezen, maar de Nieuwe Mensen zouden hun eigen manier hebben om met hem af te rekenen en ervoor te zorgen dat hun bestaan niet onthuld werd. Want er kon geen twijfel over bestaan dat de dader regressief was, zoals Thomas Shaddack het noemde, een van de Nieuwe Mensen die ontspoord was. En niet zo'n klein beetje ook.
Loman wendde zich af van de dode jongen en liep langs de weg in de richting van het huis van de familie Valdoski een paar honderd meter verder, dat gehuld in mist lag.
Hij sloeg geen acht op de omstanders en gaf geen antwoord op de vraag wat er in godsnaam gebeurd was.
Het was een landelijk deel van Moonlight Cove, nog maar net binnen de grenzen van de gemeente. De huizen stonden ver uit elkaar en er was geen licht om de invallende duisternis tegen te houden. Loman voelde zich eenzaam, ondanks al die mensen in de nabijheid. De tweebaansweg werd omzoomd door bomen, kromgemarteld in ontelbare stormen. Er scheen voortdurend iets te bewegen tussen de donkere takken boven zijn hoofd en in de duisternis en mist tussen de verwrongen stammen.
Hij legde zijn hand op de revolver in zijn heupholster.
Loman Watkins was negen jaar commissaris van politie in Moonlight Cove en in de afgelopen maand had hij meer bloed zien vloei-

en dan in de voorgaande acht jaar en elf maanden. En hij was ervan overtuigd dat het eind nog niet in zicht was. Waarschijnlijk waren er meer ontspoorden dan Shaddack lief was, veel meer. De ontspoorden boezemden hem bijna net zoveel angst in als zijn eigen koele, emotieloze houding.
Verdriet en blijdschap waren grotendeels verdwenen, maar naakte angst was blijkbaar een overlevingsinstinct en daarom niet zo gemakkelijk kwijt te raken, even verontrustend als de beweging die hij tussen de bomen meende waar te nemen.
Was angst de enige overblijvende emotie in het paradijs dat ze aan het scheppen waren?

16

Tessa Lockland gebruikte een vette cheeseburger met papperige frites en een flesje ijskoude Dos Equis in de uitgestroven koffieshop van de Cove Lodge. Daarna ging ze terug naar haar kamer, ging op het bed zitten en nam de telefoon om haar moeder in San Diego te bellen. Marion nam onmiddellijk op.
'Hallo, mam.'
'Waar zit je, Teejee?' Als kind had ze nooit kunnen besluiten of ze met haar eerste of tweede naam aangesproken wilde worden, Tessa of Jane en daarom had haar moeder de gewoonte aangenomen haar bij haar initialen te noemen.
'In de Cove Lodge, een motel,' zei Tessa.
'Bevalt het?'
'Iets beters is er niet. Ze doen hier niet veel om toeristen te trekken. De Cove Lodge heeft een fantastisch uitzicht, anders zou het alleen kunnen blijven bestaan door pornofilms te vertonen en de kamers per uur te verhuren.'
'Is het schoon?'
'Tamelijk.'
'Anders heb ik liever dat je daar meteen weggaat.'
'Als ik een film op lokatie maak, kan ik ook niet altijd een luxe kamer krijgen, mam. Toen ik die documentaire over de Miskito-Indianen in Midden-Amerika maakte, ging ik met ze mee op jacht en sliep ik in de modder.'
'Dat moet je nooit tegen de mensen zeggen, Teejee. Varkens slapen in de modder. Je moet zeggen dat je hebt gekampeerd of onder de blote hemel sliep, maar nooit in de modder. Ook in onaangename omstandigheden moet je je waardigheid behouden.

'Dat weet ik wel, mam. Ik wil alleen maar zeggen dat de Cove Lodge beter is dan in de modder slapen.'
'Dan kamperen.'
'Beter dan kamperen,' zei Tessa.
Het bleef een ogenblik stil. 'Ik zou verdorie graag bij je zijn,' zei Marion ineens.
'Met je gebroken been zeker?'
'Ik had meteen naar Moonlight Cove moeten gaan, zodra ze die arme Janice gevonden hadden. Dan had ik ze tenminste kunnen beletten haar te cremeren, reken maar! En ik had erop gestaan dat iemand anders autopsie zou verrichten, iemand die werkelijk deskundig was. Dan had jij ook niet al die moeite hoeven te doen. Ik neem het mezelf zo kwalijk.'
Tessa liet zich zuchtend in de kussens zakken. 'Dat is toch onzin, mam. Je had net drie dagen je been gebroken toen Janice gevonden werd. Zelfs nu kun je nog moeilijk uit de voeten. Je hebt jezelf niets te verwijten.'
'Vroeger zou ik me van een gebroken been niets hebben aangetrokken.'
'Je bent geen twintig meer, mam.'
'Ik weet het, kind,' zei haar moeder kleintjes. 'Ik sta er wel eens bij stil hoe oud ik al ben en dat is echt niet leuk.'
'Je bent pas vierenzestig, je lijkt geen dag ouder dan vijftig en je hebt je been gebroken omdat je zo nodig moest parachutespringen. Je verwacht toch zeker geen medelijden van me?'
'Troost en medelijden zijn precies wat een ouder van een oppassende dochter verwacht.'
'Als ik zei dat je zielig was, zou je meteen hierheen komen om me een pak rammel te geven.'
'Dat is het voorrecht van een moeder, Teejee. Ik begrijp trouwens nog steeds niet waar die boom ineens vandaan kwam. Ik ben in dertig jaar nooit in een boom terechtgekomen en ik durf te zweren dat hij er niet stond toen ik een plek zocht om te landen.'
Hoewel Tessa haar onwrikbare optimisme en levenslust voor een deel aan haar vader Bernard te danken had, had ze die eigenschappen toch voornamelijk overgenomen van haar moeder... evenals het feit dat ze zich door niets of niemand klein liet krijgen.
'Ik ben vanavond meteen naar het strand gegaan waar ze is gevonden,' zei Tessa.
'Weet je zeker dat je het aankunt, Teejee?'
'Ja.'
Toen haar zus stierf, was Tessa in Afghanistan geweest om een

documentaire voor te bereiden over de gevolgen van de oorlog. Pas twee weken nadat Janice op het strand van Moonlight Cove was aangespoeld, was haar moeder erin geslaagd haar te bereiken en ze was vijf dagen geleden uit Afghanistan vertrokken met het idee dat ze Janice op de een of andere manier in de steek had gelaten. Ze voelde zich net zo schuldig als haar moeder, maar ze loog niet toen ze zei dat ze het aankon.

'Je hebt trouwens gelijk, mam. Er klopt niets van wat de autoriteiten hier zeggen.'

'Wat heb je ontdekt?'

'Nog niets speciaals. Maar toen ik op die plek stond waar ze zogenaamd valium genomen zou hebben, waar ze in zee zou zijn gelopen, waar ze haar twee dagen later vonden, toen vóelde ik dat hun verhaal kant noch wal raakt. Ik zal erachter komen wat er werkelijk is gebeurd, hoe dan ook.'

'Als je maar voorzichtig bent.'

'Natuurlijk.'

'Als Janice vermoord is...'

'Maak je om mij geen zorgen.'

'Maar als de autoriteiten nu echt niet te vertrouwen zijn?'

'Je weet hoe ik er uitzie, mam. Met mijn blonde haar en blauwe ogen lijk ik net zo onschuldig als Minnie Mouse. Ik heb moeite genoeg gehad om in mijn vak serieus genomen te worden. Vrouwen willen me allemaal bemoederen en mannen hangen de grote broer uit of erger, terwijl ik toch ook nog hersens in mijn hoofdje heb. Maar hier komt mijn uiterlijk me goed van pas: niemand zal denken dat ik iets kwaads in de zin heb.'

'Hoor ik nog van je?'

'Natuurlijk.'

'Als het te gevaarlijk wordt moet je meteen weggaan, beloof je dat?'

'Ik beloof het. Als jij tenminste belooft dat je voorlopig niet meer uit vliegtuigen springt.'

'Daar word ik te oud voor, kind, ik ben al bejaard. Ik zal een tijdverdrijf zoeken dat bij mijn leeftijd past. Waterskiën bijvoorbeeld, dat heb ik altijd al willen doen. En jij hebt toch die film over strandcrossen gemaakt? Dat lijkt me ook wel wat, op zo'n motorfietsje.'

'Ik ben gek op je, mam. En ik zal ze hier wel krijgen.'

'Als er iemand te krijgen is. Vergeet niet dat ik alleen jou nog heb, Teejee. Het is erg genoeg dat Janice er niet meer is.'

17

George Valdoski zat aan de met formica bedekte keukentafel. Hij had zijn eeltige handen stevig om een glas whisky geklemd, maar ze beefden niettemin. De bruine vloeistof deinde voortdurend op en neer.

George keek niet op toen Loman Watkins binnenkwam en de deur achter zich dichtdeed. Eddie was zijn enig kind geweest.

George was lang en stevig gebouwd. Door zijn diepe, dicht bij elkaar staande ogen, smalle mond en scherpe gelaatstrekken had hij een hard en gemeen uiterlijk, maar dat was schijn. In werkelijkheid was hij een zachtaardig mens, bescheiden en vriendelijk.

'Hoe is het nou?' vroeg Loman.

George beet op zijn lip en knikte om te beduiden dat hij het wel zou redden, maar hij keek Loman niet aan.

'Ik zal even naar Nella kijken,' zei Loman.

Ditmaal knikte George niet eens.

Lomans harde zolen kraakten op het linoleum van de keukenvloer. Bij de deur van de kleine eetkamer bleef hij staan en keek om naar zijn vriend. 'We krijgen die smeerlap wel te pakken George. Ik zweer het.'

George keek eindelijk op van zijn glas. Zijn ogen glinsterden, maar hij weigerde zijn tranen de vrije loop te laten. Hij was een trotse en koppige Pool, onverzettelijk.

'Eddie was in de achtertuin aan het spelen, in onze eigen tuin, je hoefde maar uit het raam te kijken om hem te zien,' zei George. 'Hij was er niet meer toen Nella riep dat het eten klaar was. We dachten dat hij zonder iets te zeggen naar de buren was gegaan om met andere kinderen te spelen.' Hij had het hele verhaal al meer dan eens verteld, alsof de herhaling de gruwelijke werkelijkheid kon wegslijten, zoals de muziek op een cassettebandje na tienduizend keer spelen zal vervagen tot een eentonige ruis. 'We waren eerst niet bezorgd, alleen een beetje boos omdat hij zomaar weggegaan was zonder iets te vragen. Pas toen we hem niet bij de buren vonden, begonnen we bang te worden. We wilden net jou bellen toen we hem in de greppel zagen liggen. Lieve god, wat zag hij eruit.' Hij pauzeerde en haalde een paar keer diep adem. De opgehoopte tranen glinsterden helder in zijn ogen. 'Welk onmens is zo wreed een kind eerst te verminken en het dan vlak bij zijn huis achter te laten? Het moet in het bos zijn gebeurd, anders hadden we Eddie horen schreeuwen. Hij is in het bos vermoord en daarna teruggebracht zodat wij hem wel moesten vinden. Wie

doet zoiets, Loman? Zeg me dat eens.'
'Een psychopaat,' zei Loman, zoals hij de laatste maand al vaker had gezegd. Het scheelde ook niet veel. De ontspoorden waren op z'n minst psychotisch, zoals Shaddack zelf had gezegd, van slag geraakt door hun transformatie. 'Of een verslaafde,' voegde hij eraan toe. Dat was in elk geval niet waar: Eddies dood had niets met de gebruikelijke verdovende middelen te maken. Loman verbaasde zich nog steeds over het gemak waarmee hij een goede vriend kon voorliegen, iets wat hij vroeger nooit over zijn hart had kunnen verkrijgen. Maar moraliteit was iets dat alleen paste bij de oude mens en diens turbulente emotionele leven. Begrippen als goed en kwaad waren ouderwets en ze hoorden volgens Shaddack niet bij de Nieuwe Mens, voor wie efficiëntie en resultaat de hoogste morele normen waren. 'Het hele land is vergeven van die idioten,' vervolgde hij. 'Hun hersens zijn verwaterd en ze hebben geen moraal meer, ze zijn alleen maar uit op een snelle kick, en allemaal dank zij die nieuwe mentaliteit van laat-maar-waaien. Het was een geflipte junk, George, en ik beloof je dat we hem zullen krijgen.'
George keek weer naar zijn glas en nam een slok.
'Eddie was in de achtertuin aan het spelen,' begon hij weer, voornamelijk tegen zichzelf, 'in onze eigen tuin, je hoefde maar uit het raam te kijken om hem te zien...' Zijn stem stierf weg.
Loman ging met tegenzin de trap op om te zien hoe Nella het maakte.
Ze lag in bed met een paar kussens in haar rug en dokter Jim Worthy zat op een stoel naast haar. Worthy was de jongste van de drie huisartsen in Moonlight Cove, achtendertig jaar pas, een ernstige man met een fraai snorretje, een half brilletje en een voorliefde voor vlinderdasjes. Zijn dokterstas stond aan zijn voeten en om zijn hals hing een stethoscoop. Hij was bezig een opmerkelijk grote injectiespuit te vullen met een goudkleurige vloeistof.
Worthy draaide zich om toen Loman binnenkwam. Ze keken elkaar aan en met die ene blik was alles gezegd.
Nella Valdoski had hem blijkbaar horen aankomen of was zich anderszins bewust van zijn aanwezigheid geworden. Ze opende haar ogen, die rood en opgezet waren. Desondanks was ze een aantrekkelijke vrouw, met vlasblond haar en een gezicht dat door een bedreven beeldhouwer leek te zijn vervaardigd. Haar lippen trilden terwijl ze naar hem keek. 'O, Loman.'
Hij ging naar de andere kant van het bed en pakte haar hand die klam en koud aanvoelde. Haar vingers trilden.

'Ik geef haar iets om te kalmeren,' zei Worthy. 'Het zou het beste zijn als ze kon slapen.'
'Ik wil niet slapen,' zei Nella. 'Hoe kan ik slapen na... na wat er gebeurd is?'
'Rustig maar.' Loman wreef over haar hand terwijl hij op de rand van het bed ging zitten. 'Het is voor je eigen bestwil, Nella.'
Loman had heel lang warme gevoelens voor de vrouw van zijn beste vriend gekoesterd, hoewel hij daar nooit uiting aan had gegeven. Wat hem betrof moest het een strikt platonische verhouding blijven. Maar nu hij naar haar keek, wist hij dat hartstocht ook een deel van zijn gevoel was geweest.
Geweest, want al herinnerde hij zich wat ze al die jaren voor hem had betekend, de emotie zelf kende hij niet meer. Zijn liefde, zijn hartstocht, zijn aangenaam-melancholiek verlangen waren vervaagd of helemaal verdwenen, net als andere emotionele reacties. Alleen zijn herinnering bleef bestaan, de herinnering aan iets wat hem was ontglipt, even ongrijpbaar als de ziel die uit een stervend lichaam verdwijnt.
Worthy legde de volle spuit op het nachtkastje, rolde een mouw van Nella's blouse op en bracht een drukverband om haar arm aan. Hij veegde een stukje van haar huid schoon met een in alcohol gedrenkt watje.
'Wat moeten we nu beginnen, Loman?' vroeg Nella.
'Het komt allemaal weer goed,' zei hij, haar hand strelend.
'Nee, hoe kun je dat nou zeggen? Eddie is dood. Hij was zo'n lieve kleine jongen en nu is hij dood. Hoe moeten we nu verder?'
'Je zult je gauw een stuk beter voelen,' zei Loman sussend. 'Voor je het weet voel je het niet meer en denk je er niet meer aan. Geloof me.'
Ze knipperde met haar ogen en keek hem zonder begrip aan. Hoe kon ze ook weten wat hij bedoelde?
Worthy stak de naald in haar arm.
Haar gezicht vertrok van pijn.
De goudgele vloeistof verdween langzaam in haar bloed.
Nella deed haar ogen dicht en begon weer zachtjes te huilen, om haar zoon, niet omdat de injectie pijn deed.
Misschien is het werkelijk beter dat een mens niets voelt, geen emoties heeft, dacht Loman.
De spuit was leeg.
Worthy trok de naald uit de ader en keek weer naar Loman.
Nella rilde.
Voor de transformatie waren nog twee injecties nodig en de eerste

uren zou er iemand bij Nella moeten blijven om ze toe te dienen en om ervoor te zorgen dat ze zichzelf niets aandeed. De schepping van een Nieuwe Mens was geen pijnloos proces.
Nella rilde opnieuw.
Worthy hield zijn hoofd schuin en in het licht van de lamp fonkelden zijn brilleglazen, waardoor zijn ogen niet te zien waren en hij een vreemd, naargeestig uiterlijk kreeg.
Nella rilde weer, nog heviger en langduriger dan eerst.
'Wat is er aan de hand?' vroeg George Valdoski in de deuropening.
Loman had hem niet aan horen komen. Hij stond meteen op en liet Nella's hand los. 'De dokter vond dat ze...'
'Wat is dat voor paardespuit?' vroeg George, naar de grote injectiespuit wijzend. Aan de naald zelf was niets bijzonders te zien.
'Ik heb haar een kalmerend middel gegeven,' zei dokter Worthy. 'Ze moet...'
'Een kalmerend middel? Genoeg voor een volwassen stier, zou ik denken.'
'De dokter weet echt wel wat hij doet, George,' zei Loman sussend, maar op hetzelfde moment raakte Nella onder de invloed van het middel dat Worthy haar gegeven had. Haar lichaam verstijfde plotseling, haar handen balden zich tot vuisten, ze klemde haar tanden op elkaar en de aderen in haar hals en op haar slapen zwollen zichtbaar op. Haar ogen werden glazig terwijl ze weggleed in de zwevende schemertoestand van de transformatie.
'Wat is er met haar?' vroeg George bars.
Nella's gezicht vertrok van pijn en ze stootte een vreemd, zwak gekreun uit. Ze kromde haar rug totdat ze alleen nog met haar schouders en hielen op het bed rustte. Even bleef ze zo hangen, als een oververhitte boiler die op springen staat, daarna zakte ze terug op het laken en bleef rillend liggen. Ze baadde in het zweet.
George keek van de dokter naar Loman. Blijkbaar begreep hij dat er iets niet in de haak was, al kon hij onmogelijk vermoeden wàt.
'Blijf staan.' Loman trok zijn revolver toen George zich omdraaide naar de gang. 'Kom terug, George, en ga naast Nella liggen.'
Valdoski bleef in de deuropening staan en staarde ongelovig naar de revolver.
'Als je probeert te vluchten, moet ik je neerschieten,' zei Loman. 'Dat wil je toch niet?'
'Dat doe je niet,' zei George, aan hun jarenlange vriendschap refererend.
'Toch wel,' antwoordde Loman koel. 'We hebben ons verhaal al

klaar, een verhaal dat je niet zou bevallen. We zullen zeggen dat we je op leugens betrapt hadden, dat jíj je eigen zoon had vermoord en dat je ons aanviel toen we je wilden arresteren. Tijdens het gevecht ging mijn revolver af en je werd gedood. Zaak gesloten.'

George was met stomheid geslagen. Het dreigement van zijn vermeende vriend leek zó absurd dat hij zijn oren niet kon geloven. Aarzelend deed hij een stap de kamer in. 'Wat is dit, Loman? Waarom zou je zeggen dat ík... dat ik Eddie zo had toegetakeld? Wat is dit in vredesnaam? Wie wil je in bescherming nemen?'

'Ga op bed liggen,' zei Loman.

Dokter Worthy maakte een injectie klaar voor George.

Nella lag inmiddels onophoudelijk te trillen en te schokken. Het zweet stroomde over haar gezicht en haar haar was vochtig en verward. Ze had haar ogen open, maar ze leek zich niet bewust van de aanwezigheid van anderen in de kamer. Loman wist niet wat ze zag of dacht: van zijn eigen transformatie herinnerde hij zich alleen de ondraaglijke pijn.

George liep langzaam naar het bed. 'Waar ben je mee bezig, Loman? Wat is er in godsnaam aan de hand?'

'Het komt wel goed,' zei Loman. 'Ga nu maar liggen. Het is voor jullie eigen bestwil, George, geloof me.'

'Maar wat zijn jullie toch aan het doen?'

'Ga liggen, George. Het komt allemaal wel goed.'

'Wat is er met Nella?'

'Het is voor jullie eigen bestwil,' beaamde Worthy, die de spuit had gevuld met de goudgele vloeistof.

'Je kunt ons vertrouwen,' zei Loman. Met zijn revolver en een geruststellende glimlach stuurde hij Valdoski naar het bed.

18

Harry Talbot bewoonde een Bauhaus-achtig houten huis dicht bij het centrum van Moonlight Cove in Conquistador Avenue, de straat die genoemd was naar de Spaanse veroveraars die hier eeuwen geleden hun kamp hadden opgeslagen ter bescherming van de katholieke missionarissen en hun zendingsposten langs de kust van Californië. Harry dagdroomde weleens dat hij een van die soldaten was, op weg om onbekende gebieden te verkennen, en het waren altijd prettige dromen omdat hij dan niet aan een rolstoel gebonden was.

Zoals de meeste straten van het stadje helde ook Conquistador Avenue af in de richting van de kust, wat een voordeel was voor iemand die het grootste deel van zijn tijd besteedde aan het bespioneren van zijn medemensen. Vanuit zijn slaapkamer op de tweede verdieping had hij een goed uitzicht op Juniper Lane, Serra Street, Roshmore Way, Cypress Lane en andere straten, helemaal tot aan de zee. In het noorden kon hij een deel van Ocean Avenue overzien. Om zijn gezichtsveld nog te vergroten had hij een sterke kijker en een 60-mm refractortelescoop aangeschaft.
Op maandag 13 oktober zat Harry om half tien 's avonds in de speciaal voor hem gemaakte stoel achter de telescoop tussen de grote ramen die op het westen en noorden uitkeken. De stoel had een hoge rugleuning en was verzwaard om ervoor te zorgen dat hij niet omviel als Harry zich er vanuit zijn rolstoel in hees. Een soort autogordels stelden hem in staat voorover te buigen zonder op de grond te glijden.
Toch was elke beweging een moeizame kwelling voor hem, want de hele linkerkant van zijn lichaam was verlamd en zijn rechterbeen was te zwak om zijn volle gewicht te kunnen dragen. De Vietcong had alleen zijn rechterarm gespaard. Maar al kostte het hem nog zoveel moeite zich uit zijn rolstoel te hijsen, Harry merkte dat hij steeds vaker en langduriger achter zijn kijker en telescoop doorbracht. Die instrumenten zorgden ervoor dat hij op zijn eigen manier aan het leven kon deelnemen en soms vergat hij zijn handicaps bijna.
Zijn favoriete film was niet voor niets *Rear Window* met Jimmy Stewart in de hoofdrol. Hij had hem misschien wel honderd keer gezien.
Deze avond ging zijn aandacht uit naar Callan's begrafenisonderneming, de enige in Moonlight Cove, aan de oostkant van Juniper Lane. De rouwkamer was precies te zien tussen twee huizen in Conquistador Avenue door, naast de dikke stam van een grote pijnboom. Harry zag een deel van de garage waarin de lijkwagen geparkeerd stond, de achteringang van de woning en een stuk van de nieuwe vleugel waarin de doden werden gebalsemd, opgebaard en ten slotte gecremeerd.
De afgelopen twee maanden had hij daar een paar vreemde dingen zien gebeuren, maar deze avond was zijn geduld nog niet beloond met iets opmerkelijks.
'Moose?'
De hond kwam uit zijn hoekje en draafde door de donkere slaapkamer naar hem toe. Het was een volwassen zwarte labrador, bij-

na onzichtbaar in het duister. Hij drukte zijn neus tegen Harry's rechterbeen, het enige waar nog een beetje gevoel in zat.
Harry stak zijn hand uit en streelde zijn kop. 'Haal eens een biertje voor me.'
Moose was een speciaal afgerichte hond en nooit te beroerd om zijn werk te doen. Hij ging snel naar de kleine en lage koelkast in de hoek, die hij kon openen door met zijn poot op een pedaal te drukken.
'Die is leeg,' zei Harry. 'Ik heb de blikjes vanmiddag in de keuken laten liggen.'
Moose had zelf al gezien dat er geen bier in de koelkast lag. Hij liep de gang in, zachtjes trippelend op de glimmende houten vloer. Er lag nergens vloerbedekking, daar zou Harry met zijn rolstoel alleen maar last van hebben. De hond ging op zijn achterpoten staan en drukte op de liftknop. Met een zoemend geluid kwam de machine in beweging.
Harry boog naar voren en concentreerde zich weer op de achterkant van de begrafenisonderneming. De mist kwam in golven vanuit zee opzetten, op sommige plaatsen al ondoorzichtig, maar bij de garage brandde helder licht en door de telescoop leek het of hij tussen de twee stenen zuilen stond die de inrit flankeerden. Bij helder weer kon hij de klinknagels in de deur van het crematorium tellen.
Achter zich hoorde hij de liftdeur openschuiven. Moose stapte in de kooi en liet zich naar beneden brengen.
Harry kreeg genoeg van het crematorium en draaide de telescoop langzaam naar links. Het grote stuk grond naast de begrafenisonderneming was onbebouwd. Aan de overkant van de straat stond het huis van de Gosdales.
Met zijn goede hand schroefde Harry het oculair los en verving het snel en vaardig door een van de lenzen die op een hoog metalen tafeltje naast hem lagen. Hij stelde de telescoop in op de eetkamer, waar Herman en Louise Gosdale zaten te kaarten met hun buren, Dan en Vera Kaiser, zoals ze elke maandag en soms ook op vrijdag deden. Hij zag ze bijna even duidelijk alsof hij op de veranda stond met zijn gezicht tegen de ruit gedrukt.
De lift bereikte de begane grond: het zoemen hield op en het werd weer stil in huis. Moose haastte zich twee etages lager door de gang naar de keuken.
Onder de gunstigste weersomstandigheden kon Harry zien welke kaart Dan Kaiser had, die altijd met zijn rug naar het raam zat. Hij moest zich weleens bedwingen om niet naar de telefoon te

gaan en Herman te vertellen welke kaarten zijn tegenspeler had en hoe hij het beste kon spelen.
Maar hij wilde de mensen niet laten weten dat hij vanuit zijn slaapkamer, opzettelijk verduisterd om zelf niet in de gaten te lopen, heimelijk deelnam aan hun bestaan. Ze zouden het niet begrijpen. Ze zouden denken dat hij een bemoeial was, een ordinaire voyeur en vermoedelijk niet goed bij zijn hoofd, want validen dachten vaak dat lichamelijk gehandicapten ook geestelijk niet honderd procent waren.
Harry Talbot was geen voyeur. Hij hield zich aan strenge regels voor het gebruik van zijn kijkers. Een van die regels was dat hij nooit opzettelijk naar blote vrouwen mocht kijken.
Arnella Scarlatti woonde schuin tegenover hem, drie huizen verder, en hij had al gauw bij toeval ontdekt dat ze de gewoonte had in haar blootje te liggen lezen of naar muziek te luisteren. Voor de ramen hing vitrage, maar ze nam niet altijd de moeite ook de gordijnen dicht te doen of de lamp op het nachtkastje uit te knippen. Arnella had een prachtig lichaam, dat voor Harry tot in detail was onthuld. De eerste keer had hij een volle minuut naar haar fraaie rondingen gestaard en ten slotte zijn kijker weggedraaid, met een rood hoofd van schaamte en opwinding. Harry was in twintig jaar niet meer met een vrouw naar bed geweest, maar hoewel zijn hartstocht niet verdwenen was, vermeed hij sindsdien in Arnella's slaapkamer te kijken. Wel keek hij vaak 's ochtends naar haar, als ze in haar opgeruimde keuken zat te ontbijten. Ze had een bijzonder aantrekkelijk gezicht en volgens de verhalen had ze nog een aardig karakter ook. Hij verdacht zichzelf ervan verliefd op haar te zijn, zoals een schooljongen verliefd kan worden op een onbereikbare lerares, maar dat was voor hem nog geen geldig excuus om haar naakte lichaam met zijn blik te liefkozen.
Ook voor andere pijnlijke situaties had hij geen ongezonde belangstelling. Alles wat hij wilde, was van een afstandje aan hun leven deel te nemen door te volgen hoe ze ruzie maakten, samen lachten of aten, kaartspeelden, stiekem hun dieet overtraden, afwasten en andere alledaagse bezigheden verrichtten. Hij was er niet op uit hen ergens op te betrappen zodat hij op hen neer kon kijken en hij kreeg ook geen kick van zijn observaties. Hij beschouwde hen bijna als familieleden, mensen om wie hij kon geven, ook al was het van een afstand, zodat hij emotioneel niet zou afstompen.
Beneden haalde Moose een koud blikje bier uit de koelkast en ging terug naar de lift, die zich weer in beweging zette.

Harry Talbot was van nature een kuddedier en na zijn terugkeer uit Vietnam was hem aangeraden in een tehuis te gaan, waar hij met zijn lotgenoten een sociaal leven kon leiden. Ze zeiden dat hij niet geaccepteerd zou worden als hij probeerde in de 'gewone' wereld te leven, dat valide mensen hem bewust en onbewust zouden kwetsen en uitsluiten zodat hij vroeg of laat eenzaam en depressief moest worden. Maar Harry was ook koppig en onafhankelijk van aard en hij zag niets aantrekkelijks in het idee de rest van zijn leven omringd te worden door andere gehandicapten en verzorgers. Daarom was hij op zichzelf gaan wonen, alleen met Moose en eens in de week een huishoudster voor wie hij zijn kijkers in een kast verstopte. Bijna dagelijks ondervond hij de waarheid van wat de therapeuten hem hadden voorspeld, maar dank zij zijn instrumenten en verbeeldingskracht was hij erin geslaagd zich een lid van een grote familie te voelen en zo de eenzaamheid buiten te sluiten.

De lift kwam terug op de tweede verdieping. De deur gleed open en een ogenblik later kwam Moose aanlopen met het blikje Coors in zijn bek. Hij had geleerd alleen de onderkant tussen zijn kaken te houden, met het oog op de hygiëne.

Harry duwde de verrijdbare telescoop van zich af, gaf het dier een aai en zette het blikje tussen zijn benen op de stoel, waarna hij met een zaklampje controleerde of het inderdaad bier was en geen cola. Dat waren de twee dranken die het trouwe beest geleerd had te herkennen en meestal kwam hij ook met het gevraagde terug uit de keuken. Af en toe liet zijn geheugen hem onderweg in de steek en bracht hij het verkeerde mee en een enkele keer kwam hij met iets heel anders aanlopen: een pantoffel, de krant, een nieuw pak hondekoekjes, een hardgekookt ei dat hij ongebroken tussen zijn tanden wist te houden, en één keer merkwaardig genoeg een toiletborstel uit de gangkast. Maar een lichte terechtwijzing was altijd voldoende om hem van zijn dwaalspoor af te brengen.

Harry was er half van overtuigd geraakt dat Moose zich niet echt vergiste maar hem alleen voor de gek wilde houden. Zijn nauwe omgang met het dier had voor hem het bewijs geleverd dat honden gevoel voor humor hadden.

Moose had ditmaal geen vergissing of een grapje gemaakt. Harry kreeg dorst toen hij naar het blikje Coors keek. Hij deed het lampje uit. 'Goed zo, Moose. Brave jongen, braaf.'

Moose jankte vrolijk en ging aandachtig op zijn achterpoten bij de stoel zitten, klaar voor een nieuwe opdracht.

'Ga maar in je hoek liggen, Moose.'

De labrador ging teleurgesteld terug naar zijn hoek en rolde zich op. Harry opende het blikje Coors en nam een flinke slok. Daarna trok hij de kijker weer naar zich toe en hervatte de nachtelijke observatie van zijn geadopteerde familie.

De Gosdales en de Kaisers zaten nog te kaarten.

Bij het crematorium was geen beweging te bespeuren, afgezien van de dwarrelende mist.

In Conquistador Avenue zag hij Ray Chang, de eigenaar van de enige zaak in televisies en huishoudelijke apparaten, af en toe zichtbaar in het licht van een lantarenpaal of buitenlamp. Hij liet zijn hond Jack uit, een golden retriever die zorgvuldig aan iedere boom snuffelde om een keus te maken.

Het waren allemaal vertrouwde taferelen, maar de rust werd abrupt verstoord toen hij door het noordelijke raam naar het huis van de Simpsons keek. Ella en Denver Simpson woonden schuin aan de andere kant van Conquistador Avenue, even voorbij de oude katholieke begraafplaats. Harry's gezichtsveld werd door slechts één boom op het kerkhof beperkt, zodat hij aan de voor- en zijkant van het huis door de ramen naar binnen kon kijken. Hij stelde de telescoop in op de verlichte keuken en zodra hij een scherp beeld had zag hij dat het echtpaar in een hevige worsteling gewikkeld was. Denver duwde zijn vrouw met haar rug tegen de koelkast. Ze probeerde weg te komen en graaide schreeuwend naar zijn gezicht.

Een huivering trok door Harry's beschadigde ruggegraat.

Denver en Ella Simpson waren een van de weinige zwarte bewoners van Moonlight Cove. Denver beheerde het plaatselijke postkantoor en zijn vrouw had een drukbeklante schoonheidssalon. Voor zover Harry wist hadden ze een goed huwelijk. Het gewelddadige incident was zó misplaatst, dat het wel iets te maken moest hebben met de onverklaarbare en sinistere gebeurtenissen waarvan hij de laatste tijd getuige was geweest.

Ella wist zich los te rukken, maar ze had nauwelijks een stap opzij gedaan toen haar man met zijn vuist uithaalde en haar vol op de kaak trof. Ze sloeg hard tegen de grond.

In zijn hoekje leek Moose de opwinding van zijn baas aan te voelen. Hij tilde zijn kop op en snoof twee keer.

Harry tuurde ingespannen door de kijker en zag twee mannen in de keuken verschijnen. Hij herkende ze als twee politiemensen, Paul Hawthorne en Reese Dorn, hoewel ze niet in uniform waren. Hun aanwezigheid versterkte zijn intuïtieve mening dat de vechtpartij verband hield met de reeks van bizarre gewelddadigheden die zich de laatste weken in Moonlight Cove had voorgedaan, al

had hij geen flauw idee wat er in het eens zo vredige stadje aan de hand kon zijn. Hawthorne en Dorn sleurden Ella overeind en hielden haar stevig tussen zich in. Ze leek half bewusteloos door de vuistslag die haar man haar had gegeven.
Denver zei iets tegen een van de anderen, Harry kon niet uitmaken tegen wie. Zijn gezicht was vertrokken in een grimas van onvoorstelbare woede. Harry werd er koud van.
Plotseling verscheen er een derde man, die recht naar het raam liep om de jaloezieën te sluiten. Een zware mistbank verminderde het zicht, maar Harry kon ook hem herkennen: het was dokter Ian Fitzgerald, de oudste van de drie huisartsen in Moonlight Cove. Hij hield al bijna dertig jaar praktijk in het stadje en iedereen noemde hem amicaal Doc Fitz. Harry was een van zijn patiënten en hij kende de arts als een altijd even hartelijke en belangstellende man. Maar nu vertoonde zijn gezicht, dank zij de telescoop even dichtbij alsof Harry vlak voor hem stond, een kille en harde uitdrukking die hem het uiterlijk van een volslagen vreemde gaf.
De jaloezieën werden gesloten en Harry stelde de lens bij. Zijn oog begon pijn te doen van het staren en hij verwenste hardop de dampende mist.
Moose liet een vragend gejank horen.
Een minuut later ging er licht aan in een kamer op de eerste verdieping. Harry stelde snel de telescoop in op het raam. Het was de slaapkamer. Hoewel de mist steeds dichter werd, zag hij hoe de twee politiemannen Ella naar binnen brachten en op de blauwe sprei van het bed gooiden.
Simpson en Fitzgerald kwamen op hun beurt de slaapkamer binnen. De dokter zette zijn zwarte leren tas op het nachtkastje terwijl Denver naar het raam ging om de gordijnen dicht te doen. Hij wierp een blik naar buiten en Harry had het griezelige gevoel dat de ander hem kon zien, alsof de man begiftigd was met een bovennatuurlijk gezichtsvermogen, hoewel ze een heel eind bij elkaar vandaan waren. Maar dat gevoel had hem al bekropen toen hij voor de allereerste keer door de lens keek en 'oog in oog' met iemand stond en daarom wist hij dat het een illusie was. Een illusie die hem niettemin de rillingen bezorgde. Denver trok de gordijnen dicht, maar niet zorgvuldig genoeg: er bleef een kleine spleet open.
Terwijl het klamme zweet hem uitbrak, probeerde Harry met trillende vingers verschillende lenzen, net zo lang tot hij zelf in die slaapkamer leek te staan. De mist werd even wat minder dicht. Ella Simpson was uit haar verdoving bijgekomen en verzette zich

hevig, maar de twee politiemannen hielden haar stevig vast en ze was geen partij voor hen. Denver ging naar haar toe en propte een witte doek in haar mond.
Harry kon haar vertrokken gezicht en opengesperde ogen zien.
'Verdomme.'
Moose stond op en kwam naar hem toe.
Ella's rok was tijdens de worsteling opgeschoven, waardoor hij haar lichtgele slipje kon zien, en haar groene blouse was opengesprongen. Maar het gewelddadige tafereel had in het geheel geen seksuele lading, Harry dacht niet dat de mannen Ella wilden verkrachten. Het moest iets anders zijn, iets dat nog omineuzer en wreder was.
Doc Fitz ging bij het voeteneind van het bed staan, waardoor Harry de anderen niet meer kon zien. De dokter vulde een injectiespuit met een goudgele vloeistof uit een flesje.
Ze gaven haar een injectie.
Maar waarmee?
En waarom?

19

Tessa Lockland zat na het telefoongesprek met haar moeder op het bed in de motelkamer naar een natuurfilm te kijken. Hardop beoordeelde ze het camerawerk, de belichting, het begeleidend commentaar en andere aspecten van de film, totdat ze zich erop betrapte dat ze nogal stom tegen zichzelf zat te praten. Een tijdje vermaakte ze zich ermee diverse filmcritici na te bauwen, aan wie ze bijna zonder uitzondering een hekel had, maar daar hield ze toch ook weer mee op. Haar komst naar de plaats waar haar zus zogenaamd zelfmoord had gepleegd had haar zenuwachtig gemaakt. In jezelf praten vond ze te ver gaan, ook voor een vrijgevochten iemand als zij, die nog nooit in haar leven een gewoon baantje had gehad.
Ze deed de televisie uit, pakte een paar munten en een leeg plastic ijsemmertje en ging de gang op om ijs en cola uit de automaat te halen.
Tessa was er trots op dat ze geen kantoorbaan had, wat in feite onzinnig was omdat ze regelmatig twaalf tot veertien uur per dag moest werken, altijd tegen een leverdatum aanhikte en geen bijzonder inkomen had. Ze had wel een paar vette jaren gehad, toen de opdrachten en het geld binnenstroomden, maar daar stonden

heel wat meer jaren tegenover waarin ze nauwelijks aan het minimum toekwam. Door de bank genomen had ze het nog redelijk gedaan sinds ze van de filmacademie was gekomen, twaalf jaar geleden, maar een leuke opdracht zou haar goed van pas komen. Maar al werd ze er niet rijk van en bood het werk haar geen zekerheid, ze voelde zich toch geslaagd. Niet in de eerste plaats omdat haar films doorgaans lovende kritieken kregen of omdat ze van nature een optimistische kijk op de dingen had, maar vooral omdat het werk haar in staat stelde onafhankelijk te blijven en haar eigen leven uit te stippelen.

Aan het eind van de lange gang passeerde ze een zware branddeur en kwam in de hal. Boven aan de trap stonden twee grote automaten, een ervan voorzien van bier en frisdranken, maar op de ijsautomaat hing een bordje 'Defect'. Ze zou naar beneden moeten om het emmertje te vullen. Ze liep de trap af. Haar voetstappen weergalmden hol en koud tussen de ruwe betonnen muren, alsof ze eenzaam door de gangen van een grote piramide of een ander bouwwerk uit de Oudheid dwaalde, slechts vergezeld door ongeziene geesten.

De automaten op de begane grond stonden helemaal aan de andere kant van het motel. Op deze manier kreeg ze genoeg beweging om van dieetcola af te mogen zien en een drankje mét suiker te nemen.

Terwijl ze de gang volgde, meende ze de branddeur boven te horen opengaan, het eerste teken dat ze niet de enige gast in het motel was. Het logement maakte een verlaten indruk.

Ook deze gang was belegd met een afgrijselijk hel oranje kleed, dat pijn deed aan haar ogen. Een beter onderkomen zou een prettig voordeel zijn van een hoger inkomen, hoewel de Cove Lodge natuurlijk het enige motel in de stad was. Het grijze beton van de hal aan de andere kant deed weldadig aan.

De ijsautomaat daar werkte nog ook. Ze zette het emmertje in de opening en vulde het met ijsblokjes, die in de vorm van halve maantjes te voorschijn kwamen. Terwijl ze het emmertje boven op de machine zette, hoorde ze de deur in de hal boven haar met piepende scharnieren opengaan.

Ze ging naar de tweede automaat en verwachtte iemand de trap af te zien komen. Ze stopte drie muntjes in de gleuf. Er kwam niemand. Ineens realiseerde ze zich dat het gepiep nogal zacht had geklonken, steels bijna, alsof iemand probeerde zo geruisloos mogelijk te zijn.

Tessa hield haar vinger op de knop en bleef staan luisteren.

Geen geluid te horen.
Het beton zweeg.
Ze kreeg precies hetzelfde gevoel als eerder die avond op het strand, toen ze die vreemde kreet in de verte hoorde. Ze kreeg weer kippevel.
Ze had het ongerijmde idee dat er iemand roerloos boven in de hal stond te wachten tot ze geluid zou maken, zodat hij de krakende deur ongemerkt kon sluiten.
Tessa wist dat je als vrouw in deze wereld op je hoede moest zijn, maar ze kende zichzelf goed genoeg om te weten dat ze niet overal spoken zag of zich door haar verbeelding liet meeslepen. Ze twijfelde er niet aan dat er iemand op de overloop stond.
Op de hal kwamen drie deuren uit. Door de eerste was ze gekomen, de tweede was een dienstdeur op het westen die kennelijk naar buiten voerde, naar de kust, en de derde lag in de oostelijke muur en kwam uit op de parkeerplaats. Tessa liet de volle ijsemmer staan, liep snel en geruisloos naar de eerste deur en trok die open.
Aan het eind van de gang waardoor ze gekomen was zag ze iemand wegglippen door de branddeur. Ze ving alleen een glimp van zijn rug op, want hij had op de drempel gestaan en was meteen verdwenen. De deur viel achter hem dicht.
Blijkbaar werd ze in de gaten gehouden door twee mannen – ze nam aan dat het mannen waren, geen vrouwen – een aan het eind van de gang en de tweede boven aan de trap.
In de hal boven hoorde ze de ongeoliede deur weer piepen. De tweede man had kennelijk zijn geduld verloren en begon langzaam de trap af te dalen.
Tessa kon niet de gang in lopen, want daar zou ze ingesloten kunnen worden. Ze durfde ook niet te schreeuwen om andere gasten te alarmeren, want ze wist niet of er mensen op hun kamers waren en haar geschreeuw zou de twee mannen juist tot grotere spoed kunnen aanzetten.
Ze hoorde de sluipende voetstappen op de trap naderen.
Tessa draaide zich om en liep snel naar de buitendeur. In de mist holde ze langs het gebouw en over de parkeerplaats naar de receptie van het motel, naast de inmiddels gesloten koffieshop.
De ingang van het kantoor werd verlicht door de paarsgele gloed van de neonreclame en achter de balie zat dezelfde man die haar enkele uren eerder ingeschreven had. Hij was lang, gladgeschoren en tamelijk corpulent in zijn vrijetijdskleding. Hij legde zijn tijdschrift neer, zette de radio wat zachter en kwam naar de balie. Hij

luisterde met gefronste wenkbrauwen terwijl ze enigszins buiten adem haar verhaal deed.

'Het is hier New York niet, mevrouwtje,' zei hij ten slotte. 'Moonlight Cove is een rustig plaatsje. U hoeft hier helemaal niet bang te zijn voor zulke dingen.'

'Maar ik weet zeker dat er iemand was,' hield ze vol, een nerveuze blik werpend op de in neonkleuren getinte mist achter het raam.

'Dat geloof ik best, maar het zullen ongetwijfeld andere gasten zijn geweest die net als u wat cola of ijs wilden halen.' Hij glimlachte vaderlijk. 'Er zijn niet zoveel gasten, maar daarom is het hier nog geen spookhuis.'

'Maar meneer...'.

'Quinn, Gordon Quinn.'

Ze verzette zich tegen zijn onuitgesproken suggestie dat ze zich aanstelde als een bang vrouwtje. 'Meneer Quinn, ik ben niet hysterisch en ik weet dat ik me niet heb vergist. Die lui waren geen andere gasten en ze hadden niets goeds in de zin.'

'Goed dan. Ik denk niet dat er iets aan de hand is, maar we zullen eens gaan kijken.' Quinn opende het hekje in de balie en wilde haar voorgaan.

'Neemt u niets mee?' vroeg ze.

'Pardon?'

'Geen wapen?'

Hij glimlachte weer neerbuigend.

'Mevrouwtje, ik ben al vijfentwintig jaar manager en ik heb nog nooit een gast meegemaakt die ik niet de baas kon.'

Tessa ergerde zich aan zijn patroniserende toontje, maar ze volgde hem zwijgend naar buiten en liep door de warrelende mist achter hem aan. Hij liep breedgeschouderd voor haar uit alsof hij eens zou laten zien dat er écht geen boeman onder haar bed op de loer lag.

Aan het eind van de parkeerplaats opende hij de deur en ze kwamen in de hal. Er was niemand.

De ijsemmer, gevuld met blokjes in de vorm van een halve maan, stond nog op een van de zoemende automaten.

Quinn liep naar de branddeur van de gang en trok die open. 'Hier is niemand,' zei hij, naar de lege gang knikkend. Daarna ging hij naar de westelijke deur, deed ook die open en stak zijn hoofd naar buiten. Hij wenkte haar en stond erop dat ze zelf keek.

Achter het motel liep een smal tegelpad met een reling aan de kant van de klip, aan het begin en eind verlicht door een gele buitenlamp. Het pad was verlaten.

Quinn liet de deur dichtvallen. 'U zei dat u al geld in de automaat had gestopt?'
'Ja.'
'Wat wilde u hebben?'
'Dieetcola.'
Hij drukte op de knop en een blikje rolde kletterend in de opening. Hij gaf het haar en wees op het emmertje dat ze uit haar kamer meegenomen had. 'Vergeet uw ijs niet.'
Met blozende wangen en ingehouden woede liep Tessa achter hem aan de trap op. De scharnieren van de bovenste branddeur knarsten inderdaad. In de gang was geen mens.
De deur van haar kamer stond op een kier, precies zoals ze hem had opengelaten.
'Voor de zekerheid zullen we hier ook nog even kijken,' zei Quinn.
In de kleine ruimte bevonden zich geen onbevoegden, net zomin als in de aangrenzende badkamer.
'Tevreden?' vroeg hij.
'Ik heb het me niet ingebeeld.'
'Natuurlijk niet,' zei hij, nog even neerbuigend.
'Ze hebben natuurlijk gemerkt dat ik wegholde, daarom zijn ze er vandoor gegaan.'
'In ieder geval zijn ze er nu niet meer, dat is het voornaamste. U hoeft niet bang meer te zijn, mevrouwtje.'
Met veel moeite wist Tessa een 'Dank u wel' te stamelen voordat ze de deur achter hem dichtdeed. Ze deed de deur op het nachtslot, schoof de grendel ervoor en haakte de koperen ketting vast.
Daarna inspecteerde ze het raam. Dat kon van buiten niet geopend worden, tenzij eerst het glas werd kapotgeslagen om bij de knop te komen. Bovendien lag haar kamer op de bovenverdieping en er liep geen brandtrap langs de gevel.
Ze ging op het bed zitten en luisterde een tijdje. In de verte waren wat onbestemde geluiden te horen, vaag en dreigend. Ze vroeg zich af of het gebeurde enig verband hield met de dood van Janice, meer dan drie weken geleden.

20

Na een paar uur begon Chrissie Foster last te krijgen van claustrofobie in de hellende afwateringsbuis. Ze had heel wat langer op-

gesloten gezeten in de bijkeuken, die ook nog eens kleiner was geweest, maar de pikdonkere betonnen buis was veel erger. Na bijna een etmaal opsluiting begon ze zich benauwd en gekooid te voelen.
Het geluid van het verkeer op de snelweg hoog boven haar drong door het complex van tunnels tot haar door. Het gedreun van vrachtwagens, die soms in kolonnes van zes of tien of meer voorbijkwamen, deed haar aan grommende draken denken. Ze drukte haar handen tegen haar oren om het onafgebroken gekmakende lawaai buiten te sluiten.
Haar ouders en Tucker waren vermoedelijk nog in de buurt om haar in het weiland of in de omliggende bossen te zoeken en Chrissie besefte dat de tunnel haar een betrekkelijk veilige schuilplaats bood. Maar ze was nu eenmaal behept met een levendige fantasie en ze begon steeds meer het gevoel te krijgen dat ze in een doodkist lag.
Hardop zei ze, alsof ze uit een avonturenboek las: 'Het jonge meisje kon niet weten dat de tunnel op instorten stond en dat ze elk moment levend begraven kon worden onder de vallende steen en aarde.'
Ook stelde ze zich voor dat ze de lichtloze ruimte moest delen met talloze onzichtbare griezels: glibberige slangen, honderden spinnen, kakkerlakken, ratten en niet te vergeten vleermuizen die belust waren op haar bloed. Misschien was er ooit eens een jongetje bij het spelen in de tunnels verdwaald en doodgegaan en lag zijn skelet hier vlak bij. Zijn onrustige geest zwierf sindsdien natuurlijk rond vanwege zijn ontijdige en onrechtvaardige dood en werd door haar aangetrokken, zodat ze elk moment verwachtte een bloederig en half met vlees bekleed geraamte naar haar toe te zien kruipen. Chrissie was met haar elf jaar nogal nuchter van aard en ze hield zich telkens voor dat er geen spoken of zombies bestonden, maar toen dacht ze aan haar vader en moeder en aan Tucker, die toch ook een soort weerwolven waren geworden. Ze haalde haar handen van haar oren, bang dat ze anders het rammelende geraamte niet dichterbij zou horen komen.
Ze moest hier weg.

21

Sam Booker verliet de garage waarin hij zich voor de junks – een andere verklaring kon hij eenvoudig niet bedenken – verborgen

had gehouden. Hij liep rechtstreeks naar de Knight's Bridge Tavern op Ocean Avenue en kocht zes flesjes Guinness om mee naar het motel te nemen.
In zijn kamer ging hij aan de kleine tafel zitten en liep in gedachten alles na wat er over de zaak bekend was. Op 5 september waren drie leden van de landarbeidersbond, Julio Bustamante, zijn zuster Maria en haar verloofde Ramon Sanchez, met hun auto verongelukt. Het drietal had op de terugweg van een vergadering over de komende oogst in het wijndistrict bij Perez gegeten en ook het nodige gedronken (volgens de door personeel en andere bezoekers van het restaurant afgelegde verklaringen), waarna ze vlak bij de snelweg uit de bocht waren gevlogen. Hun voertuig, een oude Chevrolet bestelwagen, was over de kop geslagen en in brand geraakt. Geen van hen had het ongeluk overleefd.
De belangstelling van de FBI was gewekt door een paar tegenstrijdigheden in de officiële lezing van het ongeval. Volgens het proces-verbaal van de politie in Moonlight Cove had Julio Bustamante achter het stuur gezeten, maar voor zover bekend had Julio nog nooit een auto bestuurd. Daar kwam bij dat hij aan een vorm van nachtblindheid leed, wat het verhaal nog onwaarschijnlijker maakte. De nabestaanden verbaasden zich ook over het veronderstelde drankgebruik van de drie, die zich in hun dagelijks leven niet of nauwelijks aan alcohol waagden; Maria was zelfs geheelonthoudster.
Het wantrouwen van de familieleden in San Francisco werd verder gewekt door de vreemde houding van de autoriteiten in Moonlight Cove. Ze waren pas op 10 september ingelicht, vijf dagen nadat het ongeluk zich had voorgedaan. De politie had bij monde van commissaris Loman Watkins verklaard dat de legitimatiebewijzen van de inzittenden bij de felle brand waren vernietigd en dat de lichamen onherkenbaar waren verminkt, zodat een snelle identificatie onmogelijk was geweest. Vreemd genoeg was er van de nummerplaten op de plaats van het ongeluk geen spoor teruggevonden. Daarom had hij de lijkschouwer, dr. Ian Fitzgerald, een akte van overlijden laten opmaken en toestemming gegeven de lichamen te cremeren, want Moonlight Cove beschikte niet over faciliteiten om lijken langere tijd te bewaren en het was niet te zeggen of identificatie nog wel mogelijk zou zijn. De drie slachtoffers konden heel goed zwervers of illegale immigranten zijn.
Een mooi verhaal, dacht Sam grimmig, terwijl hij onderuit zakte in de stoel en een flinke slok Guinness nam.
Drie mensen hadden een gewelddadige dood gevonden, waren af-

geschreven als slachtoffers van een verkeersongeval en gecremeerd voordat de familie werd gewaarschuwd, voordat een nader onderzoek de ware toedracht had kunnen vaststellen.

De betrokken families waren achterdochtig, maar de vakbond was overtuigd van vuil spel. Op 12 september nam de voorzitter contact op met de FBI omdat hij rekening hield met de mogelijkheid van een aanslag door mensen die tegen georganiseerde arbeid waren.

Op 26 september, na het gebruikelijke absurde oponthoud door de traag malende molens van de bureaucratie, werd een team van zes agenten naar het pittoreske Moonlight Cove gestuurd om de zaak te onderzoeken. Tien dagen lang werden politiemensen ondervraagd, dossiers doorgenomen en getuigen gehoord die op de avond van 5 september in het restaurant geweest waren. Het wrak van de Chevrolet werd op het terrein van een sloperij uitgekamd, net als de plaats van het ongeval zelf. Omdat Moonlight Cove niet of nauwelijks agrarische belangen had, kwam men niemand op het spoor die een aanslag op activisten van de vakbond zou willen plegen. Een belangrijk motief was daarmee onaannemelijk geworden.

De FBI kreeg bij het onderzoek alle medewerking van de plaatselijke politie en van de lijkschouwer. Ze deden zelfs vrijwillig mee aan een proef met de leugendetector, een test waar ze met vlag en wimpel voor slaagden.

Toch bleef er reden tot twijfel bestaan.

De autoriteiten waren wellicht wat al te hulpvaardig. Wilden ze misschien iemand in bescherming nemen? De FBI-agenten hadden voortdurend het gevoel dat ze achter hun rug werden beschimpt en uitgelachen, hoewel ze daar niemand feitelijk op konden betrappen. Noem het instinct, maar dat was voor Sam al voldoende om het serieus te nemen.

En dan waren er nog de *andere* sterfgevallen.

Het onderzoek van de dossiers, uitgevoerd om vast te stellen of de plaatselijke autoriteiten ten aanzien van de drie vakbondsleden dezelfde procedure hadden gevolgd als bij eerdere onverwachte sterfgevallen, bracht merkwaardige dingen aan het licht. De laatste jaren had zich in Moonlight Cove slechts één gewelddadig sterfgeval voorgedaan (een tiener had zich met een sterk opgevoerde Dodge doodgereden), maar sinds 28 augustus, tien dagen voor de dood van de drie vakbondsleden, was daar abrupt verandering in gekomen.

In de vroege uren van 28 augustus kwam het gezin Mayser – Me-

linda, John en hun twee kinderen Carrie en Billy – om, toen hun huis tot de grond toe afbrandde. De politie schreef het uitbreken van de brand toe aan het zoontje, dat met lucifers gespeeld zou hebben. De vier lichamen waren zo door de vlammen aangetast dat identificatie alleen aan de hand van de gebitten mogelijk was. Sam stak zijn hand uit naar een tweede flesje bier, maar hij bedacht zich. Er was vanavond nog werk te doen en hij kon zich niet veroorloven het op een zuipen te zetten, wat hem weleens overkwam als hij een rotbui had.
Bij wijze van troost hield hij het lege flesje in zijn hand. Hij vroeg zich af waarom de jongen niet geschreeuwd had of naar zijn ouders was gerend toen hij zag dat er brand uitbrak. En hoe kon het vuur zich zo snel verspreiden dat het huis in een ruïne was veranderd voordat de brandweer had kunnen ingrijpen? De officiële rapporten zeiden niets over de eventuele aanwezigheid van bijzonder brandbare stoffen.
Ook dit was een mooi verhaal. De brand zou aangestoken kunnen zijn door iemand die de werkelijke doodsoorzaak wilde verbergen. Op aanraden van de assistent-lijkschouwer (die tevens directeur van Callan's begrafenisonderneming was en daarom een mogelijke verdachte) hadden de naaste verwanten toestemming gegeven tot crematie van de stoffelijke resten. Daarmee was al het eventuele bewijsmateriaal verdwenen dat bij de brand misschien niet uitgewist was.
Sam legde zijn voeten op een andere stoel. 'Netjes gedaan,' zei hij hardop. 'Heel erg netjes allemaal.'
Dodental: vier.
Op 5 september volgde het auto-ongeluk van de vakbondsleden. Ook hun lichamen waren verbrand en vervolgens gecremeerd.
Dodental: zeven.
Op 7 september, toen de lichamen van Sanchez en de Bustamantes werden gecremeerd, was de twintigjarige Jim Armes uit Moonlight Cove met zijn boot, de *Mary Leandra*, de zee opgegaan om een eindje te varen – en niet meer terug te keren. Hoewel hij goed met een boot kon omgaan en de zee kalm was, verdween hij spoorloos. Op de stranden in de naaste omgeving was niets aangespoeld dat van hem of zijn boot afkomstig kon zijn.
Dodental: acht.
Op 9 september, toen de vissen zich vermoedelijk nog te goed deden aan het vlees van Jim Armes, werd Paula Parkins door vijf pitbull-terriërs aan stukken gescheurd. De negenentwintigjarige vrouw woonde alleen en had aan de rand van Moonlight Cove een

terrein waar ze waakhonden africhtte en trainde. Blijkbaar was een van de honden dol geworden en had haar aangevallen, waarna de andere zich in de opwinding eveneens op haar stortten. Haar afschuwelijk verminkte lichaam was in een verzegelde kist naar haar familie in Denver gestuurd. De honden werden afgemaakt, onderzocht op hondsdolheid en ten slotte verbrand.
Dodental: negen.
Op 2 oktober liet de FBI het stoffelijk overschot van Paula Parkins in Denver opgraven. Bij de autopsie bleek dat de vrouw inderdaad door een aantal dieren was gebeten en verscheurd.
Sam herinnerde zich echter een bepaalde passage uit het rapport nog woord voor woord: 'De verwondingen, vooral de opvallende letsels aan borsten en vagina, zijn niet geheel in overeenstemming met een aanval door honden. Ook de indrukken van de tanden en de afmetingen van de bijtwonden passen niet bij pitbull-terriërs of andere honden die een volwassen mens kunnen aanvallen.' De lijkschouwer moest het antwoord op de vraag naar de soort hond dan ook schuldig blijven. Oorzaak onbekend.
Hoe was Paula Parkins werkelijk om het leven gekomen?
Wie of wat had de gruwelijke verwondingen veroorzaakt?
En wie probeerde de schuld op de honden te schuiven?
Waren de pitbulls alleen verbrand om als dekmantel te dienen of was er misschien nog iets anders met de dieren aan de hand?
Sam moest denken aan de vreemde verre kreet die hij eerder had gehoord, het geluid van een coyote of een wilde kat maar toch niet helemaal, en aan de grotesk vervormde stemmen van de jongens die hem achterna hadden gezeten. Het moest met elkaar te maken hebben. Instinct.
Oorzaak onbekend.
Sam keek nerveus naar de fles in zijn handen, die nog steeds leeg was. Hij tikte peinzend met de hals tegen zijn tanden.
Er waren nog meer sterfgevallen geweest.
Zes dagen na het overlijden van Paula Parkins werden Steve Heinz en Laura Dalcoe dood aangetroffen in hun huis in Iceberry Way. Het paar was niet getrouwd, maar woonde samen. Volgens het proces-verbaal had Heinz een onsamenhangend en niet ondertekend briefje getypt, waarna hij Laura in haar slaap doodschoot en vervolgens zichzelf van het leven beroofde. De stoffelijke overschotten waren gecremeerd op advies van dr. Ian Fitzgerald. Zaak gesloten.
Dodental: elf.
'Voor zo'n klein stadje wordt er verdomd veel gecremeerd,' zei

Sam hardop, het lege bierflesje heen en weer draaiend tussen zijn handen.
De meeste mensen gaven nog altijd de voorkeur aan een begrafenis voor zichzelf en hun familieleden, hoe het lichaam er ook aan toe was. In de meeste plaatsen vond op elke vier of vijf begrafenissen misschien één crematie plaats.
Ten slotte was er nog Janice Capshaw, die zich onder invloed van een overdosis valium in zee zou hebben verdronken. Haar in het water opgezwollen lichaam was twee dagen na haar verdwijning op het strand aangespoeld.
Julio en Maria Bustamante, Ramon Sanchez, het gezin Mayser, Jim Armes, Paula Parkins, Steve Heinz, Laura Dalcoe, Janice Capshaw: twaalf slachtoffers in nauwelijks drie weken tijd, dat was krankzinnig veel voor een plaats met drieduizend inwoners. In de voorafgaande drieëntwintig maanden had zich in Moonlight Cove zegge en schrijve één onnatuurlijke dood voorgedaan.
Commissaris Watkins had de aaneenschakeling een afschuwelijk en beangstigend feit genoemd. 'Er is hier zo lang niets gebeurd dat we er statistisch gezien gewoon aan toe waren, denk ik.'
Dat was een geweldig eufemisme, maar de FBI had geen spoor van bewijs kunnen vinden dat de lokale autoriteiten zich schuldig maakten aan iets onregelmatigs. En een leugendetector was misschien geen absoluut betrouwbaar apparaat, het was niet denkbaar dat alle betrokkenen de test met goed gevolg konden afleggen als ze in feite iets te verbergen hadden.
En toch...
Twaalf doden. Vier levend verbrand in huis, drie in een verongelukt busje. Drie zelfmoorden, waarna de betrokkenen gecremeerd waren. Eén man spoorloos verdwenen. En ten slotte Paula Parkins, de enige wier lichaam in aanmerking kwam voor autopsie, waarbij bleek dat de oorzaak gezocht moest worden bij een niet nader te identificeren dier.
Dat was voldoende om het dossier niet te sluiten. De FBI besloot een agent in burger naar Moonlight Cove te sturen om de zaak nader te onderzoeken zonder in het oog te lopen. Dat besluit werd definitief toen op 10 oktober op het hoofdbureau in San Francisco een brief binnenkwam van Harold G. Talbot, een inwoner van Moonlight Cove. Sam kende ook de brief uit zijn hoofd:

Ik beschik over inlichtingen die licht kunnen werpen op enkele sterfgevallen die zich onlangs in Moonlight Cove hebben voorgedaan. Ik heb reden om aan te nemen dat de plaatselijke auto-

riteiten een aantal moorden willen verbergen. Omdat ik niet op de telefoon durf te vertrouwen, verzoek ik u alleen persoonlijk contact op te nemen. Ik sta op absolute discretie, aangezien ik als ernstig gehandicapte veteraan kwetsbaar ben en ik mijzelf niet voldoende kan beschermen.

Navraag bij het leger leerde dat Talbot inderdaad met ernstige verwondingen uit Vietnam teruggekomen was. Hij was enkele malen onderscheiden wegens moedig optreden. Sam had zich voorgenomen hem de volgende dag discreet een bezoek te brengen.
Opnieuw keek hij verlangend naar de flesjes bier die voor hem op tafel stonden. Misschien kon hij er nog eentje op nemen. Donker bier, Mexicaans eten, Goldie Hawn en angst om dood te gaan. Hij had Mexicaans gegeten, maar de smaak was al verdwenen. Goldie leefde ergens op een ranch met Kurt Russell, een smakeloos surrogaat in vergelijking met een onopvallende, in zijn ziel gekwetste en moedeloze agent zoals hij. Hij dacht aan de twaalf slachtoffers, doodgewone mensen, die verongelukt of vermoord waren of zichzelf van het leven hadden beroofd, en zijn hoop voor de mensheid in het algemeen werd er niet groter op. Hij dacht aan zijn vrouw, die aan kanker gestorven was, en aan zijn telefoongesprek met Scott. Toen maakte hij eindelijk de tweede fles Guinness open.

22

Chrissie liet zich verjagen door denkbeeldige spinnen, slangen, torren, ratten en vleermuizen, door het misschien niet helemaal denkbeeldige wandelende geraamte van een kind en door het drakengebrul van vrachtwagens in de verte. Ze kroop uit de zijtunnel waarin ze zich verborgen had en liep in gebukte houding door de hoofdbuis terug. Ze trapte opnieuw in de glibberige resten van de dode wasbeer en kwam eindelijk bij de uitgang. Met diepe teugen snoof ze de koele, zuivere nachtlucht op. Haar gevoel van beklemming verdween, ook al doemden de hoge wanden van de greppel voor haar op en gingen maan en sterren bijna helemaal schuil achter de mist.
Ze bleef een tijdje staan luisteren en al gauw hoorde ze de vreemde kreten uit het bos in het zuiden komen, vaag en ver weg. Ze meende net als eerst drie verschillende stemmen te horen. Als het inderdaad Tucker en haar ouders waren, naar haar op zoek in de rich-

ting van New Wave, kon ze het beste teruggaan naar het noorden en de secundaire weg volgen naar Moonlight Cove.

Hier kon ze in elk geval niet blijven.

En naar het zuiden durfde ze helemaal niet te gaan.

Ze klom uit de greppel en begon op haar schreden terug te keren. Ze had al een hele tijd niet gegeten en ze had kramp in haar schouders en rug van de ongemakkelijke houding in haar schuilplaats. Haar benen deden pijn.

Maar alles was beter, hield ze zichzelf voor toen ze de bomen aan de rand van het open veld bereikte, dan in handen van Tucker en haar ouders te vallen en net als zij te worden.

23

Loman Watkins liet dokter Worthy achter om Ella en George Valdoski te behandelen. Bij de weg werd het lichaam van de dode jongen in de lijkwagen gelegd, omstuwd door buurtbewoners die er als verdoofd naar keken.

Loman stapte in zijn patrouillewagen en startte de motor. Onmiddellijk begon een klein beeldscherm met een zachte groene glans op te lichten. Het begon te knipperen om aan te geven dat er een bericht van het hoofdbureau voor hem was, een bericht dat niet over de normale politieradio verstuurd kon worden.

Loman was er na een paar jaar nog steeds niet helemaal aan gewend met een computer te werken. Het verbaasde hem telkens weer als het beeldscherm oplichtte zodra hij de motor startte. In Los Angeles en andere grote steden waren de meeste patrouillewagens inmiddels voorzien van computerverbindingen met centrale registers, maar voor een nietig plaatsje als Moonlight Cove was zo'n elektronisch wonder nog een zeldzaamheid. De moderne apparatuur was geheel te danken aan New Wave Microtechnologie, die de politie als een soort proefkonijn kon gebruiken om de nieuwste technische vindingen in de praktijk uit te proberen.

Voor Thomas Shaddack was die vrijgevigheid slechts één manier geweest om Moonlight Cove naar zijn hand te zetten, lang voordat hij met het Ibisproject alle macht naar zich toe kon trekken. Loman was zo kortzichtig geweest om te denken dat New Wave een zegen voor de gemeenschap was. Inmiddels wist hij wel beter.

De computer stelde Loman in staat contact te zoeken met het hoofdbureau in Jacobi Street zonder gebruik te hoeven maken van de radioverbinding. Verder kon hij vanuit de wagen snel gege-

vens opvragen uit het kentekenregister in Sacramento, het landelijke opsporingsregister en tal van andere databanken die met zijn werk te maken hadden.
Hij schoof zijn pistoolholster opzij om gemakkelijker te zitten en tikte zijn dienstnummer in.
Halverwege de jaren tachtig was ook voor de politie het tijdperk van de automatisering begonnen. Alleen op de televisie zag je rechercheurs nog overal zelf op af gaan om de feiten te achterhalen, dat was nu eenmaal spectaculairder dan het laten zien van een computer. Nog even, dacht Loman, en het ouderwetse 'afleggen' gebeurt alleen nog achter een beeldscherm.
De computer accepteerde het nummer.
Het beeldscherm hield op met knipperen.
Uiteindelijk, als er alleen nog maar Nieuwe Mensen waren en het problcem van de ontspoorden was opgelost, zou er natuurlijk helemaal geen misdaad meer zijn en geen behoefte aan politie. In de toekomstige wereld zouden alle mensen gelijk zijn, even gelijk als identieke machines, met dezelfde behoeften en idealen, zonder concurrentie of tweestrijd. Misdaad kwam meestal voort uit een genetisch defect, een afwijking in de chromosomen waardoor ze zich crimineel gingen gedragen, iets waar de Nieuwe Mens niet meer door geplaagd zou worden. Dat beweerde Shaddack althans.
Loman Watkins wist niet of vrije wil een rol in die plannen speelde. Misschien niet. Soms kon hem dat niets schelen, maar er waren momenten dat hij schrok van zijn eigen onverschilligheid.
Op het zwarte scherm verschenen zachtgroene letters, regel voor regel.

AAN: LOMAN WATKINS
VAN: SHADDACK
NIETS MEER GEHOORD VAN JACK TUCKER. BIJ DE FOSTERS WORDT GEEN TELEFOON OPGENOMEN. DRINGEND OPHELDERING GEWENST.

Shaddack kon vanuit zijn eigen huis aan de noordpunt van de inham via de computer direct berichten voor Watkins of iemand anders doorgeven. Door de codering kon alleen de betrokkene de inhoud op het scherm te voorschijn roepen.
De tekst verdween van het scherm.
Loman bracht zijn wagen op gang en ging op weg naar het huis van de Fosters, hoewel dat even buiten de gemeentegrens lag en feitelijk buiten zijn jurisdictie viel. Bevoegdheden en wettelijke

vereisten interesseerden hem niet meer. Zijn uniform behoorde alleen maar bij de rol die hij moest spelen totdat heel Moonlight Cove getransformeerd was. Zelf was hij al een Nieuwe Mens, op wie de oude regels niet meer van toepassing waren. Hij wist dat het een arrogante houding was, maar wat gaf dat eigenlijk?

Er waren nog maar weinig dingen die hem iets konden schelen. Met de dag, met het uur namen zijn emotionele behoeften af. Alleen angst kende hij nog in zijn verhoogde staat van bewustzijn, want dat was een middel om te overleven en daarom nuttiger dan liefde, vreugde, hoop en genegenheid. Angst voor de ontspoorden. Angst dat het Ibisproject voortijdig ontdekt en ongedaan gemaakt zou worden, en daarmee zijn eigen transformatie. Angst voor zijn enige meester, Shaddack. En een heel enkele keer, in vluchtige ogenblikken van somberheid, was hij ook bang van zichzelf en van de nieuwe wereld die hij meehielp tot stand te brengen.

24

Moose lag in zijn hoek puffende geluiden te maken, alsof hij in zijn droom smakelijke konijnen achterna zat... hoewel hij als trouwe viervoeter waarschijnlijk zelfs in zijn slaap klusjes voor zijn meester opknapte.

Harry had zijn telescoop weer gericht op het crematorium in Juniper Lane, waar zojuist de lijkwagen in de oprit was verschenen. Victor Callan en zijn assistent Ned Ryedock haalden een in een zwarte plastic zak verpakt lichaam uit de Cadillac, legden het op een rijdende draagbaar en duwden die naar binnen. Harry kon alleen zien dat het het lichaam van een kind moest zijn. De deur viel dicht achter de mannen.

Soms bleven de jaloezieën voor de twee hoge smalle ramen open en kon Harry de speciale tafel zien waarop de lichamen geprepareerd werden voor het opbaren. Vaak zag hij dan meer dan hem lief was, maar ditmaal werden de jaloezieën neergelaten tot op de vensterbank.

Hij draaide zijn kijker langzaam terug over de mistige oprit naar Conquistador Avenue toen hij plotseling twee bizarre gestalten in het vizier kreeg. De donkere figuren liepen snel en laag bij de grond over de oprit naar het stuk braakliggende grond naast het crematorium. Het leek bijna of ze op handen en voeten renden. De boemannen.

Zijn hart begon te bonzen.

Hij had die griezels de afgelopen maand al drie keer gezien, hoewel hij aanvankelijk zijn ogen niet kon geloven. Zo donker en vreemd van vorm waren ze en zo razendsnel, dat hij had kunnen denken dat zijn verbeelding hem parten speelde. Daarom noemde hij ze boemannen.
Ook nu liet hij zich door hun snelheid verrassen en hij kon niet zien waar ze bleven.
Zorgvuldig speurde hij het hoge gras op het stuk grond af. De mist hechtte zich als plukken katoen aan de hulststruiken en lage eiken die er groeiden, maar hij vond ze toch terug: twee gebukte gedaanten, bijna zo zwart als de nacht en vrijwel vormloos. Ze zaten gehurkt achter de grote denneboom die zijn hoge takken als een baldakijn over het stuk grond uitspreidde.
Met trillende vingers stelde Harry de lens bij. De gestalten tekenden zich iets scherper af tegen de donkere achtergrond, al was het zicht te slecht om details te kunnen onderscheiden.
Het speet hem dat hij ondanks zijn contacten met het leger nooit een Tele-Tron had kunnen krijgen, een kostbare en moderne uitvoering van de nachtkijker. Het licht van maan of sterren, zelfs de flauwe gloed van bepaalde aardmineralen, werd vijfentachtigduizend maal versterkt door het apparaat, dat toch maar een enkele lens bevatte en op een telescoop bevestigd kon worden. Harry had het ding tot voor kort nooit gemist, omdat hij voornamelijk in verlichte kamers keek, maar voor de ongrijpbaar snelle boemannen kon hij wel een beter instrument gebruiken.
De twee wezens speurden naar alle kanten om zich heen, hun hoofden draaiend met vloeiende katachtige bewegingen, maar het waren zeker geen wilde katten.
Plotseling draaide een van hen zijn hoofd om en voor het eerst zag Harry de ogen van het ding, die oplichtten met een vaalgele glans. Er was iets met die ogen, iets dat Harry herkende, niet eens met zijn onderbewustzijn maar nog dieper, met iets dat in zijn genen lag opgesloten en dat hem aan een verre oertijd deed denken.
Hij huiverde van kou en angst, een angst die net zo groot was als hij in Vietnam meegemaakt had.
Moose leek zijn veranderde stemming aan te voelen. De labrador stond op, schudde de slaap van zich af en kwam zacht piepend naar hem toe, alsof hij nieuwsgierig was.
Harry staarde roerloos door de telescoop naar het angstwekkende gezicht van de boeman. Hij ving er nauwelijks meer dan een glimp van op en het zwakke maanlicht maakte het misvormde gelaat alleen maar geheimzinniger en moeilijker te onderscheiden.

Maar hij kon zijn ogen er niet van afhouden.
Moose blafte zacht.
Harry was aan zijn telescoop gekluisterd. Het was een aapachtig gezicht, alleen smaller en lelijker en meer verbeten. Het deed hem ook aan de snuit van een wolf of zelfs van een reptiel denken. Hij meende grote kaken te zien met dof-glanzende scherpe tanden, maar door het slechte zicht kon dat grotendeels zijn verbeelding zijn. Iemand met twee nagenoeg geheel verlamde benen en een onbruikbare arm moest wel een grote verbeeldingskracht hebben om nog iets van het leven te maken.
Het gezicht verdween even plotseling weer uit de lens en de twee gestalten kwamen tegelijkertijd in beweging met een snelheid die hem opnieuw verraste. Ze schoten in het donker over het stuk land, klommen over een hek en kwamen in de achtertuin van het huis van de Claymores. Hij kon ze onmogelijk in het vizier houden.
Harry speurde de omgeving af, helemaal tot aan het schoolgebouw in Roshmore Street, maar tussen de bekende silhouetten vond hij slechts mist en donkerte. De boemannen waren even abrupt verdwenen alsof in een jongenskamer het licht was aangeknipt.
Eindelijk tilde hij zijn hoofd op en liet zich terugvallen in de stoel. Moose zette meteen zijn voorpoten op de armleuning en stak uitnodigend zijn kop naar voren, als had hij hetzelfde gezien als zijn baas en wilde hij gerustgesteld worden.
Harry tilde zijn hevig bevende rechterhand op en aaide de labrador net zolang tot hij wat gekalmeerd was. Hij werd er zelf rustiger door.
Hij wist niet wat hij zou doen als de FBI contact met hem opnam over de brief die hij de vorige week geschreven had. Hij zou ze een heleboel kunnen vertellen, maar of hij iets over deze boemannen zou zeggen. . . Er kon nauwelijks twijfel over bestaan dat hun verschijning iets te maken had met alle andere raadselachtige gebeurtenissen van de afgelopen weken, maar door hun onnatuurlijke uiterlijk hadden ze iets van Marsmannetjes en als hij daarmee aankwam, zou de FBI de rest van zijn verhaal vermoedelijk evenmin geloven.
Begin ik gek te worden? vroeg hij zich af, nog steeds de hond over de kop aaiend. Of ben ik het al?
Misschien was hij na twintig jaar van invaliditeit en afzondering zo van streek geraakt dat hij door zijn kijkers alleen nog maar geheimzinnige voorvallen meende te zien om de schizofrene rol te

kunnen spelen van iemand die als enige van een grote samenzwering op de hoogte is. Maar dat was hoogst onwaarschijnlijk. Zijn probleem was juist dat hij met een scherp verstand in een vrijwel hulpeloos lichaam moest tobben, niet dat hij ook geestelijk afgetakeld was.

'Boemannen,' zei hij tegen Moose.

De hond brieste zacht.

'Nog even en ik begin vliegende schotels te zien, Moose. Of heksen op een bezemsteel. Op mij moet je niet rekenen.'

25

Chrissie kwam weer bij de Piramide, de rotsformatie die haar had geïnspireerd tot haar fantasieën over Egyptische lilliputters. Ze keek naar haar huis en de stallen, waarvan het buitenlicht in een kleurige kring van mist hing. Ze overwoog terug te gaan om Godiva of een ander paard te halen, of in huis een jas te pakken, maar waarschijnlijk zou ze te voet minder opvallen en bovendien wist ze niet of er iemand in het huis of de stallen was. Ze was niet zo dom als de hoofdrolspeelsters in veel griezelfilms, die juist met opzet de moeilijkheden zochten. Daarom draaide ze zich om en begon het grasveld over te steken in de richting van de weg.

Slim als ze was, bleef Chrissie uit de buurt van het vervloekte huis en verdween in de nacht. Zou ze ooit nog terugkeren in dat huis waar ze was opgegroeid of troost vinden in de armen van haar echte vader en moeder?

Het hoge en herfstdroge gras sneed in haar benen terwijl ze het veld overstak, maar ze was bang dat ze onverhoeds besprongen zou worden als ze te dicht bij de bomen bleef. Niet dat ze zichzelf veel kans gaf om een voorsprong te bewaren als de anderen haar zouden zien, maar ze wilde in elk geval zo lang mogelijk uit hun greep blijven.

Het was behoorlijk afgekoeld sinds ze zich in de afvoerbuis had verstopt. Haar flanellen blouse bood weinig bescherming tegen de nachtelijke kilte. Een echte avonturierster zou zonder moeite uit gras en andere gewassen een warm gewaad kunnen weven of op een paar dieren jagen, die pijnloos doden en hun vacht gebruiken om er een even mooi als praktisch kledingstuk van te maken.

Ze kon haar heldinnen maar beter vergeten: de vergelijking viel onveranderlijk in haar nadeel uit.

Ze had trouwens al genoeg zorgen aan haar hoofd. Terug naar

huis kon ze niet meer, ze was helemaal alleen, koud en uitgehongerd, verward en bang voor de vreemde en gevaarlijke monsters die haar achtervolgden. En meer dan dat, Chrissie miste haar vader en moeder, de mensen die haar tamelijk streng maar ook liefhebbend hadden opgevoed en die ze nu misschien voorgoed had verloren, veranderd in onbegrijpelijke wezens, zo goed als dood.
Ze was nog maar dertig meter van de tweebaansweg verwijderd toen ze een auto hoorde. Een ogenblik later zag ze een blauwrood zwaailicht en koplampen naderen vanuit het zuiden. Een politiewagen. De auto remde af en draaide de oprit in.
Chrissie deed haar mond open om te schreeuwen en ze zwaaide al naar de auto toen ze zich ineens bedacht. Ze kon haar eigen ouders niet vertrouwen en bovendien was ze er helemaal niet zeker van dat de politie haar zou geloven. Misschien waren die ook al getransformeerd, zoals Tucker het genoemd had, net als haar vader en moeder. Ze hurkte neer in het hoge gras, hoewel ze in de mist en duisternis voor de inzittenden van de politiewagen onzichtbaar moest zijn.
De auto stopte bij de Honda die Tucker halverwege de lange oprit had laten staan en reed een ogenblik later weer verder. De achterlichten verdwenen in de mist.
Chrissie kwam overeind en haastte zich over de oprit naar de weg, die ze in zuidelijke richting naar Moonlight Cove wilde volgen. Als ze op haar hoede bleef, kon ze tijdig auto's horen aankomen en zich in een greppel of tussen de struiken verbergen.
Ze was niet van plan onbekenden aan te klampen. In de stad kon ze naar de Onze-Lieve-Vrouwekerk gaan en de hulp inroepen van de priester, pater Castelli. Chrissie had hem die zomer goed geholpen bij de bazar en hij had gezegd dat ze hem gewoon Jim kon noemen, want hij was een moderne priester. Dat had ze niet gedurfd, maar ze wist dat hij haar mocht en hij zou haar zeker geloven, al was haar verhaal nog zo idioot. Hij was heel tevreden geweest over haar inzet. En anders zou ze het proberen bij mevrouw Tokawa, de lerares van de zesde groep.
Ze kwam bij de weg en keek om naar haar huis, waarvan in de nevelslierten alleen een vage lichtgloed te zien was. Rillend draaide ze zich weer om en begon naar Moonlight Cove te rennen.

26

De voordeur van de Fosters stond wijd open.
Loman Watkins ging naar binnen en zocht het huis van onder tot boven af. In de keuken lag een stoel op de grond en op de tafel stond Tuckers zwarte tas met de injectiespuiten en het middel om de transformatie te bewerkstelligen. In de hal vond hij een spuitbusje met smeerolie.
Loman ging weer naar buiten en trok de deur achter zich dicht. Hij bleef op de veranda staan en luisterde naar de roerloze nacht. De wind was helemaal gaan liggen en het was onnatuurlijk stil, elk geluid gesmoord in de mist, alsof de hele wereld één groot kerkhof geworden was.
Hij keek in de richting van de stallen en riep: 'Tucker! Foster! Is daar iemand?'
De echo van zijn stem weerklonk in de mist. Het was een koud en eenzaam geluid.
Hij kreeg geen antwoord.
'Tucker! Foster!'
Er brandde licht in de voorste stal en de deur stond open. Loman begaf zich op weg ernaar toe, maar toen hij halverwege was hoorde hij ineens een verre, klaaglijke schreeuw, vaag maar onmiskenbaar. Het was de schreeuw van een ontspoorde op jacht, schril en toch laag, vol woede, opwinding en begeerte.
Loman bleef staan luisteren, bijna hopend dat hij zich had vergist. Het geluid werd herhaald en ditmaal kon hij twee of drie stemmen onderscheiden. Ze kwamen van ver uit het zuiden, te ver om een antwoord op zijn geroep te kunnen zijn.
De kreten vervulden hem met angst.
En met een vreemd verlangen.
Nee!
Hij balde zijn handen tot vuisten en drukte zijn vingernagels in zijn huid om de zwarte drift terug te dringen die in hem opwelde. Hij moest zich concentreren op zijn werk, op de opdracht die Shaddack hem gegeven had.
De kreten waren waarschijnlijk afkomstig van Jack Tucker en van Alex en Sharon Foster. Waren ze op zoek naar het meisje, Christine?
Misschien was ze erin geslaagd te ontsnappen voordat ze haar konden transformeren. Dat zou de omgegooide keukenstoel, Tuckers zwarte dokterstas en de openstaande deur verklaren. En bij de achtervolging konden Tucker en de Fosters zelf ten prooi zijn

gevallen aan een latente neiging tot regressie, dezelfde neiging die tot het probleem van de ontspoorden had geleid. Een neiging die misschien toch niet zo latent was als het zich eerst had laten aanzien. Nu zochten ze het meisje in de bossen... of ze hadden haar al gevonden en aan stukken gescheurd, maar waren er niet meer in geslaagd uit hun opwindende regressieve staat terug te keren. Het was een koude avond, maar Loman zweette ineens hevig.

Hij wilde...

Nee!

Shaddack had hem eerder die dag verteld wat er gebeurd was. Christine had de schoolbus gemist en was teruggegaan naar huis, waar ze haar ouders had betrapt toen die zelf aan het experimenteren waren. Daarom moest het meisje eerder dan voorzien getransformeerd worden, het eerste kind dat tot een hogere staat gebracht zou worden. Maar wat betekende 'experimenteren'? Misschien hadden ze die ochtend al toegegeven aan de neiging tot regressie, iets wat ze voor Shaddack natuurlijk verborgen moesten houden om niet tot de ontspoorde Nieuwe Mensen gerekend te worden. De transformatie werd immers geacht de mens tot een hogere staat van bewustzijn te brengen: het was een kunstmatige evolutie. Regressie was daarentegen een ziekelijke terugkeer naar een lager niveau, beheerst door jachtinstinct en primitieve bloeddorst. De ontspoorden waren losgeslagen, ze doodden in het wilde weg en hadden bewust voor de oertijd gekozen, niet voor de toekomst.

In de verte klonken nieuwe kreten.

Loman voelde een rilling langs zijn ruggegraat trekken. Het was een prettige sensatie. Hij voelde een sterke aandrang zijn kleren van zich af te scheuren en over het weiland naar het bos te rennen, vrij en onbelemmerd, naar het bos waar de prooi wachtte om besprongen en gedood en verslonden te worden...

Nee!

Hij moest zich beheersen.

Zelfbeheersing.

De kreten drongen hem door merg en been.

Hij moest zich beheersen.

Zijn hart bonkte.

De kreten klonken weer. Wilde, verlokkende kreten, het gezang van sirenen...

Loman begon over zijn hele lichaam te beven. Zijn knieën knikten en in gedachten zag hij zichzelf bevrijd van de rigide houding van *Homo erectus*, bevrijd van alle fatsoenlijke voorschriften en regels. Als hij eindelijk zijn primitieve innerlijk ruim baan kon ge-

ven, zijn natuurlijke staat kon aannemen...
Nee. Hij mocht er niet aan denken.
Hij zakte tegen de grond, maar niet op handen en voeten, want die positie zou hem alleen maar sterker aansporen zich aan de neiging tot regressie over te geven. Met een uiterste inspanning ging hij op zijn zij liggen en rolde zich op als een foetus, zijn knieën hoog opgetrokken tegen zijn borst. Zijn huid gloeide alsof hij urenlang in de brandende zon had gelegen, maar het was een vuur dat uit zijn eigen lichaam kwam, uit zijn organen en beenmerg en uit de miljoenen cellen met het nieuwe genetische materiaal dat de transformatie hem gegeven had. Hij verlangde naar de lichamelijke verandering die bij de regressie hoorde en die hij dank zij de transformatie zelf kon oproepen, in verleiding gebracht door de nagalmende kreten van de ontspoorden. Maar hij wist ook dat hij daarna nooit meer Loman Watkins zou zijn, maar een ontspoorde in vermomming.
Hij keek naar zijn handen die hij tegen zijn borst drukte en in het zwakke licht van de buitenlamp meende hij aan een paar vingers de eerste tekenen van regressie te zien. Een pijnscheut trok door zijn rechterhand en hij hoorde de botjes kraken terwijl ze opzwollen en zich verlengden en de nagels van zijn vingers hard en scherp als klauwen werden.
Een kreet van afgrijzen ontsnapte aan zijn keel en hij dwong zichzelf vast te houden aan zijn eigen identiteit, aan het overblijfsel van zijn mens-zijn. Hij verzette zich uit alle macht tegen de veranderingen in zijn weefsels en herhaalde tussen opeengeklemde tanden zijn eigen naam – 'Loman Watkins, Loman Watkins, Loman Watkins' – alsof het een bezwering was die de dreigende regressie kon afwenden.
De tijd verstreek. Het kon een minuut zijn, of tien minuten, of een uur, hij wist het niet. De worsteling voor het behoud van zijn identiteit maakte hem half bewusteloos.
Langzaam keerden zijn zinnen terug. Hij lag nog steeds bij het huis op de grond, in zijn eigen bezwete lichaam waaruit het brandende vuur verdwenen was. Zijn handen waren net als anders, zonder uitgerekte vingers en nagels.
Een tijdlang bleef hij zo liggen, luisterend naar de nacht. Hij was blij dat er geen verre kreten meer klonken.
Angst, de enige emotie die niet dag na dag was verzwakt sinds hij een van de Nieuwe Mensen was geworden, had hem nu stevig in zijn greep. Het duistere voorgevoel dat ook hij in staat was tot regressie en ontsporing was maar al te duidelijk bevestigd. Hij wist

dat hij niet alleen zijn oude leven zou opgeven als hij aan die neiging zou toegeven, maar ook het leven in de nieuwe wereld dat Thomas Shaddack in het vooruitzicht stelde: hij zou nergens meer thuishoren.
Erger nog, Loman begon te vermoeden dat hij niet de enige was, maar dat alle Nieuwe Mensen het zaad van regressie in zich droegen. Elke dag leek het aantal ontspoorden groter te zijn geworden.
Hij kwam beverig overeind.
Het zweet stond als een dun laagje ijs op zijn verhitte voorhoofd.
Moeizaam ging Loman terug naar de wagen. Hij vroeg zich af welke fundamentele fout in Shaddacks theorie of de toepassing ervan geslopen was. Misschien zou de transformatie helemaal geen zegen, maar een onverdeelde vloek voor de mens blijken te zijn. Hoe moest het aflopen als álle Nieuwe Mensen vroeg of laat ontspoorden?
Hij dacht aan Thomas Shaddack in diens grote huis aan de noordpunt van de baai, vanwaar hij over de met zijn gedrochten gevulde stad kon uitkijken, en onwillekeurig kwam de vergelijking bij hem op met dr. Moreau van H.G. Wells. Shaddack kon een moderne variant van de krankzinnige arts zijn, iemand die meende God zelf naar de kroon te kunnen steken door uit mens en machine een nieuw wezen te scheppen. Aan hoogmoed ontbrak het hem niet, hij geloofde dat hij de mensheid tot een hogere staat kon verheffen zoals Moreau had gedacht uit wilde dieren mensen te kunnen scheppen. Maar als Shaddack nu eens geen genie bleek te zijn? Dan waren al zijn schepselen verdoemd.
Loman stapte in zijn auto en trok het portier dicht. Hij startte de motor en zette de verwarming aan.
Het beeldscherm lichtte op.
Het had er alle schijn van dat Christine Foster van huis was weggelopen. Welke gebreken er ook aan het Ibisproject mochten kleven, het was Lomans enige toekomst en hij moest de noordelijke toegangswegen naar Moonlight Cove laten bewaken, zodat het meisje tijdig onderschept kon worden als ze naar de stad ging om hulp te zoeken. Waarschijnlijk zou ze zonder het te weten een van de Nieuwe Mensen aanklampen met haar verhaal, terwijl anderen haar niet snel zouden geloven, maar voorlopig leek het hem het beste het Ibisproject nog in bescherming te nemen.
Zeer binnenkort moest hij Shaddack over een aantal dingen spreken.
Maar eerst moest hij iets gaan eten.
Hij werd verteerd door een onmenselijke honger.

27

Er was iets mis, mis, iets mis.
Mike Peyser was door het donkere bos en de heuvels teruggegaan naar zijn huis aan de rand van Moonlight Cove, steels en waakzaam, opgewonden, het bloed nog in zijn mond van het naakte en snelle jagen in de beboste heuvels. Omzichtig sloop hij door de schaduwen van boom tot boom tussen de een eind van elkaar staande huizen, waarvan sommige door zijn soortgenoten bewoond werden en andere niet. Aan de rand van de bebouwde kom stonden de huizen ver uit elkaar en hij kon ongemerkt van de ene boom naar de andere sluipen, in de schaduwen blijvend, dicht bij de grond, gehuld in duisternis, snel en onzichtbaar, snel en geruisloos, snel en krachtig. Over de veranda aan de achterkant van zijn huis was hij in de keuken gekomen, nog opgewonden van het bloed en de jacht, maar ook vermoeid van het urenlang sluipen en rennen en blij dat hij weer thuis was.
Maar het was niet zoals anders.
Het vuur was hetzelfde, het brandende vuur vanbinnen dat alleen geblust kon worden door eten, eten. Dat was normaal, dat hoorde bij de eisen die zijn lichaam in zijn veranderde staat stelde. Maar nu raakte hij het niet meer kwijt, niet meer kwijt.
Hij kon niet terugkeren.
Zonder moeite had hij in het donkere huis zijn weg gevonden, soepel en onvermoeibaar voortbewegend, zijn gezichtsvermogen in het donker bijna even goed als van een kat. Een paar minuten zwierf hij door de kamers, geruisloos en snel, en hij hoopte bijna dat hij een inbreker zou aantreffen, een nieuwe prooi om aan stukken te scheuren en te verslinden, te verslinden. Maar er was niemand en in de slaapkamer was hij zijlings op de grond gaan liggen om zijn lichaam terug te brengen tot de vorm van Mike Peyser, tot de vorm van iemand die rechtop liep en er als een mens uitzag. Hij voelde alleen de eerste aanzet tot de verandering, een spanning in zijn weefsels die snel weer wegvloeide alsof het laagwater werd, en bij de tweede poging voelde hij helemaal niets meer, zelfs geen gedeeltelijke terugkeer. Hij was gevangen, opgesloten, opgesloten in de vorm die hem eerder een gevoel van opperste bevrijding en verrukking had gegeven, een vorm die hij ineens niet meer kon beheersen. Hij raakte in paniek.
Hij sprong overeind en rende de gang in naar de woonkamer, waar hij radeloos in kringetjes rondliep. Ondanks zijn scherpe gezichtsvermogen liep hij een schemerlamp omver, waarvan het

peertje met een ijl tinkelend geluid aan scherven vloog. Zonder omkijken liep hij verder naar de zitkamer, uitglijdend over een losliggend kleedje in de korte gang. Als een gekooide tijger liep hij heen en weer, op zoek naar een uitweg die er niet was. Hij droeg zijn gevangenis met zich mee, een gevangenis waar hij nooit meer uit kon ontsnappen, nooit meer. Hij struikelde over het krantenrek, zwiepte de zware glazen asbak van de salontafel, verscheurde in blinde razernij de kussens op de bank tot de halve kamer bezaaid was met lappen en veren. In kringetjes liep hij rond, om en om, en links en rechts sloeg het meubilair tegen de grond. Voortsnellen kon hij, maar niet ontsnappen, nooit. Hij voelde een verschrikkelijke druk in zijn schedel, een ondraaglijke pijn, maar hij durfde niet te schreeuwen uit angst dat hij niet meer zou kunnen ophouden.

Pijn.

Honger.

Eten, brandstof, eten.

Voor elke gedaanteverandering had zijn lichaam enorme hoeveelheden enzymen, hormonen en andere ingewikkelde biologische stoffen nodig, eiwitten, mineralen en koolhydraten, tot er genoeg materiaal voorhanden was om botten en weefsels af te breken en andere op te bouwen, een proces van jaren dat zich bij de Nieuwe Mens binnen enkele minuten kon voltrekken.

Uitgehongerd rende hij naar de donkere keuken, trok de koelkast open en keek blazend in het verlichte inwendige. Er lag een grote ham op een blauw bord. Vlees, voedzaam vlees. Hij pakte de ham, scheurde het plastic eraf en smeet het bord weg. Het viel kletterend aan scherven tegen een kast. Daarna liet hij zich weer op handen en voeten vallen en zette zijn tanden diep in het stevige vlees.

Elke avond trok hij zijn kleren uit, nam een andere gedaante aan en rende het huis uit naar de bossen en heuvels om konijnen, wasberen, vossen en eekhoorns op te jagen en te verslinden. Hij hield niet alleen van het vlees en bloed, dat zijn innerlijke vuur bluste, maar ook van de vrijheid en de onbegrensde macht die hij genoot, de pure macht van een mens die de natuur had bedwongen en naar zijn hand kon zetten, die zijn genetische beperkingen had overwonnen. Ook deze avond had hij naar hartelust gejaagd en verslonden, door de bossen zwervend als een ongenaakbaar roofdier, even onontkoombaar als dag en nacht, maar blijkbaar was de prooi ontoereikend geweest om de energie te leveren voor zijn terugkeer in het lichaam van Mike Peyser de programmeur, vrijge-

zel en Porsche-rijder, verzamelaar van videofilms, marathonloper en Perrier-drinker.
Daarom at hij gulzig het hele stuk ham op en daarna de rest van de inhoud van de koelkast. Met zijn spitse klauwvingers propte hij een restje koude macaroni en een gehaktbal in zijn mond, een halve appeltaart die hij gisteren bij de bakker had gehaald, een half pond boter, vet en kleverig maar goed voedsel voor zijn lichaam, precies wat hij nodig had, vier rauwe eieren en alles wat hij maar kon vinden. Het vuur begon iets van zijn schroeiende hitte te verliezen, de laaiende vlammen in zijn binnenste doofden langzaam uit tot er niet meer dan een bed van gloeiende kolen achterbleef.
Verzadigd liet Mike Peyser zich bij de openstaande koelkast op de grond vallen, tussen de gebroken schaaltjes, bakjes en etensresten, en rolde zich op zijn zij. Hij dwong zichzelf de vorm aan te nemen waarin de wereld hem zou herkennen en voelde een golf van beweging door zijn merg en botten, bloed en organen trekken, door zijn spieren en huid, maar net als eerst gehoorzaamde zijn lichaam niet en bleef steken in de primitieve staat, al probeerde hij uit alle macht terug te keren naar zijn hogere gedaante.
De deur van de koelkast viel dicht en het werd weer donker in de keuken. Mike Peyser had het gevoel dat de duisternis hem van alle kanten besloop, ook van binnenuit.
Nu begon hij te schreeuwen. En zijn angst bleek terecht: hij kon niet meer ophouden.

28

Sam Booker verliet de Cove Lodge kort voor middernacht. Hij had donkere kleren en blauwe sportschoenen aangetrokken om zich snel te kunnen verbergen zonder er verdacht uit te zien, hoogstens wat te jong gekleed voor iemand met zo'n onuitwisbaar melancholieke gelaatsuitdrukking. Zijn bruine leren jasje was voorzien van diepe en ruime binnenzakken waarin hij onopvallend inbrekersspullen kon meenemen. Hij ging door de achterdeur naar buiten en bleef een ogenblik op het tegelpad achter het motel staan.
In de opstekende wind verspreidde de mist zich in dikke golven over de kust, een omstandigheid die hem goed van pas zou komen bij de taak die hem enkele uren zou bezighouden. Daarna had hij de dekking van de mist niet meer nodig en zou hij eindelijk kunnen slapen... of althans tegen zijn slapeloosheid kunnen vechten.

Toch was hij er niet helemaal gerust op. Hij was nog niet vergeten wat hem eerder die avond in Iceberry Way was overkomen. Al was de meest logische verklaring dat het junks of vandalen waren geweest, hij had het vreemde gevoel dat hij het geheimzinnige viertal ergens van kende, maar de herinnering lag te diep in zijn onderbewuste begraven om herkenbaar te zijn.
Hij liep langs de koffieshop, die inmiddels gesloten was, en begaf zich via een omweg naar het gemeentehuis in Jacobi Street, waar hij tien minuten later arriveerde. De beschrijving die zijn collega's hadden gegeven bleek precies te kloppen. Het was een laag gebouw van verweerde baksteen, die alleen op de bovenverdieping wit was bepleisterd, met donkergroene stormluiken en ouderwetse koetslampen bij de hoofdingang. De architect was erin geslaagd de stijl aan te passen aan die van de woonhuizen in de wijk. In het gebouw was ook het hoofdbureau van politie gevestigd en op de begane grond brandde licht.
Sam bleef aan de overkant lopen, slenterend alsof hij een ommetje maakte. Door de glazen deuren kon hij een deel van de helder verlichte hal zien, maar er was geen mens te bekennen.
Bij de hoek stak hij de straat over en schoot een onverlicht steegje in dat tussen de huizen door liep en uitkwam bij de open parkeerplaats naast het gemeentehuis. Hij passeerde tuinen met schuurtjes en garages. Hier en daar stonden vuilnisbakken. In de schaduw van een heg bleef hij staan en keek naar de auto's op de grote parkeerplaats, die vaag te onderscheiden waren in het gelige licht van de twee buitenlampen. Er stonden vier Fords van het nieuwste model, aan de viesgroene kleur herkenbaar als gemeentevoertuigen, twee bestelbusjes van gemeentewerken, een grote vuilniswagen, een vrachtwagen met een open laadbak en vier patrouillewagens van de politie, Chevrolets.
Sams belangstelling ging naar de Chevrolets uit, omdat die uitgerust waren met computers. Moonlight Cove beschikte over acht patrouillewagens, veel meer dan plaatsen van vergelijkbare omvang en ook veel meer dan nodig was voor zo'n slaperig kuststadje.
Maar bij de politie hier was alles meer en beter, wat een van de redenen was waarom de FBI het nodig had gevonden een nader onderzoek in te stellen. Het korps bestond uit vijftien mensen, van wie drie in deeltijd werkten, bijgestaan door vier administratieve medewerkers. Dat was behoorlijk uitgebreid en bovendien hadden ze allemaal een inkomen dat in Los Angeles en andere grote steden niet zou misstaan. Ze hadden prachtige uniformen en een klein ar-

senaal aan wapens en traangas, maar het opmerkelijkst was de mate waarin ze over computers konden beschikken. Zelfs het Pentagon zou jaloers kunnen zijn op de apparatuur waarvan het korps gebruik kon maken.
Sam nam een paar minuten de tijd om de parkeerplaats en het gebouw in ogenschouw te nemen vanuit zijn donkere hoekje, waar de ritselende bladeren van struiken een frisse geur verspreidden. Voor de verlichte ramen op de begane grond hingen jaloezieën, zodat niemand van binnen op de parkeerplaats kon kijken.
Hij haalde een paar geiteleren handschoenen uit zijn zak en trok ze aan.
Net toen hij naar een van de wagens wilde lopen, hoorde hij in het steegje achter zich een schrapend geluid.
Hij drukte zich tegen de heg en draaide zijn hoofd om. Over de stenen rolde een gedeukte kartonnen doos, voortgedreven door de aanwakkerende wind. Het ding waaide tegen een vuilnisbak en bleef liggen.
De mist verspreidde zich als rook door het steegje, zodat het leek alsof de huizen in brand stonden. Sam overtuigde zich ervan dat niemand zich in de nevels verborgen hield en holde gebukt naar de dichtstbijzijnde patrouillewagen op de open parkeerplaats.
Het portier was op slot.
Uit zijn binnenzak haalde hij een speciale sleutel, waarmee elk portierslot geopend kon worden zonder het mechanisme te beschadigen. Hij kraakte de auto, liet zich achter het stuur glijden en trok de deur snel en zo zachtjes mogelijk achter zich dicht.
De twee buitenlampen wierpen een vaalgele gloed in het interieur, hoewel Sam ook op de tast zijn werk had kunnen doen. Met een tweede sleutel verwijderde hij binnen enkele seconden de contactdoos uit de stuurkolom, zodat de draden van de ontsteking bloot kwamen te liggen.
Nu kwam het netelige deel. Om de computer in werking te stellen moest hij de motor starten, want voor de kortegolfverbinding met het hoofdbureau was meer energie nodig dan de accu kon leveren. De uitlaatgassen zouden in de mist niet te zien zijn, maar de zwartwitte patrouillewagen stond twintig meter bij de ingang vandaan en als iemand bij de achterdeur een luchtje kwam scheppen of met een van de andere wagens wilde vertrekken, kon het geluid van de draaiende motor hem niet ontgaan. Sam dacht liever niet na over de afloop van een eventuele confrontatie gezien het grote aantal gewelddadige sterfgevallen in het stadje.
Met een lichte zucht drukte hij het gaspedaal in en hield de uitein-

den van de contactdraden tegen elkaar. De motor kwam snel en zonder veel lawaai op gang.
Het computerscherm lichtte op.
Bij de FBI was bekend dat New Wave de computers ter beschikking had gesteld aan de politie om de apparatuur in de praktijk te testen. Het vermoeden bestond dat New Wave (of althans de directeur en grootste aandeelhouder, Thomas Shaddack) ook in andere opzichten verantwoordelijk was voor het kennelijk ruime budget van het korps. Natuurlijk stond het iedere burger vrij de politie of een andere gemeentelijke dienst grote sommen geld te schenken als hij de belastingen nog niet genoeg vond, maar in dit geval lag het voor de hand om aan corruptie te denken. Een anonieme gift was niet erg waarschijnlijk voor iemand die niets te verbergen had. En als Thomas Shaddack de politie van Moonlight Cove in zijn zak had, zou er een verband kunnen bestaan met het opmerkelijke aantal sterfgevallen dat zich de laatste weken had voorgedaan.
In de rechter benedenhoek van het scherm verscheen het beeldmerk van New Wave.
Tijdens het eerste onderzoek had een van zijn collega's, Morrie Stein, bij agent Reese Dorn in de patrouillewagen gezeten toen die zich van de computer bediende om iets uit het archief op te vragen. Stein vermoedde toen al dat het geavanceerde systeem meer mogelijkheden had dan waarover de politie van Moonlight Cove zich wilde uitlaten en daarom had hij goed opgelet welke code Dorn gebruikte. Terug in Los Angeles had hij tegen Sam gezegd: 'Ik geloof dat die lui daar allemaal hun eigen code hebben, maar als je de kans krijgt moet je die van Dorn maar gebruiken en zien wat je uit hun computer kunt halen. Het klinkt misschien paranoïde, maar ik zou niet weten wat ze met die supermoderne apparatuur willen doen als het niet iets illegaals is. Moonlight Cove is op het eerste gezicht een heel aardig plaatsje, maar na een tijdje krijg je het gevoel dat je overal afgeluisterd en op je vingers gekeken wordt. Na een paar dagen lijkt het een politiestaat in het klein, waar je geen vinger kunt verroeren zonder dat het geregistreerd wordt. Het korps daar zit tot zijn nek ergens in, misschien in de narcotica, en daar gebruiken ze de computer voor.'
Sam tikte de cijfercode 262699 in. Het beeldmerk van New Wave verdween van het scherm en een ogenblik later kreeg hij een menu te zien.

A. CENTRALE
B. ARCHIEF
C. MEDEDELINGEN
D. MODEM
MAAK UW KEUZE

De eerste mogelijkheid bracht kennelijk een verbinding tot stand met het hoofdbureau. Contact via de radio was natuurlijk veel eenvoudiger en sneller dan het doorgeven van vragen en berichten via het toetsenbord, wat een omslachtige manier van communiceren was... tenzij je er zeker van wilde zijn dat niemand meeluisterde.

Hij waagde het niet als Reese Dorn de centrale op te roepen, dan had hij net zo goed meteen het hoofdbureau binnen kunnen stappen om zichzelf bekend te maken. In plaats daarvan drukte hij op de B om in het archief te komen.

Op het scherm kwam een ander menu. Het gaf een overzicht van verschillende justitiële registers, afgesloten en nog lopende strafzaken, arrestanten. Om er zeker van te zijn dat het geen dekmantel was, vroeg hij gegevens op van mensen die in het politiedistrict woonden en ooit wegens moord veroordeeld waren. Hij kreeg de namen, adressen en telefoonnummers van drie mensen die een gevangenisstraf van twaalf tot veertig jaar uitgezeten hadden. Ook de namen van hun slachtoffers werden vermeld, evenals een korte beschrijving van de toedracht. Geen van hen woonde in Moonlight Cove zelf.

Sam keek op van het scherm en speurde de parkeerplaats af. Er was niemand te zien. Dikke mistbanken zweefden langs de wagen en hij had het gevoel alsof hij diep onder water in een duikersklok zat en naar lange slierten zeewier keek die door de stroom werden voortgedreven.

Hij ging terug naar het hoofdmenu en bekeek de mededelingen. Het waren allerlei berichten van Watkins en zijn collega's, zowel zakelijk als privé. De meeste waren onbeduidend of zo beknopt dat Sam er geen touw aan vast kon knopen.

Onder MODEM kreeg hij een verrassend omvangrijke lijst van instellingen waarmee een directe computerverbinding mogelijk was. Politiebureaus in tal van grote steden, van Los Angeles tot New York, registers van motorvoertuigen en de verkeerspolitie, het opsporingsregister van Californië, maar ook tal van instanties waarvan het nut voor een politiekorps niet direct duidelijk was: personeelsgegevens van landmacht, marine en luchtmacht, het

centraal archief van de FBI en zelfs van Interpol in New York. Wat moest een klein korps als dat van Moonlight Cove in vredesnaam met al die bronnen van informatie?
En er was nog meer. Sommige archieven waren zelfs voor de politie van Los Angeles en andere grote plaatsen niet toegankelijk tenzij met toestemming van de rechter, zoals van TRW, het bureau voor kredietbewaking, het centraal archief van de CIA in Virginia (dat tegen inbraak beveiligd heette te zijn), en bepaalde gegevens van de FBI zelf.
Sam vroeg ontsteld het hoofdmenu weer op.
Hij keek peinzend over de parkeerplaats.
Morrie Stein had een paar dagen geleden de mogelijkheid geopperd dat de politie van Moonlight Cove betrokken was bij de handel in verdovende middelen en zich door New Wave met computers en andere luxe snufjes liet betalen om een oogje dicht te knijpen. Een andere mogelijkheid was dat New Wave illegaal apparatuur leverde aan Rusland en de politie had omgekocht om snel gewaarschuwd te worden voor een eventueel onderzoek van hogerhand.
Beide mogelijkheden kwamen Sam nu onwaarschijnlijk voor, nog afgezien van het feit dat er geen duidelijk verband bestond met de onverklaarbare sterfgevallen van de laatste tijd. Het uitgebreide netwerk van verbindingen via de computer (er werden niet minder dan honderdtwaalf instellingen vermeld) leek eerder te passen in de activiteiten van een kleine staat. Een kleine en vijandige staat, die overal zijn spionnen had zitten om op het juiste moment toe te kunnen slaan. Het schilderachtige Moonlight Cove leek geregeerd te worden door een megalomaan die van hieruit zijn macht wilde uitbreiden.
Vandaag Moonlight Cove, morgen de hele wereld.
'Wat zijn ze hier in godsnaam aan het doen?' vroeg Sam hardop.

29

Tessa zat in haar stevig vergrendelde motelkamer op bed, voor de nacht gehuld in een wit T-shirt met een lachende Kermit de Kikker op de voorkant. Ze keek naar een herhaling van de Tonight Show, maar ze beleefde geen plezier aan de interviews van Johnny Carson met een hersenloze actrice, een hersenloze zanger en een hersenloze cabaretier. Dieettelevisie was het, wat eigenlijk wel goed bij haar dieetcola paste.

Na een tijdje begon ze zich af te vragen of het angstige avontuur in de gangen van het motel misschien toch een gevolg was geweest van haar overspannen verbeelding. Per slot van rekening was ze van streek door de onverwachte dood van Janice, die ze onmogelijk als zelfmoord kon accepteren. Of misschien speelde de vette cheeseburger in haar maag haar parten, zoals Scrooge dacht toen hij voor het eerst de geest van Marley zag. Waren het hersenspinsels geweest, veroorzaakt door een stukje onverteerd vlees, een klodder mosterd, een kaaskruimel of een restje ongare aardappel?
Halverwege het relaas van iemand die op een kunstfestival in Havana Fidel Castro had ontmoet – 'een geweldige man, heel geestig en gevoelig' – stond ze op en ging naar de badkamer om haar tanden te poetsen. Terwijl ze in de tube kneep, hoorde ze iemand aan de deurknop rammelen.
Tessa ging op de drempel van de badkamer staan, een paar passen van de gangdeur af. De knop bewoog heftig heen en weer; er was niets steels aan. De hele deur schudde in de hengsels.
Tessa liet haar tandenborstel vallen en holde naar de telefoon op het nachtkastje.
Er klonk geen zoemtoon.
Ze drukte op alle knoppen die ze kon vinden, maar tevergeefs. Het schakelbord van het motel werd niet bediend. De lijn was dood.

30

Chrissie moest verscheidene malen de berm induiken om zich tussen de struiken voor passerende auto's te verbergen. Een ervan was een politiewagen, op weg naar Moonlight Cove, en ze was er vrijwel zeker van dat het dezelfde was die ze bij haar huis gezien had. Ze hield zich net zolang schuil tussen het hoge gras en de melkdistel tot de achterlichten van de patrouillewagen als kleine rode puntjes om een bocht verdwenen.
Langs de tweebaansweg stonden een paar verspreide woningen. Ze kende sommige bewoners en de verleiding was groot om bij hen aan te kloppen en om hulp te vragen. Maar ze durfde er niet op te rekenen dat het nog dezelfde mensen waren als vroeger. Ze wist niet wat er in Moonlight Cove aan de hand was, maar het was iets bovennatuurlijks of althans buitenaards, en ze had genoeg griezelfilms gezien en genoeg enge boeken gelezen om te weten dat je in zulke omstandigheden niet voorzichtig genoeg kon zijn.

Ze stelde bijna al haar hoop op pater Castelli van de Onze-Lieve-Vrouwekerk, die als priester wel raad zou weten met demonen en andere duivelse wezens. Maar ze durfde niet al te vast op hem te rekenen, want ook een geestelijke kon door monsters uit de ruimte worden bezeten.

Als pater Castelli ook al niet meer te vertrouwen was en ze erin slaagde uit zijn handen te blijven, zou ze meteen naar Irene Tokawa gaan, haar onderwijzeres. Niemand wist zoveel als Irene en als er in Moonlight Cove werkelijk iets bijzonders aan de hand was, zou zij het gevaar tijdig zien aankomen en zichzelf beschermen tegen de monsters met hun klauwen of wat ze dan ook hadden.

Chrissie hield zich dus schuil voor het verkeer, liep met een wijde boog om de spaarzame huizen heen en kwam langzaam maar zeker in de buurt van Moonlight Cove. De maansikkel was af en toe zichtbaar tussen de mistbanken door, laag aan de horizon; hij zou weldra ondergaan. De stevige bries uit het westen wakkerde af en toe aan tot stormkracht en woelde door haar blonde haar, dat als een vlam achter haar aan wapperde. Het was koud en klam, met als enige voordeel dat ze daardoor werd afgeleid van dat andere onaangename gevoel: honger.

'Jong meisje uitgehongerd en krankzinnig na ontmoeting met buitenaardse wezens,' zei ze hardop, alsof ze een kop uit de krant voorlas.

Een eindje verder zag ze de kruising met Holliwell Road, een teken dat ze de stad begon te naderen. In haar opluchting liep ze bijna met open ogen in de armen van haar belagers.

Naar het oosten liep Holliwell Road als een onverharde weg door de heuvels, onder de grote weg door en helemaal naar het oude en verlaten Icarus. Dat was een vervallen boerderij waar in de jaren vijftig een groep kunstenaars een ideale leefgemeenschap had willen vestigen. Sindsdien was er een paardenfokkerij gevestigd geweest, een veilinghuis en een vegetarisch restaurant. Die waren allemaal op de fles gegaan en Icarus was in verval geraakt. Alle kinderen uit de omtrek kenden het, want het was een volmaakt spookhuis en bijzonder geschikt om je dapperheid te bewijzen.

Holliwell Road was in westelijke richting verhard en leidde langs de rand van Moonlight Cove naar het terrein van New Wave en ten slotte naar de noordpunt van de baai, waar de beroemde Thomas Shaddack in een groot en geheimzinnig huis woonde. Chrissie was niet van plan af te slaan, maar het kruispunt was een mijlpaal die aanduidde dat ze niet ver meer van Moonlight Cove verwijderd was.

Dertig meter voor het kruispunt hoorde ze het snel aanzwellende geluid van een automotor. Ze sprong over de smalle greppel naast de weg en verstopte zich achter de dikke stam van een oude pijnboom. Ze hurkte neer. Een ogenblik later werd de kruising verlicht door de koplampen van een open vrachtwagen die uit het westen kwam. De bestuurder negeerde het stopbord en reed door naar het midden van de kruising, waar hij afremde. Dampende mist golfde langs de stilstaande wagen.
Nadat zich op het gevaarlijke kruispunt veel aanrijdingen hadden voorgedaan, was op een van de hoeken een straatlantaren neergezet. In het licht daarvan kon Chrissie zien dat op het portier van de grote zwarte vrachtwagen het beeldmerk van New Wave was aangebracht. Chrissie had het misschien wel duizend keer eerder gezien en herkende het daarom zonder moeite: een kleine blauwwitte cirkel met daarin een omslaande blauwe golf. In de open laadbak zat een groep van zeven of acht mannen.
De vrachtwagen was nauwelijks tot stilstand gekomen toen twee mannen van de laadbak sprongen. Een van hen verdween tussen de bomen naast de weg, niet meer dan dertig meter van de plaats waar Chrissie zich verborgen had. De ander bleef dichter bij de kruising en stelde zich op tussen een paar hoog opgeschoten struiken.
De vrachtwagen draaide naar het zuiden en verdween snel in de nacht.
Chrissie vermoedde dat de andere mannen elders langs de secundaire weg afgezet zouden worden om de oostelijke toegang tot Moonlight Cove te bewaken. In de laadbak was ruimte voor wel twintig mensen en ongetwijfeld waren er ook aan de westkant al wachtposten uitgezet. Heel Moonlight Cove werd afgegrendeld en Chrissie nam aan dat er naar haar gezocht werd. Ze had iets gezien dat niet voor haar ogen bestemd was, de 'transformatie' van haar ouders zoals Tucker het genoemd had, en nu wilden ze haar ook transformeren voordat ze andere mensen kon waarschuwen.
Het geluid van de zwarte vrachtwagen stierf weg.
Stilte daalde neer als een vochtig laken.
Nevelslierten kronkelden over de aarde, onbarmhartig voortgedreven naar de donkere en ruwe heuvels in de verte.
Een plotselinge windvlaag ruiste in het hoge onkruid en zuchtte in de loofbomen. Een verkeersbord rammelde met een zacht en vreemd troosteloos geluid.
Chrissie wist waar de twee mannen van de weg af waren gegaan, maar ze kon hen niet zien. Ze hadden zich goed verborgen.

31

Sams gedachten waren bijna even verward als de flarden mist die in het donker door de opstekende wind langs de patrouillewagen naar het oosten werden geblazen. Hij was veel liever stomdronken geweest.

Hij had genoeg ervaring om te weten dat er in een computerprogramma heel wat 'verborgen' zaken konden zitten, eenvoudig door ze niet in de menu's op te nemen. Hij keek een tijdje naar het hoofdmenu op het scherm en tikte vervolgens een E in, hoewel die niet in de tekst voorkwam.

Onmiddellijk verschenen er andere woorden op het scherm: KAN IK U HELPEN, BRIGADIER DORN?

Er zat dus werkelijk meer in het systeem dan je op het eerste gezicht zou denken, een geheim bestand dat wellicht interessante gegevens bevatte. Maar daarmee was Sam nog niet veel verder. Als er bepaalde cijfer- of lettercodes nodig waren om gegevens op te roepen, zou hij lelijk in de knoei zitten: bij een verkeerd antwoord zou de terminal in het hoofdbureau erop geattendeerd worden dat er een buitenstaander aan het werk was.

Sam kon alleen maar hopen dat er geen codes gebruikt werden. Met een onheilspellend voorgevoel tikte hij in: HALLO.

KAN IK U HELPEN?

Het ging erom het juiste trefwoord of commando te vinden, wat een kwestie van proberen en nog eens proberen was. Sam besloot te doen alsof het verborgen bestand op dezelfde manier was opgebouwd als de andere en tikte in: MENU.

Het scherm werd leeg, maar een ogenblik later kwamen dezelfde woorden terug: KAN IK U HELPEN?

Hij probeerde het opnieuw: HOOFDMENU.

KAN IK U HELPEN?

EERSTE MENU.

Eindelijk werd zijn moeite beloond:

A. PERSONEEL NEW WAVE
B. PROJECT IBIS
C. SHADDACK
MAAK UW KEUZE

Voor het eerst had hij een bewijs van een geheime connectie tussen New Wave, de oprichter Thomas Shaddack en de politie van Moonlight Cove, al had hij nog geen idee wat het betekende.

Vermoedelijk leidde de derde keuzemogelijkheid tot een directe verbinding met Shaddacks eigen computer, wat er opnieuw op wees dat er iets heel verdachts aan de hand was. Waarom anders al die geheimzinnigheid? Sam maakte er geen gebruik van, want tegenover Shaddack zelf kon hij onmogelijk voorwenden brigadier Dorn te zijn.
De eerste keuze zou hem voor hetzelfde probleem plaatsen, want blijkbaar gaf die hem de mogelijkheid tot contact met medewerkers van New Wave met wie hij voorlopig niet wilde praten.
Bovendien durfde hij niet te veel tijd te verspelen. Hij keek weer op naar de parkeerplaats en vooral naar de donkere plekken buiten de gloed van de verlichting. Hij was nu een kwartier bezig en in die tijd was er niemand te zien geweest, maar hij betwijfelde of zijn geluk nog veel langer zou duren en hij wilde zoveel mogelijk aan de weet komen.
PROJECT IBIS was het geheimzinnigste onderdeel van het menu, daarom tikte hij een B in. Er kwam een ander menu op het scherm.

A. TRANSFORMATIE VOLTOOID
B. ROOSTER – EERSTE FASE
C. ROOSTER – TWEEDE FASE
MAAK UW KEUZE

Onder de A bleek een lijst te zitten met namen en adressen van mensen in Moonlight Cove. Boven aan de lijst stond de mededeling: 1967 TRANSFORMATIES VOLTOOID.
Wat werd er in vredesnaam met transformatie bedoeld? Was er een of andere godsdienstige sekte aan het werk die de bevolking van Moonlight Cove bekeerde? Of was het maar een code, gebruikt om de werkelijke betekenis te verbergen?
Hij huiverde onwillekeurig.
Sam zocht in de alfabetische lijst naar de namen van mensen die hij had leren kennen. Loman Watkins kwam erop voor, evenals Reese Dorn en een familie Perez, ongetwijfeld de eigenaars van het restaurant waar hij gegeten had. Burt Peckham van de Knight's Bridge Tavern kwam er niet op voor, net zo min als Harold Talbot, de oorlogsveteraan die hij de volgende ochtend wilde bezoeken.
Verbijsterd keerde Sam terug naar het menu en vroeg het rooster op. Er kwam een tweede lijst met namen en adressen op het scherm van in totaal 1104 mensen. Hier vond hij Peckham en Tal-

bot wel op terug, maar hij kreeg geen enkele aanwijzing voor de betekenis van al die vermeldingen.
Het rooster van de tweede fase besloeg maandag 13 en dinsdag 14 oktober en die raadselachtige 'transformaties' werden blijkbaar vierentwintig uur per dag uitgevoerd. Tot dinsdagochtend vroeg (dat wil zeggen over enkele uren, want het was inmiddels middernacht geweest) stonden 380 transformaties op het programma. Ook van deze mensen werden de namen en adressen vermeld.
Sam voelde dat zijn haar overeind ging staan, al wist hij niet precies waarom dat vreemde woord 'transformatie' hem zo verontrustte. Het deed hem aan die oude film met Kevin McCarthy denken, *Invasion of the Body Snatchers.*
Hij herinnerde zich ook het angstaanjagende viertal dat hem die avond achtervolgd had. Waren die misschien getransformeerd?
Hij zocht weer naar bekende namen en kwam Burt Peckham tegen, die voor deze nacht op het programma stond. Harry Talbot vond hij niet in het rooster terug.
De auto bewoog.
Sam keek snel op en graaide naar de revolver in de schouderholster onder zijn jasje.
Het was de wind maar, een windvlaag die de mistbanken uit elkaar dreef en aan de auto rukte. De vlaag ging voorbij en de verscheurde nevels sloten zich weer aaneen, maar Sam voelde zijn hart pijnlijk tegen zijn ribben bonken.

32

Tessa legde de hoorn op het nutteloze telefoontoestel. Ze bleef bij het bed staan luisteren, maar er werd niet meer aan de deurknop gerammeld. Na een tijdje ging ze behoedzaam naar de deur en drukte haar oor ertegen.
In de gang klonken zachte stemmen, maar niet vlak bij de deur. Het waren vreemde stemmen die op een dwingende fluistertoon spraken. Tessa kon er geen woord van verstaan.
Ze twijfelde er niet aan dat dit dezelfden waren die haar ongezien gevolgd hadden toen ze iets te drinken was gaan halen. Ze hadden kans gezien de telefoon onklaar te maken en nu waren ze terug. Het leek krankzinnig, maar het gebeurde.
En de manier waarop het gebeurde leek te bewijzen dat het geen willekeurige aanranders of overvallers waren, maar dat ze juist haar wilden hebben omdat ze de dood van haar zus kwam onder-

zoeken. Maar alleen haar moeder wist waarom ze naar Moonlight Cove was gegaan en bovendien had ze nog helemaal niets ondernomen dat voor de eventuele moordenaars bedreigend kon zijn of een aanleiding om haar zo opzichtig te belagen.
Kippevel kwam op haar blote benen en ze voelde zich erg kwetsbaar. Ze ging snel naar de kast en trok een spijkerbroek en trui aan.
Ze was niet alleen in het motel; volgens Quinn waren er nog andere gasten. Misschien niet meer dan twee of drie, maar in het ergste geval kon ze het op een gillen zetten om hen te waarschuwen en de indringers te verjagen.
Ze pakte haar schoenen, waarin ze haar witte sportkousen had gepropt, en ging weer naar de deur.
Ze hoorde nog steeds de zachte hese stemmen een eind verder in de gang, maar plotseling klonk er een oorverdovende slag. Ze gilde het uit van schrik. Er klonk onmiddellijk een tweede slag en een luid gekraak alsof er een deur werd ingetrapt.
Een vrouw begon te schreeuwen en ze hoorde de boze stem van een man, maar het waren die andere stemmen die haar de stuipen op het lijf joegen. Het waren drie of vier stemmen en ze vulden de gang met een onmenselijk en onbeschrijflijk gegrom en gesnauw, vol opwinding en bloeddorst. Maar het ergst van alles waren de enkele woorden die ze tussen die geluiden door kon verstaan: *grijpen, grijpen... bloed, teef, bloed...*
Tessa klemde zich wanhopig aan de deurposten vast en luisterde tegen haar wil naar het geschreeuw van de man en de vrouw die overvallen waren. Een ijselijk geschreeuw van angst en afschuw was het, ondraaglijk, alsof ze aan stukken gescheurd en met huid en haar verslonden werden.
Tessa moest denken aan wat ze een paar jaar geleden in Noord-Ierland had gezien, waar ze een documentaire maakte over het zinloze geweld. Ze had de begrafenis bijgewoond van een der ontelbare 'martelaren' – katholiek of protestant, het deed er niet meer toe, beide kampen hadden er een overvloed aan – en na afloop van de plechtigheid was de menigte in een ziedende horde veranderd en uitgestroomd over de omliggende straten, op zoek naar vijanden van het andere geloof. Twee Britse legerofficieren in burger kwamen met hun auto vast te zitten en de menigte keerde zich als één man tegen hen. De ruiten werden ingebeukt en de officieren werden uit hun auto gesleurd. Tessa's beide assistenten waren op de vlucht geslagen, maar ze nam de videocamera op haar schouder en het was alsof ze door de lens rechtstreeks voorbij

deze wereld in de hel keek. De mensen waren verwilderd, hun gezichten waren vertrokken van haat en woede, hun rouw had plaats gemaakt voor bloeddorst. De twee Britten werden getrapt en geslagen, overeind gesleurd en met hun hoofden tegen de auto geramd, daarna weer getrapt en geslagen, zelfs toen ze al lang dood waren. Als aasgieren stortte de massa zich op de ontzielde lichamen, krijsend en vloekend, leuzen roepend die niet meer waren dan klanken zonder betekenis. Maar het waren geen aasgieren of buizerds, het waren nog eerder demonen uit de hel die niet alleen het lichaam maar ook de ziel van de slachtoffers wilden stelen. Plotseling werd Tessa aangevallen door twee mannen, die de camera aan stukken smeten en haar tegen de grond gooiden. Eén verschrikkelijk ogenblik dacht ze dat de kolkende menigte ook haar zou verscheuren. Vingers graaiden naar haar kleren, verwrongen gezichten bogen zich over haar heen met de monsterlijke gelaatstrekken van tot leven gekomen gargouilles. Ze hadden elke menselijke eigenschap losgelaten en zich overgeleverd aan de primitieve driften van hun verre voorouders. 'Nee, God!' riep Tessa en misschien was het de naam van God of alleen maar het geluid van een stem die niet tot een dierlijk gegrom was verworden, maar ze werd losgelaten en van die aarzeling had ze gebruik gemaakt om zich uit het gedrang te bevrijden.
Wat ze nu in de kamer aan de andere kant van de gang hoorde, deed haar sterk aan die ervaring denken. Of misschien was het nog erger!

33

Sam merkte dat hij ondanks de kou zat te zweten. Elke nieuwe windvlaag deed hem geschrokken opkijken, maar hij bleef in de lijsten zoeken tot hij de naam van Harry Talbot vond. Die behoorde niet tot de vierhonderdvijftig mensen die voor de komende dag op het programma stonden, tussen zes uur 's ochtends en zes uur 's avonds. Pas op de laatste lijst vond hij de naam van Talbot, die op een niet nader aangeduid tijdstip tussen zes uur 's avonds en middernacht getransformeerd moest worden, wat dat dan ook betekende.
Over iets minder dan drieëntwintig uur moesten nog eens 1104 mensen getransformeerd zijn; samen met de 1967 die al getransformeerd waren, kwam je ongeveer uit op de totale bevolking van Moonlight Cove.

Hij keerde terug naar het hoofdmenu en wilde juist de motor afzetten en maken dat hij wegkwam toen het scherm begon te flikkeren. In grote letters verscheen de tekst OPROEP AAN ALLE WAGENS. Sam was er zeker van dat hij de een of andere code over het hoofd had gezien en dat ze hem op het spoor waren gekomen. Voordat hij het portier kon openen, verscheen op het scherm een mededeling die zijn vermoeden bevestigde, maar op een andere manier dan hij had verwacht.

FBI-AGENT IN MOONLIGHT COVE GESIGNALEERD.
MAAKT GEBRUIK VAN TELEFOONCEL BIJ SHELL-STATION, OCEAN AVENUE.

Ze waren hem inderdaad op het spoor, maar ze wisten niet dat hij op dit moment in een van hun patrouillewagens zat en gebruik maakte van de computer. Blijkbaar schrokken ze er niet voor terug zelfs de openbare telefoons af te luisteren, die doorgaans een veilige verbinding vormden, of anders konden ze over gegevens van de telefoonmaatschappij beschikken om na te gaan welke gesprekken er gevoerd waren. De connecties die hun ten dienste stonden, bleken steeds omvangrijker en verbazingwekkender en Sam vroeg zich af welke ontdekkingen hem nog meer te wachten stonden.
Het bericht op het scherm werd aangevuld. Sam zag zijn eigen telefoonnummer en adres in Sherman Oaks, evenals het tijdstip waarop hij had gebeld. Dat was even na half acht geweest, wat betekende dat de gegevens van de telefoondienst om de vijf of zes uur werden nagetrokken, anders zouden ze hem eerder die avond al ergens hebben opgewacht.
De gegevens van zijn betaalkaart kwamen op het scherm:

NAAM: SAMUEL H. BOOKER.
MAAKT GEBRUIK VAN CREDIT CARD OP NAAM VAN WERKGEVER.
ADRES WERKGEVER:
FEDERAL BUREAU OF INVERSTIGATION WASHINGTON, D.C..

De volgende logische stap was dat ze navraag gingen doen bij alle hotels en motels in de omgeving, en aangezien hij een kamer in de Cove Lodge had genomen, zou het een korte speurtocht worden. Sam vroeg zich af of hij nog de gelegenheid zou hebben zijn auto

bij het motel op te halen en naar Aberdeen Wells te rijden, de eerstvolgende plaats, om vandaar uit zijn collega's in San Francisco te bellen. Hij had inmiddels genoeg ontdekt om het hele Bureau op zijn kop te zetten en een diepgaand onderzoek te laten instellen.
Maar het volgende bericht overtuigde hem ervan dat hij geen schijn van kans had om ongemerkt weg te komen en als hij gepakt werd zou hij weleens het volgende raadselachtige sterfgeval in Moonlight Cove kunnen worden. Ze kenden zijn adres, wat betekende dat ze Scott ook zouden kunnen vinden, niet nu meteen maar wel morgen of overmorgen.

WATKINS AAN ALLE WAGENS. SHOLNICK, BEN JE AANGESLOTEN?
SHOLNICK: JA.
WATKINS: GA NAAR COVE LODGE.
SHOLNICK: IK BEN OP WEG.

Een agent was al op weg naar het motel om na te gaan of Sam zich daar had laten inschrijven. De eerste de beste dag was alles al verziekt, ook zijn dekmantel van een geslaagde beursmakelaar uit Los Angeles die door de streek reisde om te zien waar hij van zijn vervroegde pensioen kon genieten.

WATKINS: PETERSON?
PETERSON: JA.

De opgeroepen agenten hoefden waarschijnlijk hun eigen naam niet in te tikken. De bestaande verbinding was voor de centrale computer voldoende identificatie en ieders naam werd automatisch op de volgende regel afgedrukt. Snel, doelmatig en gebruikersvriendelijk.

WATKINS: GA MET SHOLNICK MEE.
PETERSON: BEGREPEN.
WATKINS: LAAT HEM HEEL TOTDAT WE HEM ONDERVRAAGD HEBBEN.

De communicatie tussen de patrouillewagens verliep blijkbaar uitsluitend via de computer, wat betekende dat ze van luistervinken geen last hadden. Ook al kon Sam ongemerkt de berichten meelezen, hij had het gevoel dat hij tegenover een welhaast almachtige tegenstander stond.

WATKINS: DANBERRY?
DANBERRY: IK ZIT OP HET BUREAU. GA JE GANG.
WATKINS: ZET OCEAN AVENUE AF BIJ DE OPRIT NAAR DE SNELWEG.
DANBERRY: BEGREPEN.
SHADDACK: HOE STAAT HET MET CHRISTINE FOSTER?

Sam was verbaasd de naam van Thomas Shaddack op het scherm te zien verschijnen. De algemene oproep had er blijkbaar voor gezorgd dat ook de computer bij Shaddack thuis ingeschakeld was, misschien gepaard met een alarmsignaal.

WATKINS: NOG NIET GEVONDEN.
SHADDACK: BOOKER MAG HAAR IN GEEN GEVAL ALS EERSTE VINDEN.
WATKINS: ALLE INVALSWEGEN ZIJN AFGEZET. ZE KOMT MOONLIGHT COVE NIET BINNEN.
SHADDACK: ZE HEEFT TE VEEL GEZIEN.

Sam kende Thomas Shaddack alleen van interviews in tijdschriften en kranten. De man was meer dan een plaatselijke beroemdheid, een genie op het gebied van computers, met het uiterlijk van een krankzinnige geleerde.
Dat hij en de politie van Moonlight Cove bij een smerig zaakje betrokken waren, was uit de gesprekken nu wel heel duidelijk geworden. Die onthulling hield Sam zó bezig, dat de betekenis van Danberry's antwoord slechts langzaam tot hem doordrong: 'Ik zit op het bureau. . .' Danberry kon elk ogenblik naar buiten komen om met zijn wagen naar Ocean Avenue te gaan.
'Verdomme.' Sam rukte de ontstekingsdraden van elkaar.
De motor sloeg sputterend af en het beeldscherm werd donker.
Een fractie van een seconde later ging de achterdeur van het gemeentehuis open en stormde een politieman de parkeerplaats op.

34

Toen het geschreeuw was opgehouden, schudde Tessa de trance van zich af en ging weer naar de telefoon. Het toestel was nog steeds buiten werking.
Waar was Quinn? Hij zou wel een eigen appartement hebben en moest door het lawaai gewekt zijn. Of was hij zelf een van de indringers?

Ze hadden twee motelgasten overvallen. Elk ogenblik konden ze terugkomen om ook de deur van haar kamer in te trappen.
Tessa haalde een stoel uit de kamer en zette die schuin onder de deurknop.
Ze had het idee opgegeven dat alleen zij belaagd werd omdat ze de zuster van Janice was en de waarheid aan het licht wilde brengen, want wat hadden de andere gasten daarmee te maken? Maar wat de reden ook was, ze kon er niet aan twijfelen dat er moordenaars in het motel rondliepen, een stel psychopaten of volgelingen van de een of andere gruwelijke sekte. Twee mensen waren al dood en ze zouden ook haar doden als ze de kans kregen, alleen voor de kick. Het was net een boze droom, waarin elk moment de gladde en bont geschilderde wanden van de kamer konden smelten om doorgang te verlenen aan monsters.
Met trillende vingers trok ze haar sokken en schoenen aan, alsof ze alleen een kans zou hebben als ze helemaal was aangekleed.
De vreemde stemmen werden weer hoorbaar op de gang en kwamen snel dichterbij. Er zat geen kijkgat in de deur, maar hij kierde enigszins boven de drempel en Tessa ging op haar knieën liggen en drukte haar wang tegen het vloerkleed om door de spleet te kijken. Ze ving een glimp op van een paar snelle voeten, of liever gezegd poten, en dat was voldoende om haar nog meer in verwarring te brengen. Dit waren geen psychopaten, geen opgezweepte fanaten zoals de mensen die haar in Noord-Ierland bijna van het leven hadden beroofd. Het waren de donkere, harige poten van een onbestaanbaar beest, plat en opmerkelijk lang, met gelede tenen die bijna net zo soepel waren als vingers. Een confrontatie met het onbekende was het, een inbreuk op de werkelijkheid, een onverhoedse vlucht uit de gewone wereld naar het bovennatuurlijke.
Er werd hard tegen de deur geslagen.
Tessa sprong geschrokken op en holde de kamer in.
De stemmen vulden de gang met een luid dierlijk gegrom, afgewisseld met onverstaanbaar uitgestoten woorden die geen zinnen vormden.
Ze liep langs het bed naar het raam, deed het van de haak en schoof het open.
De deur trilde onder een nieuwe slag, die in de kamer weergalmde en Tessa het gevoel gaf alsof ze in een grote trommel zat. Het houtwerk zou het niet lang meer houden, ondanks de stoel die ze onder de knop had gezet.
Tessa ging op de vensterbank zitten en zwaaide haar benen naar buiten. Ze keek naar beneden. Het tegelpad glansde vochtig in het

licht van de buitenlamp, drie meter onder haar.
De deur kraakte onder het geweld van de derde slag.
Tessa zette zich af en landde ongedeerd op de natte tegels, nauwelijks uitglijdend dank zij de rubberzolen van haar sportschoenen. In haar kamer klonk nu ook het geluid van schrapend metaal, alsof het slot het elk moment kon begeven. Ze keek om zich heen. Op de dichtstbijzijnde hoek, aan de noordkant van het gebouw, meende ze iets te zien bewegen in het donker. Het kon de mist zijn die haar parten speelde, maar ze wilde geen risico nemen en volgde het pad in de andere richting. De zee deinde zwart achter de balustrade aan haar rechterkant. Toen ze bij de hoek kwam, hoorde ze een geweldig gekraak van de deur die ingetrapt werd, gevolgd door het woeste gehuil waarmee de indringers haar kamer binnenstormden.

35

Sam kon niet uitstappen zonder de aandacht van de agent te trekken. Er stonden vier patrouillewagens op de parkeerplaats, daarom had hij een redelijke kans onopgemerkt te blijven als hij zijn hoofd introk. Hij liet zich zoveel mogelijk onderuit zakken en bukte naar rechts, over het toetsenbord van de computer heen.
Danberry holde naar de wagen naast die van brigadier Dorn.
Sam keek schuin omhoog en zag hem het portier openmaken. De politieman hoefde alleen maar zijn hoofd om te draaien om hem te zien liggen in het zwavelachtige licht van de buitenlampen. Maar Danberry stapte in, startte de motor en reed met gierende banden de parkeerplaats af. Sam slaakte een zucht van verlichting.
Het liefst had hij de computer weer ingeschakeld om het gesprek tussen Watkins en Shaddack te volgen, maar hij kon niet langer blijven. Als de jacht eenmaal goed op gang was gekomen, zou het druk worden in en rond het gemeentehuis.
Hij herstelde de ontsteking en nam de tijd om het stuurslot weer op zijn plaats te drukken, want hij wilde niet laten merken dat hij met hun computer in de weer was geweest. Hoe minder ze van hem wisten, des te groter was zijn kans om aan hun greep te ontsnappen. Hij stapte uit en sloot het portier weer af.
Snel liep hij terug naar het achterpad, maar om niet door een arriverende of vertrekkende politiewagen verrast te worden klom hij over het dichtstbijzijnde hek en kwam in de achtertuin van een

groot Victoriaans huis. Het zag er wat vervallen uit en de struiken in de tuin waren ongesnoeid en hoog opgeschoten. Hij bereikte de voorkant en kwam op Pacific Drive, dicht bij Ocean Avenue.
De nachtelijke stilte werd niet verscheurd door sirenes. Er was geen geschreeuw te horen, noch het geluid van haastige voetstappen, maar hij wist dat hij een veelkoppig monster had gewekt en dat deze dodelijke hydra hem overal zocht.

36

Mike Peyser wist niet wat hij moest doen, hij wist het niet, hij was bang, verward en bang, daarom kon hij ook niet goed nadenken, hoewel dat nu een eerste vereiste was. Zijn geest werkte wel snel, maar zijn primitieve innerlijk kreeg telkens weer de overhand en hij was niet in staat een bepaalde gedachte vast te houden of uit te werken. Een korte ingeving was niet voldoende om zijn probleem op te lossen, hij moest snel èn diep nadenken. Maar zijn concentratievermogen was niet meer wat het geweest was.
Toen zijn geschreeuw eindelijk was opgehouden en hij van de keukenvloer kon opstaan, haastte hij zich op handen en voeten door het donkere huis naar de badkamer. Pas op de drempel slaagde hij erin te gaan staan, zij het niet helemaal rechtop. In het flauwe, enigszins glinsterende maanlicht dat door het kleine raam boven de douche naar binnen viel, keek hij in de spiegel van het medicijnkastje, zich vastklemmend aan de rand van de wasbak. Zijn gezicht was slechts vaag te onderscheiden, zonder details.
Hij dwong zichzelf te geloven dat hij zijn natuurlijke gedaante weer had teruggekregen, dat hij zich zijn regressie maar inbeeldde, ja, dat wilde hij geloven, hij moest het geloven, ook al kon hij niet helemaal rechtop staan, ook al voelde hij hoe onmogelijk lang zijn vingers waren, hoe vreemd zijn hoofd op zijn nek stond, hoe onbuigzaam zijn heupgewrichten waren. Hij moest het geloven.
Doe het licht aan, zei hij tegen zichzelf.
Hij kon het niet opbrengen.
Doe het licht aan.
Hij was bang.
Hij moest het licht aandoen en zichzelf bekijken.
Maar hij klemde zich nog steviger vast en verroerde zich niet.
Doe het licht aan.
Hij boog dichter naar de oude spiegel toe en staarde intens naar de vage omtrek van zijn gezicht. Er was weinig anders te zien dan

de bleke gele glans van zijn vreemde ogen.
Doe het licht aan.
Een gesmoorde kreet van angst en afschuw ontsnapte aan zijn keel.
Shaddack, dacht hij plotseling. Shaddack moest het weten, Tom Shaddack wist wel wat hij moest doen, Shaddack was zijn enige hoop, zijn laatste toeverlaat, Shaddack.
Hij liet de wastafel los en rende op handen en voeten naar de slaapkamer, naar de telefoon naast zijn bed. Onderweg stootte hij telkens die naam uit, beurtelings schril en gedempt, indringend en fluisterend, alsof het een magisch woord was: *Shaddack, Shaddack, Shaddack, Shaddack*...

37

Tessa Lockland zocht haar toevlucht in een dag en nacht geopende wasserette, vier straten van het motel verwijderd, dicht bij Ocean Avenue. Er was niemand, maar de zaak was in elk geval helder verlicht en zelfs in de hoeken waren geen schaduwen. Ze ging op een van de bekraste gele plastic stoelen zitten en staarde gespannen naar de rij droogtrommels voor haar, alsof het antwoord op al haar vragen op een van de ronde ruiten zou kunnen verschijnen.
Als filmmaakster bezat ze een scherp gevoel voor de noodzakelijke samenhang van beeld en verhaal en daarom kostte het haar geen moeite patronen van duisternis, dood en onbekende krachten in deze gekwelde gemeenschap te ontdekken. De vreemde kreten op het strand waren ongetwijfeld afkomstig geweest van dezelfde bizarre wezens die ze in het motel gezien had en het lag voor de hand dat die ook verantwoordelijk waren voor de dood van Janice. Daarom hadden de autoriteiten ook zo sterk aangedrongen op snelle crematie, niet omdat het lichaam was opgezwollen en door de vissen aangevreten, maar om ervoor te zorgen dat er geen tijd meer was voor een onafhankelijke autopsie waarbij vreemde sporen gevonden konden worden. De corruptie van het gezag moest ook in verband staan met het aanzien van Moonlight Cove, met al die lege etalages en opgeheven winkels, onverklaarbaar in een plaats waar nauwelijks werkloosheid bestond. De mensen op straat leken geborneerd, op weg naar een of andere bestemming met een doelgerichtheid die slecht paste bij een kuststadje dat de gejaagdheid van het moderne leven amper kende.

Maar al zag ze die verbanden, daarmee had ze nog geen antwoord op de vraag waarom de politie de ware oorzaak van Janices dood wilde verhullen, wat de reden was van het economisch verval van Moonlight Cove, of waar de angstaanjagende wezens vandaan kwamen die haar in het motel hadden belaagd.

Nog bevend zat ze in het felle licht van de t.l.-buizen. In de wasserette hing een gemengde geur van waspoeder, bleekmiddelen en sigaretterook. Ze vroeg zich af wat ze nu moest doen. Ze was nog vastbesloten haar onderzoek naar de dood van Janice voort te zetten, maar ze had niet meer de illusie dat ze op eigen houtje detective kon spelen. Ze moest hulp zien te vinden, maar niet hier.

Haar eerste zorg was hoe ze heelhuids uit Moonlight Cove kon wegkomen.

Ze voelde er niets voor terug te gaan naar het motel om haar auto te halen. Er waren overal bomen en struiken waarachter overvallers zich konden verbergen, want Moonlight Cove was net als andere kustplaatsen eigenlijk midden in het bos gebouwd. Tessa was graag in een omgeving waarin mensenwerk en natuur hand in hand gingen, alsof beide door een en dezelfde schepper waren gemaakt, maar onder deze omstandigheden hadden het rijke groen en het artistieke spel van licht en donker niets aantrekkelijks. Moonlight Cove was eerder bedekt door een flinterdun laagje beschaving, waaronder een wild en primitief innerlijk op de loer lag. Het was haar liever geweest als heel de stad net zo fel was verlicht als de wasserette waarin ze was gevlucht.

Het was evenmin een geruststellende gedachte dat de politie inmiddels bij het motel gearriveerd kon zijn. De politie was juist een deel van het probleem. Ze zouden haar ondervragen over de dood van de andere gasten en ontdekken dat ze de zus van Janice was en naar Moonlight Cove was gekomen om zelf een onderzoek in te stellen. Als er werkelijk een complot bestond om de oorzaak van Janices dood te verbergen, zouden ze vermoedelijk niet aarzelen om ook met haar af te rekenen.

Ze moest haar auto achterlaten.

Toch voelde ze er niets voor om midden in de nacht te voet op weg te gaan. Voordat ze de hoofdweg bereikte in de hoop een lift te krijgen van een eerzame vrachtwagenchauffeur en niet van een rondzwervende psychopaat, zou ze een heel eind door verlaten straten en over donkere velden moeten trekken, waar overvallers allerlei schuilplaatsen konden vinden om haar onverhoeds te bespringen. Natuurlijk waren de wezens in het motel op het laatst helemaal niet meer voorzichtig te werk gegaan en was een mens

nergens meer veilig, zoals ze in Noord-Ierland gemerkt had, maar het felle licht van de wasserette was haar duizendmaal liever dan de duisternis. Zelfs in de vreemde wereld waarin ze ongemerkt terecht was gekomen, scheen het licht verre te verkiezen boven het donker.
Wat inhield dat ze weinig anders kon doen dan wachten tot het ochtend werd, wanneer ze kon proberen naar de hoofdweg te lopen en een lift te krijgen.
De glazen ogen van de droogtrommels schenen haar aan te staren. Een nachtuiltje tikte zachtjes tegen de matglazen overkapping van de gloeiende tl-buizen.

38

Chrissie wist dat de weg naar Moonlight Cove was afgesneden en ze trok zich terug in de richting vanwaar ze gekomen was. Behoedzaam sloop ze van de ene boom naar de andere en ze zorgde ervoor niet op takjes te trappen of een ander geluid te maken waardoor de twee wachtposten bij het kruispunt gealarmeerd konden worden.
Een paar honderd meter verder durfde ze sneller te gaan lopen. Na een tijdje kwam ze bij een van de huizen langs de weg. In de uitgestrekte voortuin stonden verscheidene pijnbomen en dennen die het huis vrijwel aan het gezicht onttrokken, bijna onzichtbaar nu de maan op het punt stond achter de horizon te verdwijnen. Er brandde geen licht en er was geen geluid te horen.
Chrissie had tijd nodig om na te denken en ze wilde beschutting zoeken tegen de klamme kilte van de nacht. Ze liep om de oprit heen om geen lawaai te maken en ging naar de garage in de hoop dat er geen waakhonden waren. De zijdeur was niet afgesloten. Ze stapte naar binnen en deed de deur achter zich dicht.
'Geheim agente Chrissie Foster volbracht haar missie door de vijand via de zijdeur te verrassen,' zei ze zacht tegen zichzelf.
Het afnemende licht van de dalende maan viel nog door twee hoge smalle ramen in de muur, maar ze kon nauwelijks iets van het interieur onderscheiden. Alleen de omtrekken van twee auto's waren zichtbaar aan de weerkaatsing in de ruiten en op de bumpers. Op de tast, bang dat ze iets omver zou lopen, zocht ze haar weg naar een portier, dat niet op slot zat. Ze deed de deur open en ging achter het stuur zitten, blij met het relatief felle licht van de binnenlamp. Ze besefte dat het licht van buiten te zien moest zijn, maar ze wilde het erop wagen.

Ze zocht in het handschoenenkastje, in de zijvakjes en onder de bank naar iets eetbaars, want tien uur geleden had ze voor het laatst iets gegeten en haar maag rammelde. Ze verwachtte geen sorbet of tom-pouce, maar de meeste mensen hadden wel een reep chocola of iets anders in de auto. Onder de voorbank vond ze inderdaad iets: een enkel reepje kauwgom en een groen uitgeslagen kaakje, beplakt met stof en vuil.
'Honger in het land van overvloed, jong meisje dood aangetroffen in garage,' zei ze hardop.
In de andere auto vond ze twee repen chocola met amandelen.
'Dank u wel, God. Ik ben uw vriendinnetje.'
Ze propte de eerste reep in haar mond; de tweede werkte ze in kleine stukjes genietend naar binnen. *Verslaafde dood aangetroffen na overdosis chocolade.*
Onder het eten dacht ze na over een manier om Moonlight Cove binnen te komen. Het liefst was ze hier in de garage blijven zitten, want ze was doodmoe van alle opwinding en tekort aan slaap. Ze had overal pijn en haar oogleden schenen vanzelf dicht te glijden, maar als ze nu in slaap viel zou ze waarschijnlijk pas wakker worden als iemand haar de volgende morgen vond en ze durfde niet het risico te nemen dat de bewoners van het huis getransformeerd waren, net als haar eigen ouders.
Dat schrikbeeld was genoeg om elke gedachte aan slaap te verdrijven. Ze stapte snel weer uit en verliet de garage, waarna ze de weg in noordelijke richting begon te volgen, rillend in de windvlagen. Een eind verder naderde ze het huis van de familie Eulane, die ze vaag kende. Mevrouw Eulane beheerde de kantine op school en haar man werkte als tuinier voor heel wat particulieren in Moonlight Cove. Elke ochtend reed hij met zijn vrouw naar de stad in een open witte bestelwagen met de laadruimte vol met grasmaaiers, heggescharen, harken, schoffels, zakken mest en tuinaarde en allerlei andere spullen. De lessen waren meestal nog niet begonnen tegen de tijd dat hij zijn vrouw bij het schoolgebouw afzette. Chrissie hoopte zich tussen de spullen in de wagen te kunnen verstoppen om zich zo naar de stad te laten brengen.
Ook de garage van de Eulanes was niet afgesloten, zoals in deze landelijke streek gebruikelijk was. De mensen vertrouwden elkaar nog, een mooie eigenschap die jammer genoeg in het voordeel van buitenaardse wezens werkte.
Het enige raampje in de garage was van het huis afgekeerd, zodat Chrissie het licht durfde aan te doen. Ze liep op haar tenen naar de bestelwagen en klom in de laadruimte, die voor een groot deel

gevuld was met tuingereedschappen. Tegen de wand van de cabine lag een dikke stapel jutezakken waarin Eulane gras en ander afval verzamelde, geflankeerd door grote balen kunstmest, slakkengif en tuinaarde. Op en onder die zakken zou ze tot de ochtend kunnen slapen en zich onopgemerkt naar Moonlight Cove laten brengen.

Ze stapte uit om het licht uit te doen en klom in het donker behoedzaam weer in de laadruimte. Ze maakte het zich zo gemakkelijk mogelijk onder een paar lege zakken. De jute kriebelde een beetje en rook door het jarenlange gebruik naar pas gemaaid gras, een geur die ze in het begin wel prettig vond maar die haar snel begon tegen te staan. De stof hield haar lichaamswarmte vast en voor het eerst die nacht had ze geen last meer van de kou.

Terwijl de nacht steeds donkerder werd, verstopte kleine Chrissie zich slim onder de jute die naar gras rook en haar eigen lichaamsgeur overstemde, zodat zelfs de weerwolven die haar achtervolgden haar niet konden ruiken.

39

Sam zocht tijdelijk zijn toevlucht op de onverlichte speelplaats van de lagere school in Palomino Street aan de zuidkant van de stad. Hij ging op een van de schommels zitten, hield zich met twee handen vast aan de kettingen en zwaaide zachtjes heen en weer terwijl hij over zijn volgende stap nadacht.

Zijn auto bij het motel kon hij uit zijn hoofd zetten: ze zouden hem te pakken nemen zodra hij zijn gezicht bij de Cove Lodge liet zien. Hij zou een auto kunnen stelen, maar Loman Watkins had Danberry opdracht gegeven Ocean Avenue te blokkeren en zonder twijfel zouden ook de andere uitvalswegen afgezet zijn.

Uit de conversatie van Watkins met de anderen was hem duidelijk geworden dat er ook naar een zekere Chrissie Foster gezocht werd en als hij te voet probeerde de snelweg te bereiken, was er een goede kans dat hij in de val liep. Sam had weliswaar alle vertrouwen in zijn eigen overlevingsinstinct, maar hij voelde er niets voor in hun handen te vallen voordat hij het Bureau gewaarschuwd had. Vroeg of laat zouden zijn collega's naar hem op zoek gaan, maar wat had hij daaraan als hij inmiddels zelf aan de lijst van raadselachtige sterfgevallen was toegevoegd?

Langzaam heen en weer schommelend in de snel dunner wordende mist, bijna vanzelf bewegend door de wind, dacht hij aan het rooster dat hij op het beeldscherm gezien had. Blijkbaar moest de hele bevolking van Moonlight Cove binnen vierentwintig uur getransformeerd worden, en al had hij nog geen idee wat dat precies betekende, het woord beviel hem helemaal niet. En zodra het programma was uitgevoerd, meende hij, zou het achterhalen van de waarheid in Moonlight Cove weleens net zo moeilijk kunnen zijn als het oplossen van een Chinese puzzel met aan elkaar gelaste onderdelen van titanium.

Zijn eerste doel was derhalve een telefoon waarmee hij het Bureau kon bereiken. Dat er werd afgeluisterd kon hem niet veel schelen, want meer dan een minuut zou hij niet nodig hebben om versterking te vragen. Daarna was het nog een kwestie van een paar uur onderduiken en uit de handen van de politie blijven tot zijn collega's arriveerden.

Hij durfde niet zomaar ergens aan te bellen, want wie kon hij nog vertrouwen? Morrie Stein had hem gezegd dat je na een paar dagen in Moonlight Cove paranoïde begon te worden en overal spoken zag. Sam had niet meer dan een paar uur nodig gehad om die staat van voortdurende spanning en achterdocht te bereiken, iets wat hij alleen meer dan twintig jaar geleden in Vietnam had meegemaakt.

Een telefooncel was de oplossing, maar niet die bij het Shellstation die hij eerder gebruikt had. Het was niet verstandig terug te keren naar de plaats van het misdrijf.

Op zijn eerdere zwerftochten had hij nog een of twee andere telefooncellen gezien. Hij sprong van de schommel, stak zijn handen in zijn zakken tegen de kou en liep met gebogen schouders over het schoolplein naar de straat.

Hij vroeg zich af wie Chrissie Foster was, het meisje dat Shaddack zo dringend zocht. Wat had ze gezien? Misschien was zij onbedoeld getuige geweest van zo'n 'transformatie' waarover hij nog steeds zijn hoofd brak, en dat betekende dat het meisje de sleutel tot de oplossing van het raadsel kon zijn.

40

De muren zelf leken te bloeden. Het rode vocht droop in talloze straaltjes over de lichtgele verf naar beneden.

Loman Watkins keek de kamer op de bovenverdieping van de Cove Lodge door. Het tafereel was afstotend, maar er ging tegelijk een vreemde aantrekkingskracht van uit.

De man lag languit op de vloer naast het ordeloze bed, afschuwelijk gebeten en verminkt. De vrouw was er nog erger aan toe: ze lag als een vormloze, bloedrode hoop op het oranje kleed in de gang.
De kamer stonk naar bloed, gal en ontlasting, een mengeling van geuren waarmee Loman langzamerhand vertrouwd was geraakt naarmate het aantal slachtoffers van de ontspoorden elke dag groter werd. Niet eerder was hem echter opgevallen dat er ook iets aangenaams in de lucht zat. Hij haalde een paar keer diep adem om te achterhalen wat het was. Het bleef ongrijpbaar, maar hij kon de prikkelende geur evenmin ontkennen of weerstaan als een jachthond die het spoor van een vos geroken heeft.
Ook al kon hij geen weerstand bieden aan de verleidelijke geur, zijn reactie beangstigde hem en het bloed in zijn aderen leek kouder te worden naarmate de aantrekkingskracht van de biologische stank toenam.
Barry Sholnick, de brigadier die als eerste bij het motel was gearriveerd en in plaats van de gezochte FBI-agent de twee dode gasten had aangetroffen, stond in een hoek bij het raam en staarde strak naar het stoffelijk overschot. Hij was het langst aanwezig van iedereen, al bijna een half uur, lang genoeg om professioneel afstand te nemen van de slachtoffers, alsof de dode en verminkte lichamen slechts een deel van het meubilair uitmaakten. Maar Sholnick scheen zich niet los te kunnen maken van de gruwelijke aanblik van het opengereten en met vuil bedekte lijk of van de met bloed bespatte wanden. Door dat afschuwelijke overschot en door de slachting die daartoe had geleid, stond hij als aan de grond genageld.
Wij beschouwen de ontspoorden als vreemden, dacht Loman bij zichzelf, maar we zijn op een gestoorde manier ook jaloers op hen, jaloers op hun totale vrijheid.
Diep in zijn binnenste bespeurde hij de drang om net als de ontspoorden te worden, een drang die alle Nieuwe Mensen waarschijnlijk kenden. Bij de Fosters was hem hetzelfde overkomen, niet de neiging om zich te verheffen, zoals Shaddack bedoeld had, maar om terug te keren tot een wilde staat. Hij verlangde naar die lagere vorm van bewustzijn zonder emotionele of intellectuele kwellingen, zonder gedachten over doel en betekenis van het leven, een staat waarin alleen zintuiglijke sensatie een rol speelde en elke beslissing genomen werd om het grootst mogelijke genot op te leveren. Hij wilde vrij zijn, vrij van de lasten die beschaving en een hogere intelligentie hem oplegden.

Sholnick gromde diep in zijn keel.
Loman keek op van de dode man.
In Sholnicks ogen brandde een vurig licht.
Zie ik net zo bleek als hij? dacht Loman. Net zo vreemd en verwilderd?
Sholnick keek hem een ogenblik aan, daarna wendde hij zijn blik af alsof hij ergens op betrapt was.
Loman voelde zijn hart bonken.
Sholnick ging naar het raam. Hij staarde uit over de lichtloze zee. Zijn handen waren tot vuisten gebald.
Loman stond te trillen op zijn benen.
Die geur, die zoete verleidelijke geur van jagen en doden.
Hij draaide zich om en liep de kamer uit. Het zien van de dode vrouw, half naakt, opengebeten en aan stukken gescheurd, maakte zijn gemoedstoestand er niet beter op. Bij het gehavende lichaam stond Bob Trott, een van de agenten die pas de vorige week aan het politiekorps was toegevoegd om de totale sterkte op twaalf man te brengen. Hij was een grote kerel, een kop groter en vijftien kilo zwaarder dan Loman. Er lag een flauw en onheilspellend lachje op zijn harde gezicht terwijl hij naar het kadaver keek.
'Kom mee, Trott,' zei Loman scherp. Zijn gezicht was rood aangelopen en zijn ogen begonnen te tranen in het felle ganglicht. Hij liep naar de ingetrapte deur van de andere kamer. Trott volgde hem aarzelend en met kennelijke tegenzin.
Loman werd bij de deur staande gehouden door Paul Amberlay, de brigadier die hij naar de receptie had gestuurd om het register na te kijken. 'In kamer vierentwintig zat een echtpaar, Charles en Sarah Jenkins,' zei Amberlay. De agent was vijfentwintig jaar, lang en sterk, en intelligent. Hij deed Loman altijd aan een vos denken, misschien door het wat spitse gezicht met de diepliggende ogen. 'Afkomstig uit Portland.'
'En in deze kamer?'
'Tessa Lockland uit San Diego.'
Loman knipperde met zijn ogen. 'Lockland?'
Amberlay spelde de naam voor hem.
'Wanneer heeft ze zich ingeschreven?'
'Vanavond pas.'
'Janice Capshaw, de weduwe van de dominee,' zei Loman. 'Haar meisjesnaam was Lockland. En haar moeder woonde in San Diego, die heb ik aan de telefoon gehad. Geen gemakkelijke tante, ze stelde een heleboel vragen en ik kreeg maar met moeite toestemming voor de crematie. Ze zei dat haar andere dochter ergens in

het buitenland was en voorlopig niet te bereiken, maar dat ze binnen een maand hierheen zou komen om het huis uit te ruimen. Dat moet Tessa Lockland zijn.'

Loman ging de kamer in, twee deuren verwijderd van de kamer die Sam Booker had genomen. De wind speelde langs het open raam. De televisie en een paar stoelen waren omgegooid, het beddegoed aan stukken gescheurd, maar er was nergens bloed gevonden. Tessa Lockland was er kennelijk in geslaagd door het raam te ontsnappen voordat de ontspoorden de deur konden intrappen.

'En Booker loopt ook nog rond,' zei Loman. 'We moeten ervan uitgaan dat hij de ontspoorden gezien of gehoord heeft. Hij weet niet alles, maar hij vermoedt wel iets... te veel.'

'Hij zal eerst dat vervloekte Bureau willen waarschuwen,' zei Trott.

Loman knikte. 'En wat moeten we met die Lockland? We weten niet wat ze precies gezien heeft, maar ze zal nu niet meer geloven dat haar zuster zelfmoord heeft gepleegd. Ze zal denken dat het dezelfde daders zijn die het echtpaar uit Portland hebben vermoord.'

'Het ligt voor de hand dat ze de politie inschakelt,' zei Amberlay. 'Ze zal ons recht in de armen lopen.'

'Misschien.' Loman was er niet van overtuigd. Hij begon tussen de rommel te zoeken. 'Ik hoop dat ze in de haast haar tas of iets anders heeft achtergelaten. Help me eens zoeken.'

Trott vond een schoudertas tussen het bed en een nachtkastje. Loman spreidde de inhoud uit op de matras. In de portefeuille zaten betaalkaarten, foto's en een rijbewijs met Tessa's persoonlijke gegevens: een meter drieënzestig lang, drieënzestig kilo, blond haar en blauwe ogen. Loman hield het omhoog om de anderen haar foto te laten zien.

'Wat een stoot,' zei Amberlay.

'Daar wil ik mijn tanden weleens in zetten,' zei Trott.

Loman kreeg er de rillingen van. Hij vroeg zich af in hoeverre zijn ondergeschikte dat letterlijk bedoelde, alsof hij uitdrukking gaf aan dezelfde onbewuste neiging net zo'n slachting aan te richten als de ontspoorden in de andere kamer hadden gedaan.

'We weten in elk geval hoe ze eruitziet,' zei Loman, 'dat scheelt.'

Trotts scherpe en harde gelaatstrekken waren niet geschikt om tedere emoties of blijdschap uit te drukken, maar ze leken geschapen voor de expressie van de dierlijke honger en bloeddorst die in hem woedden. 'Moeten we haar oppakken?'

'Ja. Ook al begrijpt ze niet wat er aan de hand is, ze weet ongetwijfeld dat de andere gasten dood zijn en vermoedelijk heeft ze ook een van de ontspoorden gezien.'

'Misschien hebben ze haar buiten te pakken gekregen,' opperde Amberlay. 'Dan ligt haar lichaam ergens in de omgeving.'

'Misschien, maar anders moeten we haar zien op te sporen. Heb je Callan gewaarschuwd?'

'Ja.'

'Het moet hier opgeruimd worden,' zei Loman. 'Tot middernacht houden we het stil, dan is heel Moonlight Cove getransformeerd. Daarna kunnen we op zoek gaan naar de ontspoorden en die uitschakelen.'

Trott en Amberlay keken naar Loman en vervolgens naar elkaar. In hun blik zag Loman de troebele wetenschap dat ook zij de diepe hunkering naar regressie bezaten, dat alle getransformeerden naar die onbekommerde primitieve staat verlangden. Het was een wetenschap die geen van hen hardop durfde uit te spreken, want dat zou betekenen dat het hele Ibis-project fundamenteel fout was en dat ze allemaal op weg waren naar hun ondergang.

41

Mike Peyser hoorde de zoemtoon en begon met zijn lange scherpgetande nagels onhandig de kleine en dicht op elkaar geplaatste toetsen in te drukken. Plotseling drong het tot hem door dat hij Shaddack niet kon bellen, niet mòcht bellen, ook al kenden ze elkaar al twintig jaar en had Shaddack hem gemaakt tot wie hij was, omdat hij nu een van de ontspoorden was. Shaddack zou hem in zijn laboratorium aan allerlei experimenten onderwerpen of hem regelrecht vernietigen omdat hij in zijn wilde staat een gevaar was voor de voortgang van het project. Peyser slaakte een gekwelde kreet. Hij rukte de draad uit de muur en smeet het telefoontoestel tegen de spiegel, die kletterend aan scherven vloog.

Het beeld van Shaddack als machtige vijand, niet als vriend en mentor, was voorlopig de laatste heldere en rationele gedachte die bij Peyser opkwam. Hernieuwde angst opende zich als een valluik en sleurde hem mee naar de donkere diepten van de primitieve geest die hij zelf had opgeroepen om in de nacht te jagen. Rusteloos zwierf hij door het huis, kruipend of rennend, zonder te weten waarom hij beurtelings opgewonden en verdoofd was, opgejaagd door zijn angst en door de redeloze driften die in hem smeulden.

Hij plaste in een hoek van de kamer, rook aan zijn eigen urine en ging naar de keuken om weer iets eetbaars te zoeken. Af en toe werden zijn gedachten helderder en dan probeerde hij zijn eigen gedaante weer terug te krijgen, maar telkens weigerde zijn lichaam te gehoorzamen aan zijn wil en zakte hij terug in de duisternis van zijn dierlijke geest. Een paar keer kwam hij zelfs genoeg bij zinnen om de ironie te beseffen van zijn primitieve staat, teweeggebracht door een proces – de transformatie – dat juist bedoeld was om hem bovenmenselijke eigenschappen te geven, maar dat besef was te grotesk om te verdragen en een nieuwe terugval was hem bijna welkom.

En hoe hij er ook aan toe was, al die tijd moest hij aan de jongen denken, aan Eddie Valdoski, de jongen, de kleine jongen wiens zoetsmakende bloed hij geproefd had, warm, jong bloed dat dampend in de koude nacht stroomde.

42

Chrissie was lichamelijk en geestelijk uitgeput en ze wilde niets liever dan zich overgeven aan de vergetelheid, maar toch kon ze de slaap niet vatten tussen de juttezakken in Eulanes bestelwagen. Ze voelde zich onvolledig, alsof er iets niet afgemaakt was, en plotseling barstte ze in tranen uit. Ze drukte haar gezicht tegen een van de ruwe, naar gras geurende zakken en huilde zoals ze in geen jaren meer gedaan had, met de overgave van een baby. Ze huilde om haar vader en moeder die van haar weggenomen waren door iets smerigs, iets onmenselijks, satanisch, definitiever dan door de dood. Ze huilde om het verlies van haar vertrouwde omgeving, de paarden, de velden en de boeken die ze op het strand las. Ze huilde ook om iets dat ze niet onder woorden kon brengen, haar kinderlijke onschuld misschien of het geloof in de overwinning van het goede op het kwade.

Haar geliefde heldinnen gaven zich nooit zo aan hun tranen over en Chrissie begon zich bijna beschaamd te voelen. Maar het was tenminste een bewijs dat ze nog menselijk was en geen monster was geworden zoals haar ouders, een bewijs dat ze zichzelf gebleven was. Huilend was ze zichzelf, het levend bewijs dat niemand haar ziel had geroofd.

Ongemerkt viel ze in slaap.

43

Sam vond een telefooncel bij een benzinestation van Union 76 in een zijstraat van Ocean Avenue. Het station was buiten gebruik. De ruiten waren bedekt met grijs stof en op een ervan hing een slordig geschreven bordje TE KOOP, alsof het de eigenaar niet kon schelen of er iemand op afkwam en het alleen maar had opgehangen omdat het nu eenmaal zo hoorde. Knisperende boombladeren en droge dennenaalden waren door de wind als sneeuwrichels opgehoopt tegen de benzinepompen.

De telefooncel stond aan de straatkant naast het kantoor, duidelijk zichtbaar. De deur stond open. Sam ging naar binnen zonder de deur achter zich dicht te doen, uit vrees een stroomkring te sluiten waardoor de verlichting zou aangaan.

Er klonk geen zoemtoon toen hij de hoorn van de haak nam, ook niet nadat hij een munt in de gleuf geworpen had.

Hij drukte op de knop om zijn geldstuk terug te krijgen en probeerde het opnieuw, met hetzelfde resultaat. Niets.

Was alleen deze cel buiten gebruik, uitgeschakeld toen het benzinestation werd opgedoekt, of had de politie uit voorzorg alle telefoonverbindingen met de buitenwereld afgesneden? Wie weet welke extreme maatregelen ze hadden genomen toen ze eenmaal wisten dat er een agent in burger in de stad was.

Misschien overschatte hij hun mogelijkheden. Hij wilde nog een andere telefoon proberen voordat hij van zijn plan afzag.

Tijdens zijn wandeling na het eten was hij langs een wasserette gekomen, twee straten bij het benzinestation vandaan. Als hij zich niet vergiste had hij achter de rijen wasmachines en droogtrommels een telefoon gezien.

Hij ging op weg door de verlaten stad en bleef zoveel mogelijk uit de buurt van de straatlantarens, die alleen de zijstraten direct ten noorden en zuiden van Ocean Avenue verlichtten. Het begon hem te spijten dat de mist door de felle wind steeds meer uiteen werd gedreven.

Op een hoek, niet ver van de wasserette, werd hij bijna verrast door een politiewagen die langzaam in de richting van het centrum reed. Sam zag de agent van de ene kant naar de andere kijken en trok zich snel terug uit het onvermijdelijke licht van de straatlantaren op de hoek. Gelukkig had de politieman hem niet gezien.

Sam verborg zich in het portiek aan de zijkant van een hoog stenen gebouw. Op een plaat naast de ingang stonden de namen van een tandarts, twee advocaten, een huisarts en een chiropractor.

Hij drukte zich tegen de gesloten deur en kroop weg in de donkerste hoek van het portiek. De politiewagen reed met dezelfde tergend langzame vaart door naar de kruising. De wagen had de hoek nog niet bereikt en Sam kon alleen maar hopen dat hij niet deze zijstraat zou nemen. In de korte adempauze viel het hem op hoe ongewoon stil het in Moonlight Cove was. Ook in kleine plaatsjes kwamen nachtuilen voor en mensen die na middernacht de hond uitlieten of met de auto op weg naar huis waren, maar deze politieman was het eerste levende wezen dat hij tot nu toe op straat was tegengekomen.

De zwart-witte patrouillewagen ging de hoek om en verdween in westelijke richting.

Hoewel het gevaar was geweken, bleef Sam in het donkere portiek staan terwijl hij in gedachten de weg naliep die hij vanaf het motel via het gemeentehuis en het benzinestation tot hier toe afgelegd had. Hij kon zich niet één huis herinneren waaruit het geluid van een radio of televisie had geklonken of rumoer waaruit bleek dat er een feest aan de gang was. Hij had geen jonge stelletjes gezien die elkaar in de auto een laatste zoen gaven. De weinige restaurants en cafés van Moonlight Cove waren blijkbaar al dicht en de enige bioscoop was helemaal buiten bedrijf. Het had veel weg van een spookstad, de huizen slechts bevolkt door halfvergane geraamtes of door robots die zich overdag als mensen voordeden en 's nachts werden uitgeschakeld om energie te sparen.

Dat vreemde woord 'transformatie' en het niet minder vreemde Ibis-project begonnen op zijn zenuwen te werken. Hij verliet het portiek, sloeg de hoek om en rende door de goed verlichte straat tot hij bij de wasserette kwam. Terwijl hij de glazen deur opende, zag hij de telefoon aan de achterwand hangen.

Hij was al halverwege de lange smalle ruimte met in het midden een dubbele rij wasmachines en tegen de muur droogtrommels, voordat hij besefte dat hij niet de enige in de zaak was. Op een van de gele plastic stoelen zat een kleine blonde vrouw in een gebleekte spijkerbroek en een blauwe pullover. Geen van de wasmachines of droogtrommels stond te draaien en de vrouw was ook niet in de weer met kleren of ander wasgoed; ze zat daar maar. Hij bleef abrupt staan nu hij zo onverwacht met een levende ziel in deze spookstad geconfronteerd werd, met iemand die geen uniform droeg.

Ze keek hem met grote ogen aan, zichtbaar gespannen op het puntje van haar stoel zittend. Haar kleine handen waren samengebald en ze leek haar adem in te houden.

'Neem me niet kwalijk,' zei Sam om haar gerust te stellen.
Ze staarde hem aan, gebiologeerd als een konijn bij de aanblik van een vos.
'Ik ben niet gevaarlijk,' vervolgde hij, terwijl hij zichzelf weer in bedwang probeerde te krijgen.
'Dat zeggen ze allemaal.'
'Ze?'
'Maar ik ben het wel.'
'Wat bent u?' vroeg hij verward.
'Gevaarlijk.'
'O.'
'Zwarte band.' Ze stond op.
Voor het eerst in een paar dagen voelde Sam een lach opkomen.
'Kunt u ook iemand doden met uw handen?'
Ze keek hem een ogenblik aan, bleek en trillend op haar benen. Haar reactie klonk overdreven. 'Lach me niet uit, klootzak, want ik breek al je botten in je lijf.'
Sam kwam eindelijk weer tot zichzelf. Er was geen machine in werking en de vrouw had blijkbaar geen wasgoed en ook geen poeder of wasverzachter bij zich. Hij begon wantrouwig te worden. 'Wat is er aan de hand?'
'Niets, zolang je blijft waar je bent.'
Misschien wist ze dat de politie achter hem aan zat, maar dat idee verwierp hij meteen. Hoe zou ze dat kunnen weten? 'Wat doet u hier als u niets te wassen heeft?'
'Gaat jou dat iets aan? Is de zaak soms van jou?'
'Nee, maar ook niet van u.'
Ze keek hem woedend aan.
Hij nam haar op en het drong geleidelijk tot hem door dat ze heel aantrekkelijk was. Haar ogen waren even strakblauw als de zomerlucht en ze leek helemaal niet op haar plaats in dit uitgestorven oord, laat staan midden in de nacht in een haveloze wasserette. Behalve haar schoonheid merkte hij ook op hoe bang ze was, een angst die uit haar ogen sprak en uit de strakke lijn van haar mond. Al het bloed was uit haar gezicht weggetrokken en ze keek naar hem alsof hij een getatoeëerde skinhead van twee meter lang en honderdvijftig kilo zwaar was die met een stiletto in zijn hand en satansliederen zingend was binnengestormd, hoewel Sams beste eigenschappen als agent zijn onopvallende verschijning en onschuldige uiterlijk waren.
'De telefoon,' zei hij, in de war gebracht door háár verwarring.
'Wat?'

Hij wees naar het toestel.
'O ja,' zei ze, alsof ze bevestigde dat het inderdaad een telefoontoestel was.
'Ik wilde alleen maar even bellen.'
'O.'
Zonder haar uit het oog te verliezen liep hij naar de muur en stopte een munt in de gleuf. Er klonk geen zoemtoon. Ook een tweede poging leverde geen succes op.
'Verdomme!'
De blonde vrouw had zich stapvoets teruggetrokken naar de deur, maar toen Sam zich omdraaide bleef ze abrupt staan alsof ze bang was dat hij haar aan zou vliegen als ze probeerde weg te gaan. Moonlight Cove had Sam in korte tijd de stuipen op het lijf gejaagd, zodat hij iedereen als een mogelijke vijand was gaan beschouwen. Het drong plotseling tot hem door dat de vrouw er weleens precies hetzelfde aan toe kon zijn. 'Natuurlijk, u komt zeker niet uit Moonlight Cove?'
'Hoezo?'
'Ik ook niet.'
'En?'
'U heeft iets gezien.'
Ze staarde hem aan.
'Er is iets gebeurd,' vervolgde hij. 'U heeft iets gezien en nu bent u bang. Ik durf te wedden dat er een goede reden voor is.'
Ze keek alsof ze het op een lopen wilde zetten.
'Wacht even,' zei hij snel, 'ik ben van de FBI.' Zijn stem sloeg bijna over. 'Echt waar.'

44

Thomas Shaddack was altijd een nachtmens geweest en daarom zat hij nog achter de computer in zijn gelambrizeerde werkkamer, gekleed in een grijs sportpak, toen de butler hem waarschuwde dat Loman Watkins aan de deur was.
'Stuur hem naar de toren, Evan,' zei Shaddack. 'Ik kom zo bij hem.'
Shaddack droeg de laatste tijd zelden iets anders dan een sportpak en hij had er meer dan twintig in de kast hangen, tien zwarte, tien grijze en een paar marineblauwe. Hij vond ze prettiger zitten dan gewone kleren en op deze manier bespaarde hij zich de tijd en moeite van het elke dag kiezen van de juiste combinatie, een taak

die hem nooit goed afging. Kleding interesseerde hem niet. Bovendien was hij te mager en slungelachtig gebouwd, met grote voeten, spillebenen, knobbelige knieën, lange armen en hoekige schouders, zodat zelfs maatkleding hem nooit goed leek te staan. In een kostuum zag hij er altijd uit als magere Hein, een ongelukkig uiterlijk dat nog werd versterkt door zijn doodsbleke gezicht, gitzwarte haar, scherpe gelaatstrekken en gelige ogen.

Zelfs op directievergaderingen droeg hij een joggingpak. Excentriek gedrag werd nu eenmaal verwacht van een genie zoals hij – en zonder commentaar geaccepteerd van iemand met een persoonlijk vermogen dat in de honderden miljoenen liep.

Het supermoderne huis van gewapend beton op een klip aan de noordpunt van de baai was een ander voorbeeld van berekende excentriciteit. De drie verdiepingen waren op elkaar geplaatst als verschillende lagen van een taart, maar dan met de grootste bovenaan en de kleinste in het midden. Het waren geen concentrische cirkels en daardoor had het huis overdag uit de verte iets weg van een surrealistisch beeldhouwwerk en 's avonds, wanneer de talrijke ramen verlicht waren, leek het op een reusachtig ruimteschip.

De toren was letterlijk het toppunt van excentriciteit en stak er nog eens twaalf meter bovenuit, asymmetrisch op het dak geplaatst. Hij was niet rond maar ovaal van vorm, helemaal geen toren waarin een smachtende prinses zat te wachten op haar redder of waarin een koning zijn gevangenen liet martelen, en leek nog het meest op de commandotoren van een duikboot. De grote kamer met de panoramaruiten helemaal bovenin was bereikbaar met een lift of via de trap die rondom de stalen liftkoker naar boven slingerde.

Shaddack liet Watkins voor de grap tien minuten wachten voordat hij de lift nam om naar boven te gaan. De cabine was bekleed met glanzend koper als de binnenkant van een patroonhuls.

De toren was zijn eigen idee geweest toen hij het grote huis had laten ontwerpen en die was nu zijn favoriete verblijfplaats. De panoramaruiten boden naar het westen uitzicht op de eindeloze zee, rustig deinend of woelig opgestuwd door de wind. Naar het oosten en zuiden keek hij uit en neer op heel Moonlight Cove, een omstandigheid die zijn superioriteitsgevoel aanzienlijk versterkte. Vier maanden geleden had hij vanuit die kamer voor de derde keer de maanvogel gezien, een visioen waarvan de meeste mensen hun hele leven verstoken bleven. Hij had het opgevat als een bewijs dat hij voorbestemd was de grootste mens te worden die de wereld ooit gekend had.

De lift kwam tot stilstand. De deur ging open.
Loman Watkins stond haastig op toen Shaddack uit de lift in de zwak verlichte kamer stapte. 'Goedenavond meneer,' zei hij beleefd.
'Ga toch zitten, commissaris,' antwoordde Shaddack op de welwillende en zelfs minzame toon waarmee hij liet merken wie hier de dienst uitmaakte.
Tom was het enige kind van wijlen James Randolph Shaddack, die in Phoenix rechter was geweest. Dat ambt had hem geen rijkdom opgeleverd, maar wel een aanzienlijke positie en invloed in de gemeenschap. Tom was er vele jaren getuige van geweest hoe zijn vader die invloed aanwendde om zijn eigen positie te bestendigen en anderen naar zijn pijpen te laten dansen. Hij was al heel vroeg gefascineerd geraakt door de uitoefening van macht.
Nu was het de zoon die anderen naar zijn pijpen liet dansen, Loman Watkins en bijna heel Moonlight Cove, omdat hij de belangrijkste werkgever in de stad was, omdat hij het bestuur in zijn zak had en omdat hij met het Ibis-project was gekomen, genoemd naar zijn drievoudige visioen. Maar zijn macht reikte veel verder dan de invloed die zijn vader als rechter en activist ooit had bezeten, want hij besliste letterlijk over leven en dood van zijn ondergeschikten. Op zijn bevel zouden ze binnen enkele uren kunnen sterven, terwijl hijzelf net zo onaantastbaar zou blijven als een god die zijn schepping vernietigde.
Het enige licht in de torenkamer was afkomstig van afgeschermde tl-buizen boven de hoge ramen, die rondom bijna de hele wand in beslag namen. De verlichting was kunstig weggewerkt om geen hinderlijke reflectie in de ruiten te geven. Meestal deed Shaddack het licht uit om van het uitzicht te kunnen genieten zonder gestoord te worden door de weerkaatsing van zijn spookachtige uiterlijk of die van de futuristische meubelen. Maar er zweefde nog wat dunne mist langs de glaswanden en de maansikkel was bijna verdwenen, zodat er weinig te zien was van de wereld waarover hij regeerde.
Shaddack liep op zijn blote voeten over de donkergrijze vloerbedekking en ging tegenover Loman Watkins bij de lage witmarmeren salontafel zitten.
Watkins was vierenveertig, bijna drie jaar ouder dan Shaddack, maar in uiterlijk waren de twee mannen elkaars tegenpolen. De commissaris was lang en stevig gebouwd, met een brede nek en schouders. Ook zijn gezicht was breed en kinderlijk-onschuldig terwijl dat van Shaddack gesloten en bedrieglijk was. Watkins

keek hem met zijn blauwe ogen vluchtig aan, maar sloeg zijn blik snel neer en staarde naar zijn sterke handen die hij in zijn schoot gevouwen had, zó stijf dat zijn knokkels wit zagen.
Shaddack schepte behagen in de onderdanigheid van de politieman en nog meer in diens angst, die duidelijk uit zijn houding en uit de gejaagde blik in zijn blauwe ogen sprak. Dank zij de transformatie was Loman Watkins in veel opzichten superieur aan de meeste andere mensen, maar hij was tegelijk even afhankelijk van Shaddack geworden als een van diens proefdieren die in het laboratorium waren gekooid. Shaddack was in zekere zin zijn schepper geworden, de god aan wie hij alles te danken had.
Shaddack leunde naar achteren en sloeg zijn bleke handen met de lange vingers ineen op zijn borst en voelde dat hij een erectie kreeg. Niet vanwege Loman Watkins, want hij koesterde geen homoseksuele gevoelens, maar door het besef van de geweldige macht die hij over de man uitoefende. Macht was een veel opwindender prikkel voor hem dan enige erotische stimulans. Als jongen al was hij niet opgewonden geraakt door het zien van foto's van blote vrouwen, niet door hun naakte borsten of de vloeiende lijnen van hun lange benen, maar door het idee dat hij zulke vrouwen volledig kon domineren, dat hij hun leven in zijn handen had. Onverholen angst was oneindig veel aantrekkelijker dan begeerte en daarom deed het er niet toe wie er tegenover hem zat, man of vrouw, jong of oud, mooi of lelijk, als ze maar voor hem beefden.
'Heb je Booker gevonden?' vroeg hij, voldaan naar de onderdanige politieman kijkend.
'Nee, meneer.'
'Waarom niet?'
'Hij was niet in het motel toen Sholnick er kwam.'
'Hij moet gevonden worden.'
'Dat zal niet lang meer duren.'
'En getransformeerd. Dan kan hij zijn mond niet meer opendoen en bovendien hebben we dan iemand in het Bureau, wat een aardige bijkomstigheid is. Zijn aanwezigheid zou weleens een onverwachte stimulans voor het project kunnen zijn.'
'Over Booker maak ik me niet eens zo'n zorgen, om u de waarheid te zeggen. Een paar andere gasten in het motel zijn aangevallen door ontspoorden. Quinn is ook het slachtoffer geworden... of anders is hij zelf ontspoord en er samen met de anderen vandoor gegaan. Ik weet niet waar ze heen zijn; wat mij betreft zitten ze tegen de maan te janken.'
Shaddack luisterde met groeiende ontstemming naar het verslag.

Watkins was naar de punt van zijn stoel geschoven en knipperde met zijn ogen. 'Eerlijk gezegd krijg ik de zenuwen van ze.'
'Ze zijn hinderlijk,' beaamde Shaddack.
Op 4 september waren ze erin geslaagd een van de ontspoorden te pakken te krijgen in de bioscoop aan Ocean Avenue. Jordan Coombs had als onderhoudsman bij New Wave gewerkt, maar die avond had hij zich als een wild beest gedragen, iets wat het midden hield tussen een mens en een aap. De term 'ontspoorde' was maar een zwakke afspiegeling van de werkelijkheid, zoals Shaddack had ontdekt: geen enkel woord was toereikend om iemand te beschrijven die in een staat van regressie verkeerde. Het was ook niet gelukt om Coombs levend gevangen te nemen. Hij had zich zo gewelddadig verzet dat ze hem ten slotte moesten doodschieten om hun eigen huid te redden.
'Hinderlijk is te zwak uitgedrukt,' zei Watkins. 'Ze zijn gewoon psychotisch.'
'Dat weet ik ook wel,' antwoordde Shaddack ongeduldig. 'Ik heb zelf de diagnose gesteld.'
'Maar ze vinden het léuk om mensen te doden.'
Thomas Shaddack fronste zijn wenkbrauwen. Hij had het probleem van regressie niet voorzien en hij weigerde te geloven dat de ontspoorden meer waren dan een onbelangrijke tegenvaller bij de overigens zo geslaagde transformatie van de mensen in Moonlight Cove. 'Goed, maar dat is alleen het geval als ze aan de regressie toegeven. Het zijn er maar een paar, een onbeduidend aantal op iedereen die is getransformeerd.'
'Ik weet niet of dat zo is,' zei Watkins. Hij hield zijn ogen neergeslagen en voelde zich slecht op zijn gemak als de brenger van slecht nieuws. 'Te oordelen naar de moorden die de laatste tijd zijn begaan, schat ik dat er onder de negentienhonderd getransformeerden vijftig tot zestig ontspoorden zijn.'
'Dat is bespottelijk!'
Een groot percentage mislukkingen zou betekenen dat zijn onderzoek gebrekkig was geweest, dat hij veel te snel zijn bevindingen in praktijk had willen brengen zonder rekening te houden met een mogelijk verkeerde afloop. Shaddack zou nooit willen bekennen dat zijn voortvarende aanpak van het Ibis-project voor de bevolking van Moonlight Cove een tragische misrekening was.
Zijn hele leven was ingesteld op het verkrijgen van de ultieme heerschappij die nu binnen zijn bereik lag en het was psychologisch onmogelijk daar nu van terug te keren. Door alles wat hij zich in de loop der jaren had ontzegd om zijn doel te bereiken, was

er een grote innerlijke spanning opgebouwd die dringend een uitweg zocht. Hij had zijn asociale neigingen verdrongen door zich op zijn werk te storten, het werk dat ironisch genoeg tot een ontdekking had geleid die hem eindelijk toestond zijn droom te verwezenlijken zonder dat iemand het hem kon belemmeren.
Bovendien was het behalve om psychologische ook om praktische redenen te laat om er mee op te houden. Door zijn toedoen liepen er al negentienhonderd Nieuwe Mensen rond, even verschillend van anderen als de Cro-Magnon van de primitievere Neanderthaler, een revolutionaire schepping die net zo min ongedaan gemaakt kon worden als de uitvinding van het wiel of de atoombom.
Watkins schudde zijn hoofd. 'Ik kan het jammer genoeg niet met u eens zijn. Vijftig of zestig ontspoorden is nog maar een lage schatting. Misschien zijn het er veel meer.'
'Daar zul je me dan eerst van moeten overtuigen. Kun je me er één noemen, afgezien van Quinn?'
'Alex en Sharon Foster, denk ik. En misschien zelfs uw eigen assistent, Tucker.'
'Onmogelijk.'
Watkins vertelde hem wat hij in het huis van de familie Foster had gevonden... en dat hij in het bos verre kreten had gehoord.
Shaddack dacht met tegenzin na over de mogelijkheid dat Tucker tot de mislukkingen behoorde. Het was een verontrustend idee dat hij zijn naaste omgeving misschien niet zo volledig beheerste als hij wel gedacht had. Hoe kon hij op die manier de hele bevolking vertrouwen? 'Misschien heb je gelijk wat de Fosters betreft, maar niet wat Tucker aangaat. En zelfs met hem meegerekend kom je niet verder dan vier. Geen vijftig of zestig, maar vier. Waar blijf je dan met die anderen?'
Loman Watkins staarde naar de nevelslierten die in steeds wisselende patronen langs de grote ramen van de torenkamer zweefden.
'Neem me niet kwalijk, meneer, maar ik geloof dat u de zaak wat onderschat. Zelfs als de buitenwereld zou ontdekken wat er hier werkelijk gebeurt, zou het bijzonder moeilijk zijn ons tegen te houden, nietwaar? Per slot van rekening zijn wij als getransformeerden niet van andere mensen te onderscheiden. We zien er precies hetzelfde uit, onveranderd.'
'Wat wil je daarmee zeggen?'
'Dat is precies ons eigen probleem met de ontspoorden. Ze zien er net zo uit als wij, als Nieuwe Mensen, hun afwijking zit van binnen en is niet te herkennen. Ze lijken net zoveel op ons als wij op gewone mensen.'

Shaddacks harde erectie was verdwenen. Hij ergerde zich aan de manier waarop Watkins doordramde. Hij stond op en ging voor het grote raam staan, zijn handen in zijn zakken gebald tot vuisten. Vluchtig keek hij naar zijn eigen spookachtige gezicht in de ruit en daarna naar het duister achter het raam, waar de wind in vlagen aan het dunne web van mist weefde. Hij vermeed zowel zijn eigen blik als die van Watkins, want het was een ongekend en ongewenst verschijnsel dat zijn gezicht vrees uitdrukte.

45

Sam kreeg haar zover dat ze haar aarzeling overwon en naast hem op een van de gele stoelen ging zitten, uit het gezicht van eventuele voorbijgangers. Hij vertelde dat hij op een geheime missie was en daarom geen papieren van de FBI bij zich had. Hij liet haar de inhoud van zijn portefeuille zien: rijbewijs, betaalkaarten, bibliotheekpas, videokaart, foto's van zijn zoon en overleden vrouw, een kortingsbon voor een nieuw merk chocoladerepen en een foto van Goldie Hawn die hij uit een tijdschrift had gescheurd. Welke moordenaar liep rond met een bonnetje voor gratis chocolade? Langzamerhand overwon ze haar angst, overtuigd dat zijn indringende vragen gemeend waren, en ze vertelde hem met horten en stoten wat er in het motel gebeurd was.

'Maar u heeft niet gezien dat er iemand vermoord werd?'

'Ik weet het zeker,' zei ze. 'Hun geschreeuw was genoeg. Ik heb in Noord-Ierland mensen zien doodslaan door een opgezweepte menigte, ik heb arbeiders in een staalfabriek zien verschroeien door rondvliegende sintels, ik heb Indianen in Midden-Amerika uit elkaar zien spatten door fragmentatiebommen... en ik heb ze allemaal horen schreeuwen. Ik weet wat doodsangst is. En dit was nog veel erger.'

Sam staarde haar geruime tijd aan. Ten slotte zei hij: 'U ziet er zo, eh...'

'Naïef uit?'

'Ja.'

'Dat is mijn kruis.'

'En misschien soms ook een voordeel?'

'Soms,' gaf ze toe. 'Maar nu is het mijn beurt om vragen te stellen. U heeft ook iets gezien. Wat gebeurt er hier in vredesnaam?'

'Er gebeurt iets met de mensen.'

'Wat?'

'Ik weet het niet. Ze houden niet van uitgaan, om maar iets te noemen. De bioscoop is dicht, de cafés hebben gebrek aan klandizie. En winkelen is er ook haast niet meer bij, bijna alle zaken houden opheffingsuitverkoop...' Hij glimlachte wrang. 'Alleen van eten houden ze nog. En van andere mensen doodmaken.'

46

'Ik heb een oplossing, Loman,' zei Thomas Shaddack bij het grote raam van de torenkamer. 'Heel het personeel van New Wave is getransformeerd, dus ik zal je honderd man toewijzen om je te helpen. Je kunt ze naar eigen inzicht gebruiken, als het maar snel gebeurt. Dat moet genoeg zijn om de ontspoorden op heterdaad te betrappen... en om die Booker in de kraag te grijpen.'

Nieuwe Mensen hadden geen behoefte aan slaap; ze waren vierentwintig uur per dag inzetbaar.

'Zorg ervoor dat ze onopvallend patrouilleren,' vervolgde Shaddack. 'Met honderd man erbij moet je me minstens een van die ontspoorden kunnen bezorgen. Misschien zal een onderzoek uitwijzen hoe we de Nieuwe Mens kunnen controleren op eventuele afwijkingen.'

'Ik geloof niet dat ik het aankan,' zei Loman.

'Het is het gewone politiewerk.'

'Dat denk ik niet.'

'Dat is het wel,' zei Shaddack geïrriteerd. 'Net of je een misdadiger moet opsporen.'

'Maar...'

'Maar wat?'

'Hoe weet ik of er geen ontspoorden onder mijn nieuwe assistenten zijn?'

'Daar zal ik voor zorgen.'

'Hoe dan?'

'Laat dat maar aan mij over,' antwoordde Shaddack scherp. Hij wendde zijn blik niet af van de mist en de nacht.

Het bleef een ogenblik stil.

'Je moet alles in het werk stellen om die vervloekte ontspoorden te vinden,' hernam Shaddack. 'Alles, versta je? Anders is heel Moonlight Cove getransformeerd voordat we er een kunnen onderzoeken.'

'Ik dacht...'

'Ja?'

'Ik weet niet goed...'
'Schiet op, wat heb je nu weer?'
'Ik dacht alleen dat de uitvoering van het programma misschien opgeschort kon worden tot we zekerheid hebben.'
'Welnee!' Shaddack keerde zich met een ruk om naar de politieman, die zichtbaar ineenkromp. 'Ik zeg toch dat het maar een ondergeschikt probleem is? Waar bemoei je je mee? Heb jíj soms een nieuw mensenras geschapen, een nieuwe wereld? Het was míjn droom, míjn visioen en ik was intelligent en doortastend genoeg om die droom te laten uitkomen. En ik zeg je dat deze afwijking niets heeft te betekenen, daarom gaan we gewoon door met het programma.'
Watkins keek naar zijn witte knokkels.
Shaddack liet hem niet aan het woord komen. Hij begon heen en weer te lopen langs het raam. 'Er is meer dan voldoende serum in voorraad. Vannacht worden nog een paar honderd mensen getransformeerd, de rest van Moonlight Cove volgt morgen. We mogen niet het risico lopen dat er in deze laatste fase nog iets misgaat, dat iemand de buitenwereld inlicht, uitgerekend nu de produktie van de biochips in volle gang is. Het is noodzakelijk dat heel Moonlight Cove onder onze controle wordt gebracht, zodat we daar geen zorgen meer over hebben. Begrepen?'
Watkins knikte.
'Ja of nee?'
'Ja... Jawel, meneer.'
Shaddack ging weer zitten. 'Je had me ook nog gebeld over die Valdoski. Wat was daarmee?'
Watkins wreef vertwijfeld in zijn handen, alsof hij een laatste druppel water uit een spons probeerde te wringen. 'Eddie Valdoski, een jongen van acht... Hij is vanavond even na acht uur in een greppel bij de secundaire weg gevonden. Hij was... verminkt, doodgebeten.'
'Door een ontspoorde?'
'Ja, beslist.'
'Wie heeft hem gevonden?'
'Zijn vader. De jongen had in de achtertuin gespeeld, maar bij het vallen van de avond was hij niet meer te vinden. Zijn ouders gingen hem zoeken en ten slotte waarschuwden ze ons, maar voordat mijn mensen er waren hadden ze zijn lichaam al gevonden.'
'Zijn ouders waren dus blijkbaar niet getransformeerd?'
'Nee. Maar dat is inmiddels wel gebeurd.'
Shaddack slaakte een zucht. 'In dat geval hebben we geen moeilijkheden te verwachten.'

De commissaris vond eindelijk de moed Shaddack recht aan te kijken. 'De jongen wordt er niet levend door,' zei hij schor.
'Dat is uiteraard triest,' zei Shaddack. 'De ontspoorden zijn een onvoorzien element onder de Nieuwe Mensen. Maar geen enkele vooruitgang in de beschaving is bereikt zonder slachtoffers.'
'Het was een leuke jongen,' zei Loman.
'Kende je hem?'
Watkins knipperde met zijn ogen. 'Ik heb bij zijn vader in de klas gezeten. Ik was Eddies peetvader.'
Shaddack dacht zorgvuldig over zijn antwoord na. 'Het is een drama, beslist. We zullen de dader vinden. We zullen àlle ontspoorden vinden en onschadelijk maken. Het is een troost te weten dat Eddie voor een goede zaak is gestorven.'
Watkins keek hem met onverholen verbazing aan. 'Voor een goede zaak? Wat wist Eddie daarvan? Hij was net acht.'
'Eddie Valdoski is het slachtoffer geworden van een onverwacht bijverschijnsel,' antwoordde Shaddack scherp, 'dat maakt hem deelgenoot van een historische gebeurtenis.' Hij wist dat Watkins een vurig patriot was geweest, overdreven trots op vlag en vaderland. 'Ook tijdens de Amerikaanse opstand zijn er onschuldige slachtoffers gevallen, Loman, niet alleen vrijheidsstrijders, maar ook vrouwen en kinderen. Ook zij waren martelaren en helden, net zo goed als George Washington; hun dood is niet zinloos geweest. Zo gaat het bij elke revolutie. Het belangrijkste zijn de vooruitgang en de gerechtigheid, zodat de doden niet voor niets zijn gesneuveld.'
Watkins wendde zijn blik af.
Shaddack stond weer op en liep om de lage salontafel heen. Hij legde een hand op de schouder van de terugdeinzende politieman en begon weer te spreken op de toon van een evangelist, maar dan een die slechts de ijzeren wetten van de logica kent en niet het vuur van religieuze overtuiging. 'Jij bent nu een van de Nieuwe Mensen en dat betekent niet alleen dat je sterker en sneller bent, vrijwel onkwetsbaar voor ziekte, maar ook dat je een scherper verstand hebt. Je zult dan ook inzien dat Eddies dood niet tevergeefs is geweest. Dit is geen kwestie die emotioneel benaderd moet worden, Loman, emoties horen niet bij de Nieuwe Mens. De wereld waar wij aan werken zal juist zo stabiel en ordelijk zijn omdat de mensen geleerd hebben hun emoties te beheersen, om elk probleem en elke gebeurtenis met de koele redelijkheid van een computer te beoordelen. De dood van Eddie Valdoski is slechts een van de vele gebeurtenissen die de geboorte van een nieuwe tijd markeren. Je

hebt nu het vermogen om de normale emotionele beperkingen te overwinnen. Gebruik dat vermogen en je zult voor het eerst in je leven ware vrede en waar geluk kennen.'

Het duurde een poos voordat Loman Watkins zijn hoofd ophief en Shaddack aankeek. 'Vrede en geluk voor iedereen?'

'Ja.'

'Zal de hele mensheid eindelijk één zijn als iedereen getransformeerd is?'

'Ja. Voor eeuwig.'

47

Talbots huis aan Conquistador Avenue telde drie verdiepingen en veel grote ramen. De tuin helde vrij sterk en een steile stenen trap leidde omhoog naar de smalle veranda. Er brandde geen buitenlicht en Sam was blij dat er geen straatlantaarns in de buurt waren.

Tessa Lockland had de hele weg vanaf de wasserette dicht bij hem gelopen en ook nu, terwijl hij aanbelde, bleef ze dicht bij hem staan. Het geklingel van de bel was duidelijk hoorbaar boven het ruisen van de bomen in de wind.

Tessa keek over haar schouder naar de straat. 'Ik weet niet wat het is... Het lijkt hier soms net een spookstad, zo uitgestorven is het, maar toch...'

'Ja?'

'Toch voel je dat er iets leeft, ondanks het feit dat het zo stil is en je niemand ziet. Alsof er ergens een grote hoeveelheid energie is opgeslagen, klaar om ontladen te worden, machines die onder de grond en ook in de huizen wachten tot iemand de schakelaar omdraait en alles in beweging brengt.'

Sam dacht precies hetzelfde over Moonlight Cove, maar hij had het niet onder woorden kunnen brengen. Hij belde voor de tweede keer. 'Je hoort weleens zeggen dat bij de film alleen analfabeten zitten...'

'In Hollywood misschien, maar als je documentaires maakt mag je nadenken... als je het maar niet te veel doet.'

Sam schrok van de blikkerige stem uit een kleine luidspreker die hij in het donker niet had gezien. 'Wie is daar?'

Sam bracht zijn mond bij de luidspreker. 'Harold Talbot?'

'Ja, wie is daar?'

'Sam Booker,' antwoordde hij zacht, zodat zijn stem niet op

straat te horen was. 'Het spijt me dat ik zo laat kom. Het gaat over uw brief van 8 oktober.'
Het bleef even stil. 'Ik heb wat tijd nodig om naar beneden te komen. Ik zal Moose sturen. Geef hem uw papieren, dan brengt hij ze bij me.'
'Ik heb geen papieren van het Bureau bij me,' fluisterde Sam. 'Ik ben hier op een geheime missie.'
'Rijbewijs?' vroeg Talbot.
'Ja.'
'Dat is voldoende.' De intercom werd met een klik uitgeschakeld.
'Wie is Moose?' vroeg Tessa.
'Geen flauw idee,' zei Sam.
Het wachten duurde bijna een minuut en ze voelden zich kwetsbaar op de donkere veranda. Sam en Tessa schrokken allebei toen er plotseling een hond door een luik onder in de deur verscheen en tussen hen in bleef staan. Sam deed verrast een stap naar achteren en verloor bijna zijn evenwicht voordat hij in de gaten had wat het was.
Tessa bukte zich en aaide het dier. 'Ben jij Moose?'
De zwarte hond was vrijwel onzichtbaar toen het klapluik dichtviel. Sam ging op zijn hurken zitten en liet zijn hand likken. 'Moet jij mijn papieren hebben?'
De hond brieste zacht alsof hij bevestigend wilde antwoorden.
'En als hij ze nu opeet?' vroeg Sam.
'Dat doet hij niet,' zei Tessa.
'Hoe weet u dat?'
'Hij is goed afgericht.'
'Ik vertrouw hem niet.'
'Dat hoort bij uw werk.'
'En bij mijn karakter.'
'Vertrouw hem nou maar,' drong ze aan.
Sam pakte zijn portefeuille. De hond nam hem tussen zijn tanden en verdween ermee door het luik naar binnen.
Onder het wachten begon Sam zijn vermoeidheid te voelen en hij probeerde een geeuw te onderdrukken. Het was twee uur geweest en hij voelde een sterke behoefte aan slaap. Misschien was dat een vijfde reden om te blijven leven, naast Mexicaans eten, donker bier, Goldie Hawn en angst om dood te gaan: slaap. Het rijk der vergetelheid. Terwijl hij daar nog over peinsde, klonk het geluid van grendels die werden weggeschoven en van sleutels die werden omgedraaid. De deur zwaaide eindelijk open en hij keek in een zwak verlichte gang.

Harry Talbot zat in pyjama en ochtendjas in een elektrische rolstoel. Hij hield zijn hoofd wat naar links, een vragende pose die hij aan Vietnam had overgehouden. Hij had een welgevormd gezicht, dat alleen wat te oud scheen voor zijn veertig jaar. Zijn haar was al voor de helft grijs en in zijn ogen lag een bedachtzame uitdrukking. Hoewel hij in aanleg atletisch gebouwd leek, was zijn lichaam wat slap en mollig geworden door het jarenlange gedwongen nietsdoen. Zijn ene hand lag naar boven gekeerd in zijn schoot, de vingers wat gekromd, roerloos. Sam vond hem een levend monument zoals hij daar zat, een symbool van vergane hoop en ontmaskerde dromen.

Tessa en Sam gingen naar binnen en deden de deur achter zich dicht. Harry Talbot stak zijn hand uit in een enthousiaste begroeting. 'Ik kan niet zeggen hoe blij ik ben jullie te zien!' Zijn lach was breed en gemeend en gaf hem een heel ander uiterlijk, het warme aanzien van iemand die zich gelukkig prees met zijn leven en die zijn zegeningen telde.

Moose kwam aandraven met Sams ongehavende portefeuille.

48

Loman verliet het huis van Thomas Shaddack aan de noordpunt van de baai, maar hij ging niet rechtstreeks naar het hoofdbureau om de honderd nieuwe assistenten van New Wave hun instructies te geven. Eerst reed hij naar zijn eigen huis in Iceberry Way, in het noorden van de stad. Het was een bescheiden huis in Mexicaanse stijl, wit met lichtblauw houtwerk, verscholen tussen coniferen.

Hij stapte uit en bleef een ogenblik op de oprit staan om ernaar te kijken. Hij had zich altijd bijzonder gelukkig gevoeld in de woning, maar nu was zelfs de herinnering daaraan vervaagd tot een onbeduidend iets dat geen glimlach meer opwekte. De laatste tijd kon hij trouwens helemaal nergens meer om lachen.

Toch was het nog maar zo kort geleden, sinds zijn transformatie in augustus. In die paar maanden was al zijn gevoel weggesijpeld tot er niets anders was overgebleven dan de herinnering aan iets dat een eeuwigheid geleden leek te zijn gebeurd.

Grappig.

Of eigenlijk helemaal niet zo grappig.

Loman ging naar binnen. Beneden was het donker en stil. In de verlaten kamers hing een vage, moeilijk te definiëren geur.

Op de bovenverdieping was de deur van Denny's slaapkamer omringd door een flauwe lichtgloed. Hij ging de kamer in. De jongen zat aan zijn bureau en keek naar het grote scherm van zijn computer.
Denny keek niet op.
De jongen was achttien jaar oud, geen kind meer en daarom tegelijk met zijn moeder getransformeerd, kort na Loman zelf. Hij was een halve kop groter dan zijn vader en bijzonder intelligent, een uitblinker op school. Loman was altijd trots geweest op zijn zoon, maar ook die emotie kon hij nu niet meer oproepen. Het lag niet aan Denny, die had niets gedaan om uit de gratie te raken; trots was eenvoudig een van de vele emoties die hinderlijk waren voor het hogere bewustzijn van de Nieuwe Mens en een geordend bestaan in de weg stonden.
Denny was al jaren gek op alles wat met computers te maken had, een fanatieke kraker. Het was niet een gewone hobby voor hem, maar een manier van leven. Na zijn transformatie had hij zijn intelligentie en kennis in dienst gesteld van New Wave. Hij had een directe verbinding gekregen met de supercomputer van het bedrijf, een gevaarte dat volgens Denny meer dan tienduizend kilometer bedrading bevatte en niet minder dan drieëndertigduizend razendsnelle processors. Die computer werd om een voor Loman onbekende reden Zon genoemd, misschien omdat alle activiteiten van New Wave daaromheen draaiden.
Hij ging naast Denny staan en keek naar de monitor. Zinnen, getallen en diagrammen volgden elkaar zó snel op, dat alleen de Nieuwe Mensen met hun scherpe zintuigen en intense concentratie eruit wijs konden.
Zelfs voor Loman was het een zinloze brij omdat hij niet door New Wave was opgeleid en omdat er voor hem geen noodzaak bestond zijn nieuwe concentratievermogen ten volle te benutten.
Maar Denny keek volkomen ontspannen naar de gegevens die over het beeldscherm voorbijvlogen en hij verwerkte de informatie even gemakkelijk alsof hij zelf uit elektronische schakelingen bestond.
Loman wist dat zijn zoon betrokken was bij het Ibis-project. Over enige tijd zou hij deel gaan uitmaken van het team dat bij New Wave voortdurend bezig was met verfijning van de apparatuur die nodig was om elke volgende generatie Nieuwe Mensen nog beter en efficiënter te maken dan de vorige.
Een eindeloze stroom gegevens spoelde over het scherm.
Loman voelde zijn ogen prikken terwijl hij ernaar keek, maar

Denny vertrok geen spier.
De flikkerende gloed speelde over de muren en joeg dansende schaduwen door de kamer.
Loman legde een hand op de schouder van de jongen.
Denny reageerde er in het geheel niet op. Hij begon geluidloos te mompelen, in zichzelf pratend alsof de aanwezigheid van zijn vader hem volledig ontging.
In een van zijn spraakzame, visionaire buien had Thomas Shaddack eens een vurig betoog gehouden over de mogelijkheid om mensen een orgaan te geven dat rechtstreeks met een computer kon communiceren, de ideale verbinding tussen echte en kunstmatige intelligentie. Loman zag het nut of de wenselijkheid daarvan niet in, maar Shaddack had gezegd: 'De Nieuwe Mens is een brug tussen mens en machine, Loman. Op een dag zullen wij die brug oversteken en één worden met de machine. De hele mensheid zal een reusachtige, volstrekt efficiënte machine worden.'
'Denny,' zei Loman zacht.
De jongen gaf geen antwoord.
Na een tijdje verliet Loman de kamer.
Hij ging naar de slaapkamer aan het eind van de gang. Grace lag in het donker op bed.
Er brandde geen licht in de kamer, maar door de transformatie was hun gezichtsvermogen verbeterd en ze konden allebei de omtrekken van de meubels zien, zij het geen details. Voor hen was de nacht niet zwart meer, maar donkergrijs.
Hij ging op de rand van het bed zitten. 'Hallo.'
Ze zei niets.
Hij stak zijn hand uit en streelde haar lange kastanjebruine haar. Hij raakte haar gezicht aan en voelde tranen op haar wangen, een detail dat zelfs aan zijn verbeterde gezichtsvermogen was ontgaan. Het verraste hem, want de Nieuwe Mens werd niet geacht te huilen, maar het gaf hem ook nieuwe hoop. Misschien werden bij de transformatie de emoties alleen maar tijdelijk onderdrukt.
'Wat is er?' vroeg hij. 'Waarom huil je?'
'Ik ben bang.'
De hoop verdween weer snel. Angst had haar tot tranen gebracht, angst en een gevoel van verlatenheid, de enige emoties die bij de Nieuwe Mens hoorden.
'Waarvoor?'
'Ik kan niet slapen,' zei Grace.
'Dat hoeft ook niet.'
'Waarom niet?'

‘Wij hebben helemaal geen slaap meer nodig.’
Slaap en rust waren dingen van vroeger, dingen die het verschrikkelijk inefficiënte menselijk lichaam nodig had om te herstellen van de dagelijkse inspanningen en om allerlei verontreinigingen kwijt te raken. In de Nieuwe Mens waren al die biologische processen en functies veel beter geregeld; het werk van de natuur was sterk verfijnd. Elk orgaan en elke cel controleerde en herstelde zichzelf ieder uur van de dag. Dat wist Grace even goed als hij.
‘Maar ik wíl slapen,’ zei ze.
‘Dat is alleen maar gewoonte.’
‘De dagen lijken allemaal zo eindeloos.’
‘Dat verandert. In de nieuwe wereld zullen we het druk genoeg hebben.’
‘Wat zullen we in die nieuwe wereld dan doen?’
‘Laat dat maar aan Shaddack over.’
‘En tot die tijd?’
‘Geduld,’ zei hij.
‘Ik ben bang.’
‘We moeten geduld hebben.’
‘Ik kan niet zonder slaap, ik verlang ernaar.’
‘We hoeven niet te slapen,’ zei hij, het geduld tonend dat hij haar probeerde aan te praten.
‘We hoeven niet te slapen,’ zei ze cryptisch, ‘maar we móeten slapen.’
Ze zwegen.
Na een tijdje pakte ze zijn hand en drukte die tegen haar borsten. Ze was naakt.
Hij probeerde zijn hand terug te trekken, bang voor wat er kon gebeuren, voor wat er elke keer was gebeurd sinds de transformatie. Ze bedreven de liefde niet meer, ze hadden alleen seks met elkaar, zonder tederheid of gevoel behalve een zuiver fysieke sensatie. Ze trokken en duwden, stootten snel en hard op elkaar in om hun zenuwen tot het uiterste te prikkelen. Ze gaven niet om elkaar, ze zochten alleen hun eigen bevrediging, met volledige overgave. Zo gaven ze zich ook over aan eten, alsof ze in overdaad compensatie zochten voor het gebrek aan gevoel, voor de leegte.
Grace trok hem naar zich toe.
Loman wilde niet meer weg. Hij kon niet weigeren, hij kòn het eenvoudig niet.
Hijgend en bevend van opwinding trok ze zijn kleren van zijn lichaam en ging op hem zitten. Ze maakte vreemde, onverstaanbare geluiden.

Loman liet zich meeslepen door haar opwinding en hij stootte in haar, hard en diep, hij verloor alle besef van tijd en plaats tot het vuur in zijn lendenen ondraaglijk heet werd, verzengend heet. Hij bestond alleen nog om dat vuur te voeden, om het op te stoken tot de hitte die heel zijn lichaam zou verteren. Ze grepen elkaar beet en trokken bloedsporen met hun nagels. De zoete geur van bloed vergrootte hun opwinding en het gaf niet dat ze elkaar verwondden, want ze waren Nieuwe Mensen en hun wonden heelden snel. Ze wilden zich alleen maar laten gaan en alle remmingen afwerpen, ook hun menselijke vorm, om geen leegte meer te voelen en de seks als een nog grotere sensatie te beleven. En daarna konden ze samen gaan jagen, jagen en doden, snel en geruisloos, soepel en snel, onverhoeds hun prooi bespringend om het vlees te verslinden en bloed te proeven, het volle warme bloed...

Loman bleef geruime tijd gedesoriënteerd.
Toen hij zijn besef van tijd en plaats terugkreeg, was het eerste dat hij zag de deur, die halfopen stond. Denny had hen kunnen zien en anders had hij hen wel gehoord, maar dat kon hem niet schelen. Ook schaamte en kuisheid waren na de transformatie verdwenen.
Toen hij weer volledig bij zijn positieven was, werd hij door schrik bevangen en betastte hij zichzelf snel om te voelen of hij zijn eigen gedaante nog had. Soms leek het of hij tijdens zijn orgasme werkelijk een andere, primitievere vorm aannam, maar ook nu kon hij geen spoor van regressie ontdekken.
Alleen kleefde zijn huid van het bloed.
Hij deed de lamp op het nachtkastje aan.
'Doe uit,' zei Grace meteen.
Loman deed het niet onmiddellijk, want hij vertrouwde niet op zijn nachtzicht. Hij wilde weten of Grace ook niet veranderd was. Er was niets bijzonders aan haar te zien, behalve de bloedsporen en de blauwe plekken waar haar huid nog niet geheeld was.
Hij deed het licht uit en ging op de rand van het bed zitten.
De oppervlakkige wonden zouden binnen enkele minuten verdwenen zijn. Ook voor ziekten waren de Nieuwe Mensen vrijwel immuun, dank zij hun ondoordringbare afweersysteem dat tijdig afrekende met alle virussen en bacteriën. Volgens Shaddack zouden ze daardoor ook veel langer leven, misschien wel honderden jaren. Natuurlijk konden ze wel sterven door een ongeluk waarbij het hart, hersenen of longen zwaar werden beschadigd. Andere organen waren niet vitaal meer, het lichaam van de Nieuwe Mens kon

desnoods uren blijven functioneren totdat de schade was hersteld. Zelfs het springen van een slagader was niet fataal, omdat de bloedtoevoer automatisch werd omgeleid en de wond zich binnen enkele minuten sloot. Nieuwe Mensen waren nog geen machines, die met de nodige reserveonderdelen tot in het oneindige hersteld konden worden, maar verder bezat hun lichaam een herstelvermogen dat voor gewone mensen ondenkbaar was.

Honderden jaren oud worden...

Loman zat daar soms over in.

Honderden jaren leven voor fysieke sensatie, met als enige emotie angst...

Hij stond op en ging naar de badkamer om het bloed van zich af te spoelen.

Hij durfde niet in de spiegel te kijken.

In de slaapkamer haalde hij een ander uniform uit de kast en trok het aan zonder het licht aan te doen.

Grace lag nog steeds op het bed.

'Ik wou dat ik kon slapen,' zei ze.

Hij dacht dat ze in stilte weer huilde.

Bij het weggaan deed hij de deur van de slaapkamer dicht.

49

Harry Talbot bracht hen naar de keuken. Voor Tessa was dat een aangename bijkomstigheid, want ze bewaarde goede herinneringen aan de familiegesprekken die thuis in San Diego om de een of andere reden altijd in de keuken waren gehouden. Het wekte een associatie bij haar op met koffie, warme chocolademelk en zelfgebakken koekjes. In een keuken voelde ze zich thuis.

Harry had de ruimte speciaal laten inrichten om vanuit de rolstoel overal bij te kunnen, met een aanrecht en keukenblok in het midden en lage kasten langs de muren. Hij liet de jaloezieën voor de ramen neer en schakelde het koffiezetapparaat in. Het was verbazend om te zien hoe moeiteloos hij ondanks zijn zware handicap de gastheer voor zijn onverwachte bezoekers scheen te spelen, alsof hij het een prettige verrassing vond. Misschien was het dat ook wel voor hem.

Sam vroeg of hij de telefoon mocht gebruiken, maar ook hier bleek het toestel geen geluid te geven. Blijkbaar waren alle verbindingen met de buitenwereld afgesneden, niet alleen de openbare telefoons.

Harry liet hen plaats nemen aan een ronde tafel in de hoek terwijl hij het koffiezetapparaat inschakelde. 'Dat zal jullie goed doen,' zei hij. 'Zo te zien hebben jullie het koud.'
Tessa sloeg het aanbod niet af, want ze was moe en koud tot in haar botten. Ze keek gefascineerd naar Talbot, die ondanks zijn zware handicaps goed genoeg uit de weg kon om onverwachte gasten naar behoren te ontvangen. Behendig manoeuvrerend haalde hij appelgebak en een flink stuk chocoladecake, bordjes met vorken en servetten.
Glimlachend sloeg hij Tessa's aanbod af om hem te helpen, maar toch had ze niet het gevoel dat hij iets voor zichzelf of voor zijn bezoekers probeerde te bewijzen. Hij vond het blijkbaar prettig dat er iemand kwam, zelfs op dit uur en onder deze bizarre omstandigheden. Misschien kreeg hij maar zelden visite.
'Ik heb geen room,' zei hij, 'alleen melk uit een pak.'
'Dat is best,' zei Sam.
'En helaas ook geen fraai porseleinen schenkkannetje.' Talbot zette het pak melk op de tafel.
Tessa begon te denken dat het de moeite waard zou zijn een documentaire over Harry te maken, over de moed die ervoor nodig was om in zijn positie zelfstandig te blijven. Ondanks alles wat er de laatste uren was gebeurd, liet haar beroepsinstinct haar niet in de steek. Lang geleden had ze al geleerd dat je je creativiteit niet zo gemakkelijk kon afsluiten als de lens van een camera. Ook toen ze rouwde om de dood van haar zus kreeg ze voortdurend nieuwe ideeën over een script, interessante beelden, invalshoeken. Zelfs toen ze met een groep Afghaanse rebellen moest vluchten voor een Russische luchtaanval, vroeg ze zich af of de opnamen zouden lukken en wat ze er in de studio van zou kunnen maken, net als haar drie assistenten. Alleen in het begin had ze zich onzeker en schuldig gevoeld omdat ze onder tragische omstandigheden nog aan haar beroep dacht, maar nu vond ze haar creativiteit heel natuurlijk, een deel van haar leven.
Harry stelde de zitting van zijn rolstoel een paar slagen hoger en kwam bij hen aan tafel zitten. Moose lag in een hoek toe te kijken en tilde af en toe zijn kop op, alsof hij naar hun conversatie luisterde. Waarschijnlijk ging zijn belangstelling eerder uit naar de cake die zijn baas ronddeelde, maar de labrador kwam niet aan tafel bedelen.
Sam vertelde in het kort wat hem was overkomen en dat hij vergeefs had geprobeerd het Bureau te waarschuwen. Harry luisterde aandachtig toe. 'Mag ik Sam zeggen? Ik begrijp waarom je op dit

uur bij me bent gekomen, maar niet wat mevrouw Lockland ermee te maken heeft.' Hij zat naast Tessa en door de lichte afwijking in de stand van zijn hoofd leek het alsof hij haar wantrouwend of althans sceptisch zat op te nemen, een indruk die door zijn hartelijke glimlach werd weggenomen.

'Zeg maar Tessa. Ik ben een zuster van Janice Capshaw...'

'De vrouw van Richard, de lutherse predikant?' vroeg hij verbaasd.

'Ja.'

'Ze kwamen regelmatig bij me op bezoek, ook al was ik geen lid van de gemeente. Ze werden vrienden van me. Janice kwam ook nog bij me nadat Richard was overleden. Ik mocht haar erg graag, Tessa, ze was heel aardig.' Hij zette zijn kopje neer en pakte haar hand. 'Ze was mijn vriendin.'

Zijn huid voelde ruw en verweerd aan en zijn hand was heel erg sterk, alsof alle kracht uit de rest van zijn machteloze lichaam daarin gevloeid was.

'Ik heb gezien hoe ze haar naar het crematorium brachten,' vervolgde hij. 'Door mijn kijker.' Hij begon licht te blozen en hield Tessa's hand wat steviger vast. 'Denk niet dat ik een gluurder ben, helemaal niet, maar op die manier voel ik me tenminste nog betrokken bij wat er om me heen gebeurt. Verder heb ik de hele dag niet veel te doen, behalve lezen en denken. Ik zal jullie straks mijn kijkers laten zien, misschien begrijp je het dan beter. In elk geval zag ik dat ze haar naar het crematorium brachten, hoewel ik pas wist dat het Janice was toen ik twee dagen later in de krant las dat ze dood was. Ik heb nooit geloofd dat het zelfmoord was en dat doe ik nog steeds niet.'

'Ik ook niet,' zei Tessa. 'Daarom ben ik hier.'

Harry liet met een laatste kneepje haar hand los, alsof het hem moeite kostte. 'Ik heb daar te veel mensen naar binnen zien dragen de laatste tijd, vaak in het donker en met politie erbij. Veel te geheimzinnig voor zo'n rustig stadje als dit.'

'Twaalf onverklaarbare sterfgevallen of zelfmoorden in nog geen twee maanden,' zei Sam.

'Twaalf?'

'Ja, wist je dat niet?'

'Maar het zijn er veel meer.'

Sam knipperde met zijn ogen.

'Ik heb er minstens twintig geteld,' zei Harry.

50

Nadat Watkins was vertrokken ging Shaddack terug naar zijn werkkamer en zocht verbinding met Zon, de centrale computer van New Wave. Het was halfdrie en hij had nog een paar uur om aan een paar problemen van het Ibis-project te werken, want hij ging altijd pas naar bed als het licht werd.

Hij was nauwelijks een paar minuten aan de slag toen de telefoon begon te rinkelen. Totdat Booker werd gevonden waren alleen de toestellen van Nieuwe Mensen in bedrijf. Wie van buiten iemand in Moonlight Cove probeerde te bellen werd verbonden met een antwoordapparaat en kreeg te horen dat er helaas een storing in het net was en dat er druk aan het herstel gewerkt werd.

Na enkele ogenblikken verscheen in een klein venster op het toestel het nummer van degene die belde. Shaddack herkende het zonder moeite als het nummer van Mike Peyser, een van de mensen met wie hij nauw samenwerkte. Hij nam op. 'Shaddack.'

Hij hoorde een moeizaam en raspend gehijg, verder niets.

'Hallo?' vroeg hij, fronsend.

Alleen het hijgen klonk.

'Ben jij dat, Mike?'

Eindelijk hoorde hij een stem. Het was onmiskenbaar de stem van Peyser, maar schril en verwrongen. *Er is iets mis, fout, ik kan niet terug, niet terug...*

Shaddack weigerde te geloven dat het Mike Peyser was die zo onsamenhangend en in een grillig ritme praatte. 'Met wie spreek ik?'

Wil terug, terug, mijn lichaam...

'Wie is dit?' vroeg Shaddack kwaad, maar in gedachten vroeg hij zich af wàt dit was.

Hij hoorde een gekweld keelgeluid, een zwakke kreet van pijn, angst en frustratie, samengebald in een rollend geblaat. Het werd gevolgd door het harde gekletter van de hoorn die ergens tegenaan viel.

Shaddack legde neer. Via zijn computer zocht hij contact met de politie en stuurde een dringende oproep aan Loman Watkins.

51

Sam Booker zat op de kruk achter de telescoop in Harry's donkere slaapkamer op de bovenste verdieping en keek naar de achterkant van Callans begrafenisonderneming. De mist was bijna hele-

maal verdreven door de wind, die nog aan het raam en aan de bomen schudde. De buitenlampen bij het crematorium waren gedoofd, maar er scheen licht door de kieren in de jaloezieën voor een van de ramen. Sam twijfelde er niet aan dat ze bezig waren zich van de twee vermoorde gasten uit het motel te ontdoen.
Tessa zat achter hem op de rand van het bed en streelde Moose, die zijn kop op haar knie gelegd had.
Harry zat naast hem in zijn rolstoel en bescheen met een zaklampje zijn agenda waarin hij de vreemde gebeurtenissen van de laatste tijd had bijgehouden.
'De eerste keer dat me iets bijzonders opviel was op 28 augustus, 's avonds om tien over half twaalf. Er werden vier lichamen gebracht, twee in de lijkwagen en twee in een ambulance. Er was politie bij. De lichamen zelf waren ingepakt, dus ik kon niet zien wie het waren, maar het was duidelijk dat iedereen erg opgewonden was. Ze keken voortdurend om zich heen, alsof ze bang waren dat iemand hen zou zien. Dat viel me natuurlijk op, want ze deden toch gewoon hun werk? In ieder geval las ik later in de krant dat er een heel gezin bij een brand was omgekomen. Dat moesten de vier lijken zijn die ik had gezien. Eerlijk gezegd geloof ik niets van die brand, net zomin als ik geloof dat jouw zuster zelfmoord heeft gepleegd, Tessa.'
'Ik denk dat je gelijk hebt.'
Sam keek nog steeds naar het gebouw. 'Dat was de familie Mayser. We hoorden het voor het eerst toen we de dood van de vakbondsleden onderzochten.'
Harry schraapte zijn keel en keek weer in zijn agenda. 'Op 3 september werden er twee lichamen bij Callan afgeleverd, kort na middernacht. Dat ging er helemaal vreemd aan toe, want ze werden niet met de lijkwagen of een ambulance gebracht, maar met twee politieauto's. En ze leken nogal haastig in een paar lakens gewikkeld te zijn. Ik kon de bloedvlekken hiervandaan zien.'
'Van 3 september weet ik niets af,' zei Sam. 'Sanchez en de Bustamantes van de vakbond stierven op de vijfde. Die twee waar jij het over hebt zijn nergens geregistreerd.'
'Ik heb er ook niets over in de krant gelezen.'
'Wie zouden het dan geweest zijn?' vroeg Tessa.
'Misschien een paar mensen op doorreis die zo onfortuinlijk waren in Moonlight Cove te stoppen,' antwoordde Sam. 'Buitenstaanders die ze zonder veel moeite spoorloos konden laten verdwijnen. Waarschijnlijk denkt hun familie alleen dat ze ergens onderweg in rook zijn opgegaan.'

'De vakbondsleden heb je al genoemd,' zei Harry. 'Op 7 september was het de beurt aan Jim Armes.'
'Spoorloos verdwenen tijdens een zeiltochtje,' zei Sam, die fronsend naar de man in de rolstoel keek.
'Ik heb hem om elf uur die avond naar het crematorium zien brengen. Ze hadden nog niet de tijd gehad om de jaloezieën te sluiten en het was alsof ik vlak naast de tafel stond waarop hij lag. Zijn gezicht was verminkt, net als het grootste deel van zijn lichaam. Ik wist pas wie hij was toen ik een paar dagen later in de krant over zijn verdwijning las.'
De smalle lichtbundel in de grote donkere slaapkamer werd door de witte blaadjes van de agenda weerkaatst, waardoor die een eigen gloed leken uit te stralen als de bladzijden van een magisch en heilig – of onheilig – boek.
De vreemde gloed maakte elke rimpel in Harry Talbots doorgroefde gelaat dieper en deed hem er ouder uitzien dan hij was. Sam keek ernaar en wist dat elke rimpel voortkwam uit een andere tragische en pijnlijke ervaring. Hij voelde een diep mededogen. Geen medelijden, daarvoor kon de veteraan zichzelf te goed redden, maar wel vroeg hij zich af of er dan niemand was die iets wilde doen om zijn eenzaamheid te delen of op zijn minst te verlichten. Nodigden de buren hem nooit uit voor een etentje of een verjaardagsfeest? Hij begon te begrijpen waarom Talbot zijn kijkers nodig had om het gevoel te houden dat hij deel uitmaakte van een grotere gemeenschap. Met een schok dacht hij aan zijn eigen onvermogen om met zijn eigen zoon om te gaan, een gedachte die hem niet vrolijker maakte.
'Wat bedoel je precies met verminkt?' vroeg hij aan Harry.
'Hij leek helemaal aan stukken gesneden.'
'Dus hij is niet verdronken?'
'Daar zag het niet naar uit.'
'Aan stukken gesneden...' mompelde Tessa.
Sam wist dat ze aan de mensen in het motel dacht... en aan haar eigen zuster.
Harry aarzelde met zijn antwoord. 'Ik zag hem op de tafel in het crematorium liggen, vlak voordat ze hem in de oven duwden. Hij was helemaal opengescheurd, bijna onthoofd... verschrikkelijk toegetakeld. In Vietnam heb ik mensen gezien die op een landmijn hadden getrapt...'
Zwijgend verwerkten ze zijn vergelijking.
Alleen Moose was onaangedaan. De hond maakte een tevreden bromgeluid terwijl Tessa hem achter zijn oren krabde. Het bracht

Sam op het idee dat het nog zo gek niet was om een lagere diersoort te zijn en vrijwel alleen op je instinct af te gaan, niet gehinderd door een ingewikkeld bewustzijn. Of juist het tegendeel, een intelligente robot, een en al hersens maar zonder enig gevoel. De combinatie van emoties en superieure intelligentie was uniek voor de mens, maar geen onverdeelde zegen: op de een of andere manier scheen je je nooit ergens helemaal aan over te kunnen geven zonder het gevoel te hebben dat er iets niet in de haak was. Je werd elke dag voor tientallen beslissingen geplaatst, maar wie kon ooit zeggen waaròm hij een bepaald besluit nam? Emoties werkten verwarrend op je verstand, maar alleen je verstand gebruiken was ook onmogelijk. Helder denken en tegelijk je gevoel laten spreken was even gemakkelijk als koorddansen en met zes ballen jongleren.

'Na dat verhaal in de krant begon ik pas door te krijgen dat er niet zomaar vreemde dingen bij de begrafenisonderneming gebeurden,' zei Harry ten slotte. 'Er was iets ergers aan de hand en de politie was er op de een of andere manier bij betrokken.'

'Paula Parkins was ook verminkt,' zei Sam.

Harry knikte. 'Zogenaamd door haar pitbulls.'

'Pitbulls?' vroeg Tessa.

Sam had haar in de wasserette alleen verteld dat de dood van haar zus ér een in een hele reeks van vreemde sterfgevallen was, zonder op de details in te gaan. Nu vertelde hij in het kort wat hij over de dood van Paula Parkins aan de weet was gekomen.

'Ik geloof er niets van,' zei ze. 'Ik heb gehoord wat er vanavond met die mensen in de Cove Lodge is gebeurd. Dat waren absoluut geen honden.'

Harry's vroeg-oude gelaat kreeg een eigenaardige uitdrukking nadat Sam hem over de moorden in het motel en over zijn ontmoeting met Tessa had ingelicht. 'Heb je de overvallers niet gezien?' vroeg hij aan Tessa. 'Zelfs niet even?'

'Alleen een voet, of liever gezegd een klauw, door een kier onder de deur.'

Harry deed zijn mond open en meteen weer dicht, waarna hij in een diep gepeins verzonk.

Hij weet iets, dacht Sam. Hij weet meer dan wij.

Talbot was er blijkbaar nog niet aan toe zijn kennis te delen, want hij keek weer in zijn agenda. 'Twee dagen na de dood van Paula Parkins werd er opnieuw een lichaam gebracht, om half tien 's avonds.

'Dat was dus op 11 september?' vroeg Sam.

'Ja.'
'Ik heb geen overlijdensakte met die datum gezien.'
'Nee, en in de krant heb ik er ook niets over gelezen.'
'Ga verder.'
'Op 15 september...'
'Dat weet ik,' zei Sam. 'Steve Heinz zou zijn vriendin Laura Dalcoe hebben vermoord en daarna zichzelf om het leven hebben gebracht. Zogenaamd in een vlaag van jaloezie.'
'Ook zij werden heel snel gecremeerd,' merkte Harry op. 'Op 18 september kwamen er nog twee. Het was één uur geweest en ik wilde net naar bed.'
'Van die twee is mij ook niets bekend,' zei Sam.
'Weer twee mensen op doorreis?' vroeg Tessa. 'Of zouden ze uit de stad zelf zijn gekomen?'
'Ze kunnen heel goed in de buurt hebben gewoond,' zei Harry. 'Nieuwkomers bijvoorbeeld, die nog geen eigen huis hadden en in Moonlight Cove weinig mensen kenden. Hun verdwijning kan voor de buren verborgen zijn gehouden door te zeggen dat ze plotseling waren verhuisd.'
Als die buren zelf tenminste niet al 'getransformeerd' waren, dacht Sam, maar hij zei het niet hardop.
'Jouw zus werd op 23 september gebracht, Tessa.'
'Ja.'
'Tegen die tijd begreep ik dat ik iemand zou moeten waarschuwen. Maar wie? De politie durfde ik natuurlijk niet te vertrouwen, ook niet die van het district. Die zou het eerst navraag doen bij commissaris Watkins en vermoedelijk geen geloof aan mijn verhaal hechten. De mensen denken toch al dat je als gehandicapte ook wel niet goed bij je hoofd zult zijn, al is het maar onderbewust. En het ìs natuurlijk ook een ongelooflijk verhaal met al die lichamen die midden in de nacht gecremeerd worden...' Hij zweeg een ogenblik en zijn gezicht betrok. 'Ik mag dan een veteraan met de nodige onderscheidingen zijn, voor veel mensen is dat ouwe koek of zelfs een nadeel. Ik zou niet de eerste zijn die zoveel jaar na Vietnam gestoord werd.'
Tot dan toe had Harry een heel nuchtere indruk gemaakt, maar nu klonk een sterke emotie door in zijn woorden, emotie die zijn eenzaamheid, verdriet en vervreemding aan het licht bracht.
Zijn stem sloeg een paar keer over toen hij verder sprak: 'Ik moet bekennen dat ik ook bang was om met mijn verhaal naar voren te komen. Ik had geen idee wat er precies gebeurde en wie er allemaal bij betrokken waren. Het lijkt misschien dat ik niet veel meer

te verliezen heb, dat het me niet kan schelen of ik zelf ook nog eens in het crematorium eindig, maar dat is in werkelijkheid helemaal niet het geval. Misschien betekent het leven meer voor mij dan voor mensen die helemaal gezond zijn. Ik heb me twintig jaar lang vrijwel niet kunnen bewegen, maar dat heeft me juist in staat gesteld heel goed mijn ogen te gebruiken en de schoonheid van de wereld te waarderen. Ik houd van het leven en daarom heb ik het zolang voor mezelf gehouden. Had ik maar eerder iets gedaan, dan hadden sommigen van die mensen nu misschien nog geleefd. Janice bijvoorbeeld.'

'Dat is onzin,' zei Tessa onmiddellijk. 'We weten nu hoe gevaarlijk het hier is; als je niet zo voorzichtig was geweest zou je nu zelf een van de slachtoffers zijn. Janice moest blijkbaar sterven, daar kon jij niets aan veranderen.'

Harry knikte. Hij deed het lampje uit, waardoor de kamer nog dieper in schaduwen werd gehuld, hoewel hij nog niet aan het slot van zijn aantekeningen toe was. Sam vermoedde dat hij na Tessa's spontane geruststelling tranen in zijn ogen had en dat niet wilde laten merken.

'Het volgende geval herinner ik me nog heel goed,' zei Talbot. 'Het was 25 september en er werd een lichaam naar het crematorium gebracht door Loman Watkins zelf...'

'De commissaris van politie,' zei Sam ten behoeve van Tessa.

'Ik herkende hem,' vervolgde Harry, 'hoewel hij niet in uniform was en ook niet met een politiewagen kwam. Uit de kofferbak haalde hij een lijk dat in een deken gewikkeld was. Ik kon niet zien wie het was, alleen dat het lichaam even erg was toegetakeld als dat van Armes.'

'Opengescheurd?' vroeg Sam.

'Ja. Ik was erg opgelucht toen ik in de krant las dat de FBI een onderzoek kwam instellen naar het auto-ongeluk van de vakbondsleden, want ik dacht dat alles eindelijk aan het licht gebracht zou worden. Maar op 4 oktober zag ik dat er weer twee lichamen naar Callan werden gebracht.'

'Toen waren mijn collega's nog druk bezig met het onderzoek,' zei Sam. 'Ze hebben in die tijd geen overlijdensaktes gezien. Het moet dus onder hun neus gebeurd zijn.'

'Ja. Ik hoef het niet op te zoeken, want ik herinner het me nog heel goed. De lijken werden die keer gebracht door Reese Dorn, ook een politieman. Hij was niet in uniform en reed in zijn eigen wagen. De twee slachtoffers werden naar binnen gesleurd en er was blijkbaar grote haast bij, want ze vergaten een van de ramen te blinderen. Op 7 oktober was het 's avonds weer een hele drukte bij het crematorium, maar de mist was zó dicht dat ik niets kon onderscheiden. En dan vanavond, voordat jullie kwamen. Ze brachten het lichaam van een kind, een klein kind.'

'Met de motelgasten mee zijn dat minstens tweeëntwintig slachtoffers,' zei Tessa. 'Sam wist maar van twaalf sterfgevallen. Het lijkt hier wel een slagveld.'

'Ja, en het is misschien nog erger dan we denken,' zei Harry.

'Hoezo?'

'Per slot van rekening kan ik niet de hele avond en nacht achter mijn kijker zitten. Ik ga nooit later dan een uur of twee naar bed. Wie weet wat er daarna nog allemaal is gebeurd.'

Sam keek peinzend door de telescoop. Er was nog steeds geen activiteit bij de begrafenisonderneming te bespeuren. Langzaam draaide hij de kijker naar het noorden om de omgeving op te nemen.

'Maar waaròm zijn al die mensen vermoord?' vroeg Tessa.

Niemand had er een antwoord op.

'En wie heeft het gedaan?' vroeg ze.

Sam bestudeerde de stille begraafplaats verderop in de straat, daarna keek hij met een zucht op en vertelde wat hem eerder die avond in Iceberry Way was overkomen. 'Ik dacht dat het een stel jeugdcriminelen waren, maar nu ben ik ervan overtuigd dat het soortgenoten waren van het vreemde wezen waarvan Tessa in het motel een poot heeft gezien.'

'Maar wat voor wezens zijn het dan?' vroeg Tessa gekweld, en Sam kon haar frustratie in het donker bijna voelen.

'Ik heb ze weleens gezien,' zei Harry aarzelend. 'Maar ik kan ze toch niet goed beschrijven. Het waren boemannen.'

52

Loman kwam met vijf gewapende assistenten om tien over drie in de nacht aan bij het huis van Mike Peyser. Hij had geen sirenes of zwaailichten gebruikt en hij hoopte dat ze ook hun karabijnen niet hoefden te gebruiken anders dan om mee te intimideren. Jordan Coombs was de enige ontspoorde geweest die ze tot nu toe hadden weten te vinden, op 4 september, maar die had zich zó gewelddadig verzet dat ze hem hadden moeten doodschieten om hun eigen huid te redden. Voor Shaddack was er niets anders dan een lijk overgebleven om te onderzoeken, wat hem woedend had gemaakt, want dat was niet voldoende om de oorzaak van de regressie te vinden. Een verdovingsgeweer zou helaas niets uithalen, want de stofwisseling van de Nieuwe Mens, ontspoord of niet, was even goed bestand tegen slaapmiddelen als tegen allerlei soorten vergif. Een ontspoorde zou alleen door middel van een infuus onder verdoving gehouden kunnen worden, maar het lag niet voor de hand dat ze daarin vrijwillig zouden toestemmen.

Mike Peyser bewoonde een vrijstaande, goed onderhouden bungalow met veranda's aan de voor- en achterkant. In de tuin stonden een paar hoge gombomen die hun bladeren nog hadden. De ramen waren niet verlicht.

Loman posteerde drie bewakers rond het huis om een ontsnapping onmogelijk te maken en ging zelf met Sholnick en Penniworth naar de veranda aan de achterkant. Geruisloos beklommen ze het trapje.

De mist was vrijwel verdwenen, alleen de wind ruiste door de bomen en deed de luiken klapperen, waardoor niet te horen was of er in huis iemand bewoog.

Zijn twee assistenten gingen aan weerszijden van de keukendeur staan. Loman voelde aan de klink. De deur was niet op slot. Hij duwde hem open en deed een stap terug.

Sholnick en Penniworth stormden achter elkaar naar binnen, hun karabijnen in de aanslag. Ze wisten dat Peyser zo mogelijk levend gevangengenomen moest worden, maar ze waren niet van plan hun eigen leven in de waagschaal te stellen alleen om Shaddack een plezier te doen.

Loman volgde hen en deed het licht aan. De keukenvloer was bezaaid met scherven, lege plastic bakjes en etensresten: macaroni met tomatensaus, een halve gehaktbal, eierschalen en een stuk van een taartbodem. Een stoel lag omgekeerd op de grond, een andere was aan stukken geslagen op het aanrecht. Een paar tegels in de muur waren gebarsten.

Door het open gangetje konden ze in de aangrenzende eetkamer kijken. Er stonden een tafel en stoelen, verder was er niets bijzonders te zien.

In de muur naast de koelkast was een deur. Barry Sholnick deed hem voorzichtig open. Een trap leidde naar de kelder, met bovenaan planken vol levensmiddelen in blik.

'Daar kijken we later wel,' zei Loman zacht. 'Eerst de rest van het huis.'

Zonder geluid te maken pakte Sholnick een stoel en zette die uit voorzorg schuin onder de knop van de kelderdeur, zodat ze niet

in de rug aangevallen konden worden terwijl ze in de andere kamers op zoek waren.
Ze bleven een ogenblik staan luisteren.
De wind gierde in vlagen rond het huis. Ergens rammelde een luik en boven hun hoofd hoorden ze de dakspanten kraken. Nog hoger klapperde een losse plank op het dak.
Loman zag zijn assistenten onzeker naar hem kijken. Penniworth was vijfentwintig, maar met zijn onschuldige gezicht zag hij er een stuk jonger uit, eerder als iemand die huis aan huis met godsdienstige blaadjes leurde dan als een politieman. Sholnick was tien jaar ouder en meer gewend.
Loman ging hen voor naar de eetkamer en deed het licht aan. Er was niemand.
De zitkamer daarachter was een ruïne. Alleen de lamp aan het plafond deed het nog, staande lampen waren omgegooid of aan stukken geslagen, net als de salontafel, een paar vazen en het televisietoestel. Boeken waren van de planken gehaald en aan stukken gescheurd. De kussens van de bank en een paar stoelen waren opengereten en de vulling lag door de hele kamer verspreid als giftige paddestoelen. Een blind paard had niet erger kunnen huishouden. Er hing een sterke geur van urine en zweet, maar er was ook nog iets anders te ruiken, iets dat Loman niet goed kon thuisbrengen. Misschien was het de stank van het wezen dat deze ravage had aangericht. Loman voelde zijn maag omdraaien van afkeer en angst.
Hij hield zijn karabijn op de gang naar de slaapkamers gericht terwijl de twee anderen behoedzaam verder liepen.
Bij de voordeur was een kast. Sholnick ging ervoor staan met zijn geweer in de aanslag, terwijl Penniworth van opzij de deur opentrok. De kast bevatte alleen jassen.
Nu kwam het moeilijkste deel van het huis. Verderop in de smalle gang zagen ze drie deuren, geheel of gedeeltelijk openstaand, die toegang gaven tot donkere kamers. Ze hadden weinig bewegingsruimte en een aanvaller kon zich overal verborgen houden.
De wind zuchtte langs de dakranden en floot zacht en dreigend door de regenpijpen langs het huis.
Loman was nooit gewend geweest anderen de kastanjes uit het vuur te laten halen en zelf op een veilige afstand te blijven. Hoewel trots, zelfrespect en plichtsbesef eigenschappen waren die hij als Nieuwe Mens had afgelegd, handelde hij uit gewoonte of instinct precies zoals hij vroeger zou hebben gedaan. Hij liep snel door naar de achterste deur en trapte die helemaal open. In het

licht van de gang zag hij een kleine, lege badkamer. De deur bonkte tegen de muur en sloeg weer dicht.
Loman liep terug naar Penniworth, die op de drempel van een andere kamer stond en het licht aandeed. Het was een werkkamer met een werktafel, twee stoelen en kasten. Op het bureau stonden twee computers; aan de wanden hingen planken vol boeken met felgekleurde ruggen. In een hoek bevond zich een hoge muurkast met twee spiegeldeuren. Loman hield de kast onder schot terwijl Penniworth behoedzaam van opzij de deuren opende.
Ze vonden niemand.
Barry Sholnick hield in de gang zijn karabijn gericht op de laatste deur. Hij wachtte tot de anderen achter hem stonden en duwde de deur verder open met de loop van het geweer, half overtuigd dat iemand zich uit het donker op hem zou storten. Er gebeurde niets. Aarzelend stapte hij over de drempel en vond op de tast het lichtknopje.
'O god!'
Sholnick stapte struikelend achteruit.
Loman keek langs hem heen in een grote slaapkamer. Tegen de achterwand zat een in elkaar gedoken gestalte, zonder twijfel Peyser, hoewel hij onherkenbaar was. Vreemd genoeg leek hij lang niet zoveel op Jordan Coombs als Loman had verwacht.
Loman stapte langs Sholnick naar voren. 'Peyser?'
Het ding bij de muur keek hem met knipperende ogen aan. Loman zag de vertrokken mond bewegen en hij hoorde het schor gefluisterde antwoord, onmenselijk maar onmiskenbaar afkomstig van een min of meer redelijk wezen.
Peyser, Peyser, ik Peyser, ik, Peyser, ik...
De vreemde geur overheerste hier de stank van urine, scherp en doordringend.
Loman ging nog verder de kamer in, gevolgd door Penniworth. Sholnick bleef op de drempel staan. Loman naderde Peyser tot op drie meter afstand, terwijl Penniworth schuin achter hem zijn wapen in de aanslag hield.
Jordan Coombs had in zijn laatste ogenblikken in de donkere bioscoopzaal nog het meest op een gorilla geleken, met een gedrongen en sterk gespierd lichaam. Mike Peyser was veel slanker en had meer weg van een wolf of een ander roofdier zoals hij daar ineengedoken tegen de muur van de slaapkamer zat. Zijn bekken was gekanteld, waardoor hij niet helemaal rechtop kon zitten en zijn bovenbenen leken te kort, zijn onderbenen te lang. Zijn huid was bedekt met een korte vacht.

Peyser, ik, ik, ik...
Het gezicht van Coombs was aapachtig geweest maar niet zonder menselijke trekken, met een glad voorhoofd, een afgeplatte neus en vooruitstekende kaken met grote en vlijmscherpe tanden. Mike Peyser daarentegen had een onherkenbaar gelaat gekregen, met de spits toelopende snuit van een wolf of een hond. Hij had het brede en hoge voorhoofd van een aap en alleen de gekwelde blik in de bloeddoorlopen en diepliggende ogen daaronder was menselijk. Peyser tilde een hand op en wees naar Loman. *Helpen, mij helpen, kan niet terug, terug...*
Loman staarde bang en verwonderd naar de klauwachtige hand en herinnerde zich wat hem eerder die avond bij het huis van de Fosters was overkomen toen hij zelf de drang tot regressie voelde. De vingers waren lang, met grote, ruwe knokkels en scherpe klauwen in plaats van nagels. Peyser was als een gedrocht uit een horrorfilm, een levensechte, vleesgeworden imitatie. Aan het eind van de twintigste eeuw hadden wetenschap en technologie een kruispunt van twee wegen bereikt, waarvan de ene naar een beter leven leidde en de andere doodliep in een nachtmerrie. Peyser was zo'n werkelijkheid geworden nachtmerrie en hij zou bij het ontwaken niet verdwijnen.
'Hoe kunnen we je helpen?' vroeg Loman, op zijn hoede.
'Laten we hem doodschieten,' zei Penniworth.
Loman reageerde scherp: 'Nee!'
Peyser stak beide gevorkte handen in de lucht en keek ernaar alsof hij ze nu pas voor het eerst zag. Een zacht gekreun ontsnapte aan zijn keel. *Terug, kan niet terug, wil, wil terug, moet...*
'Hij zit in dat lijf gevangen,' zei Sholnick op de drempel. 'Ik dacht dat de ontspoorden zelf konden bepalen wanneer ze hun normale lichaam weer terugkregen.'
'Dat kunnen ze ook,' zei Loman.
'Maar híj niet.'
'Ja,' beaamde Penniworth snel en zenuwachtig, 'dat bedoelt hij toch? Hij zegt dat hij niet meer terug kan.'
'Misschien begrijpen we hem verkeerd. In elk geval kunnen de andere ontspoorden het wel, anders hadden we ze allemaal al gevonden. Nee, ze nemen hun menselijke gedaante weer aan en zijn dan niet meer te herkennen.'
Peyser scheen hen niet te horen. Hij staarde nog steeds kreunend naar zijn handen alsof hij er doodsbang voor was.
Plotseling begonnen ze te veranderen.
'Daar komt het,' zei Loman.

Hij had zoiets nog nooit meegemaakt en hij keek ernaar met een mengeling van fascinatie, afschuw en angst. Peysers scherpe nagels werden korter, de ruwe huid werd opeens slap en kneedbaar als was en er kwamen bobbels en plooien in, alsof iemand een hand van klei aan het maken was. Botjes knakten en versplinterden met een ziekmakend geluid. Daarna verdween het haar van zijn polsen en onderarmen, die eveneens een andere, meer menselijke vorm begonnen aan te nemen. Zijn afzichtelijke gelaat was vertrokken van inspanning terwijl hij vocht om zijn primitieve gedaante af te leggen en het was alsof het gezicht vlak onder de waterspiegel was, slechts misvormd door de rimpels aan het oppervlak, en elk moment boven kon komen.
Loman was geen deskundige op dit gebied, hij was een politieman met niet meer dan middelbare school, en hij kon alleen maar afgaan op wat Shaddack hem over de transformatie verteld had, maar het leek hem absoluut uitgesloten dat de abrupte verandering in Mike Peysers lichaam uitsluitend een gevolg was van de biologische suprematie van de Nieuwe Mens. In een paar dagen of weken misschien, maar niet in een paar seconden. En toch zag hij het voor zijn ogen gebeuren. Er moest nog een andere kracht in Peyser aan het werk zijn, iets onnoembaars en angstaanjagends.
Even plotseling stokte de verandering. Peyser klemde zijn nog wolfachtige kaken op elkaar en in zijn vreemde ogen kwam een radeloze blik. Een paar tellen scheen hij op de rand te zweven, alsof een uiterste inspanning, een laatste kleine stap, voldoende zou zijn om het proces te voltooien en hem zijn menselijke lichaam terug te geven. Maar hij haalde het niet.
Penniworth maakte een gekweld keelgeluid, alsof hij voelde wat Peyser doormaakte.
Loman wierp een blik opzij en zag een dun laagje zweet op het voorhoofd van zijn assistent staan.
Plotseling besefte hij dat hij zelf ook stond te zweten, en niet omdat de oliekachel in de slaapkamer brandde. Het was ook niet alleen van angst en ontzetting. Hij had een benauwd gevoel in zijn borst en zijn keel leek dichtgeschroefd, hij snakte naar adem alsof hij net een hoge trap was opgerend.
Peyser stootte een wanhopige jammerklacht uit en viel weer helemaal terug in zijn dierlijke gedaante. Zijn botten kraakten, zijn huid plooide en spande zich opnieuw en binnen enkele seconden was hij weer zoals ze hem voor het eerst hadden gezien: een monster uit de hel.
Een monster uit de hel, maar met een machtige uitstraling en een

eigenaardige, verschrikkelijke schoonheid, ook al stond de grote kop vreemd op de schouders en was de rug gekromd.
De drie politiemannen keken sprakeloos toe.
Peyser zat met gebogen kop tegen de muur.
'Jezus, hij kan echt niet meer terug,' zei Sholnick eindelijk.
Loman was daar nog niet zo zeker van. Misschien was er bij de transformatie van Mike Peyser tot Nieuwe Mens iets misgegaan, maar het was ook mogelijk dat hij niet voldoende zelfbeheersing had. Hij had uit vrije wil voor deze andere vorm gekozen en misschien vond hij die diep van binnen opwindender en aantrekkelijker dan zijn normale toestand, waardoor hem nu de kracht ontbrak om terug te keren.
Peyser tilde zijn kop op en keek van de een naar de ander. Ten slotte bleef zijn blik op Loman rusten. Op zijn gelaat was geen inspanning meer te lezen, in zijn ogen geen radeloosheid. Zijn kromme snuit grijnsde hen aan alsof hij lachte en zijn blik werd dierlijk, een blik die tegelijk verontrustend en verlokkend was. Hij hief zijn klauwen weer op, kromde de lange vingers en tikte met zijn nagels tegen elkaar, ernaar kijkend met iets van verbazing.
Jagen, jagen, doden, jagen, bloed, bloed nodig, bloed...
'Hoe krijgen we hem hier verdomme levend weg als hij niet wil?' zei Penniworth. Zijn stem had een vreemde, diepe klank gekregen.
Peyser liet een hand zakken en krabde zich onverschillig tussen zijn benen. Daarna keek hij naar het raam en de nacht daarbuiten.
'Ik voel me...' Sholnick maakte zijn zin niet af.
Ook Penniworth kon zich nog maar moeilijk uitdrukken. 'Wat... wat moeten we...'
De druk die Loman op zijn borst voelde, werd sterker. Hij had moeite met ademen en zweette nog steeds.
Peyser slaakte een zachte kreet, een vreemder geluid dan Loman ooit gehoord had, een uiting van verlangen en ook een uitdaging aan de nacht. Het was een schrille en naargeestige jammerklacht in die kleine slaapkamer, maar het geluid had dezelfde prikkelende uitwerking op Loman als de verre kreten die hij Tucker en de Fosters in het bos had horen slaken.
Hij beet op zijn tanden en verzette zich uit alle macht tegen de onheilige aandrang die hij voelde.
Na een nieuwe kreet begon Peyser weer te praten: *Jagen, vrij, vrij, komen, meekomen, vrij...*
Loman liet ongemerkt zijn karabijn zakken. De loop was op de grond gericht en niet langer op Peyser. Een luide uitroep achter

hem deed hem verschrikt omkijken.
Sholnick liet zijn karabijn op de grond vallen. Zijn handen en gezicht begonnen te veranderen. Zijn kaken zwollen op en staken verder naar voren, zijn voorhoofd werd breed en plat. Hij scheurde zijn uniformjasje los, rukte de kleren van zijn lijf en gaf gehoor aan Peysers lokroep.

53

Sam luisterde aandachtig terwijl Harry Talbot vertelde over de bizarre wezens die hij gezien had. Daarna boog hij zich weer naar de telescoop en keek door de lens, zonder te weten wat hij zocht. Op het onbebouwde stuk land naast de begrafenisonderneming was in het hoge gras en tussen de struiken geen beweging te zien, geen spoor van de onbekende figuren die daar een paar uur geleden nog hadden samengehurkt, geen aanwijzing voor hun herkomst of bedoeling. Hij dacht ook niet dat de boemannen uitgerekend op dit moment zouden terugkeren, alleen om hem een blik op hun uiterlijk te gunnen, maar hij wist niet goed wat hij ermee aan moest en dat stuk land was het enige houvast dat hij had.
Concreter was Harry's verhaal over Ella Simpson, hoewel Sam een onaangename associatie kreeg met spannende verhalen die rond een kampvuur worden verteld. Harry vertelde hoe Ella door haar man en de anderen met geweld een injectie kreeg toegediend.
Op Harry's aanwijzingen vond hij met de kijker het huis van de Simpsons, dicht bij de katholieke begraafplaats. Alle lichten waren uit en er was geen beweging te zien.
'Er moet een verband zijn tussen die zogenaamd toevallige sterfgevallen en wat Harry gezien heeft,' zei Tessa. Ze zat nog steeds op de rand van het bed en Moose lag met zijn kop op haar schoot.
'Ja,' beaamde Sam, 'en alles wijst naar New Wave.'
Hij vertelde wat hij dank zij de computer in Dorns patrouillewagen te weten was gekomen.
'Transformatie?' peinsde Tessa hardop. 'Wat bedoelen ze daarmee?'
'Dat weet ik niet.'
'Ze zullen toch niet iedereen in van die monsters willen veranderen?'
'Nee, dat lijkt me weinig zinvol. Bovendien zijn er volgens de computer al bijna tweeduizend mensen in Moonlight Cove getransformeerd, veranderd, wat dat dan ook mag betekenen. Als

dat allemaal boemannen waren, zouden we ze overal moeten zien.'
'Tweeduizend?' herhaalde Harry. 'Dat is al ruim de helft van alle inwoners.'
'En de rest staat voor de komende dag op het programma. Nog geen vierentwintig uur en heel de stad is aan de beurt geweest.'
'Dat geldt dan zeker ook voor mij?' vroeg Harry.
'Ja, ik heb speciaal naar jouw naam gezocht. Jij valt onder het laatste schema, tussen zes uur de komende avond en middernacht. Zoveel tijd hebben we nog om iets te ondernemen: net veertien uur.'
'Het lijkt wel een droom,' zei Tessa.
'Eerder een nachtmerrie,' zei Sam.
'Ja, het is krankzinnig,' zei Harry. 'Maar als het niet echt gebeurt, waarom staan mijn nekharen dan recht overeind?'

54

'Sholnick!'
Lomans uitroep had geen effect op zijn assistent. Barry Sholnick ging koortsachtig door zich uit te kleden en toe te geven aan de regressie.
'Hou op, Barry, verzet je ertegen!' Penniworth was heel bleek geworden en stond te trillen op zijn benen, alsof hij de grootste moeite had zich te bedwingen.
Vrij, jagen, jagen, bloed, bloed nodig...
Peysers indringende stem had de eigenaardige uitwerking van een melodie, die diep in Lomans ziel doordrong en hem meelokte. Hij wilde dat het ophield, maar niet omdat het pijnlijk of onaangenaam was. Integendeel, het was een lokroep die hem ertoe aanzette al zijn verantwoordelijkheden en zorgen achter zich te laten en zich over te geven aan een leven van simpele driften en fysiek genot, een wereld van seks, jagen en eten, een wereld waarin hersens niets waren en spieren alles, waarin hij nooit meer hoefde na te denken en nooit meer door angsten gekweld zou worden.
Doden, doden, wil doden, doden...
Sholnicks ruggegraat werd naar voren gebogen, zijn huid werd bedekt met schubben en zijn mond spleet onmogelijk ver open tot het de muil van een of ander reptiel was.
... vlug, vlug, jagen, bloed, bloed...
Loman voelde een intense hitte terwijl zijn lichaam zich op een ge-

daanteverandering voorbereidde. De druk op zijn borst werd nog groter. 'Nee!' Het zweet stroomde langs zijn gezicht alsof hij in de sauna zat, een dampende warmte die zijn huid deed smelten. 'Nee!'
Penniworth stond naast hem met een lijkwit gezicht te trillen en schudde wild met zijn hoofd alsof hij de aandrang wilde ontkennen. Tranen stroomden over zijn wangen.
Plotseling stond Peyser op en kwam met een snelle sluipende beweging naar voren. Hoewel hij niet helemaal rechtop kon staan was hij groter dan Loman, angstaanjagend en verleidelijk tegelijk. Sholnick slaakte een kreet.
Peyser ontblootte zijn vervaarlijke tanden en siste dreigend tegen Loman.
Met een uitroep van wanhoop en vreugde tegelijk liet Penniworth zijn wapen vallen en sloeg zijn handen voor zijn gezicht. Op hetzelfde moment begonnen ze te veranderen, alsof de aanraking een alchemistische reactie tot stand had gebracht.
Loman voelde de hitte in zijn lichaam ondraaglijk worden en schreeuwde het uit, maar niet van vreugde of opwinding zoals de anderen. Met een uiterste inspanning richtte hij zijn karabijn en vuurde van korte afstand op Peyser, die vol in zijn borst werd getroffen en in een regen van bloed tegen de muur werd geworpen. Hij zakte rochelend in elkaar en kronkelde naar adem snakkend over de vloer als een vertrapte kever, maar hij was niet dood. Zolang zijn hart het niet begaf, zou zijn bijna volmaakte lichaam zichzelf razend snel blijven herstellen. Hij was gevaarlijker dan een weerwolf, want zelfs een zilveren kogel hoefde niet fataal voor hem te zijn: elk ogenblik kon hij weer opspringen, ogenschijnlijk ongedeerd.
Loman wist dat hij nog maar een paar seconden had voordat hij zelf onweerstaanbaar werd meegetrokken en zijn wil het begaf, verteerd in de hitte die vanuit zijn binnenste opwelde. Hij stapte naar voren, drukte de loop van de karabijn tegen Peysers borst en haalde de trekker over.
Het misvormde lichaam schokte onder het geweld van de inslag. Peysers monsterlijke gezicht vertrok tot een grimas die de onmenselijk scherpe en gebogen snijtanden bloot liet, maar zijn ogen braken en hij bleef roerloos liggen.
Sholnick brulde en stormde naar voren, maar Loman draaide zich snel om en pompte twee ladingen in borst en maag van de politieman.
Sholnick sloeg hard tegen de grond, waarna hij naar de deur be-

gon te kruipen, weg van Loman.
Neil Penniworth lag op zijn zij naast het bed, zijn armen en benen samengetrokken tegen zijn borst. Hij lag in zichzelf te mompelen, maar niet over jagen of bloed of vrijheid: telkens en telkens weer riep hij om zijn moeder, alsof het een toverspreuk was die het onheil dat hem bedreigde, kon bezweren.
Loman ging naar Sholnick toe en drukte zijn karabijn tegen de rug van zijn assistent. Hij hoorde het bonken van zijn eigen hart alsof iemand in de kamer ernaast op een pauk roffelde en met elke slag leek zijn lichaam ongemerkt, maar onvermijdelijk te veranderen.
Sholnick slaakte een schrille kreet toen hij de loop voelde, maar hij was nog te zwak om zich om te draaien of weg te springen. Loman haalde de trekker over en de knal overstemde het geschreeuw.
Een dikke geur van bloed vulde de kamer, warm bloed dat een even grote aantrekkingskracht uitoefende als Peysers lokroep.
Loman leunde tegen een tafel en kneep zijn ogen dicht in een poging zichzelf weer in de hand te krijgen. Hij klemde zich vast aan zijn geweer, dat weliswaar geen patronen meer bevatte maar evengoed een menselijk produkt was, een herinnering aan het feit dat hij tot een beschaving behoorde die de primitieve sensaties van de dieren had overwonnen.
De geur van bloed was zwaar en onontkoombaar...
Hij probeerde wanhopig te denken aan alles wat hij zou verliezen als hij zich overgaf aan de drang tot regressie. Hij dacht aan Grace, zijn vrouw, en aan de liefde die hij voor haar gevoeld had. Maar liefde had voor de Nieuwe Mens geen betekenis meer en hij merkte dat hij alleen maar aan hun laatste hartstochtelijke paring dacht. Ze was niet meer dan een vrouwelijke soortgenoot en de herinnering wond hem op en dreef hem nog verder in de richting van regressie.
Het intense verlangen was als een draaikolk die hem onweerstaanbaar naar de diepte trok, lager en lager, zoals een weerwolf wordt aangetrokken door de opkomende volle maan. De beelden speelden verward door zijn hoofd:
... bloed...
... vrijheid...
Nee. Rede, kennis.
... jagen...
... doden...
Nee. Onderzoeken, leren.

... eten...
... rennen...
... jagen...
... neuken...
... doden...
Nee, nee! Muziek, kunst, taal.
Zijn brein werd verscheurd.
Het beroep op zijn verstand werkte niet; daarom dacht hij aan zijn zoon en probeerde de gevoelens op te roepen die hij eens gekend had. Alleen Denny was al de moeite waard om zijn menselijkheid te behouden. Zijn liefde voor Denny was iets uit een vorig leven, een verre ster die nauwelijks nog licht uitstraalde en geen warmte meer gaf, maar hij klampte zich aan de herinnering vast om zichzelf te bewijzen dat hij nog altijd een mens was, geen ding dat op handen en voeten rondsloop en op jacht ging. Het was de laatste strohalm, een kern van menselijkheid.
Zijn moeizame ademhaling werd regelmatiger en het razende bonken van zijn hart nam af tot een draaglijk kloppen. Ook zijn geest werd helderder, alleen nog vertroebeld door de zware geur van bloed.
Hij ging rechtop staan en liep wankelend naar Penniworth.
Zijn assistent lag nog altijd stijf in elkaar gerold op de grond. Het teken van het beest was nog te zien op zijn handen en gezicht, maar de verandering had niet doorgezet. Het scanderen van de naam van zijn moeder had hem bijna net zo goed geholpen als Loman de ijle gedachte aan liefde.
Loman legde zijn karabijn weg en schudde Penniworth aan zijn schouder. 'We moeten hier weg, jongen. Kom mee, die stank is niet goed voor je.'
Penniworth leek hem te begrijpen en kwam moeizaam overeind. Hij leunde tegen Loman aan en liet zich door de gang naar de andere kamer brengen, weg van de twee dode ontspoorden.
De zitkamer stonk naar urine, een geur die geen walging meer opwekte maar juist een aangename, zuiverende uitwerking had na de stank van bloed in de slaapkamer.
Loman hielp zijn assistent in een leunstoel, de enige die niet aan stukken was geslagen.
'Gaat het?'
Penniworth keek hem aan en na een aarzeling knikte hij. Zijn handen en gezicht hadden weer hun menselijke vorm en aanzien gekregen, alleen de huid was nog slap en hier en daar gezwollen, alsof hij onder de blaren zat, rood afstekend tegen de witte onder-

grond. De zwellingen verdwenen snel en Neil herkreeg zijn gewone identiteit, in elk geval uiterlijk.
'Weet je het zeker?'
'Ja.'
'Blijf hier zitten tot ik terugkom.'
'Goed.'
Loman ging naar de vestibule en deed de voordeur open. De assistent die hij als bewaker had achtergelaten richtte zijn karabijn en keek hem angstig aan, geschrokken door het schreeuwen en schieten dat hij had gehoord.
'Wat is er in godsnaam gebeurd?' vroeg de agent.
'Ga naar de wagen en roep Shaddack op,' zei Loman. 'Hij moet onmiddellijk hierheen komen. Ik moet hem spreken, nu, nu meteen.'

55

Sam trok de zware blauwe gordijnen dicht, waarna Harry de lamp op het nachtkastje aandeed. Tessa knipperde met haar vermoeide en bloeddoorlopen ogen tegen het zwakke licht, dat de schaduwen nauwelijks kon verdrijven.
Voor het eerst kon ze de kamer opnemen. De spaarzaam gemeubileerde ruimte werd, afgezien van de telescoop en een zwartgelakt, quasi-oosters dressoir, gedomineerd door het verstelbare ziekenhuisbed. Er lag geen deken op, maar wel een hoop kussens en lakens met sterren, strepen en vlekken in alle kleuren van de regenboog, als een groot schilderij van een abstracte en kleurenblinde kunstenaar. Oogverblindend.
Harry zag hen kijken. 'Ik weet wat jullie denken, maar ik kan het uitleggen. Je moet weten dat mijn huishoudster eens in de week boodschappen voor me doet, maar voor de krant en andere dingen kan ik Moose sturen. Ik hang een soort fietstas op zijn rug, stop er een boodschappenlijstje en geld in en stuur hem naar de buurtwinkel. Hij gaat nooit ergens anders heen, behalve als ik bij hem ben. Ik ken Jimmy Ramis heel goed, hij is daar bediende. Hij stopt de boodschappen en het wisselgeld in de tas en Moose komt weer naar huis. Hij is heel goed afgericht, een betere vind je niet. Moose zal nooit onderweg achter een kat aanzitten of zich aan mijn eten vergrijpen.'
De hond tilde zijn kop op en keek hem hijgend aan, alsof hij blij was met de lof.

'Maar op een dag kwam hij met een paar spullen thuis die niet op het lijstje stonden, waaronder die kussenslopen en lakens. Ik belde Jimmy op, maar die zei dat hij van niets wist en dat ze helemaal niet van die lakens verkochten. Nou heeft zijn vader nog een andere winkel, een dumpzaak even buiten de stad. Hij koopt voor een krats overtollige voorraden op en spullen die uit de handel zijn genomen. Ik dacht dat die lakens van hem afkomstig waren omdat geen mens zulke dingen zal kopen, en dat hij en Jimmy een geintje met me wilden uithalen. Maar Jim hield bij hoog en bij laag vol dat het niet zo was. Weet je wat hij tegen me zei? "Als je het mij vraagt, is die hond van je een winkeldief, Harry. Hij is er slim genoeg voor, alleen jammer dat hij zo'n slechte smaak heeft." '

Het was te merken dat Harry plezier in het verhaal had en Tessa begreep waarom. Moose was als een kind en tegelijk een vriend voor hem en hij vond het prettig als mensen zeiden dat het een schrander dier was. Bovendien gaf het voorval hem het gevoel dat hij niet een aan huis gebonden invalide was, maar dat hij deel uitmaakte van een grotere gemeenschap. Dat overkwam hem al te zelden.

'Nou hoor ik hoe slim jij bent,' zei Tessa tegen de hond.

'Ik heb het laken op het bed gelegd om hem een plezier te doen, maar eerlijk gezegd begin ik het zelf mooi te vinden,' zei Harry.

Sam was op het krukje naast de telescoop gaan zitten en keek weer naar de lakens. 'Ze doen gewoon pijn aan mijn ogen. Houden ze je niet uit je slaap?'

Harry glimlachte. 'Dat is onmogelijk, ik slaap als een blok. Zorgen houden een mens uit zijn slaap, zorgen over de toekomst of over het verleden. Maar aan mijn verleden kan ik niets meer veranderen en wat de toekomst betreft, daar durf ik de laatste tijd niet eens meer aan te denken.' Zijn glimlach verdween onder het praten. 'Toch zullen we nu iets moeten doen. Maar wat?'

Tessa schoof Moose voorzichtig opzij, stond op en veegde een paar hondeharen van haar broek. 'De telefoon doet het niet meer, dus Sam kan het Bureau niet bereiken en ze zullen iedereen tegenhouden die uit Moonlight Cove probeert weg te komen. Toch lijkt dat me de enige manier, tenzij Harry toevallig een zendamateur kent die onze noodkreet de wereld in wil sturen.'

'Alle wegen zullen wel afgezet zijn,' zei Harry.

'Dan moeten we een vrachtwagen zien te vinden, een gevaarte waarmee we elke versperring kunnen rammen om te ontsnappen. Als we de grote weg bereiken zijn we veilig, zolang we maar buiten het district komen. Als de staatspolitie ons aanhoudt, kan Sam het

Bureau laten waarschuwen om zijn identiteit te bevestigen.'
'Ben jíj van de FBI of ben ik het?' vroeg Sam.
Tessa begon te blozen. 'Neem me niet kwalijk, maar dat komt door mijn vak. Voor een documentaire moet je vaak alles zelf doen, niet alleen het script schrijven maar ook regisseren en produceren. Er komt een hoop voorbereidend werk aan te pas, zodat je weet waar je aan begint. Ik wilde je niet voor de voeten lopen.'
'Ga gerust je gang.'
Sam glimlachte, wat hem een heel ander uiterlijk gaf. Hij was niet uitgesproken knap of lelijk, maar ook niet wat de mensen 'alledaags' zouden noemen. Om de een of andere reden had hij iets aantrekkelijks. Er leek iets in hem te broeien, nog iets anders dan de raadselachtige gebeurtenissen die hij in Moonlight Cove had meegemaakt. Het kon verzwegen verdriet of woede zijn, of een pessimistische kijk op de wereld door zijn werk, dat hem met de verrotte kanten van de maatschappij in aanraking bracht. Maar dat verdween wanneer hij glimlachte.
'Denk je dat het met een vrachtwagen te doen is, Sam?' vroeg Harry.
'Misschien, als laatste middel. Maar het zal nog een hele toer zijn om zo'n ding te stelen en bovendien is de politie hier uitgerust met de modernste wapens. Ik heb geen zin om een spervuur te riskeren zolang het niet nodig is. Een tank is aardig, maar in de hel heb je er weinig aan.'
'Wat doen we dan?' vroeg Tessa.
'Gaan slapen. Er is een uitweg, een manier om het Bureau te bereiken. Dat weet ik, alleen ben ik te moe om te kunnen zeggen wat die manier precies is. Ik heb een paar uur rust nodig, dan werkt mijn hoofd weer zoals het moet.'
Ook Tessa was uitgeput, hoewel het haar verbaasde dat ze na de gruwelijke gebeurtenissen in het motel nog wilde slapen. Dat had onmogelijk geschenen nadat ze in de Cove Lodge de woeste kreten van de overvallers en het machteloze gegil van de slachtoffers had gehoord.

56

Shaddack kwam om vijf voor vier in de ochtend aan bij het huis van Mike Peyser. Hij reed niet in zijn Mercedes maar in zijn donkergrijze bestelwagen, want die was uitgerust met een computer en na de onverwachte gebeurtenissen van die avond leek het hem een goed idee een snelle verbinding met al zijn ondergeschikten in Moonlight Cove bij de hand te hebben, als een spin in het middelpunt van een reusachtig web. Shaddack parkeerde zijn wagen vlak voor het huis en stapte uit.

Terwijl hij door de tuin naar de voordeur liep, klonk er boven de oceaan een ver gerommel. De harde wind had de mist uiteen gedreven en bracht nu een onweer naderbij. De sterren waren snel weer verdwenen, de lucht was helemaal betrokken en het was stikdonker. Shaddack rilde in zijn overjas en trainingspak.

Er stonden een paar patrouillewagens in de oprit. Politiemensen staarden hem aan met bleke gezichten achter stoffige ruiten. Hij dacht graag dat ze hem met angstig respect aankeken, zoals het hoorde, want in zekere zin was hij hun schepper.

Loman Watkins wachtte hem op in de zitkamer, die in een ruïne was veranderd. Neil Penniworth zat in de enige onbeschadigde stoel te beven en durfde Shaddack niet aan te kijken. Watkins liep te ijsberen. Er zaten een paar bloedvlekken op zijn uniform, maar hij leek zelf niet gewond te zijn. De bloedsporen waren vermoedelijk van iemand anders afkomstig.

'Wat is er gebeurd?' vroeg Shaddack.

Watkins reageerde niet onmiddellijk. 'Ga terug naar de wagen, Neil,' zei hij tegen Penniworth die voorovergebogen naar zijn schoenen zat te kijken. 'Blijf bij de anderen in de buurt. En je hoeft niet bang meer te zijn: je bent sterk genoeg om ertegen te vechten, dat heb je laten zien.'

Penniworth knikte en ging de kamer uit.

'Wat is er gebeurd?' herhaalde Shaddack.

Watkins liep naar de gang aan het andere eind van de kamer. 'Kom maar mee.' Zijn stem had een harde en ijskoude klank, zonder een spoor van het grimmige respect dat hij sinds zijn transformatie in augustus getoond had.

Shaddack volgde hem met gefronste wenkbrauwen, onzeker wat hem te wachten stond.

De politieman bleef bij een gesloten deur staan en draaide zich om. 'U heeft gezegd dat ons lichaam biologisch is verbeterd door de injecties met die biochips.'

'Dat is eigenlijk geen juiste benaming, maar goed.'

Ondanks de ontspoorden en een paar kleinere problemen rond het Ibis-project was Shaddack nog even trots op zijn prestatie als in het begin. Enkele oneffenheden konden niet wegnemen dat hij hèt genie van de eeuw was, daar was hij even zeker van als van het elke ochtend opgaan van de zon. Een genie...

De microchips die in de eerste snelle computers werden gebruikt bevatten miljoenen elektrische schakelingen en waren met het blote oog niet te onderscheiden, een honderdste van de breedte van een menselijke haar. Latere ontwikkelingen hadden de afmetingen veel kleiner gemaakt, waardoor computers nog veel sneller en beter konden functioneren.
Shaddack had bij New Wave een nieuwe techniek ontwikkeld waardoor het mogelijk werd de chips nog kleiner te maken en meer schakelingen onder te brengen, terwijl ze bovendien in een oplossing in het menselijk lichaam gebracht konden worden.
Dit was de grondslag van de Nieuwe Mens. Via de bloedbaan verspreidden de minuscule bolletjes zich bij de transformatie door het hele lichaam en hechtten zich in groepen aan alle organen, waarna ze geactiveerd werden en samen een reusachtig computergeheugen vormden, veel groter dan dat van enige bestaande machine. Sommige hechtten zich aan de bloedvaten die de hartspier bedienden, andere aan de lever, longen, nieren, darmen, hersenen en andere organen. De benodigde energie, die voor iedere Nieuwe Mens afzonderlijk bijzonder gering was, werd geleverd door de microgolven die door zenders boven op het gebouw van New Wave onophoudelijk werden uitgezonden. Een klein aantal chips werkte als transformators, die de energie opvingen en verdeelden, terwijl andere uitsluitend dienst deden om gegevens op te slaan, als een kunstmatig geheugen.
'Ik ben er al lang geleden van overtuigd geraakt dat emoties ons grootste probleem vormen,' zei Shaddack tegen Watkins. 'Door die injecties heb ik jullie bevrijd van de buitensporige emotionele zorgen waaronder mensen gebukt gaan. Jullie zijn niet alleen fysiek, maar ook mentaal gezonder.'
'Maar hoe dan? Ik begrijp er zo weinig van.'
'Je bent nu een cybernetisch organisme, een biologische machine. En je hoeft het niet te begrijpen, Loman. Je maakt elke dag gebruik van een telefoon of van een computer zonder te weten hoe die dingen precies in elkaar zitten. Hetzelfde geldt voor de computer die je met je meedraagt.'
Watkins keek hem aan met een blik vol angst. 'Maar gebruik ik die computer... of gebruikt die computer mij?'
'De computer jou gebruiken? Natuurlijk niet.'
'Nee, natuurlijk niet...'
Shaddack vroeg zich af wat er gebeurd was waardoor Watkins zo'n uiterst gespannen indruk maakte. Hij wilde niets liever dan de kamer binnengaan waarvoor ze stonden, maar Watkins' opge-

wonden staat maakte hem duidelijk dat hij beter voorzichtig te werk kon gaan.
'Je hebt een computer in je, Loman, niet meer dan een machine. Die heeft geen intelligentie van zichzelf, hij is een hulpmiddel, joúw hulpmiddel. Hij bevrijdt je van schadelijke emoties. Alleen angst kun je nog voelen, want dat is een noodzakelijke voorwaarde om te overleven. Nu je niet langer overgeleverd bent aan onvoorspelbare en onbeheerste stemmingen, is er geen belemmering meer om je verstand ten volle te benutten.'
Sterke emoties, haat, liefde, naijver, jaloezie en al die andere menselijke zwakheden, hadden een ongunstige uitwerking op de biologische functies van het lichaam. Medisch onderzoek had aangetoond dat verschillende stemmingen aanleiding gaven tot de produktie van bepaalde stoffen in de hersenen, stoffen die op hun beurt de werking van allerlei organen stimuleerden of afremden. Shaddack was ervan overtuigd dat een mens nooit helemaal gezond en redelijk kon worden zolang emoties zijn lichaam beheersten. Bij de Nieuwe Mens werd de werking van elk orgaan beheerst door de microchips. Iedere ongewenste reactie werd ogenblikkelijk onderdrukt, in de kiem gesmoord.
'Ik heb nog niet gemerkt dat ik ineens een genie ben geworden,' zei Watkins.
'Daar is tijd voor nodig, dat spreekt vanzelf.'
'Wanneer begint het dan?'
'Je lichaam moet eerst helemaal gezuiverd zijn van alle emotionele overblijfselen.' Hij tikte Watkins licht tegen de borst. 'Intussen werkt je computer in biologisch opzicht al op volle toeren. Er worden geheel nieuwe stoffen geproduceerd die voorkomen dat je bloedvaten dichtslibben, die kankercellen vernietigen op het moment dat ze gevormd worden en ontelbare andere nuttige zaken verrichten. Je bent nauwelijks nog vatbaar voor ziekten en ik twijfel er niet aan dat je veel langer zult leven dan gewone mensen.'
Het sterke afweersysteem was een verschijnsel dat Shaddack wel had verwacht, maar hij stond verbaasd over de wonderbaarlijke snelheid waarmee het lichaam van de Nieuwe Mens zich van verwondingen kon herstellen. Hij begreep zelf niet goed hoe nieuw weefsel zo snel gevormd kon worden en dat was een van de zaken waar zijn huidige onderzoek bij New Wave zich op richtte. Het herstelproces vereiste een grote hoeveelheid energie, wat een aanslag betekende op de vetvoorraden van het lichaam en tot sterk gewichtsverlies en een gevoel van onverzadigbare honger leidde.
Watkins wiste met een bevende hand zijn bezwete voorhoofd af.

'Dat we sneller genezen is duidelijk, maar hoe komt het dat we een heel andere gedaante kunnen aannemen? Hoeveel van die nieuwe stoffen zijn er niet nodig om een compleet nieuw lichaam te krijgen?'
Shaddack keek hem een ogenblik aan. Daarna kuchte hij en wendde zijn gezicht af. 'Er is nu geen tijd om je dat allemaal uit te leggen. Breng me nu eerst naar Peyser. Ik hoop dat je hem niet al te zeer toegetakeld hebt.'
Shaddack stak zijn hand uit naar de deurknop, maar Watkins greep hem bij zijn pols en hield hem tegen. Shaddack keek hem verrast aan. Hij hield er niet van aangeraakt te worden.
'Laat mijn arm los.'
'Hoe kan een ontspoorde zo snel een ander lichaam aannemen?'
'Dat zal ik je later uitleggen, zoals ik al zei.'
'Nee, nu.' Watkins keek hem aan met een onverzettelijke blik in zijn ogen. 'Nu meteen. Ik kan zo niet werken, ik word gek van angst. Ziet u niet dat ik sta te trillen op mijn benen? Dat is niet voor niets. U had er vannacht bij moeten zijn, dan zou u het begrijpen. Ik moet het weten: hoe kunnen we zo snel van gestalte veranderen?'
Shaddack aarzelde. 'Daar ben ik mee bezig.'
Watkins liet hem verbaasd los. 'Bedoelt u... bedoelt u dat u het niet weet?'
'Het is een onverwacht bijverschijnsel, maar ik begrijp nu waar het aan ligt,' loog Shaddack. 'Het moet zorgvuldig onderzocht worden.' Hij was evenzeer verrast door het wonderbaarlijke vermogen tot herstel van de Nieuwe Mens, dat ongetwijfeld verband hield met de abrupte metamorfose tot primitieve gedaanten.
'Maar dan heeft u ons getransformeerd zonder precies te weten wat de gevolgen zouden zijn!'
'Ik wist dat het een zegen zou zijn, een godsgeschenk,' zei Shaddack ongeduldig. 'Van geen enkele ontdekking zijn alle bijverschijnselen bekend. Wat telt zijn de grotere voordelen.'
'De voordelen zijn niet groter,' antwoordde Watkins, zo kwaad als een Nieuwe Mens maar kon zijn. 'Wat heeft u ons aangedaan?'
'Aangedaan? Ik heb jullie iets prachtigs gegeven.'
Watkins staarde hem aan. Daarna wierp hij de deur van de slaapkamer open. 'Kijk dan zelf maar.'
Shaddack stapte over de drempel. Het kleed was doordrenkt met bloed en op de muren zaten grote vlekken. Er hing een doordringende stank in de kamer. Shaddack was bijna allergisch voor alle

lichaamsgeuren, misschien omdat ze hem ervan overtuigden hoe inefficiënt en smerig mensen waren in vergelijking met machines. Hij keek de kamer door.

'Twee nog wel? En je hebt ze allebei gedood? Hoe kan ik ze ooit onderzoeken als jullie je werk niet naar behoren doen?'

Watkins liet zich door het verwijt niet van zijn stuk brengen. 'Het was een kwestie van leven of dood. Dit was de enige manier.'

De politieman leek woedend op een manier die niet strookte met het karakter van een Nieuwe Mens, maar misschien was het eerder angst. Angst was aanvaardbaar.

'Zo hebben we Peyser gevonden,' besloot Watkins.

Terwijl Shaddack naar het relaas luisterde, begon hem plotseling iets te dagen, maar het was een besef dat hij ook zichzelf niet graag zou bekennen. In zijn reactie klonk alleen woede door, geen vrees. 'Je wilt toch niet zeggen dat niet alleen Peyser en Sholnick, maar ook Penniworth en jijzelf de mogelijkheid tot regressie hebben?'

'De mogelijkheid wel. Penniworth is niet ontspoord, nog niet althans, omdat hij zich met succes tegen de neiging kon verzetten. Net als ik.' Watkins bleef hem al die tijd aankijken, in tegenstelling tot alle vorige gesprekken waarbij hij telkens snel zijn ogen had neergeslagen. Dat verontrustte Shaddack. 'Ik heb het vanavond al eerder gezegd: regressie is geen uitzondering, geen toevallige afwijking bij sommige Nieuwe Mensen. We hebben het allemaal in ons. U dacht een beter mens te scheppen, maar u heeft zich net zo vergist als Hitler met zijn zogenaamd superieure ras. U bent een tweede dokter Moreau.'

Shaddack probeerde zich te herinneren wat hij over die Moreau had gelezen. 'Ik laat me niet de les lezen! Je schijnt te vergeten wie je voor je hebt.'

Watkins sloeg een andere toon aan, misschien in het besef dat hij aan Shaddacks genade overgeleverd was, als een nachtuiltje dat door kaarslicht wordt aangetrokken, maar veel respect lag er nog niet in zijn stem. 'U heeft nog niet gereageerd op het belangrijkste "bijverschijnsel".'

'En dat is?'

'U heeft me toch gehoord? Peyser kòn niet meer terug. Hij wilde wel, maar hij kon zijn menselijk lichaam niet meer aannemen.'

'Dat lijkt me hoogst onwaarschijnlijk. Nieuwe Mensen hebben de volledige beheersing over hun lichaam, meer dan ik ooit verwacht had. Het moet een psychologisch verschijnsel zijn geweest. Hij wilde niet echt terug in zijn lichaam.'

Watkins schudde verwonderd zijn hoofd. 'U ziet toch ook wel in dat dat op hetzelfde neerkomt? Of de oorzaak nu biologisch of psychologisch was, het resultaat was precies hetzelfde: hij zat gevangen in zijn regressieve uiterlijk.'
'Ik laat me niet de les lezen!' zei Shaddack weer, alsof herhaling even effectief zou zijn als bij het africhten van een hond.
Intussen werd hij nog steeds geconfronteerd met het probleem dat zelfs de Nieuwe Mens in verontrustende mate menselijk was en om die reden een minder efficiënte machine. Bij een computer volstond het een programma in te voeren, waarna het tot in het oneindige uitgevoerd kon worden. Shaddack vroeg zich af of hij er ooit in zou slagen toekomstige generaties Nieuwe Mensen even betrouwbaar te maken.
Met zijn bleke, bezwete gezicht en vreemde gejaagde ogen was Watkins een imponerende figuur. Het kostte Shaddack moeite te blijven staan en zijn blik niet af te wenden, maar het was het enige dat hij kon doen.
'Kijk eens naar Sholnick.' Met de punt van zijn schoen draaide Watkins het lijk aan zijn voeten om.
Sholnick was doorboord met schroot en zijn lichaam zat onder het bloed, maar zijn bizarre gedaanteverwisseling was onmiskenbaar. Het ergst waren nog zijn nietsziende ogen, geel met zwarte irissen, ovaal als van een slang.
Buiten klonk een donderslag, luider en dichterbij dan bij Shaddacks komst.
'U zei dat de ontspoorden zich uit vrije wil overgeven aan regressie,' zei Watkins.
'Dat is juist.'
'Ieder individu draagt in zijn genen de sporen van de hele evolutie met zich mee en daar maken ze op de een of andere manier gebruik van om een andere gedaante aan te nemen.'
'Ja, wat wil je daarmee zeggen?'
'Die verklaring scheen toepasselijk bij Coombs toen we die in september in de bioscoop te pakken kregen. Hij zag eruit als een soort aapmens.'
'Dat klopt dan toch ook?'
'Maar kijk dan toch naar Sholnick! Dat is geen aap en ook geen mens, het is een kruising van een hagedis en een slang. Stammen mensen soms van zulke beesten af?'
Shaddack stak zijn handen in zijn jaszakken om het trillen te verbergen. 'Het eerste leven op aarde ontstond in zee, daaruit kwamen de amfibieën voort, vervolgens de reptielen en later de zoog-

dieren. Het is mijn overtuiging dat wij iets van die eerste reptielen in ons dragen, en anders is er ten minste zoiets als een collectieve herinnering aan dat oerverleden.'
'Je lult eromheen, Shaddack.'
'En jij begint knap hinderlijk te worden.'
'Dat kan me niet schelen. Kom maar eens mee en kijk naar Peyser, kijk eens goed. Jullie kenden elkaar toch al heel lang? Maar ik betwijfel of je hem ooit gezien hebt zoals toen hij stierf.'
Peyser lag naakt op zijn rug, zijn linkerbeen opgetrokken en een arm afwerend over zijn verbrijzelde borstkas geslagen. Zijn lichaam en gezicht waren onbeschrijflijk veranderd, een soort weerwolf uit een ouderwetse horrorfilm. Zijn ruwe huid was bedekt met een dunne vacht. Aan de gespierde handen zaten scherpe klauwen.
Shaddack voelde geen walging of angst, alleen fascinatie. Hij bukte zich over het lijk heen en trok zijn overjas op om die niet te besmeuren.
Watkins knielde neer aan de andere kant van het kadaver.
Een nieuwe donderslag rolde door de nachtelijke hemel. Peysers stoffelijk overschot staarde naar het plafond met ogen die te menselijk waren om bij zijn lichaam te passen.
'Mensen stammen toch zeker niet af van wilde honden of wolven?' vroeg Watkins.
Shaddack gaf geen antwoord
Watkins gunde hem geen rust. 'Waar haalde Peyser deze vorm dan vandaan? Of heeft God soms de rib van een prehistorische Lassie gebruikt om de voorouders van de mens te scheppen?'
Shaddack betastte verwonderd een van Peysers handen, waarvan de vlijmscherpe nagels even dodelijk waren als bajonetten. De huid voelde normaal aan, alleen kouder dan van een levend wezen.
'Hier is geen biologische verklaring voor,' vervolgde Watkins, die hem woedend aankeek. 'Er moet een andere reden zijn, iets anders dan de biochips. Waarom wilde hij een wolf worden?'
Shaddack knikte. 'Ja.' Hij had werkelijk een andere mogelijke verklaring gevonden, een opwindende verklaring. 'Iets heel vreemds misschien, maar ik denk dat ik het begrijp.'
'Wat is het dan? Ik wil het zelf ook begrijpen, voordat het mij overkomt.'
'Volgens sommige theorieën is vorm slechts een functie van bewustzijn.'
'Wat?'

‘Wij zijn wat we denken dat we zijn. Dat is geen praatje voor de vaak, helemaal niet. De mens heeft het vermogen door zijn bewustzijn de uiterlijke staat te veranderen die zijn erfelijkheid hem heeft gegeven.’

‘Dat zegt me nog niets,’ zei Watkins ongeduldig.

Shaddack ging rechtop staan en stak zijn handen weer in zijn zakken. ‘Laat ik het dan anders zeggen: de geest of het bewustzijn is de sterkste kracht in heel het universum, sterker dan de materiële vorm.’

‘Zoals Uri Geller, die van een afstand lepels krombuigt en klokken stilzet?’

‘Ik denk dat daar een hoop bedrog bij komt kijken, maar inderdaad beschikken mensen over zulke vermogens. Alleen heeft de mens zich miljoenen jaren door zijn fysieke omgeving laten overheersen, daardoor zijn we eraan gewend.’ Hij gebaarde naar Sholnick en Peyser. ‘Alleen gaat het hier om een veel ingewikkelder zaak dan het verbuigen van een lepel. Peyser verkoos deze vorm om een reden die ik nog niet goed begrijp, misschien omdat het aan zijn driften appelleerde.’

‘Aan zijn driften,’ herhaalde Watkins zacht, en zijn stem klonk zo ontzet dat het Shaddack vreemd te moede werd. ‘Aan zijn dierlijke driften. Honger, geilheid, jachtinstinct, dat is wat je aantrekt. Omdat het zo simpel is, zo natuurlijk en zonder omwegen. Het is de vrijheid zelf.’

‘Vrijheid?’

‘Vrijheid. Geen verantwoordelijkheid meer, geen zorgen, geen beslommeringen van de beschaafde wereld. Je hoeft niet meer overal bij na te denken. Regressie is niet alleen opwindend, maar ook veel gemakkelijker.’ Het was maar al te duidelijk dat Watkins uit eigen ervaring sprak. ‘Je hoeft alleen nog maar op je gevoelens af te gaan zonder alles te moeten beredeneren. Dat is althans een deel van de aantrekkingskracht.’

Shaddack zei niets, geërgerd door de hartstochtelijke manier waarop Watkins, doorgaans een gesloten mens, over zijn ervaring sprak.

Een nieuwe donderslag weerklonk, harder dan de vorige. De ramen in de slaapkamer rammelden.

‘Hoe dan ook,’ zei Shaddack haastig, ‘het is duidelijk dat Peyser niet uit het collectieve geheugen van de mens putte. Blijkbaar was de wolf voor hem de aantrekkelijkste vorm van een dier, van een jager, en zijn wil was voldoende om hem die vorm te geven.’

‘En dat gaat zomaar?’ vroeg Watkins sceptisch.

‘Inderdaad, zomaar. De geest is sterker dan de materie. De gedaanteverwisseling is grotendeels een mentaal proces. Natuurlijk ziet hij er heel anders uit, maar de bouwmaterialen van zijn lichaam zijn nog precies dezelfde als eerst, alleen de combinaties zijn anders. Het is je eigen wil die bepaalt welke vorm...’
Shaddacks stem stierf weg, ademloos van opwinding. Zijn Ibisproject had veel meer opgeleverd dan hij ooit had durven hopen, iets wat zowel zijn plotselinge blijdschap als zijn groeiende angst verklaarde: blijdschap omdat hij de mensen de mogelijkheid had geschonken hun fysieke beperkingen en uiteindelijk misschien alle materie te overwinnen; angst omdat het nog onzeker was dat zij hun nieuwe vermogens naar behoren zouden weten te gebruiken... of dat hij hen voldoende in de hand zou kunnen houden.
‘Dat is wat ik jullie geschonken heb: bevrijding van emoties en een volmaakt lichaam dat naar keuze aangepast kan worden.’
Watkins schudde zijn hoofd, zichtbaar ontdaan door die suggestie. ‘Peyser en Sholnick hebben misschien een keuze gemaakt, maar ik moest tegen de aandrang vechten. Ik wilde het net zomin als een drugsverslaafde naar de dope verlangt, het overviel me, even sterk als de aantrekkingskracht van de volle maan op een weerwolf.’
‘Nee,’ zei Shaddack. ‘Onbewust wilde je het wel degelijk, Loman, en ook bewust verlangde je ernaar. Dat blijkt duidelijk genoeg uit je eigen woorden. Je verzette je er alleen tegen omdat je nog in staat bent om angst te voelen, angst voor de metamorfose die je zou ondergaan. Als je die angst kwijtraakt of als de aandrang groot genoeg wordt, zul je zien dat je iedere gedaante kunt aannemen die je zelf wilt. Het is niet iets dat je overvalt, het zit in je eigen geest.’
‘Waarom kon Peyser dan niet terug naar zijn eigen lichaam?’
‘Omdat hij dat niet echt wilde, zoals je zelf al suggereerde.’
‘Hij kon niet terug.’
‘Alleen omdat hijzelf niet wilde.’
Watkins keek weer naar het groteske lichaam aan zijn voeten.
‘Wat heb je ons aangedaan, Shaddack?’
‘Heb je me soms niet verstaan?’
‘Wat heb je ons aangedaan?’
‘Het is een godsgeschenk!’
‘Om behalve angst geen enkele emotie te kennen?’
‘Zonder emoties heb je pas werkelijk het vermogen jezelf te beheersen, tot en met je uiterlijke vorm,’ zei Shaddack opgewonden.
‘Het enige wat ik niet begrijp, is waaròm de ontspoorden allemaal

dergelijke primitieve gedaanten hebben aangenomen. De Nieuwe Mens bezit zonder twijfel het vermogen om een hogere vorm aan te nemen, schoon en puur. Misschien zelfs het vermogen om zuiver bewustzijn te worden zonder enige uiterlijke gedaante. Waarom zouden ze terugvallen op een dierlijke vorm?'

Watkins keek op en zijn blik was leeg, alsof hij de dood had overgenomen van het lijk op de vloer. 'Waarom zou je een andere vorm aannemen als je er niet van kunt genieten als een gewoon mens?'

'Maar je kunt van alles wat je maar wilt genieten,' antwoordde Shaddack bevreemd.

'Liefde niet.'

'Wat?'

'Geen liefde of haat of blijdschap of welke andere emotie dan ook, alleen angst.'

'Die gevoelens heb je helemaal niet nodig. Daarom ben je juist vrij.'

'U wìlt me niet begrijpen, geloof ik. U bent niet achterlijk, maar wel gestoord, niet goed bij uw hoofd.'

'Ik laat me door niemand...'

'Natuurlijk zoeken de ontspoorden geen hogere vorm, want wat heb je eraan als je er geen plezier meer aan kunt beleven? Alleen de laagste vorm is nog aantrekkelijk, de vorm van een redeloos dier. Zonder emoties beleef je geen echte vreugde, behalve op een primitief niveau.'

'Dat is onzin. Als je...'

Watkins onderbrak hem andermaal en op scherpe toon. 'Luister dan in godsnaam! Zelfs Moreau luisterde naar zijn eigen schepselen.' Zijn gezicht was rood aangelopen en zijn blik was niet leeg meer. Op een vreemde manier scheen hij groter dan Shaddack te zijn en ook bang, doodsbang en gevaarlijk. 'Seks is een natuurlijke drift van de mens,' vervolgde hij. 'Maar wat is seks zonder enige emotie? Zelfs een gestoorde kan nog opgewonden raken als seks gepaard gaat met walging of dominantie, met negatieve emoties. Maar zonder énige emotie is het een zinloze belevenis, niet meer dan dierlijke geslachtsdrift, een spanning die ontladen moet worden.'

Een bliksemstraal verlichtte het raam van de slaapkamer. Het hele huis leek te schudden onder het geweld van de donderslag die erop volgde. Een ogenblik werd de zachte gloed van de lamp in de kamer overstemd.

In die vreemde lichtflits leek er iets met Watkins' gezicht te gebeuren, alsof het vertrok onder de invloed van nog iets anders dan pure angst. Maar het moment ging voorbij en Watkins zag er nog net zo uit als anders. Shaddack dacht dat hij het zich had verbeeld.

'En dat is nog maar een voorbeeld,' hernam de politieman, gedreven door pure angst. 'En seks is maar een voorbeeld. Wat proef ik als ik iets lekkers eet, al is het maar een stuk chocola? Het vult mijn maag, maar aan de smaak ontleen ik geen enkele bevrediging meer. Dat heeft u toch ook gemerkt?'

Shaddack gaf geen antwoord en hij probeerde niet te laten merken dat hij zelf niet getransformeerd was. Daarmee wilde hij wachten tot de uitwerking bij meerdere generaties Nieuwe Mensen helemaal duidelijk was geworden en hij vermoedde dat Watkins niet erg goed zou reageren als hij achter die waarheid kwam.

'Daarom hoef ik u niet te vertellen wat de reden is,' zei Watkins. 'De smaak van chocola had vóór onze transformatie een heel bijzondere betekenis, het wekte onbewust associaties op met ervaringen van vroeger, van verjaardagsfeestjes en Kerstmis en daarom gaf het ons een prettig gevoel. Dat is nu allemaal weggevallen, alleen de smaak is er nog, zelfs een fijne smaak, maar dat is alles. Ik weet dat er iets meer hoort te zijn, maar de smaak roept geen aangename herinneringen meer op. Het is een lege sensatie, zonder inhoud of betekenis, ik ben iets kwijtgeraakt. En zo is het met elke ervaring. Alles is even grijs en grauw, saai en doods.'

Shaddack keek naar Watkins. Het hoofd van de politieman begon te veranderen: zijn linker slaap begon te zwellen, zijn kaak werd groter en zijn oren werden langgerekt en puntig.

Shaddack deed verward een stap naar achteren.

Watkins volgde hem op de voet en verhief zijn stem. Er klonk geen echte woede in door, maar wel angst en een verontrustende heftigheid. 'Waarom zouden we in godsnaam een hogere vorm willen aannemen? Om des te minder te kunnen genieten soms? Het leven is meer dan je hersens gebruiken, Shaddack. Zonder gevoel is het leven ondraaglijk.'

Watkins' voorhoofd leek langzaam te smelten als een sneeuwbank in de zon. Het week terug en werd breder en zwaarder, waardoor zijn ogen steeds dieper kwamen te liggen.

Shaddack deinsde nog verder achteruit, tot hij de rand van de tafel tegen zijn rug voelde drukken.

'Wat is een mens zonder gevoel, Shaddack?' zei Watkins onverbiddelijk. 'Zelfs iemand die van top tot teen verlamd is, is nog meer dan een verstandelijk ding. Hij heeft behalve zijn verstand

ook nog zijn herinneringen, zijn angsten. Mensen willen ergens van genieten, Shaddack. Wat is je leven waard als je er geen plezier in hebt?'
'Hou op!'
'Door jou hebben we geen gevoelens meer, maar dat berooft ons tegelijk van de vreugde die met de bevrediging van blinde behoeften verbonden is. Ze horen onlosmakelijk bij elkaar, daar zijn we mensen voor, wezens van een hogere orde. Hoe moeten we nu verder?'
Watkins' gebalde vuisten werden groter. De knokkels zwollen op en de tabaksbruine nagels werden uitgerekt tot een punt.
'Beheers je!' riep Shaddack uit. 'Je begint te veranderen!'
Watkins scheen hem niet te horen. Ook zijn mond begon een andere stand te krijgen en met moeizame stem vervolgde hij: 'Daarom zoeken we een primitieve vorm, Shaddack, om vrij te zijn van dat verstand. We willen alleen maar genieten, zonder erbij na te denken, genot, genot, genot. Dan weten we tenminste niet meer wat we zijn kwijtgeraakt, alleen het plezier is er nog, de directe bevrediging... Dat heb je ons gegeven, Shaddack, een leven dat grauw en doods is, doods, doods... Daarom... daarom moeten we ontsnappen, vluchten voor de ondraaglijke bekrompenheid van ons gevoelloze bestaan. Je wou toch zo graag dat mensen machines werden? Kijk dan wat voor machines wij geworden zijn!'
'In godsnaam, Loman, hou op!'
Watkins bleef staan. Hij schudde zijn hoofd en keek verward om zich heen. Met een kreet van afschuw keek hij naar zijn opgeheven handen. De kreet werd luid en schril toen hij langs Shaddack in de spiegel keek.
Shaddack scheen nu pas te beseffen hoe doordringend de geur van bloed was, een geur die Watkins niet afstootte maar integendeel opwond.
Een nieuwe donderslag verscheurde de stilte en plotseling begon het te stortregenen. Het water stroomde langs de ruiten en roffelde op het dak.
Watkins wierp een ontstelde blik op Shaddack en draaide zich met een ruk om. Wankelend liep hij naar de deur, maar hij struikelde over de drempel en viel languit in de gang. Hij ging op zijn zij liggen en Shaddack hoorde hem kokhalzen en onsamenhangende kreten slaken. 'Nee, nee, nee, nee.'

57

Loman keerde langzaam terug tot het bewustzijn. Hij ging overeind zitten en leunde met zijn rug tegen de muur. Hij was nat van het zweet en hij voelde zich uitgehongerd, uitgeput door de energie die de gedeeltelijke gedaanteverwisseling had opgeëist. Maar hij was niet alleen opgelucht, hij voelde zich ook onbevredigd, alsof hij beroofd was van iets wat hem toekwam.
In zijn oren klonk een hol ritselend geluid en hij dacht dat het uit zijn eigen hoofd kwam, het zachte suizen van hersencellen die tijdens de beginnende transformatie waren geactiveerd, maar na een tijdje besefte hij dat het slechts de regen op het dak was. Hij sloeg zijn ogen op. Het duurde even voordat hij Shaddack zag, die zich op de drempel had teruggetrokken, een spookachtige verschijning met zijn gele ogen en bleke gezicht boven zijn donkere overjas, bijna de Dood zelf.
Loman had de komst van de Dood op dit moment misschien welkom geheten.
'Het moet ophouden,' stamelde Watkins, die nog niet de kracht had om op te staan. 'De nieuwe transformaties mogen niet doorgaan.'
Shaddack zei niets.
'Ik geloof dat je werkelijk wilt doorgaan.'
Shaddack staarde hem alleen maar aan.
'Je bent gek,' zei Loman. 'Volkomen gestoord. Maar ik ben aan je overgeleverd... of ik moet mezelf van kant maken.'
'Hoe durf je zo tegen mij te spreken? Je vergeet wie ik ben!'
'Nee, dat vergeet ik niet,' zei Loman. Hij krabbelde moeizaam overeind, slap en duizelig. 'En ik zal ook niet vergeten wat je zonder mijn toestemming hebt gedaan. Op een dag zal ik geen weerstand meer kunnen bieden en net zo worden als Peyser of Sholnick, en dan zal ik me ook herinneren waar ik jou kan vinden.'
'Durf je mij te bedreigen?' vroeg Shaddack, hoorbaar verbaasd.
'Nee,' zei Loman, 'bedreigen is niet het juiste woord.'
'Dat zou ik denken. Als mij iets overkomt, zal Zon ogenblikkelijk een signaal uitzenden en jullie allemaal...'
'Ons allemaal ombrengen,' besloot Loman. 'Dat weet ik, ja. Ons lot is met het jouwe verbonden. We zijn letterlijk met huid en haar aan jou overgeleverd, net als de volgelingen van Jim Jones in Guyana. Alleen heb jij geen vergif nodig, jij bent de Jim Jones van de moderne tijd, een Jim Jones met een kunsthart en ontelbare halfgeleiders tussen je oren. Daarom bedreig ik je ook niet, dat is

veel te dramatisch. Dreigementen komen voort uit razernij of andere sterke emoties, maar ik ben een van de Nieuwe Mensen en de enige emotie die ik voel is angst. Ik ben alleen maar bang, iets anders kan ik niet zijn. Bang. Het is geen dreigement van me, helemaal niet. Het is een *belofte*.'

Shaddack stapte over de drempel de gang in. Een kille tochtstroom leek achter hem aan te strijken, hoewel dat misschien Lomans verbeelding was.

De twee mannen keken elkaar geruime tijd zwijgend aan.

'Je zult me gehoorzamen,' zei Shaddack uiteindelijk.

'Ik heb geen andere keus,' antwoordde Watkins. 'Zo heb je me gemaakt, zonder een vrije keus. Je hebt me in de palm van je hand, meester, en ik zal je gehoorzamen... maar niet uit liefde, alleen uit angst.'

'Des te beter,' zei Shaddack.

Hij keerde Loman de rug toe en liep de gang en de zitkamer door naar buiten, de nacht en de regen in.

Deel twee

Dageraad in de Hades

Ik kon niet tegenhouden waarvan ik wist
dat het verkeerd en afgrijselijk was. Ik had
een afschuwelijk gevoel van machteloosheid.

ANDREJ SACHAROV

Macht dementeert nog meer dan dat hij corrumpeert:
hij doet de waakzaamheid verslappen
en noodt tot overhaast handelen.

WILL EN ARIEL DURANT

1

Tessa Lockland had nog geen uur geslapen toen ze midden in de nacht werd gewekt door een koud gevoel aan haar rechterhand, gevolgd door het snelle, warme likken van een tong. Haar arm stak over de rand van de matras en haar hand hing vlak boven het kleed. Er sabbelde iets aan haar.

Ze schoot recht overeind in bed en snakte naar adem.

Ze had gedroomd van de slachting in de Cove Lodge, van halfgeziene beesten die snel heen en weer schuifelden, met dreigende tanden en klauwen als knipmessen. Even dacht ze dat de nachtmerrie werkelijkheid was, dat de monsters Harry's huis binnen waren gedrongen en haar huid proefden voor ze erin beten.

Het was Moose maar. Ze kon hem vaag onderscheiden in de zwakke gloed die van de gang door de deuropening viel en eindelijk kon ze weer gewoon ademhalen. Moose zette zijn voorpoten op de matras: hij was goed genoeg afgericht om te weten dat hij niet helemaal op bed mocht springen. Hij jankte zachtjes alsof hij geaaid wilde worden.

Ze wist zeker dat ze de deur dicht had gedaan, maar ze had genoeg van Moose gezien om te begrijpen dat hij heel goed in staat zou zijn een deur open te maken als hij daar zijn zinnen op gezet had. Plotseling besefte ze ook dat alle binnendeuren hier van een klink voorzien waren, niet van knoppen, zodat Moose niet in zijn bewegingsvrijheid beperkt werd.

'Voel je je eenzaam?' Ze krabde de labrador zachtjes achter zijn oren.

De hond jankte weer en drukte zijn kop tegen haar aan.

Dikke regendruppels vielen kletterend tegen het raam en ze hoorde de bomen ruisen in de wind, die aanhoudend het huis bestormde.

'Dat kan wel zijn, jongen, maar ik barst van de slaap. Je moet er weer vandoor.'

Toen ze haar hand wegtrok, zette hij zijn voorpoten met tegenzin op de grond en draafde naar de deur, waar hij nog eens naar haar omkeek voordat hij links in de gang verdween.

Op de gang brandde alleen een nachtlampje, maar het licht hinderde haar en ze stond op om de deur dicht te doen. Terwijl ze op de tast terug naar het bed ging, wist ze dat ze niet meer zo snel in slaap zou kunnen komen.

Ze voelde zich ongemakkelijk met al haar kleren nog aan. Maar ze durfde zich toch niet uit te kleden, want dan zou ze zich zó kwetsbaar voelen dat ze helemaal niet meer zou kunnen slapen. Na wat er in de Cove Lodge was gebeurd, wilde ze op alles voorbereid zijn.

Verder lag ze op de kale matras onder een gewatteerde sprei die een schimmelige geur verspreidde. Deze logeerkamer – de andere was niet ingericht – was oorspronkelijk de slaapkamer geweest van Harry's vader en sinds diens dood, zeventien jaar geleden en drie jaar na Harry's terugkeer uit Vietnam, niet meer gebruikt. Tessa had zich grootgehouden en geen bezwaar gemaakt tegen de afwezigheid van lakens, maar nadat ze de deur achter Moose had dichtgedaan kreeg ze last van de kou en onder de sprei leek de vage geur van schimmel nog sterker en onaangenamer te zijn geworden.

Boven het kletteren en ruisen van de regen hoorde ze het zoemen van de lift. Moose liet hem vermoedelijk naar boven komen. Was de hond 's nachts altijd zo rusteloos?

Hoewel ze zich afgemat voelde, slaagde ze er niet in haar verontrustende gedachten van zich af te zetten en in slaap te komen. Het was niet eens het bloedbad van de Cove Lodge of de griezelige verhalen over lijken die als straatvuil naar crematoriums werden gebracht, of de vrouw die door een onbekend dier aan stukken was gescheurd. Al die macabere beelden gaven ongetwijfeld richting aan haar gedachten, maar die concentreerden zich vooral op haar eigen leven.

Nu ze laatst de dood zo recht in de ogen had gezien, was ze zich scherp bewust van haar sterfelijkheid. Het leven duurde niet eeuwig, een waarheid die in het gedoe van alledag maar al te vaak over het hoofd werd gezien.

Ze was met haar neus op de werkelijkheid gedrukt en ze vroeg zich af of ze niet al te veel van haar leven aan onbeduidende zaken verspild had. Haar werk gaf haar voldoening en als een echte Lockland was ze geneigd alles van zijn zonnige kant te zien, maar ze moest in alle eerlijkheid toch bekennen dat ze niet had wat ze werkelijk wilde. En als ze zo bleef doorgaan zou ze dat nooit krijgen ook.

Het liefst van alles wilde ze een eigen gezin, mensen om zich heen bij wie ze zich thuis voelde. Dat verlangen stamde uiteraard uit haar eigen jeugd in San Diego met haar grote zus Janice en haar vader en moeder, een tijd van geluk en geborgenheid die haar de kracht gaf het hoofd te bieden aan alle ellende en verschrikkingen waarmee ze bij het maken van haar documentaires soms te maken kreeg. De eerste twintig jaar van haar leven hadden haar genoeg

levensvreugde geschonken om al het andere aan te kunnen.
De lift was met een zachte bonk op de eerste verdieping aangekomen en begon zoemend weer naar beneden te glijden. Het verwonderde haar dat Moose, hoewel hij gewend was voor en met zijn baas de lift te gebruiken, ook 's nachts de lift nam in plaats van de trap, wat sneller zou zijn. Ook honden waren blijkbaar echte gewoontedieren.
Thuis hadden ze ook honden gehad, eerst Barney, een prachtige golden retriever, en later een Ierse setter, Mickey Finn...
Janice was getrouwd en het huis uitgegaan toen Tessa achttien was, een eerste deuk in haar onbekommerde jeugd in San Diego. Drie jaar later was haar vader gestorven. Niet lang na de begrafenis had Tessa zelf het ouderlijk huis verlaten om documentaires en reisverslagen te gaan maken en hoewel ze nog regelmatig contact met haar moeder en zuster had gehad, was die mooie tijd voorbij.
Janice was er nu niet meer en zelfs Marion had niet het eeuwige leven, ook al had ze het parachutespringen eraan gegeven.
Tessa wilde niets liever dan een eigen gezin stichten. Ze was op haar drieëntwintigste getrouwd, maar haar man gaf meer om kinderen dan om haar en liet haar in de steek toen ze erachter kwamen dat Tessa geen kinderen kon krijgen. Adoptie was hem niet genoeg, hij wilde ook biologisch de vader van zijn kinderen zijn. Veertien maanden na de bruiloft was de scheiding uitgesproken. Tessa was erg gekwetst.
Daarna had ze zich fanatieker dan ooit op haar werk gestort. Ze had genoeg zelfkennis om te weten dat haar films een middel waren om haar armen uit te strekken naar de wereld, alsof alle mensen familie van haar waren. Het gecompliceerde leven teruggebracht tot zijn essentie in verhalen van dertig, zestig of negentig minuten.
Zo peinzend in Harry Talbots logeerkamer, wist ze dat haar werk haar nooit volledig bevrediging kon schenken en dat ze haar leven drastisch zou moeten veranderen om te krijgen wat ze wilde. Liefde voor de mensheid was een teken van karakter, maar kon ook snel vaag en betekenisloos worden als je niet in een eigen gezin leefde. In die besloten kring zag je immers elke dag opnieuw de bijzondere eigenschappen van mensen die de liefde voor alles wat leeft rechtvaardigden. In haar films kon ze die eigenschappen in beeld brengen, maar niet in haar eigen emotionele leven.
Nu, terwijl ze stof en de vage geur van schimmel inademde, had ze het gevoel dat haar mogelijkheden als mens even lang onge-

bruikt waren gebleven als deze kamer. Ze was inmiddels vierendertig en had zich na de pijnlijke scheiding aan haar werk overgeleverd, zodat er geen tijd was overgebleven voor pleziertjes. Hoe moest ze nu nog de contacten leggen die ze zo zorgvuldig had buitengesloten? Ze voelde zich weer even onvruchtbaar als op de dag dat de dokter haar vertelde dat ze geen kinderen kon krijgen. Het idee dat ze weer iets van haar leven moest maken leek nog belangrijker dan de vraag waar de boemannen vandaan kwamen en wat ze eigenlijk waren.

Een aanraking met de dood kon vreemde gedachten losmaken. Langzaam kreeg haar vermoeidheid de overhand op haar innerlijke verwarring en ze dommelde weer in slaap. Haar laatste gedachte was dat Moose misschien naar haar toe was gekomen omdat er iets aan de hand was. Misschien had hij haar willen waarschuwen. Maar nee, als er gevaar dreigde, zou hij wel geblaft hebben.

Ze sliep tot de ochtend.

2

Shaddack ging van Mike Peysers woning terug naar zijn ultramoderne huis aan de noordelijke punt van de inham, maar hij bleef er niet lang. Hij maakte drie boterhammen met ham klaar, pakte ze in plastic en stopte ze samen met een paar blikjes cola in de koeltas, die hij samen met een stel dekens en een kussen in zijn wagen legde. Uit het rek in zijn werkkamer haalde hij een Smith & Wesson .357 Magnum en een halfautomatisch Remingtongeweer, met voor beide wapens een ruime hoeveelheid munitie. Met die uitrusting in de auto begaf hij zich in de storm op weg voor zijn patrouille door Moonlight Cove en de directe omgeving. Hij wilde voortdurend in beweging blijven en de situatie per computer in het oog houden tot middernacht, als de eerste fase van het Ibis-project afgesloten zou worden. Hij had nog bijna negentien uur voor de boeg.

Watkins' dreigement liet hem niet los. Hij moest mobiel blijven voor het geval Watkins een terugslag kreeg en hem kwam zoeken. Pas om middernacht, als de laatste transformaties achter de rug waren, zou Shaddack zijn macht hebben geconsolideerd. Dan kon hij met de politieman afrekenen.

Watkins zou gegrepen en geboeid moeten worden voordat hij veranderde, waarna Shaddack hem in een laboratorium kon onderzoeken om uit te vinden waarom hij door zulke aanvallen van re-

gressie werd geplaagd.
Zelf kon hij Watkins' uitleg niet aanvaarden. Ze kregen geen terugval om als Nieuwe Mensen aan het leven te ontsnappen. Die verklaring accepteren zou betekenen dat het Ibis-project op een volstrekt fiasco was uitgelopen, dat de transformatie geen zegen maar een vloek voor de mensheid was, dat zijn werk niet alleen misleidend maar ronduit rampzalig was geweest. Dat zou niet te verdragen zijn.
Als maker en meester van de Nieuwe Mens had hij goddelijke macht bezeten, macht die hij niet wilde opgeven.
De beregende straten waren ook op dit nachtelijke uur niet verlaten. Er reden heel wat auto's rond, en niet alleen van de politie, op zoek naar Booker, Tessa Lockland, het meisje Foster en de loslopende renegaten. Hoewel de ramen van zijn bestelwagen voorzien waren van matglas, zou iedereen weten van wie het voertuig was.
Shaddack herkende op zijn beurt heel wat passanten, want die werkten allemaal bij New Wave en behoorden tot de groep van honderd die hij nog maar een paar uur geleden aan de politie had afgestaan. Achter de kletsnatte voorruiten zweefden hun bleke gezichten schijnbaar los in het donkere interieur van hun auto's, even uitdrukkingsloos als robots.
Er moesten nog anderen zijn, te voet patrouillerend, maar die hielden zich zoveel mogelijk schuil in donkere steegjes en hoeken. Shaddack passeerde ook twee transformatieploegen die snel en onopvallend van huis tot huis gingen. Na elke transformatie werden de gegevens doorgestuurd naar de centrale computer van New Wave, dat zo de voortgang in de gaten kon houden.
Shaddack stopte even bij een kruispunt om zelf het werkrooster op zijn scherm op te vragen. Er waren nog maar vijf mensen te behandelen tijdens deze dienst, die om middernacht was begonnen en tot zes uur duurde. Ze lagen iets voor op het schema.
De regen viel schuins neer met de harde westenwind, glanzend als zilver in het licht van zijn koplampen. Bomen stonden te schudden alsof ze bang waren. Shaddack reed weer verder, kruisend door de nacht als een roofvogel die bij voorkeur in de storm jaagde.

3

Onder leiding van Tucker hadden ze gejaagd en gedood, gebeten en verscheurd, gerukt en gebeten, gejaagd en gedood. Ze hadden de prooi opgegeten en het bloed gedronken, warm en zoet, dik en warm, zoet en dik, bloed waarmee ze het vuur in hun binnenste hadden gedoofd. Bloed.

Tucker was er langzaam maar zeker achter gekomen dat het vuur minder fel brandde naarmate ze langer in hun semi-menselijke vorm bleven. Iets zei hem dat het niet goed was dat ze steeds makkelijker een dierlijke gedaante konden aanhouden, maar omdat zijn geest niet langer dan enkele seconden een gedachte kon vasthouden, maakte hij zich daar geen grote zorgen over.

Zo had Tucker hen over de velden en heuvels in het maanlicht geleid, vrij in maanlicht en mist, mist en wind. Tucker was alleen blijven staan om te doden en te eten of om te paren met het wijfje, dat ervan had genoten met een felheid die opwindend was, wild en opwindend.

Daarna kwam de regen.

De kou.

En ook donderslagen en felle lichtbundels aan de hemel.

Tucker meende te weten wat die lange, gekartelde schichten in de lucht waren, maar hij kon het zich niet goed herinneren en dat maakte hem bang. Bij elke lichtflits zocht hij dekking tussen de bomen, waar hij met het andere mannetje en het wijfje wachtte tot de hemel weer donker was.

Tucker begon een plek te zoeken waar ze voor de storm konden schuilen. Hij wist dat ze moesten teruggaan naar waar ze vandaan waren gekomen, een plaats vol licht en droge ruimten, maar hij herinnerde zich niet precies waar dat was. Bovendien zou dat betekenen dat ze hun vrijheid moesten opgeven en weer hun oorspronkelijke identiteit aannemen. Dat wilde hij niet en dat wilden de anderen evenmin. Ze wilden rondzwerven en doden en paren en vrij zijn en dus trokken ze verder, over een verharde weg hoger de heuvels in, zonder in de buurt te komen van de weinige huizen in de streek.

De dageraad proefde aan de oostelijke horizon en Tucker wist dat ze een schuilplaats moesten vinden voor het dag werd, een veilige plek, een leger waar ze in het donker dicht tegen elkaar aan konden liggen, donker en warm, om te dromen van bloed en geil, donker en warmte en bloed en geil. Daar zouden ze buiten gevaar zijn, veilig voor een wereld waarin ze nog altijd vreemden waren, vrij van de noodzaak om hun menselijke gedaante weer aan te nemen. Als het weer avond werd konden ze te voorschijn komen en doden, doden, bijten en doden, en misschien zouden ze op een dag met zovelen zijn dat ze in de meerderheid waren en zelfs in het vol-

le licht konden jagen, maar nu niet, nog niet.
Ze kwamen bij een zandpad en Tucker herinnerde zich vaag waar hij was, niet ver van een beschut onderkomen voor hem en zijn troep. Hij volgde het pad dieper het heuvelland in en moedigde zijn gezellen aan met een laag gebrom. Na een paar minuten bereikten ze een gebouw, een groot huis dat was vervallen van ouderdom. De ruiten waren verbrijzeld en de voordeur hing scheef in zijn hengsels. In de regen waren nog meer grijze contouren te zien: een schuur die er nog slechter aan toe was dan het huis en verscheidene bijgebouwen die nagenoeg waren ingestort.
Tussen de ramen van de bovenverdieping waren boven elkaar twee grote borden opgehangen, bedrukt met woorden in een verschillend lettertype, alsof ze met een ruim tijdsverschil waren aangebracht. Tucker kon de opschriften niet lezen, hoewel hij zich inspande om zich de dode taal te herinneren van de wezens waartoe hij eens zelf had behoord.
De twee anderen kwamen bij hem staan en staarden eveneens omhoog naar de donkere letters op hun witte ondergrond. Vage symbolen in regen en duisternis, onheilspellend geheimzinnige runen.

ICARUS KOLONIE

En op het bord eronder:

RESTAURANT OUD-ICARUS
NATUURVOEDING

Aan de vervallen schuur hing een kleiner bord met het opschrift VLOOIENMARKT, maar dat was voor Tucker al net zo onbegrijpelijk en ten slotte besloot hij dat het er niet toe deed. Het belangrijkste was dat er geen mensen in de buurt waren, geen vers spoor van menselijke wezens, zodat dit hun veilige schuilplaats was, een warm en donker leger, warm en donker, veilig en donker.

4

Sam had op de grote sofa in de woonkamer met behulp van een deken en een kussen een bed geïmproviseerd, dicht bij de vestibule, zodat hij bij het minste gerucht van een eventuele indringer wakker zou worden. Volgens het rooster dat hij op de computer in de patrouillewagen had gezien, zou Harry Talbot pas de volgende avond worden getransformeerd. Hij betwijfelde of ze het rooster sneller zouden afwerken, alleen omdat ze wisten dat er een FBI-man in Moonlight Cove was, maar hij wilde geen enkel onnodig risico nemen.

Hoewel Sam aan slapeloosheid leed, had hij er die nacht geen last van. Nadat hij zijn schoenen had uitgetrokken en zich op de sofa had uitgestrekt luisterde hij een paar minuten naar de regen en probeerde nergens aan te denken en weldra was hij in slaap.

Het was geen droomloze slaap. Dat was het maar zelden.

Hij droomde van Karen, de vrouw die hij had verloren, en zoals in al zijn nachtmerries zag hij haar in het laatste stadium van haar ziekte, uitgemergeld en bloed opgevend, toen de chemotherapie had gefaald. Hij wilde haar helpen, maar kon niets doen. Hij voelde zich klein, machteloos en verschrikkelijk bang.

Maar die nachtmerrie maakte hem niet wakker.

Uiteindelijk verplaatste de droom zich van het ziekenhuis naar een donker, vervallen gebouw. Het had wel iets van een door Salvador Dali ontworpen hotel. De gangen liepen kriskras door elkaar, sommige heel kort en andere weer zo lang dat het eind niet te zien was; vloeren en muren maakten schuine hoeken en de deuren waren allemaal ongelijk, soms nauwelijks groot genoeg voor een muis, dan weer manshoog of geschikt om een reus door te laten. Sam werd naar bepaalde kamers getrokken. In elk daarvan trof hij een bekende uit zijn vroegere of huidige leven aan.

Hij kwam Scott in meer dan één kamer tegen en voerde onsamenhangende gesprekken met hem, die allemaal uitliepen op onredelijke agressie van Scott. De nachtmerrie werd nog erger doordat Scott telkens op een andere leeftijd was, soms een nukkige knaap van zestien, soms een jochie van tien of nog maar een kleuter. Maar bij elke verschijning was hij afwijzend en blijkbaar vol haat.

'Dit klopt niet, het is niet waar, zo was je niet,' zei Sam tegen een zeven jaar oude Scott, en de jongen gaf slechts een obsceen antwoord.

Hoe oud hij ook was, Scott bevond zich in elke kamer te midden van grote posters van rocksterren in leer met kettingen, met op hun voorhoofd en in hun handpalmen symbolen van de duivel. Er was een vreemd flikkerend licht. In een donkere hoek zag hij een of ander beest weggedoken zitten, een schepsel waarvoor Scott geen angst had maar Sam des te meer.

Maar ook van deze nachtmerrie werd hij niet wakker.

In andere kamers van dat surrealistische hotel zag hij stervenden, steeds dezelfde mensen: Arnie Taft en Carl Sorbino, twee colle-

ga's met wie hij had samengewerkt en die hij had zien neerschieten.
Eén deur was een autoportier, om precies te zijn het glanzende blauwe portier van een Buick uit 1954. De kamer erachter was een enorme ruimte met grijze muren en daarin zag hij de voorbank met het dashboard en stuur van de auto, verder niets, net delen van een prehistorisch skelet in een kale zandvlakte. Achter het stuur zat een vrouw in een groen gewaad, haar gezicht afgewend. Natuurlijk wist hij wie ze was en hij wilde meteen weer weggaan, maar dat kon hij niet. Hij werd naar haar toegetrokken. Plotseling zat hij naast haar en was zelf een jongetje van zeven, even oud als toen het ongeluk gebeurde, al was zijn stem die van een volwassene. 'Dag, mam.' Ze draaide haar hoofd om en nu zag hij dat de rechterkant van haar gezicht was weggeslagen, het oog uitgerukt, bot uit de gapende wond stekend. De tanden in haar mond waren bijna allemaal gebroken, waardoor haar lach een afschuwelijke grijns werd.
Even abrupt zaten ze in de èchte auto, teruggezet in de tijd. Op de snelweg kwam hun met grote snelheid de dronkelap in de witte bestelwagen tegemoet, slingerend over de dubbele gele streep. Sam slaakte een kreet, maar zijn moeder kon de tegenligger net zomin ontwijken als vijfendertig jaar geleden. De bestelwagen trok hen aan als een magneet en er volgde een frontale botsing. Zo moest het bij een bombardement zijn, een verschrikkelijk geraas en het geluid van scheurend metaal. Alles werd zwart.
Toen het waas voor zijn ogen optrok, lag hij vlak naast zijn moeder in het wrak en keek recht in haar lege oogkas. Hij begon te gillen.
Ook die nachtmerrie maakte hem niet wakker.
Nu lag hij in het ziekenhuis, net als na het ongeluk, de eerste van de zes keer dat hij ternauwernood aan de dood was ontsnapt. Nu was hij echter weer volwassen en lag op de operatietafel, in de borst geraakt door een kogel tijdens de schietpartij waarin Carl Sorbino het leven had gelaten. Terwijl de chirurg en zijn assistenten zich over hem heen bogen, trad hij uit zijn lichaam en zag hen van een afstandje aan het werk gaan. Het verwonderde hem, maar hij was niet bang, precies zoals hij zich voelde toen het géén droom was geweest.
Daarna was hij in een tunnel met aan het eind een verblindend licht, de andere kant. Daar was hij in het echte leven al eens geweest en hij wilde er niet nog eens heen; het hiernamaals maakte hem doodsbang. Maar hij ging steeds sneller en sneller door de

tunnel, als een raket, en zijn angst nam evenredig toe. Het vooruitzicht was nog erger dan zijn gedroomde ontmoetingen met Scott, erger dan het verminkte gezicht van zijn moeder, veel erger (sneller, sneller), ondraaglijk, en hij begon te schreeuwen (sneller) en te schreeuwen...

Hiervan werd hij wel wakker.

Hij schoot recht overeind op de bank en wist nog net een kreet te smoren.

Een ogenblik later voelde hij dat hij niet alleen in de onverlichte kamer was. Vlak voor zich hoorde hij iets bewegen en hij reageerde onmiddellijk door zijn revolver te pakken uit de holster die hij naast zich op de grond had gelegd.

Het was Moose.

'Ben jij het, jongen?'

De hond brieste zacht.

Sam stak zijn hand uit om de donkere kop te aaien, maar de labrador liep al door naar een van de ramen aan de zijkant, als een grijze rechthoek zichtbaar tegen de nachtlucht. De hond zette zijn voorpoten op de vensterbank en drukte zijn neus tegen het glas.

'Wil je uit?' vroeg Sam, hoewel ze tien minuten met de hond hadden gewandeld voordat ze naar bed gingen.

Het dier reageerde niet en bleef in een vreemd starre houding bij het raam staan.

'Is er iets buiten?' vroeg Sam, en op hetzelfde moment wist hij het antwoord.

Snel stond hij op en liep op zijn tenen de kamer door, tegen meubelen opbotsend zonder iets om te gooien, en ging bij de hond voor het raam staan.

De door regen geteisterde nacht leek in dit laatste uur voor de dageraad zwarter dan ooit, maar Sams ogen waren eraan gewend. Hij kon de zijkant van het buurhuis onderscheiden, nog geen tien meter verder. Het steil oplopende stuk grond tussen beide woningen was beplant met diverse soorten struiken en een paar dwergsparren, die in de windvlagen heen en weer zwaaiden en trilden.

Sam had geen moeite de twee boemannen te herkennen, want ze bewogen zich tegen de wind in en daardoor tegengesteld aan de stormdans van de struiken en bomen. Ze waren zo'n vijf meter bij het raam vandaan en liepen de helling af in de richting van Conquistador Avenue. Sam kon geen details onderscheiden, maar hun merkwaardige kromme houding en hun slepende en tegelijk sierlijke manier van lopen maakten duidelijk dat het geen gewone mensen waren.

De wezens bleven bij een van de hogere sparren staan en Sam zag een ervan naar het huis kijken. De onaardse, dofgele ogen straalden met een zwakke gloed en staarden recht naar het raam, alsof ze hem konden zien. Sam bleef roerloos staan, eerder van verbazing dan van angst. Plotseling kwam het beest met grote passen op hem af.
Sam zakte door zijn knieën en trok Moose van de vensterbank. De hond moest het gevaar gevoeld hebben, want hij blafte of jammerde of verzette zich niet en liet zich gehoorzaam met zijn buik tegen de grond drukken, waar hij stil en geluidloos bleef liggen. Een fractie van een seconde later werd een zwak geluid hoorbaar aan de andere kant van de muur waar Sam zich tegenaan drukte, een zacht krabbelend en schrapend geluid.
Hij hield zijn .38 schietklaar in zijn hand voor het geval het ding zich door het raam naar binnen zou storten.
Een paar seconden verstreken in stilte.
Sam liet zijn hand op de rug van Moose liggen. Hij voelde de hond trillen.
Tik, tik, tik.
Hij schrok van het onverwachte geluid, want hij was half tot de overtuiging gekomen dat het wezen was weggegaan.
Tik, tik, tik, tik.
Het beest tikte op de ruit alsof het de sterkte van het glas wilde beproeven... of de man riep die hij daarachter had zien staan. *Tik, tik.* Stilte. *Tik, tik, tik.*

5

Tucker leidde het groepje door modder en regen naar de scheefgezakte veranda van het vervallen huis. De planken kraakten onder hun gewicht. Een enkel luik klapperde nog in de wind; alle andere waren reeds lang geleden vermolmd en van de muren gevallen.
Hij probeerde uit te leggen wat hij van plan was, maar slechts met de grootste moeite wist hij enige verstaanbare klanken uit te stoten. 'Hier... verbergen. Hier... veilig,' zei hij tussen een paar grauwen en grommen door.
Het andere mannetje reageerde helemaal niet, alsof hij zijn spraakvermogen al kwijt was, en het wijfje herhaalde moeizaam: 'Hier... veilig... thuis.'
Tucker keek een ogenblik naar zijn metgezellen en merkte dat ze tijdens hun nachtelijke zwerftocht waren veranderd. Het wijfje

was eerst katachtig geweest, glad en lenig, met katteoren en scherpe tanden die ze sissend ontblootte als ze bang, kwaad of geil was. Nu leek ze net als Tucker zelf meer op een wolf, met een grote snuit, hogere schoften en klauwen aan haar poten die langer en moorddadiger waren dan die van een echte wolf. De poten zelf leken het resultaat van een kruising tussen mens en wolf. Het mannetje, dat de eigenschappen van een insekt had gecombineerd met de algemene gedaante van een hyena, was eveneens meer op Tucker gaan lijken.

Als bij stilzwijgende afspraak was Tucker de leider van het groepje geworden en de anderen schenen zich ook aan zijn uiterlijke vorm te hebben aangepast. Hij besefte dat dit een belangrijk, misschien ook onaangenaam verschijnsel was, maar hij bezat niet langer de helderheid van geest om zich op dit probleem te concentreren. Een onderkomen was nu het eerst noodzakelijke.

'Hier veilig... Hier.'

Hij voerde hen langs de kapotte openhangende deur het vermolmde huis binnen. In de gang was het pleisterwerk gebarsten en op sommige plaatsen helemaal losgeraakt, waardoor het latwerk in de muur zichtbaar werd als de ribbenkast van een half vergaan lijk. In de lege zitkamer hing het behang in lange stroken naar beneden, alsof het huis zijn oude huid wilde afschudden en net zo'n dramatische gedaanteverandering zou ondergaan als het troepje van Tucker.

Hij volgde diverse geursporen door het huis, geuren die niet opwindend waren maar wel heel boeiend, geuren van meeldauw en paddestoelen die in een donkere hoek van de eetkamer groeiden, zwak lichtende schimmel in de kamer aan de andere kant van de gang, uitwerpselen van ratten, de uitgedroogde resten van een vogel die door een kapotte ruit naar binnen was gevlogen en zijn vleugel tegen de muur had gebroken, het nog herkenbare karkas van een coyote die in de keuken een hoekje had opgezocht om te sterven.

Tijdens deze inspectie besefte Tucker dat het huis geen ideaal onderkomen bood. De kamers waren te groot en tochtig door de gebroken ruiten en het was mogelijk dat hier nog weleens mensen kwamen, niet regelmatig maar toch vaak genoeg om hinderlijk te zijn.

In de keuken ontdekte hij echter de ingang van de kelder en die onderaardse schuilplaats trok hem aan. Samen met de anderen daalde hij de krakende trap af. In die diepe duisternis waren ze beschut tegen de tocht; de vloer was droog en de betonnen muren

wasemden een schone kalkgeur uit.
Mensen zouden zich zelden in deze kelder wagen en als ze het toch deden kwamen ze in een val waaruit geen ontsnappen mogelijk was.
In deze diepe, donkere, geheime schuilplaats konden ze alles worden wat ze maar wilden, zonder dat iemand hen zou zien.
Tucker verbaasde zich over zijn eigen gedachten. Alles wat ze maar wilden?
Hij wist niet waar dat idee vandaan kwam of wat het betekende. Plotseling had hij het gevoel dat de regressie een proces in werking had gesteld waarover hij geen bewuste beheersing meer had, een proces dat door een primitiever deel van zijn hersenen werd geleid. Het maakte hem paniekerig. Hij had al veel vaker een andere gedaante aangenomen en tot nu toe was hij altijd in staat geweest terug te keren, maar nu... De angst verdween snel, want zijn concentratievermogen was uitgeput en hij wist niet eens meer wat 'regressie' betekende. Zijn aandacht werd snel opgeëist door het wijfje, dat met hem wilde paren.
Weldra lagen ze over en onder elkaar te woelen, klauwend en stotend. Hun schrille kreten van opwinding verspreidden zich door de verlaten woning, ijle stemmen in een spookhuis.

6

Tik, tik, tik.
Sam had graag willen opstaan om door het raam te kijken, want hij was benieuwd hoe zo'n wezen er van dichtbij uitzag.
Maar ze waren blijkbaar gewelddadig van aard en een confrontatie zou ongetwijfeld resulteren in een vuurgevecht, wat de aandacht van de buren en de politie zou trekken. Hij kon zich niet veroorloven zijn huidige schuilplaats op te geven, want het was de enige die hij voorlopig had.
Daarom klemde hij de revolver in zijn hand en hield Moose en zichzelf onder de vensterbank, luisterend. Hij hoorde stemmen, ongearticuleerd of zo gedempt dat hij niets kon verstaan. Het gebrom klonk alsof ze op ingehouden toon discussieerden. Daarna werd het stil.
Sam bleef nog een tijd op zijn hurken zitten en wachtte op nieuwe geluiden van het geelogige beest – *tik, tik* – maar er gebeurde niets. Toen hij kramp in zijn dijen en kuiten begon te krijgen, liet hij Moose los en stak voorzichtig zijn hoofd boven de vensterbank

uit. Hij verwachtte half het monster te zien, het mismaakte gezicht tegen het glas gedrukt, maar er was niets.
Samen met Moose liep hij alle kamers op de benedenverdieping door en keek overal uit het raam. Het zou hem niet hebben verbaasd als de wezens zich ergens toegang probeerden te verschaffen.
Het enige geluid was afkomstig van de regen, die kletterend op het dak viel en gorgelend door de goten stroomde.
Hij besloot dat ze verdwenen waren en slechts bij toeval op het huis waren gestuit. Ze waren niet speciaal naar hem op zoek, alleen naar prooi, en zelfs al hadden ze hem voor het raam zien staan, konden ze zich vermoedelijk net zomin als hij midden in de stad een vechtpartij veroorloven. Ze sloegen het liefst in het verborgene hun slag. Een enkele keer lieten ze weleens een wilde kreet horen die door heel Moonlight Cove weergalmde, maar dan waren ze blijkbaar in de ban van een of andere vreemde opwinding. Tot nu toe hadden ze zich meestal beperkt tot aanvallen op mensen die betrekkelijk geïsoleerd waren.
Hij ging terug naar de zitkamer, stopte zijn revolver weg en strekte zich uit op de bank.
Moose ging een tijdje naar hem zitten kijken, alsof hij niet kon geloven dat Sam rustig wilde gaan slapen met indringers in de buurt.
'Ik kan me er niet druk om maken, jongen,' zei hij tegen de hond. 'Je zou eens moeten weten wat voor engs ik in mijn dromen zie. Als ik me alles aantrok zou ik waarschijnlijk helemaal nooit meer slapen.'
De hond geeuwde en verdween naar de gang, waarna hij zich met de lift naar boven liet brengen.
Sam probeerde zijn latere dromen te beïnvloeden door zich op prettige dingen te concentreren, lekker Mexicaans eten, een koel biertje en Goldie Hawn. Ideaal zou zijn een etentje met Goldie Hawn, die er nog stralender uitzag dan gewoonlijk, onder het genot van een koel biertje in een uitstekend Mexicaans restaurant, lachend en drinkend.
Maar toen hij eindelijk in slaap viel, droomde hij van zijn vader, een driftige dronkelap in wiens handen hij was gevallen toen hij zeven jaar oud was, nadat zijn moeder bij het auto-ongeluk om het leven was gekomen.

7

Chrissie schrok wakker op haar bed van naar gras geurende zakken toen de automatische deur van de garage zich steunend en ratelend opende. Ze was onwillekeurig bijna rechtop gaan zitten, maar ze wist snel weer waar ze was en verstopte zich zo goed mogelijk onder de jute.

Regen kletterde op het dak en viel met een sissend geluid op het grind van de oprit, alsof er eieren met spek in een grote koekepan lagen te sputteren. Chrissie kreeg er nog meer honger van dan ze al had.

'Heb je mijn trommeltje, Sarah?'

Ze kende Ed Eulane niet goed genoeg om zijn stem te herkennen, maar wel die van zijn vrouw Sarah die hem meteen antwoord gaf.

'Ik had liever dat je meteen weer naar huis ging als je mij hebt afgezet. Neem toch een dagje vrij, Ed. Dit is geen weer om in te werken.'

'Ik hoef ook geen gras te maaien,' zei hij, 'er zijn genoeg andere klusjes te doen. Ik heb een goede regenjas, daarmee had Mozes dwars door de Rode Zee kunnen lopen zonder dat God hem een handje had hoeven helpen.'

Chrissie kon vrij gemakkelijk ademhalen onder de ruwe, met groene vegen besmeurde zakken, maar de ruwe stof kriebelde in haar neus en ze was bang dat ze moest niezen.

DOM GANSJE VERRADEN DOOR GENIES EN LEVEND VERSLONDEN DOOR BUITENAARDSE TUINMAN. MEER ELFJARIGE BLONDINES OPGEEIST, dacht ze bij zichzelf.

Ze hoorde de Eulanes de garage binnenkomen en Sarah stapte in de auto, een paar decimeter vanwaar ze zich verstopt had.

'Het wordt je dood nog eens, Ed,' zei Sarah.

'Ik ben toch zeker geen teer kasplantje?' vroeg haar man speels terwijl hij het portier opende en achter het stuur ging zitten.

'Nee, maar wel een uitgewaaide paardebloem.'

Hij lachte. 'Vannacht dacht je daar wel anders over.'

'Misschien wil ik je daarom nog wel wat langer houden. Je bent mijn uitgewaaide paardebloem.'

De portieren werden dichtgetrokken.

Chrissie durfde eindelijk de zakken van haar hoofd te halen en ze kneep in haar neus tot het kriebelen ophield.

Eulane startte de motor, liet hem even op temperatuur komen en reed achteruit de garage uit. Chrissie hoorde Ed en Sarah in de cabine met elkaar praten en hoewel ze niet alles kon verstaan, kreeg

ze de indruk dat ze nog steeds grapjes maakten.
Ze dook snel weer onder de zakken, met net genoeg ruimte om wat frisse lucht binnen te krijgen, toen de koude regen in de open laadbak en op haar gezicht viel. Het was niet erg als ze onder het rijden moest niezen, want het geluid zou overstemd worden door de regen en het ronken van de motor.
Chrissie vond het gesprek van Ed en Sarah luchtig genoeg om te geloven dat ze nog zichzelf waren. Ruimtewezens zouden vast geen plagerige grapjes maken, hoogstens als ze anderen wilden laten geloven dat er niets aan de hand was, maar niet onder elkaar. Dan zouden ze het eerder hebben over... over de planeten die ze al hadden veroverd, over het weer op Mars, de prijs van brandstof voor hun vliegende schotels of misschien over recepten met mensen als smakelijke ingrediënten. In ieder geval over iets heel anders dan de Eulanes nu deden.
Maar aan de andere kant...
Misschien waren Ed en Sarah pas vannacht overgenomen door de ruimtewezens en waren die nu een beetje aan het oefenen om zich als gewone mensen te kunnen voordoen. Je zou zien, zodra Chrissie te voorschijn kwam kregen ze natuurlijk tentakels en grote scharen waarmee ze haar zouden grijpen en levend opeten, zonder garnering. Of ze zouden haar invriezen en meenemen naar hun eigen planeet als een jachttrofee, of alleen haar hersens gebruiken om in hun ruimteschip het koffiezetapparaat goedkoop te laten werken.
Na alles wat ze had meegemaakt, vond ze het wel zo verstandig voorzichtig te blijven en vast te houden aan haar oorspronkelijke plan.
De zware zakken mest, slakkengif en teelaarde rondom haar boden niet lang beschutting tegen de regen. Bij het vertrek was ze behoorlijk droog en in elk geval lekker warm geweest, maar nu was ze al snel weer doorweekt en koud tot op het bot.
Onderweg gluurde ze regelmatig tussen de zakken door om te zien waar ze was. Toen de wagen Ocean Avenue opdraaide, haalde ze de natte jute van zich af en kroop uit haar schuilplaats.
In de wand van de cabine zat een raampje en Ed Eulane zou haar misschien al in zijn spiegeltje kunnen zien als ze niet oppaste, daarom kroop ze op handen en voeten tussen en over de spullen door naar de voorkant van de laadbak, klaar om er bij de kerk af te springen. Ze drukte zich tegen de zijkant van de klep en wachtte met gebogen hoofd af, rillend in de regen.
Ze passeerden Shasta Way, de eerste zijstraat aan de rand van de

stad, en reden verder in de richting van het centrum. Nog vier straten en ze waren bij de kerk.
Het verbaasde haar dat er helemaal geen andere auto's en ook geen voetgangers te zien waren, al was het volgens haar polshorloge nog pas drie minuten over zeven. Misschien wachtte iedereen tot de ergste buien voorbij waren, maar in haar verbeelding leek een andere mogelijkheid veel waarschijnlijker: bijna heel Moonlight Cove was door de buitenaardse wezens veroverd en die waren nu allemaal op zoek naar de laatste gewone mensen. Ze dacht er maar liever niet over na wat het zou betekenen als ze gelijk had.
Bij het naderen van de kerk klom ze over de rand van de witte laadklep, zich stevig vastklemmend tot haar tastende voet steun vond op de bumper. Angstig keek ze door het ruitje in de wand van de cabine naar de achterhoofden van de Eulanes. Ed hoefde maar even in zijn spiegeltje te kijken en hij zou haar zien.
Ze vreesde ook elk moment een voorbijganger te horen schreeuwen: 'Hé, ben je gek geworden! Dat is levensgevaarlijk, zomaar aan een wagen gaan hangen!' Maar er waren nog steeds geen voetgangers op straat en ze bereikte zonder ongelukken de kruising. De wagen remde piepend af en stopte voor het rode licht.
Chrissie aarzelde niet en sprong van de bumper af.
Even later trok Ed Eulane op en sloeg linksaf, op weg naar de basisschool een paar straten verder, waar zijn vrouw werkte en waar Chrissie op een gewone dinsdag ook naar toe zou zijn gegaan.
Ze sprong over het regenwater dat in een modderige stroom door de goot langs de stoep sijpelde en rende over het kruispunt naar de overkant. Opgelucht bereikte ze de voordeur van de Onze-Lieve-Vrouwekerk, die een laatste toevluchtsoord scheen te zijn. Met een hand op de sierlijke koperen knop van de bewerkte eiken deur bleef ze staan om de straat op en neer te kijken. Er was geen mens te zien achter de ruiten van de winkels, kantoren en flatwoningen, even zielloos en leeg als staarogen. Alleen de bomen stonden te schudden in de wind, die in vlagen door Ocean Avenue blies en de regen af en toe schuins deed neervallen. Het was alsof ze naar een spookstad keek, maar dan met regen in plaats van opgejaagde stofwolken.
Een politiewagen verscheen op de hoek bij de kerk en remde af voor het stoplicht. Er zaten twee agenten in. Ze keken niet in haar richting.
De politie durfde ze niet meer te vertrouwen. Snel deed ze de deur open en ging het kerkgebouw binnen voordat ze haar in de gaten kregen.

De geur van wierook en nardus in het gelambrizeerde portaal gaf haar onmiddellijk een vertrouwd en veilig gevoel. Ze stapte naar voren, doopte haar vingers in het marmeren wijwatervat, maakte een kruisteken en liep door het middenpad naar de vierde bank van achteren. Voor ze ging zitten knielde ze en sloeg opnieuw een kruis.

Haar kleren waren doorweekt en ze voelde zich bijna schuldig omdat ze de bank nat maakte, maar daar kon ze niets aan doen.

De vroege mis was al begonnen, maar in de hele kerk zaten behalve zij slechts twee gelovigen, wat een schandalig lage opkomst leek te zijn. Ze kon zich niet herinneren dat ze meer dan één keer op een weekdag naar de kerk was geweest, jaren geleden, maar op zondag was het in elk geval altijd behoorlijk druk. Ze vermoedde dat de vreemde gebeurtenissen in Moonlight Cove ook hiervoor verantwoordelijk waren. Buitenaardse wezens waren natuurlijk niet gelovig, of anders vereerden ze afgoden met afschuwelijke namen als Yahgag of Scogblatt.

Verwonderd merkte ze dat de mis niet werd opgedragen door pater Castelli, maar door een jonge kapelaan, bijgestaan door een enkele misdienaar. De kapelaan, pater O'Brien, was in augustus als hulppriester aangesteld. In navolging van de pastoor liet hij zich het liefst met zijn voornaam aanspreken, Tom, maar hoewel ze hem best aardig vond had ze dat nooit gedurfd. Ook pater Castelli durfde ze geen Jim te noemen, hoewel hij nog aardiger en wijzer en grappiger was. Dan kon je de paus net zo goed Johnny noemen, vond ze. Haar vader en moeder hadden weleens gezegd dat er in de loop der jaren zoveel veranderd was in de Kerk, dat het niet meer zo vormelijk was als vroeger, iets wat ze blijkbaar een verbetering vonden. Maar Chrissie beschouwde zichzelf als een rechtgeaarde gelovige en ze had weinig op met die nieuwlichterij. Ze vond het jammer dat de mis doorgaans niet meer in het Latijn werd opgedragen, die zangerige en mysterieuze taal. Ze hield ook niet van de uiterst kinderachtige vondst om de mensen om je heen te moeten zegenen. Tijdens de vakantie in San Francisco had ze eens een speciale mis bijgewoond, opgedragen in het Latijn en op de ouderwetse manier, en daar dacht ze nog steeds met veel genoegen aan terug. Steeds snellere vliegtuigen, kleurentelevisie in plaats van zwart-wit, steeds betere geneesmiddelen, CD's in plaats van die onhandige oude langspeelplaten, dat vond ze allemaal goede veranderingen. Maar sommige dingen konden maar beter bij het oude blijven, want als alles voortdurend anders werd, waar kon je dan nog een beetje rust en stilte en vrede vinden? Dat was

zo duidelijk, dat ze niet begreep waarom volwassenen zo nodig alles wilden veranderen. Soms waren ze gewoon stom.
Ze bleef maar een paar minuten zitten, net lang genoeg om tot Maria te bidden en te vragen of ze haar wilde helpen. De pastoor was nergens te zien, niet bij de biechtstoel en ook niet in een van de banken waar hij soms ging zitten alsof hij een gewone kerkganger was. Ze stond op, knielde naast de bank, sloeg een kruis en ging terug naar het portaal, waar twee kaarslampen een zachte gloed uitstraalden door ambergele ruitjes. Ze deed de deur een eindje open en keek naar de natgeregende straat.
Een politiewagen kwam langzaam aanrijden door Ocean Avenue, een andere dan die ze een paar minuten eerder gezien had. Hij was nieuwer en er zat maar één agent in, die onder het rijden steeds van links naar rechts keek alsof hij naar iemand op zoek was. Bij het kruispunt remde hij af voor een andere auto, een blauwe Chevrolet met twee mannen erin. Ook zij keken speurend om zich heen en hoewel ze geen enkel signaal aan de politieman gaven, had het er alle schijn van dat ze met precies hetzelfde bezig waren. Had ze dan toch gelijk en was iedereen in Moonlight Cove naar iemand op zoek?
Naar míj, dacht ze.
Het kon niet anders, ze wist te veel. Ze had de vorige ochtend thuis immers gezien wat er met haar ouders gebeurd was en daarom was ze gevaarlijk. Wat zouden ze met haar doen als ze haar te pakken kregen? Opeten vermoedelijk, met gebakken Martiaanse aardappelen erbij.
Tot nu toe had ze nog niemand verslonden zien worden, maar het kon bijna niet anders of de buitenaardse wezens waren zelfs op dit moment bezig zich aan mensen te goed te doen.
De auto's vervolgden hun eigen weg en Chrissie duwde de deur ver genoeg open om haar hoofd naar buiten te kunnen steken. Ze keek twee keer naar links en naar rechts en overtuigde zich ervan dat er niemand was die haar kon zien, waarna ze naar de hoek holde. Ook daar keek ze eerst de straat door voordat ze om de kerk heen liep naar de pastorie erachter.
Dat was een stenen gebouw met deurstijlen van bewerkt graniet en een witte veranda waarvan de overkapping uitgeschulpte randen had, een degelijk onderkomen voor een geestelijke. De regen werd opgevangen door de oude platanen langs het tegelpad, maar Chrissie was al doornat. Haar voeten maakten een soppend geluid in haar sportschoenen terwijl ze over de veranda naar de voordeur liep.

Aarzelend keek ze naar de deurbel. Was ze er wel zeker van dat ze pater Castelli kon vertrouwen? Misschien begaf ze zich wel in het hol van de buitenaardse leeuw, hoe onwaarschijnlijk dat ook was, of anders wilde hij eindelijk eens uitslapen en was de hulppriester daarom de mis aan het opdragen. Ze zou de geestelijke niet graag storen in zijn welverdiende rust.
Ondanks al haar moed en slimheid, dacht ze bij zichzelf, was onze jonge heldin fatsoenlijker dan goed voor haar was. Voordat ze op de bel had kunnen drukken, werd ze plotseling door de buitenaardse monsters vastgegrepen en op de veranda verslonden. Gelukkig was het een snelle dood en kon ze niet meer horen hoe de monsters na hun feestmaal voldaan boerden, want dat zou ongetwijfeld te veel voor haar fatsoenlijke inborst zijn geweest.
Ze drukte twee keer op de bel.
Een ogenblik later zag ze door de matglazen, diamantvormige ruitjes in de bovenkant van de deur een donkere gestalte met een kromme rug naderen. Het duurde even voordat ze begreep dat de misvorming alleen maar door het glas werd veroorzaakt.
Pater Castelli deed de deur open en keek haar verrast aan. Hij droeg zijn vertrouwde zwarte kleren en het priesterboord onder een versleten grijs vest, dus gelukkig had hij niet meer in bed gelegen. Hij was nogal klein van stuk en tamelijk mollig, met zwart haar dat bij de slapen grijsde en een fiere neus in een overigens zacht en innemend gelaat.
Hij knipperde met zijn ogen (het was voor het eerst dat ze hem zonder bril zag) en zei: 'Chrissie?' Hij glimlachte warm en oprecht en ze wist dat ze er goed aan had gedaan hier te komen. 'Hoe kom jij hier zo vroeg en dat in zulk weer?' Hij keek langs haar heen naar het tegelpad. 'Ben je niet met je ouders?'
'U moet me helpen, meneer pastoor!' zei ze, en het verbaasde haar niet echt dat haar stem oversloeg.
Zijn glimlach verdween. 'Is er iets gebeurd?'
'Ja, iets verschrikkelijks.'
'Kom toch binnen, kom binnen. Je bent doornat.' Hij trok haar de hal in en deed de deur dicht. 'Wat is er dan aan de hand, meisje?'
Chris klappertandde en stamelde iets onverstaanbaars.
'Kom eerst maar mee naar de keuken,' zei hij. 'Daar is het goed warm en ik wilde net gaan ontbijten.'
'Het hele kleed wordt nat,' zei ze, naar de bonte loper wijzend die op de eiken vloer in de gang lag.
'Dat geeft helemaal niet. Het is een oud ding, maar het kan heel

wat hebben. Net als ik, zou je kunnen zeggen! Wil je een glas chocolademelk? Ik heb net een pot gloeiendhete chocola gezet voor bij het eten.'

Ze volgde hem dankbaar door de flauw verlichte gang, die naar boenwas, ontsmettingsmiddel en vaag naar wierook geurde.

De keuken was ruim en gezellig. Met enige verbazing zag Chrissie dat hij er net zo uitzag als iedere andere keuken, met uitgesleten geel linoleum op de vloer, lichtgele wanden, donkerhouten kastjes met knoppen van wit porselein, grijs en geel formica op de tafels. Om de een of andere reden had ze gedacht dat een priester een vurige engel kon oproepen als hij brood wilde roosteren, maar er stonden een gewoon broodrooster en een magnetron en de pastoor beschikte zelfs over een elektrische blikopener.

Het rook verrukkelijk in de keuken. Op het fornuis stond een pot dampende chocolademelk, het broodrooster was in vol bedrijf en in een pan op het gasfornuis lagen worstjes te sudderen.

De pastoor zette haar op een van de vier beklede plastic stoelen aan de ontbijttafel en ging als een moederkloek aan de slag. Hij holde de trap op en kwam even later terug met twee donzige badhanddoeken. 'Hier, droog je haar goed af en maak je kleren een beetje droog en sla daarna de andere handdoek om je heen, dan word je weer warm.' Daarna haalde hij twee aspirientjes uit de badkamer beneden en legde die voor haar neer op de tafel. 'Ik zal je er een glas sinaasappelsap bij geven, daar zit een hoop vitamine C in. Aspirine en vitamine C, dat is de allerbeste remedie tegen een opkomende verkoudheid.' Hij schonk een glas voor haar in en bleef een ogenblik hoofdschuddend naast haar staan. Ze moest er ook wel erg miserabel en meelijwekkend uitzien. 'Het lijkt wel of je in een sloot bent gevallen, kind. Wat is er toch gebeurd? Maar wacht, je moet eerst wat eten, daarna kun je me alles vertellen. Je hebt toch wel trek?'

'Ik ben uitgehongerd, meneer pastoor. Ik heb sinds gistermiddag alleen maar een paar repen chocola gegeten.'

'Alleen maar chocola?' Hij zuchtte. 'Chocola is een geschenk van de Heer, maar het is ook een werktuig van de duivel om ons tot de zonde van overdaad te verleiden.' Hij klopte op zijn ronde buik en gaf haar een knipoogje. 'Niet dat hij daar in slaagt, natuurlijk! Maar van chocola alleen krijg je een slecht gebit. Er is genoeg warme worst voor ons allebei en ik was net van plan een paar eieren te bakken. Lust jij die ook?'

'Graag.'

'Met geroosterd brood?'

'Ja.'
'Begin maar vast met een plak kaneelkoek, die staan al op tafel. Ze zijn verrukkelijk.'
Chrissie spoelde de twee aspirientjes weg met sinaasappelsap. Pater Castelli ging naar het fornuis en brak een paar eieren boven de gloeiende pan. Hij wierp een snelle blik op haar.
'Gaat het weer een beetje?'
'Ja.'
'Zeker weten?'
'Ja, nu wel. Ik voel me een stuk beter.'
'Ik ben in ieder geval blij dat ik iemand heb om me gezelschap te houden,' zei hij.
Chrissie dronk haar glas leeg.
'Tom wil nooit iets eten na de vroegmis. Last van zijn maag.' Hij grinnikte. 'Dat hebben die jonge knapen allemaal in het begin. De eerste maanden zien ze nog zó tegen het altaar op. De heilige mis opdragen is een verheven taak en ze zijn altijd bang dat ze iets verkeerd zullen doen en God beledigen. Gelukkig is de Heer niet zo gauw beledigd, anders had Hij zijn buik al heel lang vol van de mensen! Na een tijdje komen ze daar zelf wel achter en dan is hun maag ook weer in orde. Er zijn erbij die je de oren van het hoofd eten.'
Ze was blij dat de pastoor onophoudelijk tegen haar praatte. Het deed er eigenlijk niet toe wat hij zei, het was de manier waarop hij haar suste en op haar gemak stelde. Dat had ze nodig.
Hij draaide de worstjes om met een vork, pakte een houten lepel en legde die naast de pan met de eieren. Daarna kwam hij met borden en bestek naar de tafel.
'Het lijkt wel of je een spook hebt gezien, Chrissie, zo bang zie je eruit. Je hoeft je er helemaal niet voor te schamen. Denk maar aan wat ik zei over die jonge priesters, die zijn zelfs na hun jarenlange opleiding en wijding nog bang voor een gewone mis. De meeste angsten halen we onszelf in het hoofd en we kunnen ze zelf ook weer kwijtraken.'
'Maar deze misschien niet,' zei ze.
'We zullen zien.'
Hij schoof twee eieren en een paar worstjes op haar bord en knikte haar toe. Chris viel gretig aan op het eten. Voor het eerst in vierentwintig uur voelde ze zich weer thuis.

8

Shaddack ging meestal niet naar bed voor het ochtend werd en om een uur of zeven begon hij de vermoeidheid te voelen. Hij ging op zoek naar een rustige plek om de bestelwagen neer te zetten en een paar uur te slapen zonder door Watkins lastig te worden gevallen. Ondanks de regen en de zwaar bewolkte lucht deed het vroege licht pijn aan zijn ogen.

Hij herinnerde zich Paula Parkins, de vrouw die in september door ontspoorden aan stukken was gescheurd. Haar vrijstaande huis lag in een stille buitenwijk aan de rand van de stad en hoewel haar familie in Colorado een plaatselijke makelaar had ingeschakeld, stond het nog steeds te koop. Hij reed erheen, zette zijn wagen in de lege garage, deed de motor uit en liet de grote deur neer. Hij nam een boterham en een blikje cola, veegde de kruimels van zijn vingers en maakte het zich gemakkelijk op de dekens in de laadruimte van zijn auto.

Het kostte hem nooit moeite om in slaap te vallen, daarvoor was hij te zeker van zijn rol in het leven, van zijn bestemming. Hij was er absoluut van overtuigd dat hij de toekomst volgens plan naar zijn hand zou zetten.

Er waren immers aanwijzingen te over geweest, voortekenen van succes in alles wat hij ondernam.

De eerste die hem daarop had gewezen was Don Runningdeer geweest. Runningdeer was een Indiaan – hij was er nooit achter gekomen van welke stam – die in Shaddacks ouderlijk huis in Phoenix de tuin onderhield en allerlei klusjes opknapte. Hij was snel en lenig, met een verweerd gezicht, harde spieren en eeltige handen; maar het opvallendst waren zijn ogen, glanzend en gitzwart, met een uitstraling die soms niet te verdragen was en soms juist onweerstaanbaar fascinerend, zodat je je blik onmogelijk kon afwenden. De Indiaan hechtte zich aan de kleine Tommy en liet hem bij het een of andere werkje helpen, tenminste als zijn ouders niet in de buurt waren om te voorkomen dat hij zijn handen vuil maakte of zich met het 'lagere personeel' bemoeide. Tussen zijn vijfde en twaalfde jaar bracht hij een groot deel van zijn tijd door in het gezelschap van Runningdeer, want zijn ouders waren er bijna nooit om er iets van te zeggen.

Een van zijn vroegste herinneringen was er een aan Runningdeer en aan het teken van de slang die zichzelf verslond...

Hij was vijf jaar oud en zat te midden van zijn speelgoedautootjes op het terras achter het grote huis in Phoenix, maar hij had meer aandacht voor de Indiaan. Runningdeer had in de gloeiende zon zijn hemd uitgetrokken en was met een grote tuinschaar struiken aan het snoeien. Tommy keek met ontzag naar het rollen van de machtige spieren in zijn rug, schouders en armen. Zijn eigen vader, de rechter, was mager, bleek en knokig en Tommy had op zijn vijfde al veel van hem weg, lang voor zijn leeftijd en opmerkelijk mager. Runningdeer werkte pas twee weken voor zijn ouders, maar Tommy had zich van het begin af aan tot hem aangetrokken gevoeld, zonder te begrijpen waarom. Runningdeer had altijd een glimlach voor de jongen over en kon grappige verhalen vertellen over coyotes en ratelslangen en andere dieren in de woestijn. Hij noemde hem 'Little Chief', de eerste bijnaam die hij had. Zijn moeder noemde hem gewoon Tommy of Tom; de rechter hield het bij Thomas.

Zo zat hij daar op het terras en langzamerhand vergat hij zijn autootjes en keek alleen nog maar, als gehypnotiseerd, naar Runningdeer. Hij wist niet hoe lang hij daar in de schaduw zat, beschermd tegen de schroeiende hitte van de woestijn, maar plotseling schrok hij op toen Runningdeer hem riep.

'Kom eens kijken, Little Chief.'

Tommy kon aanvankelijk geen antwoord geven. Zijn armen en benen wilden niet bewegen, alsof ze in steen waren veranderd.

'Kom gauw, Little Chief, ik moet je iets laten zien.'

Eindelijk sprong hij overeind en rende over het gras naar de struiken bij het zwembad.

'Dit is iets heel bijzonders,' zei Runningdeer op een plechtige toon, en hij wees naar een groene slang die vlak voor zijn voeten op de warme tegels lag.

Tommy deinsde geschrokken terug, maar de Indiaan pakte hem bij zijn arm en hield hem dicht tegen zich aan. 'Je hoeft niet bang te zijn, het is maar een gewone veldslang. Hij zal je niets doen. Maar hij is speciaal voor jou gekomen.'

Hij staarde met grote ogen naar het veertig centimeter lange reptiel dat opgerold op de tegels lag, met zijn staart in zijn bek alsof hij zichzelf wilde opeten. Het dier keek roerloos terug met glazige ogen en Tommy dacht dat de slang dood was, maar de Indiaan verzekerde hem dat dat niet zo was.

'Het is een groot en machtig teken en alle Indianen kennen het,' zei Runningdeer. Hij ging op zijn hurken zitten en trok de jongen met zich mee. 'Een bovennatuurlijk teken, gezonden door de grote geesten,' fluisterde hij, 'en het is altijd bestemd voor een kleine jongen. Het is een geweldig teken.'

Tommy keek bevreemd naar de slang. 'Wat voor teken dan? Ik zie alleen maar een slang.'
'Het is een voorteken,' zei Runningdeer. 'Een heilig symbool.'
Runningdeer hield zijn arm vast en legde op een zachte, intense toon de betekenis van het symbool uit. Het zonlicht schitterde op de tegels, waarboven de lucht trilde van de warmte. De roerloze slang leek haast een ring van smaragd met twee robijnen als ogen.
Na een poosje raakte Tommy weer in dezelfde vreemde trance als een paar minuten daarvoor. De stem van de Indiaan drong diep door in zijn hersenen en het leek alsof het helemaal niet de stem van de Indiaan was, maar die van de slang zelf.
Hij keek strak naar het dier en vergat bijna dat Runningdeer bij hem was, want wat hij hoorde was een dwingende en opwindende boodschap die heel zijn wezen vulde en al zijn aandacht opeiste, ook al begreep hij de woorden niet helemaal.
'Ik voorzeg je je toekomst,' zei de slang. 'Je zult een man met grote macht worden, veel machtiger dan je vader, een man voor wie anderen zullen buigen en naar wie ze zullen luisteren. Je zult nooit bang hoeven te zijn voor de toekomst, want je zult je toekomst scheppen naar je eigen wensen. Dit is ons geheim. Niemand mag weten dat je dit teken hebt ontvangen, anders zullen ze in het donker komen om je keel door te snijden, je hart uit je borst te rukken en je diep onder de grond te begraven. Ze mogen niet weten dat jij hun meester zult zijn, een god op aarde, anders zullen ze proberen je te doden voordat je tijd gekomen is. Geheim, het is ons geheim. Ik ben de slang die zichzelf verslindt en ik zal nu verdwijnen zonder een spoor achter te laten. Je kunt de Indiaan vertrouwen, maar niemand anders, nooit iemand anders.'
Tommy viel flauw bij het zwembad en bleef twee dagen ziek. De dokter wist er geen raad mee. De jongen had geen koorts, geen opgezette lymfklieren, geen pijn of andere symptomen van ziekte, maar hij was te slap en lusteloos om stripboeken te lezen of naar de televisie te kijken. Hij at bijna niets, sliep veertien uur per dag en lag de rest van de tijd maar een beetje voor zich uit te staren.
'Misschien is het een lichte zonnesteek,' zei de dokter. 'Als hij over een paar dagen niet beter is, zal ik hem ter observatie laten opnemen.'
De volgende dagen kwam Runningdeer af en toe aan zijn ziekbed zitten als Tommy's vader voor werk of zaken weg was en zijn moeder zich om haar drukke sociale leven bekommerde. Hij vertelde de jongen verhalen met zijn zachte en vreemd melodieuze stem.

Nora Karval, de interne huishoudster die tijdelijk tot verpleegster was gepromoveerd, wist dat zijn ouders de omgang met de Indiaan niet goedkeurden, maar ze was goedhartig en vond dat de kleine jongen doorgaans te weinig aandacht van hen kreeg. Bovendien mocht ze de Indiaan en daarom liet ze zijn bezoeken toe... op voorwaarde dat Tommy er niets van zou zeggen tegen zijn vader en moeder.
Tommy herstelde na twee dagen en iedereen accepteerde de verklaring van een zonnesteek. Daarna trok hij altijd met Runningdeer op wanneer zijn ouders er niet waren. Toen hij oud genoeg was om naar school te gaan, kwam hij na afloop van de lessen meteen naar huis: hij ging nooit met andere kinderen mee om bij hen thuis te spelen. Hij greep elke gelegenheid aan om bij Runningdeer te zijn.
Week na week, maand na maand, jaar na jaar wees de Indiaan hem op andere voortekenen die hem een grootse, zij het nog niet nader bepaalde toekomst verkondigden: een paar klavertjesvier die onder het raam van zijn slaapkamer groeiden; een dode rat in het zwembad; een stel tsjirpende krekels in een la van zijn bureau toen hij op een middag van school thuiskwam; muntjes die hij verschillende keren in zijn schoenen of in de zakken van zijn kleren vond; op een keer zelfs een glanzende zilveren dollar in een appel die Runningdeer voor hem schilde.
'Het moet een geheim blijven,' fluisterde de Indiaan veelbetekenend nadat Tommy hem had verteld dat hij de vorige avond, de dag van zijn negende verjaardag, zachte belletjes onder het raam van zijn kamer had horen tinkelen. Hij was er wakker van geworden en toen hij opstond om naar buiten te kijken zag hij in het gras een brandende kaars. Stil was hij naar buiten geslopen, maar de kaars was verdwenen.
'Hou de tekenen altijd geheim, anders zullen ze weten dat je op een dag over hen zult heersen en dan zullen ze je doden nu je nog jong en zwak bent.'
'Wie zijn "zij"?' vroeg Tommy.
'Iedereen,' antwoordde de Indiaan geheimzinnig.
'Mijn vader toch niet?'
'Juist hij,' fluisterde Runningdeer. 'Hij is een machtig man en hij houdt ervan om zijn macht te laten gelden. Je weet dat de mensen voor hem kruipen.'
Tommy had inderdaad gemerkt hoe onderdanig en bevreesd iedereen deed tegenover zijn vader, vooral zijn vele vrienden uit de politiek, maar hij had ook gezien dat ze achter zijn rug elkaar blik-

ken toewierpen waaruit voornamelijk afkeer scheen te spreken. Alleen oog in oog met hem deden ze alsof ze hem bewonderden en zelfs op handen droegen.
'Hij zal voor niemand opzij willen gaan en afstand doen van zijn macht, zelfs niet voor zijn eigen zoon. Als hij ontdekt dat jij bent voorbestemd nog groter en machtiger te worden dan hij, zal niemand je nog kunnen redden... ook ik niet.'
Tommy zou het misschien niet geloofd hebben als hij een beter contact met zijn vader had gehad. Maar de rechter richtte zelden of nooit het woord tot hem en liet met geen gebaar zijn affectie blijken. Aanraking was bij hem taboe.
Runningdeer bracht soms snoep voor hem mee, zelf gemaakt van het vlees van een cactus. Er was voor allebei zo'n snoepje en ze aten het altijd samen op tijdens de middagpauze of als Tommy de Indiaan in de tuin aan het helpen was. De jongen voelde zich altijd heel bijzonder nadat hij het snoepje had gegeten. Als hij liep, leek het of hij zweefde en kleuren waren feller en mooier, maar het indrukwekkendst van alles was Runningdeer: zijn haar was onbeschrijflijk zwart, zijn huid prachtig bruin, zijn gebit stralend wit, zijn ogen waren even donker als het diepst van de nacht. Elk geluid, zelfs het bedrijvige knippen van de heggeschaar, het ronken van een vliegtuig op weg naar de luchthaven van de stad, het zachte gezoem van insekten, was als muziek in zijn oren. Heel de wereld was muziek, maar vooral de zangerige klank van Runningdeers stem. Ook geuren waren intenser, de reuk van bloemen, van gemaaid gras, van de olie waarmee de Indiaan zijn werktuigen smeerde. Zelfs de stank van zweet werd aangenaam. Runningdeer rook naar vers gebakken brood, naar hooi en koperen munten. Tommy herinnerde zich nooit veel van wat ze bij die gelegenheden tegen elkaar zeiden, maar wel was er altijd de zachte en intense toon waarop Runningdeer tegen hem sprak. De Indiaan vertelde hem vaak over het teken van de maanvogel.
'De maanvogel wordt gezonden door de grote geesten, het teken dat je geweldig machtig zult worden en onkwetsbaar. Onkwetsbaar! Maar als je de maanvogel ooit ziet, weet dan dat de grote geesten een tegenprestatie van je verlangen, een daad waarmee je bewijst dat je je uitverkiezing waard bent.'
Verder bewaarde hij weinig of geen herinneringen aan die momenten en meestal werd hij na een uurtje slaperig en ging hij naar zijn kamer. Zijn dromen waren meer dan levensecht en de Indiaan kwam er altijd in voor. Het waren aangename dromen, sussend, maar tegelijk hadden ze iets beangstigends.

Op een regenachtige zaterdag in november, toen Tommy tien jaar oud was, zat hij in de grote garage toe te kijken terwijl Runningdeer het elektrische vleesmes repareerde waarmee zijn vader met Kerstmis altijd de kalkoen aansneed. Het was koel en aangenaam vochtig voor Phoenix. Ze praatten over de regen, de naderende kerstvakantie en Tommy's prestaties op school. Dat was een van de dingen die hem tot Runningdeer aantrokken: de Indiaan kon heel goed luisteren.

Runningdeer stak de stekker in het stopcontact om te zien of het mes weer goed werkte. Door de razendsnelle bewegingen was de snijkant van het mes nauwelijks nog te zien.

Tommy klapte in zijn handen.

'Zie je dat?' Runningdeer hield het instrument omhoog. Het licht van de tl-buizen weerspiegelde in het metaal. 'Dit is een machine, Little Chief, een automaat. Misschien niet zo belangrijk als een auto of een vliegtuig of een rolstoel. Mijn broer is verlamd, hij zit in een elektrische rolstoel. Wist je dat, Little Chief?'

'Nee.'

'Een van mijn broers is dood, de andere is verlamd.'

'Wat erg.'

'Eigenlijk zijn het halfbroers van me, maar meer familie heb ik niet.'

'Heeft je broer een ongeluk gehad?'

Runningdeer reageerde niet op de vraag. 'Je kunt vlees net zo makkelijk met de hand snijden, maar het is toch een heel efficiënt en handig apparaat. De meeste machines zijn efficiënter en handiger dan mensen.'

De Indiaan liet het mes wat zakken en keek Tommy strak aan langs het zagende metaal.

De jongen begon in een trance te raken, ook al had hij geen snoep gegeten.

'De blanken hebben een groot vertrouwen in machines,' zei Runningdeer. 'Als je iets in hun wereld wilt betekenen, moet je zelf zoveel mogelijk een machine worden, Little Chief, net zo efficiënt en emotieloos als een machine. Je mag je niet laten afleiden door verlangens of emoties.'

Hij bracht het instrument nog dichter bij het gezicht van de jongen, die zijn ogen half samenkneep om het mes te kunnen zien.

'Als ik wilde, zou ik je neus kunnen afsnijden, je lippen, je wangen en oren...'

Tommy probeerde op te staan en weg te rennen, maar hij kon zich niet verroeren.

De Indiaan hield hem bij zijn pols vast.
Maar dat was niet het enige. Hij was als verlamd, niet alleen van angst maar ook van opwinding. De plotselinge spanning en dreiging hadden iets aanlokkelijks.
'Ik zou je ronde kin kunnen afsnijden, je scalperen tot je doodbloedde...'
Het mes was nog maar twee centimeter van zijn neus.
'... maar zelfs dan zou het mes gewoon door blijven gaan, want machines houden niet op. Op machines kun je bouwen.'
Tommy voelde de flauwe tochtstroom die het heen en weer schietende mes veroorzaakte.
'Als je in de blanke wereld iets wilt betekenen, Little Chief, word dan een machine.'
Runningdeer schakelde de stroom uit en legde het mes neer.
Hij liet Tommy niet los.
'Als je een machtig man wilt worden, toon je dan waardig het teken van de maanvogel te ontvangen. Bewijs dat je vastbesloten en genadeloos bent, zeker van jezelf, koud en ongevoelig als een machine.'
Sinds die dag hadden ze het vaak over machines, vooral als ze cactussnoep gegeten hadden. Tommy begon steeds vaker te dromen over de maanvogel en over mensen die er als gewone mensen uitzagen, maar die van binnen bestonden uit draden en transistors en klikkende schakelaars.
Toen hij twaalf jaar was, na zeven jaar in het gezelschap van Runningdeer doorgebracht te hebben, hoorde hij wat er werkelijk met de halfbroers van de Indiaan was gebeurd. Het verhaal was niet eens compleet, maar de rest kon hij wel vermoeden.
Op een dag zat hij met Runningdeer tijdens de middagpauze te kijken naar de regenbogen die in de hoog opspattende druppels van de tuinsproeiers werden gevormd. Tommy vroeg voor de zoveelste keer naar de halfbroers van de Indiaan en naar wat er met hen was gebeurd. Runningdeer had hem nooit uitleg willen geven, maar nu begon hij te vertellen, starend naar de vaag zichtbare bergen in de verte.
'Ik zal je een geheim vertellen. Je moet het voor jezelf houden, net als de vorige tekenen die je hebt gekregen.'
'Goed.'
'Op een dag waren er een paar opgeschoten jongens die de stad ingingen, blanke jongens. Op een parkeerplaats kwamen ze toevallig mijn broers tegen. Een van mijn broers was getrouwd en zijn vrouw was bij hem. De blanken begonnen hen te pesten, ze

hadden te veel gedronken en ze zagen wel wat in de vrouw van mijn broer. Het draaide uit op een vechtpartij. Ze waren met z'n vijven. Mijn ene broer werd doodgeslagen met een krik, de andere zal nooit meer lopen. Ze ontvoerden de vrouw van mijn broer en verkrachtten haar.'
Tommy keek hem sprakeloos aan.
'Ik haat ze,' zei hij na een tijdje.
Runningdeer lachte.
'Echt waar,' zei Tommy. 'Wat is er met die blanke jongens gebeurd? Zitten ze nu in de gevangenis?'
'Nee.' Runningdeer glimlachte bedroefd en grimmig. 'Hun vaders hadden veel geld en invloed. De rechter sprak hen vrij wegens "onvoldoende bewijs".'
'Ik wou dat mijn vader de rechter was geweest, hij had ze nooit vrijgesproken.'
'Denk je?' vroeg de Indiaan.
'Ik weet het zeker.'
De Indiaan zei niets.
'Ik haat ze,' herhaalde Tommy, maar het klonk niet overtuigd, alsof hij het eerder zei om de Indiaan een plezier te doen.
Runningdeer lachte weer en klopte op zijn hand.
Later dat jaar, op een stralende dag in augustus, kwam Runningdeer naar hem toe en zei op een veelbetekenende en onheilspellende toon: 'Vanavond is het volle maan, Little Chief. Ga naar buiten en kijk ernaar. Ik geloof dat het teken uiteindelijk zal komen, het belangrijkste teken van allemaal.'
Kort na het vallen van de avond ging Tommy naar buiten en bleef staan aan de rand van het zwembad, waar hij zeven jaar eerder het teken had gezien van de slang die zichzelf verslond. De maan stond nog laag aan de hemel, groot en geel, en het spiegelbeeld ervan deinde op en neer in het water van het zwembad.
Na een tijdje kwam zijn vader naar buiten. 'Wat ben je aan het doen, Thomas?'
'Ik kijk naar...'
'Waar kijk je naar?'
Maar Tommy zag plotseling de vogel, zwart afgetekend tegen de maan. Al die jaren had de Indiaan hem erop voorbereid en nu zag hij hem eindelijk, in volle vlucht beschenen door de ronde maan.
'Daar!' zei hij, een ogenblik vergetend dat het een geheim moest blijven.
'Ik zie alleen de maan,' zei de rechter.
Tommy vatte het op als een bewijs dat het teken werkelijk iets heel

bijzonders was, alleen voor zijn eigen ogen bestemd. Het herinnerde hem er tevens aan dat hij zelfs zijn vader niet mocht vertrouwen.
'Ik eh, ik zag een vallende ster.'
'Sta je daar naar te kijken?'
'Het zijn eigenlijk meteorieten,' zei Tommy wat al te snel. 'Er moeten er vanavond een heleboel te zien zijn.'
'Sinds wanneer interesseer jij je voor sterrenkunde?'
Tommy haalde zijn schouders op. 'Ik had het van iemand gehoord, maar er is eigenlijk niet veel aan.' Hij draaide zich om en liep terug naar het huis, een ogenblik later gevolgd door de rechter.
De volgende dag, woensdag, vertelde hij Runningdeer over de maanvogel. 'Maar hij heeft niets tegen me gezegd. Ik weet niet wat ik moet doen om de grote geesten te bewijzen wat ik waard ben.'
De Indiaan glimlachte en keek hem zwijgend aan tot het hem vreemd te moede werd. 'Daar zullen we het vanmiddag over hebben, Little Chief,' zei hij eindelijk, 'als we alleen zijn.'
De huishoudster had woensdag vrij en ze waren tussen de middag alleen thuis. Ze zaten naast elkaar op het terras. De Indiaan had cactussnoep bij zich en Tommy had ook geen trek in iets anders. Om de smaak gaf hij al lang niet meer, alleen de uitwerking trok hem nog aan. Het effect was in de loop der jaren ook steeds sterker geworden.
Het duurde ook nu niet lang voordat hij in een droomsfeer kwam, met felle kleuren en scherpe geluiden, een wereld waar alles mooi en vertrouwd was. De Indiaan praatte lange tijd tegen hem en na een uur onthulde hij wat de grote geesten van hem verlangden: over vier dagen moest hij zijn vader doden.
'Dat is op zondag,' zei Runningdeer, 'en ik zal er niet zijn om je te helpen. Ik denk dat de geesten willen dat je het helemaal zelf doet. Maar ik zal je de komende dagen helpen je erop voor te bereiden.'
'Dat is goed,' zei Tommy dromerig. 'We zullen het samen voorbereiden.'
De rechter kwam aan het eind van die middag thuis. Hij klaagde over de hitte en ging meteen naar boven om een douche te nemen. Tommy's moeder was een half uur eerder thuisgekomen en zat in de woonkamer op haar gemak een tijdschrift te lezen onder het genot van wat ze een 'bodempje voor de cocktail' placht te noemen. Ze keek nauwelijks op toen haar man binnenkwam.

Zodra zijn vader boven was, ging Tommy naar de keuken en pakte een vleesmes dat aan een rek bij het fornuis hing.
Runningdeer was bezig het gras te maaien.
Tommy ging naar de zitkamer en gaf zijn moeder een zoen op haar wang. Ze werd erdoor verrast, maar nog meer door het mes dat hij drie keer in haar borst stak. Daarna ging hij de trap op en stak de rechter in zijn buik toen hij vanonder de douche vandaan stapte.
In zijn eigen kamer trok hij zijn kleren uit. Er zat geen bloed op zijn schoenen, maar wel op zijn spijkerbroek en overhemd. Hij waste zijn handen en trok schone kleren aan. Hij pakte de bebloede kledingstukken zorgvuldig in een oude handdoek en stopte ze achter een hutkoffer op de zolder. Later zou hij ze verbranden of weggooien.
Hij ging terug naar beneden en passeerde de zitkamer zonder naar zijn dode moeder te kijken. In de werkkamer van de rechter trok hij de onderste la van het bureau open en pakte de revolver die achter een stapel dossiers lag.
In de keuken deed hij de tl-buizen uit en legde het vleesmes in een donkere hoek op het aanrecht. De revolver legde hij op een stoel die half tegen de tafel was geschoven, zodat het wapen voor het grijpen lag zonder op te vallen.
Door de openslaande deuren liep hij het terras op en riep Runningdeer. De Indiaan hoorde hem niet door het geruis van de grasmaaier, maar toen hij opkeek zag hij de jongen zwaaien. Hij zette de maaier uit en liep over het gazon naar het terras.
'Wat is er, Thomas?' vroeg hij, want hij wist dat de ouders van de jongen thuis waren.
'Mijn moeder vraagt of je haar even wilt helpen,' zei Tommy. 'In de zitkamer.'
'Waarmee?'
'Ze wil eh... Nou ja, je moet het zelf zien, het is niet zo gemakkelijk uit te leggen.'
De Indiaan liep achter hem aan de keuken in, naar de gangdeur. Bij de tafel bleef Tommy abrupt staan en draaide zich om. 'O ja, ze zei dat je dat mes kon gebruiken, daar naast de koelkast.'
Runningdeer zag het mes in de donkere hoek op het aanrecht liggen en pakte het op. Zijn ogen werden heel groot. 'Er zit bloed aan het mes, Little Chief. Bloed...'
Tommy had de revolver al van de keukenstoel gepakt. Terwijl de Indiaan zich verrast naar hem toe draaide begon hij te schieten en bleef schieten tot het magazijn leeg was, hoewel de terugslag felle

pijnscheuten door zijn armen en schouders joeg.
Runningdeer was in zijn borst en keel geraakt en sloeg hard tegen de grond. Het mes gleed uit zijn hand en viel kletterend op de tegels.
Met de punt van zijn schoen schoof Tommy het mes tot dicht bij het lichaam van de Indiaan om de indruk te wekken dat de dode het had gebruikt.
De jongen had de opdracht van de grote geesten beter begrepen dan zijn leermeester. Ze wilden dat hij zichzelf bevrijdde van *iedereen* die al te grote zeggenschap over hem had: de rechter, zijn moeder, Runningdeer zelf. Pas daarna kon hij zijn eigen verheven bestemming bereiken.
Hij had de drievoudige moord even koel berekend als een computer en uitgevoerd met de onbuigzaamheid en efficiëntie van een machine. Hij voelde niets, hoogstens een vage angst en gespannen opwinding, maar die emoties hadden hem niet afgeleid.
Tommy staarde een ogenblik naar het lichaam van Runningdeer. Daarna ging hij naar de telefoon aan de muur, belde de politie en vertelde op hysterische toon dat de Indiaan, om wraak roepend, zijn ouders had vermoord. Hij had de hele middag in gedachten geoefend om zo verward mogelijk te klinken en het ging hem zo goed af, dat hij zogenaamd pas na een paar minuten in staat was te vertellen hoe hij heette en waar hij woonde.
Op de stoep wachtte hij huilend de komst van de politie af. Zijn tranen waren echter dan zijn hysterie: het waren tranen van opluchting.
De maanvogel was hem nog twee keer verschenen, later in zijn leven, steeds op een moment dat hij bevestiging nodig had dat de weg die hij wilde volgen de juiste was.
Maar hij had niemand meer gedood, dat was niet nodig geweest. Hij werd door zijn grootouders van moederskant in Phoenix opgenomen en grootgebracht. Om de traumatische ervaring voor hem te verzachten stonden ze hem vrijwel alles toe, alsof strengheid een aanvullende last zou zijn die zijn mentale weerstand definitief zou breken. Hij was de enige erfgenaam van zijn vader, wat hem samen met de hoge uitkering van de levensverzekering een goede opleiding en daarna een behoorlijk startkapitaal garandeerde. Een wereld van mogelijkheden lag voor hem open en dank zij Runningdeer wist hij met absolute zekerheid dat de machten van het lot en de hemel een briljante toekomst voor hem voorzagen. Alleen een krankzinnige beging een moord zonder noodzaak.

Moord was vrijwel nooit een efficiënte methode om je problemen op te lossen.
Nu, languit liggend in zijn bestelwagen in de donkere garage van Paula Parkins, herinnerde Shaddack zichzelf aan zijn grote toekomst en aan de drievoudige verschijning van de maanvogel. Hij zette de naargeestige gedachten aan Loman Watkins en aan de ontspoorden van zich af. Met een zucht viel hij in slaap.
Hij droomde de vertrouwde beelden. De reusachtige machine, deels van metaal, deels van vlees en bloed. Stampende zuigers, menselijke harten die onfeilbaar vloeistoffen rondpompten. Bloed en olie, ijzer en bot, plastic en weefsel, draden en zenuwen.

9

Chrissie verbaasde zich over de uitbundige hoeveelheid etenswaren die op de tafel in de keuken van de pastorie was uitgestald: een grote schaal met worstjes, eieren, een hele stapel geroosterd brood, diverse soorten vruchtencake, een schotel bruingebakken aardappelen uit de oven, vers fruit en snoep voor bij de warme chocolade. Pater Castelli was weliswaar een tikje aan de mollige kant, maar Chrissie dacht toch dat geestelijken in alles matig waren. Als hij zich bij elke maaltijd zo te goed deed, zou hij binnenkort drie keer zo dik zijn.
Onder het eten vertelde ze hem over de buitenaardse wezens die haar ouders hadden veranderd. Ten behoeve van de priester hield ze de mogelijkheid open van bezetenheid door demonen, maar zelf gaf ze verre de voorkeur aan een invasie vanuit de ruimte. Ze vertelde hoe ze in de voorraadkast was opgesloten en hoe ze later door Tucker en haar ouders in hun vreemde nieuwe gedaante was achtervolgd.
De priester toonde zich verwonderd en bezorgd en een paar keer vroeg hij om nadere uitleg, maar dat vermocht hem niet af te leiden van zijn ontbijt. Chrissie vond eerlijk gezegd dat zijn tafelmanieren er nogal onder leden. Op zijn kin zat al gauw eigeel dat hij achteloos met de rug van zijn hand wegveegde, en zijn zwarte overhemd raakte bezaaid met broodkruimels, stukjes worst en aardappel.
Maar ook al begon ze hem ervan te verdenken zich schuldig te maken aan de zonde der overdaad, dat viel in het niet bij het feit dat hij geen seconde aan haar verhaal leek te twijfelen. Hij luisterde geconcentreerd en ernstig naar haar en scheen oprecht bezorgd en

zelfs geschrokken door wat ze hem vertelde.
'Er zijn misschien wel duizend films gemaakt en tienduizend boeken geschreven over kwaadaardige wezens uit de ruimte die de aarde kwamen overvallen, Chrissie, en ik heb altijd gezegd dat de mens zich geen dingen kan voorstellen die voor God onmogelijk zijn. Dus wie weet, hm? Waarom zouden ze niet hier in Moonlight Cove kunnen landen? Ik ben een groot liefhebber van griezelfilms, maar ik had nooit kunnen denken dat ik zoiets nog eens in het echt zou meemaken.'
Hij meende wat hij zei: hij maakte er geen grapje van.
Chrissie legde haar mes en vork neer, hoewel de pastoor onverminderd doorging met eten. Haar kleren en schoenen droogden snel in de warme keuken en ze was voldoende opgeknapt om over de nabije toekomst na te denken nu ze hulp had gevonden.
'Wat moeten we nu doen, meneer pastoor? Vindt u niet dat we het leger moeten waarschuwen?'
'En niet te vergeten de marine,' antwoordde hij peinzend. 'Mariniers zijn hier misschien beter tegen opgewassen.'
'Denkt u dat mijn vader en moeder weer... weer gewoon kunnen worden? Zoals vroeger, bedoel ik?'
Hij legde een plak cake neer en boog zich over de tafel om haar hand te pakken. Zijn vingers waren vet van de boter, maar dat vond ze niet erg: ze had nu meer dan ooit troost en een helpende hand nodig.
'Je zult je ouders terugzien,' zei Castelli hartelijk. 'Dat beloof ik je.'
Ze beet op haar onderlip en dwong haar tranen terug.
'Dat beloof ik je,' herhaalde hij.
Ineens begon zijn gezicht op te zwellen. Niet gelijkmatig, zoals bij een ballon die wordt opgeblazen, maar alsof hij hier en daar blaren kreeg en er grote wormen vlak onder zijn huid krioelden.
'*Ik beloof het!*'
Chrissie kon geen geluid uitbrengen. Verlamd van angst bleef ze op haar stoel zitten, stokstijf, niet in staat zelfs maar met haar ogen te knipperen of adem te halen.
Het gebeente van de priester kraakte en knarste terwijl het versplinterde en ongelooflijk snel andere vormen aannam. Zijn huid vloeide met een afschuwelijk ploppend geluid als hete was over de botten heen. Zijn schedel werd naar achteren uitgerekt tot een benige kam en zijn gezicht was nauwelijks nog menselijk. Het was de snuit van een schaaldier of van een insekt geworden maar ook met iets van een jakhals erin, en zijn ogen waren fel en vijandig.

'Nee!' schreeuwde Chrissie uiteindelijk. Haar hart bonkte pijnlijk tegen haar ribben. 'Nee, ga weg, laat me los!'
Zijn langwerpige kaken spleten open in een afzichtelijke grijns. Zijn bek was gevuld met een dubbele rij vlijmscherpe tanden.
'Nee, nee!'
Ze probeerde op te staan.
Hij hield nog steeds haar linkerhand vast.
Hij begon bijna onverstaanbaar te praten met een stem die haar aan die van haar moeder en Tucker deed denken.
... wil hebben, wil, wil hebben...
Zijn uiterlijk was heel anders dan van haar ouders en Tucker. Waarom zagen de ruimtewezens er niet allemaal hetzelfde uit?
Hij maakte een blazend geluid tegen haar en tussen zijn tanden hing dik geel speeksel als kleverige draden toffeè. Zijn tong kwam als een duveltje uit een doosje te voorschijn, maar het was geen gewone tong: er zaten kleine, nog scherpere tanden op, geschikt om een prooi uit de kleinste schuilhoeken te halen en dood te bijten.
Hij begon akelig veel op het monster uit de film *Alien* te lijken, alsof de priester met opzet dat beest werd omdat hij van griezelfilms hield en omdat hij haar eigen verhaal over buitenaardse wezens wilde bevestigen.
Het was te gruwelijk om waar te zijn.
Ook het lichaam van de geestelijke begon te veranderen. Zijn overhemd scheurde her en der open om nieuwe, onmenselijke uitsteeksels door te laten, op andere plaatsen begon de stof juist slap om zijn lijf te hangen. Zijn priesterboord werd losgerukt en bleef schuin om zijn afzichtelijk misvormde hals hangen.
Chrissie snakte naar adem en probeerde haar hand los te rukken. Ze sprong op van haar stoel, die kletterend omviel. De pastoor hield haar pols in een stevige greep.
Zijn handen begonnen te veranderen. Zijn vingers waren langer geworden, bedekt met een gladde, harde en glanzend zwarte hoornachtige substantie.
... moet hebben, hebben... nodig...
Met haar vrije hand griste ze het mes van haar bord, tilde het hoog op en stootte het uit alle macht in zijn onderarm net boven de pols. Ze had gehoopt dat ze hem aan de tafel kon vastnagelen, maar het mes drong niet door tot het hout.
Zijn schrille kreet drong haar door merg en been.
Zijn gepantserde duivelsklauw viel met een schok open en ze trok snel haar hand terug. Het was net op tijd, want zijn vingers sloten

zich onmiddellijk weer en schampten langs haar pols.
De keukendeur bevond zich aan de andere kant van de tafel. Ze kon er niet bij komen zonder de pastoor in de armen te lopen.
Met een woeste kreet trok Castelli het mes uit zijn arm en gooide het weg. Hij veegde de borden en schalen van de tafel met een uithaal van zijn verminkte arm, die twintig centimeter langer was geworden en bedekt was met afzichtelijke zwarte schubben en kartels.
Chrissie begon vurig te bidden.
Castelli greep de tafel en wierp hem moeiteloos tegen de koelkast, alsof hij maar een paar ons woog.
Nu stond hij tegenover haar.
Het stond tegenover haar.
Ze deed een paar passen in de richting van de deur, een schijnbeweging die de priester – of het ding dat zich soms voordeed als een priester – verraste: net toen hij haar wilde grijpen draaide ze zich met een ruk om en holde de andere kant op. Haar natte schoenen pletsten op het linoleum terwijl ze over stukjes worst en broodresten sprong, door de deur naar de gang.
Castelli was sterk en ongetwijfeld ook snel, sneller dan zij. Ze hoorde hem achter haar aan komen.
Ze hoopte dat hij haar niet naar buiten zou durven volgen, waar anderen hem konden zien. Niet iedereen in Moonlight Cove kon al door de buitenaardse wezens zijn overgenomen en zolang dat niet het geval was, zouden ze zich niet in hun ware gedaante durven vertonen of ongestraft kleine meisjes kunnen opeten.
Het was niet ver. Door de voordeur naar buiten en dan het paadje af.
Ze was nog een paar passen van de voordeur verwijderd, elk moment verwachtend een klauw in haar nek te zullen voelen, toen de deur plotseling openging. Pater O'Brien kwam naar binnen en bleef een ogenblik verbaasd staan kijken.
Ze wist meteen dat ze hem ook niet kon vertrouwen. Het was ondenkbaar dat hij dezelfde woning met de pastoor deelde zonder te weten wat er aan de hand was. O'Brien was zelf bezeten of vergiftigd door het buitenaardse zaad of wat het dan ook was.
Ze zat tussen twee vuren. Rechts van haar was de zitkamer, maar dat was in alle opzichten een doodlopende weg en het enige wat ze kon doen, was de trapleuning grijpen en in volle vaart de treden oprennen.
Beneden hoorde ze de voordeur met een slag dichtvallen, gevolgd door snelle voetstappen op de trap. Ze achtervolgden haar.

De overloop kwam uit op een gang met witte gepleisterde muren en een vloer van donker hout. Aan weerskanten lagen kamers.
Ze holde naar het einde van de gang en kwam in een slaapkamer, spaarzaam ingericht met een dressoir, een nachtkastje, een dubbel bed met een witte fluwelen sprei, een volle boekenkast en aan de muur een kruisbeeld. Chrissie gooide de deur dicht zonder de tijd te nemen hem af te sluiten of te versperren. Ze zouden hem toch binnen de kortste keren intrappen.
Ademloos prevelde ze een schietgebed en ging naar het raam, waar smaragdgroene gordijnen voor hingen. Regen gutste langs de ruit.
De voetstappen van haar achtervolgers klonken in de gang. Het hele huis weergalmde ervan.
Chrissie pakte de handgrepen en probeerde het raam omhoog te schuiven. Er kwam geen beweging in, ook al was het niet vergrendeld.
In de gang werden deuren opengegooid.
Misschien was de raamlijst te dik geverfd of uitgezet door het vocht. Ze deed een stap terug.
De deur van de kamer werd opengesmeten en ze hoorde een snauw.
Zonder om te kijken trok ze haar hoofd in, sloeg haar armen voor haar gezicht en stortte zich door de ruit naar buiten. Ze wist niet wat er onder haar lag, hopelijk gras en geen tegels... of een ijzeren hek met scherpe spijlen.
In een regen van rinkelende glasscherven landde ze op het houten afdak van de veranda, niet meer dan zestig centimeter onder het raam. Het was net een wonder, daarom ging ze verder met haar gebed tot Maria terwijl ze zich in de stortregen naar de rand van het afdak liet glijden. Ze liet zich langzaam zakken, steun zoekend bij de vervaarlijk wankele regenpijp.
Ze keek omhoog naar het raam en zag een groteske wolvekop naar buiten komen.
Ze liet zich naar beneden vallen en landde met haar linkerzij hard op het pad. Ze schuurde een hand open aan de tegels en haar tanden werden door de klap zo hard op elkaar geslagen dat ze in stukjes en beetjes uit haar mond leken te vallen, maar ze gunde zich niet de tijd om bij te komen. De pijn verbijtend, krabbelde ze overeind en holde de hoek om.
Ze kwam echter niet aan de voorkant uit, zoals ze had gedacht, maar in de tuin achter de pastorie. Het terrein was deels afgesloten door de achtergevel van de Onze-Lieve-Vrouwekerk en voor de

rest door een stenen muur van twee meter hoog.
De twee aangrenzende huizen bleven door bomen vrijwel geheel onzichtbaar, wat betekende dat ze niet de aandacht van de buren kon trekken. Het verklaarde ook waarom het wolfachtige ding zich op zijn beurt op het afdak waagde om haar in het grijze en sombere daglicht na te zetten.
Even overwoog ze door de keukendeur weer naar binnen te gaan en door de gang naar de voordeur te rennen, wat haar belagers wel het minst zouden verwachten, maar dat durfde ze toch niet. *Ben je gek geworden?* dacht ze.
Haar bonkende hart leek alle lucht uit haar longen te persen en ze had geen adem meer om te schreeuwen. Bovendien zouden de buren of voorbijgangers toch te laat komen om haar te helpen: tegen de tijd dat iemand haar vond, zou ze al aan stukken gescheurd of op haar beurt bezeten zijn.
Trekkend met haar zere voet liep ze snel door de grote achtertuin. De muur was te hoog voor haar, zeker met haar pijnlijke hand, maar misschien kon ze in een boom klimmen en van een overhangende tak naar beneden springen.
De kletterende regen werd overstemd door een laag gegrom achter haar en ze wierp een snelle blik over haar schouder.
Het wolf-ding dat eens pater O'Brien was geweest, had zich van de veranda laten vallen en kwam met grote sprongen op haar af. Hij had geen schoenen en broek meer aan, alleen de rafels van zijn overhemd hingen nog om hem heen.
Chrissie stevende recht op een boom af die haar geschikt leek, maar op hetzelfde moment merkte ze een poort in de muur op, vrijwel verborgen achter een paar struiken.
Ze haalde diep adem en stormde met gebogen hoofd naar de poort, haalde de grendel eraf en duwde hem open. Het tuinpad achter de pastorie kwam een paar meter verder uit op Jacobi Street. Ze vloog door de plassen naar de hoek van de straat voor ze weer achterom durfde te kijken.
Er kwam niemand achter haar aan.
Twee keer hadden de ruimtewezens haar in hun macht gehad, twee keer was ze ontsnapt. Ze wist dat het haar geen derde keer zou lukken.

10

Na nauwelijks vier uur slaap werd Sam kort voor negenen gewekt door rinkelende geluiden uit de keuken. Hij wreef de slaap uit zijn ogen, deed zijn schoenen en schouderholster aan en stond op van de bank in de zitkamer.

Tessa Lockland was bij het lage aanrecht neuriënd in de weer om het ontbijt klaar te zetten.

'Goeiemorgen,' zei ze opgewekt toen Sam de keuken binnenkwam.

'Wat is er zo goed aan?' vroeg hij.

'De regen,' zei ze. 'Regen geeft me altijd een fris en jong gevoel.'

'Ik word er altijd somber van.'

'Het is juist fijn om lekker binnen te zitten als het buiten zo tekeergaat.'

Hij wreef over de stoppels op zijn ongeschoren kin. 'Ieder zijn meug.'

'Als je nog meer wilt, we léven nog. Dat is toch goed?'

'Ja, dat zal wel.'

'Allemachtig!' Ze zette de koekepan met een bons op het fornuis en keek hem fronsend aan. 'Zijn ze allemaal zulke zwartkijkers bij de FBI?'

'Ik ben geen zwartkijker.'

'Daar lijkt het anders verdacht veel op.'

'Het leven is nou eenmaal geen pretje.'

'O nee?'

'Het leven is hard en gemeen.'

'Misschien, maar het is toch ook een feest?'

'Zijn het allemaal zulke feestneuzen bij de film? Misschien mag ik je er dan aan herinneren dat we hier zijn opgesloten in een oord waar alles onwerkelijk is, waar mensen door onbestaanbare wezens worden vermoord, waar de een of andere computerfanaat aan de touwtjes trekt en waar we een goede kans lopen vandaag nog het volgende slachtoffer te worden. En toch sta je hier opgeruimd een wijsje van The Beatles te neuriën.'

'Dat was niet van The Beatles.'

'Van wie dan?'

'Van The Rolling Stones.'

'Maakt dat enig verschil?'

Ze zuchtte. 'Als je mee wilt eten mag je ook wel meehelpen, dat is beter dan de stemming bederven.'

'Goed, goed, wat kan ik doen?'

'Probeer eerst maar eens via de intercom of Harry al wakker is. Zeg maar dat hij over eh, veertig minuten kan komen ontbijten. Flensjes met eieren en gebakken ham.'
Sam drukte op de knop van de intercom. 'Harry?' Talbot reageerde meteen en zei dat hij over een half uur beneden zou zijn.
'En nu?' vroeg Sam.
'Je kunt melk uit de koelkast halen... als je er maar niet naar kijkt.'
'Hoezo niet?'
Ze lachte. 'Dan wordt hij zuur.'
'Ha, ha.'
Tessa maakte het beslag voor de flensjes klaar en brak een paar eieren boven een glazen kom om ze snel te kunnen bakken. Ze liet Sam uien schillen en de ham in plakken snijden. Intussen ging ze verder met afwisselend neuriën en zingen, liedjes van Patti La Belle en de Pointer Sisters. Dat zei ze erbij, de nummers aankondigend als een discjockey, anders had Sam het niet geweten. Op het laatst stond ze erbij te dansen, met haar heupen en schouders rollend en af en toe met haar vingers knippend, voluit swingend voor het aanrecht.
Ze had er echt plezier in, maar Sam wist dat ze tegelijkertijd blij was met zijn aanwezigheid. Hij probeerde zijn sombere stemming vast te houden en glimlachte niet om haar capriolen, maar het kon hem niet ontgaan dat ze verdraaid aantrekkelijk was. Ze had haar haren niet gekamd en geen make-up gebruikt en haar kleren waren verfomfaaid, maar dat enigszins haveloze uiterlijk gaf haar alleen maar meer uitstraling.
Af en toe onderbrak ze haar gezang om hem het een of ander te vragen, maar zelfs dan ging ze door met swingen.
'Heb je al iets bedacht om ons uit de nesten te halen?'
'Ik heb een idee.'
'Dit is *New Attitude* van Patti La Belle,' kondigde ze aan. 'Is dat idee van je een duister geheim?'
'Nee, maar Harry zal me het een en ander moeten vertellen, dus we kunnen beter wachten tot hij er is.'
Sam stond bij het lage aanrecht een stuk cheddarkaas in plakken te snijden toen ze haar liedje net lang genoeg onderbrak om te vragen: 'Waarom zei je dat het leven hard en gemeen is?'
'Omdat het zo is.'
'Maar je maakt toch ook een hoop leuke dingen mee?'
'Nee.'
'En mooie dingen.'

'Klets.'
'Nietes.'
'Welles.'
'Nietes.'
'Welles.'
'Waarom ben je zo negatief?'
'Omdat ik dat wil zijn.'
'Maar waarom wil je dat dan?'
'Jezus, hou je nooit eens op?'
'*Neutron Dance*, van de Pointer Sisters.' Ze begon weer te zingen en te dansen terwijl ze de eierschalen in de afvalemmer gooide. Na een tijdje vroeg ze: 'Wat heb je meegemaakt dat je alles zo somber inziet?'
'Dat wil je niet weten.'
'Toch wel.'
Hij legde de kaasschaaf neer. 'Wil je het echt weten?'
'Ja, echt.'
'Mijn moeder stierf bij een verkeersongeluk toen ik net zeven jaar was. Ik zat een uur lang in het wrak van de auto voordat ze ons konden bereiken, vlak naast haar. Haar ene oog was uitgerukt, de helft van haar gezicht weggeslagen. Daarna ben ik opgevoed door mijn vader, van wie ze was gescheiden. Hij was een agressieve dronkelap en ik weet niet hoe vaak hij me op een stoel in de keuken vastbond en urenlang liet zitten tot ik in mijn broek plaste, wat hem dan weer een aanleiding gaf om me een nieuw pak slaag te geven.'
Sam verbaasde zich over zijn eigen woordenvloed. Het was of er een sluisdeur in zijn onderbewustzijn was geopend waardoor alle ellende naar buiten stroomde die hij jarenlang stoïcijns onder de duim had gehouden.
'Zodra ik van school kwam, ging ik het huis uit en huurde ergens een kamer, samen met een heel leger kakkerlakken. Na twee jaar studie solliciteerde ik bij het Bureau, voornamelijk omdat ik een groot verlangen koesterde naar gerechtigheid in de wereld, misschien omdat ik die in mijn eigen leven zo weinig had gekend. Ik wilde mijn steentje bijdragen, maar ik kwam er al snel achter dat er van gerechtigheid in de meeste gevallen weinig terechtkomt. De zware jongens zijn doorgaans behoorlijk snugger en justitie kan nu eenmaal niet dezelfde middelen hanteren als zij om ze aan te pakken. Tegelijkertijd kom je als agent voornamelijk in aanraking met de weke onderbuik van de samenleving, met allerlei uitvaagsel, en ongemerkt word je daar elke dag cynischer van. Je

krijgt een afkeer van mensen.'
Tessa zong niet meer.
Hij vervolgde zijn levensverhaal zonder enige terughouding, zo snel pratend dat hij bijna over zijn eigen woorden struikelde. 'En toen stierf Karen, mijn vrouw. Ze was aardig, iedereen vond haar aardig, maar ze kreeg kanker en het werd een lijdensweg voor haar, afgrijselijk, helemaal niet zo waardig en tot op het laatst met een dappere glimlach zoals in sommige films. En ik raakte ook mijn zoon kwijt, al leeft hij nog. Hij is zestien jaar en lichamelijk gezond, maar emotioneel is hij dood, uitgeblust in zijn hart, koud, zo koud als een blok ijs. Hij houdt van computerspelletjes en televisie en hij luistert naar black metal muziek. Weet je wat dat is? Dat is heavy metal met een vleugje satanisme. Het spreekt hem aan omdat het hem zegt dat er geen morele waarden bestaan, dat alles betrekkelijk is, dat niets ertoe doet zolang je je maar goed voelt. Weet je wat hij eens tegen me zei?'
Ze schudde haar hoofd.
' "Mensen zijn niet belangrijk," zei hij tegen me. "Mensen tellen niet mee. Alleen *dingen* zijn belangrijk. Geld is belangrijk, drank is belangrijk, mijn stereo is belangrijk, alles waardoor ik me goed voel is belangrijk. Maar zelf ben ik niet belangrijk." Kernwapens vindt hij belangrijk, maar alleen omdat ze op een dag al die prettige dingen kunnen vernietigen – dat er mensen mee de lucht ingaan kan hem niet schelen. Mensen zijn immers niet belangrijk, beesten die de wereld vervuilen. Dat zegt hij, dat is zijn geloof. Hij kan het bewijzen ook, beweert hij. Kijk maar eens wat er gebeurt als een paar mensen een fonkelnieuwe Porsche zien. Je ziet ze naar de wagen kijken en je weet dat ze meer om dat ding geven dan om elkaar. En niet omdat hij zo knap door mensen in elkaar is gezet, maar om wat de wagen zelf is, als iets wat vanzelf is ontstaan. Er zit meer leven in dan in de mensen zelf. Ze ontlenen er energie aan, ze houden van de strakke vormgeving en van het indrukwekkende motorvermogen. Het ding is veel echter, veel belangrijker dan de mensen die ernaar kijken.'
'Dat is waanzin,' zei Tessa vol overtuiging.
'Dat weet ik ook, maar hij zegt het en het maakt niet uit wat ik tegenwerp, hij heeft overal een antwoord op. Dat denkt hij althans. Soms vraag ik me af of ik hem niet iets beters had kunnen bijbrengen als ikzelf niet zo cynisch en somber zou zijn, als ik een ander mens was geweest.'
Sam zweeg.
Hij zat te trillen op zijn stoel.

Het bleef een ogenblik stil in de keuken.
'Daarom ben ik somber,' besloot hij.
'Het spijt me voor je, Sam.'
'Jij kunt er niets aan doen.'
'Jij ook niet.'
Hij wikkelde het stuk kaas in plastic en legde het in de koelkast.
Tessa ging verder met het beslag.
'Maar je hebt Karen gehad,' zei ze. 'Je weet wat liefde is.'
'Ja.'
'Nou dan?'
'Het gaat voorbij.'
'Niets duurt eeuwig.'
'Dat is precies wat ik zeg,' zei hij.
Ze legde de houten spatel in de grote metalen kom en draaide zich naar hem om. 'Maar zo mag je niet denken! Als je nergens van kunt genieten, wat blijft er dan nog over? Dan is alles hopeloos.'
Hij keek haar aan en hij zag hoe knap en levenslustig ze was. Maar hij wist ook dat ze oud en zwak zou worden en zou sterven, zoals alles een keer moest sterven, en hij kon haar aanblik niet langer verdragen. Hij keek naar het beregende raam boven de gootsteen.
'Het spijt me als ik je goede humeur heb bedorven, maar geef toe dat je zelf wilde weten waardoor ik zo somber ben geworden.'
'Somber?' zei ze. 'Jij bent niet gewoon een zwartkijker, je bent een doemdenker.'
Hij haalde zijn schouders op.
Het ontbijt was bijna klaar.

11

Na haar vlucht uit de pastorie dwaalde Chrissie meer dan een uur rond terwijl ze probeerde te verzinnen wat ze het beste kon doen. Ze was van plan geweest naar school te gaan en haar onderwijzeres in vertrouwen te nemen, maar dat durfde ze nu niet meer. Na haar ervaring met de twee geestelijken vermoedde ze dat de ruimtewezens waarschijnlijk eerst iedereen hadden aangevallen die in Moonlight Cove iets te betekenen had. De priesters waren bezeten, de politie vermoedelijk ook en het lag voor de hand aan te nemen dat ook de leerkrachten tot de eerste slachtoffers behoorden.
Ze doolde door de straten en verwenste de regen, die haar kleren

en schoenen weer doornat had gemaakt. Ze had het ijskoud. Het enige voordeel was dat het hondeweer de mensen van de straat hield en het grauwe daglicht gaf haar althans enige beschutting. Bovendien was de wind minder fel geworden en kwam er weer mist uit zee opzetten, niet zo dicht als de vorige avond, maar net dicht genoeg om in slierten tussen de bomen te blijven hangen en haar tocht door de onvriendelijke straten enigszins te verhullen. Het bliksemde ook niet meer, zodat ze niet bang hoefde te zijn door een plotselinge schicht te worden getroffen.
JONG MEISJE GEROOSTERD EN OPGEGETEN DOOR RUIMTEWEZENS: 'HEEL SMAKELIJK MET UIENSAUS'.
Ze bleef zoveel mogelijk in steegjes en achtertuinen, altijd snel de straat overstekend als ze op een hoek kwam. Diverse keren zag ze langzaam rijdende auto's, steeds met twee mannen erin die met strakke gezichten om zich heen keken. Ongeveer een kwartier na haar ontsnapping uit de pastorie begonnen er ook patrouilles te voet te komen en twee keer moest ze in een steegje wegduiken om niet gezien te worden. Ze was doodsbang dat ze hen onverhoeds in de armen zou lopen.
Regelmatig hield ze zich schuil achter een paar vuilnisbakken of onder een boom met laag overhangende takken waaronder ze vrijwel droog bleef. Twee keer dook ze onder een auto en bleef liggen tot het gevaar geweken was. Maar ze bleef nooit langer dan vijf of tien minuten op dezelfde plaats, bang dat de een of andere bemoeial haar had zien wegkruipen en de politie belde om haar aan te geven.
In Juniper Lane vond ze naast de begrafenisonderneming van Callan een open plek met hoog gras en struiken waartussen ze zich kon verbergen. Langzamerhand begon ze zich af te vragen of ze ooit nog iemand zou vinden die ze in vertrouwen durfde nemen. Voor het eerst sinds het begin van de nachtmerrie begon ze de hoop te verliezen.
Een grote spar spreidde zijn takken uit over de struiken waarin ze zat en hield de ergste regen tegen. Bovendien kon ze in het hoge gras vanaf de straat of uit naburige huizen niet gezien worden. Toch stak ze regelmatig behoedzaam haar hoofd uit om te kijken of er niemand aan kwam sluipen. Een keer viel haar blik op het huis met de grote ramen aan de oostkant van de straat en plotseling herinnerde ze zich de man in de rolstoel.
Harry Talbot had een jaar geleden op school iets verteld over de problemen van gehandicapten en over de mogelijkheden om die te overwinnen. Dat was in het kader van een tamelijk saai school-

project, maar hij kon heel boeiend vertellen.
In het begin had ze alleen maar medelijden gevoeld met de man die daar zo ongelukkig en hulpeloos in zijn rolstoel zat, bijna helemaal verlamd en met zijn hoofd altijd een beetje scheef. Maar hij maakte grapjes en vond zichzelf blijkbaar helemaal niet zielig en nadat hij alle vragen van de kinderen had beantwoord, begon ze hem zelfs te bewonderen.
En ze herinnerde zich de leuke hond die hij bij zich had, Moose. Langs de glinsterende regendruppels op de hoge grashalmen keek ze naar het houten huis en vroeg zich af of ze daar misschien hulp kon vinden.
Ze trok haar hoofd weer terug en zat een tijdje te piekeren. Buitenaardse wezens zouden toch zeker geen belangstelling hebben voor iemand in een rolstoel, althans in het begin?
Meteen schaamde ze zich voor die gedachte, alsof invaliden minderwaardige mensen waren, maar aan de andere kant leek het haar niet waarschijnlijk dat de ruimtewezens er zulke hoogstaande principes op na hielden. Je kon evengoed verwachten dat ze oude dametjes zouden helpen de straat over te steken.
Harry Talbot.
Hoe langer ze erover nadacht, des te groter werd haar vertrouwen dat hij aan de gruwelijke aandacht van de buitenaardse invallers was ontsnapt.

12

Tessa stak de oven aan en zette er een schotel in om de flensjes warm te houden. Ze concentreerde zich een tijdje op het werk, maar niet lang.
'Zeg eens...' begon ze, op een toon die Sam meteen duidelijk maakte dat ze hem nog niet met rust wilde laten.
'Heb je er nu nog niet genoeg van?'
'Nee.'
Hij zuchtte.
'Als je toch alles zo somber ziet, waarom maak je er dan...'
'... geen eind aan?'
'Ja.'
Hij lachte bitter. 'Toen ik hierheen reed, deed ik een spelletje met mezelf: ik maakte een lijstje van de dingen die het leven de moeite waard maken. Ik vond er vier en dat is blijkbaar genoeg, want ik ben er nog.'

'Welke dingen waren dat dan?'
'Eén: goed Mexicaans eten.'
'Daar kan ik inkomen.'
'Twee: bruin bier van Guinness.'
'Ik heb liever Heineken.'
'Dat gaat ook wel, maar niet genoeg om voor te leven.'
'En wat is het derde punt?'
'Goldie Hawn.'
'Ken je haar?'
'Nee. En dat is misschien maar goed ook, want ik zou weleens teleurgesteld kunnen worden. Ik bedoel de filmster Goldie Hawn.'
'Ze is jouw idool?'
'Meer dan dat. Ze is... Hoe moet ik het zeggen? Ze lijkt zo onaangetast door het leven, zo vitaal en vrolijk en onschuldig...'
'Zou je haar ooit ontmoeten, denk je?'
'Nee, natuurlijk niet.'
'Zal ik je eens wat vertellen?' vroeg ze.
'Nou?'
'Als Goldie Hawn op een feestje naar je toekwam, iets grappigs tegen je zei en net zo tegen je lachte als in de film, dan zou je haar niet eens herkennen.'
'O jawel.'
'Vergeet het maar. Je bent zo geobsedeerd door het onrechtvaardige, harde, wrede en sombere leven dat je niet eens zou geloven dat zij het echt was. Dat krijg je ervan. Wat is je vierde reden om te leven?'
Hij aarzelde. 'Ik ben bang om dood te gaan.'
Ze knipperde met haar ogen. 'Dat begrijp ik niet. Als je leven zo vreselijk is, waarom ben je dan bang voor de dood?'
'Ik heb eens een bijna-doodervaring gehad. Ik ging bijna het hoekje om toen ik op de operatietafel lag om een kogel uit mijn borst te laten halen. Ik trad uit mijn lichaam en zweefde naar het plafond, vanwaar ik de chirurg bezig kon zien. Daarna werd ik steeds sneller door een donkere tunnel gesleurd met aan het eind een oogverblindend licht, hetzelfde krankzinnige verhaal dat iedereen vertelt.'
Tessa zette grote ogen op en keek hem geïntrigeerd aan. 'En?'
'Ik heb gezien wat daarachter ligt.'
'Je meent het nog ook, geloof ik.'
'Ik ben bloedserieus.'
'Dus er is echt een hiernamaals?'
'Ja.'

'God bestaat?'
'Ja.'
'Maar als je dat weet,' zei ze verbaasd, 'dan weet je toch ook dat het leven niet zinloos is, integendeel.'
'Ja, en?'
'De meeste mensen worden depressief als ze ergens de zin niet van inzien. Als ze net zo'n ervaring hadden meegemaakt als jij zouden ze zich nooit meer zorgen maken. Ze zouden tegen elke tegenslag opgewassen zijn in de wetenschap dat het niet allemaal voor niets is. Wat mankeert jou dan? Waarom ben je er niet door opgepept? Je bent toch geen halfzachte geitebreier?'
'Een wat?'
'Geef antwoord.'
De lift zette zich op de eerste verdieping zoemend in beweging.
'Harry komt er zo aan,' zei Sam.
'Geef antwoord,' herhaalde ze.
'Wat ik zag, gaf me weinig reden tot hoop. Het was een nachtmerrie.'
'Laat me niet in het onzekere. Wat heb je aan de andere kant gezien?'
'Als ik het je vertel, verklaar je me voor gek.'
'Dat doe ik nu al, dus je hebt niets te verliezen.'
Hij schudde zuchtend zijn hoofd en wenste dat hij er nooit over was begonnen. Hoe had hij zich zo volledig kunnen vergeten?
De lift kwam op de bovenste etage tot stilstand.
Tessa deed een stap in zijn richting. 'Vertel nu eindelijk eens, verdomme.'
'Je zou het niet begrijpen.'
'Ik ben heus niet achterlijk.'
'Je zou wel begrijpen wat ik heb gezien, maar niet wat het voor me betekende.'
'Begrijp je dat zelf wel?'
'O jawel,' antwoordde hij ernstig.
'Ga je het vrijwillig vertellen of moet ik het vleesmes pakken en je martelen?'
De lift kwam weer naar beneden.
Sam keek naar de gangdeur. 'Ik wil er liever niet over praten.'
'O nee?'
'Nee.'
'Je hebt God gezien, maar daar wil je het niet over hebben.'
'Precies.'
'Daar zijn anders hele godsdiensten uit voortgekomen, mensen die

God hebben gezien. Ze doen niets liever dan het van de daken schreeuwen.'
'Maar ik...'
'Voor zover ik weet, veranderen mensen altijd na een bijnadoodervaring. En altijd ten goede. Pessimisten worden optimisten, atheïsten worden gelovig. Ze krijgen andere opvattingen, ze hebben het leven lief, ze genieten ervan, het straalt van ze af! Alleen jij niet, nee, jij wordt er alleen maar zwartgalliger van.'
De lift kwam op de begane grond tot stilstand.
'Daar komt Harry,' zei Sam.
'Vertel wat je hebt gezien!'
'Misschien zou ik het jou kunnen vertellen,' zei hij, verbaasd over zijn eigen bekentenis. 'Misschien. Maar niet nu.'
Moose kwam met zijn tong uit zijn bek de keuken in, een ogenblik later gevolgd door Harry in zijn rolstoel.
'Goeiemorgen,' zei Harry kwiek.
'Goed geslapen?' vroeg Tessa. Ze glimlachte met een warmte die Sam jaloers maakte.
'Heel goed, maar niet zo goed als de doden, goddank.'
'Wil je flensjes?' vroeg Tessa.
'Stapels.'
'Eieren?'
'Twee dozijn.'
'Geroosterd brood?'
'Bij de vleet.'
'Een gezonde eetlust, dat zie ik graag in een man.'
'Ik heb de hele nacht rondgerend, daarom ben ik uitgehongerd,' zei Harry.
'Rondgerend?'
'In mijn droom. Ik werd achtervolgd door de boemannen.'
Hij opende een kastje en haalde er een pak hondevoer uit. Tessa liet het beslag in de pan lopen en liet Sam toezicht houden op de eieren. '*Stir It Up*, Patti La Belle,' verklaarde ze, en ze begon weer te zingen en te dansen.
'Wil je muziek?' vroeg Harry. 'Daar kan ik voor zorgen.'
Hij ging naar een laag opgestelde radio in een hoek die de anderen over het hoofd hadden gezien en stemde hem af op een muziekzender. Gladys Knight and the Pips zongen *I Heard It Through the Grapevine*.
'Hé, dat is goed!' Tessa begon nog eens zo enthousiast te swingen en Sam vroeg zich af hoe ze erin slaagde tegelijkertijd zulke mooie flensjes te bakken.

Harry lachte en reed in rondjes om haar heen alsof hij met haar mee danste.
'Weten jullie soms niet dat het einde van de wereld nabij is?' vroeg Sam.
Hij kreeg geen antwoord, wat vermoedelijk zijn verdiende loon was.

13

Onder dekking van de regen en de opkomende mist kwam Chrissie via een omweg bij de roodhouten schutting rond de achtertuin van Talbots huis. Ze deed het hekje open en liep snel van de ene struik naar de andere door de tuin, waarbij ze twee keer bijna in de hondepoep trapte. Moose was een verbazingwekkend beest, maar niet onfeilbaar. Bij het trapje naar de achterdeur bleef ze staan.
Binnen klonk muziek, een oud nummer dat haar ouders nog weleens draaiden. Chrissie kon zich de titel niet herinneren, maar wel de naam van de groep: Junior Walker en de All Stars.
Het geluid en de kletterende regen overstemden haar voetstappen en ze waagde het de treden op te lopen en naar het dichtstbijzijnde raam te sluipen. Op haar hurken bleef ze een tijdje zitten luisteren. Ze hoorde een paar mensen praten en lachen en soms meezingen met de radio.
Ze klonken als heel gewone mensen. Zouden buitenaardse wezens plezier hebben in Stevie Wonder, de Four Tops of de Pointer Sisters? Vast niet. Muziek van ruimtewezens klonk natuurlijk als een orkest van doedelzakken, gespeeld door robots die tegelijkertijd kletterend van een hoge trap vielen, begeleid door een troep jankende honden.
Na een tijdje durfde ze haar hoofd omhoog te steken tot ze over de vensterbank door een opening tussen de gordijnen naar binnen kon kijken. Ze zag Harry Talbot in zijn rolstoel, de hond Moose en een onbekende man en vrouw. Talbot zat met zijn goede hand op de armleuning van zijn stoel te tikken en zelfs Moose deed schijnbaar moeite om met zijn staart in de maat van de muziek te kwispelen. De vreemde man verdeelde gebakken eieren over een paar borden en keek af en toe wat afkeurend naar de vrouw, die flensjes aan het bakken was en daarbij vrolijke danspassen maakte. Toch stond ook hij met zijn schoen op de vloer te tikken.
Chrissie liet zich weer zakken en dacht na over wat ze had gezien. Talbot en de anderen gedroegen zich net als gewone mensen en ze

dacht niet dat ruimtewezens met de radio zouden meezingen terwijl ze aan het ontbijten waren. Ze hadden alleen maar belangstelling voor nieuwe slachtoffers, zoals de pastoor, en voor nieuwe recepten met kleine kinderen als voornaamste ingrediënt.
Toch besloot ze te wachten tot ze hen had zien eten. Pas als Talbot en zijn gasten zich aan tafel een beetje behoorlijk wisten te gedragen en niet zulke knoeiers en veelvraten bleken te zijn als de pastoor, of als Tucker en haar ouders de vorige avond, zou ze het erop wagen aan te kloppen.

14

Loman was achtergebleven om het huis van Mike Peyser schoon te maken en de lijken van de twee ontspoorden in te pakken voor het vervoer naar het crematorium. Hij wilde het niet aan zijn assistenten overlaten uit vrees dat het zien van de verminkte lichamen of de geur van bloed hen tot regressie zou aanzetten. Hij wist dat ze allemaal, en hijzelf niet het minst, op een dunne draad boven een afgrond liepen. Om die reden reed hij ook achter de lijkwagen aan en bleef in het crematorium tot Peyser en Sholnick door de gloeiende vlammen in de oven waren verteerd.
Op het bureau liet hij zich op de hoogte stellen van de speurtocht naar Sam Booker, Tessa Lockland en Chrissie Foster, waarna hij nieuwe instructies gaf. Toen de melding over Castelli binnenkwam ging hij onmiddellijk naar de pastorie van de Onze-Lieve-Vrouwekerk. De geestelijken hadden hun normale gedaante weer aangenomen en konden nauwelijks een redelijk excuus bedenken waarom ze het meisje hadden laten ontsnappen. Loman verdacht hen ervan het meisje voor zichzelf te hebben willen houden en dat ze bij hun spelletjes de waakzaamheid uit het oog hadden verloren. Ze ontkenden natuurlijk in alle toonaarden dat ze een andere vorm hadden aangenomen.
Loman liet de directe omgeving van de kerk afzoeken, maar er werd geen spoor van het meisje gevonden. Blijkbaar was ze ergens ondergedoken, wat nog altijd beter was dan uit Moonlight Cove ontsnappen: voor middernacht zouden alle huizen zijn gecontroleerd en de bewoners getransformeerd.
Om negen uur ging hij naar zijn eigen huis in Iceberry Way om te ontbijten. De inspanning om zich in Peysers bloederige slaapkamer tegen regressie te verzetten had hem een paar pondjes gekost en hij voelde zich uitgehongerd.

Het was donker en stil in huis. Denny zat ongetwijfeld weer boven achter zijn computer, net als de vorige avond. Grace was gewoon naar school gegaan, waar ze lesgaf. Ze zou haar vroegere leven voortzetten totdat alle inwoners van Moonlight Cove waren getransformeerd.

Tot nu toe waren er geen kinderen onder de twaalf jaar getransformeerd, voornamelijk omdat het veel tijd had gekost om de juiste dosering te vinden. Dat probleem was inmiddels opgelost en ook de kinderen zouden vandaag aan de beurt komen.

In de keuken bleef Loman een ogenblik staan luisteren naar de regen en het tikken van de klok.

Hij schonk een glas water in en dronk het leeg, daarna nog drie glazen. Hij was uitgedroogd na de beproeving bij Peyser.

De koelkast was afgeladen met grote hammen, rosbief, een halve kalkoen, een schotel koteletten, kipfilets, worst en allerlei soorten gedroogd vlees. De snelle stofwisseling maakte eiwitrijk voedsel noodzakelijk en bovendien ging de voorkeur van de Nieuwe Mens vooral uit naar vlees.

Hij pakte een ham en de rosbief, haalde roggebrood uit de trommel en nam een potje mosterd mee naar de tafel. Met zijn vingers scheurde hij grote stukken vlees af, doopte ze in de mosterd en propte ze met het roggebrood in zijn mond. Eten gaf hem niet meer zo'n voldoening als vroeger, de geur en smaak ervan wekten alleen nog zijn dierlijke opwinding en vraatzucht op. Met lichte weerzin besefte hij dat hij alles zo snel mogelijk doorslikte, zonder behoorlijk te kauwen, maar hij kon zich er niet tegen verzetten. Half in trance at hij door, als gehypnotiseerd door het eentonige ritme van kauwen en slikken. Plotseling merkte hij dat hij gretig de kipfilets naar binnen zat te werken, ook al waren ze niet gebakken. Snel gaf hij zich weer over aan de halve trance.

Na zijn ontbijt ging hij naar boven.

Hij deed de deur van Denny's kamer open en alles scheen nog net zo te zijn als de vorige avond. De jaloezieën waren neergelaten, de gordijnen gesloten en het enige licht kwam van de groene letters op het beeldscherm. Denny zat aan het bureau, verdiept in de gegevens die over het scherm flitsten.

Plotseling zag Loman iets dat hem kippevel bezorgde.

Hij deed zijn ogen dicht.

Wachtte een paar tellen.

Deed ze weer open.

Het was geen illusie.

Zijn maag draaide om. Loman wilde weggaan, de deur sluiten en

vergeten wat hij had gezien, maar hij kon zich niet bewegen of zijn blik afwenden.
Het toetsenbord was losgemaakt van de computer en stond naast Denny op de vloer. De voorkant van de computerkast was opengeschroefd. Denny's handen lagen op zijn knieën, maar zijn vingers waren heel lang geworden en in plaats van nagels staken er dikke draden uit die in het inwendige van de computer verdwenen. Denny had geen toetsenbord meer nodig.
Hij was een deel van het apparaat geworden, één met Zon in het gebouw van New Wave.
'Denny?'
Zijn zoon had een nieuwe gedaante aangenomen, maar heel anders dan de ontspoorden die hij tot nu toe had gezien.
'Denny?'
De jongen gaf geen antwoord.
'Denny!'
De computer begon vreemd te klikken en te zoemen.
Loman liep met tegenzin naar het bureau. Hij keek naar het gezicht van zijn zoon en rilde.
Denny's mond hing open. Een straaltje speeksel liep over zijn kin en hij stonk naar urine, alsof hij het niet meer de moeite waard had gevonden om op te staan en naar de wc te gaan.
Ogen had hij niet meer. Twee metalen plaatjes met een glad oppervlak hadden hun plaats ingenomen waarin de gegevens van het beeldscherm werden weerspiegeld.
Loman merkte nu ook dat het elektronische geluid niet uit de computer kwam, maar uit Denny.

15

De eieren smaakten goed, de flensjes nog beter en de koffie was bijna sterk genoeg om het porselein van Sams kopje te laten barsten. Onder het eten legde hij het plan uit dat hij had bedacht om het Bureau te waarschuwen.
'Je telefoon werkt nog steeds niet, Harry, ik heb hem vanmorgen nog geprobeerd. Ik denk niet dat we met al die patrouilles en versperringen hoeven te proberen de snelweg te bereiken, tenzij er niets anders mogelijk is. Voor zover we weten, zijn wij de enigen die in de gaten hebben dat er hier iets krankzinnigs aan de hand is en dat er onmiddellijk moet worden ingegrepen. Hoewel er blijkbaar een meisje is ontsnapt, die Chrissie Foster waar de poli-

tie gisteren naar op zoek was.'
'Als ze die nog niet te pakken hebben,' zei Tessa. 'Het is kennelijk nog een kind en ik denk niet dat ze veel kans heeft.'
Sam knikte. 'We moeten ervan uitgaan dat wij op onszelf zijn aangewezen. Daarom moeten we voorzichtig beginnen.'
'Bestaat die dan nog?' vroeg Harry. Met een stukje brood veegde hij het eigeel van zijn bord, langzaam en opmerkelijk netjes etend voor iemand met maar één bruikbare hand.
Sam deed nog wat ahornstroop op zijn flensje. Het verbaasde hem dat hij met zoveel smaak kon eten. Misschien omdat het zijn galgemaal was? 'Heel Moonlight Cove is namelijk net een elektronisch netwerk,' zei hij. 'New Wave heeft computers geleverd aan de politie...'
'... en aan de scholen,' vulde Harry aan. 'Ik heb er een paar maanden geleden iets over gelezen in de krant. Zowel op lagere als op middelbare scholen zijn computers neergezet. Het was een gebaar van maatschappelijke betrokkenheid, zeiden ze.'
'We weten nu wel beter,' zei Tessa.
'Dat mag je wel zeggen.'
'Ze wilden er natuurlijk iets heel anders mee,' zei Tessa. 'Net als de politie wilden ze de scholen via de computer vanuit New Wave in de gaten houden.'
Sam legde zijn vork neer. 'Hoeveel mensen werken er eigenlijk bij New Wave?'
'Ongeveer een derde van heel Moonlight Cove,' antwoordde Harry. 'Het stadje is flink gegroeid sinds New Wave hier tien jaar geleden is gekomen. In sommige opzichten is het nog een echt ouderwetse fabrieksstad, waar ook het sociale leven voor een belangrijk deel om de grootste werkgever draait.'
'Dertig tot veertig procent van alle volwassenen,' zei Sam, peinzend een slok van de ijzersterke koffie nemend. 'Waarschijnlijk zijn die het eerst getransformeerd.'
Tessa knikte. 'Dat lijkt me ook.'
'Door hun werk hebben ze een meer dan normale belangstelling voor computers, dus ze zullen er allemaal wel eentje thuis hebben staan. En vermoedelijk staan die via een modem in verbinding met New Wave, zodat ze thuis kunnen overwerken. Met die transformaties hebben ze natuurlijk hun handen vol, dus ik durf te wedden dat er 's nachts een heleboel gegevens aan New Wave worden doorgegeven en omgekeerd. Dat betekent dat ze een werkende telefoon moeten hebben. Als Harry iemand in de buurt weet die bij New Wave werkt...'

'Er wonen hier meerdere mensen van New Wave,' zei Harry. 'Mijn plan is daarom bij zo iemand in te breken en het Bureau te bellen.'
'Wacht nou eens even,' riep Tessa. 'Ik dacht dat alle telefoons buiten gebruik waren?'
Sam schudde zijn hoofd. 'De openbare telefoons wel, net als het toestel van Harry en van anderen die nog niet getransformeerd zijn. Maar New Wave heeft toegang tot de computer van de telefoonmaatschappij en vermoedelijk zijn ze in staat zelf uit te maken welke aansluitingen worden afgesloten. Ik durf te wedden dat ze hun eigen mensen, degenen die al getransformeerd zijn, niet van de buitenwereld willen afsluiten. Vooral niet nu ze weten dat er problemen zijn. Nee, ze hebben alleen de toestellen buiten gebruik gesteld waar wij iets aan zouden kunnen hebben, zoals in het motel, alle telefooncellen en ook de telefoons van mensen die nog niet aan de beurt zijn geweest.'

16

De angst die Loman Watkins voelde was even tastbaar als de regen die uit de stormachtige lucht neerkletterde en angst kleefde aan hem als een tweede huid. Hij was bang voor zichzelf, voor wat hij zelf nog zou kunnen worden. Hij was bang voor zijn zoon, die zo bizar en onherkenbaar achter de computer zat. En hij was ook bang vàn zijn zoon, dat was onmiskenbaar, buiten zinnen van angst en niet in staat hem aan te raken.
Een stroom van gegevens flikkerde in groene golven over het beeldscherm, een vloedgolf van letters, cijfers, grafieken en tabellen, weerspiegeld in Denny's starre ogen van glanzend kwikzilver. Loman moest denken aan wat Shaddack had gezegd toen hij zag dat Peyser een gedaante had aangenomen die niet uit de genen van de oermens kon voortkomen. Regressie was niet alleen of in de eerste plaats een lichamelijke verandering, het was de kracht van de geest die de uiterlijke gedaante zijn wil oplegde. De ontspoorden konden hun emotieloze bestaan als Nieuwe Mens niet meer verdragen en zochten een andere vorm die meer bevrediging bood. Denny had bewust deze verschijning gezocht: hij wìlde dit groteske ding zijn.
'Denny?'
Geen antwoord.
Denny maakte geen enkel geluid meer. Zelfs het elektronische geruis was opgehouden.

De draden die de jongen met de computer verbonden trilden licht en onregelmatig, alsof stroperig onmenselijk bloed tussen de organische en anorganische delen van het mechanisme heen en weer stroomde.
Loman voelde zijn hart bonken en wilde wegrennen, maar de drukkende angst hield hem op zijn plaats alsof hij aan de grond stond genageld. Het zweet brak hem uit en het scheelde niet veel of hij braakte de enorme hoeveelheid voedsel weer uit die hij net had gegeten.
Hij dacht koortsachtig na. Zijn eerste ingeving was Shaddack te waarschuwen. Shaddack zou misschien begrijpen wat er aan de hand was en een manier weten om Denny van zijn gruwelijke metamorfose te verlossen.
Maar hij besefte dat het Ibis-project al volledig uit de hand was gelopen en zijn eigen duistere wegen volgde, wegen die Tom Shaddack niet kon voorzien of vermijden.
Bovendien zou hij niet beangstigd zijn door wat er met Denny gebeurde, maar juist opgetogen, verrukt. Shaddack zou de verandering zien als een hogere staat van bewustzijn, in tegenstelling tot de dierlijke en afkeurenswaardige gedaanten van de ontspoorden. Dit was de vervulling van Shaddacks droom, de geforceerde evolutie van mens tot machine.
Hij kon zich precies herinneren wat Shaddack zo opgewonden had gezegd in de bloederige slaapkamer van Peyser: *Het enige wat ik niet begrijp, is waaróm de ontspoorden allemaal dergelijke primitieve gedaanten hebben aangenomen. De Nieuwe Mens bezit zonder twijfel het vermogen om een hogere vorm aan te nemen, schoon en puur...*
Loman keek naar Denny's kwijlende oogloze uiterlijk en was er zeker van dat dit geen hogere, schonere of zuiverder vorm van bestaan was. Het was net zo goed een teken van degeneratie als Mike Peysers wolfachtige gedaante of de primitieve aap die Coombs was geworden. Denny had zijn intellectuele onafhankelijkheid opgegeven om te ontsnappen aan het besef dat hij een gevoelloze Nieuwe Mens was. Hij had zijn laatste restje menselijkheid vrijwillig afgestaan om niets meer te hoeven zijn dan een onderdeeltje van een reusachtig elektronisch netwerk.
Een straaltje speeksel viel van Denny's kin en vormde een vochtige plek op zijn broek.
Voel je nu nog steeds angst? dacht Loman. Liefhebben kon je al net zomin als ik, maar is je angst nu ook verdwenen?
Een machine kende geen angst.

Hoewel Loman sinds zijn transformatie dag en nacht in de greep van de angst leefde, zodat heel zijn bestaan een kwelling was geworden, klampte hij zich er op een perverse manier aan vast, want het was de enige emotie die hem met zijn vroegere wezen verbond. Zonder angst zou hij niets meer zijn dan een machine van vlees en bloed. Zijn leven zou helemaal niets menselijks meer hebben. Denny had in plaats van angst als enige levensvervulling nog de koele logica, eindeloze series berekeningen en verwerking van feiten. En als Shaddack gelijk had wat betreft de levensduur van Nieuwe Mensen, zou dat eeuwen kunnen duren.

Plotseling begon Denny weer te zoemen en te klikken, een akelig geluid dat in de holle kamer weergalmde, even vreemd als de kille en trieste klaagzang van sommige diersoorten in het diepst van de oceanen.

Shaddack erbij halen zou de krankzinnige alleen maar aanmoedigen zijn heilloze experimenten voort te zetten. Als Shaddack hem zag, zou hij waarschijnlijk proberen alle Nieuwe Mensen te dwingen zichzelf te veranderen in identieke cybernetische organismen. Het vooruitzicht vervulde Loman met nog grotere angst.

De geluiden van het zoon-ding hielden op.

Loman trok met trillende vingers zijn revolver.

Het scherm begon steeds feller te flikkeren en Denny's vloeibare ogen weerspiegelden de stroom van gegevens.

Loman staarde naar het wezen dat eens zijn zoon was geweest. Hij probeerde wanhopig iets van zijn vroegere gevoelens op te roepen, de liefde en trots van een vader, de hoop die hij voor de toekomst van de jongen koesterde. Hij herinnerde zich de vistochtjes die ze samen maakten, films waar ze samen naar keken, boeken waarover ze praatten, lange uren waarin ze samen werkten aan een natuurkundeproject voor school, de eerste fiets die Denny met Kerstmis kreeg, de eerste keer dat hij een meisje mee naar huis bracht om haar voor te stellen... Hij zag de beelden nog voor zich, heel gedetailleerd, maar ze deden hem niets. Toch zou hij *iets* moeten voelen om dit ding te kunnen doden, iets anders dan angst. Een enkele traan zou voldoende zijn om hem de trekker te laten overhalen, maar zijn ogen bleven droog.

Plotseling barstte Denny's voorhoofd open.

Loman slaakte een kreet van verrassing en deed struikelend twee passen naar achteren.

Een wormachtig ding kroop uit Denny's voorhoofd, glanzend en gesegmenteerd. Het was niet dikker dan een potlood en eindigde in een brede plug. Het zwaaide als de voelspriet van een afstotend

insekt heen en weer en werd steeds langer, tot het uiteinde de kast van de computer raakte.
Dit is wat Denny wil, dacht Loman.
Het was geen mislukte mutatie van de genen, geen biologisch wangedrocht, maar de overwinning van de geest op de materie. Dit was wat Denny wilde, het enige leven dat hij nog kon verdragen, en wie was hij om hem het recht daarop te ontzeggen?
De afschuwelijke voelspriet tastte het inwendige van de computer af en bracht een nieuwe verbinding tot stand, een nog intiemere band tussen Zon en Denny dan met de verminkte handen en ogen van kwikzilver bereikt kon worden.
De jongen stootte een ijl en bloedstollend geluid uit, hoewel zijn tong en lippen niet bewogen.
Loman werd erdoor opgeschrikt uit zijn besluiteloosheid. Niets doen was nog angstaanjagender dan zijn voornemen uitvoeren. Hij stapte naar voren, drukte de loop van de revolver tegen Denny's slaap en haalde twee keer de trekker over.

17

Vanuit haar schuilplaats onder het keukenraam op de veranda luisterde Chrissie naar het gesprek van Harry Talbot en de twee anderen. Af en toe tilde ze haar hoofd op en tuurde voorzichtig door de kier in het gordijn naar binnen. In de gestaag neergutsende regen kon ze lang niet alles verstaan, maar voldoende om haar vertrouwen te bevestigen. Blijkbaar wisten ze dat er iets helemaal mis was in Moonlight Cove en de man en vrouw leken net als zij te zijn gevlucht. Zo te horen probeerden ze een manier te verzinnen om hulp van buiten de stad te halen.
Chrissie keek naar de keukendeur. Die was van hout en zonder raampje in de bovenkant en het leek haar niet verstandig om aan te kloppen. De drie daarbinnen konden haar immers niet zien en zouden waarschijnlijk een hartverlamming van schrik krijgen... of verborgen wapens grijpen en de deur met haar erbij aan mootjes schieten.
Ze ging rechtop staan en klopte tegen het raam, zodat ze haar tenminste konden zien.
Talbot draaide zijn hoofd met een ruk om en wees verbaasd naar haar, terwijl de twee anderen overeind vlogen alsof ze aan touwtjes omhoog werden getrokken. De hond begon te blaffen en keek net als de mensen naar haar alsof ze geen verregend kind van elf

was maar een krankzinnige massamoordenares met een kettingzaag in haar handen en een leren kap over haar afzichtelijke gelaat.
Zelfs een zielig, doorweekt en uitgeput kind moest in het door ruimtewezens overvallen Moonlight Cove een schrikwekkende indruk maken, besefte ze.
'Help me,' zei ze om hun angst weg te nemen. 'Help me alsjeblieft.'

18

De machine schreeuwde. De twee kogels verbrijzelden de schedel en het ding viel met stoel en al tegen de vloer. De uitgerekte vingers werden losgerukt van de computer en de wormachtige voelspriet knapte in tweeën. Het ding bleef kronkelend en stuiptrekkend op de grond liggen.
Voor Loman moest het een ding zijn, een machine. Hij kon het idee niet verdragen dat dit zijn zoon was.
Door het geweld van de kogels was het gezicht verwrongen tot een asymmetrisch, surrealistisch masker.
De kwikzilveren ogen waren zwart geworden, donkere plassen olie in de oogkassen.
In de doorboorde schedel was niet alleen grijze hersenmassa zichtbaar, maar waren ook kronkelige draden en glinsterende fragmenten van een of ander keramisch materiaal in vreemde geometrische vormen te zien. Behalve bloed kwam ook blauwe rook uit de wonden.
De machine hield niet op met schreeuwen.
Het elektronische krijsen kwam niet langer uit het zoon-ding, maar uit de computer op het bureau. Het geluid was er niet minder bizar om en Loman merkte dat het niet uitsluitend kunstmatig was, maar dat er een verontrustend menselijke klank in te horen viel.
De cijfers verdwenen van het scherm en in plaats daarvan kwam een enkel woord, tot in het oneindige herhaald:
NEE NEE NEE NEE NEE NEE NEE NEE NEE NEE NEE NEE NEE NEE NEE NEE NEE
Loman besefte ineens dat Denny nog niet dood was. Een deel van zijn bewustzijn leefde voort in de computer, gevat in silicium en niet in hersenweefsel. Dàt deel van hem schreeuwde met zijn mechanisch-koude stem.

Een andere tekst verscheen op de monitor:
WAAR IS MIJN LICHAAM WAAR IS MIJN LICHAAM WAAR IS MIJN LICHAAM LICHAAM NEE NEE NEE NEE NEE NEE NEE NEE
Loman voelde zich als bevroren, alsof er ijswater door zijn aderen gepompt werd. Hij had het nog nooit zo koud gehad.
Hij wendde zich af van het verminkte lichaam, dat nu niet meer bewoog, en richtte zijn revolver op de computer. Hij schoot zijn wapen leeg, eerst op het scherm, zodat het donker werd in de kamer. Daarna spatten duizenden vonken op en de machine stierf onder een luid gesis en gekraak. Langzaam verdween de laatste gloed uit de kamer.
Er hing een geur van verschroeide draden en van nog iets anders, iets ergers.
Loman ging de kamer uit. In de gang bleef hij een ogenblik staan, steunend tegen de trapleuning. Daarna ging hij de trap af.
Hij herlaadde de revolver en stak die in zijn holster.
Hij ging de regen in.
Hij stapte in zijn auto en startte de motor.
'Shaddack,' zei hij hardop.

19

Tessa nam het meisje onmiddellijk onder haar hoede. Ze nam haar mee naar boven en hielp haar uit haar natte kleren.
'Je zit te klappertanden, kind.'
'Ik ben blij dat ik nog tanden over heb.'
'Je neus is helemaal blauw van de kou.'
'Ik ben blij dat ik nog een neus heb,' zei het meisje.
'En wat is er met je enkel?'
'Die heb ik verstuikt bij het springen.'
'Je hebt toch niets gebroken?'
'Nee, zo erg is het niet. Trouwens, ik ben blij...'
'Ja, ja, dat je nog een enkel hebt,' zei Tessa.
'Precies. Sommige mensen zijn gek op varkenspootjes, maar volgens mij houden die ruimtewezens vooral van enkels. Jakkes.'
Ze zat op de rand van het bed in de logeerkamer met een wollen deken om haar blote lijf, terwijl Tessa uit de linnenkast een laken en een paar veiligheidsspelden haalde.
'Harry's kleren zijn veel te groot voor je. Ik zal je eigen kleren in de droger doen en intussen dit laken om je heen spelden, dan kun

je ons beneden alles vertellen.'
'Ik heb heel wat meegemaakt,' zei Chrissie.
'Dat is je ook aan te zien.'
'Ik denk dat ik er later een boek over ga schrijven.'
'Hou je van boeken?'
'O ja, ik lees heel veel.'
Met niet meer dan een lichte blos liet ze de deken zakken en stond op, zodat Tessa het laken als een wijde mantel kon vastspelden.
'*Kinderlokkers uit de ruimte*, kan ik het noemen. Hoewel ze misschien wel zuiver plantaardig leven. In dat geval zou ik als titel iets moeten nemen als *Zaden uit de ruimte* of *Groenten van Mars* of *Pesterige paddestoelen*. Ik hou wel van alliteratie, alleen al omdat het zo'n mooi woord is. Vindt u ook niet? Ik ben gek op woorden. Je kunt natuurlijk ook mooie romantische titels verzinnen, zoals *De laatste lente*. Trouwens, als ze plantaardig zijn hebben we misschien geluk, want dan kunnen ze natuurlijk niet tegen aardse luizen en schimmel. Dan loopt het net zo met ze af als met de machtige Marsbewoners in *War of the Worlds*.'
Tessa genoot van het opgewonden gebabbel en ze hield voorlopig voor zich dat de vijand niet van de sterren kwam. Ineens zag ze dat de palm van Chrissies linkerhand lelijk geschaafd was.
'Dat is gebeurd toen ik bij de pastorie van de veranda viel,' zei het meisje.
'Hoe kwam dat dan?'
'Die wolf of wat het ook was kwam achter me aan door het raam en ik kon alleen nog naar beneden springen. Jee, dat was nog eens spannend. Ik verstuikte mijn enkel, maar ik rende naar het hek en hij kreeg me niet te pakken. U moet weten...'
'Zeg maar Tessa.'
Chrissie was niet gewend grote mensen bij hun voornaam te noemen en ze keek even fronsend voor zich uit, maar ten slotte besloot ze dat het onbeleefd zou zijn niet aan het verzoek te voldoen.
'Goed dan. Maar hoe dan ook, ik weet natuurlijk niet wat ze met ons willen doen. Opeten, misschien. Of anders stoppen ze enge pilletjes in onze oren waardoor wij net zo worden als zij. In elk geval leek het me beter van het afdak te springen toen dat ding achter me aan kwam.'
Tessa nam haar mee door de gang naar de badkamer. In het medicijnkastje vond ze een flesje jodium met een vergeeld etiket, een paar pleisters en gaasverband dat van ouderdom half uit elkaar viel, maar het was genoeg om de schaafwond te behandelen. Chrissie ging op de klep van de w.c. zitten en liet het zich stoïcijns

welgevallen, zonder een kik te geven toen de jodium in de wond beet. Ze schudde alleen wat met haar blonde haar, dat sterk krulde terwijl het opdroogde. Praten deed ze wel.
'Ik denk dat ik een speciale beschermengel heb, want ik ben al eens eerder van het dak gevallen. Een jaar of twee geleden zat er bij ons thuis in de lente een nest op het dak van de stal. Ik geloof dat het spreeuwen waren. Ik wilde met alle geweld de jonkies zien, dus toen mijn vader en moeder op een dag niet thuis waren klom ik met een ladder naar boven. De oudervogels waren op zoek naar eten en ik keek snel in het nest. Nou, dat viel tegen. Jonge vogeltjes zonder veren zijn zowat de lelijkste dingen die je je kunt voorstellen... behalve buitenaardse wezens natuurlijk. Helemaal verschrompeld en met grote bekken en rare vleugeltjes, net of ze mismaakt waren. Als mensen zulke lelijke jongen kregen, zouden ze helemaal geen kinderen meer willen hebben en dan zouden wij er ook niet zijn geweest.'
Tessa bedwong een lach terwijl ze de wond met jodium behandelde. Ze keek op en zag dat Chrissie haar ogen had dichtgeknepen en haar neus optrok om de schrijnende pijn in haar hand te verbijten.
'Maar ineens kwamen de oudervogels krijsend naar het nest vliegen,' vervolgde het meisje. 'Ik schrok me rot en viel pardoes naar beneden. Pijn deed het niet, want ik kwam boven op een paardehoop terecht... wat trouwens helemaal geen pretje is. Ik ben dol op paarden, alleen zouden ze weleens mogen leren op de kattebak te gaan.'
Tessa was weg van dit kind.

20

Sam leunde met zijn ellebogen op de keukentafel en luisterde aandachtig naar het verhaal van Chrissie Foster. Tessa had in het motel een glimp van de boemannen opgevangen, Harry had ze uit de verte vaag gezien en zelf had hij de vorige avond een donkere omtrek waargenomen, maar het meisje was de enige van hen die meer dan eens een transformatie had meegemaakt.
Maar het waren niet alleen haar unieke ervaringen die hem geboeid hielden. Hij was ook gefascineerd door haar opgewekte en intelligente manier van vertellen. Ze moest wel over een grote innerlijke kracht beschikken, anders zou ze het hachelijke avontuur van het laatste etmaal niet hebben overleefd. Toch behield ze haar

ontwapenende kinderlijkheid: ze was sterk, maar niet hard. Ze was een kind dat hem voor de hele vervloekte menselijke soort weer wat hoop gaf.
Een kind zoals Scott eens was geweest.
Daarom was Sam zo gefascineerd door Chrissie Foster. Hij luisterde naar haar met een brok in zijn keel en een benauwd gevoel in zijn borst, niet alleen om te horen wat ze te vertellen had, maar in de onrealistische verwachting dat hij eindelijk zou gaan begrijpen waarom zijn eigen zoon tegelijk met zijn onschuld alle hoop had verloren.

21

Tucker en zijn metgezellen sliepen niet in de donkere kelder van het Icarus, daar hadden ze geen behoefte aan. Ze lagen opgerold in het duister en af en toe paarden hij en het andere mannetje met het wijfje, in wilde hartstocht naar elkaar graaiend tot het snel stollende bloed vloeide, alleen om de geur ervan te kunnen opsnuiven, spelend als onsterfelijke gedrochten.
Tucker begon langzamerhand gedesoriënteerd te raken in de donkere, kale en besloten kelderruimte. Met elk uur dat verstreek kon hij zich minder herinneren van zijn bestaan voordat de opwindende jacht de vorige avond was begonnen. Hij verloor een groot deel van zijn zelfbewustzijn. Voor individuen was weinig ruimte in een jagende troep en nog minder in het leger. Zelfopoffering was een eerste vereiste in die raamloze, claustrofobische ruimte.
Zijn slapeloze dromen waren gevuld met vreemde zwarte gedaanten die door bossen en velden slopen. De enkele menselijke gestalte die er ongewild in opdook was een raadsel voor hem, angstaanjagend zelfs, en hij concentreerde zijn fantasie weer snel op de snelle opeenvolging van jagen, doden, eten en paren. Hij wilde opgaan in de troep, een deeltje zijn van dezelfde grote schaduw, van hetzelfde organisme, bevrijd van de noodzaak om na te denken.
Plotseling merkte hij dat hij weer van uiterlijk begon te veranderen. Hij wilde niet langer de leider van de troep zijn; ook daarvoor moest hij nog te veel zijn verstand gebruiken. Hij wilde helemaal niet meer nadenken, alleen maar leven, alleen maar *zijn*.
De twee anderen reageerden op zijn gedaanteverwisseling en volgden zijn voorbeeld.
Zijn huid begon te smelten, zijn gebeente en organen losten op.

Tucker degenereerde snel van primitieve aap tot de amoebe die ooit uit de oerzee aan land was gekomen en daar voorbij, ver daar voorbij, tot hij niet meer dan een massa bubbelend weefsel was, een bel protoplasma die in het donker van het Icarus pulseerde.

22

Loman belde aan bij het huis aan de noordpunt van de baai. De deur werd geopend door Evan, de butler.

'Het spijt me, commissaris, meneer Shaddack is niet thuis.'

'Waar is hij?'

'Dat weet ik niet.'

De butler behoorde tot de Nieuwe Mensen. Loman schoot hem twee keer door zijn hoofd en daarna, voor alle zekerheid, nog twee keer in de borst. Hersenen en hart, of processor en pomp, hij wist niet zeker of hij met mensen of machines te maken had. Hij vulde het magazijn van zijn revolver bij en stapte over het lichaam de gang in. Stelselmatig liep hij alle kamers door, de ene verdieping na de andere, op zoek naar Shaddack.

Hij voelde een vaag verlangen naar woede of verbittering, naar wraakzucht die hij kon bevredigen, maar geen van die emoties kwam bij hem op. De dood van zijn zoon had zijn hart niet ontdooid. Hij was niet in staat verdriet of woede te ondergaan.

Alleen angst dreef hem voort, de angst dat Shaddack hem en alle Nieuwe Mensen in iets nog verschrikkelijkers zou veranderen dan ze al waren. Met Shaddack zou Zon sterven, de supercomputer van New Wave, en daarmee ook de Nieuwe Mensen die door middel van de biochips met Zon waren verbonden. Alle getransformeerden zouden sterven, ook Loman zelf, maar daar bekommerde hij zich niet meer om. Veel afschrikwekkender dan de dood was het vooruitzicht te worden zoals Denny, met plaatjes van kwikzilver als ogen en een voelspriet die uit zijn voorhoofd stak om een obscene vereniging met een computer aan te gaan.

Het kon hem niet meer schelen of hij zelf zou sterven of niet. Zijn angst om te moeten voortleven als een ontspoorde of als het nog groteskere ding dat Denny was geworden, was groter dan zijn doodsangst. Hij zag zichzelf met glanzende kwikzilveren ogen en met een tentakel dat bloedeloos uit zijn voorhoofd ontsproot om een obscene vereniging met een computer aan te gaan. Hij kreeg er kippevel van.

Er was niemand in het huis. Loman ging op weg naar New Wave, waar de schepper van de nieuwe wereld vermoedelijk druk bezig was verder vorm te geven aan de hel die hij het paradijs noemde.

23

Even na elf uur, toen Sam wilde weggaan, liep Tessa met hem mee de veranda op en deed de keukendeur achter zich dicht. De bomen in de achtertuin waren net hoog genoeg om hen aan het gezicht van de buren te onttrekken. Niemand kon hen in de schaduw van de veranda zien.

'Je hoeft niet per se alleen te gaan,' zei ze.

'Waarom niet?'

De lucht voelde koud en vochtig aan. Tessa sloeg haar armen om zich heen.

'Ik kan aanbellen en de bewoners aan de praat houden terwijl jij achterom gaat.'

'Ik zou me maar zorgen om je maken.'

'Daar is geen enkele reden voor.'

'Nee, waarschijnlijk niet,' zei hij.

'Dus?'

'Ik werk alleen.'

'Je doet altijd alles alleen, geloof ik.'

Hij glimlachte flauw. 'Gaan we nu weer bekvechten over de vraag of het leven een naaikransje dan wel een tranendal is?'

'Dat was geen bekvechten, dat was een discussie.'

'In elk geval heb ik opdrachten als deze juist gezocht omdat ik dan zoveel mogelijk op eigen houtje kan opereren. Ik wil niet meer met een partner op stap, Tessa, dan hoef ik ook niet meer te zien hoe ze doodgaan.'

Ze wist dat hij niet alleen op zijn collega's van het Bureau doelde, maar ook op zijn echtgenote.

'Blijf jij maar bij het meisje,' vervolgde hij. 'Per slot van rekening lijken jullie op elkaar.'

'Hoezo?'

'Zij is levenslustig. Ze geniet van het leven, wat er ook gebeurt. Dat is een zeldzame en kostbare gave.'

'Die heb jij ook gehad,' zei ze.

'Nee, nooit.'

'Die heeft iedereen gehad, verdorie. En je kunt nog steeds van het leven genieten, Sam, ook al denk je dat je het kwijt bent.'

'Pas op Chrissie.' Hij draaide zich om en daalde het trapje af.

'Als je maar terugkomt, denk erom. Je hebt beloofd te vertellen wat je aan de andere kant hebt gezien. Dus waag het niet weg te blijven.'

Tessa keek hem na terwijl hij in de zilverige regen en mist verdween en ze voelde tot haar eigen verbazing dat er nog meer redenen waren waarom ze hem wilde zien terugkomen, ook al zou hij haar nooit over de andere kant vertellen.

24

De familie Coltrane woonde twee huizen verderop aan Conquistador Avenue. Aan de achterkant van de cederhouten woning lag een overdekt terras in plaats van een veranda.

Sam liep snel door de achtertuin naar het terras, waar de regen met het ongerijmde geluid van een knapperend vuur op het afdak viel, en keek door de glazen schuifdeur naar binnen. De zitkamer was donker en verlaten. Bij de keukendeur trok hij zijn revolver en hield die langs zijn zij tegen zijn dijbeen.

Sam had aan de voorkant kunnen aanbellen, maar hij was bang voor de patrouilles die volgens Chrissie door de buurt zwierven.

Hij klopte vier keer snel achter elkaar op de deur. Er gebeurde niets. Hij klopte nog drie keer, harder.

Harley en Sue Coltrane waren ongetwijfeld op hun werk bij New Wave.

De deur zat op slot. Sam had een dun metalen plaatje van buigzaam metaal meegenomen. In televisieseries werden meestal betaalkaarten gebruikt om deuren te openen, maar in werkelijkheid bleven die plastic rechthoeken vaak in de kier steken of sloegen dubbel voordat de klink in beweging kwam. Sam gaf de voorkeur aan beproefde hulpmiddelen. Hij stak het plaatje onder het slot in de spleet en schoof het naar boven, krachtig drukkend toen hij weerstand voelde. De pal gleed terug en Sam kon de deur met een zacht gepiep openen: er zat gelukkig geen grendel op.

Hij ging naar binnen en deed de deur geruisloos achter zich dicht, zonder hem af te sluiten. Bij een eventuele overhaaste aftocht kon hij geen oponthoud gebruiken.

Alleen het grauwe daglicht viel in de keuken, waarin hij nauwelijks details kon onderscheiden.

Bijna een minuut lang bleef hij ingespannen staan luisteren. Alleen het tikken van een klok was te horen, en de regen die op het afdak van het terras kletterde.

Sam schoof zijn natte haar van zijn voorhoofd en liep op krakende schoenen naar de telefoon, die boven een tafel in de hoek aan de muur hing. Hij nam de hoorn van de haak en hoorde geen gewone zoemtoon, maar het toestel was niet buiten gebruik: er klonk een vreemd geklik en gepiep, samenvloeiend tot een onaardse elektronische klaagzang.
Hij kreeg er kippevel van.
Behoedzaam en zonder geluid te maken legde hij de hoorn weer op de haak.
De telefoon stond via een modem blijkbaar in verbinding met twee computers. Was een van de Coltranes ergens anders in huis met de computer bezig?
Maar het geluid had op de een of andere manier anders geklonken, verdomd akelig.
De keuken kwam uit in een eetkamer. Voor de twee grote ramen hingen vitrages die het grijze daglicht nog somberder maakten. Tafels en stoelen leken in dat licht massieve blokken van zwart en donkergrijs metaal.
Opnieuw bleef hij staan om te luisteren, maar ook ditmaal hoorde hij niets ongewoons.
Het huis was gebouwd volgens een open ontwerp, zonder gang op de begane grond, zodat de kamers in elkaar overliepen. De grote zitkamer had ramen op het westen en noorden, maar ook die waren beregend en lieten slechts een schaduwachtig licht door. Het hele interieur was bespikkeld met waterige grijze vlekken, die Sam het gevoel gaven alsof hij door ontelbare kevers werd bekropen. Hij had het idee dat hij in een oude zwart-witfilm speelde of in een grimmige *film noir*.
Er was niemand in de zitkamer, maar plotseling hoorde hij een hoog en doordringend geluid uit de voorkant van het huis komen, niet ver van de deuropening. Een hoge toon die hem deed klappertanden, gevolgd door een ijle kreet die nauwelijks menselijk was, maar afkomstig scheen te zijn van een op hol geslagen robot, verscheurd door angst en wanhoop. Daarna ging die over in een ritmisch elektronisch gezoem, als het kloppen van een reusachtig hart.
Ten slotte werd het stil.
Sam had zijn revolver op de deuropening gericht, klaar om te schieten, maar niets of niemand bewoog zich.
Hij kon de opeenvolging van vreemde geluiden absoluut niet in verband brengen met de monsterlijke figuren die hij door de telescoop had gezien of met de gedaanten die Chrissie had beschre-

ven. Een mogelijke confrontatie met zo'n weerwolf had hem tot nu toe de grootste schrik aangejaagd, maar nu leek de onbekende bron van de geluiden nog veel erger.
Sam wachtte af.
Er gebeurde niets.
Hij kreeg het naargeestige idee dat iets of iemand even gespannen naar hem luisterde als omgekeerd.
Het kwam bij hem op terug te gaan naar Talbot om een andere uitweg te bedenken, want Mexicaans eten en donker bier en zelfs de slechtste films van Goldie Hawn leken nu ineens onschatbare geneugten die hij voor geen prijs op het spel mocht zetten.
Alleen de gedachte aan Chrissie Foster weerhield hem ervan weg te rennen. Haar heldere ogen en onschuldige gezicht en de levendige manier waarop ze haar relaas had gedaan... dat was de moeite waard om voor te vechten, ook al had hij misschien met Scott gefaald en was het te laat om de jongen nog te redden. Het meisje leefde nog, lichamelijk, intellectueel en emotioneel, en zij vertrouwde op hem. Alleen hij kon Chrissie Foster nog voor transformatie behoeden.
Hij had nog maar net twaalf uur de tijd tot middernacht.
Op zijn hoede sloop hij naar de hal bij de voordeur. Met zijn rug tegen de muur schoof hij voetje voor voetje naar de half openstaande deur van de kamer waaruit het geluid moest zijn gekomen.
Er begon iets te klikken.
Sam bleef stokstijf staan.
Het was een zacht en laag geluid, niet het tikken dat hij die nacht had gehoord, eerder alsof er schakelaars werden omgezet of een hele rij dominostenen omviel.
Na een tijdje hield het klikken op.
Sam nam de revolver in beide handen, stapte naar voren en trapte de deur met zijn voet helemaal open.
De jaloezieën voor de ramen waren gesloten en het enige licht in de kamer was afkomstig van twee computerschermen. Zwarte letters schoven over een amberkleurige achtergrond en alles in de kamer had een dofgouden glans.
Twee mensen zaten met hun rug naar elkaar toe achter de computers, de een links, de ander rechts.
'Geen beweging,' zei Sam scherp.
Ze maakten geen aanstalten zich te bewegen of iets te zeggen. Ze zaten zo volmaakt roerloos dat ze dood hadden kunnen zijn.
Pas toen zijn ogen gewend waren aan de matte lichtgloed, die

vreemd genoeg nog minder details onthulde dan het grauwe daglicht in de andere kamers, zag Sam dat het eigenlijk geen mensen meer waren. Een verschrikkelijk voorgevoel beving hem.

Een man, vermoedelijk Harley Coltrane, zat naakt op een draaistoel tegen de muur aan de rechterkant. Uit de open kast van de computer voor hem staken twee dikke kabels, vochtig glanzend in het amberen licht, die onder de ribbenkast in het lichaam van de man verdwenen. Er was geen bloed op de huid te zien. De kabels trilden licht.

'Lieve god,' fluisterde Sam.

De handen van de man waren ontdaan van huid en weefsels en staken als robotachtige klauwen uit de goudkleurige beenderen van zijn armen. Sam kon zien dat de botjes deels met elkaar waren versmolten en dat er sporen metaal als aderen doorheen liepen. De skeletachtige vingers kromden zich strak als klampen rond de kabels.

Sam deed een stap naar voren en zag dat de botten van Coltranes armen deels waren samengesmolten en met stalen pinnen waren verstevigd. Ze begonnen zo heftig te kloppen dat ze elk moment losgescheurd leken te zullen worden.

Je moet hier weg.

Sam verzette zich tegen het stemmetje in zijn binnenste, zijn eigen stem als kind. Doodsnood is een veel efficiëntere tijdmachine dan nostalgie en werpt de mens terug op de vergeten en onverdraaglijke toestand van hulpeloosheid die een groot deel van zijn jeugd beslaat.

Ga weg, ga weg, ren voor je leven.

Sam weerstond de aandrang.

Hij wilde weten, hij móest weten wat er met deze mensen was gebeurd en waarom. Welk verband was er met de gedrochten die in het donker rondzwierven? Shaddack was er blijkbaar in geslaagd de moderne techniek te gebruiken om de menselijke biologie drastisch en onherroepelijk te veranderen, dat was wel duidelijk, maar er bleven nog zoveel raadsels over, zoveel geheimen.

Ga weg.

De man en de vrouw leken zich niet in het minst bewust van zijn aanwezigheid. Hij zag geen onmiddellijk gevaar.

Ga weg, zei het bange jongetje.

Harley Coltrane keek strak naar de vloed van letters, cijfers, tekens en diagrammen die in hoog tempo over het flikkerende beeldscherm vlogen. Maar het was geen gewoon kijken, want op de plaats van zijn ogen zaten bolletjes van een donkerrood mate-

riaal, oplichtend in de diepe en donkere oogkassen.
Sam haalde zijn vinger van de trekker uit vrees dat hij met zijn bevende hand ongewild een schot zou afvuren.
Coltranes deinende borstkas perste stinkende ademstoten uit zijn open mond.
De aderen in zijn slapen en gruwelijk opgezwollen hals klopten snel. Maar er leken ook aderen te kloppen die er niet behoorden te zijn: midden op zijn voorhoofd, aan weerskanten van zijn kaken, op vier verschillende plaatsen op zijn borst en buik en op zijn bovenarmen, groot en donker opzwellend onder de huid. Heel zijn bloedsomloop leek te zijn aangepast aan de nieuwe taken die hij met zijn lichaam moest vervullen. Bovendien leken de bloedvaten in een afwisselend ritme te kloppen, alsof zijn lichaam minstens twee harten bevatte.
De mens-machine slaakte plotseling een hoge kreet en Sam maakte een sprongetje in de lucht. Dit was het geluid dat hij in de zitkamer had gehoord en dat hem hierheen had gelokt.
Het gekrijs werd hoger en steeds luider, tot het pijn deed aan Sams trommelvliezen. Hij keek naar de glinsterende kunstmatige ogen boven de wijd opengesperde mond. Een gloed brandde in de rode kralen van glas en hij vroeg zich af of die hem konden waarnemen, misschien in het infrarood. Was Sam zichtbaar voor Coltrane of waren diens zintuigen gericht op een heel andere, elektronische wereld waarin mensen irrelevant waren en onopgemerkt bleven?
Het gekrijs werd zachter en hield toen abrupt op.
Sam merkte dat hij onwillekeurig zijn revolver op Harley Coltranes gezicht had gericht en op het punt stond het ding van dichtbij te vernietigen.
Hij bleef aarzelend staan. Coltrane was in sommige opzichten nog een mens en wellicht voelde hij zich zelfs prettig in zijn aangepaste gedaante, prettiger dan in zijn oude lichaam. Misschien was hij zelfs gelukkig, wie zou het zeggen? Sam speelde niet graag voor rechter en nog minder voor beul. Hij vond zelf dat de aarde een tranendal was en daarom moest hij rekening houden met de mogelijkheid dat Coltrane op deze manier een verbetering zocht, een uitweg.
De glimmende half-organische kabels roffelden tegen de knokige vingers waarmee Coltrane ze vasthield.
Zijn adem stonk naar bedorven vlees en verschroeide draden.
Glas en metaal flonkerden en trilden in de oogloze kassen.
Het goudkleurige gezicht leek verstard in een onophoudelijke

schreeuw. De aderen op zijn kaken en in zijn slapen bewogen als kronkelende wormen, parasieten die zich onder zijn huid hadden genesteld.
Sam rilde van afschuw en haalde de trekker over. Het schot maakte een oorverdovend lawaai in de kleine kamer.
Coltranes hoofd zwaaide heen en weer onder het geweld van de inslag, daarna bleef het bloedend en rokend met de kin op de borst rusten.
De weerzinwekkende kabels gingen door met kloppen en dansen, alsof er een vloeistof doorheen werd gepompt.
Sam voelde dat de man nog niet dood was. Hij richtte de revolver op het beeldscherm.
Coltrane liet met één knokige hand de kabels los. Zijn vingers klemden zich razendsnel en met een beenderig geluid om Sams pols.
Sam slaakte een kreet.
De hele kamer begon ineens te zoemen en te klikken.
De helse vingers hielden hem met zo'n enorme kracht vast dat ze door zijn huid sneden en onder zijn mouw voelde hij warm bloed over zijn arm lopen. Nog even en hij zou de revolver uit zijn gevoelloze vingers moeten laten vallen, als het ding tenminste niet sterk genoeg was om zijn pols te verbrijzelen.
Coltrane probeerde zijn half verbrijzelde hoofd op te tillen.
Sam moest aan het gezicht van zijn moeder denken, het verminkte gezicht dat hem in het wrak van de auto grijnzend had aangestaard, zwijgend en roerloos grijnzend...
In paniek schopte hij tegen de stoel waarop Coltrane zat, maar de wieltjes waren vastgezet.
Het hoofd werd langzaam opgetild, langzaam.
Jezus, dat kan ik niet nog eens verdragen!
Hij tilde zijn voet op en trapte uit alle macht tegen de kabels die Coltrane met de computer verbonden. Bij de derde keer werden ze met een ziekmakend geluid losgescheurd uit het lichaam. Coltrane zakte in elkaar op de stoel, de benige vingers lieten Sams hand los en vielen met een droog rammelend geluid op de vloermat onder de stoel.
De kamer weergalmde van een laag elektronisch geklop, afgewisseld met een hoger drietonig gepiep.
Sam snakte naar adem en drukte zijn bloedende rechterhand tegen zijn borst om de pijn te verdrijven.
Er schuurde iets langs zijn been.
Hij keek omlaag en zag de uit Coltrane's lichaam gerukte kabels

als koploze slangen over de vloer kronkelen, nog steeds verbonden met de computer en gevuld met kwaadaardig leven. Ze leken twee keer zo lang te zijn geworden en kromden zich als tentakels rond zijn enkels en kuiten.

Hij probeerde zich los te rukken.

De kabels lieten hem niet los.

Ze slingerden zich omhoog langs zijn benen.

Instinctief voelde hij dat ze op weg waren naar zijn middenrif, net als bij Coltrane, om ook hem een deel van het systeem te maken.

Hij stak zijn bebloede hand uit en richtte de revolver op het beeldscherm.

De zwarte letters en cijfers waren verdwenen. In plaats daarvan keek hij recht in het gezicht van Harley Coltrane, dat op de monitor zijn ogen weer had teruggekregen. Coltrane leek hem aan te spreken, hoewel Sam de woorden niet begreep:

... bloed, bloed... nodig...

Het was onmogelijk, maar Coltrane was niet tegelijk met zijn lichaam gestorven, niet helemaal. Een deel van hem leefde voort in de machine.

Alsof Coltrane zijn gedachten kon lezen werd het beeldscherm plotseling vloeibaar als was. Het nam de uiterlijke vorm van een gezicht aan zodat het leek alsof Coltrane zijn hoofd naar voren duwde.

Het was onmogelijk, maar het gebeurde. Harley Coltrane beheerste de materie met zijn wil, een wil die niet eens meer met zijn menselijke lichaam was verbonden.

Sam was gebiologeerd door angst, verstijfd en verlamd. Zijn vinger lag roerloos tegen de trekker.

De werkelijkheid was aan stukken gescheurd en door de gaten wierp hij een blik op de oneindige nachtmerrie die de wereld dreigde op te slokken, de wereld die Sam kende en waar hij ineens aan hechtte.

Een van de kronkelende kabels was onder zijn overhemd gekropen en tastte zijn blote huid af. Het voelde alsof hij met een gloeiende staaf werd gebrandmerkt en de pijn bracht hem weer bij zijn positieven.

De kogel verbrijzelde voor de tweede keer het gezicht van Coltrane. Sam verwachtte bijna dat er niets zou gebeuren, maar de monitor spatte uit elkaar als gewoon glas. Hij vuurde een tweede schot af op het inwendige van de computer zelf om de processor te verbrijzelen en definitief een einde te maken aan het ding dat uit Coltrane was voortgekomen.

De bleke gladde tentakels lieten hem los en gleden op de grond, waar ze voor zijn ogen leken te smelten en uit elkaar vielen.
Het naargeestige zoemen, piepen en klikken vulde de kamer nog altijd, niet oorverdovend meer, maar wel akelig penetrant.
Sam keek naar de vrouw achter de tweede computer, tegen de andere muur. Ook zij was door twee glanzende kabels met het apparaat verbonden, lang genoeg om haar in staat te stellen zich naar hem om te draaien. Ook zij was naakt, maar afgezien van die half-organische kabels was haar uiterlijk anders, maar niet minder afzichtelijk dan dat van Harley. In haar oogkassen zaten twee rode schijven, drie keer zo groot als gewone ogen, waarin Sam zichzelf omgekeerd zag weerspiegeld. Op haar hele lichaam waren aderen te zien, vlak onder haar huid en tot barstens toe opgezet, wat haar het aanzien gaf van een blauwdruk voor een elektronisch schakelbord. Misschien stroomde er bloed doorheen, maar ze waren lang niet allemaal rood of blauw: sommige straalden een groene of zwavelgele gloed uit, alsof ze een radioactieve stof vervoerden.
Het voorhoofd van de vrouw spleet abrupt open en er kwam een dunne gesegmenteerde spriet uit die de drie meter naar Sam in een fractie van een seconde aflegde en hem boven zijn rechteroog trof voordat hij kon wegduiken. Het voelde aan als een beet en er stroomde bloed door zijn wenkbrauw naar beneden langs zijn neus. De spriet trok zich een eindje terug met een geluid als van een elektrisch scheerapparaat, klaar voor een nieuwe aanval, maar Sam vuurde zijn laatste twee kogels af. De eerste trof de vrouw in haar borst en de tweede boorde zich onder een regen van vonken in de computer. De spriet viel slap tegen de grond.
Het werd donker in de kamer. Het grijze daglicht drong nauwelijks door de haardunne openingen in de jaloezieën.
Het was ongerijmd, maar Sam moest denken aan wat een specialist van het Bureau had gezegd tijdens een instructiecursus over het nieuwe computersysteem: 'Computers werken efficiënter in een netwerk, dat de parallelle verwerking van gegevens mogelijk maakt.'
Sam stommelde achteruit tot bij de deur en vond op de tast de lichtschakelaar. Op betrekkelijk veilige afstand van de twee groteske lijken op de vloer haalde hij reservepatronen uit zijn jasje en herlaadde de revolver. Bloed stroomde uit de wonden op zijn voorhoofd en pols.
Het was onnatuurlijk stil in de kamer.
Niets bewoog zich.
Zijn hart bonkte pijnlijk tegen zijn ribben.

Sam liet twee keer een patroon uit zijn bevende hand vallen, maar hij bukte zich niet om ze op te rapen, bang dat de mens-machines slechts wachtten op een ogenblik van verslapte waakzaamheid om hem alsnog te grijpen.
Na een tijdje drong het geluid van de regen weer tot hem door. De bui leek nog heviger te zijn geworden en hij hoopte dat het gekletter het lawaai van de schoten voor de buren had overstemd, ook al waren er geen donderslagen meer te horen. Anders zouden er nu al andere boemannen op weg zijn om te onderzoeken wat er aan de hand was.
Een dun straaltje bloed sijpelde in zijn ooghoek. Hij wreef het prikkende vocht met zijn mouw weg.
Zijn gekwetste pols brandde, maar desnoods kon hij ook met zijn linkerhand raak schieten.
Behoedzaam liep hij de kamer weer in, naar de telefoon die op het bureau bij Coltranes verminkte lijk stond. De armen van bot en metaal hingen roerloos naar beneden. Zonder zijn blik van het karkas af te houden, nam hij de hoorn van de modem en verbrak de verbinding, waarna hij opnieuw opnam. Tot zijn opluchting hoorde hij de normale zoemtoon.
Zijn mond was kurkdroog en hij moest een paar keer slikken om niet onverstaanbaar te zijn.
Snel toetste hij het nummer van het Bureau in Los Angeles.
Er klonk geklik op de lijn.
Na een ogenblik zei een stem: 'Tot onze spijt kunnen wij op dit moment geen verbinding tot stand brengen.'
Hij legde neer en probeerde het opnieuw.
'Tot onze spijt kunnen wij op dit moment...'
Sam smeet de hoorn op de haak.
Er was slechts een beperkt aantal toestellen in Moonlight Cove in gebruik en zelfs die werkten alleen als er een goedgekeurd nummer werd gedraaid. De telefoonmaatschappij was een perfect onderdeel van het systeem geworden.
Terwijl hij zich omdraaide, hoorde hij een snelle en steelse beweging achter zich.
De vrouw stond drie passen van hem af. Ze was niet meer verbonden met de vernielde computer, maar een van de half-organische kabels stak onder uit haar rug en liep naar een stopcontact in de muur.
'Dag Franklin,' mompelde Sam, die in zijn verwarring nauwelijks nog wist wat hij deed. 'Je bent uit de tijd met je vliegers en je donder en bliksem: tegenwoordig halen we de stroom gewoon uit het

stopcontact, met dank aan het elektriciteitsbedrijf.'
Met een wild geblaas stak ze haar armen naar hem uit. In plaats van vingers had ze drie vorken met vlijmscherpe tanden.
Sam dook opzij, dekking zoekend achter de stoel met het roerloze lichaam van Harley Coltrane, en schoot zijn revolver leeg.
De eerste kogels sloegen haar tegen de grond, maar in zijn paniek kon hij niet meer tijdig richten en de twee laatste boorden zich in de muur achter haar.
Ze probeerde overeind te komen.
Sam kreeg het visioen van een bijna onkwetsbare vampier. Om haar te doden had hij het elektronische equivalent nodig van een houten staak, van een kruis, van een zilveren kogel.
Het web van aderen op haar naakte lichaam straalde nog steeds licht uit, maar op sommige plaatsen sprongen er vonken uit zoals eerder uit de stervende computers.
Zijn revolver was leeg.
Hij zocht in zijn zakken naar nieuwe patronen.
Hij vond ze niet.
Ga hier weg.
De vrouw stootte een kreet uit die hem door merg en been drong en zijn zenuwen verbrijzelde.
Twee dunne sprieten barstten uit haar gezicht en kwamen op hem af, maar ze reikten niet tot zijn gezicht en trokken zich even snel weer terug. Sam hoopte dat het een teken was dat haar krachten afnamen.
Maar de vrouw stond weer voor hem.
Met een sprong was hij bij de deur en bukte zich om de twee gevallen patronen op te rapen. Hij brak de revolver open, schudde de koperen omhulsels eruit en laadde de nieuwe projectielen.
De vrouw kwam krijsend op hem af.
Ditmaal nam hij de Smith & Wesson in beide handen en richtte zorgvuldig op haar hoofd. Daar zit haar besturingssysteem, dacht hij in een flits van zwarte humor. Zonder besturing is een machine niets meer dan een hoop metaal en draden.
Sue Coltrane sloeg tegen de grond. Haar onmenselijke ogen verloren hun rode kleur en werden zwart. Ze bewoog niet meer.
Plotseling sloegen de vlammen uit haar gebarsten schedel en uit haar ogen, neus en wijd opengesperde mond.
Sam ging snel naar de muur en trapte de kabel uit het stopcontact.
De vlammen doofden niet.
Sam mocht geen brand riskeren: half Moonlight Cove zou erop afkomen en de buurt doorzoeken, ook Harry's huis. Hij zocht iets

om het vuur mee te doven, maar de vlammen werden al kleiner en gingen vanzelf uit.
De verkoolde schedel verspreidde een afgrijselijke stank van diverse oorsprong, waarover Sam liever niet nadacht.
Hij werd misselijk en moest op zijn tanden bijten om het kokhalzen te bedwingen.
Met moeite bracht hij zich ertoe de stekkers van de twee computers uit het stopcontact te trekken. De apparaten waren weliswaar volkomen vernield en onbruikbaar, maar op dit moment vreesde hij dat het kleinste stroompje elektriciteit ze opnieuw tot leven zou kunnen wekken.
Hij bleef in de deuropening staan, zijn trillende benen steunend door tegen de deurpost te leunen, en wierp een laatste blik op de bizarre lichamen. Hij had gedacht dat ze, net als weerwolven in de film, bij hun dood weer hun normale gedaante zouden krijgen, verlost van de vloek die hen voortdreef. Maar dit was geen film en ook geen bovennatuurlijke vloek. Het was erger, iets dat mensen andere mensen hadden aangedaan zonder de hulp van boze geesten in te roepen. Sue en Harley Coltrane behielden hun monsterlijke uiterlijk van mens-machines, gevormd uit huid en metaal, uit bloed en chips.
Sam kon onmogelijk begrijpen op welke manier ze zo waren geworden, maar ineens wist hij dat er een woord voor was: het waren bionische mensen die over bijzondere vermogens beschikten dank zij een mechanisch of elektronisch hulpmiddel. Welbeschouwd waren hartpatiënten met een pacemaker ook bionische mensen, net als mensen die elke dag een nierspoeling moesten ondergaan. Maar Shaddack had de moderne cybernetica doorgevoerd tot in het uiterste, waardoor bij de Coltranes behalve de biologische ook de mentale processen afhankelijk waren gemaakt van een machine.
Sam begon weer te kokhalzen. Hij draaide zich snel om en liet de rokerige kamer achter zich. Bij elke stap in de richting van de keukendeur verwachtte hij die ijle, half menselijke en half mechanische kreet weer te horen, afkomstig van de mens-machines die telkens opnieuw opgeladen konden worden.

25

Loman naderde de hoofdingang van New Wave in de heuvels aan de noordkant van Moonlight Cove. De dienstdoende bewaker, gehuld in een zwarte regenjas met op de borst het embleem van het bedrijf, herkende Loman en gebaarde dat hij kon doorrijden. De commissaris was hier al kind aan huis geweest lang voordat er sprake was van transformatie.

Het hoofdgebouw bestond uit twee vleugels, waarvan de ene vier jaar ouder was dan de andere, en weerspiegelde het aanzien en vermogen van New Wave. De ontwerper, een bekend architect, had een voorkeur getoond voor ronde hoeken en gebogen muren. Het gebouw smolt met zijn hoge getinte ramen en vaalgele gevels samen met het landschap.

Van de veertienhonderd mensen die er werkten woonde het grootste deel in Moonlight Cove, de rest in omliggende dorpen. Ze woonden zonder uitzondering binnen het bereik van de zendmast die op het dak van het hoofdgebouw was opgericht.

Loman keek naar de mast terwijl hij over de inrit naar de parkeerplaats reed. Hij dacht aan Shaddack, die als een Jim Jones of een moderne variant van een koning uit de oertijd zijn slaven met zich mee kon nemen in de dood, zodat ze hem in het hiernamaals opnieuw konden dienen. Maar geloofde de Nieuwe Mens eigenlijk wel in een hiernamaals?

Nee, de verwachting van een leven na de dood was godsdienst en voor geloof was emotionele betrokkenheid nodig.

Nieuwe Mensen geloofden evenmin in een god als in Sinterklaas. Ze geloofden alleen in de macht van de machine en in de cybernetische toekomst van de mens.

Of misschien geloofden sommigen van de Nieuwe Mensen zelfs daar niet in.

Loman in elk geval niet. Hij geloofde helemaal nergens meer in, hoewel hij ooit juist in veel dingen had geloofd.

Zelfs aan de twee grote parkeerplaatsen was de voorspoed van New Wave te zien. De geparkeerde wagens waren voornamelijk Mercedessen, BMW's, Porsches, Corvettes, Cadillacs, Jaguars en Japanse auto's, uitgerust met de modernste snufjes.

Voor een gewone werkdag stonden er echter vrij weinig auto's. Kennelijk werkten veel mensen al thuis, net als Denny. Hoeveel waren er al net als zijn zoon geworden?

Loman keek naar de auto's op het beregende asfalt, roerloos en koud, de lage grijze herfstlucht weerspiegeld in de natte ruiten, en ze deden hem denken aan strakke rijen grafzerken, alsof heel Moonlight Cove gedoemd was een begraafplaats te worden, gevuld met eeuwige stilte en doodsheid.

Als de autoriteiten buiten Moonlight Cove argwaan kregen of als werkelijk alle Nieuwe Mensen het vermogen tot regressie bleken te bezitten en het Ibis-project tot mislukken was gedoemd, zou Shaddack geen vergif gebruiken om zijn aanhangers mee in de dood te slepen, zoals Jim Jones in Guyana had gedaan. Ditmaal was een kortegolfsignaal afdoende, uitgezonden door de mast op het dak en ontvangen door bepaalde microchips die elke Nieuwe Mens in zich droeg. Duizenden harten zouden op hetzelfde ogenblik ophouden met kloppen. De Nieuwe Mensen zouden als één wezen neervallen en heel Moonlight Cove zou op slag een reusachtig open graf worden.

Loman reed door naar de tweede parkeerplaats, waar de directieleden een gereserveerde plaats hadden.

Hij wist dat Shaddack geen eind aan het project zou maken om de wereld voor nog groter kwaad te behoeden, daarvoor was hij te kleingeestig en te gevaarlijk. Hij zou het doen om zijn grootheidswaan te bevredigen, op een sensationele manier, zodat de hele wereld zou zien dat hij machtig genoeg was om duizenden in zijn val mee te slepen.

En er liepen genoeg gekken rond om hem als een held te vereren. Wie weet zou een of ander krankzinnig genie hem willen naäpen. Daarop rekende Shaddack ongetwijfeld. Als zijn project toch succes had en op den duur de hele wereld was getransformeerd, zou hij de grote leider zijn. Maar ook al ging alles mis en blies hij zichzelf op om zijn straf te ontlopen, dan nog zou zijn sombere nagedachtenis een bron van inspiratie blijven voor talloze gekken en machtswellustelingen, een Hitler van het informatietijdperk.

Loman remde af aan het eind van de rij auto's.

Hij wiste zijn klamme voorhoofd af. Zijn hand beefde.

De verantwoordelijkheid drukte op hem als een last en hij zou het liefst toegeven aan zijn neiging tot regressie.

Maar hij verzette zich.

Hij moest Shaddack doden en zo diens nagedachtenis besmeuren. Natuurlijk zou hij enkele seconden later zelf sterven, net als alle Nieuwe Mensen, maar het feit zou blijven bestaan dat Shaddack door een van zijn eigen schepselen was omgebracht, dat hij niet oppermachtig was. Men zou aan hem denken als aan een intelligente, maar niet onfeilbare godheid, met dezelfde hoogmoed en ook hetzelfde lot als dr. Moreau, en in het algemeen zou men zijn werk als dwaasheid bestempelen.

Loman sloeg rechtsaf en zag tot zijn teleurstelling dat noch de Mercedes, noch de koolgrijze bestelbus op de parkeerplaats stond, maar Shaddack kon door iemand anders naar New Wave zijn ge-

reden. Loman zette de wagen op de voor Shaddack gereserveerde plek. Hij deed de motor uit.
Hij haalde de revolver uit zijn heupholster om te controleren of die geladen was, zoals hij al twee keer eerder had gedaan.
Hij had ook een briefje geschreven dat hij op Shaddacks lijk wilde achterlaten en waarin hij duidelijk verklaarde waarom hij tot zijn daad was gekomen, zodat de autoriteiten uit de normale wereld buiten Moonlight Cove het zouden vinden en begrijpen.
Hij zou Shaddack niet vermoorden om de wereld te redden, dat hooggestemde doel vereiste emoties waartoe hij niet langer in staat was. Hij zou hem alleen vermoorden uit angst, angst dat hij zou ontdekken wat hij met Denny had gedaan, angst dat ze allemaal tot onzalige machines zouden worden.
Die ogen van glanzend kwikzilver...
Het speeksel dat uit de opengesperde mond droop...
Het gelede tentakel dat uit zijn voorhoofd barstte om de warme schoot van de computer te zoeken...
De bloedstollende beelden maalden in een eindeloze stroom door zijn hoofd.
Hij zou Shaddack doden om niet te worden zoals zijn zoon; de aantasting van Shaddacks legende was niet meer dan een gunstig bijverschijnsel.
Loman stak zijn revolver weer weg, stapte uit en haastte zich door de regen naar de ingang van het gebouw. De receptie was ingericht met veel marmer, glimmend koper, kroonluchters en moderne kristallen lampen, stille getuigen van de bloei die New Wave doormaakte.
Achter de balie zat Dora Hankins. Ze was een jaar ouder dan hij en hij had haar zijn hele leven gekend. Hij was een paar keer uit geweest met haar zus.
Ze keek naar hem op zonder iets te zeggen.
'Shaddack?' vroeg hij.
'Is er niet.'
'Weet je dat zeker?'
'Ja.'
'Wanneer verwacht je hem?'
'Dat moet je zijn secretaresse vragen.'
'Dat zal ik doen.'
'Goed.'
Hij stapte in de lift en drukte op het knopje voor de derde verdieping. Zijn gesprekje met Dora Hankins was kenmerkend voor de conversatie van de Nieuwe Mens. Praatjes over het weer, familie

en vrienden en andere kleine dingen waren overbodig geworden, iets waar ze nu geen behoefte meer aan hadden. Loman herinnerde zich wel dat het ooit deel had uitgemaakt van het sociale verkeer, maar hij kon zich zelfs niet meer voorstellen dat hij er ooit aan had meegedaan en waarom.

Shaddack had een hoekkantoor op de derde etage. De receptie was ondergebracht in een prachtige ruimte, met beige vloerbedekking van Edward Fields, zware leren sofa's van Roche-Bobois en dikke glastafels met koperen poten. Er hing een enkel schilderij van Jasper Johns aan de muur, een origineel.

Wat doen schilders nog in onze nieuwe wereld? dacht Loman.

Hij wist zelf het antwoord. Er zouden geen schilders zijn. Kunst was emotie, uitgedrukt in verf op linnen, in woorden op papier, in muziek. In de nieuwe wereld was geen plaats voor kunst, hoogstens voor de kunst van de angst. Schrijvers zouden voornamelijk nog synoniemen van duisternis gebruiken, componisten klaagzangen schrijven, schilders in zwarte tinten schetsen.

Hij bleef staan voor het bureau van Vicky Lanardo, de secretaresse van Shaddack. 'Hij is er niet,' zei ze.

Achter haar stond de deur van het grote kantoor open. Er brandden geen lampen. Alleen het licht van de stormachtige dag viel in grauwe banden door de jaloezieën naar binnen.

'Wanneer komt hij?' vroeg Loman.

'Ik weet het niet.'

'Geen afspraken?'

'Nee.'

'Weet je waar hij is?'

'Nee.'

Loman liep weg. Een tijdlang dwaalde hij door de bijna verlaten gangen, kantoren en laboratoriums van het gebouw, in de hoop Shaddack tegen het lijf te lopen, maar ten slotte kwam hij tot de conclusie dat Shaddack er inderdaad niet was. De grote baas was op deze laatste dag van de transformaties in Moonlight Cove onvindbaar.

Door mij, dacht Loman. Door wat ik gisteravond bij Peyser tegen hem heb gezegd. Hij is bang voor me en hij houdt zich ergens schuil waar ik hem niet kan vinden.

Hij verliet het gebouw en ging terug naar de patrouillewagen om zijn schepper te gaan zoeken.

26

Sam zat met ontbloot bovenlichaam op de klep van de wc en Tessa verzorgde zijn wonden zoals ze eerder bij Chrissie had gedaan. Maar hij was er heel wat slechter aan toe.
De huid boven zijn rechterwenkbrauw was opengescheurd en de weefsels daaronder waren voor een deel volkomen weggevreten, zodat een klein stukje kaal bot te zien was. Tessa gebruikte jodium om de wond schoon te maken en legde een stevig verband aan, maar het gaas werd langzaam maar zeker rood gekleurd.
Chrissie stond bij de deur, weer gekleed in haar eigen droge kleren. Ze zag heel bleek maar wilde geen woord van Sams verhaal missen. Harry zat naast haar in zijn rolstoel en zelfs Moose was aan Sams voeten gaan liggen, alsof hij voelde dat de bezoeker op dit moment meer troost nodig had dan Harry.
'Ik had geen twee tellen langzamer moeten zijn,' zei Sam, 'anders had die vervloekte spriet zich recht in mijn hersens geboord en me aan de computer gekoppeld, net als met die vrouw was gebeurd.'
Hij zat te rillen terwijl hij zijn verhaal deed en af en toe klappertandde hij. Hij voelde ijskoud aan en op het laatst stond ook Tessa op haar benen te trillen.
Zijn pols bloedde aan twee kanten, waar Coltrane hem met zijn knokige hand had vastgegrepen, maar deze wonden waren vrij oppervlakkig en Tessa kon het bloeden makkelijk stelpen. Hij had in elk geval niets gebroken, al zou hij er flinke blauwe plekken aan overhouden en voorlopig de pijn blijven voelen.
'Het was net of ze hun eigen uiterlijk heel snel konden veranderen, net als de twee priesters. Ik zag die tentakels uit hun hoofd groeien en Coltrane een ander gezicht aannemen, alsof ze zich elke vorm konden geven die ze maar wilden. Precies wat Chrissie van de pastoor dacht.'
Het meisje knikte.
De wond op Sams buik viel mee. Net als op zijn voorhoofd lag de huid open, maar het was weinig meer dan een schroeiplek en er kwam geen bloed meer uit.
'Maar waarom willen ze er dan zo verschrikkelijk uitzien?' vroeg Harry. 'Denk je dat ze werkelijk machines wilden worden of zijn ze op de een of andere manier door machines overgenomen, tegen hun wil?'
'Ik weet het niet,' zei Sam. 'Het is allebei mogelijk, denk ik.'
'Maar hoe kunnen ze in vredesnaam helemaal van gedaante veranderen? En wat is het verband tussen de Coltranes en de boemannen?'

'Ik mag hangen als ik het weet,' zei Sam. 'Het kan niet anders of New Wave heeft er iets mee te maken. We weten geen van allen het fijne van biotechnologie, dus het heeft weinig zin om erover te speculeren. We zullen er pas achter komen als er hulp van buiten is gekomen en heel New Wave wordt uitgemest, net als bij de reconstructie van een brand.'
Sam stond op en Tessa hielp hem zijn overhemd aan te trekken.
'Hoe dan ook, als je het mij vraagt is de zaak lelijk uit de hand gelopen en nadert het einde snel.'
'Dat denk ik ook,' zei Sam. Hij probeerde zijn overhemd met één hand dicht te knopen, maar dat ging hem niet best af. Tessa hielp hem. Ze merkte dat hij nog net zo hard rilde als eerst.
'Eén ding begin ik wel te begrijpen,' vervolgde hij. 'Al die moorden en al die rondzwervende monsters... ik heb het gevoel dat er iets mis is gegaan, dat een of ander experiment is mislukt en dat het eind snel dichterbij komt.' Hij haalde diep adem om zijn stem onder bedwang te krijgen. 'Zoals de Coltranes eraan toe waren, dat kan toch nooit de bedoeling zijn geweest? Het is onbestaanbaar, onwerkelijk. Als het overal in Moonlight Cove zo is dan heeft New Wave het helemaal niet meer in de hand, of ze het willen toegeven of niet. Het draait uit op een catastrofe en daar zitten wij middenin.'
Zijn bleke gelaat en onophoudelijk beven waren niet de dingen die Tessa de grootste schrik bezorgden. Ze had iets opgemerkt zodra hij door de keukendeur naar binnen was gestrompeld, druipend van het bloed en de regen. Hij raakte de anderen voortdurend aan. Eerst had hij Tessa in zijn armen gesloten toen ze geschrokken naar de gapende wond in zijn voorhoofd keek, niet alleen om haar gerust te stellen maar vooral uit opluchting dat zij en Harry en Chrissie niets mankeerden, alsof hij had verwacht dat ook zij bij zijn terugkeer veranderd zouden zijn. Daarna omhelsde hij Chrissie als zijn eigen dochter en suste haar toen hij zag hoe bang ze was. Hij pakte Harry's uitgestoken hand en liet die slechts met tegenzin los. En in de badkamer had hij Tessa telkens aangeraakt terwijl ze hem verzorgde, haar handen en armen en ook haar wang, alsof hij zich verwonderde over de zachte warmte van haar huid. Ook Chrissie raakte hij aan, hij klopte op haar schouder en kneep geruststellend in haar hand. Het was niets voor hem, hij was altijd gereserveerd geweest, ingetogen, koel, afstandelijk zelfs. Maar zijn confrontatie met de Coltranes had hem zo geschokt dat zijn muur van zelfverdediging omver was geworpen en nu had hij een sterke behoefte aan menselijk contact, hoewel dat

tot voor kort niet zo wenselijk had geleken als goed Mexicaans eten, donker bier en films van Goldie Hawn.
Het joeg Tessa schrik aan, want Sams volledige en abrupte verandering kon alleen zijn veroorzaakt door een nachtmerrie van onvoorstelbare intensiteit, vergelijkbaar met de doodsnood die een verstokte zondaar ertoe brengt op zijn sterfbed het geloof te omhelzen dat hij zijn hele leven heeft verzaakt. Geloofde Sam niet meer dat ze konden ontsnappen? Misschien zocht hij hun aanraking omdat hij wist dat het grote, diepe en eindeloze niets hen weldra zou opslokken en omdat hij in zijn eenzame leven nog eenmaal dat contact wilde voelen.

27

Shaddack ontwaakte uit zijn bekende en geruststellende droom over de vereniging van mens en machine tot een wereldomvattend netwerk met onpeilbare macht en een raadselachtig doel. Zoals altijd voelde hij zich verkwikt door de droom.
Hij stapte uit zijn wagen en rekte zich uit. Met een breekijzer uit de garage forceerde hij de binnendeur, betrad Paula Parkins' huis en gebruikte de badkamer om zich op te frissen.
Hij deed de grote garagedeur open en zette de wagen op de inrit, waar de ontvangst op zijn terminal niet gestoord zou worden.
Het regende nog steeds en in de tuin hadden zich plassen gevormd. In de windstille lucht hingen nu al nevelslierten, wat waarschijnlijk betekende dat er later een dichte mist zou hangen.
Hij haalde brood en een blikje cola uit de koelbox en ontbeet terwijl hij de computer inschakelde om de voortgang van zijn project te volgen. De transformaties lagen nog steeds ruim voor op het schema.
Samuel Booker en Tessa Lockland waren nog steeds niet gevonden. Hun verdwijning had hem moeten verontrusten, maar dat was niet zo. Niet voor niets had hij de maanvogel gezien, tot drie keer toe nog wel, en hij twijfelde er niet aan dat hij vroeg of laat al zijn plannen zou verwezenlijken.
Over het kind van de Fosters maakte hij zich al helemaal geen zorgen. Vermoedelijk was ze 's nachts een ontspoorde tegen het lijf gelopen; zo had regressie ook nog zijn nut.
Het zou aardig zijn als Booker en Lockland op dezelfde manier aan hun eind waren gekomen. De ontspoorden, het enige minpunt van het project en wellicht een ernstig obstakel, zouden zijn geheim helpen bewaren.

Hij probeerde Tucker op te roepen, maar die was niet bij New Wave en ook niet thuis. Zou Watkins gelijk kunnen hebben? Was Tucker net als Peyser niet meer in staat zijn menselijke gedaante aan te nemen en zwierf hij nu ergens in de bossen?
Shaddack deed de computer uit en slaakte een zucht. De eerste fase van het project zou nog niet afgelopen zijn als de laatste inwoner van Moonlight Cove was getransformeerd, nog niet helemaal. Er waren nog een paar ongerechtigheden op te ruimen.

28

De drie lichamen in de kelder van het Icarus waren samengesmolten tot een vormloze massa kloppend weefsel zonder geraamte, levend zonder hart, hersenen of andere organen. Het was een primitieve klomp eiwit, met een bewustzijn dat niet aan een brein was gebonden, met een waarnemingsvermogen zonder ogen of oren. Het wezen had ook geen maag, maar wel honger.
Ook Shaddacks biochips waren erin opgelost, want die konden in de drastisch veranderde omgeving niet meer bestaan en het wezen had geen kunstmatige ondersteuning meer nodig. De verbinding met Zon, de supercomputer van New Wave, was verbroken. Zelfs de dodelijke radiogolven zouden niet meer worden ontvangen.
Het wezen had de eenvoudigste levensvorm aangenomen. In het rudimentaire bewustzijn was geen plaats meer voor een geheugen, want daarin waren pijnlijke herinneringen opgeslagen aan wat ooit was geweest en die pijn wilde het wezen juist ontvluchten, net als de verantwoordelijkheid voor zijn eigen daden.
Het had ook het vermogen verloren over de toekomst na te denken, plannen te maken of te dromen.
Het had geen besef van het eigen verleden en geen notie van een toekomst. Het leefde van het ene ogenblik in het andere, zonder te denken of te voelen.
Het wilde maar één ding: overleven.
En om te overleven moest het doden en eten.

29

Nadat Tessa de wonden had verzorgd gingen ze weer naar de keuken om te bespreken wat ze moesten doen na Sams mislukte uitstapje naar het huis van de Coltranes, de bijna onsterfelijke com-

binatie van mens, computer, zombie... en misschien wel broodrooster.
Moose bleef dicht bij Chrissie en keek haar met zijn gevoelige bruine ogen aan alsof hij haar meer liefhad dan zijn eigen leven. Ze woelde hem door zijn vacht en krabbelde achter zijn oren.
'Het grote probleem van de moderne techniek is hoe we de computer kunnen gebruiken om de kwaliteit van ons leven te verbeteren zonder ons te laten overheersen,' zei Sam. 'Welke voordelen kunnen we er uithalen en toch de baas blijven?' Hij keek naar Tessa en knipperde met zijn ogen. 'Dat is geen onzinnige vraag.'
'Ik heb niets gezegd,' zei Tessa fronsend. 'Soms hebben we een blind vertrouwen in computers, alsof ze ons een nieuw evangelie brengen.'
'Terwijl er alleen maar uitkomt wat je erin hebt gestopt,' merkte Harry op.
'Precies. Het is gevaarlijk om te geloven dat een machine onfeilbaar is, want een computer kan net zo goed geprogrammeerd zijn door een krankzinnige als door een weldoener.'
'Toch hebben mensen de neiging en zelfs de diepe behoefte om afhankelijk te zijn van machines,' zei Sam.
'Ja,' zei Harry, 'en ik weet hoe dat komt: we willen altijd en eeuwig de verantwoordelijkheid van ons afschuiven. Ik durf te wedden dat het ons in de genen zit, een natuurlijk streven om volkomen onverantwoordelijk door het leven te gaan. Daar komt de meeste ellende vandaan.'
Harry was zichtbaar aangesproken door het onderwerp, merkte Chrissie. Hij draaide de zitting van zijn stoel een slag hoger. Er verscheen een blos op zijn bleke gezicht en hij keek strak naar zijn gebalde vuist, alsof hij daar iets kostbaars in hield dat hij tot geen prijs wilde verliezen.
'Mensen stelen en plegen moorden en bedriegen elkaar omdat ze geen rekening met elkaar houden. Politici laten zich voorstaan op hun successen, maar ze durven zelden de verantwoordelijkheid op zich te nemen als hun beleid mislukt. Zelfs als het uitdraait op Dachau of de Goelag of de massamoorden in Cambodja schuiven ze iedere verantwoordelijkheid van zich af. Dit houdt me al zo lang bezig, misschien wel door de oorlog.'
Hij rilde en Chrissie onwillekeurig ook, hoewel ze niet zeker wist of ze helemaal begreep wat hij bedoelde.
'In Vietnam, bedoel je?' vroeg Tessa.
Harry knikte zonder zijn blik af te wenden van zijn vuist. 'Om te overleven moest je iedere minuut van de dag weten wat je deed.

Je was verantwoordelijk voor jezelf en ook voor je maten, want in je eentje overleven was onmogelijk. Misschien is dat het enige positieve van een oorlog en daarom heb ik er ook geen spijt van, zelfs na alles wat ik eraan heb overgehouden. Ik voel me nu nog steeds verantwoordelijk voor die mensen voor wie we vochten en dat zal ik altijd blijven doen. Ik krijg slapeloze nachten als ik eraan denk hoe we ze aan hun lot hebben overgelaten en hoeveel er in een massagraf zijn geëindigd. Daar heb ik het mijne toe bijgedragen en dat voel ik.'

Niemand zei iets.

Chrissie kreeg een vreemd gevoel in haar hartstreek, zoals ze soms kreeg bij het lezen van een boek of op school als een leraar iets vertelde waardoor er een heel nieuwe wereld voor haar leek open te gaan. Het gebeurde niet dikwijls, maar het was steeds weer een ontzagwekkende ervaring. Zo'n gevoel kreeg ze nu ook, alleen nog tien of honderd keer sterker dan haar ooit op school was overkomen.

'Is het niet wat overdreven om je nog altijd verantwoordelijk te voelen?' vroeg Tessa na een tijdje.

Harry keek eindelijk op. 'Nee, als het om mensen gaat, kun je het niet overdrijven, nooit.' Hij glimlachte tegen haar. 'Maar volgens mij denk jij er precies hetzelfde over, Tessa.' Hij keek naar Sam en vervolgde: 'Sommigen kunnen alleen maar negatief over de oorlog praten als ze terugkomen. Die hebben er nooit iets van geleerd, denk ik dan maar, hoewel misschien niet helemaal terecht, en ik ga ze uit de weg. Daar kan ik niets aan doen. Maar als ik zie dat ze hetzelfde gevoel van verantwoordelijkheid hebben als ik, ga ik voor ze door het vuur. Ik vertrouw ze. Je sleept ons er wel doorheen, Sam.' Hij ontspande zijn vuist. 'Dat weet ik.'

'Ben jij ook in Vietnam geweest?' vroeg Tessa verbaasd aan Sam.

Sam knikte. 'Voordat ik bij de FBI kwam.'

'Daar heb je vanochtend niets van gezegd. Je noemde de dood van je moeder en een heleboel andere vervelende ervaringen, maar Vietnam niet.'

Sam staarde een tijdje naar zijn omzwachtelde hand. 'De oorlog is een heel persoonlijke ervaring voor me, intiemer dan wat ook.'

'Wat zeg je dat eigenaardig.'

'Helemaal niet,' wierp Harry tegen. 'Vietnam was voor iedereen heel intens en heel persoonlijk.'

'Ik ben ermee in het reine gekomen,' zei Sam. 'Anders zou ik er waarschijnlijk nog steeds voortdurend over praten. Maar het is een kostbare herinnering voor me en daarom begin ik er niet over

tegen iemand die ik net heb ontmoet, dat zou het op de een of andere manier naar beneden halen.'
Tessa keek naar Harry. 'Maar jij wist dat hij in Vietnam was geweest. Je voelde het.'
'Ja.'
Sam leunde achterover. 'Ik zal alles doen om jullie er doorheen te slepen, Harry. Alleen zou ik willen begrijpen waar we mee te maken hebben. New Wave is de bron van alles. Maar wat zijn ze daar precies aan het doen en hoe kan ik er in godsnaam een eind aan maken als ik er geen bal van snap?'
Chrissie had tot dan toe het gevoel gehad dat de conversatie haar nogal boven de pet ging, ook al had ze geboeid zitten luisteren. Maar nu vond ze dat zij ook iets moest bijdragen.
'Maar zijn het echt geen ruimtewezens?'
'Echt niet.' Tessa glimlachte en Sam streelde over haar hoofd.
'Ik bedoel maar,' zei Chrissie, 'misschien zijn ze bij New Wave geland en hebben ze eerst daar de boel overgenomen. Ze willen ons allemaal in machines veranderen, net als de Coltranes, en als slaven gebruiken. Eerst dacht ik dat ze ons wilden opeten, maar dat geloof ik niet meer. Ze vinden ons vast helemaal niet lekker en ze zouden er het maagzuur of diarree van krijgen.'
Sam pakte haar handen en hield ze in de zijne, zorgvuldig de schaafplek op haar palm vermijdend. 'Ik weet niet of je goed hebt geluisterd naar wat Harry zei, Chrissie,' zei hij mild.
'O ja,' antwoordde ze onmiddellijk.
'Dan zul je ook begrijpen dat het idee van buitenaardse wezens een aardige manier is om de verantwoordelijkheid af te schuiven. Wíj zijn verantwoordelijk, de mensen zelf, we zijn jammer genoeg maar al te goed in staat om elkaar pijn te doen. Het is nauwelijks te geloven dat zelfs een krankzinnige de Coltranes op die manier zou willen veranderen, maar blijkbaar is dat toch gebeurd. Het leidt alleen maar af als we de schuld bij iets of iemand anders zoeken, bij ruimtewezens of de duivel of God of trollen of weet ik veel. Begrijp je?'
'Ik geloof het wel.'
Hij glimlachte. Hij zag er aardig uit en ze vond het jammer dat hij niet vaker lachte. 'Dat denk ik ook.'
Chrissie knikte. 'Het zou natuurlijk wel makkelijk zijn als ze uit de ruimte kwamen, dan hoefden we alleen hun moederschip of hun nest te vinden en op te blazen, dan was het voorgoed afgelopen. Maar als wij het zelf zijn, mensen zoals wij, dan is het misschien helemaal nooit voorgoed afgelopen.'

30

Loman Watkins doorkruiste met toenemende ergernis de beregende straten van Moonlight Cove, zoekend naar Shaddack. Hij was eerst teruggegaan naar het huis aan de baai om te zien welke wagen er uit de garage was verdwenen, en sindsdien had hij tevergeefs uitgekeken naar de koolgrijze bestelbus met de donkere ramen.

Regelmatig kwam hij patrouilles tegen die op jacht waren naar Booker, Lockland en het meisje Foster. Alle invalswegen waren afgezet om ongewenste bezoekers tegen te houden en weg te sturen. Bij de blokkades vermengden uitlaatgassen zich met de opkomende mist. De rode en blauwe zwaailichten werden op het natte asfalt weerkaatst, waardoor het leek alsof er bloed over de weg stroomde, rijk of juist arm aan zuurstof.

Veel werk was er niet te doen, want het stadje bood geen bijzondere voorzieningen voor de streek en lag niet aan een doorgaande route. De zeldzame passanten werden zo mogelijk weggestuurd met een verhaal over een ontsnapte gifwolk. Wie moeilijk deed werd aangehouden en opgesloten in afwachting van het vonnis, de dood of transformatie. Sinds het instellen van de blokkades in de vroege ochtenduren waren slechts zes mensen overgebracht naar de gevangenis.

Shaddack had zijn proefterrein goed gekozen. Moonlight Cove lag tamelijk afgelegen en was gemakkelijk te controleren.

Loman begon te overwegen de blokkades op te heffen en naar Aberdeen Wells te rijden om de sheriff te waarschuwen en een eind te maken aan het Ibis-project.

Hij was niet bang meer voor Shaddacks woede en ook niet bang om dood te gaan. Of beter gezegd, nog veel groter was zijn angst om net zo te worden als Denny. Hij had zich liever aan de autoriteiten overgeleverd, zelfs op straffe van vivisectie door geleerden die hem dolgraag zouden willen onderzoeken, dan hier in de stad te blijven en onvermijdelijk zijn laatste restje menselijkheid te verliezen en een onzalige vereniging met een computer aan te gaan. Maar hij durfde niet op zijn assistenten te vertrouwen want die wisten niet wat er van Denny was geworden en wat hun eigen toekomst was. Ze waren in de ban van Shaddack en hielden zich zoveel mogelijk aan diens wetten, net als de schepselen van dr. Moreau, en ze zouden het niet wagen hun schepper te verraden. Ze zouden argwaan krijgen als hij Moonlight Cove probeerde te verlaten en hem doodschieten, of erger nog, opsluiten in een cel.

Hij zag zichzelf achter de tralies zitten, oog in oog met Shaddack die glimlachend de computer liet brengen waaraan ze hem wilden koppelen.
Die ogen van glanzend kwikzilver...
Daarom bleef hij op zoek in de gestaag neervallende regen. De ruitewissers schenen de seconden weg te tikken en hij voelde scherp hoe weinig tijd hij nog had tot middernacht.

31

Het levende plasma voedde zich in het begin door met zijn uitstulpingen de klamme muren af te tasten en kevers en aardwormen te vangen, die het gretig opslokte zonder ze nog een naam te kunnen geven. Maar er waren niet veel kruipende dingen in de kelder en weldra begon het plasma kolkend te bewegen alsof het een vorm zocht waarin het de kelder kon verlaten om op jacht te gaan. Het ding had geen herinnering aan vroegere vormen en niet de behoefte zichzelf een structuur op te leggen, maar het bezat wel het vermogen zich aan te passen om te overleven. Plotseling verscheen er een twintigtal liploze monden zonder tanden aan de buitenkant van de deinende massa en stootte een doordringend geluid uit, grotendeels buiten het bereik van het menselijk gehoor.
De tientallen muizen in het vervallen gebouw staakten abrupt al hun activiteiten en bleven stokstijf zitten toen ze de hoge tonen hoorden.
Het wezen in de kelder kon hun aanwezigheid voelen, hoewel het geen naam voor ze had. Het waren kleine, levende dingen, vol voedzaam bloed en vlees, brandstof om van te leven. Het ding wilde ze hebben. Het had ze nodig.
De lokroep werd herhaald, een dwingende zang zonder woorden.
Op de vliering huisde een kleine kolonie vleermuizen, niet meer dan acht. Ook die reageerden op de dringende roep. Ze lieten zich van de dakspanten vallen en begonnen als razend in het rond te vliegen, bijna tegen de muren of tegen elkaar botsend.
Maar geen dier waagde zich in de kelder. De melodie had hen wel beroerd, maar niet het gewenste effect gehad.
Het vormloze plasma zweeg.
De talrijke monden sloten zich.
De vleermuizen keerden een voor een terug naar hun rustplaatsen.
De muizen bleven nog een ogenblik als verdoofd zitten, daarna hervatten ze hun gewone bezigheden.

Een paar minuten later klonk een andere serie geluiden uit de kelder, nog hoger en indringender.
De vleermuizen vlogen weer op en joegen als bezeten onder en over elkaar heen, het roffelen van de regen op het dak overstemmend met het luide gefladder van hun vleugels.
Overal spitsten muizen hun oren en gingen stijf rechtop zitten, trillend alsof ze plotseling oog in oog met een sluipende kat stonden.
De vleermuizen vlogen krijsend door gaten in de vloer naar de lege kamer op de eerste verdieping, waar ze hun dolle vlucht voortzetten.
In de keuken begonnen twee muizen naar de openstaande kelderdeur te lopen, maar op de drempel bleven ze staan, bang en verward.
Het vormloze wezen in het donker verdubbelde de kracht van zijn roep.
Een van de muizen op de drempel viel plotseling dood neer terwijl het bloed uit zijn oren stroomde.
In de kamer erboven botsten de vleermuizen tegen de muren of tegen elkaar, beroofd van hun radar.
Het plasma verlaagde zijn lokroep enigszins.
De vleermuizen reageerden onmiddellijk en vlogen de kamer uit, door het trapgat naar beneden, op weg naar de keuken. Onder hen volgden tientallen muizen dezelfde weg, koortsachtig rennend.
De vele monden van het ding hadden zich verenigd tot een grote opening midden in die kloppende massa.
De vleermuizen verdwenen onafwendbaar in de gapende muil, alsof ze er met een katapult naar toe waren geschoten, en werden weldra verteerd.
Ze werden gevolgd door een legertje muizen, vier ratten en zelfs door twee eekhoorntjes die hun nest in de muur van de eetkamer hadden verlaten. Piepend drongen ze over elkaar heen om zich als eerste in de muil te kunnen werpen.
Het laatste piepen en krijsen hield op.
Het wezen staakte zijn sirenenzang, voorlopig.

32

Neil Penniworth patrouilleerde door het noordwestelijke gedeelte van Moonlight Cove. Hij was alleen, want zelfs met de honderd hulpagenten van New Wave kwamen ze mankracht te kort.

Hij gaf er de voorkeur aan alleen te zijn sinds het incident met Mike Peyser, toen de geur van bloed en het zien van Peysers nieuwe uiterlijk hem bijna hadden verleid op zijn beurt regressie te zoeken. Hij wist dat het maar een haartje had gescheeld en hij kon niemand in zijn buurt verdragen uit vrees dat hij opnieuw in verzoeking gebracht zou worden en ditmaal geen weerstand zou kunnen bieden.

Toch was ook de eenzaamheid niet alles. Het gevecht tegen regressie en chaos had hem uitgeput en hij verlangde naar verlossing van dit nieuwe harde leven. Er leek een zware last op hem te drukken die hem bij tijd en wijle de adem benam en de patrouillewagen was even benauwend als een dwangbuis, zodat hij regelmatig moest stoppen om de deur open te gooien en de koude lucht met diepe teugen in te ademen. Het eentonige zwiepen van de ruitewissers scheen steeds luider te worden, als een eindeloze serie kanonschoten.

Met het verstrijken van de tijd scheen zelfs de wereld buiten zijn auto kleiner te worden. Hij stopte op Holliwell Road, een paar honderd meter van New Wave verwijderd, en stapte uit de patrouillewagen. De grijze wolken hingen vlak boven zijn hoofd; regen en mist sloten hem in als half doorzichtige gordijnen van engelenhaar en de dunste zijde. De vochtige lucht was klam en benauwend. Het regenwater spoelde over de randen van dakgoten, stroomde in modderige beekjes door de greppels in de berm, viel druipend van bladeren en takken, sloeg kletterend op het asfalt, tikte hol op het dak van de auto, ruiste en gorgelde over zijn gezicht met de kracht van duizenden kleine hamertjes die hem langzaam maar zeker op zijn knieën leken te dwingen.

Op het laatst voelde hij zich buiten de auto net zo beroerd als erbinnen en hij stapte haastig weer in.

Hij besefte dat het niet zijn omgeving was die hem neerdrukte, het interieur van de wagen of de onontkoombare regen, maar juist zijn leven als Nieuwe Mens; wat Shaddack van hem had gemaakt. Het zat binnen in hem en daarom was er geen ontsnapping mogelijk.

Tenzij door regressie, misschien. En de gedachte daaraan was niet minder neerdrukkend dan zijn huidige bestaan.

Er was geen uitweg uit zijn dilemma.

Het bleef vrijwel onafgebroken aan hem knagen, alleen als hij de computer in zijn wagen inschakelde vond hij ongemerkt afleiding voor zijn gekwelde gedachten.

Neil had altijd al belangstelling voor computers gehad, zij het niet

zo bezeten als echte krakers. Het was natuurlijk begonnen met spelletjes, later was hij gaan sparen voor betere apparatuur en een modem. Ook al kon hij zich geen al te hoge telefoonkosten veroorloven, af en toe kon hij de verleiding niet weerstaan om via de modem het kleine wereldje van Moonlight Cove te verlaten en contact te leggen met de onafzienbare netwerken daarbuiten.
Tegenwoordig leek die elektronische wereld heel zuiver, betrekkelijk eenvoudig, overzichtelijk en voorspelbaar. Heel anders dan de wereld van de mens, nieuw of oud. Alles werd beheerst door logica, met een duidelijke verklaring van oorzaak en gevolg. Naakte feiten waren heel wat makkelijker te verwerken dan emoties. Een universum van gegevens, alleen bestaand uit losse stukjes overzichtelijke stof, was veel aantrekkelijker dan het bestaande universum vol tegenstellingen, vol bloed en dood, pijn en angst.
Hij riep het ene bestand na het andere op, dieper en dieper doordringend in het Ibis-project, hoewel hij helemaal geen gegevens nodig had. Het werken met de computer bood hem soelaas.
Het beeldscherm was niet langer een eenvoudig projectievlak, maar een raam dat uitkeek op een andere wereld. Een wereld van feiten, zonder verwarrende emoties of verantwoordelijkheid. Gevoel bestond daar niet, alles was weten of niet weten, een overvloed aan gegevens of een gebrek daaraan, maar geen gevoel, die vloek van de mens.
Een raam op een andere wereld.
Hij stak zijn hand uit naar het scherm.
Hij wenste dat het glas zich kon openen en dat hij er doorheen kon klimmen om in die logische, ordelijke, vreedzame wereld opgenomen te worden.
Met zijn vingertoppen trok hij cirkels over het warme glas.
Ongerijmd dacht hij aan Dorothy die met haar hond Toto in het oog van een wervelstorm was opgezogen en plotseling vanuit het door de grote depressie getroffen Kansas in een heel andere wereld was beland. Was het scherm maar een tornado die hem op zijn beurt zou opzuigen...
Zijn vingers drongen dwars door het glas.
Met een kreet van verrassing trok hij zijn hand terug.
Het scherm was ongestoord. Reeksen woorden en getallen lichtten op, net als voorheen.
Neil hield zich voor dat het een hallucinatie moest zijn geweest, ook al geloofde hij dat niet.
Hij boog zijn vingers. Er mankeerde niets aan.
Hij keek door de ruit. Hij had de wissers uitgezet en door het bere-

gende glas zag hij een vreemde verwrongen wereld, geteisterd door de elementen. Er kon geen orde of vrede in zo'n wereld bestaan. Behoedzaam stak hij zijn hand weer uit naar het scherm. Het glas voelde stevig aan.

Opnieuw dacht hij aan die schone, begerenswaardige wereld in het hart van de computer. Ineens gaf het glas mee en ditmaal verdween zijn hand tot de pols naar binnen, alsof het scherm een membraan was dat zich eromheen had gesloten. Letters en cijfers volgden de omtrek van zijn pols in ordelijke regels.

Zijn hart bonkte. Hij was bang maar ook opgewonden.

Hij voelde zijn vingers niet bewegen in de geheimzinnige warmte daarbinnen, alsof ze opgelost of afgehakt waren, en hij trok zijn hand snel terug.

Zijn vingers waren er nog, maar zijn hand was veranderd.

Heel de bovenkant, van de toppen van zijn nagels tot aan zijn pols, leek uit koper te bestaan, dooraderd met glas waarin een regelmatige hartslag zichtbaar was.

Hij draaide zijn hand om. De onderkant van zijn vingers en zijn handpalm waren bijna doorzichtig en op die glazige donkere achtergrond waren groene tekens te zien. Het waren dezelfde tekens als op het scherm van de computer, volkomen identiek.

Hij besefte met een schok dat regressie toch niet de enige uitweg voor hem was, dat hij het vermogen bezat binnen te treden in die wereld van elektronische gedachten en magnetisch geheugen, een wereld zonder de behoeften van vlees en bloed, zonder emoties.

Hij wist dat Shaddack niet de enige was die een Nieuwe Mens kon scheppen: hij zou het zelf ook kunnen.

Hij liet zijn veranderde hand zakken naar het toetsenbord tussen de stoelen op de voorbank. De dekplaat van de computer bood even weinig weerstand als het glas van de monitor en zijn hand verdween in het inwendige van het apparaat.

Hij was als een spook dat dwars door muren kon komen en gaan.

Een koud gevoel begon door zijn arm te trekken.

Het beeldscherm werd gevuld met vreemde lichtpatronen.

Hij leunde achterover in de stoel.

De kou trok naar zijn schouder en kroop verder langs zijn hals.

Hij zuchtte.

Hij voelde dat er iets met zijn ogen gebeurde, maar dat joeg hem geen angst aan. Hij nam niet de moeite in het spiegeltje te kijken.

Hij sloot zijn ogen en gaf zich over aan wat er dan ook nodig zou zijn voor deze tweede en betere transformatie.

De nieuwe wereld trok hem onweerstaanbaar aan.

Zijn gezicht was koud geworden; zijn lippen waren stijf.
Er gebeurde ook iets in zijn hoofd. De elektrische stromen en verbindingen in zijn hersenen stonden hem even duidelijk voor de geest alsof hij naar een blauwdruk ervan keek. Daarentegen leken zijn zintuigen ongevoelig te worden, alsof zijn zenuwen geen signalen meer doorgaven. Hij merkte nauwelijks of het koud of warm in de auto was, behalve als hij zich daarop concentreerde. Zijn lichaam was niet meer dan een omhulsel ter bescherming van zijn ware innerlijk, zijn koele berekenende geest.
De kou verbreidde zich in zijn schedel.
Het voelde aan alsof er spinnen met ijzige pootjes over zijn hersenen liepen en een plek zochten om zich in te graven, honderden en al snel duizenden spinnen.
Ineens herinnerde hij zich dat Dorothy het in Oz verschrikkelijk had gevonden en ten slotte wanhopig terug wilde naar Kansas. Ook Alice had achter de spiegel in het konijnehol waanzin en verschrikking aangetroffen...
Een miljoen koude spinnen.
Binnen in zijn schedel.
Koud, ijzig koud.
Ontelbare spinnen krioelden over zijn hersenen en begonnen er knagend in door te dringen.

33

Loman zag twee ontspoorden rennend de straat oversteken.
Hij was nog steeds op zoek naar Shaddack en reed door Paddock Lane, aan de zuidkant van Moonlight Cove. Het was een welvarende buurt met aan weerskanten grote huizen op een flink stuk eigen grond, beplant met bomen en struiken en omgeven door lage houten hekken.
De twee gestalten kwamen te voorschijn uit een dichte rij uitgebloeide azalea's, staken op handen en voeten de straat over, sprongen over een greppel en verdwenen achter een haag uit het gezicht.
Hoge sparren omzoomden Paddock Lane en verminderden het toch al grauwe licht met hun schaduw, maar Loman wist dat zijn ogen hem niet bedrogen. Ook deze twee hadden de vorm van een niet-bestaand dier aangenomen, deels van een katachtige, deels van een reptiel. In het halfdonker hadden hun ogen een rozerode glans.

Loman minderde vaart zonder te stoppen. Hij had geen interesse meer in de identiteit van afzonderlijke ontspoorden. Hij wist immers dat àlle getransformeerden vroeg of laat zo zouden eindigen en dat kon hij alleen voorkomen door Shaddack tegen te houden. Hij was uit op de grootste prooi.

Toch verontrustte het hem dat deze twee zich halverwege de middag al op straat durfden te vertonen en niet meer de moeite namen het vallen van de nacht af te wachten, wat de ontspoorden tot nu toe hadden gedaan. Het betekende dat het Ibis-project nog sneller uit de hand liep dan hij had verwacht. Moonlight Cove was al onherroepelijk op weg naar de ondergang.

34

Ze waren weer naar Harry's slaapkamer op de tweede etage gegaan en hadden anderhalf uur lang over mogelijke oplossingen voor hun problemen gepraat. Er brandde geen licht in de kamer, wat de stemming er niet vrolijker op maakte.

'We zijn het er dus over eens dat we twee manieren kunnen proberen om het Bureau te waarschuwen,' zei Sam.

'In beide gevallen moet je een heel eind over straat,' zei Tessa ongerust.

Sam haalde zijn schouders op.

Tessa en Chrissie hadden hun schoenen uitgedaan en zaten naast elkaar op het bed, leunend tegen het hoofdeinde. Het meisje leek zich aan Tessa gehecht te hebben zoals een kuiken net uit het ei het eerste het beste wezen als zijn moeder aanvaardt.

'Het zal niet zo gemakkelijk gaan als naar het huis van de Coltranes, niet bij daglicht,' zei Tessa.

'Dus jij vindt dat ik moet wachten tot het donker is?'

'Ja. Het ziet er bovendien naar uit dat er weer mist komt opzetten.'

Ze meende wat ze zei, ook al zou ze het liefst zo snel mogelijk iets ondernemen. Ieder uur werden meer mensen getransformeerd en Moonlight Cove zou steeds vreemder en gevaarlijker worden, een oord vol verrassingen.

'Hoe laat wordt het donker?' vroeg Sam aan Harry.

Talbot zat in zijn rolstoel en Moose had zijn stevige kop onder de armleuning doorgestoken en op zijn knieën gelegd, een ongemakkelijke houding die vergoed leek te worden door de aaien en klopjes die hij af en toe kreeg.

'Met dit weer zie je om zes uur al bijna niets meer.'
Sam zat achter de telescoop. De laatste paar minuten had hij de omgeving afgespeurd en opgemerkt dat het aantal patrouilles nog groter was geworden, zowel per auto als te voet. Waarschijnlijk konden ze zich ook veroorloven steeds openlijker te werk te gaan, want met ieder uur dat verstreek bleven er minder mensen over die nog niet waren getransformeerd.

Hij keek op zijn horloge. 'Het bevalt me niet nog eens drie uur te verspillen. Hoe eerder we hulp krijgen, des te meer mensen we kunnen redden van... van wat er dan ook met ze gebeurt.'

'Maar als ze je ontdekken, is er helemaal geen kans meer om iemand te redden,' zei Tessa.

'Daar zit iets in,' beaamde Harry.

Chrissie viel hem bij. 'Al zijn het dan geen buitenaardse wezens, ze lijken me heel gevaarlijk.'

Ze hadden de hoop opgegeven ergens een telefoon te vinden die contact met de buitenwereld mogelijk maakte. Maar Sam wist sinds de vorige avond dat in elk geval sommige computers in verbinding stonden met netwerken buiten Moonlight Cove, ook met databanken van de FBI, via de supercomputer – die volgens Harry 'Zon' werd genoemd – van New Wave. Misschien kon hij op die manier een noodroep versturen om het hele Bureau in opschudding te brengen.

Dat kon natuurlijk alleen als het blokkeren van de verbindingen niet gold voor Zon. Als ook de supercomputer geen contact met de buitenwereld meer onderhield, was alle hoop verloren.

Na zijn confrontatie met de mens-machines voelde hij er begrijpelijk weinig voor nogmaals het huis binnen te dringen van iemand die bij New Wave werkte. Dat liet twee manieren over om bij een computer te komen.

Ten eerste zou hij een politiewagen kunnen openbreken om de computer te gebruiken, net als de vorige avond. Jammer genoeg moesten ze ervan uitgaan dat die nu allemaal in gebruik waren voor de patrouilles en het zou niet zo gemakkelijk zijn als de vorige avond om een onbewaakte te vinden. De parkeerplaats achter het gemeentehuis zou vermoedelijk heel wat drukker worden gebruikt.

Ten tweede waren er de computers in de school aan Roshmore Way. Ze waren een paar jaar geleden door New Wave geschonken, maar natuurlijk niet om de kwaliteit van het onderwijs te verbeteren. Sam vermoedde dat een of meer computers via een modem in verbinding stonden met Zon.

De school had als nadeel de afstand: drie straten verder naar het zuidwesten. Normaal kon je die in vijf minuten fluitend afleggen, maar nu met al die patrouilles was de omgeving ongeveer even veilig als een mijnenveld.
'De lessen zijn trouwens nog aan de gang,' merkte Chrissie op. 'Ik denk niet dat je ongemerkt een computer kunt gebruiken.'
'Vooral niet omdat de docenten wel als eersten getransformeerd zullen zijn,' vulde Tessa aan.
'Hoe laat gaat de school uit?'
'Om half vier,' antwoordde Chrissie. 'Maar daarna zijn er nog andere activiteiten. De schoolband oefent tot kwart voor vijf. Dat weet ik, want mijn vriendin zit een klas hoger en speelt in die band. Ik speel zelf klarinet en volgend jaar mag ik ook meedoen... als er dan nog een band is.'
'Laten we zeggen dat iedereen om vijf uur weg is.'
'Niet als ze vandaag rugby spelen.'
'In die stromende regen?'
'Nee, dat is waar.'
'Tegen half zes begint het al bijna donker te worden,' zei Tessa. 'Dan kun je net zo goed nog wat langer wachten.'
Sam knikte. 'Daar zit wat in.'
'Je vergeet iets, Sam,' zei Harry.
'Wat dan?'
'Om een uur of zes kunnen ze hier voor de deur staan om mij te transformeren.'
'Verdomd, dat is waar!'
Moose tilde plotseling zijn kop op van Harry's knie en ging met gespitste zwarte oren rechtop zitten, alsof hij elk moment verwachtte de deurbel te horen.
'Ik vind ook dat je moet wachten tot het donker wordt,' zei Harry, 'maar dan zul je Tessa en Chrissie met je mee moeten nemen. Het is hier niet veilig voor ze.'
'We nemen jou ook mee,' protesteerde Chrissie. 'En Moose ook. Ik weet niet wat ze met huisdieren doen, maar we kunnen hem hier niet achterlaten.'
Moose begon te hijgen.
'Ik hoop alleen niet dat hij op het verkeerde moment gaat blaffen,' vervolgde Chrissie. 'Dan zou hij ons verraden. Misschien kunnen we een stuk verband om zijn snuit doen, als een soort muilkorf. Dat is niet leuk voor hem, maar het doet ook geen pijn en we kunnen hem later bedanken met een lekkere kluif of iets anders...'

Het meisje werd stil toen ze zag hoe vreemd ernstig de anderen naar haar zaten te kijken.
Donkere wolken dreven over en de kamer werd in diepere schaduwen gehuld. Harry's gezicht zag grauw in het doffe licht, maar hij deed zijn best om zijn angst te verbergen en glimlachte. Alleen Tessa leek de blik in zijn gevoelige ogen te herkennen.
'Nee, ik kan niet met jullie mee, meisje.'
'O,' zei ze, van zijn gezicht naar de rolstoel kijkend waarin hij zat. 'Maar je kunt toch naar buiten? Je bent bij ons op school geweest, daar kende ik je van.'
Harry glimlachte. 'Ik kan wel naar buiten, maar zonder hulp kom ik niet ver. Bijna alle straten hellen en de motor van mijn stoel heeft niet genoeg vermogen om daar tegenop te kunnen.'
'Wij zijn toch bij je,' zei Chrissie ernstig. 'Wij kunnen je helpen.'
'Dat zou kunnen als we niet drie straten door vijandelijk gebied moesten,' zei Harry op besliste toon. 'Het zal jullie al moeite genoeg kosten om ongemerkt van de ene tuin naar de andere te sluipen, terwijl ik per se op de stoep moet blijven, zeker nu de aarde zo drassig is.'
'We kunnen je dragen.'
'Nee,' zei Sam. 'Niet als we ongedeerd in die school willen komen. Het is niet ver, maar wel gevaarlijk en we mogen geen risico nemen. Het spijt me, Harry.'
'Dat hoeft niet, ik zou precies hetzelfde doen. Trouwens, dacht je dat ik als een zak cement door Moonlight Cove gedragen wilde worden?'
Chrissie stond op van het bed en keek van de een naar de ander, haar kleine handen tot vuisten gebald langs haar zijden. Haar ogen smeekten Sam en Tessa een uitweg te vinden voor Harry. Na een tijdje ging ze naar een van de ramen en staarde naar buiten. Het regende niet zo hard meer, maar aan de einder doemden bijna zwarte wolken op die een nieuwe stortbui beloofden. Het licht in de kamer nam nog verder af en drukte de stemming.
Moose jankte zacht.
Tessa wilde Chrissie troosten, en Harry ook.
Ze wilde zorgen dat alles weer goed kwam.
In haar werk kon ze heel goed de leiding in handen nemen, aanwijzingen geven, vertellen wat er moest gebeuren. Ze ging een probleem of crisis nooit uit de weg, zorgde ervoor dat de camera's bleven draaien. Maar nu wist ze zich geen raad meer. De werkelijkheid was niet altijd zo rechtlijnig als het scenario van een film en soms weigerde het leven zich aan haar wensen aan te passen.

Misschien had ze daarom voor haar werk gekozen en niet voor een gezin, ook al was ze zelf als kind zo voorspoedig opgegroeid. Het echte dagelijkse leven was onoverzichtelijk, onvoorspelbaar, vol losse eindjes, heel anders dan de fraai afgeronde eindversie van een documentaire. Het leven was rijk, veelomvattend en rijk, film bevatte alleen de essentie daarvan. Misschien kon ze beter met hoofdlijnen omgaan dan met ongrijpbare details.
Zelfs Tessa voelde dat haar aangeboren optimisme haar in de steek begon te laten.
'Jullie hoeven over mij niet in te zitten,' zei Harry ten slotte. 'Om gehandicapten en blinden zullen ze zich niet erg bekommeren, die kunnen toch de stad niet uit om hulp te halen, als ze al zouden vermoeden dat er hier iets niet in de haak is. Hier vlak bij woont een blinde vrouw en ik durf te wedden dat zij en ik bijna als laatsten op hun rooster staan, tegen middernacht. Jullie hoeven alleen te zorgen dat er voor die tijd hulp is gekomen.'
Chrissie draaide zich weer om. Haar wangen waren nat van de tranen. 'Denk je dat echt, Harry? Geloof je heus dat ze pas tegen middernacht zullen komen?'
Harry keek haar aan met zijn enigszins scheefstaande hoofd, een houding die zowel grappig als hartverscheurend opgevat kon worden, en knipoogde naar haar, hoewel ze dat in het donker misschien niet eens kon zien. 'Als ik het niet geloof, dan mag de bliksem me nu meteen treffen.'
Alleen de regen was te horen.
'Zie je wel?' lachte Harry.
Chrissie geloofde hem maar al te graag, maar Tessa durfde er niet op te rekenen. Ook al leek het logisch wat hij zei, voor haar was het wat al te mooi, als het scenario van een film. Onoverzichtelijk en onvoorspelbaar was het leven immers? Ze zou hem graag geloven, maar in werkelijkheid liep hij het grootste gevaar zodra de klok zes uur had geslagen en de allerlaatste serie transformaties uitgevoerd moest worden.

35

Shaddack bleef het grootste deel van de middag in de garage van Paula Parkins.
Nog twee keer zette hij het busje op de inrit om de computer te kunnen gebruiken en na te gaan hoe de laatste transformaties verliepen. Beide keren was hij tevreden met de voortgang.

Hij had het project ontworpen en de uitvoering in gang gezet: de voltooiing kon verder zonder hem geschieden.
De uren verstreken terwijl hij achter het stuur zat te dagdromen over de toekomst, als de laatste fase van het Ibis-project was voltooid en heel de aarde onderworpen. Als de Nieuwe Mens zich eenmaal over de hele wereld had verbreid zou hij oppermachtig zijn, machtiger dan wie dan ook uit de geschiedenis. Hij zou de menselijke soort programmeren naar zijn eigen verlangens, iedereen tot nijvere bijen maken die uitsluitend in dienst van zijn visioen stonden. Zijn dagdroom bezorgde hem een bijna pijnlijke erectie.
Shaddack kende veel wetenschappers die oprecht leken te geloven dat technologische vooruitgang in dienst moest staan van de mens, die uit zijn afhankelijke staat verlost moest worden en uiteindelijk naar de sterren moest kunnen reizen. Voor hem was juist het omgekeerde wenselijk. Hij had de techniek naar zijn hand gezet waar andere zogenaamde wereldheersers afhankelijk waren geweest van legers. Hitler, Stalin, Mao, Pol Pot en anderen waren aan de macht gekomen door middel van terreur en massamoord en uiteindelijk waren ze weer van hun troon gestoten. Dat zou Shaddack niet gebeuren. Niet de pen was machtiger dan het zwaard, maar zijn biochips konden hele legers de baas.
Hij wist dat bijna al zijn collega's hem een gevaarlijke gek zouden vinden als ze wisten waar hij mee bezig was, een geesteszieke fanaat, maar dat kon hem niet schelen. Hij was niet gek, hij was de zoon van de maanvogel. Hij had zijn bedrieglijke ouders vernietigd zonder betrapt en gestraft te worden, een bewijs dat de wetten en regels van anderen niet voor hem golden. Zijn echte vader en moeder waren de grote geesten, machtig en onzichtbaar. Die hadden hem beschermd omdat hij zijn valse ouders in Phoenix lang geleden als een offer aan hen had opgedragen, als een bewijs van zijn vertrouwen en geloof. De grote geesten hadden hem verheven tot het middelpunt van heel het universum, de man om wie alles draaide. Als hij ooit stierf, wat onwaarschijnlijk was, dan zou tegelijkertijd het hele universum ophouden te bestaan. Alleen hijzelf was belangrijk. Dat hadden de grote geesten hem verteld. Dertig jaar lang hadden ze hem die waarheid ingefluisterd, overdag en in zijn dromen.
De zoon van de maanvogel. . .
Zijn opgewonden verwachting steeg naarmate de eerste fase van het project zijn einde naderde en hij hield het niet meer uit in de garage. Hij wist niet meer precies waarom hij zich voor Loman

Watkins zou moeten verbergen en ook de dood van Mike Peyser gisteravond leek geen catastrofe meer, alleen nog een kleine tegenslag. Het probleem van de ontspoorden zou vroeg of laat worden opgelost; het was immers de wil van de grote geesten zelf dat hij zou slagen. Dat idee deed hem ook zijn vrees vergeten voor Watkins, die zo onbeschaamd was geweest met dreigementen aan te komen. Loze woorden waren dat, meelijwekkend.

Hij was de zoon van de maanvogel en het verbaasde hem dat hij die belangrijke waarheid tijdelijk had kunnen vergeten. Natuurlijk was zelfs Jezus weleens bang geweest, toen hij in de tuin met de demonen te strijden had. Deze garage was zijn eigen Gethsemane, besefte hij, een toevluchtsoord waar hij zijn laatste twijfels kon uitdrijven.

Hij was de zoon van de maanvogel.

Het was halfvijf toen hij de deur van de garage weer opende en wegreed.

Hij was de zoon van de maanvogel, erfgenaam van de hoogste macht, en om middernacht zou hij zijn troon bestijgen.

Hij draaide de weg op en reed naar de stad.

36

Pack Martin – zijn voornaam was een herinnering aan zijn vader, die jarenlang een oude Packard had bezeten – woonde in een stacaravan aan de zuidoostelijke rand van Moonlight Cove. Het was een oud ding met de nodige roestplekken en deuken, rustend op een paar betonblokken op een veldje met voornamelijk onkruid. Pack wist dat veel mensen zijn caravan een schande voor de buurt vonden, maar dat interesseerde hem geen moer.

Binnen had hij elektrisch licht, een oliekachel en een toilet, wat ongeveer alles was wat hij nodig had. Hij zat er hoog en droog en zijn bier bleef koud. Het was een paleisje voor hem.

Daar kwam bij dat hij gratis woonde, want hij had de caravan vijfentwintig jaar geleden gekocht van het geld dat hij van zijn moeder had geërfd. Van de rest van de erfenis trok hij nog steeds rente en verder leefde hij van de invaliditeitsuitkering die hij sinds een ongeluk in zijn diensttijd ontving. Aan dat ongeluk was het enige serieuze werk voorafgegaan dat hij ooit in zijn leven had verricht, namelijk het uit zijn hoofd leren van de subtiele en complexe symptomen die met rugletsel gepaard kunnen gaan, waarna hij zich met een gerust hart door de legerarts kon laten keuren.

Pack en werken, dat ging niet samen. Al vroeg had de gedachte bij hem postgevat dat hij eigenlijk in een rijke familie geboren had moeten worden en hij betreurde het soms dat zijn moeder hem als serveerster niet meer had nagelaten, maar benijden deed hij niemand. Hij had zijn natje en droogje en hij was al blij hele dagen naar de televisie te kunnen kijken.

Om vier uur die dinsdagmiddag had hij al de nodige flesjes bier soldaat gemaakt. Hij zat onderuitgezakt in zijn vervallen leunstoel naar een spelshow te kijken, vooral naar de assistente met haar laag uitgesneden deceolleté.

'Wat zal het worden?' riep de quizmaster op het scherm. 'Kiest u het eerste, het tweede of het derde luikje?'

'Geef mij dat schatje maar, daar heb ik genoeg aan,' zei Pack. Hij nam een grote slok bier.

Er werd op de deur geklopt.

Pack reageerde in het geheel niet. Vrienden had hij niet en in bezoekers had hij geen zin: het waren altijd mensen van de zogenaamde liefdadigheid die hem met alle geweld levensmiddelen wilden opdringen of aanboden zijn stukje land te onderhouden, dingen waar hij niet om gevraagd had. Hij hield van onkruid.

Het geklop werd herhaald.

Pack zette het geluid van de televisie harder.

Het geklop werd luider.

'Ga weg,' zei Pack.

Er werd nu op de deur gebonkt, een zware slag die de hele caravan deed schudden.

'Wat krijgen we nou?' zei Pack. Hij stond op en deed de televisie uit.

Het gebonk hield op, maar hij hoorde een vreemd schrapend geluid langs de zijkant en de caravan stond nog steeds te schudden. Dat gebeurde wel meer, als het erg hard waaide. Vandaag was er geen wind.

'Kwajongens,' bromde hij.

Een eindje verderop woonden een paar brutale slungels die hij het liefst persoonlijk op sterk water zou zetten om ze in een politiemuseum tentoon te stellen. Ze zetten weleens rotjes in de blokken onder zijn caravan en staken ze allemaal tegelijk af, zodat hij midden in de nacht met een schok wakker werd.

Het geschraap was opgehouden, maar nu hoorde hij iemand op het dak lopen.

Dat werd te gek. Het zinken dak lekte niet, maar het had zijn beste tijd gehad en straks zakten ze er nog dwars doorheen.

Pack deed de deur open en vloog scheldend naar buiten. Maar toen hij naar boven keek zag hij op het dak geen opgeschoten jongen, maar een monster uit een ouderwetse griezelfilm, een manshoog insekt met klikkende kaken, veelvoudige ogen en kleine scharen rond de bek. Het ergste was dat die kop toch ook menselijke trekken vertoonde waarin hij Daryl Aikhorn meende te herkennen, de vader van de kwajongens. Het ding grauwde met een half menselijke stem en sprong op hem af. In de vlucht schoot een vlijmscherpe angel uit het afzichtelijke lijf te voorschijn, een halve meter lang en gekarteld als een ijzerzaag. Voordat hij van onder tot boven werd opengesneden had Pack nog net de tijd om te beseffen dat het gedaan was met zijn luie leventje.

Randy Hapgood stampte plenzend door het enkeldiepe modderige water in de goot en haalde verachtelijk zijn neus op, alsof hij wilde zeggen dat de natuur wel iets beters mocht verzinnen om hem van de straat te houden. Hij had geen regenjas aangedaan en ook geen paraplu meegenomen met het oog op de snelle blondjes die hij onderweg zou kunnen tegenkomen. Randy was veertien jaar. Hij floot opgewekt om te vergeten dat hij koud en kletsnat begon te worden. Om tien over half vijf kwam hij thuis van school na een repetitie met de band die in verband met het slechte weer korter was geweest dan normaal. Bij de keukendeur trok hij zijn doorweekte jasje en tennisschoenen uit.
'Ik ben thuis!' riep hij.
Er kwam geen antwoord.
De deur was niet afgesloten geweest en er brandde licht, dus zijn ouders moesten er zijn. De laatste tijd werkten ze trouwens toch veel thuis voor New Wave en soms zaten ze hele dagen achter hun computers in de achterkamer boven.
Randy haalde een blikje cola uit de koelkast, maakte het open en nam een slok. Hij nam het blikje mee naar boven met de bedoeling zijn ouders gedag te zeggen, wat hij meestal deed als hij uit school kwam. Hij noemde hen altijd bij hun voornaam, Pete en Marsha, nooit 'papa' of 'mama'. Dat vonden ze goed, want ze waren heel gaaf. Een beetje té gaaf, dacht hij soms. Ze hadden een Porsche, droegen kleren die altijd een half jaar op de mode vooruitliepen en spraken letterlijk over alles waar hij bij was, zelfs over seks. Hij dacht niet dat hij zijn toekomstige blondje gauw mee naar huis zou nemen, bang dat ze zijn pa nog gaver zou vinden dan hem. Het zou makkelijker zijn als Pete en Marsha dik, lelijk en ouderwets waren, want hij had het op school al moeilijk genoeg

om zich staande te houden zonder de concurrentie thuis te voelen. Boven aan de trap riep hij nog eens, een imitatie van Rambo, de moderne Amerikaanse intellectueel: 'Yo!'
Weer geen antwoord.
Een vaag gevoel van onrust bekroop hem, maar om zichzelf geen schijtebroek te vinden liep hij door naar de open deur van de werkkamer, een snedige opmerking op zijn lippen over hun gehoor. Eenmaal over de drempel kon hij geen woord meer uit zijn keel krijgen.
Pete en Marsha zaten tegenover elkaar aan de grote tafel, de computers tussen hen in. Alleen zaten ze niet echt, ze leken aan de stoelen vastgebonden door glanzende gesegmenteerde kabels die uit de computers of uit hun eigen lichamen waren gegroeid en via de stoelen in de vloer verdwenen. Ook hun gezichten waren veranderd, hoewel niet helemaal onherkenbaar. De huid was voor de helft vervangen door net gestold metaal.
Randy snakte naar adem en wankelde naar achteren.
De deur viel met een slag achter hem dicht.
Hij draaide zich met een ruk om.
Hij zag tentakels uit de muur barsten. De kamer zelf scheen tot leven te zijn gekomen, bezeten door vreemde organismen. De tentakels schoten naar voren, snoerden zich rond zijn armen en benen en draaiden hem om naar zijn ouders.
Ze hadden zich half omgekeerd en keken hem aan met flikkerende groene ogen die in hun kassen leken te branden.
Randy schreeuwde en probeerde zich los te rukken, maar de tentakels hielden hem stevig vast.
Pete deed zijn mond open en spuwde met grote kracht vijf zilveren balletjes uit die Randy op de borst raakten.
Een scheut van pijn trok door hem heen, maar die duurde slechts een paar seconden. Daarna kwam er een ijskoud kriebelend gevoel dat zich door zijn hele lichaam verspreidde.
Hij wilde weer schreeuwen. Er kwam geen geluid uit zijn mond.
De tentakels begonnen zich terug te trekken en trokken hem mee tot hij met zijn rug tegen de muur gedrukt stond.
De kou zat nu in zijn hoofd en kriebelde verder.
Hij deed zijn mond open en ditmaal kwam er wel geluid uit. Een zwak elektronisch gezoem.

Meg Henderson zat bij het raam aan de keukentafel, gehuld in een dik wollen vest dat haar oude botten wat warmte moest geven. Op de tafel stonden een glas witte wijn en een bordje met crackers en

Goudse kaas. Meg las een verhaal van Rex Stout. Ze kende het nog van vroeger, net als al zijn andere verhalen over Nero Wolfe, maar ze las ze steeds weer omdat de figuren zo vertrouwd waren en nooit veranderden. Wolfe was nog steeds een geniale lekkerbek, Archie de man van de daad, Fritz de beste kok. Ze werden ook nooit ouder, een gave die ze graag zelf had bezeten.

Meg was tachtig jaar en daar zag ze ook naar uit. Ze hield zichzelf niet voor de gek, ook al keek ze af en toe verbaasd naar haar gezicht in de spiegel omdat het ouder leek te zijn dan naar haar gevoel bij haar paste. Ze verwachtte eerder het gezicht van een jong meisje te zien, net zo jong als ze zich voelde. Want ze voelde zich helemaal geen tachtig, ook al kraakten haar botten en kon ze niet meer zoveel als vroeger. Gelukkig had ze geen last van reuma of andere hinderlijke kwalen. Ze woonde nog altijd in de bungalow aan Concord Circle, een merkwaardig halvemaanvormig straatje aan de oostkant van de stad. Ze had het huis veertig jaar geleden met haar man gekocht, toen ze allebei lesgaven aan de Thomas Jefferson-school. Dat was toen de enige school in het onaanzienlijke Moonlight Cove geweest. Ze was nu veertien jaar weduwe en ze kon nog goed voor zichzelf zorgen, iets waar ze heel dankbaar voor was.

Nog dankbaarder was ze voor het behoud van haar geestelijke vermogens. Ze was voor niets zo bang als voor dementie of een beroerte die haar van haar geheugen of persoonlijkheid zou beroven. Ze probeerde haar geest soepel te houden door veel te lezen, allerlei boeken. Ze huurde regelmatig goede videofilms en vermeed tot elke prijs het afstompende vertoon dat op de televisie voor amusement moest doorgaan.

Het was halfvijf toen ze een blik naar buiten wierp, zoals ze aan het eind van elk hoofdstuk deed. Ze hield bijna net zoveel van regen, wind en hagel als van mooi weer, want juist die afwisseling maakte de wereld zo mooi.

Terwijl ze naar de weer in alle hevigheid vallende regen keek, zag ze ineens drie grote, donkere en onbestaanbare wezens opdoemen tussen de bomen in de achtertuin, vijftien meter van het keukenraam verwijderd. Een ogenblik bleven ze staan, waardoor het leek alsof ze waren ontsprongen aan de mist die in dunne slierten rond hun enkels zweefde, daarna renden ze in de richting van de veranda.

Ook dichterbij waren het onbestaanbare wezens, gruweldieren die alleen in steen de gevels van sommige kathedralen ontsierden. Meg dacht dat ze bezig was een hersenbloeding te krijgen, iets wat

ze altijd had gevreesd. Een ader in haar hoofd was gesprongen en ze zou verlamd raken. Haar verstand begon al te bezwijken; ze hallucineerde.
Zelfs toen het eerste monster dwars door de ruit sprong, geloofde ze nog dat het een illusie was. In een regen van glas viel ze met stoel en al op de grond en het ondier sprong bijtend en klauwend boven op haar, maar Meg Henderson verbaasde zich slechts over het feit dat een demente illusie zo'n intens gevoel van pijn kon veroorzaken.

Dora Hankins, de receptioniste van New Wave, was eraan gewend dat mensen al om halfvijf weggingen. Er werd veel overgewerkt, thuis op de computer, zodat niemand strak de hand hield aan de vastgestelde kantooruren. Nieuwe Mensen hadden toch nauwelijks behoefte aan regels en voorschriften, want ze werkten allemaal voor hetzelfde grote doel, de nieuwe wereld, en hun vrees voor Shaddack was groot genoeg om hen in het gareel te houden.
Daarom begon ze zich af te vragen wat er aan de hand kon zijn toen er om vijf voor vijf nog helemaal niemand was weggegaan. Er hing een eigenaardige stilte. In de kantoren en laboratoria moesten honderden mensen aan het werk zijn, maar het gebouw had net zo goed uitgestorven kunnen zijn.
Vijf minuten later had ze nog steeds niemand gezien en Dora besloot zelf eens te gaan kijken. Ze verliet de receptie en liep aan het eind van de grote marmeren hal door een bronzen deur de gang in. In het eerste kantoor aan de linkerkant zaten acht datatypistes achter hun computers.
In de helder verlichte ruimte zag Dora in één oogopslag hoe intiem ze met hun werk waren geworden.
Angst was de enige emotie die ze de laatste weken had ondergaan, maar die greep haar nu aan met een hevigheid die ze nooit had gekend, duister en intens.
Een glanzende spriet boorde zich uit de muur naast haar. Hij leek van metaal te zijn, al was het oppervlak bedekt met een gele, slijmerige laag. Het ding schoot recht op een van de typistes af en beet zich in haar achterhoofd. Er kwam geen bloed uit de wond. Een soortgelijke spriet stak uit de schedel van een ander meisje, wiegend als een slang onder de bezwering van een fluit. Plotseling vloog hij als een raket omhoog, boorde zich dwars door de geluiddempende bekleding van het plafond en verdween in de kamer erboven.
Het was of de mensen, de computers en ook het gebouw van New

Wave zelf door tentakels met elkaar werden verbonden tot een groot geheel. Dora was bang, maar ze probeerde niet te vluchten, misschien omdat ze wist dat elke poging daartoe tevergeefs moest zijn.
Een ogenblik later was ze op het grote netwerk aangesloten.

Betsy Soldonna was bezig een poster op te hangen achter haar bureau in de gemeentebibliotheek van Moonlight Cove. Het was een aankondiging van de literatuurweek die binnenkort zou worden gehouden om de jeugd aan te zetten tot het lezen van betere boeken.
Betsy werkte als assistente in de bibliotheek, maar op dinsdag had haar cheffin Cora vrijaf en had ze het rijk alleen. Dat vond ze wel prettig, want Cora hield ervan iedere lege minuut te vullen met onbeduidend gebabbel over haar favoriete televisieseries. Betsy was haar leven lang dol geweest op lezen, maar Cora keek zelden of nooit een boek in.
Ze plakte de laatste hoek van de poster netjes tegen de muur en deed een stap achteruit om haar werk te bewonderen.
Ze had de tekening zelf gemaakt en was trots op haar bescheiden artistieke gave. Een jongen en een meisje staarden met grote ogen naar de boeken die ze in hun handen hielden. Aan de bovenkant stond een opwekking te lezen: MET EEN BOEK GAAT ER EEN WERELD VOOR JE OPEN.
Achter in de zaal klonk ineens een merkwaardig geluid, een gesmoord hoesten of snauwen, gevolgd door het lawaai waarmee een hele rij boeken op de grond viel.
De enige bezoeker van de bibliotheek was Dale Foy, een gepensioneerde medewerker van Lucky's supermarkt die graag breed uitgesponnen, ouderwetse detectives las en altijd klaagde dat die moderne schrijvers er niets meer van konden. Ze dacht onmiddellijk dat hij een hartaanval had gekregen en tegen een van de planken was gevallen, en ze zag hem al blauw aangelopen op de grond liggen, met uitpuilende ogen en rood schuim op zijn lippen. Het vele lezen had Betsy een levendige verbeelding bezorgd, scherp als een scheermes van Zweeds staal.
Ze liep snel de zaal door en keek in alle gangpaden tussen de hoge kasten. 'Meneer Foy? Meneer Foy, is er iets gebeurd?'
In het achterste gangpad zag ze boeken op de grond liggen, maar geen Dale Foy. Toen ze zich verwonderd omdraaide stond hij plotseling vlak voor haar, maar zijn uiterlijk was anders dan ze zich in haar wildste fantasie had kunnen voorstellen. Haar ver-

beelding was ook niet toereikend om te bevatten wat hij van haar wilde en een paar minuten lang was het alsof ze honderden nieuwe boeken tegelijk las. Geen ervan had een gelukkige afloop.

Zwarte onweerswolken zorgden ervoor dat het vroeg donker werd in Moonlight Cove. Voor de inwoners van het stadje was een nieuwe wereld opengegaan. De stervende dag was voor velen gevuld met opwindende verrassingen, alsof een kermis zijn tenten had opgeslagen met het engste spookhuis dat ze ooit hadden gezien.

37

Sam liet de straal van de zaklamp over de vliering schijnen. Overal hingen spinnewebben en op de ruwe planken lagen alleen stofnesten en talloze dode verdroogde bijen die hier in de zomer hadden genesteld. Er was geen verlichting.
Hij daalde door het luik het trapje af en kwam weer in de kast in Harry's slaapkamer. Ze hadden heel wat kleren moeten weghalen om het luik te kunnen openen en de schuifladder neer te laten.
'Het zal wel gaan,' zei Sam tegen de anderen, die samen met Moose op hem stonden te wachten bij de kastdeur in de snel donker wordende slaapkamer.
'Ik ben daar sinds de oorlog niet meer geweest,' zei Harry.
'Het is een beetje stoffig en er zijn een paar spinnen, maar je zit er veilig. Als ze toch al om zes uur komen, zullen ze een leeg huis vinden en ze zullen niet aan de zolder denken. Hoe kan iemand die voor driekwart verlamd is op de zolder komen?'
Sam geloofde het zelf niet helemaal, maar het was Harry's enige kans.
'Wat doe ik met Moose?'
'Ik zou alleen je pistool meenemen,' zei Tessa. 'Moose is goed afgericht, maar je weet nooit of hij niet op het verkeerde moment zal blaffen.'
'Maar wat gebeurt er dan met hem als ze hem hier vinden?' vroeg Chrissie.
'Ze zullen hem niets doen,' zei Sam. 'Ze willen geen honden, alleen mensen.'
'We moeten je maar naar boven brengen, Harry,' zei Tessa. 'Het is tien voor half zes, nog even en we moeten weg.'
De kamer vulde zich snel met schaduwen, als een glas dat met bloedrode wijn wordt volgeschonken.

Deel drie

Meesters van de nacht

Montgomery vertelde me dat de Wet bij het vallen van de nacht vreemd genoeg zijn greep verloor en dat de dieren, juist wanneer ze hun grootste kracht bezaten, werden bevangen door een geest van avontuur, zodat ze dingen waagden waarvan ze overdag nooit leken te dromen.

H.G. WELLS,
Het eiland van Dr. Moreau

1

In de met kreupelhout begroeide heuvels rond de verlaten kolonie kropen eekhoorns, veldmuizen, konijnen en een paar vossen uit hun schuilplaatsen en bleven trillend in de regen staan luisteren. Dichtbij, in een groepje herfstige bomen, tilden twee wasberen hun koppen op.
De vogels reageerden het eerst. Ze verlieten hun droge nesten in de bomen, in de vervallen oude schuur en onder de verbrokkelde dakranden van het gebouw zelf, fladderden een tijdje verward rond en vlogen uiteindelijk piepend en krijsend in de richting van het geluid. Spreeuwen, winterkoninkjes, kraaien, uilen en haviken schoten door open ramen en deuren naar binnen, maar sommige leken verblind en vlogen zich kapot tegen de muren, vielen fladderend tegen de grond en gaven weldra de geest.
Daarna kwamen de andere dieren uit de directe omgeving, konijnen en eekhoorns, coyotes, vossen en wasberen, kruipend of springend door het natte gras en de modder, aangetrokken door de sirenenzang. Roofdier en natuurlijke prooi gingen er zij aan zij zonder elkaar lastig te vallen, als in een tekenfilm van Walt Disney. Maar er wachtte geen goedaardige grijsaard op ze met een gitaar of een harmonica en met avontuurlijke en geheimzinnige verhalen rond een kampvuur, en de muziek die ze aantrok was somber en koud en zonder melodie.

2

Terwijl Sam bezig was Harry over de trap naar de vliering te sjorren, brachten Tessa en Chrissie de elektrische rolstoel naar de garage in het souterrain. Het was een zwaar ding, te breed om door het trapgat te kunnen. Ze zetten hem halverwege de garage tegen de muur om de indruk te wekken dat Harry vanuit zijn stoel in een auto was gaan zitten.
'Denk je dat ze erin trappen?' vroeg Chrissie bezorgd.
'Het zou kunnen,' zei Tessa.
'Misschien denken ze wel dat Harry gisteren al is weggegaan, voordat de stad werd omsingeld.'
Tessa had er niet al te veel vertrouwen in. Als Harry werkelijk veilig was op de vliering zouden ze ook Chrissie beter kunnen achterlaten in plaats van haar mee te nemen op de ongewisse tocht door het gevaarlijke Moonlight Cove.

Ze gingen met de lift terug naar boven, waar Sam juist de ladder opschoof en het luik sloot. Moose stond verbaasd naar hem te kijken.
'Het is twaalf over half zes,' zei Tessa, op haar horloge kijkend.
Gezamenlijk hingen ze Harry's kleren weer op hun plaats, netjes in een rij als ouderwetse brandweermannen die elkaar de emmers doorgaven, zodat het luik boven in de kast niet meer te zien was. Door de inspanning waren Sams polsen weer gaan bloeden; op de dikke zwachtels kwamen donkerrode plekken. Tessa zag het en wist dat hij veel pijn moest hebben, iets wat hun kans op ontsnapping nog kleiner maakte.
'Het is rot dat we hem hier moeten achterlaten,' verzuchtte Sam terwijl hij de kastdeur sloot.
'Het is veertien minuten voor zes,' zei Tessa.
Tessa trok een leren jasje aan, Chrissie nam een blauw nylon regenjack van Harry. Sam herlaadde zijn revolver en stopte een flink aantal reservepatronen die Harry kon missen in zijn zak. Harry had zelf een pistool en een revolver meegenomen naar de vliering.
Hij stopte het wapen in zijn holster en ging naar de telescoop om de buurt in ogenschouw te nemen. 'Het is nog steeds druk,' rapporteerde hij.
'Patrouilles?' vroeg Tessa.
'Ja. Maar het regent weer hard en er komt ook snel mist opzetten.'
Door het naderende onweer duurde de schemering slechts kort. De woelige wolken waren nog maar vaag te onderscheiden en Moonlight Cove lag er nat en kwetsbaar bij.
'Het is tien voor zes,' zei Tessa.
'Ze kunnen hier elk moment zijn om Harry te transformeren,' zei Chrissie.
Sam wendde zich af van de telescoop. 'We gaan.'
Tessa en Chrissie volgden hem de slaapkamer uit en over de trap naar beneden.
Alleen Moose nam de lift.

3

Shaddack was weer een kind.
Hij doorkruiste Moonlight Cove stelselmatig van de zee tot de heuvels en weer terug, van Holliwell Road in het noorden naar

Paddock Lane in het zuiden, en hij voelde zich in een opperbeste stemming. Hij inspecteerde zijn rijk tot in alle uithoeken in het besef dat alle inwoners weldra aan zijn wil zouden zijn overgeleverd. Zo'n verwachtingsvolle opwinding had hij alleen als klein kind op kerstavond gekend, als de pakjes werden opengemaakt. Moonlight Cove was een groot stuk nieuw speelgoed voor hem en hij kon bijna niet wachten tot middernacht, wanneer hij het mocht uitpakken.

Net als bij een kind dat geld uit de jaszak van zijn vader steelt om een ijsje te kopen, hield de beloning hem zo in de ban dat hij vrijwel vergat dat er iets mis kon gaan. Met de minuut bekommerde hij zich minder om de potentiële dreiging van de ontspoorden. Hij was als een kind dat stiekem in de jaszakken van zijn vader naar geld zoekt, geobsedeerd en geen rekening meer houdend met een eventuele mislukking. Aan de ontspoorden dacht hij helemaal niet meer. Loman Watkins verdween niet helemaal uit zijn gedachten, maar hij kon zich moeilijk voorstellen dat hij zich werkelijk de hele dag in een garage voor de politieman had schuilgehouden.

Zijn droom stond op het punt in vervulling te gaan, de grote droom waarvoor hij zich dertig jaar lang alles had ontzegd en zich op zijn werk had gestort, vanaf de dag waarop hij Runningdeer en zijn ouders had gedood. Hij kon niet twijfelen. Twijfel zou een belediging zijn voor de grote geesten die hem met hun gunst hadden overladen. Er kon geen keerzijde aan zijn project zijn en hij verdrong eenvoudig elke gedachte aan mogelijke tegenslagen.

De grote geesten waren aanwezig in de regen.

Hij voelde dat ze onzichtbaar in de stad aanwezig waren.

Ze waren in het geheim naar Moonlight Cove gekomen om instemmend getuige te zijn van zijn troonsbestijging.

Hij had geen cactus meer gegeten sinds die dag waarop hij zijn moeder, zijn vader en de Indiaan had vermoord, maar toch had hij nog regelmatig visioenen. Op de meest onverwachte momenten werd hij ineens naar die andere wereld vol bonte kleuren en subtiele geluiden gevoerd, waarin hij scheen te zweven als een met helium gevulde ballon en waarin de stemmen van de grote geesten met hem spraken. Die episoden hadden hem vooral in zijn jeugd overvallen en duurden meestal een of twee uur, soms ook wel een halve dag, en hadden vroeger de indruk van leraren en familie versterkt dat hij een teruggetrokken kind was. Natuurlijk hadden ze allemaal medelijden met hem, want ze dachten dat het een gevolg was van de verschrikkelijke ervaring die hij had doorgemaakt.

Ook nu begon hij weg te zweven in een andere wereld, langzamer

dan anders. Steeds dieper raakte hij erin verzeild en hij geloofde dat hij ditmaal ook niet ruw zou worden teruggehaald. Van nu af aan zou hij in beide werelden leven, net als de grote geesten zelf begiftigd met een hoger en een lager bewustzijn.
In zijn zinsbegoocheling was alles even nieuw en wonderbaarlijk voor Shaddack. De lichten van de beregende stad waren flonkerende juwelen, uitgestrooid in het neerdalende donker. Verwonderd keek hij naar de zilveren glans van de regen en naar de turbulente grijze lucht.
Hij reed verder door Moonlight Cove, af en toe de kleine zender betastend die aan een ketting op zijn borst hing. Met moeite herinnerde hij zich waar het ding voor diende: het registreerde zijn hartslag en zond een signaal uit naar New Wave. Het apparaat werkte over een afstand van acht kilometer, ook wanneer hij ergens binnen was. Als hem iets overkwam en de ontvangst een minuut lang werd onderbroken, zou Zon automatisch de biochips uitschakelen, zodat alle getransformeerden tegelijk met hun schepper zouden sterven.
Het ding werd een amulet voor hem, een geschenk van de grote geesten dat zijn macht over gewone stervelingen symboliseerde, ook al kon hij zich de exacte werking ervan niet meer herinneren. Hij was weer een kind zoals vroeger, toen hij samen met Runningdeer van de cactus had gegeten. Maar hij was ook een halfgod, de geliefde zoon van de maanvogel die alles kon doen wat hij wilde. Onder het rijden fantaseerde hij over alles wat hij zou kunnen doen... en met wie.
Zijn ogen glansden en af en toe lachte hij zacht en schril, als een wreedaardig jongetje dat mieren verbrandt om te zien wat er met ze gebeurt.

4

Ze wachtten in de keuken tot het laatste daglicht was verdwenen. Moose draafde opgewonden van de een naar de ander en sloeg zo uitbundig met zijn staart dat die er elk moment af dreigde te vallen.
'We moeten maar gaan,' zei Sam uiteindelijk. 'Blijf dicht bij elkaar en doe alles wat ik zeg.'
Ze keken elkaar een ogenblik aan en omhelsden elkaar zwijgend, beseffend dat ze zich in een avontuur stortten waaruit ze misschien niet meer als zichzelf zouden terugkeren, niet als echte

mensen. Dit kon heel goed de allerlaatste keer zijn dat ze zich als normale mensen konden gedragen en daarom wilden ze er nog even van genieten.
Wie kon zeggen wat die vreemde getransformeerden voelden?
Het was misschien ook de laatste gelegenheid om afscheid van elkaar te nemen, want onderweg zouden ze heel goed recht in de armen van een patrouille of van rondzwervende boemannen kunnen lopen.
Sam ging hen voor over de veranda.
Chrissie kwam als laatste en deed de keukendeur achter zich dicht.
Moose begreep dat hij binnen moest blijven en probeerde niet weg te glippen: hij was te intelligent voor zulke stunts. Wel stak hij tot op het laatst zijn neus in de opening en probeerde haar hand te likken, zodat ze de deur heel voorzichtig dicht moest doen.
Ze klommen over het lage hekje en kwamen in de achtertuin van Harry's buren. Er brandde geen licht in het huis en Chrissie hoopte dat er niemand was, al meende ze in haar angst een monster likkebaardend voor een van de donkere ramen te zien staan.
Het leek nog kouder dan de vorige avond, hoewel dat misschien kwam doordat ze uit het warme en droge huis kwam. In het westen was nog slechts een vage grijze streep aan de hemel te zien, snel verdreven door de venijnig prikkende regen die als een nat en inktzwart gordijn neerdaalde. Chrissie was al na een paar passen blij met Harry's nylon windjack, al leek ze erin te verdrinken.
Ze liep achter Sam aan door de tuin, op de voet gevolgd door Tessa, en klom over de volgende afrastering. Ze bevonden zich achter het huis van de Coltranes.
Chrissie keek naar de lege ramen. Ook hier brandde geen licht, wat hopelijk betekende dat niemand had ontdekt wat er was gebeurd.
Toch was ze bang dat Sue en Harley nogmaals waren opgestaan nadat Sam hen had neergeschoten, dat ze hun bewegingen hadden gezien vanuit het keukenraam en nu aanstalten maakten om de deur open te maken. Ze verwachtte elk moment twee gestalten met armen en grote handen van metaal te zien, robotachtige zombies met een heleboel kleine antennes op hun hoofd en overal ventielen waaruit stoom naar buiten spoot.
Tessa botste bijna tegen haar aan en gaf haar een duwtje in haar rug om haar aan te sporen. Ze liep haastig door.
Sam hielp haar over het traliehek te klimmen. Dat was maar goed ook, want in haar eentje zou ze vast en zeker op een van de scherpe pieken zijn gevallen. Chrissie shishkebab.

Bij het klimmen schuurde ze wel haar gezwachtelde hand. Het deed behoorlijk pijn, maar ze beet op haar tanden en gaf geen kik. In het huis ernaast was wel licht aan. Ze verborgen zich snel achter een paar moerbeibomen en tuurden naar binnen. In de keuken zag Chrissie vier mensen, een man en een vrouw, een oudere man met grijs haar en een jong meisje.

Ze vroeg zich af of de vier al getransformeerd waren. Waarschijnlijk niet, maar de robots en boemannen deden zich soms ook als gewone mensen voor, dus je kon niemand meer vertrouwen, zelfs je beste vriendin niet... of je vader en moeder. Eigenlijk waren het net ruimtewezens.

'Ze kunnen ons niet zien,' zei Sam. 'Kom mee.'

Chrissie haastte zich achter hem aan over het gras. Gelukkig begon de mist steeds dikker te worden.

Ze naderden het eind van de rij huizen. De tuin op de hoek grensde aan Bergenwood Way, een zijstraat van Conquistador Avenue. Ze waren halverwege de tuin, nog maar een paar meter van de stoep verwijderd, toen een auto bij de volgende kruising de straat indraaide en in hun richting kwam aanrijden. Er waren geen struiken in de buurt en ze konden zich alleen plat tegen de doorweekte aarde drukken en zich zo klein mogelijk maken.

Er waren geen straatlantaarns en het laatste grauwe daglicht was verdwenen.

De koplampen van de langzaam naderende auto priemden door de mist en verspreidden een vreemde diffuse gloed. In een kring van een paar meter aan weerskanten van de wagen werd alles in een vaag licht gehuld, vervormd door de mistslierten die laag boven de grond wiegden.

Plotseling werd op de achterbank een kleine schijnwerper aangedaan. De scherpe lichtbundel begon de tuinen aan weerskanten van de straat te bestrijken. De straal was nu nog op de overkant gericht, van Sam en de anderen af, maar kon elk ogenblik de andere kant opgaan.

'Kruip naar het huis,' fluisterde Sam dringend. 'Hou je hoofd omlaag en kruip zo snel mogelijk!'

De auto had bijna de hoek bereikt.

Chrissie kroop op haar buik achter Sam aan, hoewel de veranda open was en er geen grote struiken te zien waren waarachter ze zich konden verbergen. Misschien wilde hij langs de zijkant van het huis vluchten, maar ze dacht niet dat zij en Tessa snel genoeg waren.

Ze keek over haar schouder. De schijnwerper was nog steeds op

de overkant gericht, maar de gloed van de koplampen kon elk moment de tuin bereiken.
Ze kroop verder over het natte gras en probeerde niet te denken aan de slakken en kevers die ze onderweg verpletterde. Ze kwam bij het paadje dat langs het huis liep – en Sam was plotseling verdwenen.
Ze bleef liggen en keek radeloos om zich heen.
Tessa dook naast haar op. 'De keldertrap, meisje, vlug!'
Twee meter verderop leidden een paar betonnen treden naar de kelderingang. Sam zat al in elkaar gedoken bij de deur, waar het verzamelde regenwater gorgelend in een afvoerputje liep. Chrissie en Tessa voegden zich bij hem en een paar tellen later werd de muur van het huis verlicht door de schijnwerper, vlak boven hun hoofden.
Het licht verdween en ze hoorden de auto verder rijden. Een minuut lang bleven ze zwijgend en ineengedoken in hun schuilplaats zitten. Chrissie was ervan overtuigd dat iemand in huis hen gehoord had, dat de kelderdeur opengegooid zou worden door een monster, half weerwolf en half computer, met in plaats van tanden een toetsenbord: 'Om dood te gaan, druk op ENTER.'
Sam stak voorzichtig zijn hoofd boven het trapje uit. 'De kust is veilig,' fluisterde hij.
Ze liepen gebukt terug naar de straatkant. Alles was stil, afgezien van het water dat klokkend door de brede afvoergeulen aan weerskanten stroomde. Harry, die er als jongen vaak in had gespeeld, had hun verteld dat de diepe goten waren aangelegd om in het regenseizoen de hellende straten droog te houden. Het water stroomde snel en was bijna zwart, slechts verraden door het gegorgel en af en toe een lichtglans.
Het afvoerkanaal was een veel veiliger weg dan de openbare straat. Om de dertig meter waren in de betonnen wanden ijzeren sporten aangebracht en Sam ging hen voor tot hij zo'n trapje vond en daalde haastig af.
Hij en Tessa moesten hun hoofd inhouden om niet boven de goot uit te steken, maar Chrissie kon rechtop lopen. Het had soms voordelen als je pas elf jaar was, vooral als je moest vluchten voor weerwolven, vraatzuchtige priesters en robots, zoals zij het laatste etmaal had gedaan, en wie weet wat voor monsters ze nog meer zou tegenkomen.
Het kolkende water voelde koud aan tegen haar benen. Het reikte Chrissie tot de knieën en stroomde met een verrassend grote kracht, onophoudelijk duwend en trekkend alsof het een levend

wezen was dat haar omver wilde gooien. De oude stenen vloer helde sterk, was gladgesleten door vele seizoenen regenwater en bood even weinig houvast als een superglijbaan in een zwembad. Chrissie zag zichzelf al vallen en meegesleurd worden, langs de steile helling omlaag naar de buis onder aan de heuvel die het water opving en ondergronds meevoerde om het uiteindelijk in de zee uit te spuwen. Volgens Harry was er wel ergens een traliehek aangebracht, maar ze wist bijna zeker dat dat opgehaald of helemaal verroest zou zijn als zij kwam te vallen. Ze zou vergeefs naar de wanden graaien om houvast te zoeken, al haar botten zou ze breken en dan was ze nog niet eens bij de kust, waar ze met het ziedende water van de hoge klip zou storten...

Ja, ze zag het al helemaal voor zich, maar het leek haar toch beter er maar mee op te houden.

Gelukkig had Harry hen gewaarschuwd en Sam had een flink stuk touw meegenomen. Het ene uiteinde had hij al om zijn middel gebonden, de rest wikkelde hij nu om Chrissie en daarna om Tessa heen. Het was een oud stuk touw, maar Sam zei dat het stevig genoeg moest zijn om hen staande te houden als ze dreigden te vallen. Chrissie hoopte maar dat hij gelijk had en ze begreep heel goed dat hij vooral haar bedoelde, want zij liep het meeste gevaar door de stroom te worden meegesleurd naar een natte en bloederige dood.

Zo gingen ze op weg, stevig aan elkaar verbonden met een tussenruimte van ongeveer twee meter. Sam en Tessa bleven gebukt lopen om niet door voorbijgangers of vanuit passerende auto's gezien te worden. Ook Chrissie hield haar hoofd omlaag en liep met haar voeten ver uit elkaar, waggelend zoals ze de vorige avond in de tunnel onder het weiland had gedaan.

Ze hield het touw met twee handen beet, zoals Sam haar had gezegd, en probeerde op dezelfde afstand te blijven. Achter haar deed Tessa hetzelfde en ze voelde af en toe het touw rond haar middel aangetrokken worden.

Bij Conquistador Avenue dook het afvoerkanaal onder de grond en liep zo twee straten verder om bij Roshmore pas weer boven te komen.

Chrissie keek langs Sam heen en zag de geul bij de hoek van de straat naar beneden lopen en overgaan in een betonnen buis, rond en volkomen donker. De buis was breed genoeg om arbeiders door te laten als het afvoerkanaal verstopt was geraakt. Maar het was niet de omvang die haar schrik aanjoeg, het was het donker daarbinnen. Er heerste een inktzwarte duisternis, de essentie van

de nacht, en ze had het angstige gevoel alsof ze recht in de gapende muil van een prehistorisch monster liepen.
Bij de kruising hoorden ze twee auto's naderen. De mist lichtte op in het schijnsel van de koplampen, maar de naargeestige gloed drong niet door tot de stenen goot waarin ze liepen.
Sam ging de anderhalve meter brede buis in en was na twee stappen al uit het gezicht verdwenen, maar Chrissie voelde het touw aan haar middel trekken en kreeg niet de tijd om te aarzelen. Ze kwamen minder snel vooruit, want ook de bodem van de hellende buis liep rond en was nog verraderlijker dan de vloer van de goot. Sam had een zaklamp bij zich, maar Chrissie wist dat hij die hier niet durfde te gebruiken. Het schijnsel zou buiten zichtbaar kunnen zijn en de aandacht van een patrouille trekken.
Ze moest aan Jonas en de walvis denken, want in de buik van zo'n beest kon het niet donkerder zijn dan hier. Het gaf haar een benauwd gevoel en het langs haar kuiten stromende water leek net maagsap waarin haar broekspijpen en schoenen snel begonnen op te lossen.
Plotseling viel ze, uitglijdend over iets glibberigs dat zich aan de bodem van de buis had vastgezet. Ze liet het touw los en zwaaide wild met haar armen om zich staande te houden, maar ze viel met een geweldige plons in het water, dat haar onmiddellijk probeerde mee te slepen.
Ze had nog de tegenwoordigheid van geest om niet te schreeuwen, wat alleen maar de aandacht van een patrouille of erger kon trekken.
Snakkend en proestend werd ze tegen Sam aan geduwd, die zijn evenwicht verloor en eveneens viel. Ze vroeg zich af hoe lang het zou duren voordat hun opgezwollen en half vergane lichamen op het strand aan de voet van de klip gevonden zouden worden.

5

Tessa zag in het aardedonker geen hand voor ogen, maar ze hoorde het meisje vallen en voelde hoe het touw strak werd getrokken. Ze bleef staan en plantte haar voeten uit elkaar om kracht te kunnen zetten. Er klonk een hoop gespetter en Sam vloekte zacht.
Plotseling merkte ze dat het water begon te stijgen. Ze dacht eerst dat ze het zich verbeeldde, maar algauw voelde ze het boven haar knieën kruipen.

Ze vervloekte de duisternis die haar bijna blind maakte en haar belette te zien wat er met de anderen gebeurde.
Ze werd aan het touw naar voren getrokken, twee, drie stappen, steeds verder.
Blijf alsjeblieft staan, Sam!
Ze worstelde uit alle macht om weer steun te vinden voor haar voeten, maar er werd nog steeds aan het touw getrokken. De druk van het water tegen haar benen werd groter. De spieren in haar armen begonnen pijn te doen.
Haar voeten gleden weg.
Vreemde gedachten flitsten door haar hoofd als een te snel afgedraaide film, tientallen beelden in een paar seconden, ongevraagd en verwarrend. Ze wilde niet sterven, ze wilde leven, maar dat was niet verbazend. Maar daarna dacht ze aan Chrissie die ze niet in de steek wilde laten en ze zag hen ergens samen wonen als moeder en dochter. Het wekte een intens verlangen bij haar op, hoewel Chrissies eigen ouders niet dood waren en de transformatie misschien wel ongedaan gemaakt zou kunnen worden. Het leek onwaarschijnlijk, onvoorstelbaar, maar het was niet onmogelijk dat Chrissie met haar eigen vader en moeder werd herenigd. Ze dacht ook aan Sam en voor het eerst besefte ze dat ze naar hem verlangde. Dat verbaasde haar nog het meest, ook al was hij aantrekkelijk en bewonderde ze zijn doorzettingsvermogen na alles wat hij had meegemaakt. Zou ze hem een vijfde reden kunnen geven om te blijven leven? Of Goldie Hawn vervangen als de vierde? Pas nu, op de rand van een waterige dood, begreep ze hoe snel ze verliefd op hem was geworden.
Ze vocht om haar evenwicht te bewaren op de gladde bodem, die met mos begroeid leek te zijn.
Sam vloekte weer en ze hoorde Chrissie proesten en sputteren alsof ze stikte.
Het water in het midden van de buis was tot vijftig centimeter hoogte gestegen.
Ze voelde een harde ruk aan het touw, dat daarna even abrupt slap werd alsof het gebroken was.
Een ogenblik hoorde ze alleen het klokken en gorgelen van het water, tot in het oneindige weerkaatst tussen de betonnen wanden, en het bonken van haar eigen hart. Waren de anderen al meegesleurd?
Chrissie hoestte weer, vlak bij haar.
Iets verderdeed Sam zijn zaklamp aan, het licht afschermend met zijn hand.

Chrissie was door de stroom naar de zijkant geduwd en lag met haar rug tegen de muur, graaiend met haar handen om houvast te vinden.
Sam had zich omgedraaid en hield zich moeizaam staande in het water dat schuimend langs zijn benen stroomde. Het touw was niet gebroken.
Sam hielp het meisje overeind. 'Gaat het?' fluisterde hij.
Ze knikte. Met een van afschuw vertrokken gezicht spuwde ze een straaltje smerig water uit. 'Getverderrie.'
Sam richtte de zaklamp op Tessa. 'Alles goed?'
Even kon ze geen woord uitbrengen. Een golf van opluchting ging door haar heen. Met moeite slikte ze het brok in haar keel weg en keek met knipperende ogen naar de anderen. 'Ja, het gaat wel,' zei ze eindelijk.

6

Sam was blij toen ze zonder verdere ongelukken het einde van de passage bereikten en weer in de open lucht kwamen, of liever gezegd in de mist die een stuk dichter was geworden. Hij bleef een ogenblik staan.
De modderige stroom reikte nog steeds tot boven hun knieën, zodat het leek alsof ze in een rivier stonden. Uit de heuvels achter hen werd steeds meer water afgevoerd, dat al sterker aan hen trok en duwde. Het was of er ergens een dam was doorgebroken.
Hij draaide zich om naar Chrissie en stak een arm uit. 'Hou je goed aan mij vast.'
Ze knikte.
Zelfs van dichtbij kon hij haar gezicht nauwelijks onderscheiden en van Tessa zag hij niet meer dan een donkere en onherkenbare omtrek die net zo goed aan iemand anders kon toebehoren.
Hij draaide zich weer om en keek voor zich uit.
De buis ging over in een diepe open goot langs de straat, precies zoals Harry had gezegd. Zijn ouders hadden hem altijd streng verboden in de afvoerkanalen te spelen, maar zijn ongehoorzaamheid kwam nu goed van pas.
Bij de volgende kruising moest de goot overgaan in een andere betonnen buis, die volgens Harry naar de rotsen aan de kust leidde. In dat laatste stuk moest ergens een ijzeren traliehek zitten dat de hele tunnel afsloot en alleen water en kleine voorwerpen doorliet, op weg naar de vrije val van zestig meter vanaf de klip.

Maar Sam wilde niet te veel risico nemen. Ook al was er een hek, na een nieuwe val zouden ze, als ze al niets gebroken hadden, helemaal tegen de sterke stroom in terug moeten waden, de helling op. Dat leek onbegonnen werk en hij dacht er liever niet over na.
Zijn hele leven had hij al mensen in de steek gelaten. Ook al was hij pas zeven jaar geweest toen zijn moeder bij het ongeval overleed, hij had altijd het idee gehad dat hij zich op eigen kracht uit het wrak had moeten bevrijden om haar te helpen. En later had hij nooit iets goeds kunnen doen in de ogen van zijn vader, die misschien een gemene dronkelap was geweest maar in de eerste plaats iemand om medelijden mee te hebben. Net als Harry vond hij dat hij de Vietnamezen aan hun lot had overgelaten, ook al was die beslissing genomen door mensen die ver boven hem stonden en op wie hij geen enkele invloed kon uitoefenen. Ook zijn collega's van de FBI had hij in de steek gelaten, zelfs al was hun dood niet het gevolg van zijn optreden geweest. Hij had Karen laten sterven, al zei iedereen dat hij gek was om te denken dat hij iets voor haar had kunnen doen. Hij had meer van haar moeten houden, intenser, dan had ze misschien de kracht gevonden om zich door de ziekte heen te slaan. En dan Scott, die had hij zeker in de steek gelaten.
Chrissie kneep in zijn hand.
Hij beantwoordde het gebaar.
Ze leek zo klein.
Ze hadden het eerder die dag met Harry over verantwoordelijkheid gehad. Nu besefte hij ineens dat zijn eigen gevoel voor verantwoordelijkheid aan bezetenheid grensde, maar hij was het nog steeds met Harry eens dat je altijd voor anderen verantwoordelijk was, vooral voor familie en vrienden. Het verwonderde hem dat hij dat inzicht uitgerekend hier en nu moest krijgen, bijna tot aan zijn middel in het modderige water, op de vlucht voor menselijke en onmenselijke vijanden. Zijn probleem was niet een overmaat aan verantwoordelijkheidsgevoel, maar het feit dat hij zichzelf nooit ofte nimmer toestond te falen. Iedereen faalde weleens, dat lag niet aan de mensen zelf maar aan het lot. Hij moest leren een mislukking te accepteren en daarna weer verder te gaan, *opgewekt* verder te gaan. Het was stompzinnig, bijna godslasterlijk om je zo van al het goede in het leven af te keren. Het was alsof je zei: 'Alle mensen falen, maar ik mag niet falen, ik ben meer dan een gewoon mens, ik sta ergens tussen de engelen en God.' Hij zag nu in waarom hij Scott was kwijtgeraakt: omdat hij zijn eigen levenslust en gevoel voor humor was kwijtgeraakt en daardoor niets zin-

vols meer met de jongen kon delen of hem kon behoeden voor nihilisme.

Als hij nu een lijstje moest maken, zou hij meer dan vier redenen kunnen bedenken om te blijven leven. Het zouden er honderden zijn, duizenden.

Dat alles schoot in een flits door hem heen terwijl hij daar stond met Chrissies hand in de zijne, alsof de tijd stilstond. Ook als hij het meisje of Tessa niet kon redden, alleen zichzelf, zou hij met herwonnen optimisme verder moeten gaan met zijn leven. Hij voelde zich goed, ondanks de grimmige situatie waarin ze verkeerden en de geringe hoop op ontsnapping, en hij lachte bijna hardop. De nachtmerrie van Moonlight Cove had hem flink door elkaar geschud, precies wat hij nodig had om eindelijk de simpele waarheid te herkennen die hij met zijn stomme kop jarenlang over het hoofd had gezien. Misschien was de waarheid altijd simpel als je hem eenmaal had gevonden.

Goed, misschien zou hij in staat zijn verder te gaan met zijn eigen leven, zelfs als hij Chrissie en Tessa in de steek moest laten... maar dat laatste was hij niet van plan, wat er ook gebeurde.

Hij hield Chrissie bij de hand en begon verder te waden, zijn voeten zoveel mogelijk over de ruwe betonnen vloer van de open geul slepend, wat niet meeviel in het stuwende water.

Even later bereikten ze een paar ijzeren sporten in de wand. Tessa sloot zich aan en even rustten ze daar uit, zich vasthoudend aan de beugels, blij dat ze ongedeerd door het afvoerkanaal waren gekomen.

Na een paar minuten beklom Sam de onderste sporten en stak behoedzaam zijn hoofd boven de rand uit.

De regen was ineens een stuk minder geworden. Niets bewoog in de mistige straat.

Ze waren vlak bij de school uitgekomen, aan de rand van het sportveld. Daarachter lag het gebouw zelf, nauwelijks zichtbaar in het donker en de nevels, spaarzaam verlicht door een paar zwakke buitenlampen.

Het terrein werd omgeven door een afrastering van bijna drie meter hoogte, maar daar liet Sam zich niet door afschrikken. Er moest ergens een poort zijn.

7

Harry hield zich schuil op de vliering en hoopte er tegen beter weten in het beste van.
Hij zat met zijn rug tegen de muur in een hoek van de langwerpige ruimte, zo ver mogelijk bij het luik vandaan. Er was niets op de zolderkamer waarachter hij zich zou kunnen verbergen en als iemand het luik ontdekte, kon hij alleen maar hopen dat ze niet de moeite zouden nemen verder op onderzoek uit te gaan, afgeschrikt door de kale planken en wegschietende spinnen. Dat was natuurlijk een absurde veronderstelling, maar het was de enige strohalm die hij had en hij was eraan gewend geraakt met strohalmen door het leven te gaan.
Voorlopig zat hij hier niet ongemakkelijk. De zolder was niet verwarmd, maar met hulp van Sam had hij wollen sokken en twee truien aangetrokken.
Mensen dachten vaak dat invaliden in hun verlamde ledematen helemaal geen gevoel meer hadden, maar dat was lang niet altijd het geval. Bij Harry mocht het gevoel dan voor een groot deel uit zijn lichaam zijn verdwenen, hij merkte het verschil tussen warm en koud en was zich bewust van een aanraking als hij werd geprikt.
Emotioneel was hij tot dezelfde gevoelens in staat als ieder ander en hij dacht zelfs dat zijn handicap hem in dat opzicht nog sterker had gemaakt, al zouden weinig mensen dat willen geloven. Boeken hadden hem geholpen niet helemaal een kluizenaar te worden, net als zijn kijkers, maar het was voornamelijk zijn sterke wil tot leven geweest die hem erdoorheen had gesleept.
Als dit zijn laatste uur moest zijn, zou hij zonder bitterheid afscheid nemen, met een lichte spijt over wat hij achterliet maar in de wetenschap dat hij iets goeds van zijn leven had gemaakt, iets moois en kostbaars.
Hij had zijn revolver en zijn pistool bij zich. Hij zou ze allebei leegschieten op wie hem kwam halen, op één kogel na die hij voor zichzelf zou gebruiken.
Reservepatronen had hij niet meegenomen: met zijn ene bruikbare hand kon hij toch nooit snel genoeg bijladen.
De regen kletterde niet meer zo hard neer op het dak. Hij vroeg zich af of dit slechts een tijdelijke verlichting was of het eind van het onweer.
Het zou fijn zijn als hij de zon nog eens mocht zien.
Hij dacht aan Moose, het arme beest dat daar beneden in zijn een-

tje rondliep. Hij hoopte dat Moose met rust gelaten zou worden en een ander goed thuis zou vinden als de indringers kwamen en hij zichzelf van het leven moest beroven.

8

Moonlight Cove maakte een vreemde indruk op Loman terwijl hij door de straten patrouilleerde.

Aanvankelijk leek het nog het meest op een verlaten stadje ergens in de woestijn. Alle winkels, cafés en en eethuizen waren gesloten en zelfs bij Perez was het rolluik neergelaten: niemand had nog de moeite genomen het restaurant te openen.

Toch was het geen dode stad. Af en toe passeerde hij patrouilles te voet of per auto of een van de ploegen die bezig waren de laatste transformaties uit te voeren. Erger waren de vreemde donkere gestalten die hij soms door de mist zag schieten, snel maar lang niet meer zo schichtig als eerst. Sommige bleven in de schaduw staan om hem met hun onheilspellende gele, groene of gloeiendrode ogen na te staren, alsof ze hun kans berekenden om hem uit zijn wagen te sleuren en te overmeesteren. Steeds meer bekroop hem de neiging uit de auto te stappen en tegelijk met zijn kleren zijn benauwende menselijke omhulsel af te werpen om zich bij hen te voegen in hun primitieve wereld van jagen, doden en paren. Telkens wendde hij haastig zijn blik af en reed verder om aan de aandrang – en aan de wezens zelf – te ontsnappen.

Uit enkele huizen straalde een vreemde gloed waartegen groteske en onbeschrijflijke gedaanten zich aftekenden, zo onaards dat het klamme zweet hem uitbrak. Hij remde niet af om ze beter te kunnen zien of te ontdekken wat ze aan het doen waren, want ze deden hem denken aan het ding dat Denny was geworden en dat was in veel opzichten angstaanjagender dan de vorm die de ontspoorden hadden aangenomen.

Het was of de verhalen van Lovecraft werkelijkheid waren geworden en hij zich in een wereld vol kosmische oerkrachten bevond, krachten die de nietige mens wilden onderwerpen, een wereld waarin de liefdevolle joods-christelijke god was verdreven door de oude goden vol duistere, wrede lusten en een niet te stillen honger naar macht. Onder de donkere druipende bomen en in de deinende mistslierten, zelfs in de verlichte hoofdstraten hing een sfeer van kwaad. Er viel niets goeds te verwachten, alleen het ergste en dat nog in de meest fantastische en bizarre verschijning.

Lovecraft was niet zijn geliefdste schrijver geweest: hij had altijd meer gehouden van verhalen die wat dichter bij de werkelijkheid bleven. Nu wist hij dat ook in de werkelijkheid dingen konden bestaan die de grootste fantast niet had kunnen bedenken. Moonlight Cove was overstroomd door wanhoop en verschrikking, even tastbaar als de stortregen. Loman haalde zijn revolver uit de holster en legde hem binnen handbereik naast zich op de zitting.
Shaddack.
Hij moest Shaddack vinden.
Op de hoek van Juniper Street en Ocean Avenue remde hij af, tegelijk met een politiewagen die van de andere kant kwam en op weg was naar het noorden.
Er was geen ander verkeer. Loman reed langzaam over het kruispunt, waar hij vlak naast de andere wagen stopte.
Aan het nummer op het portier boven het politie-embleem had hij de wagen van Penniworth herkend, maar van dichtbij bleek Neil zelf vrijwel onherkenbaar. Het nauwelijks menselijke gezicht werd beschenen door de wijzerplaten op het dashboard en door de groene gloed van het beeldscherm. Uit zijn schedel staken twee kabels, net als bij Denny het geval was geweest, die hem zowel met de computer als met het dashboard van de auto verbonden. Het hoofd van Penniworth was dramatisch vervormd. Het stak naar voren boven zijn holle, puntige schouders en rondom zijn schedel glansde een soort metalen kroon. Zijn handen lagen niet op het stuur en Loman vermoedde dat hij helemaal geen handen meer had, maar verenigd was met de computer en met de auto.
Penniworth draaide zijn hoofd langzaam naar hem toe.
In de lege oogkassen waren alleen lichtflitsen te zien, alsof zich telkens een elektrische stroom ontlaadde.
Shaddack had gezegd dat de Nieuwe Mens, bevrijd van remmende emoties, het vermogen bezat zijn uiterlijke vorm te dicteren. Ze konden alles worden wat ze wilden om aan hun leven zonder emoties te ontsnappen. Kennelijk had Penniworth ervoor gekozen een bizarre robot te worden, bevrijd van angst en verlangen, een vorm van vergetelheid wellicht.
Wat voelde hij nu nog? Welke zin had zijn bestaan? En was het wel een vrije keuze geweest of zat hij net als Peyser gevangen in zijn veranderde gedaante, door een gebrek in de transformatie of doordat hij psychologisch niet meer in zijn menselijke staat wilde terugkeren?
Loman strekte zijn hand uit naar de revolver.
Uit het portier van de andere wagen sprong een glanzende kabel,

even vloeiend als een antenne die wordt uitgetrokken. Het uiteinde vloog met geweld tegen het raampje naast Loman.
Hij kon zijn ogen niet van het ding afhouden en tastte met zijn zweterige hand naar zijn wapen. De spriet hechtte zich met een vlezige zuigmond aan het glas, dat meteen begon te smelten. Binnen die mond zag Loman scherpe stalen tandjes die zich door het weke glas boorden en recht op hem af kwamen.
Loman dook opzij, liet de revolver voor wat hij was en drukte het gaspedaal helemaal in. De neus van de Chevrolet kwam met een sprong omhoog en de wagen scheurde weg, Juniper Street in.
De spriet probeerde zich vast te klampen en Loman voelde het tentakel langs zijn neus schampen, maar daarna werd het ding teruggetrokken uit het raam.
Op volle snelheid reed hij door naar de volgende hoek. De wind gierde door de kleine opening die het ding in het glas had gemaakt.
Zijn ergste vrees was bewaarheid. De Nieuwe Mensen waren bezig zichzelf te veranderen – of werden door Shaddack veranderd – in helse verbindingen van mens en machine.
Shaddack. Alleen door hun schepper te vernietigen kon hij zijn monsterlijke gevangenen verlossen.

9

Sam liep snel over het doorweekte sportveld, gevolgd door Chrissie en als laatste door Tessa, soppend in hun kletsnatte schoenen. Chrissie zakte af en toe weg in de modder, die aan haar schoenen bleef plakken, en ze voelde zich net een buitenaards wezen met zuignappen aan zijn poten. En in zekere zin behoorde ze ook niet meer tot de wereld van Moonlight Cove, waarvan de meeste bewoners heel andere wezens waren geworden.
Ze waren bijna bij de rand van het schoolplein toen ze abrupt bleven staan, opgeschrikt door een wilde kreet die de stilte van de avond verscheurde. Het was een onmenselijk geluid, woest en naargeestig, maar Chrissie herkende het meteen: zo hadden haar vader en moeder en Tucker in het bos naar elkaar geroepen. Het onaardse geluid droeg ver in de vochtige lucht, even duidelijk als de heldere tonen van een verre trompet.
En ook nu bleef de schrille kreet niet onbeantwoord. Minstens een zestal stemmen verhief zich in de hele omgeving, van de hoge heuvels in het oosten tot de klippen aan de kust.

Chrissie verlangde ineens terug naar het kolkende water in de koude en lichtloze tunnel, even goor als het badwater van de duivel zelf. Hier in open terrein voelde ze zich vreselijk kwetsbaar.
De kreten stierven weg en er was nog maar één stem hoorbaar, van een wezen dat dichtbij moest zijn.
'We moeten verder,' zei Sam dringend. 'Snel!'
Chrissie moest bekennen dat ze toch niet zo dapper was als een van haar heldinnen. Ze was bang, door en door koud en uitgeput, ze begon medelijden met zichzelf te krijgen en ze had ook weer honger. Ze was al die avonturen beu en verlangde alleen nog maar naar haar warme kamer, waar ze spannende boeken kon lezen en gebakjes eten. Een echte avonturierster zou al lang de monsters van Moonlight Cove op de vlucht hebben gejaagd en de robots hebben omgetoverd in onschuldige vaatwasmachines, om vervolgens op weg te gaan naar het hof waar de dankbare koning haar tot kroonprinses zou verheffen, toegejuicht door het eerbiedige en dankbare volk.
Ze renden langs de lage tribune bij de zijlijn en staken de verlaten parkeerplaats achter het schoolgebouw over.
Ze werden niet overvallen.
Chrissie prevelde een dankgebedje.
Van de straat klonk gehuil.
Ze vond het geen geslaagd grapje van God.
Sam liep langs de gevel van het gebouw en probeerde elke deur die ze tegenkwamen. Het stelde Chrissie teleur dat hij ze niet in een handomdraai kon openen, want in de film had iemand van de FBI alleen maar een haarspeld en wat spuug nodig om de zwaarste kluis te kraken.
Soms bleef hij bij een raam staan en liet een zwakke straal van zijn zaklamp over de sponningen glijden. Pas bij de zesde en laatste deur, de enige met glas, bleef hij staan en knipte de lamp uit. 'Ik geloof niet dat ze een alarmsysteem hebben,' zei hij zacht tegen Tessa, 'maar helemaal zeker weet ik het niet. Er lopen in ieder geval geen draden langs de ramen en ik denk niet dat ze hier lichtcellen of andere geavanceerde systemen hebben geïnstalleerd.'
'Maar hoe komen we nu binnen?' vroeg Tessa.
'Ik sla de ruit in.'
Chrissie werd opnieuw verrast, want ze had gedacht dat iemand van de FBI nooit geweld hoefde te gebruiken om een gesloten deur of raam open te krijgen. Maar Sam draaide zich half om en stootte zijn elleboog dwars door een van de raampjes in de bovenste helft van de deur. Het glas versplinterde en vloog met een ijselijk

gerinkel naar binnen. Hij was zeker vergeten plakband mee te nemen.
Sam stak zijn hand door de opening, deed de deur van het slot en ging naar binnen. Chrissie volgde hem, ervoor zorgend dat ze niet op de scherven trapte.
Sam knipte de lamp weer aan, het licht zoveel mogelijk afschermend met zijn hand. Ze stonden in een lange gang waarvan de vloer en wanden sterk geurden naar boenwas, door jarenlang gebruik in het hout geïmpregneerd. Chrissie herkende de reuk van haar eigen school en het verbaasde haar dat ze hier precies hetzelfde gebruikten, alsof de middelbare school in elk opzicht een bijzondere en geheimzinnige plaats moest zijn.
Tessa deed de deur zachtjes achter zich dicht.
Ze bleven enkele ogenblikken staan luisteren.
Er klonk geen geluid in het gebouw.
Ze liepen de gang door en keken in elk klaslokaal en iedere kamer waar ze langskwamen, op zoek naar een computer. Ten slotte kwamen ze uit bij een andere gang. Op de hoek bleven ze weer staan om te luisteren.
Het was nog steeds stil in de school.
En donker. Alleen de zaklamp straalde naar alle kanten licht uit, want Sam had zijn revolver getrokken en hield die in zijn rechterhand.
'Er is niemand,' zei Sam eindelijk.
Dat dacht Chrissie ook.
Even voelde ze zich beter, veiliger.
Maar ze zag ook dat Sam zijn wapen niet wegstopte, dus geloofde hij wel echt dat er niemand anders in het gebouw was?

10

Het was zeven uur en Thomas Shaddack had zich in zijn ongeduld op zijn beurt aan regressie overgegeven, maar op een andere manier dan zijn Nieuwe Mensen. Nu zijn grootste triomf naderde was hij teruggekeerd tot het geestelijke niveau van een kind, bevrijd van het volwassen masker dat hij al die tijd had moeten dragen. Emotioneel was hij eigenlijk nooit veel rijper geworden dan het jongetje van twaalf jaar dat volledig door het visioen van de maanvogel was bezeten: de ontwikkeling van zijn karakter was grotendeels schijn geweest, een aanpassing aan zijn lichamelijke groei.

Eindelijk hoefde hij geen masker meer te dragen.
Hij kon zichzelf zijn op de manier die hij zich altijd had gewenst. In feite was dat zijn kracht, een voorsprong op degenen die hun kindertijd achter zich hadden gelaten. Een jongen van twaalf kon zich pas goed verlustigen in zijn dromen, beter dan een volwassene die voortdurend door tegenstrijdige behoeften en verlangens werd afgeleid. Een jongen van twaalf was een perfecte monomaan, mits hij goed was voorbereid.
Shaddacks grote droom, het Ibis-project, zou nooit werkelijkheid zijn geworden als hij net als anderen volwassen was geworden. Hij dankte zijn naderende triomf aan zijn geremde ontwikkeling.
Nu was hij weer die jongen, openlijk, voor iedereen zichtbaar, gedreven door zijn eigen grillen, bereid om alles te nemen wat hij wilde en om iedere wet te overtreden. Verzet tegen iedere vorm van gezag was normaal voor een jongen van twaalf, de rebellie kwam voort uit zijn hormonen.
Bij Shaddack was er nog meer aan de hand. Hij tripte nog steeds op de cactus die hij lang geleden had gegeten en die onuitwisbare sporen in zijn geest had nagelaten. Hij wist dat hij was uitverkoren om goddelijke macht te bekleden en de natuurlijke wreedheid van twaalfjarige jongens verbleekt bij de wreedheid van goden.
Om de tijd tot middernacht te doden stelde hij zich voor wat hij allemaal zou doen als heel Moonlight Cove in zijn greep was gekomen. Sommige fantasieën deden hem rillen in een vreemde mengeling van opwinding en afschuw.
Hij reed door Iceberry Way toen hij plotseling merkte dat er iemand naast hem zat. Hij draaide zijn hoofd opzij en keek verrast in het gezicht van Runningdeer. Hij trapte hard op de rem en staarde ongelovig naar de Indiaan, bang en geschokt.
Maar Runningdeer uitte geen dreigementen. De Indiaan zei helemaal niets en keek hem ook niet aan, maar staarde door de voorruit naar buiten.
Langzaam drong het tot Shaddack door dat Runningdeer aan hem was overgeleverd, een geschenk van de grote geesten om hem te helpen. Want nu waren de rollen omgedraaid: Shaddack was de leider en de Indiaan zou alles doen wat hem werd gezegd.
'Hallo, Runningdeer,' zei hij.
De Indiaan keek hem aan. 'Hallo, Little Chief.'
'Je bent nu van mij.'
'Ja, Little Chief.'
Shaddack hoorde de stem en even dacht hij dat hij gek was geworden, dat Runningdeer een illusie was die alleen in zijn zieke geest

bestond. Maar hij was niet meer in staat aan zichzelf te twijfelen en de gedachte verdween weer snel.
'Je zult doen wat ik je zeg.'
'Altijd.'
Shaddack haalde verrukt zijn voet van de rem en reed verder. In de koplampen doemde een fantastische gestalte op, drinkend uit een plas regenwater op straat. Shaddack besefte vaag dat het een van de ontspoorden moest zijn, maar daar had hij geen belangstelling meer voor en hij liet het monster met de ambergele ogen ongemoeid wegspringen in het donker.
'Weet je wat ik binnenkort ga doen?' vroeg hij, met een sluwe blik op de Indiaan.
'Wat dan, Little Chief?'
'Als iedereen getransformeerd is, niet alleen Moonlight Cove maar de hele wereld, zal ik jouw familie opsporen. Je nog levende broers, je zussen, je neven en nichten met al hun kinderen en de mensen met wie ze getrouwd zijn... en dan zal ik ze laten boeten voor wat je mij hebt aangedaan, ik zal het ze laten voelen.' Zijn stem had een kinderlijke, jammerende klank gekregen en hij hoorde het zelf, maar hij kon er niets aan doen. 'Ik zal ze met mijn eigen handen aan stukken scheuren en ze zeggen dat het allemaal door jou komt, zodat ze jou en je naam zullen vervloeken. En ik zal hun vrouwen verkrachten en martelen voordat ik ze afmaak. Wat heb je daarop te zeggen?'
'Wat je maar wilt, Little Chief.'
Shaddack merkte tot zijn verrassing dat zijn ogen vochtig werden. Hij stopte bij een kruispunt en reed niet verder. 'Het was niet goed wat je me hebt laten doen.'
De Indiaan zweeg.
'Zeg dat het niet goed was.'
'Het was niet goed, Little Chief.'
'Helemaal niet goed.'
'Het was niet goed.'
Shaddack pakte een zakdoek en snoot zijn neus. Hij bette zijn ogen. Zijn tranen droogden weldra op.
Hij keek glimlachend door de voorruit naar buiten. Daarna zuchtte hij en wierp een blik opzij.
Runningdeer staarde zwijgend voor zich uit.
'Je hebt me alleen geleerd dat ik de zoon van de maanvogel ben, dat was wel goed,' zei Shaddack.

11

Ze vonden de computerklas op de begane grond in het midden van het schoolgebouw, met aan drie zijden gangen. Aan de vierde kant lag een binnenplaats, maar het lokaal was van de straatkant niet te zien en Sam deed het licht aan.

Het was een grote ruimte, met niet minder dan dertig computers langs de wanden en in twee rijen in het midden.

'New Wave is niet krenterig geweest,' zei Tessa, om zich heen kijkend.

'Maar wel heel grondig,' zei Sam.

Hij liep de rij langs, maar nergens was een telefoontoestel of een modem te zien.

Tessa en Chrissie bleven bij de open deur van het lokaal staan om de donkere gang in de gaten te houden.

Sam ging voor een van de machines zitten en zette die aan. Op de monitor verscheen het beeldmerk van New Wave.

Zonder telefoonverbinding en modem waren de computers misschien werkelijk alleen voor de lessen bedoeld, niet om de leerlingen vroeg of laat aan New Wave te binden.

Het beeldmerk maakte weldra plaats voor een keuzemenu. De computers waren allemaal uitgerust met een harde schijf en het programma startte automatisch op.

Hij kreeg vijf mogelijkheden voorgeschoteld:

A. OEFENING 1
B. OEFENING 2
C. TEKSTVERWERKING
D. REKENEN
E. OVERIGE

Sam aarzelde, plotseling bevangen door angst voor het apparaat. Hij zag scherp Sue en Harley Coltrane voor zich, onlosmakelijk verbonden met hun computers. Wist hij eigenlijk wel zeker dat de krankzinnige veranderingen hier uitgingen van de mensen en niet van apparaten? Het was bijna onmogelijk, maar niet ondenkbaar dat de machines op de een of andere manier bezit van de mensen hadden genomen. Daarom was hij op zijn hoede, ook al had Harry gezien dat de transformatie geschiedde door middel van een injectie en niet door een betoverd toetsenbord.

Behoedzaam drukte hij op de E. Een tweede menu verscheen:

A. VREEMDE TALEN
B. WISKUNDE
C. NATUURKUNDE
D. SCHEIKUNDE
E. GESCHIEDENIS
F. OVERIGE

Weer koos hij de laatste mogelijkheid. Nog twee keer kreeg hij verschillende vakken te zien, daarna kwam er een menu met als laatste punt New Wave. Hij toetste de aangegeven letter in en nu kwam er een tekst op het scherm:

HALLO.
JE BENT NU VERBONDEN MET DE CENTRALE COMPUTER VAN NEW WAVE MICROTECHNOLOGIE.
MIJN NAAM IS ZON. TOETS DE M IN OM HET MENU TE ZIEN OF GEEF DE NAAM VAN EEN BESTAND.

Vandaar dat er geen modems nodig waren: de computer stond rechtstreeks in verbinding met New Wave.
Sam voelde er weinig voor net als de vorige avond tijd te verspillen met het ene na het andere menu en besloot een gok te wagen. Hij tikte in: POLITIE. Het antwoord kwam snel:

DIT BESTAND IS NIET TOEGANKELIJK.
VRAAG JE LERAAR OF HIJ JE WIL HELPEN.

Vermoedelijk hadden de docenten net als de politiemensen een cijfercode waarmee ze in bepaalde bestanden konden komen, afhankelijk van de vraag of ze al dan niet waren getransformeerd. Sam wist dat het zinloos was in het wilde weg iets te proberen, want er waren miljoenen of misschien wel miljarden mogelijkheden en dan zat hij hier over honderd jaar nog.
De enige kans was de code van agent Dorn te gebruiken in de hoop dat die niet aan een aparte computer was gebonden. Hij tikte het nummer in: 262699.
Het scherm werd een ogenblik leeg, daarna versch[illegible] de tekst:
HALLO, BRIGADIER DORN.
Sam vroeg opnieuw naar het bestand van de politie en ditmaal werd de toegang hem niet geweigerd. Op de monitor kwam het openingsmenu dat hij de vorige avond al had gezien. Hij vroeg de lijst op van de instanties buiten Moonlight Cove waarmee verbinding mogelijk was.

Zijn handpalmen waren plotseling klam van het zweet. Er zou vast iets misgaan, al was het alleen maar omdat van het begin af aan alles in Moonlight Cove was misgegaan.

Hij keek om naar Tessa. ‘Alles in orde?’

Ze tuurde de donkere gang in en keek hem aan, knipperend met haar ogen. ‘Ik geloof het wel. Lukt het?’

‘Misschien.’ Hij keek weer naar het scherm en mompelde: ‘Alsjeblieft...’

Een van de namen op de lange lijst was FBI KEY, het modernste netwerk op het hoofdbureau in Washington. Het was nog geen jaar geleden geïnstalleerd en de opgeslagen gegevens werden geacht uitsluitend toegankelijk te zijn voor een select gezelschap agenten met hun eigen code.

Als de FBI zichzelf niet kon beveiligen, wie dan wel?

Sam was zijn sombere voorgevoel nog niet kwijt, maar hij vroeg de verbinding met het archief aan. Het kleurenscherm werd leeg en even later werd het blauwgouden embleem van de FBI zichtbaar met eronder het woord KEY.

In snelle opeenvolging kreeg hij een hele serie vragen te beantwoorden over zijn dienstnummer, datum en plaats van geboorte, de meisjesnaam van zijn moeder en nog veel meer, maar nadat hij die had beantwoord werd zijn moeite beloond.

‘Bingo!’ riep hij met hernieuwde hoop.

‘Wat is er?’ vroeg Tessa.

‘Ik heb contact met het hoofdbureau in Washington.’

‘Je lijkt wel een kraker,’ zei Chrissie.

‘Ik ben eerder een knoeier, maar dit is gelukt.’

‘En nu?’ vroeg Tessa.

‘Misschien kan ik rechtstreeks met iemand communiceren. Maar eerst wil ik alle bureaus in het land een oproep sturen waar ze recht van overeind gaan zitten.’

Uit het hoofdmenu koos hij de mogelijkheid om berichten vanuit Washington naar alle bureaus te sturen. San Francisco was het dichtst in de buurt, maar er was altijd een kans dat de dienstdoende operator de noodoproep over het hoofd zou zien. In dat geval zou hij spoedig door andere filialen worden gealarmeerd met verzoeken om uitleg over wat er in Moonlight Cove aan de hand was. Sam wist zelf niet precies wat er aan de hand was, laat staan dat hij het begreep, maar hij stelde een bericht op waarin hij zo goed mogelijk de situatie samenvatte en dat al zijn collega’s tot de grootst mogelijke spoed zou aanzetten.

MOONLIGHT COVE, CALIFORNIE
DRINGENDE OPROEP

- TIENTALLEN DODEN, HONDERDEN IN GEVAAR. SITUATIE VERSLECHTERT.
- NEW WAVE MICROTECHNOLOGIE BETROKKEN BIJ ILLEGALE EXPERIMENTEN.
- PROEFPERSONEN BUITEN HUN MEDEWETEN GEBRUIKT.
- GEHELE BEVOLKING IN GEVAAR.
- HERHAAL: HEEL MOONLIGHT COVE IN GEVAAR.
- GETROFFEN PERSONEN VERLIEZEN MENSELIJKE EIGENSCHAPPEN EN VERTONEN NEIGING TOT UITERST GEWELDDADIG GEDRAG.
- HERHAAL: UITERST GEWELDDADIG.
- DRINGEND ASSISTENTIE VEREIST. VERZOEK ONVERWIJLD INZET VAN LEGER EN GEWAPENDE HULPTROEPEN.

Tot slot gaf hij het adres van de school op, zodat zijn collega's een punt hadden om zich op te richten, ook al was hij er niet zeker van of de school voor hem, Tessa en Chrissie nog veel langer een veilige schuilplaats zou blijven.

Het bericht was bij lange na niet toereikend om de hulptroepen voor te bereiden op wat ze in Moonlight Cove zouden aantreffen, maar ze waren voor het ergste gewaarschuwd.

Hij gaf opdracht het bericht negenennegentig keer naar alle bureaus in het land te versturen. Even later werd het scherm leeg, afgezien van de knipperende tekst:

BERICHT WORDT VERSTUURD...

Alle laserprinters in de FBI-bureaus begonnen het eerste van de negenennegentig vellen uit te spuwen. Nog even en al zijn collega's zouden in rep en roer zijn.

Sam kon het wel uitschreeuwen van geluk, maar het was nog niet voorbij. Ze zaten nog midden in de problemen.

Hij vroeg snel het hoofdmenu weer op en vijf seconden later was hij in een elektronisch gesprek gewikkeld met Anne Denton, de dienstdoende operatrice op het hoofdbureau in Washington. Hij begon de verschrikkingen van Moonlight Cove te beschrijven, met een vaag gevoel van genoegdoening omdat hij de modernste techniek kon gebruiken om de ondergang van Thomas Shaddack en heel diens experiment naderbij te brengen.

12

Hoewel Loman geen belangstelling meer had voor het verloop van de patrouilles zette hij af en toe de computer aan om op de hoogte te blijven. Shaddack zou contact kunnen opnemen met een van zijn collega's en zo misschien zijn verblijfplaats verraden.
Loman durfde de computer niet de hele tijd aan te laten. Niet dat het ding hem plotseling zou aanvliegen, maar hij was bang dat het na verloop van tijd dezelfde aantrekkingskracht op hem zou krijgen als bij Denny en Neil Penniworth moest zijn gebeurd.
Hij was op Holliwell Road gestopt en had juist de computer weer aangezet toen met grote letters het woord DRINGEND op het scherm verscheen, met daaronder de mededeling: ZON VERZOEKT NADERE INFORMATIE.
Zon? De centrale computer van New Wave zou alleen in noodgevallen inbreken in het systeem van de politie.
Hij bevestigde snel het contact om de anderen voor te zijn en keek verbaasd naar de vraag die op het scherm kwam:

MODEM IN GEBRUIK VOOR COMMUNICATIE BUITEN MOONLIGHT COVE. GELDT HEERSEND VERBOD OOK VOOR EIGEN TELEFOONLIJNEN?

Loman vroeg wie de gebruiker was en het antwoord kwam onmiddellijk:

SAMUEL BOOKER.

Leedvermaak was een emotie die hij niet meer kende, anders zou hij in lachen zijn uitgebarsten. Booker was erin geslaagd de buitenwereld te waarschuwen en nu zou het snel zijn afgelopen met Shaddack.
Voordat hij nog meer vragen kon stellen werd de communicatie met Zon overgenomen door Shaddack, die de dialoog kennelijk op zijn eigen terminal had opgevangen en wiens naam nu op het scherm kwam. Loman wachtte af.
Shaddack vroeg met wie Booker contact had gezocht en Zon antwoordde: FBI KEY.

Shaddack gaf onmiddellijk opdracht de verbinding te verbreken, wat even later door de computer werd bevestigd. Loman kon zich de schok voorstellen die zijn meester moest hebben ondergaan. Hij hoopte dat Booker de tijd had gekregen om hulp in te roepen en definitief af te rekenen met Shaddack en heel diens project. Shaddack wilde van Zon weten met welke terminal Booker werkte.

MOONLIGHT COVE CENTRAL SCHOOL.

Loman was drie minuten van de school verwijderd.
Hij wist niet waar Shaddack was, maar dat deed er niet toe. Veraf of dichtbij, Shaddack zou zo snel mogelijk naar de school gaan om met Booker af te rekenen voordat zijn experiment was mislukt – en anders om wraak te nemen.
Eindelijk wist Loman waar hij zijn schepper kon vinden.

13

Sam had nog maar zes regels getypt ten behoeve van Anne Denton in Washington toen de verbinding werd verbroken. Het scherm werd leeg.
Hij zou graag geloven dat het een gewone technische storing was, maar dat was natuurlijk niet zo.
Hij kwam met een ruk overeind en gooide zijn stoel omver.
Chrissie maakte een sprongetje van schrik. 'Wat is er?' vroeg Tessa.
'Ze weten dat we hier zijn. Ze komen eraan.'

14

Harry hoorde de deurbel twee keer rinkelen. Hij kreeg een wee gevoel in zijn maag, alsof hij zeeziek begon te worden.
Er werd nog eens gebeld, daarna bleef het geruime tijd stil. Ze wisten dat hij invalide was en zouden hem wat tijd gunnen om open te doen.
De bel ging opnieuw over.
Hij keek op zijn horloge. Het was net vijf voor half acht, dus blijkbaar stond hij toch niet als laatste op hun lijst.
Ten slotte werd de bel ingedrukt en niet meer losgelaten.

Harry hoorde Moose vaag blaffen, gedempt door de twee verdiepingen die tussen hen in lagen.

15

Tessa nam Chrissie bij de hand en haastte zich achter Sam het lokaal uit. Het licht van de zaklamp begon zwakker te worden, alsof de batterijen bijna leeg waren. Het uitgestrekte gebouw leek opeens een doolhof van gangen die er allemaal hetzelfde uitzagen. Na een tijdje bleef Tessa staan. ‘Zo zijn we niet gekomen.’
‘Doet er niet toe,’ zei Sam. ‘Elke deur naar buiten is goed.’
Tien meter verder wierp de lamp zijn flauwe licht op een blinde muur: de gang liep dood.
‘Ik weet hoe we moeten gaan,’ zei Chrissie. Ze liet Tessa los en holde terug door de donkere gang, hen dwingend haar te volgen.

16

Shaddack reed rechtstreeks naar de achterkant van het gebouw, want hij dacht niet dat Booker het risico zou nemen aan de straatkant in te breken, waar hij gezien kon worden. Runningdeer was het met hem eens. Hij reed langs de gevel, op zoek naar een open deur of gebroken raam.
Aan het eind viel het licht van zijn koplampen op een deur waarvan een raampje in de bovenkant ontbrak.
‘Daar!’ zei hij tegen Runningdeer.
‘Ik zie het, Little Chief.’
Shaddack stopte dicht bij de deur en greep het halfautomatische geweer dat achter de bank lag. Hij stopte een handvol reservepatronen in zijn zak, nam er nog een paar in zijn hand, stapte uit het busje en ging op weg naar de deur met de gebroken ruit.

17

Vier slagen drongen gedempt door tot op de vliering en Harry meende dat hij glas hoorde versplinteren.
Moose blafte furieus, als een goed getrainde waakhond bereid het huis van zijn baas tot het laatst te verdedigen. Hij was geen brave zwarte labrador meer.

Doe het niet, jongen, dacht Harry. Je hoeft geen held te zijn. Kruip in een hoek waar ze je niet kunnen vinden en lik desnoods hun handen, maar doe geen...
De hond jankte fel en plotseling werd het stil.
Harry boog zijn hoofd en kneep zijn ogen dicht. Het arme beest. Ook Moose wist wat verantwoordelijkheid was.
Het bleef stil in huis. De indringers zochten op de begane grond naar hem.
Harry keek op en voelde zich rood worden van woede. Hoe durfden ze dat onschuldige beest te vermoorden? Hij zou ze krijgen. Hij nam het pistool in zijn goede hand en hield het schietklaar in zijn schoot. Het zou nog een tijdje duren voor ze hem vonden, maar hij wilde zich niet laten verrassen.
In het leger was hij een van de beste schutters geweest, maar dat was lang geleden. Sinds dat ongeluk meer dan twintig jaar geleden, op een stralende ochtend in dat verre en prachtige Aziatische land, had hij geen wapen meer gebruikt, zelfs niet om te oefenen. Alleen uit gewoonte had hij de revolver en het pistool nog onderhouden; sommige dingen leerde je nu eenmaal niet meer af. Hij was er nu blij om.
De lift zette zich met een zoemend geluid in beweging.
Ze kwamen naar boven.

18

Sam haalde Chrissie in en zag dat het meisje hen in de juiste gang had gebracht. Op dat moment hoorde hij een sirene naderen. Het geluid kwam snel dichterbij, maar hij kon niet zeggen of de politiewagen naar de voorkant van het gebouw reed of naar de achterkant, waarheen zij op weg waren.
Ook Chrissie had het gehoord. Ze bleef staan en keek om. 'Wat moeten we doen, Sam?'
Achter hen klonk een geschrokken uitroep van Tessa: 'De deur!'
Even begreep hij niet wat ze bedoelde, maar toen zag hij aan het eind van de gang licht naar binnen vallen. Een man had de deur geopend en stapte naar binnen, bijna dertig meter bij hen vandaan. Buiten klonk nog steeds de sirene, dus er kwamen nog meer mensen aan.
Sam zag weinig meer dan de omtrek van een menselijke gedaante, nauwelijks belicht door de buitenlamp naast de deur. Al was hij zo te zien geen monsterlijk gedrocht, de man was ongetwijfeld een

vijand zoals iedereen hier hun vijand was. Hij vuurde een schot af en wist meteen dat hij zijn doel had gemist. Zijn gekwetste pols speelde hem weer parten na de moeizame tocht door het water en de terugslag trok door zijn arm naar boven. Hij voelde een pijnscheut in zijn hand en liet bijna zijn revolver vallen.

Het vuur werd beantwoord door de onbekende aan het eind van de gang, die over zwaar geschut bleek te beschikken. Gelukkig was hij er niet bedreven mee, want de loop van zijn geweer sprong hoger op dan hij had verwacht en de eerste kogel boorde zich met veel geweld in het plafond. De tl-buis en een paar tegels vielen kletterend naar beneden. Daarna gaf hij te veel tegendruk, met als gevolg dat de tweede kogel slechts de vloer raakte.

Sam wachtte het vervolg niet af. Hij pakte Chrissie beet en sleurde haar mee het eerste lokaal aan de linkerkant in, op de voet gevolgd door Tessa. In de gang klonken nieuwe schoten, maar ze gooide de deur dicht en wierp zich er tegenaan alsof ze Supervrouw was die alle kogels met haar lichaam kon tegenhouden.

Sam stak haar de akelig zwakke lamp toe. 'Ik heb twee handen nodig om mijn revolver te kunnen gebruiken.'

Ze liet de flauwe gele straal door het lokaal schijnen. Het was een grote ruimte met een podium vol stoelen en muziekstandaards, een verhoging voor de dirigent en een bureau. In de muur aan de andere kant zaten twee deuren, allebei open.

Tessa nam Chrissie mee naar de voorste deur, terwijl Sam langzamer volgde, achterwaarts langs de muur schuifelend met zijn revolver op de gangdeur gericht.

De sirene was niet meer te horen. Weldra zouden ze meer mannen met een geweer tegenover zich vinden.

19

Ze waren uit de lift gestapt en Harry hoorde hen zijn slaapkamer binnenkomen.

Er klonken verschillende stemmen, maar hij kon niet verstaan wat er werd gezegd.

Hij hoopte bijna dat ze het luik boven in de kast zouden ontdekken en naar boven kwamen, dan kon hij tenminste wraak nemen voor Moose. Twintig jaar lang was hij invalide geweest, maar dat betekende niet dat hij helemaal machteloos was. En al was Moose dan een hond, Harry liet zich zijn beste kameraad niet ongestraft afnemen.

20

Loman zag in de kolkende mist een patrouillewagen naast Shaddacks busje staan. Terwijl hij zelf afremde, stapte Paul Amberlay uit. Amberlay was een van de beste krachten in het korps, gespierd en heel intelligent, maar hij was ook jong en hij zag er nu uit als een scholier, klein en bang.
Loman stapte uit en Amberlay kwam bevend naar hem toe, een geweer in zijn hand. 'Waar blijven de anderen, verdomme? Er is groot alarm geslagen.'
'De anderen?' vroeg Loman. 'Luister maar eens, Paul.'
Niet alleen de buurt, maar heel de stad was gevuld met woeste kreten, elkaar aanroepend of jankend tegen de maan die achter de uitgeperste wolken schuilging.
Loman liep naar de achterkant van zijn wagen en haalde zijn korte geweer uit de kofferbak. Alle agenten waren met zo'n geweer uitgerust, geschikt voor het bestrijden van rellen die in Moonlight Cove nooit voorkwamen. New Wave was niet zuinig geweest, ook niet met overbodige dingen.
Amberlay kwam bij hem staan. 'Maar wij zijn toch niet als laatsten overgebleven? Zijn ze dan allemaal ontspoord?'
'Luister maar eens,' herhaalde Loman. Hij zette het geweer tegen de bumper.
'Maar dat is krankzinnig! Bedoel je dat het allemaal op onszelf begint terug te slaan?'
Loman opende een doos met patronen en haalde er vijf uit. 'Voel jíj die aandrang soms niet, Paul?'
'Nee!' antwoordde Amberlay wat al te snel. 'Nee, die voel ik niet, ik voel helemaal niets.'
'Ik wel,' zei Loman. Hij laadde het geweer. 'Ik voel het de hele tijd. Ik wil mijn kleren uittrekken en iets anders worden, zodat ik vrij ben en met ze mee kan gaan om te jagen en te doden.'
'Nee, ik niet, nooit,' zei Amberlay.
'Je bent een leugenaar.' Hij hief zijn geweer en schoot Amberlay van dichtbij door zijn hoofd.
Hij had zijn jonge collega binnen niet kunnen vertrouwen, geen seconde, niet nu overal in het donker die verleidelijke kreten klonken.
Hij propte nog meer patronen in zijn zakken. In de school viel plotseling een geweerschot.
Hij vroeg zich af wie er gevuurd had, Booker of Shaddack. Loman ging naar binnen om het uit te zoeken, zich met moeite ver-

zettend tegen de angst en tegen de gruwelijke aandrang om zijn menselijke gedaante af te leggen.

21

Tommy Shaddack hoorde het schot afgaan, maar het verraste hem niet. Per slot van rekening was het oorlog. Je kon het overal horen, de strijdkreten die vanaf de heuvels tot aan de zee werden aangeheven. Hij concentreerde zich op Booker en op de twee anderen, ongetwijfeld Lockland en het meisje Foster, hoewel hij niet kon verklaren hoe ze alledrie bij elkaar waren gekomen.

Het was oorlog en net als in de film trapte hij de deur in en vuurde blindelings het lokaal in. Er klonk geen kreet en hij vuurde nogmaals voordat hij over de drempel stapte. Op de tast vond hij het lichtknopje en draaide het om. Hij was in het muzieklokaal. Er was niemand te zien.

Tommy zag de twee openstaande deuren aan het eind en begon kwaad te worden, echt kwaad. Hij had maar één keer eerder in zijn leven een wapen gebruikt, de revolver van zijn vader waarmee hij in Phoenix de Indiaan had gedood. Dat was van dichtbij geweest, niet te missen. Maar Booker en de anderen moesten niet denken dat hij zich voor gek liet zetten, dat hij alleen maar vloeren en plafonds kon raken. Hij had genoeg films gezien, hij wist hoe soldaten en cowboys en politiemensen het deden en het was helemaal niet moeilijk, je hoefde alleen maar te richten en de trekker over te halen. Tommy was kwaad, het was niet eerlijk dat ze net deden of het zo gemakkelijk was, terwijl je in werkelijkheid het wapen in je handen voelde wegspringen.

Maar nu wist hij hoe het moest, hij zou zich goed schrap zetten en ze te pakken nemen, alleen maar omdat ze niet meteen waren gestorven toen hij het wilde.

22

Tessa ging hen voor door de gang achter het muzieklokaal. Aan weerskanten lagen tien geluiddichte kamers, waar leerlingen urenlang de prachtigste muziek konden verminken zonder iemand te storen. De deur aan het eind van die smalle gang kwam uit op een even grote ruimte als de muziekzaal, eveneens met een podium. Het was het lokaal waar het koor oefende en uitvoeringen gaf.

Net toen Sam en Chrissie zich bij haar voegden, klonk er een gedempt schot, kennelijk buiten het gebouw. Direct daarop volgde een salvo, dichterbij, vermoedelijk van de man die hen achtervolgde.
Tessa ging naar de voorste van de twee deuren aan de andere kant van de zaal, maar die bleek uit te komen op een gesloten kantoor. De tweede deur bracht hen in een gang met aan de rechterkant een trap. Nergens zagen ze een bordje dat naar de uitgang wees.
'Neem Chrissie mee naar boven,' zei Sam dringend.
'Maar...'
'Schiet op! Er zullen er hier beneden steeds meer komen; ik zal proberen ze een beetje afleiding te geven.'
In het lokaal achter hen werd een deur opengeworpen en onmiddellijk klonk een nieuw salvo geweervuur.
'Naar boven!' fluisterde Sam.

23

Harry hoorde de kastdeur in zijn slaapkamer opengaan.
Het was koud op de vliering, maar hij zweette alsof hij in een sauna was.
Ga weg, smeekte hij in stilte. Ga weg.
Daarna dacht hij: Nee, kom me maar halen. Ik heb toch niet het eeuwige leven.

24

Sam was op één knie bij de deur van het lokaal gaan zitten. Hij deed de deur op een kier open en stak zijn armen erdoorheen, zijn zwakke pols ondersteunend met zijn linkerhand.
Hij zag de lange man het lokaal binnenkomen, beschenen door het licht uit het muzieklokaal. Hij kon het gezicht niet onderscheiden, maar de man kwam hem vaag bekend voor.
Sam was niet te zien, maar de man nam geen risico en hief het geweer om een salvo af te vuren. Een luid geklik weergalmde door de stille ruimte. Hij had geen kogels meer.
Sam zag zijn kans schoon. Hij sprong op en vloog naar binnen om de ander geen kans te geven zijn geweer te laden. Al rennend vuurde hij zijn laatste vier kogels af. Na het tweede of derde schot slaakte de man een kreet, hoog en jammerend als een kind, maar

hij was nog in staat zich terug te trekken in de gang.
Sam ging hem achterna en haalde nieuwe patronen uit zijn zak. Bij de deur bleef hij met zijn rug tegen de muur staan om de revolver te laden, daarna schopte hij de deur open en keek de verlichte gang door.
Er was niemand te zien.
Op de vloer lag geen bloed.
Verdomme. Sam merkte dat zijn hand opzette onder het verband, dat weer donkerrood kleurde. Het gevoel begon weg te trekken uit zijn vingers en hij was bang dat hij de man heel dicht zou moeten naderen om hem nog te kunnen raken.
In de korte gang naar het muzieklokaal zaten aan elke kant vijf deuren, allemaal dicht. Alleen de gangdeur aan de andere kant stond open. De man kon zich in een van de oefenkamers of in het lokaal hebben teruggetrokken, maar hij had in elk geval de tijd gehad om zijn geweer opnieuw te laden en het was niet verstandig achter hem aan te gaan.
Sam trok zich terug, maar juist toen de zwaaideur dichtviel zag hij de lange man opduiken aan de andere kant van de gang, twaalf meter bij hem vandaan.
Hij herkende Shaddack.
Het geweer ging met een oorverdovende knal af.
Sam smeet de met geluidwerend materiaal beklede deur dicht en hoorde de kogel erin slaan.
Hij draaide zich om en rende door de koorzaal naar de andere gang, de trap op naar boven.
Tessa en Chrissie stonden op de overloop op hem te wachten.
Een ogenblik later hoorde hij Shaddack de trap opkomen.
Hij ging op de bovenste trede staan, keek over de leuning naar beneden en zag Shaddacks schouder. Hij vuurde twee kogels af.
Shaddack slaakte weer een hoge kreet en dook weg tegen de muur, uit het gezicht.
Sam wist niet of hij Shaddack had geraakt, maar het was in elk geval niet afdoende. Shaddack kwam weer naar boven, tree voor tree, dicht bij de muur blijvend. Hij kon ieder moment te voorschijn komen en een salvo geven.
Sam trok zich geruisloos terug van de trap en nam Tessa en Chrissie mee naar het eerste lokaal in de gang. Even dacht hij dat hun gezichten onder het bloed zaten, maar het was slechts de gloed die afstraalde van een bordje dat naar de trap wees.

25

In de kast klonk een schrapend geluid, telkens herhaald.
Harry wist wat het was: ze schoven de hangertjes opzij.
Hoe wisten ze in vredesnaam waar ze moesten zoeken? Misschien had de transformatie hun zintuigen gescherpt en konden ze hem ruiken, want hij zweette nog steeds als een paard.
Het geschraap hield op.
Hij hoorde hoe ze de dwarsstang uit de kast haalden, zodat ze het luik konden neerlaten.

26

De zaklamp begon te knipperen en Tessa schudde hem heen en weer om de batterijen tegen elkaar te drukken en er nog een laatste zwakke, flikkerende straal uit te krijgen.
Ze stonden in een scheikundelokaal met werktafels van zwart marmer, metalen gootstenen en hoge krukken. Er was niets waarachter ze zich zouden kunnen verbergen.
Ze gingen naar de ramen en keken naar buiten in de hoop een afdakje of iets dergelijks te zien. Maar de gevel liep loodrecht omlaag naar een stenen pad.
De tweede deur in het laboratorium gaf toegang tot een kleinere ruimte. Het was een voorraadkamer, gevuld met chemicaliën in afgesloten blikken en flessen waarvan sommige voorzien waren van een schedel boven gekruiste beenderen of het opschrift GIFTIG in felrode letters op het etiket. Misschien zouden er bruikbare afweermiddelen tussen zitten, maar ze hadden geen tijd om de etiketten te bekijken en een keus te maken. Tessa herinnerde zich helemaal niets van de scheikundelessen op school en aan Sams gezicht te zien kon hij er evenmin wijs uit worden.
De tweede deur van de voorraadkamer opende op een ander lokaal. Hier werd blijkbaar biologie gegeven, want aan een van de wanden hingen anatomische kaarten. Ook hier was geen geschikte schuilplaats te vinden.
'Wat nu?' vroeg Tessa, die Chrissie dicht bij zich hield. 'Hier wachten en hopen dat hij ons over het hoofd ziet?'
'We kunnen beter verder gaan, denk ik,' zei Sam. 'Hier kan hij ons makkelijk in een hoek drijven.'
Ze knikte instemmend.
Sam liep voor haar en Chrissie uit, tussen de banken door naar de gangdeur.

In het donker achter hen klonk een zacht maar onmiskenbaar getinkel, afkomstig uit de opslagruimte of het scheikundelokaal. Sam bleef staan en gebaarde de anderen door te lopen. Hij richtte zijn revolver op de deur van de voorraadkamer.
Tessa nam Chrissie mee naar de gangdeur, draaide de knop langzaam en geruisloos om en duwde de deur behoedzaam open.
Shaddack stond voor haar, opdoemend in het bleke en pulserende schijnsel van de lamp, en duwde de korte loop van zijn geweer tegen haar buik. 'Het zal je spijten,' zei hij opgewonden.

27

Het luik werd neergelaten en een brede lichtbundel schoot omhoog uit de kast, maar de hoek waarin Harry zat, met zijn machteloze benen voor zich uitgestrekt, bleef in het donker.
Zijn onbruikbare hand lag gekromd in zijn schoot, met zijn goede hand klemde hij het pistool vast.
Zijn hart bonkte weer even snel en pijnlijk als twintig jaar geleden op de slagvelden in Vietnam. Zijn maag brandde en zijn keel was dichtgeschroefd van angst, maar hij voelde tenminste dat hij leefde.
De ladder werd rammelend naar beneden getrokken.

28

Tommy Shaddack drukte de loop tegen haar buik en hij had bijna de trekker overgehaald om haar uit de weg te ruimen toen hij zag hoe knap ze was. Toen wilde hij haar niet meer doden, althans niet meteen, eerst zou hij iets met haar doen en zij met hem. Ze zou wel moeten, alles wat hij wilde, alles wat hij haar zou bevelen, want ze was van hem, helemaal van hem, en als ze niet gehoorzaamde zou hij haar pijn doen, heel veel pijn.
Daarna zag hij het jonge meisje, een heel knap jong meisje, niet ouder dan tien of elf, en zij wond hem nog meer op. Ook haar zou hij dingen laten doen en haar dan pijnigen, daar had hij recht op: ze waren in zijn macht, ze konden hem niets ontzeggen. De maanvogel was hem niet voor niets tot drie keer toe verschenen.
Hij dreef de vrouw en het meisje terug het lokaal in en keek naar Booker, die met een verbijsterde uitdrukking op zijn gezicht in het gangpad stond. 'Laat je wapen vallen en loop naar achteren,' zei

Tommy Shaddack, 'anders zal je eens zien wat er met dit wijf gebeurt. Je hoeft niets te proberen, ik ben sneller dan jij.'
Booker aarzelde.
'Laat vallen!' riep Tommy Shaddack.
De agent liet de revolver uit zijn hand glijden en deed een paar passen opzij.
Tommy drukte de Remington nog harder tegen de buik van de vrouw en dwong haar het licht aan te doen. De schaduwen verdwenen abrupt uit het lokaal.
'Nu gaan jullie netjes allemaal bij elkaar aan deze tafel zitten, daar ja, en geen grapjes.'
Tommy deed een stap terug en hield ze alledrie onder schot met zijn geweer. Ze keken angstig naar hem op en dat maakte hem aan het lachen.
Hij was nu heel erg opgewonden, want hij had besloten wat hij zou gaan doen. Eerst zou hij Booker voor de ogen van de vrouw en het meisje doden, langzaam, eerst een schot in zijn benen en daarna in zijn buik om het hem te laten voelen, om hem over de vloer te laten kronkelen en te laten zien dat Tommy Shaddack geen man was om mee te spotten. En de vrouw en het meisje zouden hem zo dankbaar zijn dat hij hen spaarde, dat ze zich vrijwillig aanboden en alles met zich lieten doen wat hij maar wilde, alles wat hij zich dertig jaar lang had ontzegd. Zijn hele leven had hij ernaar verlangd en nu werd zijn droom eindelijk werkelijkheid...

29

Een klaaglied van bloedstollende kreten drong door het dak heen, eerst solo en daarna in koor, punt en contrapunt, en Harry dacht dat de poorten van de hel boven Moonlight Cove waren opengegaan.
Hij vreesde het ergste voor Sam, Tessa en kleine Chris.
Dichterbij hoorde hij de trap neerklappen en iemand de treden opkomen.
Harry vroeg zich af wie het zou zijn... Misschien zijn oude huisarts, dokter Fitz, met een injectiespuit en een paar agenten om hem te helpen, maar het konden net zo goed een paar monsters zijn zoals hij door zijn telescoop had gezien of de robots die Sam had uitgeschakeld.
Het was een mens: Harry herkende dokter Worthy, de jongste huisarts in Moonlight Cove.

Harry wachtte met schieten, want zijn gevechtservaring dateerde van twintig jaar geleden en hij wilde zijn schaarse munitie niet verspillen. Elke kogel moest raak zijn.

Worthy had geen zaklantaarn bij zich, maar die leek hij ook niet nodig te hebben. Hij keek rechtstreeks naar de donkere hoek waarin Harry zat.

'Hoe wist je dat we zouden komen, Harry?'

'Invaliden hebben een scherpe intuïtie,' antwoordde hij sarcastisch.

Worthy had de bovenste trede bereikt en liep over de plankenvloer naar hem toe. Hij ging rechtop staan toen hij het middenstuk bereikte en toen hij nog vier passen had gedaan, vuurde Harry twee kogels af.

De eerste vloog langs de arts heen, maar de tweede trof hem in zijn middenrif.

Worthy sloeg achterover en viel ruggelings tegen de vloer. Een ogenblik bleef hij stuiptrekkend liggen, daarna ging hij ineens rechtop zitten, hoestte een keer en stond op.

Zijn witte overhemd zat onder het bloed, maar hij leek volkomen ongedeerd te zijn.

Harry herinnerde zich wat Sam had gezegd over Sue en Harley Coltrane. Hij richtte op het hoofd van de arts en haalde nog twee keer de trekker over, maar de afstand was nog te groot, de hoek te moeilijk, en hij miste beide malen. Worthy was nog zeven meter bij hem vandaan en Harry aarzelde, wetend dat hij nog maar vier kogels in het magazijn had.

In het trapgat verscheen een tweede man.

Harry vuurde in de richting van de trap om hem af te schrikken. De man was niet geraakt en liep onverstoorbaar door.

Nog drie kogels in het pistool.

Worthy kwam niet dichterbij. 'We willen je geen kwaad doen, Harry,' zei hij. 'Ik weet niet wat je over ons hebt gehoord en van wie, maar er is geen enkele reden om bang...'

Hij maakte zijn zin niet af en hield zijn hoofd schuin alsof hij naar de onmenselijke kreten op straat luisterde. Op zijn gezicht kwam een vreemde uitdrukking van verlangen, vaag herkenbaar in het flauwe licht uit het trapgat.

Worthy rilde even, knipperde met zijn ogen en herinnerde zich wat hij had willen zeggen om zijn elixir aan een onwillige klant te verkopen. 'Je hoeft niet bang te zijn, Harry. Juist voor jou is het goed, je zult weer kunnen lopen, je armen en benen kunnen gebruiken. Na de transformatie zul je jezelf kunnen genezen en geen

last meer hebben van je verlamming.'
'Liever niet, dank je. De prijs is mij te hoog.'
'Welke prijs, Harry?' Worthy spreidde zijn armen uit en hield zijn handpalmen omhoog. 'Kijk naar mij. Welke prijs heb ik betaald?'
'Je ziel misschien?' zei Harry.
In het trapgat werd een derde man zichtbaar.
De middelste was bij het luik stokstijf blijven staan en knarste hoorbaar met zijn tanden, luisterend naar de jammerklachten van buiten. Plotseling sloeg hij de handen voor zijn gezicht.
Worthy keek over zijn schouder. 'Vanner, wat heb je?'
Harry zag de handen van de man in een paar tellen veranderen. Binnen enkele seconden zwollen de polsen op en werden knokig, de vingers werden uitgerekt. Hij liet zijn handen zakken van zijn gezicht, waarvan de kaak naar voren werd gedrukt. Zijn overhemd begon open te scheuren. Vanner maakte een grauwend geluid en ontblootte zijn scherpe tanden.
Honger... bloed, bloed, honger...
'Nee!' schreeuwde Worthy.
De derde man had juist de bovenste trede bereikt en wierp zich zijdelings op de planken, waar hij razendsnel veranderde in een afzichtelijke gedaante die vaag leek op een reusachtig insekt.
Harry haalde onwillekeurig de trekker over en schoot het pistool leeg op het gedrocht. Zonder na te denken greep hij zijn revolver en vuurde nog eens drie kogels af. Het enorme insekt werd in de kop getroffen, viel stuiptrekkend langs de trap naar beneden en keerde niet meer terug.
Vanner had inmiddels de gedaante van een weerwolf aangenomen, een monster uit een film die Harry zich slechts vaag meende te herinneren. Hij stootte een schrille kreet uit alsof hij zijn soortgenoten op straat antwoord gaf.
Worthy gaf zich als laatste gewonnen. Hij rukte zich koortsachtig de kleren van het lijf en nam een onbeschrijflijke vorm aan, een fantastische incarnatie van een of ander wezen dat alleen in zijn eigen krankzinnige fantasie had bestaan.
Harry had nog maar drie kogels over en de laatste daarvan moest hij voor zichzelf bewaren.

30

Na de helse gebeurtenissen in het riool had Sam zichzelf voorgehouden dat alles heel goed in het honderd zou kunnen lopen, maar

nu dat werkelijk dreigde te gebeuren, verliet die fatalistische instelling hem.
Hij mòcht Chrissie en Tessa niet in de steek laten, hun leven lag in zijn handen. Desnoods zou hij zich op Shaddack werpen zodra die aanstalten maakte de trekker over te halen.
Hij wist dat het een uiterst kleine kans was. Shaddack wekte de indruk volslagen krankzinnig te zijn en hij kon ieder moment zijn geweer gebruiken, ook terwijl hij een van die hoge, nerveuze, jongensachtige lachjes liet horen, zonder enige waarschuwing vooraf.
'Sta op,' zei Shaddack tegen hem.
'Wat?'
'Je bent toch niet doof? Ga daar op de grond liggen en schiet op, anders krijg je er heel erg spijt van.' Hij zwaaide met de loop van zijn wapen. 'Sta op en ga daar op de grond liggen, *nu!*'
Sam aarzelde, want hij wist dat Shaddack hem zou doodschieten zodra hij bij Tessa en Chris uit de buurt was. Maar hij had geen keus. Langzaam stond hij op en ging naar de aangewezen plek.
'Ga liggen,' zei Shaddack. 'Ik wil je zien kruipen.'
Sam zakte door zijn knieën en tegelijk stak hij een hand in zijn binnenzak om het metalen plaatje te pakken waarmee hij de deur van de Coltranes had geforceerd. Met een snelle beweging van zijn pols gooide hij het van zich af.
Het plaatje zeilde net boven de vloer naar het raam, kwam kletterend in botsing met een kruk en stuitte luidruchtig tegen de onderkant van een stenen werktafel.
Shaddack draaide zich met een ruk om naar het geluid.
Sam stootte een woedende schreeuw uit, kwam bliksemsnel overeind en wierp zich met zijn volle gewicht op Shaddack.

31

Tessa greep Chrissie bij een arm en trok haar mee naar de gangdeur, weg van de twee worstelende mannen en, zo hoopte ze, uit de vuurlinie.
Sam had de loop van het geweer met zijn linkerhand gegrepen en duwde Shaddack tegen een van de banken, grommend van opwinding alsof ook *hij* op het punt stond in een weerwolf te veranderen. Hij tilde zijn knie op en stootte de maniak keihard tussen zijn benen. Shaddack gilde het uit.
'Goed zo, Sam!' riep Chrissie.
Sam rukte het geweer uit de verslapte greep van Shaddack, die

naar adem snakte na de trap tegen zijn edele delen, en deed een stap naar achteren.
Op hetzelfde moment kwam een politieagent vanuit de voorraadkamer naar binnen. Ook hij had een geweer in zijn handen. 'Stop! Laat je wapen vallen! Shaddack is voor míj.'

32

Het ding dat Vanner was geworden kwam grommend op Harry af, terwijl geel speeksel langs zijn bek droop. Harry schoot en raakte hem twee keer, maar de wonden heelden voor zijn ogen. De laatste kogel.
Honger, honger...
Harry stak de revolver in zijn mond tot hij de hete loop tegen zijn gehemelte voelde drukken. Hij begon te kokhalzen.
Het afzichtelijke monster was vlak bij hem. De gezwollen kop was veel te groot voor de rest van het lijf, één grote bek met naar binnen gekromde tanden als van een haai. Vanner was niet zomaar een roofdier geworden, hij wilde bloeddorstiger en vraatzuchtiger zijn dan enig bestaand wezen.
Harry haalde de revolver uit zijn mond toen het ding nog drie passen van hem af was en zich vooroverboog om toe te slaan. 'Mijn God, nee,' zei hij en schoot het ding in de kop. De kogel trof het ondier tussen de ogen en vernietigde zijn brein. Vanner sloeg hard tegen de grond en kwam niet meer overeind.
Harry voelde zich opgelucht, maar dat duurde niet lang. Worthy had zijn gedaanteverwisseling voltooid en was door de geur van bloed en door de aanhoudende kreten buiten in een staat van opperste opwinding geraakt. Hij richtte zijn gloeiende gele ogen op Harry en er lag een blik van onmenselijke vraatzucht in.
Harry had geen kogels meer.

33

Sam kon geen kant op. Hij liet Shaddacks geweer uit zijn handen vallen.
'Ik sta aan jullie kant,' zei de politieman.
'Niemand staat aan onze kant,' zei Sam.
Shaddack kwam half overeind en snakte naar adem. Hij keek ontzet naar de agent in de deuropening.

De politieman richtte zijn wapen op Shaddack en haalde vier keer de trekker over, volkomen onbewogen, zonder zelfs maar een teken van woede of aarzeling. Shaddack, ongewapend en niet langer gevaarlijk voor wie dan ook, werd ruggelings over de tafel geworpen en viel tegen de muur.

De agent gooide zijn geweer weg en liep snel naar de muur. Hij ontblootte Shaddacks bovenlijf en trok de gouden ketting los waaraan een vrij groot, rechthoekig doosje hing.

'Shaddack is dood,' zei hij, de ketting omhooghoudend. 'Dit is het zendertje waarmee hij voortdurend met New Wave in verbinding stond. Over een halve minuut start de centrale computer een programma dat aan alles een einde zal maken, dan zullen we eindelijk rust kennen. Eindelijk rust.'

Sam dacht dat het een laatste dreigement was, dat het doosje een bom of iets dergelijks bevatte. Hij ging snel naar de deur, waar Tessa en Chrissie al op de drempel stonden.

Een halve minuut verstreek en er leek inderdaad een bom af te gaan, maar het was niet het doosje. Een zachte plof klonk in het hoofd van de politieman, wiens gezicht plotseling vertrok. 'God,' zei hij. Het was geen uitroep, eerder een smeekbede of een ontoereikende beschrijving van wat hij onderging. Daarna viel hij dood neer, maar Sam kon niet zeggen waaraan hij was gestorven.

34

Zodra ze de school verlieten, merkte Sam dat het stil was geworden. Geen schrille kreten van monsters werden nog in de mistige straten van de stad weerkaatst.

De sleutels zaten nog in het contact van de grijze bestelbus.

'Jij moet rijden,' zei hij tegen Tessa.

Zijn pols was helemaal dik en klopte pijnlijk.

Hij ging naast Tessa zitten en nam Chrissie bij zich op schoot. Het meisje was uitgeput en op de rand van een instorting, maar Sam wist dat haar ongewone zwijgzaamheid een diepere oorzaak had.

Tessa trok het portier dicht en startte de motor. Sam hoefde haar niet te vertellen waar ze heen gingen.

Onderweg zagen ze in het licht van de koplampen tientallen lijken op straat liggen, niet de overschotten van gewone mannen en vrouwen maar van gedrochtelijke wezens van een schilderij van Jeroen Bosch, verkrampte en onbestaanbare gedaanten, kennelijk even plotseling bezweken als de politieman die Shaddack in koelen bloede had vermoord. Tessa moest voortdurend zwenken om ze te ontwijken.

Shaddack is dood. Over een halve minuut start het programma dat aan alles een einde zal maken...

Chrissie wendde algauw haar gezicht af en drukte haar hoofd tegen Sams borst.

Sam kon zich niet voorstellen welke moderne techniek of zwarte magie zulke afzichtelijke en onbestaanbare gedaanten in het leven kon roepen. Hij meende dat ze elk moment in de nevels zouden oplossen alsof ze nooit hadden bestaan, maar waar de mist dunner was zag hij steeds andere monsters liggen, op straat, op de trottoirs en in tuinen.

Omringd door die chaos van afschuw en verderf, vroeg hij zich af hoe hij ooit had kunnen denken dat er maar vier redenen waren om te blijven leven. Waarom had hij als een blinde zijn leven in sombere duisternis doorgebracht, geweigerd al het mooie in de wereld te zien? Alles in het leven was even kostbaar, zelfs wat er in zijn eigen leven was gebeurd. Het nietigste ding uit de normale wereld kwam hem nu wonderbaarlijk voor.

'Wil je het me nu vertellen?' vroeg Tessa terwijl ze dicht bij Harry's huis afremde.

'Wat vertellen?'

'Wat je aan de andere kant hebt gezien dat zo angstaanjagend was.'

Hij lachte schril. 'Toen was ik niet bij mijn positieven.'

'Dat lijkt me heel waarschijnlijk,' zei ze. 'Vertel het toch maar.'

'Ik kan het niet precies beschrijven. Het was meer een gevoel, een inzicht, en niet iets tastbaars.'

'Wat voor inzicht dan?'

'Dat we na dit leven in een andere wereld komen,' zei hij. 'Dat het leven in een andere dimensie doorgaat, of dat we een reïncarnatie ondergaan en hier weer terugkeren, een heleboel reïncarnaties misschien. Ik weet het niet precies, maar aan het eind van die tunnel was nog iets en het gaf een oogverblindend licht.'

Ze keek hem aan. 'En dàt maakte je bang?'

'Ja.'

'Dat we nog een volgend leven hebben?'

'Ja, want ik vond mijn leven een ramp, begrijp je, een aaneenschakeling van tragische en pijnlijke gebeurtenissen. Ik had geen plezier meer in het leven, ik kon de schoonheid ervan niet inzien, dus waarom zou ik het willen voortzetten of nog eens overdoen? Tegen dít leven was ik tenminste gepantserd, ik kon het verdra-

gen, maar om het nog eens over te doen...'
'Dus die vierde reden van je klopt eigenlijk niet. Je was niet bang om dood te gaan, juist niet.'
'Nee, misschien niet.'
'Je was bang om verder te leven.'
'Ja.'
'En nu?'
Hij dacht even na. Chrissie tilde haar hoofd op en hij streelde haar vochtige haar.
'Nu wil ik juist heel graag doorgaan met leven,' zei hij uiteindelijk.

35

Harry hoorde weer geluid op de verdieping beneden, mensen die met de lift naar boven kwamen... of monsters. Hij durfde niet op een nieuw wonder te hopen, maar iemand riep zijn naam en hij herkende de stem van Sam.
'Ik ben hier, Sam! Alles in orde!'
Sam kwam de trap op.
'Hoe is het met Tessa en Chrissie?' vroeg Harry angstig.
'Goed, ze zijn beneden.'
Harry slaakte een diepe zucht van verlichting. 'Goddank. Moet je die ondieren eens zien.'
'Liever niet.'
'Misschien had Chrissie gelijk en kwamen ze toch uit de ruimte.'
'Het is nog krankzinniger.'
'Wat dan?'
Sam ging op zijn hurken zitten en duwde Worthy's misvormde lichaam voorzichtig van Harry's benen af. 'Ik mag hangen als ik weet hoe het precies zit en dat is misschien maar goed ook.'
'Ik ben bang dat je gelijk hebt,' zei Harry. 'Dit is mensenwerk en de techniek maakt het allemaal mogelijk. Vroeger was het alleen iets voor krankzinnige geleerden in boeken.'
Sam zei niets.
'Misschien is die techniek dan toch geen zegen,' vervolgde Harry, 'en kunnen we maar het beste de Natuur haar gang laten gaan.'
'Misschien, maar moeder natuur mag af en toe ook wel een handje geholpen worden als je het mij vraagt. We kunnen het in ieder geval proberen en zorgen dat er geen krankzinnigen zoals Shaddack aan het roer komen. Ben je verder niet gewond, Harry?'

'Goddank niet.' Hij glimlachte. 'Alleen jammer dat ik nog steeds verlamd ben. Weet je wie dit ondier was? Dokter Worthy, mijn huisarts. Ik had geen kogels meer en hij stond vlak voor me om mijn keel dicht te knijpen toen hij plotseling neerviel, morsdood. Het is een wonder.'

'In de hele stad is een wonder gebeurd,' zei Sam. 'Ik geloof dat ze allemaal samen met Shaddack zijn gestorven, alsof ze op de een of andere manier met hem in verbinding stonden. Maar ik zal je eerst naar beneden dragen, weg van die troep hier.'

'Ze hebben Moose afgemaakt, Sam.'

'Hoe kom je daarbij? Hij is beneden Chrissie en Tessa aan het afslobberen.'

Harry keek hem verbijsterd aan. 'Maar ik hoorde hem janken!'

'Iemand heeft hem een schop gegeven, denk ik; hij heeft een bloederige schaafplek bij zijn oor. Misschien is hij een tijdje buiten westen geweest, maar hij springt nu alweer rond.'

36

Chrissie zat dicht tegen Harry en Moose aan achter in het busje en begon langzaam uit haar verdoving bij te komen. Ze was nog lang niet de oude en zou dat misschien ook nooit meer worden, maar ze voelde zich al wat beter.

Tessa reed naar het uiteinde van Ocean Avenue aan de oostkant van de stad, waar ze het busje over de stoep stuurde en op het gras in een plantsoen parkeerde.

Sam stapte uit en deed de achterdeur open, zodat Chrissie en Harry konden zien wat er gebeurde.

Chrissie bewonderde zijn moed toen hij de straat doorliep, met een grote boog om de roerloze gedrochten heen lopend. Hij brak de ene auto na de andere open en bracht de motoren op gang, waarna Tessa ze in een geleidelijk groter wordende kring rond het grasveld parkeerde, de brandende koplampen naar het midden gericht.

Ondanks de mist zouden er helikopters komen en Sam wilde op deze manier een geschikte landingsplaats markeren. Weldra stond een twintigtal auto's in een kring opgesteld en het grasveld werd fel verlicht door de koplampen.

Chrissie was blij met het licht.

Na een tijdje waagden andere mensen zich op straat, aangelokt door het felle licht, levende mensen die er normaal uitzagen, zon-

der slagtanden, angels en klauwen. Ze liepen gewoon rechtop en er was niets bijzonders aan ze te merken. Maar Chrissie had geleerd niet op het uiterlijk af te gaan, van binnen konden ze nog veel verschrikkelijker zijn dan de grootste fantast zich kon voorstellen. Zelfs je eigen ouders kon je niet vertrouwen.
Maar daar wilde ze niet aan denken.
Ze dúrfde niet te denken aan wat er met haar vader en moeder was gebeurd. Ze wist dat ze nauwelijks nog hoop op hun redding mocht koesteren, maar toch wilde ze zich nog een tijdje aan die hoop vastklampen.
De mensen uit de buurt leken te worden aangetrokken door de kring van licht die Sam en Tessa juist voltooiden. Ze hadden een verdwaasde blik in hun ogen. Chrissie werd onrustig toen ze hen steeds dichterbij zag komen.
Harry sloeg zijn goede arm om haar heen. 'Je hoeft niet bang voor ze te zijn.'
'Hoe weet je dat?'
'Je kunt zo zien dat ze het in hun broek doen van angst, ze denken dat alles naar de klote... o, pardon.'
'Dat geeft niet,' zei ze.
Moose jankte zacht en schudde zijn kop. Waarschijnlijk had hij net zo'n hoofdpijn als een karate-leerling die een stapeltje dakpannen met zijn hoofd doormidden wilde slaan.
'Ze verkeren duidelijk in een shocktoestand,' zei Harry, 'en dat is een normale reactie. Je hebt die anderen toch nooit bang gezien, of wel soms?'
Ze dacht er even over na. 'Eén keer wel. De agent die Shaddack in de school neerschoot. Ik heb nog nooit iemand gezien die zo bang was als hij.'
'Voor deze mensen hoef je in elk geval niet bang te zijn,' zei Harry, terwijl het eerste groepje hun busje naderde. 'Ik denk dat ze tegelijk met mij aan de beurt waren om getransformeerd te worden en nog net zijn ontsnapt. Er zullen er nog wel meer binnen zijn gebleven, bang dat de hel is losgebroken of dat er buitenaardse wezens zijn geland, net als jij dacht. Trouwens, je ziet hoe ze aarzelen om dichterbij te komen. Als het monsters waren, zouden ze ons al hebben besprongen om onze neuzen of een andere delicatesse op te eten.'
Harry's woorden stelden haar enigszins gerust en ze kon er zelfs om glimlachen, maar een ogenblik later tilde Moose zijn kop op van haar knie, jankte hoog en sprong uit de wagen.
Buiten klonken kreten van angst en verbazing.

'Wat krijgen we nou weer?' hoorden ze Sam roepen.
Chrissie gooide de warme deken van zich af en ging naar buiten om te zien wat er gebeurde.
'Wat is er aan de hand?' vroeg Harry achter haar, gealarmeerd ondanks zijn geruststellende woorden van daarstraks.
Het duurde even voordat ze zag waar iedereen van geschrokken was. Sam, Tessa en de verdwaasde mensen staarden naar het plantsoen achter het grasveld, waaruit een menigte dieren te voorschijn was gekomen. Muizen, ratten, wilde katten, een vijftal honden en tientallen eekhoorns die uit de bomen waren geklommen. Nog meer muizen en katten en ratten begonnen uit zijstraten in een verwarde, krioelende massa naar Ocean Avenue te stromen. Chrissie moest denken aan de lemmingen waarover ze gelezen had, die van tijd tot tijd massaal naar de kust trokken en zich in zee stortten, waar ze verdronken. Ook deze dieren gingen allemaal in dezelfde richting, door niets of niemand tegen te houden, voortgedreven door een onbegrepen instinct.
Moose was langs Tessa en Sam gerend en volgde de vreemdsoortige kudde.
'Moose, hier!' riep Chrissie.
De hond hield in, wegglijdend alsof hij over haar uitroep was gestruikeld. Hij keek vluchtig om, maar draaide zijn kop snel weer terug en zette het op een lopen, als werd hij voortgetrokken aan een onzichtbare riem.
'Moose!'
Ditmaal struikelde hij werkelijk en rolde om, maar krabbelde onmiddellijk weer overeind.
Chrissie begon hem achterna te rennen, want ze voelde dat hij net als de lemmingen zijn dood tegemoet ging, naar een onbestemd en verschrikkelijk einde dat deel uitmaakte van alles wat er in Moonlight Cove was gebeurd. Ze moest Moose tegenhouden, anders zou ze hem nooit meer terugzien.
De hond rende verder.
Ze sprintte achter hem aan.
Ze was bang en doodmoe en al haar spieren deden pijn, maar ze hield vol omdat ze blijkbaar de enige was die begreep wat er aan de hand was. Ze vloog langs Tessa en Sam heen, die ontsteld en roerloos naar het spektakel keken, en probeerde uit alle macht de hond bij te houden. Chrissie Foster, dacht ze, de jongste olympisch kampioene aller tijden op de marathon, bezig aan haar eindsprint onder het gejuich van de duizenden toeschouwers die haar naam scanderen: *Chrissie, Chrissie, Chrissie, Chrissie*...

Onder het lopen riep ze telkens zijn naam, want elke keer aarzelde hij en minderde vaart, zodat ze op hem kon inlopen. Aan de rand van het plantsoen zag ze hem in het donker ergens overheen springen en ze volgde instinctief zijn voorbeeld. Ze landde ongedeerd op de rand van de diepe greppel langs de secundaire weg en holde verder, weer zijn naam roepend. Ditmaal bleef hij staan en ze dook boven op hem om zijn halsband te grijpen. 'Moose,' zei ze bestraffend. De hond gromde en probeerde haar zelfs te bijten om los te komen. Hij sleurde haar nog een eindje mee, met zijn grote poten krabbelend over het asfalt in een poging de dieren te volgen die verderop in het donker en de mist verdwenen, maar eindelijk kalmeerde hij iets. Ze trok hem mee terug naar het park.

Tessa en Sam liepen haar tegemoet. 'Wat gebeurt er?' vroeg Sam.

'Ze gaan allemaal dood,' zei Chrissie, 'het zijn net lemmingen.'

'Lemmingen? Waarom denk je dat?'

'Ik weet het niet... Wat moet het anders zijn?'

Een ogenblik tuurden ze de weg langs, waar de dieren in de duisternis waren opgelost.

'Ja, wat anders?' zei Tessa.

37

De mist begon minder dicht te worden, maar er was niet meer dan ongeveer vierhonderd meter zicht.

Het was net tien uur toen Sam de helikopters hoorde naderen. In de mist was het onmogelijk te zeggen van welke kant ze kwamen, maar Sam vermoedde dat het van de kust was, weg van de heuvels, laag aanvliegend om onder de nevels te blijven.

De FBI onderhield nauwe contacten met de krijgsmacht, in het bijzonder met de marine, zodat Sam met vrij grote zekerheid wist wat hij kon verwachten. Vermoedelijk was het een eenheid van twaalf mariniers, verkenners van de marine onder begeleiding van twee Cobra gevechtshelikopters.

Tessa draaide een paar keer om haar as. 'Ik zie ze nergens.'

'Nee, pas als ze vlak bij ons zijn kun je ze zien,' antwoordde Sam.

'Vliegen ze zonder licht?'

'Alleen blauwe lichten die je vanaf de grond slecht kunt zien, maar met hun nachtkijkers kunnen ze zelf alles heel goed in de gaten houden.'

In een 'normale' noodsituatie zou de Sea Knight – de helikopter die de mariniers vervoerde en die door ouwe stompen meestal

werd aangeduid als 'kikvors' – met de twee Cobra's naar de noordkant van de stad zijn gevlogen om hen daar af te zetten. Die zouden vervolgens in groepjes van vier van noord naar zuid door Moonlight Cove zijn getrokken om de situatie op te nemen en ten slotte weer bij elkaar te komen. Maar in dit geval had Sam nog een boodschap aan het Bureau kunnen doorgeven voordat de verbindingen met de buitenwereld waren verbroken, en het urgente karakter van zijn oproep had de marine aanleiding gegeven van de gebruikelijke aanpak af te zien en een snellere methode te kiezen.
De helikopters vlogen enkele malen over de stad, nauwelijks vijf meter boven de boomkruinen scherend. De blauwgroene lichten aan de onderkant waren nauwelijks te zien en de rotorbladen van glasvezel maakten veel minder lawaai dan de vroegere metalen bladen, zodat ze vanaf de grond de indruk wekten ruimteschepen te zijn, afkomstig van een wereld die nog vreemder was dan deze.
Eindelijk werden de helikopters zichtbaar, vlak bij de lichtkring op het grasveld.
Ze landden niet onmiddellijk. Terwijl de krachtige wieken de nevels uit elkaar dreven, speelde een sterke schijnwerper over de auto's en de mensen rond de open plek en daarna over de verminkte lijken op straat.
Eindelijk daalde de Sea Knight met schijnbare tegenzin neer in de lichtkring. Een dozijn mannen sprong naar buiten, gewapend met machinegeweren en gekleed in brandvrije witte pakken met zuurstofflessen op de rug, waardoor ze meer op astronauten leken dan op soldaten. Na Sams oproep waren ze op alles voorbereid.
Een van de mariniers kwam recht op Sam en Tessa af en stelde zich voor als luitenant Dalgood. Zijn gezicht zag er achter het vizier van zijn helm kinderlijk uit. Blijkbaar herkende hij Sam van een foto, want het eerste dat hij vroeg was: 'Een giframp, agent Booker?'
'Dat denk ik niet,' zei Sam, luid sprekend om het langzaam afnemende gedruis van de helikopterwieken te overstemmen. 'Maar ik weet niet wat er wel aan de hand is.'
'Wij zijn de voorhoede,' zei Dalgood. 'Er komen nog heel wat meer hulptroepen, van de landmacht en ook uw collega's. Het zal niet lang meer duren.'
Dalgood liet zich door Sam en Tessa naar een van de afzichtelijke lijken aan de rand van het plantsoen brengen.
'Vanuit de lucht kon ik het niet geloven,' zei de luitenant.
'Kijk zelf maar,' zei Tessa.
'Wat is dit in godsnaam?'
'Een boeman,' zei Sam.

38

Tessa maakte zich zorgen over Sam. Ze was samen met Chrissie en Harry om een uur die nacht teruggegaan naar het huis, na tot drie keer toe door militairen en agenten in hun beschermende pakken te zijn ondervraagd. Af en toe viel ze in slaap, wakker schrikkend door afschuwelijke nachtmerries. Maar Sam was achtergebleven en om elf uur de volgende morgen, toen ze aan het ontbijt zaten, was hij nog steeds niet terug.

'Hij is gewond en doodmoe,' zei ze. 'Hij kan toch niet eeuwig blijven doorgaan, al denkt hij misschien zelf van wel.'

'Je geeft veel om hem,' zei Harry.

'Ik weet het niet.'

'Ik wel.'

'En ik ook,' zei Chrissie.

Het was een uur geworden toen Sam terugkwam, vuil en met een asgrauw gezicht. Hij ging meteen naar de logeerkamer, kroop in het bed dat Tessa had opgemaakt en viel in slaap.

Tessa ging in een stoel naast hem zitten en keek naar hem terwijl hij sliep. Hij lag te woelen en soms mompelde hij haar naam en die van Chrissie en Scott, alsof hij hen in zijn droom was kwijtgeraakt en naar hen op zoek was in een gevaarlijke en troosteloze plaats.

Om zes uur werd hij opgehaald door collega's van de FBI, die nog steeds hun beschermende pakken aan hadden. Ook die nacht bleef hij weg.

Alle stoffelijke overschotten waren inmiddels opgehaald, zorgvuldig in plastic zakken verpakt en in vrieskisten gelegd om ze later te kunnen onderzoeken.

Chrissie sliep bij Tessa in bed. In het halfdonker – ze hadden een handdoek over een schemerlamp gehangen om niet helemaal in het duister te liggen – zei het meisje zacht: 'Ze zijn er niet meer.'

'Wie bedoel je?'

'Mijn vader en moeder. Ze zijn dood.'

'Het spijt me voor je, Chrissie.'

'Dat weet ik. Je bent zo aardig.' Chrissie drukte zich tegen haar aan en huilde in haar armen.

Een hele tijd later, half in slaap, vroeg ze: 'Heeft Sam nog iets gezegd over de dieren... waar ze allemaal naartoe gingen?'

'Nee,' zei Tessa, 'dat weten ze nog steeds niet.'

'Ik word er bang van.'

'Ik ook.'

'Dat ze het nog niet weten, bedoel ik.'
'Ja, dat bedoel ik ook,' zei Tessa.

39

Donderdagochtend was het de onderzoekers uit de programma's van Zon duidelijk geworden dat Shaddack erin geslaagd was biochips in zijn slachtoffers te implanteren, waardoor ze de beschikking kregen over een buitengewoon vermogen om hun lichaam te veranderen. Niemand kon zeggen hoe het in detail werkte, hoe de biochips zulke dramatische veranderingen in uiterlijk mogelijk maakten, maar er kwamen geen bacteriën, virussen of chemische stoffen aan te pas die nog een gevaar voor de omgeving konden opleveren. Het was een zuiver elektronische kwestie.

De mariniers waren blij dat ze zich van hun hete en ongemakkelijke brandvrije pakken konden ontdoen, net als de honderden onderzoekers en agenten van de FBI die in de stad gelegerd waren. Voor de rest was Moonlight Cove afgezet om journalisten en andere nieuwsgierigen te weren.

Vrijdagochtend kregen Sam, Tessa en Chrissie toestemming Moonlight Cove te verlaten op voorwaarde dat ze zich ter beschikking van de autoriteiten hielden. Dank zij een snelle gerechtelijke procedure had Tessa de voorlopige voogdij over het meisje gekregen. Ze namen tijdelijk afscheid van Harry en stapten in de helikopter die hen zou evacueren.

Heel Moonlight Cove was door het leger afgegrendeld van de buitenwereld en pas vanuit de helikopter zagen ze wat dat betekende. De toegangswegen waren geblokkeerd door honderden auto's van journalisten en ontelbare fototoestellen werden naar boven gericht toen de helikopter laag over de weg vloog.

'Aan de noordkant is het al bijna net zo druk,' zei de piloot tegen Sam. 'Ze zijn uit de hele wereld hierheen gestroomd en blijven bij de versperringen rondhangen, bang dat ze te laat zullen komen als de blokkade wordt opgeheven. Ze slapen gewoon in het open veld.'

'Ze hoeven niet bang te zijn dat ze iets zullen missen. Het kan nog wel een paar weken duren voordat alle onderzoeken zijn afgerond,' zei Sam.

Ze werden afgezet op het vliegveld van San Francisco, vanwaar ze per lijndienst naar Los Angeles zouden reizen. Sam ging naar de kiosk en bekeek de vette koppen in de kranten:

KUNSTMATIGE INTELLIGENTIE LEIDT TOT RAMP IN MOONLIGHT COVE.

Dat was natuurlijk onzin. Zon beschikte net zomin over een eigen intelligentie als enige andere computer, ook al waren ze over de hele wereld bezig een machine te bouwen die echt kon denken. Zon was geen krankzinnig brein, maar een hulpmiddel dat precies de programma's had uitgevoerd die Shaddack erin had gestopt. De schuld ligt niet bij onze technologie maar bij onszelf, dacht Sam, vrij naar Shakespeare.
Maar het was nu eenmaal mode om alles wat misliep aan computers te wijten, zoals in de middeleeuwen iedere ramp werd toegeschreven aan de verschijning van kometen.
Even onzinnig was een andere kop, waar Tessa hem op wees:

PENTAGON BETROKKEN BIJ GEHEIMZINNIGE RAMP

In sommige kringen was het Pentagon de geijkte boosdoener, want dat maakte het leven een stuk eenvoudiger en gemakkelijker te begrijpen. Voor zulke mensen was het leger zoiets als het aloude monster van Frankenstein met zijn horrelvoet en te kleine zwarte kleren, buitenissig en angstaanjagend, maar desondanks voorspelbaar en daarom begrijpelijker dan een ingewikkelder en misschien nog ergere oorzaak.
Chrissie werd het meest getroffen door de kop van een bekend landelijk sensatieblad, dat ze uit het rek haalde om aan de anderen te laten zien:

MENSENETERS UIT DE RUIMTE GELAND IN CALIFORNIË

Ze keken elkaar een ogenblik zwijgend aan voordat ze begonnen te lachen. Voor Chrissie was dat de eerste keer sinds een paar dagen. Het was geen uitbundige lach, eerder een ironische en zelfs melancholieke grinnik, maar toch. Sam voelde zich meteen een stuk beter.

40

Joel Ganowicz, correspondent voor United Press International, was sinds de vroege woensdagochtend niet uit de omgeving van Moonlight Cove weg te slaan. Hij sliep in zijn slaapzak op de grond, deed zijn behoefte in het bos en liet zich tegen goed geld eten brengen door een werkloze timmerman uit Aberdeen Wells. Nog nooit had hij zich zo vol overgave op een verhaal gestort en hij verbaasde zich over zijn onvoorwaardelijke bereidheid om alle ongemakken te verdragen, hoe lang die ook mochten duren. Hij wist zelf niet eens precies waarom. Natuurlijk was dit het nieuws van de eeuw, maar hij begon zich al ongemakkelijk te voelen als hij zich ook maar tien meter van de versperring verwijderde, alsof hij naar de stad werd toegetrokken. Waarom was hij zo fanatiek? Hij begreep het zelf niet.

En hij was niet de enige.

Na een dagenlange stroom van geruchten hadden de autoriteiten op donderdagavond een uitgebreide persconferentie gegeven en de pers kreeg toestemming de ongeveer tweehonderd geëvacueerde overlevenden te interviewen, maar iedereen gedroeg zich alsof dat lang niet voldoende was. De gruwelijke manier waarop de slachtoffers aan hun einde waren gekomen, gevoegd bij het aantal van drieduizend – een veelvoud van het aantal slachtoffers van Jonestown – maakte dat niemand er genoeg van kreeg.

Toch dacht Joel dat het niet alleen aan de afschuwelijke feiten of aan de omvang kon liggen. Er moest een diepere oorzaak zijn.

Het was vrijdagochtend tien uur en Joel zat peinzend op zijn opgerolde slaapzak naar de wegversperring ten noorden van Holliwell te kijken, genietend van de aangenaam warme oktoberzon. Hij begon te geloven dat de ramp zoveel stof deed opwaaien omdat die om meer ging dan het tamelijk recente conflict tussen mens en machine: het was het eeuwige menselijke conflict tussen verantwoordelijk en onverantwoordelijk gedrag, tussen beschaving en barbarij, tussen de tegenstrijdige menselijke hang naar geloof en nihilisme.

Na een tijdje stond hij op en begon te lopen. Hij vergat waarover hij had zitten nadenken en liep verder, steeds doelbewuster.

Hij was niet alleen. Een hele groep journalisten had zich vrijwel op hetzelfde moment omgedraaid en liep rechtstreeks het open veld in, op weg naar de beboste heuvels in het oosten. Ze aarzelden geen moment en dwaalden niet af.

Een honderdtal, ongeveer de helft van de journalisten, had zich van de rest losgemaakt. De anderen keken verbaasd naar wat er gebeurde of riepen hun collega's na. Ze kregen geen antwoord.

Joel had het sterke gevoel dat hij naar een bijzondere plek werd getrokken, een plaats waar al zijn zorgen zouden verdwijnen, waar hij niets meer te kort zou komen en waar hij niets meer te vrezen had. Hij wist niet hoe die plek eruitzag, alleen dat hij hem zou herkennen als hij er was. Hij begon opgewonden door te lopen, steeds sneller, voortgedreven door een groot verlangen.

Honger.
Het veranderlijke plasma in de kelder van het Icarus had honger. Het was niet samen met Shaddacks andere schepselen gestorven, want de biochip was lang voor die tijd al opgelost, het contact met Zon verbroken. Het wezen in de kelder had trouwens ook geen hart meer dat kon ophouden met kloppen.
Honger.
De weefsels trilden en dansten van begeerte, een knagend gevoel dat erger en intenser was dan pijn.
Honger.
De hele buitenkant was bezaaid met monden die een begerige lokroep uitstootten, niet bestemd voor oren maar voor hart en geest. En de prooi gehoorzaamde.
Honger.

Kolonel Lewis Tarker, de commandant van de legertroepen die zijn hoofdkwartier had opgeslagen bij het plantsoen aan Ocean Avenue, werd gealarmeerd door Sperlmont, de sergeant die toezicht hield op de wegversperring bij Holliwell. Sperlmont rapporteerde dat de helft van zijn compagnie plotseling als een stel zombies was weggelopen, samen met een honderdtal verslaggevers die in dezelfde verdoofde toestand leken te verkeren.
'Er is iets mis,' zei de sergeant. 'Het is nog niet voorbij.'

Tarker waarschuwde op zijn beurt Oren Westrom, de leider van het FBI-team dat het onderzoek in Moonlight Cove uitvoerde en met wie alle acties werden gecoördineerd.
'Het is nog niet gedaan,' zei Tarker. 'Ik ken Sperlmont en het moet er nog erger uitzien dan hij wil toegeven.'
Westrom liet een verkenningshelikopter in gereedheid brengen en instrueerde de piloot, Jim Lobbow.
'Sperlmont stuurt een paar mannen achter ze aan, maar ik wil dat jij ze vanuit de lucht in de gaten houdt. We moeten weten waar ze naar toe gaan – en waarom.'
'Ik ben al op weg,' zei Lobbow.
'Heb je nog bijgetankt?'
'Tot de rand.'
'Mooi zo.'

Jim Lobbow deed niets liever dan in zijn heli vliegen.
Zijn drie huwelijken waren telkens op een scheiding uitgelopen en hij had met meer vrouwen samengewoond dan hij zich kon herinneren, maar met of zonder boterbriefje, hij scheen er maar niet in te slagen een langdurige relatie aan te gaan. Uit zijn tweede huwelijk had hij een zoon, die hij niet meer dan drie keer per jaar eens een dagje te zien kreeg. Hij was katholiek opgevoed en zijn broers en zussen gingen nog trouw naar de kerk, maar voor Jim had geloof geen betekenis meer. Op zondag sliep hij liever eens uit en door de week was het hem te veel moeite om naar de mis te gaan. Vroeger droomde hij altijd van een eigen zaak, maar dat was net zo vaak op een mislukking uitgedraaid als zijn kortstondige relaties en ten slotte was hij maar bij het leger gegaan.
Als piloot deed Jim Lobbow voor niemand onder. Hij kon zijn toestel op ieder terrein en in alle weersomstandigheden aan de grond zetten en weer opstijgen.
Hij bracht de JetRanger in de lucht en zette koers naar de wegversperring, twee kilometer van het plantsoen verwijderd. Het was stralend weer en al van een afstand zag hij de versperring, waar de achtergebleven soldaten hem met brede gebaren naar het oosten stuurden. Even later zag hij de journalisten door de heuvels lopen. Ze trokken hun schoenen uit en ontdeden zich van hun kleren zonder te blijven staan, voortgejaagd naar een onzichtbaar doel. Het was een krankzinnig gezicht.
Plotseling begon er iets te zoemen in zijn koptelefoon. Dat dacht hij althans, maar toen hij het ding afdeed hield het geluid niet op. Het zat in zijn hoofd, eerder een gevoel dan een hoorbare klank. Wat was dat in godsnaam?
Hij haalde zijn schouders op en vloog verder.
De groep was op weg in oost-zuidoostelijke richting en hij stuurde zijn toestel die kant op. Vrijwel onmiddellijk viel zijn blik op het oude landhuis met de verzakte schuur en ingestorte bijgebouwen. Hij werd er ongemerkt naar toe getrokken en cirkelde er een paar keer overheen.
Het huis was nauwelijks meer dan een ruïne, maar hij had het gekke idee dat daar het paradijs was, een plaats waar hij onbekommerd zou kunnen leven, verlost van moeizame relaties en alimentatie.
De eerste mensen kwamen over de heuvel, struikelend en meteen weer opstaand in hun haast om bij het huis te komen.
Jim Lobbow begreep wat hen bezielde. Hij voelde de vrijheid wenken, binnen handbereik, een paradijs op aarde. Hij liet de Jet-

Ranger een wijde boog beschrijven en daarna omlaagduiken naar het huis, naar die bron van eeuwig geluk, en zonder vaart te minderen stuurde hij het toestel recht op de veranda af, op de deur die scheef in zijn hengsels hing. De helikopter boorde zich dwars door de gevel, tolde een eindje door en ontplofte midden in het huis.

Honger.
De vele monden van het wezen schreeuwden geluidloos hun begeerte uit, kloppend van opwinding door het naderen van de prooi.
Maar in plaats van voedsel kwamen er trillingen, sterke schokken, en daarna de hitte.
Het wezen schrok niet terug voor de hitte, want het had geen zenuwen om warmte te voelen of pijn te registreren, maar de trillingen en golven waren geen voedsel en bevredigden zijn begeerte niet. De monden openden zich nog verder om hun lied te zingen, maar in de kelder schoten brullende vlammen op en het plasma werd snel verteerd en tot zwijgen gebracht.

Joel Ganowicz merkte dat hij vijftig meter van een brandend huis stond. Een geweldige steekvlam vernielde het dak en donkere rook steeg op in de heldere lucht. De oude muren stortten gewillig in, alsof ze blij waren eindelijk hun schijnbestaan te kunnen opgeven. Hij knipperde met zijn ogen tegen de schroeiende lucht en liep snel een eind weg, zonder te begrijpen waardoor de brand zo hevig was. Hij kon zich niet eens herinneren dat de brand was uitgebroken of hoe hij daar kwam.
Hij keek naar zijn handen, die vuil en geschaafd waren.
Zijn broekspijp was gescheurd en zijn schoenen zaten onder de modder.
Om zich heen stonden tientallen mensen in dezelfde gehavende toestand als hij, half ontkleed, vuil en verdoofd. Het was alsof hij ze voor het eerst zag.
Het huis brandde nog steeds en het was duidelijk dat er weinig anders van zou overblijven dan een hoop gloeiende as.
Fronsend wreef hij over zijn voorhoofd.
Wat was er met hem gebeurd? Langzaam maar zeker begon zijn professionele nieuwsgierigheid weer de overhand te krijgen. Er was iets gebeurd en hij moest uitvinden wat. Iets verontrustends was het, iets gruwelijks. Goddank was het nu voorbij.
Hij huiverde.

41

Sam stak de sleutel in het slot en maakte de huisdeur open. Het eerste wat hij hoorde was de muziekinstallatie van Scott, daarna het trillen van de ramen.
Hij beduidde Tessa en Chrissie hem te volgen terwijl hij naar de trap ging. Ze aarzelden, enigszins in verlegenheid gebracht, maar Sam durfde de confrontatie met zijn zoon niet in zijn eentje aan.
De deur van de slaapkamer stond open.
De jongen lag op bed, gekleed in een zwart spijkerpak. Hij lag met zijn voeten naar het hoofdeinde, met een paar kussens onder zijn achterhoofd, en hij staarde naar de posters aan de muur. Het waren allemaal foto's van black metal-bands, gehuld in leer met kettingen, sommigen met bebloede vingers en lippen of met doodshoofden in hun handen waaruit glinsterende maden kropen.
Scott hoorde hem niet binnenkomen. Met deze geluidssterkte zou hij nog geen atoombom hebben horen ontploffen.
Sam bleef een ogenblik bij de stereotoren staan weifelen, maar de satanische tekst en de gietijzeren gitaarakkoorden van het nummer hielpen hem zijn aarzeling te overwinnen. Het lied spoorde jongeren aan hun ouders te vermoorden en hun bloed te drinken om ten slotte zelf de vrijheid te vinden door aan het gas te gaan liggen. Dat gaf de doorslag. Hij deed de muziek uit.
Scott ging verrast rechtop zitten. 'Hé!'
Sam haalde de CD uit het apparaat, gooide het ding op de grond en stampte erop.
'Wat vreet je nou uit?'
Sam stak zijn hand uit en veegde tientallen CD's van de plank boven de stereo.
'Ben je gek geworden?' riep Scott verontwaardigd.
'Dat had ik al veel eerder moeten doen.'
Scott keek naar Tessa en Chrissie, die op de drempel waren blijven staan. 'Wie zijn dat, verdomme?'
'Dat zijn vrienden van me, verdomme.'
'Wat moeten die zeikerds in mijn kamer?' vroeg Scott, bijna schuimbekkend van woede.
Sam lachte. Hij voelde zich bijna vrolijk, eindelijk bevrijd van de zwartgalligheid waardoor hij de dingen zo lang op hun beloop had gelaten. 'Ik heb die zeikerds uitgenodigd,' zei hij.
Hij zag dat zelfs Chrissie moest lachen. Geen scheldwoord of uitbarsting van woede kon haar nog deren, niet na alles wat ze had meegemaakt. En werkelijk, vergeleken bij alles wat ze in Moon-

light Cove hadden gezien, scheen Scotts jeugdig nihilisme een onschuldig en volstrekt belachelijk fenomeen.
Sam ging op het bed staan en begon de posters van de muur te rukken. Scott kwam overeind en begon hem uit te schelden, één en al razernij ditmaal. Sam stapte van het bed af en begon met de posters aan de andere muur.
Scott pakte hem beet.
Sam duwde hem rustig van zich af en trok een poster van de muur.
Scott hield hem tegen en haalde uit met zijn vuist.
Sam ving de slag op en keek naar zijn zoon.
Het gezicht van de jongen was vuurrood geworden, de adem gierde door zijn neus en zijn ogen puilden uit van haat.
Sam glimlachte en sloeg zijn armen om hem heen.
Scott begreep duidelijk niet goed wat er gebeurde. Hij dacht eerst dat zijn vader hem wilde slaan om hem te straffen en daarom probeerde hij zich los te maken. Maar ineens – Sam *zag* het besef bij hem dagen – begreep hij dat zijn vader hem wilde omhelzen, nota bene waar een paar vreemden bij waren, en hij begon wild te schoppen en te slaan, banger voor die omhelzing dan voor een pak rammel.
Plotseling drong het tot Sam door dat de jongen doodsbenauwd was voor het geringste teken van zorg of liefde en nog het meest voor zijn eigen reactie daarop, bang om afgewezen te worden in een liefdeloze wereld. En hoe harder de jongen schopte en hoe luider hij hem vervloekte, des te steviger drukte hij hem tegen zich aan en zei dat hij van hem hield. Niet aarzelend of gereserveerd zoals toen hij Scott uit Moonlight Cove had opgebeld, niet geremd door zijn eigen wanhoop, want die wanhoop voelde hij niet meer. Zijn stem trilde alleen nog van emotie en hij herhaalde de woorden keer op keer, net zolang tot de jongen reageerde.
Scott begon te huilen en Sam was niet verbaasd dat hij dat zelf ook deed, al was het waarschijnlijk niet om dezelfde reden, nog niet. De woede van de jongen was niet verdwenen, ook al verzette hij zich niet meer zo hevig als eerst. Daarom hield hij Scott stevig vast en begon tegen hem te praten: 'Vroeg of laat zul je weten dat ik om je geef, jongen. Je zult jezelf leren kennen en waarderen en daardoor ook mij en nog een heleboel anderen, want het is goed om te weten dat je van iemand houdt. Die vrouw en dat meisje zul je leren kennen alsof ze je eigen zussen zijn. Je zult leren leven als een mens, niet als een vervloekte machine zonder gevoel. Er komt nog iemand bij ons, een man met twee nagenoeg geheel verlamde benen en nog maar één bruikbare arm, en zelfs *hij* vindt het

leven de moeite waard. Misschien wil hij een tijdje blijven, want hij kan je laten zien wat ik al die tijd heb nagelaten: dat het leven goed is. Hij heeft een hond, een miraculeus beest, en ik denk dat je van die hond nog het eerst gaat leren houden.' Sam lachte zonder Scott los te laten. 'Je zult trouwens wel moeten, want een hond luistert niet als je tegen hem zegt dat hij moet opsodemieteren. En ik zal zelf doen of ik een hond ben, een stom beest dat hier maar een beetje rondhangt en zich niet laat wegjagen, een ouwe trouwe hond.'

Scott verzette zich niet meer, waarschijnlijk alleen omdat hij uitgeput was. Sam was nog niet door het pantser van woede heengedrongen, hij had alleen het oppervlak gekrast. Hij had zelf het kwaad toegelaten, het kwaad van eenzaamheid en wanhoop, en het zou moeilijk zijn dat helemaal uit te roeien. Sam wist dat er nog een lange weg te gaan was, een lange en moeilijke weg waarvan ze het eind misschien pas maanden of jaren later zouden bereiken. Hij keek over Scotts schouder naar Tessa en Chrissie, die wat dichterbij waren gekomen. Ze hadden tranen in hun ogen, net als hij, en hij voelde dat ook zij wisten dat de strijd net was begonnen.

Maar hij was in elk geval begonnen. Net als zijn eigen leven, zijn níeuwe leven.

In POEMA-POCKET verschenen titels:

Noel Barber - *Poort van het geluk*
Noel Barber - *Tanamera*
Clive Barker - *Dood, Seks en Stralende Sterren*
Clive Barker - *De helse wedstrijd*
Linda Barnes - *Coyote*
William Bayer - *De Seriemoorden*
Léon Bing - *Gangs*
Jay Brandon - *In staat van beschuldiging*
Rita Mae Brown - *Bij stukjes en beetjes*
Rita Mae Brown - *Was jij maar hier*
John le Carré - *Een kleine stad in Duitsland*
John le Carré - *Het Rusland huis*
John le Carré - *Spion verspeeld*
Liza Cody - *Knollekop*
Martine Cole - *Gevaarlijke dame*
Shirley Conran - *Jungle*
Shirley Conran - *Kant*
Shirley Conran - *Kant 2*
Patricia Cornwell - *Al wat overblijft*
Patricia Cornwell - *Fataal weekend*
Patricia Cornwell - *Corpus delicti*
Michael Crichton - *De Andromeda crisis*
Michael Crichton - *De Terminal Man*
Michael Crichton - *Kongo*
Michael Crichton - *Sfeer*
Martin Cruz Smith - *Gorki Park*
Martin Cruz Smith - *Rood Plein*
Michael Dibdin - *Moord in het Vaticaan*
Bret Easton Ellis - *American Psycho*
John Gardner - *Licence to kill*
Noah Gordon - *De Heelmeester*
Anthony Grey - *Peking*
Anthony Grey - *Saigon*
Maeve Haran - *Alles of niets*
Thomas Harris - *De schreeuw van het lam (Silence of the Lambs)*
Carl Hiaasen - *Hardleers*
Mary Higgins Clark - *Dodelijk ontwerp*
Mary Higgins Clark - *Geen tranen om een actrice*
Mary Higgins Clark - *Jou krijg ik nog wel!*
Stephen Hunter - *De dag voor middernacht*
J.A. Jance - *Het uur van de jager*
Jonathan Kellerman - *Doodgezwegen*

Jonathan Kellerman - *Domein van de beul*
Jonathan Kellerman - *Oog in oog*
Jonathan Kellerman - *Tijdbom*
Stephen King - *Bezeten stad*
Stephen King - *Carrie*
Stephen King - *Christine*
Stephen King - *Cujo*
Stephen King - *De Gloed*
Stephen King - *Dodenwake*
Stephen King - *Droomlandschappen*
Stephen King - *Misery*
Stephen King - *Nachtmerries*
Stephen King - *4 Seizoenen*
Stephen King - *Schemerwereld*
Stephen King - *De Shining*
Stephen King - *Tweeduister*
Dean Koontz - *Dienaren van de schemering*
Dean Koontz - *Het koude vuur*
Dean Koontz - *Het kwade licht*
Dean Koontz - *Het masker*
Dean Koontz - *Fantomen*
Dean Koontz - *Middernacht*
Dean Koontz - *Motel van de angst*
Dean Koontz - *Onderaards*
Dean Koontz - *Het visioen*
Dean Koontz - *Weerlicht*
David Lindsey - *Genadeslag*
Robert Ludlum - *Het Bourne bedrog*
Robert Ludlum - *De Fontini strijders*
Robert Ludlum - *Het Holcroft Pact*
Robert Ludlum - *Het Hoover archief*
Robert Ludlum - *Het Jason dubbelspel*
Robert Ludlum - *Het Medusa ultimatum*
Robert Ludlum - *Het Parsifal mozaïek*
Robert Ludlum - *Het Rhinemann spel*
Robert Ludlum - *De Scarlatti erfenis*
Robert Ludlum - *Het Trevayne verraad*
Eric Lustbader - *De Ninja*
Jill Mansell - *Solo*
Val McDermid - *Doodslag*
David Morrell - *Broederschap van de roos*
David Morrell - *Genootschap van de steen*
David Morrell - *Het vijfde beroep*
David Morrell - *Het verbond van de vlam*

Marcia Muller - *Het testament*
Niven & Barnes & Pournelle - *Heorot*
O'Brien & Kurins - *De val van de Peetvader*
Richard North Patterson - *De Zaak Lasko*
Ridley Pearson - *De maniak*
Dan Simmons - *Aasgieren*
Dan Simmons - *Hyperion*
Dan Simmons - *Ondergang van Hyperion*
Murray Smith - *De duivelskunstenaar*
Danielle Steel - *De ring van de hartstocht*
Danielle Steel - *Door liefde gedreven*
Danielle Steel - *Gravin Zoya*
Danielle Steel - *Kaleidoscoop*
Danielle Steel - *Souvenir van een liefde*
Danielle Steel - *Vaders en kinderen*
Peter Straub - *Koko*
Peter Straub - *Komplot*
Barbara Taylor Bradford - *Erfenis van een vrouw*
Barbara Taylor Bradford - *De erfgename*
Barbara Taylor Bradford - *De vrouwen van Maxim*
Barbara Taylor Bradford - *De stem van het hart*
Barbara Taylor Bradford - *Koester mijn droom*
Scott Turow - *De Aanklager (Presumed Innocent)*
Scott Turow - *Het Bewijs*
Andrew Vachss - *Burke's Manhattan*
Tad Williams - *Staartjager's Zang*